Kristina Ohlsson
Spätsommertod

Weitere Schweden-Krimis von Kristina Ohlsson:

Aus der Serie mit Fredrika Bergman und Alex Recht:
Aschenputtel
Tausendschön
Sterntaler
Himmelschlüssel
Papierjunge
Sündengräber

Aus der Serie mit Martin Benner:
Schwesterherz
Bruderlüge
Blutsfreunde

Aus der Serie mit August Strindberg:
Die Tote im Sturm
Das Feuer im Bootshaus
Die Frau im Eishaus
Spätsommertod
Weitere in Vorbereitung

KRISTINA OHLSSON

SPÄT SOMMER TOD

Ein SCHWEDENKRIMI mit AUGUST STRINDBERG

Deutsch von Susanne Dahmann

LIMES

Die Originalausgabe erschien 2024 unter dem Titel »Frälsarkransen«
bei Bokförlaget Forum, Stockholm.

MIX
Papier | Fördert gute Waldnutzung
FSC® C014496

Penguin Random House Verlagsgruppe FSC® N001967

1. Auflage 2025

Neumarkter Straße 28, 81673 München
produktsicherheit@penguinrandomhouse.de
(Vorstehende Angaben sind zugleich
Pflichtinformationen nach GPSR)

Redaktion: Ingola Lammers
Umschlaggestaltung: www.buerosued.de
Umschlagmotiv: © iStockphoto / wilmurhtina
Karte: © Peter Palm, Berlin
BL · Herstellung: KH
Satz: Buch-Werkstatt GmbH, Bad Aibling
Druck und Bindung: GGP Media GmbH, Pößneck
Printed in Germany
ISBN 978-3-8090-2788-1
www.limes-verlag.de

Der Sommer war schon fast zu Ende, als endlich die Hitze kam. Während des Frühjahrs war von einem Sommer geredet worden, der hohe Temperaturen, warmes Wasser und ausgetrocknete Böden bringen würde. »Kaufen Sie sich einen Ventilator, ehe es keine mehr gibt!«, hatten die Läden gemahnt, und alle, die sich auch nur im Mindesten hitzeempfindlich fühlten, waren der Aufforderung sogleich nachgekommen.

Sogar an der Westküste.

Auf Hovenäset hatten die Einwohner erwartungsvoll übers Meer geblickt und auf die versprochene Hitze gewartet. Dieser Sommer würde nicht einer dieser furchtbar windigen und regnerischen werden, sondern ein richtiges herrliches Sonnenfest.

»Das glaube ich erst, wenn ich es sehe«, hatten die eher skeptisch Veranlagten gesagt, doch die Hoffnung stirbt bekanntlich zuletzt, sodass wohl auch diese sich irgendwann dem Wunsch nach einem langen und heißen Sommer hingegeben hatten.

Und dann war die hellste Jahreszeit gekommen – doch ohne besondere Wärme mitzubringen. Andererseits war auch nicht viel Regen gefallen. Nein, dies war ein Sommer, an den man sich wegen seines milden Wetters und seiner langen, hellen, aber kühlen Abende erinnern würde. Niemand hatte einen Ventilator gebraucht, um sich abzukühlen, sondern nach neun Uhr abends einen Wollpullover übergezogen, um nicht zu frieren. Und niemand war mit seinem Garten zufrieden. Die Erdbeeren waren zu spärlich und wurden zu spät reif, und auch Johannisbeeren oder Rhabarber mickerten vor sich hin. Der Sommer war in halbem Tempo vergangen und das Leben ebenso.

Der Julimonat kam und ging, und es wurde August. Und *da* kam die Hitze. Aus dem halb warmen sonnigen Wetter wurde eine tropische Hitze, und auf Hovenäset versuchte man, den letzten Rest Urlaubsgefühl zu melken, ehe der Alltag mit Schule und Arbeit wieder losging. Es war Zeit für die ersten Krebse, und in den Bootshütten rüstete man sich für das Fest.

Mitten in dieser Zeit, während des letzten Seufzers des Hochsommers, bekam eine einsame Seele auf Hovenäset plötzlich Angst. Die Angst wuchs zu Sorge, die zu Entsetzen wurde. Ein so heftiges Entsetzen, dass ihm Taten folgen mussten. Und mit einem Mal breitete sich das Gefühl von Unsicherheit in dem kleinen Ort aus.

Einigen aus der Herde war es übel ergangen.

Und jemand hatte Böses getan.

Warme Winde ließen Bäume und Büsche flüstern.

Wer war es denn, der die Ordnung auf der Halbinsel gestört hatte?

Und gab es noch mehr, die Grund hatten, sich bedroht zu fühlen?

8. August

»Etwas muss passiert sein«

Die Sonne brannte stur durch das Fenster der Bootshütte. Natürlich tat sie das immer, wenn sie mal herausschaute, aber an diesem besonderen Tag störte es Ove Dahlman auf ganz besondere Weise.

»Bald wird man wohl im Haus eine Sonnenbrille tragen müssen«, schimpfte er vor sich hin.

Der Boden der Bootshütte knarrte unter seinem Gewicht, wenn er sich bewegte. Draußen war es heiß und drinnen auch. Es gab kein Entrinnen. Oves Bewegungen waren schwerfällig, aber gleichzeitig eifrig, als er unter den Schwimmwesten, die an der Wand auf Nägeln hingen, suchte. Wo zum Teufel war die kleinste Weste hingekommen? Es war doch nicht lange her, seit der Sohn und die Enkelkinder zuletzt mit dem Boot draußen gewesen waren. Da musste Elina doch eine Weste angehabt haben, oder?

Ove schob die größeren Westen beiseite, doch die kleinste war immer noch nicht zu sehen. Er unterdrückte einen verärgerten Seufzer. Die Weste musste her, aber das sollte dann eben bis nach dem Mittagessen warten. Irma war dabei, das Essen aufzuwärmen, und kalt würde es nicht schmecken. Vielleicht wusste Irma ja, wo die kleinste Weste hinverschwunden war? Wenn sie aufräumte und sortierte, hatte sie so viele Einfälle, dass es fast unmöglich war, denen zu folgen. Andererseits hatte er ja gut Zeit. Noch waren es mehrere Stunden bis zum Abend.

Sie hatten einen netten Nachmittag und Abend vor sich, Irma und er. Irma hatte der Schwiegertochter Lovisa zu ihrem Krebsfest am Abend eine Pinocchio-Torte versprochen, und Ove würde Elina von einem Kindergeburtstag in Kungshamn abholen. Etwas später, wenn das Krebsfest dann im Gang war, würden die Enkelkinder zu ihnen kommen. Sohn Magnus und seine Lovisa hatten entschieden, dass das Krebsfest kinderfrei sein sollte – und offensichtlich auch rentnerfrei.

Ein schlaues Arrangement für alle Beteiligten, auch wenn Ove wusste, dass Irma gerne beim Fest dabei gewesen wäre. Er selbst blieb lieber zu Hause – *viel* lieber –, aber man musste ja nicht alles laut sagen.

Mit entschlossenen Schritten ging er nach Hause. Die Bootshütte lag nur einen Steinwurf von ihrem Haus entfernt und gehörte ihnen nun bald schon dreißig Jahre. So viel Zeit war vergangen, so viel hatte man erlebt.

»Ove?« Irma schaute aus der Verandatür, als er sich dem Haus von der Rückseite näherte. Die weiße Holzverkleidung glänzte in der Sonne. Zwei Jahre war es her, seit sie es zum letzten Mal hatten streichen lassen. Kein Klima war härter für Farbe als das an der Westküste, doch das Haus würde noch mindestens fünf, sechs Jahre frisch und gepflegt aussehen. Das hatte der Maler versprochen.

»Zur Stelle.«

Sie verzog den Mund.

»Habe mich gerade gefragt, wo du bleibst. Wir wollen doch jetzt essen.«

Ove antwortete nicht.

Es war schon immer so gewesen, dass sie unterschiedliche Essens- und Schlafenszeiten hatten. Und mal ehrlich: Wie eilig konnte das mit dem Mittag sein? Schließlich hatten sie kein luxuriöses Essen gekauft. Hamburger und Pommes. Und Milchshakes. Alles vom McDonald's im Einkaufszentrum bei Uddevalla – wie immer, wenn sie dort ihre Besorgungen machten.

»Ich hab gedacht, sowie ich gegessen habe, fange ich mit der Torte an«, erklärte Irma, während sie in die Küche gingen. »Dann weiß ich sicher, dass ich rechtzeitig fertig bin.«

Ove nickte schweigend.

Irma hatte diese Torte schon hundertmal gebacken, und dennoch klang sie gestresst. Das war im Grunde nicht ungewöhnlich, sie hatte Spaß daran, sich ein bisschen Stress zu machen. Zumindest war Ove zu dem Schluss gekommen, dass sie es genoss, unter Zeitdruck zu schaffen und sich zu beweisen. Dann fühlte sie sich gebraucht, vielleicht sogar lebendiger. Wer einen Termin einzuhalten hat, der hat auch jemanden, der auf ihn wartet.

Und das schien ihrer Schwiegertochter sehr gut zu passen. Sie bat gerne um einen Gefallen. Ove wusste, dass Irma ihre Bedenken gehabt hatte bei Magnus' Bekanntgabe, er und Lovisa würden Göteborg verlassen und nach Hovenäset ziehen – in den Ort, wo Magnus zwar aufgewachsen war, zu dem Lovisa aber keinerlei Verbindung hatte. Wie würden sie ein Gleichgewicht finden, wie oft und viel man sich sehen wollte, wenn man so nah beieinander wohnte? Woher sollten sie als Eltern wissen, wann sie zu aufdringlich wurden?

Ove und sein Sohn hatten ihre Befürchtungen aber nicht geteilt.

»Lovisa möchte genauso wie ich raus aus der Großstadt«, hatte Magnus gesagt. »Das Leben da passt nicht zu uns. Für unsere kleine Familie wird es also sein, als würden wir nach Hause kommen. Alles andere wird sich schon lösen lassen.«

Das hatte Ove auch gedacht. Gleichzeitig hatten sowohl er als auch Irma im Bekanntenkreis erlebt, was das Einmischen und das allzu hingebungsvolle Engagement von Eltern anrichten konnten. Andererseits mangelte es auch nicht an Beispielen von guten Freunden, die betrübt darüber waren, dass sie ihre Kinder und Enkelkinder zu selten sahen.

»So werden wir das nicht machen«, hatte Ove gesagt. »Wir werden ganz entspannt sein.«

Und möglicherweise war ihnen das auch gelungen, denn Ove erlebte die Beziehung zu seinem Sohn als spontan und ungezwungen. Im Laufe der Jahre hatten sie eine Gewohnheit gefunden, die zu beiden Seiten passte.

»Dann wollen wir mal sehen«, sagte Irma. »Ich habe schon alles hingestellt.«

Ove ließ den Blick aufmerksam über den Küchentisch wandern und nickte dann bedächtig.

Ja, doch, alles war da.

Genau wie immer.

»Sollen wir anfangen?«, fragte Irma und zog ihren Stuhl heraus.

Ove ging um den Tisch und nahm ihr gegenüber Platz. Er schaute über das Essen auf dem Tisch und spürte den Appetit nachlassen. So war es immer, wenn etwas vor ihm lag, wonach er sich lange gesehnt hatte. Er hatte einen großen Augenblick vor sich, einen der besten seit vielen Jahren. Aber erst mussten sie essen. Es ging auf halb eins, und Irma würde misstrauisch werden, wenn er nichts aß.

»Natürlich«, sagte er. »Jetzt essen wir.«

Alles andere konnte warten.

Er würde alles noch schaffen.

Am wichtigsten war, dass Irma seine Pläne nicht durchschaute.

Ove lächelte.

Der Abend, der vor ihm lag, würde einer der besten werden. Aber nur für ihn.

»Willst du einen Schnaps?«

In Henriks Stimme schwangen gleichermaßen Bosheit und Erwartung mit. August hob den Blick von der Erdbeertorte, die er gerade dekorierte, und sah seinen besten Freund an. Es war kurz vor 17 Uhr, und draußen herrschten über 25 Grad.

»Ich nehme gerne später in der Bootshütte einen Schnaps, bevor die Gäste kommen«, erwiderte er. »Im Moment hätte ich am liebsten bloß Wasser. Es ist so verdammt heiß.«

Henrik grinste.

»Entschuldige bitte, aber ich weiß eben nicht, wie das hier funktioniert«, sagte er. »Ich war schließlich noch nie in meinem Leben auf einem richtigen Krebsfest.«

»Ich meine mich zu erinnern, dass wir zwei zusammen auf mindestens einem Dutzend Krebsfeste waren«, entgegnete August.

Henrik schüttelte den Kopf.

»Das war doch nur Trockenschwimmen«, widersprach er. »In Stockholm gibt es keine richtigen Krebsfeste. Die feiert man nur hier, wo es auch richtige Krebse gibt.«

August lächelte.

Nur wenige Menschen waren von seinem Umzug an die Westküste so betroffen gewesen wie Henrik, der immer noch in Stockholm wohnte. Zwei Jahre waren vergangen, seit August seine Arbeit in der Finanzbranche in der königlichen Hauptstadt verlassen hatte, um sich den Traum zu verwirklichen, in Kungshamn einen Secondhandladen zu eröffnen – nur drei Kilometer entfernt von Hovenäset, wo er sich niedergelassen hatte. Die Kindheitserinnerungen aus der Zeit, als seine Großeltern ein Sommerhaus auf Hovenäset besaßen, hatten ihn darauf gebracht, ausgerechnet diesen Ort für sein neues Leben auszusuchen. Und dann hatte sich alles atemberaubend schnell ergeben. Er hatte sogar wenige Wochen nach dem Umzug die große Liebe seines Lebens getroffen.

Maria.

Sie wohnten in einem charmanten Haus an der romantischsten Adresse des Universums: dem Kärleksvägen. Und viel besser als Liebe am »Liebesweg«, das ging gar nicht. Im Februar waren sie Eltern eines kleinen Mädchens geworden, und seither befand sich August in einer Art Glücksblase.

Er war verliebt, und er war Vater. Und er hatte einen Freund, der in Stockholm wohnte und ihn sooft er konnte im Paradies besuchte.

»Es freut mich wirklich, dass du das Krebsfest als etwas Einzigartiges betrachtest«, sagte August und wandte seine Aufmerksamkeit der Tochter Sofia zu, die auf der anderen Seite der Kücheninsel in einem Kinderstuhl saß.

Das Größte, was ihm geschehen war. Das Wichtigste und das Schönste. Und das, was das Leben am meisten umgewälzt hatte. Nach dem Tod seiner Eltern war die Sehnsucht nach Kindern wie aus dem Nichts aufgetaucht und hatte ihn dann mit voller Kraft umgehauen, als er sich später in Maria verliebte. Sie war früher schwanger geworden, als sie geplant hatten – wahrscheinlich, weil sie überhaupt nichts geplant hatten –, doch als die Schwangerschaft Tatsache war, hatte keiner von ihnen auch nur einen Gedanken darauf verschwendet, sie abzubrechen.

Sofia beobachtete alle Bewegungen von August mit konzentriertem Blick.

»Es ist unglaublich, was für einen wählerischen Patenonkel du hast«, sagte er mit sanfter Stimme. Auf dem runden Gesicht von Sofia zeigte sich ein breites, fast zahnloses Lächeln.

»Uhhhhh«, sagte sie.

»Uhhhhh«, echote August. »Hörst du, Henrik? Sie ist derselben Ansicht!«

Henrik unterdrückte einen Seufzer, ging resolut zu Sofia und hob sie aus dem Kindersitz. »Du sollst nicht auf den Papa hören, wenn er gemein ist«, sagte er und gab ihr einen Kuss auf den Kopf. »Eines Tages, wenn ich dir alles beigebracht habe, was ich weiß, dann wirst du auch ein so ereignisreiches Leben haben, dass du nur auf die abgefahrensten Feste gehst und den Rest einfach bleiben lässt.«

August ließ vor Lachen einen Messbecher auf den Boden fallen.

»Ihr alles beibringen, was du kannst? Auf keinen Fall wirst du ihr zeigen, wie man achtzig Stunden die Woche arbeitet.«

Henriks Blick funkelte.

»Halte mich doch auf, wenn du kannst«, gab er mit einem Augenzwinkern zurück.

August lachte wieder und beugte sich herunter, um den Messbecher aufzuheben. Während er sich danach ausstreckte, hielt er eine Hand auf die Brusttasche seines Hemds, damit der Ring nicht rauspurzelte.

Drei ganze Tage lag der da schon in der Tasche.

Drei ganze Tage waren vergangen, ohne dass August es geschafft hätte, Maria seinen Antrag zu machen.

Er, der sich doch eigentlich vor gar nichts fürchtete, war plötzlich zum feigsten Menschen auf dem Planeten geworden. Denn während er selbst niemals verheiratet gewesen war, hatte Maria doch bereits zehn Ehejahre hinter sich, und zwar mit einem Mann, der sie geschlagen und gequält hatte.

»Ich liebe uns, August«, pflegte Maria zu sagen. »Ich liebe es, wie es uns geht und wie wir leben. Genau so will ich den Rest meines Lebens verbringen.«

August verstand das so, dass sie glücklich war, und dass das gut genug war und man ihrer Meinung nach nichts mehr hinzufügen musste.

Vielleicht will sie nicht, dachte August. Und vielleicht rechnet sie nicht damit, dass ich will.

Henrik setzte Sofia in den Kinderstuhl zurück.

»Jetzt werden wir zuschauen, wie der Papa die Torte fertig macht, damit mal ein bisschen Schwung in die Erwachsenenaktivitäten kommt«, erklärte er.

August verdrehte die Augen.

»Du bist unverbesserlich«, sagte er.

»Und du verwendest Zeit auf seltsame Dinge wie Torten, wenn du dich eigentlich auf Alkohol konzentrieren solltest«, erwiderte Henrik. »Wann kommt der Babysitter?«

»Heute Abend haben wir keinen Babysitter. Sofia geht mit zum Krebsfest.«

Er erwähnte nicht, dass sie mehrere Versuche unternommen hatten, einen Sitter für ihren Nachkömmling zu finden. Zum Beispiel hatten sie Marias Mutter gefragt, doch die hatte bereits andere Pläne. Möglicherweise wäre sie lieber bei dem Krebsfest dabei gewesen und hatte deshalb Nein gesagt. Da konnte man nicht so ganz sicher sein, dachte August.

»Könnt ihr denn nicht dieses Kindermädchen anrufen, das ihr sonst immer nehmt?«, fragte Henrik, als ob August und Maria noch nicht selbst auf die Idee gekommen wären. »Ich meine den, der vor ein paar Stunden hier war?«

»Lucas hat keine Zeit«, sagte August. »Seine Eltern werden ein eigenes Krebsfest ausrichten, und Lucas und seine kleine Schwester sollen einen gemütlichen Abend bei den Großeltern verbringen. Und nenn Lucas bitte nicht Kindermädchen, sei so gut.«

Lucas war der vierzehnjährige Nachbarsjunge. Während der Sommerferien half er ein paar Tage die Woche und passte im Laden auf Sofia auf, während August Kundengespräche führte. Maria hatte ihre Elternzeit früher als erwartet beendet und war zurück im Polizeidienst, und seit Mai war August derjenige, der sich tagsüber um Sofia kümmerte. Zuvor an diesem Tag hatte Lucas mit Sofia einen langen Spaziergang unternommen, sodass August, Maria und Henrik in aller Ruhe die restlichen Vorbereitungen für das Fest erledigen konnten, und das war eine große Hilfe gewesen.

Als er daran dachte, wie sie gemeinsam vor ihrem Fest im Haus gearbeitet hatten, fiel ihm wieder der Ring in der Brusttasche des Hemds ein. August trug ihn bei sich, um den richtigen Moment für den Antrag auf keinen Fall zu verpassen. Dem Schicksal auf die Sprünge zu helfen, kam ihm nicht in den Sinn. Sein Bauchgefühl sagte ihm, dass er wissen würde, wenn es so weit war, und da galt es, den Ring zur Hand zu haben.

Ein gellendes Handyklingeln hallte durch die Küche. August wischte sich schnell die Hände ab und ging ran.

»Strindberg.«

Die Stimme einer älteren Frau war zu hören.

»Ist da August Strindberg? Wie gut, ich rufe an wegen der Sammlung von gebrauchten Computern für die Armen.«

Fast hätte August losgeprustet. Er hatte durchaus über seinen Laden eine Sammelaktion von ausrangierten Computern und Smartphones initiiert, hätte sich aber nicht so ausgedrückt wie die Dame. *Für die Armen.*

»Wie schön«, sagte er. »Die Sammelaktion soll Schulkinder unterstützen, deren Eltern nicht die Möglichkeit haben, ihnen einen eigenen Computer oder ein Smartphone zu kaufen, und …«

»Ja, das habe ich doch gesagt«, unterbrach ihn die Dame.

Henrik betrachtete August mit belustigter Miene, als der versuchte, das Gespräch so zu steuern, dass es würdevoller klang, während er gleichzeitig die Frau, die da anrief, nicht abschrecken wollte. Seine Sammelaktion hatte große Aufmerksamkeit bekommen und dazu geführt, dass vergleichbare Aktionen auch an anderen Orten im Land gestartet worden waren. Obwohl das Projekt erst knapp sechs Wochen lief, hatte August schon über achtzig Telefone und Computer erhalten.

Er bat die Frau, ihre Sachen zu seinem Laden zu bringen, dann beendete er das Gespräch und konzentrierte sich wieder auf die Torte, die mit großen roten Erdbeeren dekoriert werden sollte. Dazu brauchte er mehr Sahne, und das war eine der Zutaten gewesen, für die Maria mit dem Fahrrad losgefahren war. Die Tortenböden waren nach dem Rezept seiner Mutter mit einer kinderleichten Abmessung der Zutaten in nur einem Glas gebacken, und dann hatte er eine Vanillecreme nach dem Rezept von Marias Mutter hergestellt. Die Creme, die herrlich glänzte und ein wenig mit Zitronenzesten abgeschmeckt war, hatte eine perfekte Konsistenz. Die Erdbeeren, die er draußen im Garten gepflückt hatte, waren die letzten – oder genauer gesagt, die einzigen –, die bei ihnen gewachsen waren. Erst in der letzten Woche waren überhaupt welche herausgekommen.

Lautes Klopfen an der Haustür riss ihn aus seinen Gedanken.

August konnte nur kurz hochsehen, da stand Lucas plötzlich in der Küche. Offensichtlich hatte Maria vergessen, hinter sich abzuschließen, als sie zum Laden gefahren war.

»Was ist denn passiert?«

Die Worte kamen schneller aus Augusts Mund, als er darüber nachdenken konnte. Denn irgendetwas stimmte hier überhaupt nicht, das konnte er an der ganzen Erscheinung des Jungen erkennen.

Die Teenagerpickel brannten auf Lucas' Wangen, und die Stimme brach ihm, als er antwortete:

»Papa hat mich gebeten, nach Oma und Opa zu suchen. Aber niemand, den ich gefragt habe, hat sie gesehen. Ich dachte, dass du vielleicht zufällig … dass du … Hast du sie gesehen?«

August runzelte die Stirn. Er wusste nicht viel mehr, als dass Lucas' Großeltern Irma und Ove hießen und wo sie wohnten.

»Meinst du heute?«

Lucas sah gestresst aus.

»Ja. Oder jetzt. Irgendwie.«

August schüttelte den Kopf. »Nein«, sagte er. »Das habe ich nicht. Warum …«

Die Teenagerstimme unterbrach ihn.

»Sie sind weg. Papa sagt, sie sind einfach weg.«

»Ich begreife nicht, wo sie sein können.«

Lovisa sah Magnus besorgt an.

»Ich auch nicht.«

Sie standen in der Küche, in der alles für den Abend vorbereitet war: Das jährliche Krebsessen, zu dem sich wie üblich ihre gemeinsamen Freunde in der Bootshütte von Magnus' Eltern versammelten. Ein Fest, über das alle hinterher immer gern noch lange sprachen. Die Krebse hatten Magnus und sein Vater gefischt, und dann waren sie von Lovisa und Magnus' Mutter zubereitet worden. Nun lagen die Tiere auf großen Platten im Kühlschrank, und auf dem Esstisch standen Pappteller und Gläser in unterschiedlichen Größen für Schnaps, Bier und Wasser bereit. Im Grunde war alles fertig. Nur die Frage, wohin die Eltern von Magnus verschwunden sein könnten, war noch offen.

Um kurz nach drei war der Anruf gekommen. Elina war vom Kindergeburtstag nicht abgeholt worden, und stattdessen hatten die Eltern eines Spielkameraden sie nach Hause gebracht.

»Das ist ja seltsam«, hatte Magnus zu Lovisa gesagt. »Mama und Papa haben schließlich versprochen, sie abzuholen. Ich rufe mal eben bei ihnen an und checke, ob sie vielleicht die Zeit vergessen haben.«

Das hatte er auch getan, wenngleich er keine Sekunde glaubte, dass die beiden vergessen haben könnten, Elina abzuholen. So was passierte seinen Eltern einfach nicht.

Als sie nicht ans Telefon gingen, hatte er Lucas rübergeschickt, damit er nachschaute, ob sie zu Hause waren, doch der kam zurück und sagte, sie hätten auf sein Klopfen hin nicht aufgemacht. Lucas war sogar noch beim Bootshaus vorbeigegangen, aber das Boot hatte auch noch am Steg gelegen. Als er gerade wieder zurückkam, hatte Lovisa entdeckt, dass ein paar Dinge für das Fest fehlten.

»Aber du warst doch gerade erst im Supermarkt und hast eingekauft«, hatte Magnus gesagt.

»Ich habe ein paar Sachen auf der Liste vergessen.«

Also hatten sie sich darauf geeinigt, dass Lovisa zum Coop fahren würde, um schnell einzukaufen, was sie noch brauchten. Etwas zusätzlichen Käse. Dill, mit dem man die Krebsplatten garnieren konnte, denn im Garten gab es keinen mehr. Alkoholfreie Getränke für alle, die weder Bier noch Wein wollten. Magnus hatte dafür gesorgt, dass Elina zu einem Spielkameraden ging, und war dann gefühlte zwanzig Runden durch Hovenäset gelaufen und hatte sogar Lucas ein weiteres Mal losgeschickt, damit er nach seinen Großeltern suchte. Niemand hatte sie gesehen.

Lovisa war nach Hause gekommen, hatte die Lebensmittel eilig in den Kühlschrank geräumt und war dann auch losgezogen, um zu suchen. Vergeblich. Unsicher, was sie nun tun sollten, hatten sich Magnus und Lovisa wieder nach Hause begeben, um einen Plan zu machen und ihre Gedanken zu sammeln. Und so waren sie in der Küche gelandet.

Lovisa sah gestresst aus. Die Eltern von Magnus waren für sie fast genauso wichtig wie für ihn. Es war ihre und nicht seine Idee gewesen, dass sie Göteborg verlassen und nach Hovenäset ziehen könnten. Ein wichtiger Antrieb dafür war, dass sie seine Eltern so sehr mochte.

Magnus hatte teilweise andere Gründe gehabt, auch wenn er es schön fand, näher bei seinen Eltern zu wohnen. Die Sportkarriere, die im Gymnasium noch so vielversprechend ausgesehen hatte (wie sehr hatte er inzwischen das Wort »vielversprechend« hassen gelernt …), hatte sich seit Jahren erledigt, und als Trainer für andere jüngere Talente taugte er nicht. Der Job als Buchhalter in einer großen Malerfirma hatte sich auch nicht mehr gut angefühlt. Nein, alles schrie nach Veränderung.

Also waren sie umgezogen. Magnus hatte sich selbstständig gemacht und unterstützte jetzt örtliche Unternehmen bei der Buchhaltung. Lovisa arbeitete in einem Stoffgeschäft in Kungshamn, und die Kinder liebten ihre Schulen.

Außerdem liebte die ganze Familie ihr Haus. Sowohl Lovisa als auch Magnus hatten sich schon aufgrund der Maklerannonce Knall auf Fall in das alte Haus auf Hovenäset verliebt. Das war, kurz bevor Lucas geboren werden sollte.

»Wir werden hier so glücklich sein«, hatte Lovisa gesagt.

Es hatte sich herrlich angefühlt, in dem Moment, als sie gerade Eltern wurden und ihre eigene Familie gründeten, zurück nach Hovenäset zu ziehen.

Magnus' Blick fiel auf die Zeichnung, die mit einem Magnet am Kühlschrank klebte. Elina hatte sie in der Tagesstätte gemalt.

»Ich wollte, dass alle von der Familie drauf sind«, hatte sie gesagt, als sie ihnen das Bild zeigte.

Und tatsächlich waren alle drauf.

Magnus, Lovisa, der große Bruder Lucas, Elina und Opa und Oma. Nicht die Großeltern mütterlicherseits und keine Cousins und Cousinen. Aber Opa und Oma väterlicherseits, die so nah wohnten und ihre Enkelkinder so oft sahen, dass Elina sie als einen Teil ihrer engsten Familie betrachtete. Magnus hatte kein größeres Bedürfnis nach Distanz zu seinen Eltern. Ihm schien, als wüssten sie von sich aus, was ein passendes Maß des Umgangs war, und er und Lovisa wussten das ebenso.

Vielleicht war deshalb jenes einzige Mal, als Magnus sich die Freiheit genommen hatte, mit seinem eigenen Schlüssel das Elternhaus zu betreten, so schlimm gewesen. Es schauderte ihn am ganzen Leib, wenn er nur daran dachte.

Ein Albtraum.

So hatte er das damals empfunden, und so fühlte es sich immer noch an. Sogar jetzt, als sie nicht zu erreichen waren, wollte er vermeiden, mit seinem Schlüssel in das Haus zu gehen.

»Was meinst du, was sollen wir machen?«, fragte Lovisa und sah ihm direkt in die Augen.

Magnus zögerte mit der Antwort. Es war eben erst kurz nach fünf. Seine Eltern waren seit ungefähr zwei Stunden verschwunden. Das war viel zu kurz, um die Polizei zu verständigen, aber zu lang, um sich keine Sorgen zu machen.

»Wir sind durch alle Wohnviertel gelaufen und haben gesucht«, erklärte er. »Niemand, mit dem ich gesprochen habe, hat Mama oder Papa in den letzten Stunden gesehen. Ich habe Lucas noch einmal losgeschickt, aber noch nichts von ihm gehört …«

Seine Ausführungen wurden von den eiligen Schritten des Sohnes in der Diele unterbrochen. Als er in der Küche auftauchte, musste Magnus nur einen Blick in Lucas' Gesicht werfen, um zu wissen, dass er auch diesmal seine Großeltern nicht gefunden hatte. Trotzdem ließ er es ihn noch einmal sagen:

»Niemand hat sie gesehen.«

Lucas sah aus, als würde er gleich um Entschuldigung bitten, weil er seinen Auftrag nicht mit Erfolg erfüllt hatte. Lovisa umarmte ihn.

»Das wird schon, mein Lieber«, sagte sie. »Alles wird gut.«

»Woher willst du das wissen?«, sagte Magnus resigniert und wünschte, er könnte sich auch so leicht mit Worten trösten lassen. Doch Lucas sah eigentlich nicht sonderlich getröstet aus. Im Gegenteil. Er war bleich und der Blick starr. Sein Anblick frustrierte Magnus. Das war doch einfach lächerlich. Sie befanden sich in einem der kleinsten Orte des Landes. Nichts lag weiter entfernt als zehn Minuten zu Fuß, und die Anzahl Dauerbewohner umfasste nur knapp 200 Personen. Selbst wenn man es wollte, konnte man auf dieser Halbinsel nicht verschwinden.

Also waren seine Eltern natürlich nicht verschwunden.

Natürlich nicht.

Lucas schniefte und wischte mit dem Arm unter der Nase durch. Das war eine schlechte Angewohnheit, die sie ihm schon seit Jahren erfolglos abzugewöhnen versuchten. Irgendetwas an dieser Bewegung ließ Magnus entschlossener handeln. Er musste sich durchringen, den Ersatzschlüssel zu benutzen. Die einzige Alternative dazu wäre, die Polizei anzurufen, und da war es lächerlich, nicht vorher im Haus der Eltern nachzuschauen.

»Ich nehme den Ersatzschlüssel und gehe zu ihnen rüber«, sagte er entschieden.

»Möchtest du, dass ich mitkomme?«, fragte Lovisa.

Magnus warf einen Blick auf das bleiche Gesicht seines Sohnes.

»Nein«, sagte er. »Bleib du hier bei Lucas. Ich bin gleich zurück.«

Die Sonne brannte vom Himmel, als Maria Martinsson aus dem Coop eilte. Im Arm trug sie die letzten Einkäufe für den Abend, die sie vergessen hatte zu besorgen. Drinnen im Laden hatte sie nicht weniger als drei andere Einwohner von Hovenäset getroffen, die mit ebenso konzentrierten Blicken aus demselben Anlass dort waren wie sie.

Maria ließ die Einkäufe direkt in den Fahrradkorb fallen und radelte dann in Richtung Zuhause. Die anderen hatten garantiert das Auto für dieselbe Strecke genommen – Maria war mit ihrer großen Vorliebe für das Fahrradfahren ziemlich allein.

Doch als sie nur wenige Meter gerollt war, klingelte ihr Handy. Sie hielt an und lächelte, als sie sah, dass es Gabriella war.

Ihre Schwester.

Mit der sie bis vor einem Jahr höchstens einmal im Monat gesprochen hatte, die sich jetzt aber mehrmals in der Woche meldete. Vor allem seit Sofias Geburt war der Kontakt intensiver geworden, was Maria ein wenig erstaunte. Dass ihre Mutter, die jetzt Großmutter geworden war, plötzlich viermal so oft anrief wie sonst, war zu erwarten gewesen, aber doch nicht ihre fünf Jahre jüngere Schwester, die ein völlig anderes Leben führte als Maria.

»Ich wollte mich nur versichern, dass du bereit bist für das Fest heute Abend«, sagte Gabriella.

Maria lachte. Das war so eine Sache, die man ausgezeichnet per SMS fragen konnte, doch ihre Schwester liebte es anzurufen.

»Ich bin sehr bereit für ein Krebsfest«, sagte Maria. »Und überaus froh, dass du kommen wirst.«

Ihre Schwester atmete rasch. Vielleicht war sie draußen und drehte eine Runde mit dem Hund, ehe sie sich ins Auto setzen und nach Hovenäset fahren würde. Gabriella hatte kürzlich den

Abschluss in Volkswirtschaft an der Handelshochschule in Göteborg gemacht und einen Freund, der in Lund wohnte, wo er über Mollusken forschte. Maria hatte ihn nur ein paarmal getroffen, und es schien den beiden ganz gut zu gehen, wenngleich der Freund nicht gerade eine Spaßbombe war.

»Ich habe mit Mama gesprochen«, sagte Gabriella. »Es klang so, als ob sie und Papa doch gerne bei dem Krebsfest heute Abend dabei wären.«

Maria lachte leise. Dann hatte August also recht gehabt, warum seine Mutter nicht bereit gewesen war, auf Sofia aufzupassen.

»Die sind wirklich witzig«, sagte sie. »Sie können doch ein andermal zum Krebsessen kommen.«

»Das habe ich auch gesagt«, erwiderte Gabriella entschieden. »Aber wir sehen uns bald. Dann werde ich meine süße kleine Nichte ausgiebig küssen.«

Sie legte auf.

Als Maria gerade das Handy in die Tasche stecken wollte, sah sie, dass sie auch eine Mail bekommen hatte. Und zwar eine, auf die sie gewartet hatte. Ihr Herz schlug schneller.

Das lese ich später, dachte sie, und fuhr wieder los.

Ihre Gedanken wanderten zurück zu ihrer Schwester und dem bevorstehenden Krebsfest.

Meine süße Nichte, hatte sie gesagt.

Sofia Strindberg. Ein Vorname, der Weisheit bedeutete, und ein Nachname, den sie sowohl mit ihrem Vater als auch mit einem der bedeutendsten Schriftsteller des Landes teilte. So verblüffend selbstverständlich und so zutiefst geliebt. Und doch so fordernd. Es gab nichts, was Marias Leben auf eine so grundsätzliche Weise verändert hätte, und das nicht nur positiv.

Es hatte ihr widerstrebt, laut auszusprechen, was sie störte.

Dass das Leben als Mutter eines Neugeborenen sich zu lau anfühlte, zu ereignislos. Noch nie hatte sie sich so einsam gefühlt, und noch nie hatte sie eine größere Scham für das empfunden, was sie dachte. Und ganz im Gegensatz zu dem, was alle sagten, hatte sie noch nie so viel Zeit übrig gehabt. Am Ende hatte sie ihre alte Nähmaschine rausgeholt, die sie seit hundert Jahren nicht benutzt hatte, und sich das Muster zu einer Patchworkdecke gesucht. Ein Drittel der Decke war schon fertig gewesen, als ihr Kollege Ray-Ray sie darauf ansprach.

»Verdammt, Maria, warum musst du auf eine Weise Mutter sein, die dich fertigmacht?«, hatte er gesagt. »Ich sehe doch, dass du dich nicht wohl fühlst. Du bist doch keine schlechtere Mutter, nur weil du dir mehr als ein Babyleben wünschst.«

Die Erleichterung darüber, dass jemand endlich in Worte fasste, was sie belastete, war überwältigend gewesen und hatte ihr die Kraft gegeben, zu ändern, was ihr Probleme bereitete. Am selben Abend noch hatte sie mit August gesprochen, und in der Woche darauf war sie in Teilzeit zu ihrer Arbeit als Kriminalinspektorin und Ermittlerin zurückgekehrt.

August.

Wenn sie nur gewusst hätte, dass es möglich war, einen Mann so sehr zu lieben, wie sie ihn liebte. Vielleicht hätte sie sich dann schon früher nach Kindern gesehnt oder überhaupt die Möglichkeit in Betracht gezogen. Tatsächlich war sie aber, bevor sie tatsächlich schwanger wurde, nur mal kurz an dem Gedanken vorbeigekommen.

Maria spürte die Sonne im Nacken, als sie den ersten Hügel vom Coop aus hinaufradelte. Oben angekommen, sah sie den Wohnwagen, der jetzt seit zwei Jahren ihren Arbeitsplatz darstellte.

Ein ordentlich mit dem Logo der Polizei geschmückter Wohnwagen mit Platz für zwei Ermittler aus der Abteilung für Gewaltverbrechen.

Maria und Ray-Ray.

Als Ort für polizeiliche Ermittlungsarbeit war ein solcher Wohnwagen derart abwegig, dass erst mal niemand das glauben wollte. Doch so war es, und so würde es wahrscheinlich auch bleiben. Roland, der Chef von Maria und Ray-Ray, war einfach viel zu verliebt in diese Regelung, als dass sie abgeschafft würde.

Maria ließ die Gedanken an die Arbeit los und sauste den Väggabacken Richtung Hovenäset hinunter. Heute hatte sie frei, und jetzt war Zeit für ein Krebsfest. Wie sie sich darauf gefreut hatten! Vor allem August. Und Henrik. Immer Henrik.

Sie hatte sich an ihn als ständigen Gast und Schatten gewöhnt, und es war für Maria ebenso wie für August selbstverständlich gewesen, dass er Sofias Pate wurde. Ein weibliches Pendant zu finden, war schwieriger gewesen. Ihrer Schwester stand Maria nicht nahe genug, um sie zu bitten, und andere Kandidatinnen waren ihnen nicht eingefallen.

»Mein Gott«, hatte Maria geflüstert und dabei geweint. »Ich habe keine Freundinnen.«

Das war keine neue Erkenntnis. Die Ehe mit Paul hatte alle ihre anderen Beziehungen, inklusive denen zu ihrer Familie, vergiftet und erstickt. Was einmal kaputtgegangen war, konnte auch repariert werden, so viel war Maria schon klar, doch das brauchte seine Zeit. *So unendlich viel Zeit.* Ungefähr wie die Arbeit an der Patchworkdecke für ihr Doppelbett, jetzt, da sie nur noch in ihren freien Momenten dazu kam. Doch ein paar von ihren neu-alten Freunden würden zumindest zum Krebsfest kommen, und das fühlte sich wie ein guter Schritt auf dem richtigen Weg an.

»Weißt du«, hatte August gesagt. »Ich finde nicht, dass es so eilig ist, eine Patin für Sofia zu finden. Eigentlich bin ich nicht mal sicher, ob es unbedingt eine Frau sein muss. Ich meine, du hast doch einen allerbesten Freund.«

Knapp zehn Minuten später hatte Maria Ray-Ray angerufen und gefragt, ob er sich vorstellen konnte, zusammen mit Henrik der Pate von Sofia zu sein.

»Das war verdammt noch mal höchste Zeit, dass du endlich fragst«, hatte der gemurmelt und dann klargestellt: »Natürlich will ich das.«

Maria musste immer lächeln, wenn sie an diese Antwort dachte.

Das war verdammt noch mal höchste Zeit, dass du endlich fragst.

Sie konnte schon verstehen, dass er ein wenig ungehalten war. Weder sie noch August hatten im Vorhinein gedacht, dass ausgerechnet Ray-Ray die *voice of reason* sein würde, auf die sie sich verlassen konnten, wenn die Wirklichkeit sie überforderte, doch jetzt im Nachhinein musste man einfach feststellen, dass es so gut war. Es gab keine Kinderkrankheit, keinen Ausschlag und nicht eine einzige Fieberkurve, die er nicht kannte oder erklären konnte. Fünf eigene Kinder hatten ihn zu einem kaum zu überbietenden Experten gemacht.

Marias Fahrrad rollte schnell am Friedhof von Hovenäset vorbei und dann weiter auf dem Fahrradweg am Wasser entlang. Sie wurde dieses Wegs nie müde und konnte sich an dem betörenden kleinen Ort auf der anderen Seite der Halbinsel nicht sattsehen.

Hier will ich bleiben, dachte sie.

Als sie sich ihrem Zuhause näherte, trat sie schneller in die Pedale. Kurz bevor sie auf den Kärleksvägen einbog, entdeckte sie Magnus, den Vater ihres Babysitters Lucas. Er kam ihr mit langen Schritten und den Händen in den Taschen entgegen. Das dunkle Haar hob sich im warmen Wind und ließ ihn aussehen, als hätte er eine gegelte Tolle. Seine Haltung war wie immer die eines Zinnsoldaten. Maria hatte gehört, dass er in jungen Jahren als Leistungssportler Leichtathletik betrieben hatte, aber wegen unterschiedlicher Verletzungen aufhören musste. Jetzt war er 45 Jahre alt, und aus jener Zeit waren ihm der durchtrainierte Körper und die aufrechte Haltung geblieben.

Doch es war nicht seine Art zu gehen oder zu stehen, die Maria aufmerksam werden ließ, sondern sein Gesichtsausdruck.

Die Miene wirkte verschlossen, aus Entschlossenheit oder aus Zorn? Das war manchmal schwer zu unterscheiden.

Instinktiv fuhr Maria langsamer.

»Hallo, hallo!«, rief sie.

»Hallo.« Magnus betrachtete die Dinge in ihrem Fahrradkorb, als würde er gar nicht richtig begreifen, was er da sah.

»Ich musste los und ein paar letzte Sachen fürs Fest heute Abend holen«, erklärte Maria und hielt jetzt an. »Ihr habt ja wahrscheinlich auch alle Hände voll zu tun, oder?«

Er nickte bedächtig.

»Ja, genau«, sagte er. »Lucas hat erzählt, dass ihr heute Abend auch ein Krebsfest feiert.«

Maria nickte ebenfalls.

»Genau«, sagte sie und fügte dann nach einem gewissen Zögern hinzu: »Ist etwas passiert?«

Magnus schluckte.

»Hast du meine Eltern heute irgendwann gesehen?«, erkundigte er sich.

Maria dachte nach. »Nein, wieso?«

Er schüttelte den Kopf und lachte ein wenig.

»Das hier klingt so unglaublich dämlich«, sagte er. »Aber wir erreichen sie einfach nicht. Nicht per Telefon und nicht zu Hause. Und sie haben versäumt, Elina heute Nachmittag von einem Kindergeburtstag abzuholen. Das sieht ihnen so überhaupt nicht ähnlich.«

»Oh«, sagte Maria. »Da verstehe ich, dass du dir Sorgen machst. Können sie denn nicht bei irgendwelchen Freunden sein oder eine Bootstour unternommen haben?«

Magnus schüttelte den Kopf und erklärte:

»Das Boot liegt noch am Steg. Und es würde überhaupt nicht zu ihnen passen, einfach abzuhauen. Außerdem wollten sie den Abend heute mit Elina und Lucas verbringen. Es ist völlig unvorstellbar, dass sie so etwas vergessen würden.«

Maria dachte über das nach, was Magnus gerade gesagt hatte.

Es störte ihr Polizeigefühl, dass sowohl Ove als auch Irma unmöglich zu erreichen waren und dass nicht nur einer von beiden vermisst wurde. Wenn sie überhaupt weg waren – so etwas war immer schwer zu beurteilen, wenn nicht mehr als ein paar Stunden vergangen waren.

»Ich wollte jetzt zu ihnen gehen und mal nachsehen«, sagte Magnus. »Ich habe einen Ersatzschlüssel, mit dem ich ins Haus gehen werde.«

Dieser Plan schien ihm überhaupt nicht zu behagen.

»Das klingt aber angebracht«, sagte Maria.

Magnus verzog das Gesicht.

»Wenn sie nun zufällig zu Hause sind, dann hoffe ich, dass sie das auch so sehen werden«, erwiderte er. »Ich habe das schon mal gemacht, bin mit dem eigenen Schlüssel reingegangen, und es war unfassbar peinlich.«

Maria lächelte.

»Es ist ganz schön schwierig, immer alles richtig zu machen«, sagte sie. »Ich kann dich begleiten, wenn du möchtest. Und entweder draußen warten oder mit reingehen.«

Magnus sah ein wenig erleichtert aus. Offensichtlich gefiel ihm der Gedanke, *irgendjemanden* dabeizuhaben.

»Das klingt wie ein guter Plan«, sagte er. »Hast du denn Zeit?«

Maria nickte. Um alte Eltern musste man sich kümmern. Sie würde das Fahrrad mit den Einkäufen in den Schatten stellen und sich dann beeilen. August würde schon noch ein Weilchen ohne Sahne auskommen.

»Natürlich«, sagte sie. »Ich habe Zeit.«

Sie sah Magnus von der Seite an. Er zuckte mit keinem Muskel, schien kaum gehört zu haben, was sie sagte.

Langsam ging Maria auf, dass er mehr als besorgt war.

Er kannte seine Eltern gut genug, um zu wissen, dass irgendetwas geschehen sein musste.

Und diese Erkenntnis machte ihm Angst.

»Wann geht das Krebsfest los?«

Vendela Hansson stützte sich auf einen Ellenbogen und bemühte sich, leichthin zu klingen.

Zunächst bekam sie keine Antwort, deshalb dachte sie schon, dass er eingeschlafen wäre. Doch dann öffnete er das eine Auge zu einem schmalen Schlitz, und als sie es da drin glitzern sah, wusste sie, dass er hellwach war.

»Um halb sieben. Ich glaube, Henrik ist für die Aperitifs verantwortlich, es kann also durchaus länger gehen.«

Ray-Rays grüne Augen sprühten vor Energie.

Die schönsten, die sie kannte.

Wie hatten sie nur so lange zusammenarbeiten können, ohne dass sie entdeckt hatte, was für ein Fang er war?

Vendela lächelte.

»Das kann ich mir vorstellen«, erwiderte sie, obwohl sie Henrik nur einmal ganz kurz gesehen hatte.

Ray-Ray sah sie ernst an.

»Sorry noch mal, dass ich so spät gekommen bin.«

»Kein Problem.«

»Krise und Chaos mit einem der Kinder, ich bin nicht losgekommen.«

»Hat das Kind dich so festgehalten?«, fragte sie und lachte.

»Glaub mir, das willst du gar nicht wissen. Manchmal sind Kinder so quengelig, das ist unfassbar.«

»Ich glaube dir. Und wie gesagt, es ist kein Problem.«

Das hatte Vendela bei ihrem ersten gemeinsamen Date über Ray-Ray gewusst: Er hatte fünf Kinder mit vier Frauen. Er war immer auf der Jagd, und er war immer Single. Und er war zeitweilig, oder streckenweise, nicht verfügbar. Wenn sie behauptete, dass es kein Problem war, glaubte sie das auch zu meinen. Ungefähr auf dieselbe Weise, wie sie meinte, darauf vertrauen zu können, dass er wirklich nur deshalb zu spät kam, weil ein Kind Schwierigkeiten gemacht hatte.

Sie lagen nackt in ihrem Bett.

Das Fenster stand offen, doch im Zimmer war es trotzdem heiß. So heiß, dass keiner von ihnen erwog, unter eine Decke oder auch nur ein Laken zu kriechen. Das Schlafzimmer war zu klein für ihr großes Doppelbett, doch der Umzug in das Haus ihres Großvaters mütterlicherseits war so schnell gegangen, dass sie es nicht geschafft und nicht einmal versucht hatte, die Möbel, die nicht in ihr neues Zuhause passten, auszutauschen. Alles musste mitkommen. Ein Käufer hatte ihr ein so hohes Angebot für ihre Wohnung in Uddevalla gemacht, dass sie die sofort verkauft hatte.

»Manchmal ist es gut, wenn große Veränderungen schnell vonstattengehen«, hatte ihr Vater gesagt.

Er trauerte ebenso sehr um den alten Mann, der sein Schwiegervater gewesen war, wie Vendela. 93 Jahre war der Großvater alt gewesen, als er starb, und doch hatte sich sein Tod seltsam unerwartet angefühlt. Den einen Tag hatte er noch zu Hause in Kungshamn im Garten gestanden und Holz gehackt, und am nächsten war er fort. Der beste Tod für jemanden, der lange genug gelebt hatte, aber doch härter für alle, die zurückblieben.

Vendelas Blick wanderte zum Fenster. Das saß etwas schief, musste vorm Herbst noch gerichtet werden. Für sie hatte es keinen Zweifel gegeben, was sie mit dem Haus machen würde, wenn das Erbe geklärt war. Sie wollte darin wohnen, es zu ihrem eigenen machen. Es spielte keine Rolle, dass sie jetzt länger zur Arbeit fahren musste, sie liebte das Haus ihres Großvaters und die unmittelbare Nähe zum Meer. Und tatsächlich liebte sie auch Kungshamn.

Das Bett knarrte, als sie sich auf die Seite legte.

Eine ihrer Freundinnen nannte es das Optimistinnenbett.

»Ich finde es einfach herrlich, dass du irgendwie niemals aufgibst«, hatte sie gesagt, »dass du das größte Doppelbett kaufst, was du finden kannst, und einfach eiskalt damit rechnest, dass schon der Tag kommen wird, an dem du nicht allein darin liegen musst.«

Jedes Mal, wenn sie daran dachte, ärgerte sich Vendela. *Ich finde es einfach herrlich, dass du irgendwie niemals aufgibst.* Sollte das ein Versuch gewesen sein, ihr Mut zu machen?

Vendela strich mit der Hand über Ray-Rays behaarte Brust. Er passte so gut in das kleine Schlafzimmer mit dem schrägen Dach und dem schiefen Fenster und der Aussicht über das Meer.

Er passte so gut *zu ihr*.

Aufgrund der Tatsache, dass sie Kollegen waren, waren sie vorsichtig und trafen sich nur heimlich, und Vendela hatte bereits entschieden, dass die Freundin, die ihr Doppelbett kommentiert hatte, als Letzte von der Sache erfahren würde.

Ray-Ray fasste sanft um ihren Nacken und zog sie näher. Küsste sie langsam.

Was man alles über seine Kollegen nicht wusste.

Zum Beispiel, dass manche von ihnen wahnsinnig gut küssen konnten.

Wir gehören zusammen, dachte Vendela.

Der Ermittler und die Kriminaltechnikerin.

Oder, wenn man so wollte: der unermüdliche Frauenjäger und die ewige Single-Frau.

Es war im Mai gewesen, als sie mehr aus Zufall beschlossen hatten, nach der Arbeit zusammen ein Bier zu trinken. Das Bier war zu einem Abendessen geworden, das Abendessen dann zu Wein auf Vendelas Sofa. Und der Wein zu Sex.

Und dann war es, als ob sie nicht aufhören könnten.

Ohne ihre Beziehung weiter zu definieren, ließen sie einfach all das Herrliche immer weitergehen und immer noch stärker werden, während die Wochen vergingen. Das war wunderbar, aber auch ein wenig zerstörerisch, denn sie wusste nicht sicher, woran sie mit ihm war. Mit Sicherheit konnte sie nur sagen, dass sie jetzt glücklicher war als vorher.

Ich möchte also gerne, dass wir weitermachen.

»Was hast du denn heute Abend vor?«, fragte er.

Vendela hob den Kopf. Sie und Maria arbeiteten schon lange zusammen, waren aber keine engen Freundinnen geworden, und deshalb war Vendela nicht zu dem Fest eingeladen. Wollte Ray-Ray, dass sie mit zum Krebsfest ging? Ihr Herz schlug einen Purzelbaum. Das würde bedeuten, dass er eine richtige Beziehung wollte.

»Ich werde einfach zu Hause bleiben«, antwortete sie. »Mein Vater meinte, dass er vielleicht ein Weilchen rüberkommt, aber das steht noch nicht fest.«

»Schön«, sagte Ray-Ray und schloss die Augen. »Dann sparst du dir morgen den Kater.«

Obwohl er keinerlei Versprechen gemacht hatte, sank ihr der Mut. Natürlich wollte er sie nicht als sein Date mit auf das Fest nehmen; sie musste aufhören, sich solche Sachen einzubilden. Denn sie wollte ja wohl keine richtige Beziehung mit ihm, oder? Wollte sie das? Sie versuchte, die Frage zu beantworten, und stellte fest, dass sie es nicht wusste. Was in keiner Weise damit verwechselt werden durfte, dass es okay war, wenn auch er nicht wusste, was er wollte.

Auch Vendela schloss die Augen.

Es war völlig in Ordnung für sie, einen Abend mit ihrem Vater zu verbringen. Im Gegenteil, das war etwas, was sie beide am liebsten machten. Vor allem, wo er jetzt mit dem Stricken angefangen hatte. Handschuhe, Pullover, Socken. Als ihre Mutter noch lebte, hatte der Vater keinen Augenblick auf Handarbeiten verwendet, doch als sie vor ein paar Jahren gestorben war, hatte er sich grundlegend verändert. Ihre Großmutter hatte seinerzeit sowohl Vendela als auch ihrer Mutter das Stricken beigebracht. Und jetzt beherrschte ihr Vater das auch.

»Ich kann es dir auch beibringen«, hatte Vendela zu Ray-Ray gesagt, doch der war auf das Angebot nicht wirklich angesprungen.

Was natürlich okay war.

Mehr als einen strickenden Mann brauchte Vendela nicht in ihrem Leben.

Sie lagen schweigend da und ruhten sich einen Moment aus, und dann begann er sich zu winden. Vendela lächelte.

»Du bist wirklich nicht gut darin, dich einfach mal zu entspannen«, sagte sie.

Er lachte und rieb sich die Augen mit der Hand.

»Sorry«, sagte er. »Ich wollte nicht rastlos wirken.«

»Du musst dich nicht entschuldigen«, sagte sie rasch. »Du sollst du selbst sein. Du gefällst mir genauso, wie du bist.«

Kaum dass sie die Worte ausgesprochen hatte, bereute sie es schon. Sie hatte sich vorgenommen, in dieser Beziehung cool zu bleiben, sie einfach nur fließen und alles herrlich unkompliziert sein zu lassen. Da sagte man so etwas nicht.

Ihr Herz pochte. Sie wünschte sich so inniglich, dass sie nichts gesagt hätte, denn das stimmte ja nicht mal. Sie hasste es, wenn er mit dem Blick auswich, wenn sie fragte, was er am Wochenende machen würde, gerade so, als würde er irgendwas erfinden. Wenn sie sich sahen, war sie froh, dass sie den einfachen Weg gewählt hatten, doch an allen anderen Tagen dazwischen grämte es sie mehr, als sie gerne zugeben wollte. Die Tatsache, dass sie Kollegen waren, machte alles noch komplizierter. Wenn sie die Sache beendeten, dann würde es ungeheuer schwer werden, weiter miteinander zu arbeiten.

»Mit Nachbarn und Kollegen hurt man nicht rum«, hatte dieselbe Freundin, die ihr Bett optimistisch genannt hatte, gesagt.

Rumhuren, dachte Vendela. Ist es das, was wir hier machen?

Sie sah, wie sich sein Brustkorb hob und senkte. Die Miene war ruhig, aber ein wenig unentspannt.

Ich hätte nicht sagen sollen, dass ich ihn mag, dachte Vendela. Damit kommt er nicht klar.

In dem Versuch, etwas zu erklären, was eigentlich nicht erklärt werden musste, fing sie an, unzusammenhängend draufloszuplappern.

»Also, ich meinte nicht … Ich hab mehr gedacht, dass, also wenn du nicht hier liegen willst oder es nicht schaffst und gehen musst, dann können wir auch etwas anderes machen. Oder wenn du alleine was machen willst. Oder mit jemand … anders … Ich meine, ich finde es selbst nicht sonderlich dynamisch, einfach herumzuhängen und …«

Er brachte sie mit einer sanften Bewegung zum Schweigen, indem er einen Finger leicht auf ihren Mund legte.

»Ich mag dich auch«, sagte er. »Sehr sogar.«

Und dann sah es aus, als wollte er noch etwas sagen, doch er entschied sich anders.

Vendela sah ihn an.

Ich mag dich auch. Sehr sogar.

Das Bett knarrte, als er sich bewegte und mit dem Finger über ihre Wange und dann über ihren Hals hinunterstrich. Aus Angst, den zarten Zauber zu stören, hob sie langsam und vorsichtig die Hand und berührte sein grau gesprenkeltes Haar. Er war nur fünf Jahre älter als sie, aber um viele graue Haarsträhnen reicher. Er sah sie mit klarem Blick an.

»Ich dusche jetzt«, sagte er, »dann fahre ich kurz nach Hause und ziehe mich zum Fest um.«

Sie blieb alleine im Bett zurück.

Viel zu erfüllt von dem, was eben passiert war, um liegen zu bleiben, streckte sie sich über den Bettrand und tastete nach ihren Kleidern. Es gab so viel zu tun, um das Haus des Großvaters in ein Heim zu verwandeln. Viele der Umzugskartons waren immer noch nicht ausgepackt, und das Schlafzimmer war der einzige Raum, den zu tapezieren sie schon geschafft hatte.

Vielleicht können Papa und ich ja, anstatt zu stricken, die Diele neu streichen, dachte sie. Oder überlegen, welche Farbe ich auf den Küchenfronten haben will.

Aus dem Badezimmer hörte sie das Rauschen von Wasser, am liebsten hätte sie sich neben Ray-Ray in die Dusche gestellt.

Wie wird das hier enden?, dachte Vendela verunsichert, denn das war der Kern von allem, was ihr solche Angst machte:

Sie wollte nicht, dass es aufhörte.

Sie wollte weiterhin mit Ray-Ray zusammen sein. Der sagte, dass er sie auch mochte, aber kein Wort darüber verlor, was er in all der Zeit machte, in der er *nicht* mit ihr zusammen war.

Lass es los, dachte sie. Lass es einfach los. Man muss nicht alles wissen. Auch wenn man möchte.

»Sollen wir einen Spaziergang machen? Ich glaube, Sofia könnte vor dem Fest ein Nickerchen gebrauchen. Dann können wir auch nach den Großeltern von Lucas Ausschau halten.«

August suchte die Aufmerksamkeit von Henrik, doch der Freund war tief in etwas auf seinem Handy versunken.

»Klar«, brummte er.

August begann den Kinderwagen, der gelb wie die Sonne war, fertig zu machen.

Henrik erhob sich langsam von seinem Platz am Küchentisch.

»Ich habe einen Klienten, der total verrückt in ein schweizerisches Unternehmen investiert hat«, sagte er und verzog das Gesicht. »Mein Bauchgefühl sagt mir, dass die Leute hinter diesem Unternehmen ein Team von inkompetenten Scherzkeksen sind, aber da ist mein Klient anderer Meinung. Wahrscheinlich wird er mich jetzt rausschmeißen.«

»Vielleicht ganz gut, wenn ihr einander nicht vertraut«, meinte August.

Henrik brummte etwas Unverständliches und öffnete die Tür, sodass August den Wagen rausschieben konnte.

Die Hitze des späten Nachmittags hing über ihnen, als sie den Kärleksvägen hinuntergingen.

»Wie sehen die denn aus?«, erkundigte sich Henrik. »Ich meine, die da verschwunden sind?«

August nickte einem Nachbarn zu, der in seinem Garten Unkraut jätete.

»Wir wissen nicht sicher, ob sie verschwunden sind«, gab er zu bedenken.

»Aber du hast doch gesagt, dass wir rausgehen und nach ihnen suchen sollen.«

»Ich habe nur gemeint, dass wir sie vielleicht sehen. Eigentlich ist es mehr wegen Sofia, dass wir noch eine Runde drehen.«

Das, was er eben gesagt hatte, kam ihm etwas kindisch vor. *Vielleicht sehen wir sie.* Als ob sie zwei entlaufene Hunde wären. Und als ob der Vater von Lucas seinen Sohn geschickt hätte, wenn er sich nicht wirklich Sorgen machte.

August sah sich ratlos um. An den heißen und sonnigen Tagen war es auf Hovenäset besonders still. Kurz vor dem Mittagessen verschwanden alle und kehrten erst zurück, wenn es Zeit war, den Grill anzuwerfen und ans Abendessen zu denken. Sonne und Wärme bedeuteten Baden und Bootstouren. Niemand, der sich irgendwie bewegen konnte, blieb in seinem Haus.

Jetzt war es fünf Uhr durch, und in einigen Gärten waren Menschen zu sehen. Auf dem Felsmassiv hinter den Häusern am Kärleksvägen spielte eine Gruppe Kinder. Ihre lauten Stimmen waren eine Erinnerung an den Sommertag, der noch nicht zu Ende war.

August und Henrik nahmen den Weg hinauf an der Kapelle vorbei und folgten dann dem Pfad an den Häusern entlang, die am höchsten lagen. Einen langen Spaziergang konnte man auf der Halbinsel nicht unternehmen. Der Ort bestand aus ein paar hundert Holzhäusern, von denen die allermeisten außer im Sommer zu allen anderen Jahreszeiten leer standen. Keine Restaurants, keine Läden, keine Lebensmittelgeschäfte, keine Kneipen. Im Sommer gab es einen Kiosk am Badeplatz, der Würstchen, Eis und Bücher von einem lokalen Schriftsteller verkaufte, doch im Winter war auch der geschlossen.

Alles war nah und alles weit weg, dachte August.

Nur selten vermisste er das Angebot an Läden und Aktivitäten in Stockholm.

Er schielte gierig auf einen großen Busch mit Brombeeren, die bald pflückreif sein würden. Offensichtlich hatten sie es trotz des kühlen Wetters geschafft. Maria liebte Brombeeren ebenfalls, und sie hatten zwei Büsche gekauft, die sie auf der sonnigen Seite des

Hauses gepflanzt hatten. Hoffentlich trugen sie nächsten Sommer Früchte.

Dann werde ich Marmelade kochen, dachte August. Und Saft.

Henriks Handy klingelte, als sie auf dem Weg den Badhusberget hinunter waren.

»Ich muss da mal rangehen«, erklärte er.

Es wurde kein kurzes Gespräch. August hörte nur, was Henrik antwortete, doch das war vollkommen ausreichend, um zu wissen, dass es sich um den wütenden Klienten handelte. Henrik redete und redete, und als sie beim Resovägen angekommen waren, wo Augusts Bootshütte lag, erhob er die Stimme. Neugierige Menschen schauten aus ihren Hütten, und August verpasste Henrik einen Stoß in die Seite zur Erinnerung, dass er nicht allein war. Henrik mimte ein »Sorry« und sprach dann weiter.

August sah sich ab und zu suchend nach Ove und Irma Dahlman um. Das fühlte sich ziemlich sinnlos an, doch was sollte man sonst tun? Zwei erwachsene Menschen konnten sich doch nicht einfach so in Luft auflösen.

Der Resovägen ging in den Hovenäsvägen über, und bald würden sie zu Hause sein.

Das ist ja eine nette Gesellschaft, die ich mir da ausgesucht habe, dachte August ernüchtert und schaute von der schlafenden Tochter zu seinem abgelenkten Freund.

Henrik beendete sein Telefongespräch erst, kurz bevor sie in den Kärleksvägen einbogen.

»Entschuldige«, sagte er. »Ich musste wirklich mal Tacheles mit meinem Klienten reden.«

Da entdeckte August etwas weiter auf der Höhe seines Hauses einen Schatten.

Der Schatten gehörte einer Frau, wie er feststellen konnte. Er sah einen Rock und schlanke Beine, aber nicht viel mehr. Sie stand zum Teil hinter ausladenden grünen Ästen verborgen, und soweit August sehen konnte, war sie ihm und Henrik zugewandt.

»Steht da jemand und wartet auf dich?«, fragte Henrik, der ein paar Schritte hinter August geraten war.

»Sicht ganz so aus.«

»Eine Kundin vielleicht?«, sagte Henrik, der wieder angefangen hatte, mit dem Handy zu spielen.

Das war keine schlechte Idee. Es kam durchaus vor, dass Kunden zu August nach Hause gingen, anstatt in den Laden.

Doch als sie näher kamen, spürte August, wie sein Puls langsam stieg.

Das da ist keine Kundin.

Er ging schneller, doch die Frau hatte sich bereits zurückgezogen.

Ein Schritt, zwei.

Jetzt waren nur noch Füße und Schuhe zu sehen, der Rest verschwand im Schatten des Baumes.

Zu spät, dachte August. Ich weiß bereits, wer du bist.

»Hallo, wen suchen Sie?«, fragte Henrik, der das Handy jetzt weggelegt zu haben schien. Er war schon immer ungeduldiger gewesen als August, immer schneller darin, auf Ablenkungen zu reagieren.

Die Frau antwortete nicht, sondern machte auf dem Absatz kehrt und verschwand unglaublich schnell den Kärleksvägen hinunter und hinein in den Klovbergsvägen.

Henrik sah ihr erstaunt nach.

»Was war das denn für eine Psychotikerin?«, fragte er.

Nun ging auch er schneller, direkt an August vorbei und hinter der Frau her.

Schon bald war er wieder zurück.

»Verdammt, war das seltsam«, sagte er. »Sie ist einfach verschwunden.«

Stumm sah August in die Richtung, in welche die Frau gegangen war.

Jemand, den er seit mehreren Jahren nicht gesehen hatte, jemand, an den er immer seltener gedacht hatte.

Helene.

Die Frau, die sich im Schatten versteckt hatte, war seine ehemalige Lebensgefährtin Helene.

Machte er gerade einen Fehler?

Während er in der Hosentasche nach dem Schlüssel zu seinem Elternhaus suchte, konnte Magnus nicht aufhören, sich das immer wieder zu fragen. Vom letzten (und einzigen) Mal, als er mit seinem eigenen Schlüssel in das Haus seiner Eltern gegangen war, erinnerte er sich vor allem an den erigierten Penis seines Vaters. Dieses Bild hatte sich für alle Zeit und Ewigkeit auf seiner Netzhaut eingebrannt, und obwohl seither mehrere Jahre vergangen waren, schien es doch niemals zu verblassen.

»Was zum Teufel tust du hier?«, hatte sein Vater gebrüllt, als er Magnus erblickte. Der hatte nicht gewusst, wohin mit sich oder was er antworten sollte.

Seine Eltern hatten gehört, wie jemand, ohne zuerst zu klingeln, den Schlüssel ins Schloss steckte und reinkam. Darüber waren sie so besorgt, dass sein Vater nur mit einem Handtuch um die Hüften die Treppe aus dem oberen Stockwerk nach unten gerannt kam. Das Handtuch jedoch verlor er im Laufen, und deshalb hielt er nackt und verletzlich mitten auf der Treppe inne, als er entdeckte, dass sein Sohn der vermutete Einbrecher war.

Nun könnte man meinen, sein Vater wäre erleichtert gewesen, dass hier kein Dieb ins Haus eingedrungen war, doch er war vollkommen außer sich vor Zorn gewesen. Das Schimpfen nahm überhaupt kein Endc, und sein dickes silbergraues Haar hüpfte dabei auf seinem Kopf. Stammelnd bat Magnus um Entschuldigung und rannte dann den ganzen Weg nach Hause. Dort angekommen, vermochte er kaum rauszubringen, was passiert war, doch als Lovisa schließlich begriff, was passiert war, konnte sie überhaupt nicht aufhören zu lachen.

»Du machst ja Witze!«, hatte sie gesagt. »Aber das ist doch wunderbar. Ich meine, dass sie immer noch Spaß haben! Versprich mir, dass wir das auch so machen, wenn wir alt sind.«

Mehr als zwei Wochen mussten vergehen, ehe er mit seinen Eltern über den Vorfall sprechen konnte. Mehrmals bat er um Entschuldigung, während seine Mutter völlig am Boden zerstört wirkte.

»Es gab eine Vereinbarung«, hatte sein Vater mit der Stimme gesagt, die Magnus früher immer »die Magisterstimme« genannt hatte. »Wir wollten unsere gegenseitigen Bedürfnisse nach Privatleben respektieren und nicht, nur weil wir es können, einfach so bei den anderen auftauchen. Das haben wir gesagt, als ihr hierhergezogen seid und euch knapp hundert Meter entfernt niedergelassen habt. Und dann machst du so etwas.«

Magnus hatte versucht zu erklären. Es hatte damit angefangen, dass Lovisa ihre Schwiegereltern angerufen hatte, um zu fragen, ob sie möglicherweise sechs Eier leihen könnte. Doch da war niemand rangegangen, und keiner von ihren Nachbarn hatte für die Eierkuchentorte, die gebacken werden sollte, sechs Eier übrig. Schließlich hatte Magnus gesagt: »Ach was, ich gehe bei Mama und Papa vorbei und checke, ob die ein paar Eier im Kühlschrank haben. Nächstes Mal werden sie diejenigen sein, die irgendwas ausleihen wollen, und dann haben sie ja auch den Schlüssel zu uns.«

Die Idee hatte er ganz vernünftig gefunden, doch seither hatte er sie unzählige Male bereut.

»Würde es dir denn wirklich angenehm sein, wenn Mama und ich in deinem Haus ein- und ausgehen würden, wie wir wollten?«, hatte sein Vater gedonnert. »Wäre das so?«

Auf diese Frage hatte er natürlich Nein antworten müssen. Nein, das wäre ihm überhaupt nicht angenehm. Aber zu behaupten, dass Magnus »ein- und ausgegangen« sei, wie er wollte, traf nun auch nicht unbedingt zu. Sie wohnten nahe beieinander, und sie hatten oft und gern miteinander zu tun, aber nur ganz selten tauchten sie ungeplant bei den anderen auf.

An all das dachte Magnus jetzt, als er zum zweiten Mal in seinem Erwachsenenleben im Begriff war, sein Elternhaus mit dem Ersatzschlüssel zu betreten, den er gnädigerweise zurückbekommen hatte, nachdem er ihm für eine Zeit lang weggenommen worden war. Während Maria das Fahrrad parkte, klingelte Magnus hartnäckig an der Tür. Einmal, zweimal, dreimal.

»Ich denke, das genügt«, sagte Maria verwundert hinter ihm.

Die fragte sich bestimmt, warum er zögerte und sich offensichtlich fürchtete, den Schlüssel zu benutzen.

Wenn du nur wüsstest, dachte Magnus.

Mit zitternder Hand zog er den Schlüssel aus der Hosentasche.

Die Tür knarrte leise, als er sie öffnete.

Magnus steckte den Kopf hinein, ohne über die Schwelle zu gehen, und rief:

»Hallo! Seid ihr zu Hause?«

Niemand antwortete.

Er rief noch einmal.

»Hallo! Mama und Papa, seid ihr zu Hause?«

Er spürte Marias Blick im Nacken.

Langsam machte er einen Schritt in die Diele. Dann noch einen.

Maria blieb auf der Treppe stehen.

»Möchtest du, dass ich hier warte?«

Er drehte sich rasch um. Wenn jetzt auch noch jemand von den Nachbarn seinen Vater nackt sähe, dann würde Magnus wahrscheinlich enterbt werden.

»Ja«, sagte er. »Danke.«

Er betrat die Küche. Mitten auf dem Tisch stand eine große Tüte von McDonald's. Die war bis auf ein paar Ketchuptütchen leer. Neben der Tüte standen zwei fast ausgetrunkene Milchshakes.

Magnus lächelte, als er das sah.

Ein sicheres Lebenszeichen. Und ein Hinweis auf die sogenannte »sündigste Angewohnheit« seiner Eltern: Wenn sie ins Einkaufszentrum fuhren, brachten sie sich immer ein Essen von

McDonald's mit nach Hause. Ihre Ausflüge dorthin legten sie bewusst auf die Vormittage, sodass es perfekt als Mittagessen passte, wenn sie nach Hause kamen. Magnus erinnerte sich, dass seine Mutter erwähnt hatte, sie wollte am Vormittag etwas bei IKEA erledigen, und sein Vater würde auch mitfahren.

Er ging durch die Küche und in die kleine Diele, von der die Tür zum Wohnzimmer und die Treppe zum oberen Stockwerk abgingen.

»Ist jemand zu Hause?«, rief er, obwohl er inzwischen keine Antwort mehr erwartete.

Keiner seiner Eltern hörte sonderlich schlecht. Wenn sie zu Hause waren, dann hätten sie sich jetzt schon gezeigt.

Magnus warf einen Blick ins Wohnzimmer. Die Terrassentür war zugezogen, aber nicht abgeschlossen. Er runzelte die Stirn. Das hätten seine Eltern niemals so gelassen, wenn sie weggegangen wären, auf gar keinen Fall. Also mussten sie vergessen haben, die Tür zu schließen, und natürlich konnte so etwas passieren, aber Magnus hatte trotzdem das Gefühl, dass irgendetwas nicht stimmte.

Denn sie vergaßen doch nie was.

Was bedeutete das? Waren sie doch zu Hause?

»Hallo!«, rief Magnus noch einmal, jetzt mit fester und lauter Stimme.

Er machte zwei Schritte ins Wohnzimmer, den Blick auf die unverschlossene Terrassentür gerichtet. Waren sie womöglich auf der Rückseite des Hauses? Natürlich nicht. Das Grundstück war wie die meisten anderen auch auf Hovenäset: miniklein. Und selbst wenn seine Eltern sich da befänden, wäre das doch keine Erklärung dafür, warum sie nicht an ihre Telefone gingen oder Elina vom Kindergeburtstag abholten.

Ihre Telefone.

Da lag das Handy seines Vaters. Mitten auf dem Fußboden.

Magnus hielt inne und nahm es auf. Das Handy war verriegelt, doch auf dem Display waren mehrere Benachrichtigungen zu verpassten Anrufen und SMS zu sehen.

Magnus schob das Handy in die Hosentasche, als sein Blick direkt auf das Sofa fiel, das an der Wand gegenüber der Terrassentür stand.

»Papa!«

Er lag auf der Seite auf dem Sofa.

Das Gesicht war zu einer gequälten Grimasse erstarrt, und die Haut war aschegrau.

»Papa!«

Magnus stürzte stolpernd zu ihm.

Seine Hände fuhren ungelenk über den Körper des Vaters.

»Papa!«

Lebst du? Bitte, sag, dass du lebst!

»Maria!«

Sie hörte ihn und kam angelaufen.

»Papa, hörst du mich?«

Magnus strich ihm über die Wange.

Er registrierte alle Details, von denen er instinktiv begriff, dass sie wichtig waren.

Sein Vater war warm.

Aber die Lippen waren blau, und Magnus konnte nur einen ganz schwachen Puls fühlen.

Und auf dem Fußboden vorm Sofa lag Erbrochenes.

»Ich rufe einen Krankenwagen«, sagte Maria. »Lass ihn so auf der Seite liegen, er darf nicht auf den Rücken kippen, falls er sich noch mehr übergeben muss.«

Magnus nickte.

Die Angst tobte wie ein Waldbrand in ihm, ließ ihn immer schneller atmen.

»Stirb jetzt nicht, Papa«, flüsterte er. »Verlass uns nicht.«

Uns.

Blitzschnell schoss er hoch.

Wo war seine Mutter?

»Mama«, sagte Magnus, während Maria den Notarzt anrief. »Wo ist Mama? Es kann nicht sein, dass sie ihn hier so liegen gelassen hat.«

Seine Stimme klang gepresst, und er sah hilfesuchend zu Maria, als würde er sich von ihr eine Antwort darauf erwarten, was seinen Eltern zugestoßen war.

Als sie Magnus hatte rufen hören, war sie schnell ins Haus hineingegangen. Maria war noch niemals bei Ove und Irma gewesen, doch die laute Stimme von Magnus führte sie ins richtige Zimmer. Sie war durch eine betörend gemütliche Küche und dann in ein in warmen Tönen eingerichtetes Wohnzimmer gegangen, wo sich Magnus befand. Gestreifte Tapeten, helle Gardinen, grüne Pflanzen in Tontöpfen. All das hatte sie in ihrem Versuch, zu verstehen, was hier nicht stimmte, registriert.

Magnus kniete vor dem Sofa, Ove lag bewusstlos auf den weichen Polstern.

Marias Sinne waren maximal geschärft, als sie mit der Notrufzentrale sprach. Kurz erwähnte sie, dass sie selbst Polizistin war, und erklärte die Situation.

»Willst du auch Polizei dazu haben?«

»Ja«, erwiderte Maria.

Denn ich spüre im ganzen Leib, dass mit dieser Situation irgendwas überhaupt nicht stimmt.

Sie legte auf und sagte zu Magnus:

»Bleib du hier unten. Ich gehe ins obere Stockwerk und schaue nach, ob deine Mutter da ist.«

»Aber …«

»Kein Aber. Wenn Ove einen Herzstillstand bekommt, braucht er sofort Hilfe.«

Sie musste Magnus aus dem Weg halten. Außerdem musste jemand bei Ove bleiben.

Mit langen Schritten stieg sie die Treppe hinauf und rief laut, während sie suchte. Schnell konnte sie feststellen, dass Irma nicht im oberen Stockwerk war, und kehrte nach unten zu Magnus zurück.

»Legt sich Ove oft mal zum Ausruhen aufs Sofa?«, fragte sie.

Das war eine Kontrollfrage, die einfach so in ihrem Kopf auftauchte. Sie hatte das Gefühl, als müsse sie Magnus zum Reden bringen.

Er schüttelte den Kopf.

»Papa ist nicht der Typ, der sich ausruht«, sagte er. »Der liegt nicht mal auf dem Sofa, wenn er Fußball schaut.«

Magnus reckte plötzlich den Hals.

»Das Gästezimmer«, sagte er heiser. »Da lädt Mama immer ihr Handy. Kannst du nachsehen, ob sie dort ist? Vielleicht … Verdammt, ich weiß nicht.«

Maria fragte sich, warum Irma ihr Telefon ausgerechnet dort zu laden pflegte, fragte aber nicht weiter. Ihre eigenen Eltern, und vor allem ihre Mutter, hatten auch eine Reihe seltsamer Routinen entwickelt, was Elektronik betraf. Der Laptop war zum Beispiel nicht zum Herumtragen gedacht, sondern stand immer an ein und demselben Platz. Warum, begriff niemand, aber so hatte es sich ergeben.

»Wo ist das Gästezimmer?«, fragte Maria.

»Neben der Diele. Viele glauben, dass es die Tür zu einer Gästetoilette wäre, aber …«

Er verstummte mitten im Satz.

Maria eilte aus dem Wohnzimmer. Es bestand kein Zweifel, welche Tür Magnus gemeint hatte und warum die Leute dachten, dass hier eine Toilette sei. Es war die Größe der Tür und ihre Platzierung, die eher an eine Toilette als an ein Schlafzimmer denken ließ. Maria dachte ganz kurz an August. Er, der über 1,90 war, hätte hier den Kopf einziehen müssen, um durch die Türöffnung zu kommen.

Ein saurer Geruch schlug ihr entgegen, als sie über die Schwelle trat.

Der Gestank von Erbrochenem.

Hatte Ove sich in mehreren Zimmern übergeben?, konnte Maria noch denken, ehe sich ihr das ganze Bild bot.

Irma lag mit einer Decke über sich auf dem Rücken im Gästebett.

Auf ihrer Brust und auf dem Kissen hatte sie Erbrochenes.

Der Mund war weit offen und die Augen geschlossen. Das Gesicht bleich und leblos.

Auf dem Nachttisch neben dem Bett lag das Handy am Ladekabel.

Maria ging schnell zum Bett und legte zwei leichte Finger auf Irmas Hals.

Sie war vollkommen kalt.

Nein.

Maria rief einen weiteren Krankenwagen.

»Was ist los?«

Magnus bewegte sich schnell in ihre Richtung, blieb aber stehen, als er seine Mutter erblickte. Ein schwaches Jammern entrang sich ihm.

»Bleib, wo du bist«, befahl Maria.

Magnus sank auf dem Fußboden zusammen, offensichtlich erschlagen davon, dass sich seine schlimmsten Befürchtungen bestätigt hatten. Es gab einen schrecklichen Grund dafür, warum er seine Eltern nicht erreicht hatte.

Maria sprach leise in ihr Telefon. Sie wollte einen Gerichtsmediziner vor Ort haben.

Als Magnus sie das sagen hörte, gab er einen heiseren Schrei von sich.

Maria legte eine Hand auf seine Schulter.

»Komm«, sagte sie leise. »Wir gehen zurück zu Ove.«

Denn der atmet noch, dachte sie.

Für Magnus' Mutter hingegen konnten sie nichts mehr tun.

Irma Dahlman war tot.

Manche Feste vergisst man sein ganzes Leben lang nicht. Das gilt auch für Feste, die ausfallen oder die aufgeschoben werden müssen.

Das Krebsfest von August und Maria wurde zu einer solchen Veranstaltung.

Maria hatte angerufen und August erzählt, was sie und Magnus in Dahlmans Haus entdeckt hatten. Ove war schwer verletzt, und Irma war tot. Das war eine derart brutale Nachricht, die man nur schwer verarbeiten konnte, und es war jetzt gar nicht daran zu denken, ein Fest zu feiern. Außerdem würde Maria gleich zusammen mit Ray-Ray zum Dienst gehen, und mit einem Mal war das Krebsfest definitiv abgesagt.

Augusts Gedanken kreisten dennoch mehr um etwas anderes.

Helene.

Nach Jahren des Schweigens stand sie plötzlich vor seinem Haus. Und rannte davon und versteckte sich, wenn er näher kam.

Das war so unbegreiflich, dass er fast meinte, sich das alles nur eingebildet zu haben.

Aber ich weiß, dass es nicht so ist.

Henrik beobachtete August, der die Erdbeertorte in den Kühlschrank stellte.

»Was für eine schreckliche Geschichte«, sagte er.

»Welche?«

»Was heißt hier welche? Die beiden Rentner natürlich, sie, die tot ist, und er, der im Koma liegt. Was für ein furchtbares Unglück.«

August antwortete nicht. Er hoffte von ganzem Herzen, dass es nur ein Unglück war, seinem Gefühl nach war das aber überhaupt noch nicht sicher. Die Erinnerung an Helene, die auf seiner Straße herumschlich, kollidierte frontal mit der Neuigkeit darüber, was Ove und Irma zugestoßen war, und erzeugte in ihm ein emotionales Durcheinander. Es fühlte sich an, als würde er in die nachtschwarzen Tage zurückgeworfen, als er seine eigenen Eltern verloren hatte. Seine Wurzeln. Die Menschen, die ihn geschaffen hatten und von denen er erwartet hatte, dass sie noch viele Jahre an seiner Seite sein würden.

Die neu geweckte Trauer zerrte an August.

Du wirst auch ohne sie überleben, wollte er Magnus sagen. Du glaubst es noch nicht, aber wir tragen das in uns. Wir überleben.

»Irgendwie kapiere ich nicht, was den beiden passiert sein soll«, sagte er schließlich zu Henrik.

Wie waren sie in eine so gefährliche Situation geraten?

Maria lief kurz durch die Küche. Sie war nur nach Hause gekommen, um von Shorts und T-Shirt zu Jeans und Hemd zu wechseln. In der Hand hatte sie ihr Telefon, und er sah, wie sie konzentriert auf dem Display las.

»Noch mehr schlechte Nachrichten?«, fragte er.

Sie schüttelte den Kopf.

»Nein, nein. Nur eine Mail, die … Ach, egal, lass uns später darüber reden.«

Er konnte ihren Gesichtsausdruck nicht wirklich lesen. Sie sah gestresst aus, aber nicht unbedingt auf eine schlechte Weise. Instinktiv wusste August, dass er nicht der Einzige war, der hier Geheimnisse hatte. Doch weder er noch Maria pflegten irgendwelche Geheimnisse sonderlich lange für sich zu behalten.

Ich sehe, dass irgendwas nicht stimmt, und sie weiß es, dachte August. Und sie wird es mir erzählen, wenn sie möchte.

Er hätte sich nie vorstellen können, dass eine Beziehung so einfach und hellhörig sein konnte wie die ihre. Es gab jede Menge Gelegenheiten, bei denen sie unterschiedlicher Ansicht waren, doch nur selten oder nie führte das zu einem Konflikt. Sie betrachteten die Welt unterschiedlich, doch sie lasen einander mit derselben Geschicklichkeit, und das genügte.

Niemand schenkte ihm so viel Sicherheit wie Maria. Sie akzeptierte ihn nicht nur, sondern mochte auch alles an ihm. Ein Geschenk, das er noch nie zuvor bekommen hatte: Um seiner selbst willen geliebt zu werden. Er hoffte zuversichtlich, dass sie merkte, wie er sie auf dieselbe Weise liebte.

»Sowie ich fertig bin, komme ich zum Bootshaus«, sagte sie und küsste ihn. »Denn da geht ihr jetzt ja wohl hin, oder?«

»Ja«, sagte August. »Sag mal, was macht Gabriella nun eigentlich, da die Party abgesagt ist? Kommt sie trotzdem?«

»Meine Schwester kommt und bleibt bis morgen. Sie war schon unterwegs, als ich sie angerufen habe, also sollte sie jeden Moment hier sein.«

»Schön«, sagte August. »Wenn sie hier ist und du fertig bist, können wir was essen.«

»Wo wird sie denn wohnen?«, fragte Henrik und zog eine Augenbraue hoch.

»Sie schläft im Gästezimmer im Keller«, erklärte Maria. »Ich gebe ihr einen Schlüssel, dann kann sie die Tür von innen abschließen.«

Sie blinzelte ihm rasch zu, gab Sofia, die auf einer Decke auf dem Fußboden lag, einen Kuss und ging dann zur Tür.

»Du, Maria«, sagte August.

Sie hielt inne. Das Sonnenlicht spielte warm und hell in ihrem Haar. Das hellblaue Hemd hing aus der Jeans heraus.

Der Ehering pochte in seiner Brusttasche.

»Ich liebe dich.«

Werde nie damit aufhören.

Sie lächelte.

»Ich liebe dich auch. Irgendwie ziemlich wahnsinnig sogar.«

Er bekam noch einen Kuss, und dann eilte sie davon.

Zurück blieben August und Henrik mit Sofia und mehreren Kilo frisch gekochten Krebsen.

»Ist das der Moment, wo ich vorschlagen darf, dass wir besagten Drink nehmen?«, erkundigte sich Henrik.

August lächelte.

»Gute Idee«, sagte er. »Wir nehmen ihn mit ins Bootshaus. Ich schicke Gabriella eine SMS, wo wir sind.«

Henrik nahm Alkoholika und Chips mit, und August hob Sofia in den Kinderwagen. Die Krebse mussten warten, bis Maria ihre Arbeit erledigt hatte.

Diesmal nahmen sie einen anderen Weg als zuvor. Als der Kärleksvägen zu Ende war, bogen sie in den Klovbergsvägen ein. Beide Straßen waren ein Teil des Viertels, das man »das alte Hovenäset« nannte. Hier standen die Häuser dichter als auf der restlichen Halbinsel, und im Grunde war kein einziges von ihnen neu gebaut.

In den Gärten, an denen sie vorbeikamen, trafen sie einige Nachbarn.

»Nun ist es wieder so weit«, sagte einer von ihnen, als er Blickkontakt mit August bekam. »Ein weiteres furchtbares Ereignis.«

»Sieht ganz so aus«, erwiderte August und bereute es sofort. Es gefiel ihm nicht, wie dieses Gespräch begann. *Ein weiteres furchtbares Ereignis.* Noch mehr Dunkel auf dem schönsten Ort der Welt.

Er beschleunigte seine Schritte. Ein eiliger Blick über die Schulter bestätigte, dass der Nachbar ihm beleidigt nachschaute.

Ich ertrage jetzt keinen Tratsch, dachte er. Nicht heute.

Im Bootshaus war es heiß, als sie hineinkamen. Henrik öffnete die Doppeltür auf der anderen Seite, die zum Meer wies. Frische Luft zog herein und ließ sie leichter atmen. Sofia war eingeschlafen, und August stellte den Kinderwagen in eine Ecke des Bootshauses. Garantiert würde sie nicht lange schlafen, es war nur die Hitze, die sie müde machte.

In der Tasche gab sein Handy Laute von sich. Das waren die Gäste, die bestätigten, dass sie die Information über die Absage erhalten hatten, und die ihrer Hoffnung Ausdruck verleihen wollten, dass es nur verschoben sei. Das hoffte August auch.

Er setzte sich an den wackeligen Holztisch, den er voriges Frühjahr in einem Secondhandladen in Marstrand gekauft hatte. Er liebte Dinge mit Geschichte (auch wenn er keineswegs immer daran teilhaben konnte), und er liebte das Bootshaus. Vor einer Weile war es mal abgebrannt, doch das fühlte sich inzwischen lange her an. Seine Jahre auf Hovenäset gehörten zu den dramatischsten und aufwühlendsten in seinem Leben, doch die letzten zwölf Monate waren beglückend harmonisch gewesen.

Und dann tauchte Helene auf.

Was wollte sie?, fragte sich August. Was zur Hölle wollte sie?

Henrik holte für jeden ein Bier aus der Kühltasche, von der August gedacht hatte, dass nur Schnaps drin wäre.

»Zum Vorglühen«, sagte Henrik. »Später gehen wir dann zu schweren Geschützen über.«

August nickte.

»Sollen wir eine Abendrunde mit dem Boot drehen?«, fragte Henrik und öffnete sein Bier. »Ich meine, bevor wir mit dem starken Stoff anfangen?«

August nickte zum Steg des Bootshauses hin.

»Siehst du hier ein Boot?«, fragte er ironisch.

Sowohl das Boot als auch Teile des Stegs waren von einem Sommersturm zerstört worden. Für die Zeit, bis es repariert war, hatte August ein schönes, altes Holzboot mit Segel leihen können. Dieses Boot lag übergangsweise im Hafen bei Hedlunds Werkstatt, knappe 500 Meter entfernt. Das hatte keinen Einfluss darauf, wie oft oder gerne August das Boot benutzte, auch wenn er das Segel niemals hisste, sondern stattdessen stets unter Motor fuhr. Doch im Moment hatte er einfach keine Lust, aufs Meer hinauszufahren.

Henrik verstummte.

»Ist irgendwas?«, fragte er dann. »Du siehst ein bisschen abwesend aus.«

August schluckte. Er musste mit jemandem reden, das hier war zu viel, als dass er es für sich behalten könnte.

»Du weißt schon, diese Frau …«, sagte er zögerlich.

»Die Verrückte?«

»Es war keine Verrückte«, entgegnete August. »Es war …«

Ein lautes Klopfen an der Tür unterbrach ihn. Während August ging, um zu öffnen, spürte er, wie Henrik ihn anstarrte und auf eine Fortsetzung wartete.

Die Tür ging auf, und auf der anderen Seite stand Gunnar Wide. Oder besser gesagt, er saß.

Der Herkules von Hovenäset.

Früher Vorsitzender der Interessenvereinigung und immer bereit, sich in Dinge einzumischen, die ihn nichts angingen. Doch gleichzeitig auch Augusts hochgeschätzter Mitarbeiter im Secondhandladen. Gunnar hatte sich durch reinen Zufall als eine echte Entdeckung für das Unternehmen erwiesen, und inzwischen dankte August seinem glücklichen Stern, dass er Gunnar an seiner Seite hatte.

Der wand sich ein wenig und plierte August an. Ein gemeiner Schlaganfall hatte ihn zu einem Leben im Rollstuhl gezwungen, doch ließ er sich kaum aufhalten. Vor allen Dingen nicht, seit er und Emmy nach vielem Hin und Her ein offizielles Paar auf der Halbinsel geworden waren. Seit dem Schlaganfall war er auf Pflegende und Nachbarn angewiesen, wenn er herumfahren wollte, doch jetzt gab es ja auch noch Emmy, an die er sich wenden konnte.

So auch dieses Mal.

Sie sah etwas peinlich berührt aus, als August sie begrüßte, und sagte tonlos etwas, das sich anhörte wie: »Das war nicht meine Idee, hierherzukommen.« Er versuchte, ihr mit einem schiefen Lächeln zu signalisieren, dass alles in Ordnung war, und das schien zu funktionieren, denn sie erwiderte es.

»Also kein Fest heute Abend«, sagte Gunnar.

»Nein«, bestätigte August. »Es fühlte sich nicht richtig an. Und Maria muss arbeiten.«

Gunnar war nicht zum Krebsfest eingeladen gewesen, und das lag schlicht und einfach daran, dass sie nur selten gemeinsam privat etwas unternahmen.

»Schon klar, dass sie arbeiten muss«, gab Gunnar zurück. »Heute hat es ja sowohl einen Mord als auch einen Mordversuch gegeben.«

Hinter August lachte Henrik, und das hörte leider auch Gunnar.

»Wer sitzt denn da im Dunkeln und macht sich lustig?«, schimpfte er barsch.

»Aber Gunnar«, warf Emmy ein.

»Ich bin es«, sagte Henrik mit lauter Stimme und kam zur Tür. »Tut mir leid, wenn das dumm klang, ich fand es einfach lustig, dass du bei dieser Art Ereignisse so schnell anbeißt.«

Henrik und Gunnar waren sich schon ein paarmal zuvor begegnet, und sie mochten einander. Henrik würde für immer einen besonderen Platz in Gunnars Herz haben, weil er es war, der August dazu überredet hatte, wenn auch nur für eine kurze Zeit den Vorsitz der Interessenvereinigung zu übernehmen. Und Gunnar würde für immer einen besonderen Platz in Henriks Herz haben, weil er einmal August das Leben gerettet hatte.

Grimmig lächelte Gunnar ihn an.

»Ich beiße nicht an«, sagte er. »Ich sage es nur, wie es ist. Das kapiert ja wohl jeder, dass Irma ermordet worden ist und dass jemand versucht hat, dasselbe mit Ove zu tun.«

»Wir wissen ja noch gar nicht, was passiert ist«, gab August zu bedenken.

»Doch«, widersprach Gunnar, »das wissen wir. Und ich hoffe doch stark, dass die Polizei nicht rummachen, sondern zum selben Schluss kommen wird wie ich, nämlich, dass Ove es sein muss, der Irma ermordet hat.«

August verstummte.

Der Gedanke war ihm noch gar nicht gekommen, aber natürlich konnte man das nicht ausschließen.

»Wir können ja mal versuchen, darauf zu vertrauen, dass die Polizei diesmal weiß, was sie tut«, entgegnete er, als er sich wieder gefangen hatte.

Gunnar kniff die Lippen zusammen.

»Das klingt nach einem schwachen Plan«, sagte er. »Da helfen wir ihnen lieber. Damit die Leute wissen, dass hier Ordnung herrscht. Vielleicht sollten wir auch mit Sven-Anders reden, was meinst du?«

August atmete einmal tief ein und dann aus. Sven-Anders hatte beim letzten Treffen der Interessenvereinigung im Frühjahr den Vorsitz übernommen, doch nie im Leben wollte August dazu beitragen, dass man ihm die Ereignisse um Ove und Irma antrug.

Ein kleines, freundliches Maulen war aus dem Kinderwagen zu hören. Sofia war dabei aufzuwachen.

»Können wir wann anders darüber reden?«, fragte August. »Ich muss mich jetzt ein bisschen kümmern.«

Gunnars Augen wurden zu schmalen Strichen vor Ungeduld.

»Ich habe was gesehen«, sagte er. »Emmy auch.«

Henrik verschwand, um den Wagen in Bewegung zu setzen, sodass Sofia wieder einschlief.

»August, wo ist der Schnuller?«

Schnell wandte August den Kopf.

»Liegt der nicht im Wagen?«

»Nein. Habt ihr das Geschenk vom Patenonkel schon verloren?«

August verdrehte die Augen. Henrik hatte Sofia einen Schnuller mit der Aufschrift *Wall Street Forever* mitgebracht und war sehr zufrieden gewesen, als sie den sofort akzeptierte.

»Sei so gut, und nimm einfach einen anderen Schnuller aus der Tasche.«

Gunnar wandte den Kopf, sodass er Emmy sehen konnte.

»Jetzt lassen wir eure Schnuller mal egal sein, damit Emmy und ich erzählen können, was wir gesehen haben!«, sagte er.

Emmy sah unsicher aus.

»Ich will hier nicht mit Tratsch kommen, der vielleicht völlig unbedeutend ist«, meinte sie.

»Das tun wir ja auch nicht«, entgegnete Gunnar.

»Aber ich weiß nicht, ob das, was ich gesehen habe, wirklich so wichtig war«, beharrte Emmy.

»Ganz egal«, sagte Gunnar. »Das Beste hebt man immer für den Schluss auf.«

August wartete. Das war neu, dass Emmy meinte, etwas zu sagen zu haben. Da interessierte sich August gleich mehr für das, was die beiden auf dem Herzen hatten.

»Ich höre gerne zu«, sagte er ruhig.

Emmy nickte bedächtig.

Und dann begann sie langsam zu erzählen, was sie gesehen hatte.

Vendela musste das Treffen mit ihrem Vater vergessen. Auf Hovenäset hatte es einen Todesfall gegeben, der vielleicht ein Mord war, und Roland wollte sie so schnell wie möglich dort haben.

Das Krebsfest, zu dem Ray-Ray eingeladen gewesen war, war abgesagt worden, und er würde auch an der neuen Mordermittlung mitarbeiten. Er hatte sie, kurz nachdem sie mit Roland gesprochen hatte, aus dem Auto angerufen und gesagt, dass er auf dem Weg nach Hovenäset wäre.

»Ich habe kein gutes Gefühl bei diesem Fall«, hatte er gesagt.

Es war viel Verkehr auf der kurzen Strecke vom Haus ihres Großvaters in Kungshamn nach Hovenäset. Die Touristen bewegten sich in alle Richtungen und schienen darum zu wetteifern, wer zuerst ankommen würde, wohin auch immer sie fuhren.

Vor Ort wechselte Vendela in einen Polizeibus. Der Schweiß lief ihr den Rücken herunter, als sie dieselbe Schutzausrüstung anzog wie die anderen – einen weißen Overall mit Reißverschluss vorn – und ein paar Plastiküberschuhe in die Tasche steckte.

Sie verließ den Bus und betrat das Haus.

Die Eheleute Dahlman wohnten in einem charmanten alten Haus, das überdies gut gepflegt war. Die Fassade leuchtete weiß, und drinnen waren die Tapeten mit großer Sorgfalt ausgesucht und ebenso sorgfältig und fachmännisch angebracht worden.

So soll es bei mir auch aussehen, dachte Vendela.

Im Haus ihres Großvaters. Sowie sie Zeit und Lust dazu hätte.

Ein Kollege tauchte in ihrem Blickfeld auf.

Ahmed, einer der krassesten Techniker, mit dem sie je zusammengearbeitet hatte. Er war seit bald zwei Jahren bei der Polizei in Uddevalla, und ihr Eindruck war, dass ihm eine kometenhafte Karriere bei der Polizei bevorstand, wenn er nur wollte.

»Vendela, wir können im Wohnzimmer anfangen.«

Sie eilte hinter ihm her. Auf dem Weg kam sie an Maria vorbei, dic in der Küche mit einem uniformierten Kollegen sprach. Sie lächelte Vendela kurz an.

»Hier ist der Mann gefunden worden«, sagte Ahmed und blieb vor einem Sofa stehen. »Ove Dahlman.«

Im Wohnzimmer war auf Sofa und Fußboden Erbrochenes. Eine Terrassentür stand offen, und draußen konnte sie neben einem Mann, den Vendela nicht kannte, Ray-Ray sehen.

»Das ist der Sohn des Ehepaars«, erklärte Ahmed. »Magnus Dahlman.«

Vendela versuchte, sich auf ihre Aufgaben zu konzentrieren, konnte aber nicht umhin zuzuhören, was draußen auf der Terrasse besprochen wurde. Sie schielte zu Ray-Ray hin, sah, wie er Magnus' Blick suchte und jede seiner Bewegungen beobachtete. Ray-Rays Fokus war bei jedem Fall auf den Menschen gerichtet, und das würde auch die gesamte Ermittlung über so bleiben. Vendela hingegen würde sich auf das Technische konzentrieren, und das war eine Aufteilung, die ihr sehr zupass kam. Privat liebte sie zwischenmenschliche Begegnungen, doch im Beruf zog sie es vor, nach den allerkleinsten und geheimsten Puzzleteilen zu suchen und sie zu analysieren.

Wessen Fingerabdrücke waren auf welchem Gegenstand zu finden?

Wessen Haarsträhnen waren wo?

Wessen Schuhabdrücke waren auf dem Fußboden zu sehen?

Harte, knochentrockene Fakten, die Maria und Ray-Ray dann mit den anderen Kollegen zusammensetzen mussten.

»Erklären Sie mir noch mal«, sagte Magnus draußen auf der Terrasse, »was passiert jetzt?«

Seine Stimme klang brüchig und dünn.

»Wir werden eine Ermittlung einsetzen, um herauszufinden, was Ihren Eltern zugestoßen ist«, hörte sie Ray-Ray mit bedeutend ruhigerer und festerer Stimme sagen. »Das tun wir immer, wenn jemand in seinem Zuhause eines unnatürlichen Todes stirbt. In diesem Fall muss die Ermittlung auch Ihren Vater umfassen, weil er so schwer beeinträchtigt ist.«

»Verstehe«, erwiderte Magnus, »ich verstehe.«

Doch es klang nicht so, als ob er es wirklich verstand.

Vendela und Ahmed kratzten Erbrochenes auf und legten es in Tütchen für den Test. Lose Haarsträhnen, die auf dem Sofa klebten, wurden mit Pinzetten abgepflückt und ebenfalls in bezeichnete Tütchen getan.

Die Haare konnten von allen möglichen Leuten stammen. Ein Freund, ein Kind oder vom Notarztpersonal, das mit dem Krankenwagen gekommen war.

Oder von einem Mörder.

Von draußen war wieder Magnus zu hören.

»Ich habe gesehen, dass Sie die McDonald's-Tüte mitgenommen haben. Mama und Papa haben sich übergeben, und … Ich weiß nicht, aber glauben Sie, dass die beiden vom Essen krank geworden sind?«

»Wir werden noch sehr viel mehr mitnehmen als nur die McDonald's-Tüte«, erklärte Ray-Ray. »Im Moment haben wir noch nicht viel dazu zu sagen, können nur raten. Und deshalb kann ich Ihnen auch keine konkrete Antwort geben.«

Nein, das kannst du wirklich nicht, dachte Vendela.

Wenn nur einer der beiden Dahlmans betroffen wäre, dann würde sich die Analyse einfacher gestalten. Aber beide?

Der professionelle Teil von Vendelas Gehirn näherte sich den dunkelsten Bereichen des Albtraums. Denn wenn eine Frau in ihrem Zuhause starb, gab es immer einen Grund, den Mann zu verdächtigen, auch wenn er selbst verletzt oder tot war.

»Wie ging es denn Ihren Eltern in der letzten Zeit?«, fragte Ray-Ray.

»Wie es ihnen ging?«

»Ja, fällt Ihnen etwas Besonderes ein? Schien es ihnen gut zu gehen?«

Magnus schwieg einen Moment. Als er dann sprach, war seine Stimme leiser.

»Ich glaube, es ging ihnen gut. Meine Mutter hatte eine Zeit lang ziemliche Schwierigkeiten, aber mein Eindruck war, es hätte sich beruhigt. Ich dachte …«

Er verstummte wieder.

»Was haben Sie gedacht?«, hakte Ray-Ray sanft nach.

»Ich dachte, alles hätte sich gelöst.«

Vendela horchte auf.

»Was meinen Sie damit?«, fragte Ray-Ray.

»Mama hatte Schulden«, sagte Magnus, immer noch mit leiser Stimme. »Ziemlich große. Das hat sie mir im Frühjahr erzählt.«

»Woher kamen die Schulden?«

»Sie hat gespielt«, erklärte Magnus. »Im Internet. Aber dann hat sie eine Therapie wegen ihrer Spielsucht gemacht, und alles hat sich aufgelöst. Zumindest hat sie das gesagt.«

Sieh mal einer an. Vendela hatte lediglich Bilder von Ove und Irma gesehen – ein nettes Paar in den 70ern. Da hätte sie nicht spontan vermutet, dass die Dame mit dem warmen Lächeln im Internet spielte, doch so was konnte man eben nie wissen.

»Wie könnte das Ihrer Meinung nach mit dem zu tun haben, was heute passiert ist?«, fragte Ray-Ray. »Haben Sie eine Vermutung?«

»Ich weiß, dass sie eine Menge SMS-Kredite aufgenommen hat und dass sie versucht hat, das Geld, das sie verloren hatte, zurückzugewinnen. Aber es wurde immer nur noch schlimmer. Die Zinsen waren haushoch, und sie hatte schreckliche Angst, beim Inkasso zu landen. Dann würde nämlich Papa von alldem erfahren. Am Ende kam sie zu mir, um sich Geld zu leihen. Ich war aber so wütend, als ich hörte, was sie gemacht hatte, dass ich mich weigerte, ihr auch nur eine Öre zu geben. Später dann habe ich es mit der

Angst gekriegt, denn sie hat gar nicht mehr darüber geredet. Hat sich einfach zurückgezogen.«

»Und jetzt fragen Sie sich, ob sie das Geld von jemand anderem bekommen hat?«, fragte Ray-Ray gedehnt.

»Genau«, sagte Magnus. »Habe ich sie womöglich in die Arme von irgendeinem fiesen Teufel getrieben, der ihr das Geld geliehen hat und dann gewalttätig wurde, als sie es nicht zurückzahlen konnte?«

Magnus schluchzte. Es klang nicht direkt so, als würde er weinen, dazu saß der Schock zu tief. Aber die Trauer war da, und die schmerzte.

Ich würde ausflippen, dachte Vendela und verlor für einen Moment die Konzentration, als sie eine Beweistüte verpacken musste. Wenn jemand meinem Vater etwas antun würde, dann würde ich durchdrehen.

»Seid immer behutsam mit Menschen, die eine schreckliche Todesnachricht erhalten haben«, hatte einer ihrer Dozenten an der Polizeihochschule gesagt. »Denkt immer daran, dass sie zerbrechlich wie das dünnste Kristallglas sind. Fasst sie nicht zu hart an, ihr wollt schließlich nicht, dass sie zerbrechen, wenn ihr sie zum Reden bringt.«

Vendela sah verstohlen zu Magnus.

Der arme Mensch.

»Es fühlt sich an, als würde ich Mama verraten. Papa weiß nichts von alldem.«

»Sie verraten sie nicht«, entgegnete Ray-Ray entschieden. »Sie lebt nicht mehr. Sie können ihr nur helfen, indem Sie alles erzählen, was Sie wissen.«

Magnus schwieg eine Weile.

Zögerte er und antwortete deshalb nicht?

»Magnus? Ist Ihnen klar, wie ernst das hier ist?«

Er räusperte sich.

»Natürlich ist mir das klar«, antwortete er.

Neues Schweigen.

»Es ist einfach so hart«, sagte er dann mit heiserer Stimme.

»Was denn?«, fragte Ray-Ray gedämpft.

Jetzt kommen die Tränen, dachte Vendela. Jetzt ist das Kristall zerbrochen.

»Zu wissen, dass alles zu spät ist«, sagte Magnus. »Und dass ich vielleicht nicht alles getan habe, was ich hätte tun können, um sie am Leben zu erhalten. Dass ich nicht früher hierhergekommen bin.«

Ray-Ray schüttelte den Kopf.

»Eins nach dem anderen«, sagte er und legte eine Hand auf Magnus' Schulter. »Es ist sehr gut, dass Sie von den Spielschulden Ihrer Mutter erzählt haben. Da haben wir einen Punkt, an dem wir anfangen können.«

Geld, dachte Vendela und zog konzentriert an einer Haarsträhne, die in dem harten Stoff des Sofas festsaß. War das Ehepaar wegen Geld und Schulden in diese Lage geraten?

Das würden sie herausfinden müssen.

Denn es war, wie Ray-Ray gesagt hatte:

Sie brauchten einen Punkt, an dem sie anfangen konnten. Und am besten nicht nur einen, sondern mehrere.

Vendela pflückte noch ein weiteres Haar und schob es in eine Tüte.

Spuren von Menschen gab es überall. Man musste nur denjenigen finden, der Böses im Sinn gehabt hatte.

Die Fähigkeit des Menschen, das, was er jeden Tag sah, von dem zu unterscheiden, was neu und fremd war, durfte man nicht unterschätzen. Deshalb hörte August gut zu, als Emmy erzählte, was sie auf Hovenäset gesehen hatte.

»Nun«, begann sie, »es war ... wir haben ... also, *ich* habe ... zweimal sogar, sonst hätte ich gar nicht darüber nachgedacht, und wahrlich, es ist vielleicht völlig bedeutungslos, aber ... Es ist ein Auto auf Hovenäset herumgefahren, das wir hier nicht kennen. Ein Auto, das an komischen Stellen geparkt war.«

August unterdrückte einen Seufzer.

Es war gegen Ende der Hochsaison auf Hovenäset. Der ganze Ort war vollgestopft mit Autos, die sonst nie da waren. Autos, die Leuten gehörten, die sich in eines der Häuser eingemietet hatten, oder Menschen, die zu den Badeplätzen mit ihren schützenden Absperrnetzen strebten.

»Ich sehe schon, was du denkst«, mischte sich Gunnar eilig ein. »Aber das hier war ein Auto, das Emmy aus ganz bestimmten Gründen aufgefallen ist. Und es ist immer noch zu früh zu sagen, was nun in die polizeiliche Ermittlung gehört und was nicht.«

Er streckte seine Hand aus und drückte kurz Emmys Arm.

Das war eine ungewöhnliche Geste für jemanden wie Gunnar.

August musste daran denken, was der Alte vorher gesagt hatte – dass man immer das Beste für den Schluss aufsparte –, und wartete auf die Fortsetzung. Doch Emmy war mit dem Auto noch nicht fertig.

»Es hat mich so beunruhigt, als ich gehört habe, was den Dahlmans passiert ist«, sagte sie. »Denn ich habe das Auto erst heute Nachmittag wieder gesehen. Und gestern. Und ich verfluche meine eigene Dummheit, dass ich nicht daran gedacht habe, die Nummer aufzuschreiben. Gunnar hat das Auto auch gesehen, aber da ist es nur zwei-, dreimal durchs Viertel gefahren. Er kann sich auch nicht an die Nummer erinnern.«

August lächelte zaghaft.

»Man erinnert sich einfach nicht immer an alles, wie man sollte«, sagte er.

»Es ist ein blauer Volvo«, erklärte Gunnar. »So ein Elektroauto. Neu und teuer. Aber es war ein bisschen zu schnell, als dass ich hätte sehen können, was auf dem Kennzeichen stand.«

Emmy warf ihm einen Blick zu, der eine Mischung aus Dankbarkeit und Stress verriet.

»Sag, wo das Auto geparkt war«, forderte Gunnar sie auf.

Emmy schluckte.

»Es stand bei dir, August. Auf deiner Auffahrt.«

August zog die Augenbrauen hoch.

Er kannte niemanden, der einen blauen Volvo fuhr. Und außerdem hatte doch der Tesla von Henrik auf der Auffahrt gestanden.

»Und wann war das?«, fragte August.

»Gestern Nachmittag. Gegen drei. Ich habe gesehen, dass eine Fahrerin im Auto saß, aber sie ist nicht ausgestiegen, glaube ich. Das Auto stand da sicher eine halbe Stunde.«

Sie. Es war also eine Frau gewesen. Das löste das Rätsel ganz schnell für August.

Emmy senkte den Blick.

»Ich war zum Kaffee bei einer Nachbarin«, sagte sie mit dünner Stimme. »Wir saßen draußen, und ich hatte deine Auffahrt die ganze Zeit im Blick. Deshalb weiß ich die Zeit und so.«

Die Zeit, die Emmy angab, stimmte mit der überein, in der Henrik in Kungshamn gewesen und ihn im Laden besucht hatte. Henrik war zu bequem zum Fahrradfahren, deshalb hatte er das Auto genommen.

Helene, dachte August. Warst du hier und hast mich häufiger aufgesucht als nur nachmittags?

Sowie Gunnar und Emmy gegangen waren, würde er nachprüfen, ob Helene als Besitzerin eines blauen Volvo eingetragen war.

»Und wie gesagt, sie war auch heute bei dir«, fuhr Emmy fort. »Aber da stand sie draußen auf der Straße. Und ist aus dem Auto ausgestiegen. Als sie ein Weilchen später wiederkam, stand ein anderes Auto dahinter, das sie durchlassen musste. Der Fahrer des anderen Wagens war ziemlich wütend, denn es passen ja nicht zwei Autos nebeneinander auf den Kärleksvägen.«

»Da kann ich mir vorstellen, dass der Fahrer wütend war«, stimmte August zu. »Aber hört mal, ich bin sicher, dass die Frau eine Kundin war, die mich privat aufgesucht hat, anstatt in den Laden zu gehen. So was passiert andauernd.«

»Wir sind noch nicht fertig«, beharrte Gunnar. »Da ist noch etwas. Ich habe vor einer knappen Woche einen Mann bei den Dahlmans vor der Tür gesehen. Als ich mit dem Pflegedienst draußen unterwegs war. Er stand einfach nur da und wartete. Und der sah wirklich nicht freundlich aus.«

August sah sich vor, Gunnar nicht über den Mund zu fahren, wollte ihn aber doch herausfordern.

»Das könnte aber doch ein Bote oder ein Handwerker gewesen sein«, sagte er.

»Glaub mir«, entgegnete Gunnar, »das war sicher kein Handwerker. Und auch kein Bote. Wir sind eine Runde durchs Viertel gegangen, und als wir zurückkamen, stand der Mann immer noch da. Er hat mehrmals geklingelt.«

»Vielleicht waren die Dahlmans nicht zu Hause?«, schlug August vor.

»Aber ich hab doch gesehen, dass sie da waren«, widersprach Gunnar. »Oder nicht ich, aber das Mädel vom Pflegedienst. Ich hab sie nämlich auf das Grundstück hinter dem von Dahlmans geschickt, um mal nachzusehen. Und sie hat gesagt, sie hätte Ove durch ein Fenster auf der Rückseite gesehen.«

Henrik gab ein Prusten von sich, und August schüttelte bedächtig den Kopf. Doch plötzlich entdeckte er eine Gestalt ein Stück hinter Gunnar und Emmy. Marias Schwester Gabriella stand mit dem Telefon in der Hand da und lächelte. Als August sie bemerkte, zog sie eine rasche Grimasse. Garantiert hatte sie einen Teil des Gesprächs mitgehört und wollte sich nicht zu erkennen geben, ehe sie fertig geredet hatten.

»Aber Gunnar«, sagte August. »Man darf seinen Nachbarn nicht nachspionieren.«

»Ich hatte doch recht!«, sagte Gunnar. »Der Mann war nicht willkommen, und jetzt ist Irma tot. Was glaubst du – wird die Polizei begreifen, dass sie das hier ernst nehmen müssen? Ich glaube nämlich, dass der Mann vor der Tür von Dahlmans vielleicht mit der Frau in dem blauen Auto zusammenhängt.«

Nein, dachte August. Denn die Frau im Auto war höchstwahrscheinlich Helene.

»Ich weiß nicht, was ich von alldem halten soll«, sagte er. »Aber erzählt doch der Polizei, was ihr gesehen habt, garantiert sind die beim derzeitigen Stand der Ermittlung über alle Informationen froh. Ruft sie mal gleich heute Abend an. Und dann sehen wir uns morgen im Laden, Gunnar.«

Gunnar nickte kurz, und hinter ihm trat Gabriella diskret einen Schritt vor.

»Ich weiß noch nicht genau, ob ich morgen kommen kann«, sagte Gunnar. »Ich habe nämlich einen Arzttermin. Aber wir werden mit der Polizei reden, und dann hoffe ich mal, dass die auch zuhören. Wer weiß, was die Bestie, die über Ove und Irma hergefallen ist, als Nächstes unternimmt, wenn sie hört, dass Ove den Mordversuch überlebt hat. Dann stürzt sich der Mörder vielleicht stattdessen auf einen von uns anderen.«

Ein unfreiwilliges Schaudern überfiel August, sodass er sich krümmte.

Der Gedanke war ihm noch gar nicht gekommen, aber natürlich hatte Gunnar nicht ganz unrecht.

August sah verstohlen zu Sofias Wagen.

Er war jetzt Vater, der Beschützer einer kleinen Person, die keinerlei Mittel besaß, um sich selbst zu verteidigen.

Und er wünschte sich nichts mehr, als dass Gunnar falschlag, und dass Ove überleben würde.

Schreibtagebuch

FEBRUAR

Heute ist Mama seit einem Monat tot. Es fühlt sich immer noch so an, als würde ich mich im freien Fall befinden, denn sie war mein wichtigster Mensch. Mein stärkster Schutz, sie hat mir Sicherheit gegeben, als ich Kind war, und hat mich auf den Füßen gehalten, als ich erwachsen war.

Als wir uns das letzte Mal gesehen haben, flehte sie mich an, doch etwas zu finden, was mich erleichtern würde. Sie hat mich sogar versprechen lassen, dass ich etwas finden würde, was mich glücklich macht. Danach haben wir unsere Finger darüber verhakelt, genau wie wir es gemacht haben, als ich klein war und wir uns gegenseitig was versprochen haben.

Und ich glaube, ich habe bereits etwas gefunden, das sich gut und richtig anfühlt.

Einen Schreibkurs, den ich vor ein paar Wochen angefangen habe.

Jetzt sitze ich also hier und schreibe, um nicht den Verstand zu verlieren. Um glücklich zu werden.

Ich schreibe und erzähle.

Genau, wie die im Kurs gesagt haben, dass ich es tun soll.

Schreiben, schreiben, schreiben.

Und wenn ich nicht an meinem Buch schreibe, dann soll ich ins Tagebuch schreiben.

Der Kursleiter hat gesagt, dass ich alles, was ich fühle, aus mir herausbringen muss. Dass ich aufschreiben soll, was passiert und was mich jetzt gerade beeinflusst.

Verdammter Mensch, der weiß ja gar nicht, was er zumindest bei mir in Gang setzt.

Und er begreift garantiert nicht, dass ich mich eben deshalb zum Schreibkurs angemeldet habe, um leichter atmen zu können und ausgeglichener zu werden.

Neulich habe ich Magnus gesehen. Meinen feinen, aber fremden Bruder.

Ich habe ihm Fotos von Mamas Beerdigung gezeigt und erzählt, dass ich mit einem Schreibkurs angefangen habe, der ein Jahr gehen wird, und dass ich, wenn ich damit fertig bin, ein ganzes Buch geschrieben haben werde.

Magnus war betroffen, als er die Bilder von der Beerdigung sah, hat gesagt, dass ihm das für mich leidtut und dass ich ihn immer anrufen könnte, wenn was ist.

Wenn was ist.

Doch, das ist es. Immer.

Aber ich glaube nicht, dass er wirklich will, dass ich anrufe. Wir kennen uns doch kaum.

Über das Schreiben hat er nur ganz kurz gesprochen. Er fragte, was für eine Sorte Buch ich denn schreiben würde, und ich meinte, was Gruseliges. Das fühlte sich wie eine gute Antwort an.

Es hat sich auch gut angefühlt, Magnus zu treffen. Jetzt, da Mama tot ist, habe ich keine weitere Familie mehr als ihn. Und vielleicht bin ich ja auch für ihn wichtig.

Sandra, die den Schreibkurs genauso toll findet wie ich, sagte, ich soll nicht denken, dass ich einsam bin. Sie sagt Sachen, die mich stärker machen.

Ich bin immer für dich da.

Doch das genügt nicht.

Weil ich all das Schwere, was ich erlebt habe, in einem Rucksack mit mir herumschleppe, der viel zu schmale Schultergurte hat, die scheuern und kneifen. Mein ganzer Körper ist gekrümmt, und ich kann nicht länger wie zu einem C gebeugt durchs Leben gehen. Manchmal weine ich ganze Tage, und an manchen Morgen kann ich nicht aufstehen. Aber das würde ich Magnus nicht erzählen. Dafür steht er mir nicht nahe genug.

Vielleicht kann das, was ich aufschreibe, etwas verändern.

Vielleicht kann mein Text, wenn ich es wage, eine Möglichkeit werden, meinem Bruder zu erzählen, wie weh es mir manchmal tut zu leben. Wie weh es tut, ich zu sein.

Deshalb schreibe ich weiter. Um den Rucksack leichter zu machen und um weniger verzweifelt zu sein. Und um mich vielleicht zum ersten Mal in meinem Leben frei zu fühlen.

9. August

»Ein ganz anderer Tod«

Die Sonne schien von einem klaren blauen Himmel, als Maria ihr Fahrrad aufschloss und sich bereit machte, nach Kungshamn zu radeln. Dieselbe Strecke, die sie schon am Vortag gefahren war, aber da zum Coop.

Sie gähnte. Die Nacht war zerrissen gewesen. Sofia hatte nur schwer zur Ruhe gefunden und war mehrere Male aufgewacht, ehe sie schließlich richtig eingeschlafen war. Das sah ihr gar nicht ähnlich, sonst schlief sie immer gut.

Bestimmt spürt sie, dass August und ich erschüttert sind, dachte Maria. Oder trauerte sie womöglich ebenso wie Henrik um das abgesagte Krebsfest?

Es war ein spannender, aber auch ein schwindelerregender Gedanke, dass es noch so unendlich viel über ihre Tochter zu erfahren gab. Würde sie lieber sicher als wild sein? Was würde sie mit ihrer kurzen Zeit auf der Erde anfangen?

»Wolltest du abhauen, ohne dich zu verabschieden?«

Als Maria sich eben aufs Fahrrad schwingen wollte, trat ihre Schwester Gabriella vor die Tür. Sie hatte ein dünnes Hemd an, Shorts und keine Schuhe. Ihre Haare waren lockiger und länger als die von Maria, doch von fast demselben braunen Farbton und schwangen bei jeder ihrer Bewegungen mit.

Gabriellas tiefe Grübchen wurden sichtbar.

»Ich dachte, du würdest schlafen!«, sagte Maria.

Schnell lief sie die Treppe wieder hinauf, umarmte Gabriella und spürte, wie ihre Schwester die Umarmung erwiderte. Gabriella war zwar jünger als sie, aber sowohl größer als auch kräftiger. Ihre Arme schienen kein Ende zu nehmen, als sie Maria umfing.

»Es ist Viertel vor acht, natürlich bin ich wach«, sagte sie. »Danke für gestern. Das war so gemütlich.«

Der Abend zuvor war ganz anders verlaufen, als irgendjemand von ihnen gedacht hatte, doch als Maria von der Arbeit kam, gab es ein schönes Abendessen in der Bootshütte. Es waren viel zu viele Krebse gewesen, weshalb es heute zum Abendessen noch einmal Pasta mit Krebsen geben würde.

»Danke, dass du gekommen bist«, sagte Maria. »Das schätze ich wirklich sehr.«

Das und vieles andere, hätte sie noch hinzufügen können. Sie war unglaublich froh, dass sie und ihre Schwester einander so nahegekommen waren. Marias Familie war damals verzweifelt gewesen, als sie endlich erzählt hatte, wie ihr Leben mit Paul ausgesehen hatte und wie viel Gewalt sie ertragen musste. Sie hatten die ganze Zeit nicht gewusst, wie es ihr ging, sondern gedacht, dass sie sich so selten trafen, weil sie einfach gern arbeitete und ihre Ehe genoss. Ihre Mutter und ihr Vater waren beide sehr traurig gewesen, die Situation so grob falsch verstanden zu haben.

»Das werde ich mir nie verzeihen«, hatte ihre Mutter gesagt.

»Doch, das musst du aber«, war Marias Antwort gewesen. »Denn sonst ist es unmöglich für mich, mir selbst zu verzeihen.«

Maria ließ Gabriella los und trat einen Schritt zurück.

»Fährst du gleich nach dem Frühstück, oder bleibst du noch ein paar Stunden?«, fragte sie.

»Ich will nach Hause«, sagte Gabriella. »Ich warte nur noch, dass die Jungs und Sofia aufwachen, dann fahre ich los.«

»Die Jungs«, echote Maria und lachte laut.

»Was sonst? Die Kerle?«, gab Gabriella zurück.

»Ne, Jungs klang besser. Bis bald!«

Maria ging zum Fahrrad zurück.

»Hm, du, sag mal …«

Maria blieb stehen.

»Ja?«

Ihre Schwester sah sie schweigend an und schien nicht recht zu wissen, wie sie es formulieren sollte. Ihre dunklen Augenbrauen zogen sich zusammen und ließen das Piercing in der linken von beiden sich seitwärts bewegen.

»Ach was, wir reden wann anders drüber.«

»Sicher?«

Es sah Gabriella gar nicht ähnlich, so zu zögern.

»Sicher. Schieb los. Du hast einen Job zu erledigen.«

Maria warf ihrer Schwester noch einen langen Blick zu und setzte sich aufs Fahrrad. Sie winkte, als sie losfuhr, und rollte dann schnell auf den Hovenäsvägen hinaus.

Der Wind war an diesem Morgen relativ barmherzig. Die lange und steile Strecke bis auf den höchsten Punkt des Väggabacken, wo der Polizeiwohnwagen stand, fühlte sich nicht so anstrengend an wie sonst, und das, obwohl es bereits ziemlich warm war. Wenn sie sich aufs Fahrrad setzte, war das der Moment, in dem sie richtig wach wurde. Die Zeit in der frischen Luft zusammen mit dem kleinen Konditionstraining, das die Fahrradtour bedeutete, gab ihr einen Kick und schärfte alle Sinne.

So war es auch an diesem ersten Morgen, nachdem Irma Dahlman tot und ihr Mann Ove schwer verletzt in ihrem Zuhause aufgefunden worden waren.

An dem Ort, an dem sie sich am sichersten fühlen sollten.

Maria musste zwangsläufig daran denken, wie gedrückt die Stimmung im Haus gewesen war, als sie die beiden fanden. Wie es nach Erbrochenem gerochen hatte und wie grau ihre Gesichter gewesen waren. Wie gepflegt das Haus war, und dass es keinerlei Anzeichen für einen Streit oder Gewalt gegeben hatte. Nichts war zerbrochen gewesen, keine Möbel waren verrückt oder umgeworfen.

Wir werden das hier rauskriegen, dachte Maria. Wir *müssen* es lösen.

Roland hatte zu einer Besprechung mit der ganzen Ermittlung um zehn Uhr gerufen, und bis dahin musste sie noch eine Menge überprüfen. Sie parkte das Fahrrad an einer Straßenlaterne und schloss es ab. Den Helm trug sie in der Hand, und in der Tasche lag das Handy mit dieser Mail von gestern, die sie inzwischen schon mehrmals gelesen hatte und die ihr Schmetterlinge im Bauch machte. Ein paar wenige kurze Zeilen, die doch das Potenzial hatten, ganze Teile ihres Lebens zu verändern.

Inzwischen gab es so vieles, das ihr möglich vorkam; so vieles, was sie während der Ehe mit Paul niemals in Betracht gezogen hätte, erschien ihr plötzlich einfach machbar.

Verdammter Paul.

Er hatte nicht nur ihre Beziehungen kaputtgemacht, sondern auch die meisten ihrer Pläne. Er hatte bestimmt, was sie nicht konnte und nicht sollte und dass sie sowieso nicht genügen würde.

Vor Paul habe ich durchaus an mich geglaubt, dachte sie. Und jetzt tue ich das endlich wieder.

Sie ging auf den Wohnwagen zu.

Aber nun würde sie sich auf ihre Arbeit konzentrieren und dann an den Plan und den Traum denken, dessen Umrisse allmählich Gestalt annahmen.

»Bist du sicher, dass du jetzt alleine klarkommst?«

Henrik sah August mit so besorgtem Blick an, dass dieser in Lachen ausbrach.

»Danke für deine Fürsorge«, sagte er. »Ich werde schon überleben.«

Für Henrik war es Zeit, nach Hause zu fahren. Er war ausschließlich für das Krebsfest nach Hovenäset gekommen, und jetzt, da es abgesagt worden und er nicht mit einem riesigen Kater aufgewacht war, wollte er früher als geplant zurück nach Stockholm fahren, um zu arbeiten. Gabriella hatte ähnlich gedacht und sie gleich nach einem raschen Frühstück verlassen.

August betrachtete seinen bekümmerten Freund. Er konnte verstehen, dass Henrik sich Sorgen machte. Seit August nach Hovenäset gezogen war, hatte es an seltsamen (und manchmal auch gefährlichen) Abenteuern nicht gemangelt. So jedenfalls sah Henrik das, und in gewisser Weise teilte August seine Vorbehalte. Aber das mit Ove und Irma war doch etwas anderes.

August musste immer wieder an den Verlust denken, den Magnus erlitten hatte – die Mutter zu verlieren, während der Vater zwischen Leben und Tod schwebte. Das war eine Situation, die August nur zu gut kannte, ein Albtraum, den er ebenfalls hatte durchleben müssen und von dem er immer noch nicht ganz geheilt war.

Maria schwieg sich über die Details des Falls aus, doch August war schon klar, dass es gute Gründe für die Annahme gab, dass Irmas Tod kein natürlicher gewesen war. Eine Ermittlung lief, und ganz Hovenäset hielt den Atem an.

»Hast du Maria schon von Helene erzählt?«, fragte Henrik.

August schüttelte den Kopf.

»Gestern war so ein Durcheinander«, erklärte er. »Und nimm es mir nicht übel, aber du und Gabriella, ihr wart ja auch da. Wenn ich das hier erzähle, will ich mit Maria allein sein.«

Das hier.

Das hier, wovon er noch nicht einmal wusste, was es war. Wenn es eine irgendwie geartete Notsituation gäbe, dann dürfte man doch annehmen, dass Helene angerufen oder ihn auf irgendeine andere Weise zu erreichen versucht hätte.

August schämte sich ein wenig dafür, dass er zuerst mit Henrik darüber gesprochen hatte. Andererseits hatte sich das vernünftig angefühlt, denn Henrik kannte Helene schließlich, und – was noch wichtiger war – er kannte August und Helene auch noch als Paar. Diese Perspektive hatte Maria nicht. Er würde es ihr natürlich trotzdem erzählen, wenn es auch ein wenig Überwindung kostete. Vor allem, da er nicht wusste, was Helene wollte.

Henrik nahm Sofia fest in den Arm und drückte einen Kuss auf ihren Lockenkopf.

»Patenonkel hat dich lieb«, sagte er. »Ruf mich einfach an, wenn du mit jemandem aus dem zivilisierten Teil der Welt sprechen möchtest.«

»Danke, danke, das werden wir uns merken«, erwiderte August und nahm seine Tochter entgegen, die ihm Henrik nur widerwillig übergab.

Henrik warf seine Tasche in den Kofferraum des Autos und setzte sich hinters Steuer.

Die Fensterscheibe auf seiner Seite fuhr herunter.

»Du«, sagte er, »ruf Helene an. Mach nicht eine so große Sache daraus.«

»Sie hat mich aufgesucht, nicht umgekehrt«, sagte August. »Offensichtlich braucht sie mehr Zeit.«

Henrik sah skeptisch aus.

»Möglich«, sagte er.

»Ich melde mich, wenn es einen neuen Termin für das Krebsfest gibt«, versprach August.

»Mach das«, erwiderte Henrik und setzte langsam aus der Auffahrt zurück. Der Kärleksvägen war schmal, da konnten also keine großen Rennen gefahren werden. August hob die Hand zum Winken und winkte auch ein wenig mit Sofias Arm. Henrik warf ihr eine Kusshand zu und verschwand.

»So«, sagte August zu seiner Tochter. »Da sind wir zwei wieder alleine.«

Ein leichter Seufzer entrang sich Sofias kleinem Körper. Sie sah geradezu resigniert aus, als würde sie begreifen, dass sie soeben einen Abschied erlebt hatte.

»Er kommt bald wieder«, flüsterte August, legte seine Wange an ihren Kopf und atmete ihren warmen Geruch ein.

»Wie wäre es, wenn wir ein Weilchen in den Laden fahren?«, fragte er. »Klingt das nicht lustig? Dann können wir nachsehen, ob wir noch mehr Computer und Handys bekommen haben.«

Er hatte nur ganz kurz seine Mails gelesen, doch es sah ganz so aus, als würde sich das Interesse an der Sammlung von gebrauchter Elektronik halten. Das war gut, denn es bedeutete, dass er beschäftigt war. Er brauchte ein wenig Ablenkung. Normalerweise war vormittags Gunnar im Laden, während August die Zeit auf Kundenbesuche verwandte, doch die plötzliche Sommerhitze hatte die Bedingungen verändert. Je heißer es war, desto weniger Kunden kamen. Und so war es in der letzten Woche schwierig gewesen, einen Rhythmus für die Arbeit zu finden, denn es schien schlicht nicht nötig, vormittags überhaupt zu öffnen.

Doch wie gesagt: August brauchte Ablenkung, und außerdem wollte er für diejenigen erreichbar sein, die Computer und Handys abgeben wollten. Also beschloss er, früher in den Laden zu fahren als gewöhnlich.

Er drehte sich um und wollte gerade ins Haus zurückgehen, als er eine wohlbekannte Stimme hinter sich hörte.

»Ich kann mitkommen und auf sie aufpassen, wenn du willst.«

August fuhr herum.

Da stand Lucas, nur wenige Meter entfernt.

August war bestürzt, als er sah, in welchem Zustand der Junge war. Die Augen waren blutunterlaufen und das Gesicht blass. Noch nicht einmal ein Tag war vergangen, seit Lucas' Großmutter tot und sein Großvater bewusstlos aufgefunden worden waren, und in ganz Hovenäset kochte die Gerüchteküche, was wohl passiert war. Garantiert grübelte auch Lucas darüber nach.

»Ja, hallo«, sagte August leise.

Lucas murmelte ein Hallo und fuhr dann mit angestrengter Stimme fort:

»Brauchst du einen Babysitter?«

Er war ruhelos und wollte eine Beschäftigung. Das konnte August gut verstehen, ihm ging es ja selbst ganz ähnlich.

Aber du kannst so schnell und so lange rennen, wie du willst, dachte August, so funktioniert Trauer nicht. Es gibt keinen Abstand, der groß genug wäre, sodass man sich davon freimachen könnte.

»Es tut mir sehr leid für dich und deine ganze Familie«, sagte August. »Das ist sehr traurig, dass deine Großmutter gestorben ist, und ich hoffe sehr, dass Ove wieder gesund wird.«

Lucas schien nicht zu wissen, wo er hinschauen sollte.

»Danke«, sagte er heiser.

Auf der Straße näherten sich zwei Nachbarinnen, die täglich zusammen spazieren gingen und oft an Augusts Haus vorbeiliefen.

Als sie ihn sahen, blieben sie stehen.

»Ich nehme mal an, dass die Leseratten sich übermorgen treffen, oder?«, sagte die eine davon.

»Natürlich«, erwiderte August.

Als August neu nach Hovenäset gezogen war, stellte der Lesekreis »Die Leseratten« seinen ersten sozialen Umgang dar, und dort hatte er auch Maria kennengelernt. Inzwischen war er derjenige, der zu den Treffen einlud, und sowohl er als auch Maria waren zudem Mitglieder in einem Eltern-Lesekreis, in dem man Kinderbücher las. Zwar war Sofia noch nicht so weit, dass sie Vorlesen zu schätzen wusste, doch sie selbst liebten Bücher und freuten sich schon auf den Tag, an dem sie die Kleine mit Geschichten überschütten könnten, sodass sie den Zauber des Lesens entdecken würde.

Die beiden Frauen gingen weiter, doch nicht ohne Lucas unnötig lange anzustarren. Großes Mitleid für den Jungen überfiel August. Zwar hatten sie nicht geplant, dass er gerade heute Babysitter sein sollte, doch das konnte man ja ändern.

»Wir waren gerade auf dem Weg in den Laden«, sagte August. »Komm doch gerne mit. Bestimmt brauche ich Unterstützung, falls viele Kunden kommen. Aber hast du mit deinen Eltern gesprochen? Ist es in Ordnung für sie, wenn du heute arbeitest?«

August hatte Magnus nur ganz kurz am Abend zuvor gesehen und ihm schon sein Beileid ausgedrückt. Dann hatte er noch die abgenutzte Phrase »Sagt Bescheid, wenn wir etwas für euch tun können« hinzugefügt und zur Antwort erhalten: »Ich glaube, Lucas könnte ein paar Routinen gebrauchen, ich hoffe also, wenn er Lust hat und kann, dass er weiter Babysitter sein darf.«

Und jetzt stand Lucas hier und hatte Lust und konnte auch.

Er wirkte offensichtlich erleichtert, als August Ja sagte, und nickte fast unmerklich.

»Ich habe Mama und Papa Bescheid gesagt, bevor ich gegangen bin«, sagte er.

»Gut«, antwortete August. »Ich brauch noch kurz, um ein paar Sachen zusammenzusuchen. Können wir uns in zwanzig Minuten wieder hier treffen? Geht das?«

»Ja, klar«, sagte Lucas.

Dann setzte er sich auf einen Stein neben der Auffahrt zu Augusts Haus. Obwohl er nur ein paar Minuten entfernt wohnte, wollte er offensichtlich nicht nach Hause gehen.

August ging zu ihm und übergab ihm Sofia.

»Halt sie doch schon mal, während ich packe, dann geht es schneller«, erklärte er.

Lucas lächelte die Kleine an, als er sie in seinen Arm bekam. Ein wehmütiges Lächeln.

August eilte ins Haus. Wenn Sofia versorgt war, konnte er sehr schnell sein. In wenigen Minuten packte er Windeltasche, Wagen und Baby samt Sitter ins Auto. Der Wall-Street-Schnuller war immer noch unauffindbar, aber August hatte keine Lust, danach zu suchen. Es gab noch mehrere Schnuller und Wichtigeres, worum er sich kümmern musste.

Er sah zum blauen Himmel hinauf, als er sich ins Auto setzte. Eigentlich nahm er bei so schönem Wetter lieber das Boot zum Laden, doch heute musste es das Auto sein. Er hatte am Abend noch einen Kundenbesuch zu erledigen, für den er das Auto brauchte.

»Wie ist denn die Stimmung bei euch zu Hause?«, fragte er vorsichtig, als sie die Halbinsel verließen.

Sofia, die im Kindersitz auf dem Beifahrersitz saß, gab einen gurgelnden Laut von sich und gähnte dann ausgiebig. Sie würde jeden Moment einschlafen.

»Furchtbar«, sagte Lucas und schaute aus dem Fenster.

»Das denke ich mir«, sagte August leise.

Lucas schwieg. Er saß auf dem Rücksitz und beschied stumm, aber deutlich, dass er nicht über das sprechen wollte, was passiert war.

August wechselte das Thema.

»Ich habe ein paar nette neue Sachen in den Laden bekommen«, sagte er.

»Mhm?«, brummelte Lucas und kratzte sich die Wange.

»Ein Fernrohr zum Sternegucken«, sagte August. »So eins, was auf einem Stativ steht. Und zwei richtig hübsche Buddelschiffe. Es sind die ersten, die ich habe, und schon hat ein Käufer sich interessiert gezeigt. Ich hatte ganz vergessen, wie schön die sein können.«

Jetzt redete er zu viel, das merkte er selbst. Aber es war schwer, die Stille im Auto zu akzeptieren, denn sie war nicht sonderlich angenehm.

Lucas lehnte den Kopf an die Nackenstütze.

»Die Halbschwester von meinem Papa war anscheinend supergut darin, Buddelschiffe zu machen«, sagte er.

August lächelte ihn über den Rückspiegel an.

»Sieh mal einer an«, sagte er. »Dann hast du das vielleicht auch im Blut.«

Lucas zuckte mit den Schultern.

»Hast du ihre Buddelschiffe denn mal gesehen?«, fragte August.

»Nein, sie ist gestorben, als ich ganz klein war«, meinte Lucas. »Aber sie hat eine ganze Sammlung zusammengekriegt. Papa hat die auf dem Dachboden. Vielleicht will er sie ja verkaufen. Oder einfach nur weggeben.«

»So habe ich das nicht gemeint«, beeilte sich August zu sagen, »ich dachte mehr ...«

»Schon klar«, sagte Lucas. »Aber ich glaube wirklich, dass Papa sie gern loshätte, die liegen doch nur da und stauben ein. Ihm sind sie nicht wichtig.«

Es wurde still im Auto.

Dann war vom Rücksitz zu hören:

»Oma hat mal gesagt, dass sie froh wäre, dass meine Tante gestorben ist. Aber das ist schon lange her.«

August fuhr zusammen.

»Das hat sie bestimmt nicht so gemeint«, sagte er.

»Doch«, entgegnete Lucas. »Ich glaube schon. Aber Oma hat ja nicht gemerkt, dass ich gelauscht habe, also habe ich mich nicht getraut zu fragen, warum sie das gesagt hat.«

Wieder wurde es still im Wagen.

August hielt den Blick auf die Straße gerichtet. Jede Familie hatte ihre eigenen Probleme, doch in der von Lucas schienen sie größer zu sein als in anderen.

Er sah verstohlen zu dem Jungen im Rückspiegel.

Lucas sah verbissen aus. Angespannt und besorgt.

Aber das war natürlich kein Wunder. Auf dem Rücksitz saß ein

Junge, der eben seine Großmutter verloren hatte und vielleicht auch noch seinen Großvater verlieren würde. Natürlich sah er besorgt aus.

August selbst sorgte sich um andere, und ehrlich gesagt viel weniger dramatische Dinge.

Zum Beispiel, dass er womöglich nicht dazu kommen würde, Maria einen Heiratsantrag zu machen, ehe er im Altersheim landete.

Und dass seine Ex Helene ihm etwas erzählen könnte, was sein Leben auf den Kopf stellte.

Noch ehe die Besprechung begonnen hatte, waren die Scheiben des Wohnwagens schon beschlagen. Die meisten Fenster standen offen, ebenso die Dachluke. Normalerweise hielt das Gewaltdezernat seine Personal- und Ermittlungsbesprechungen im Polizeihaus in Uddevalla ab, doch das galt nicht, wenn ein Verbrechen eine konkrete Verbindung zu dem Ort hatte, an dem sich der Wohnwagen befand. In dem Fall wurde die ganze Ermittlergruppe in das mobile Büro versetzt, und so drängte sich nun eine große Anzahl Mitarbeiter auf dem engen Raum.

Maria, die neben Ray-Ray saß, drang der Duft von hochwillkommenem Kaffee in die Nase, und sie nahm dankbar einen Becher von einem Kollegen entgegen. Der Wohnwagen war voller Leute, die alle gleichermaßen begierig waren loszulegen.

Roland richtete sich auf. Eine Mordermittlung war anberaumt worden, um Klarheit in die Ereignisse um das Ehepaar Dahlman zu bringen. Das war Routine, wenn im Zusammenhang mit einem Todesfall ein Verbrechen nicht ausgeschlossen werden konnte.

»Ich schlage vor, dass wir gleich mal anfangen«, sagte Roland, woraufhin aller Small Talk verstummte. »Es gibt viel zu tun, und wir müssen jetzt mal loslegen. Ove Dahlman, 74 Jahre alt, wurde gestern schwer verletzt in seinem Haus gefunden. Seine Ehefrau Irma, 73 Jahre alt, lag tot ebenfalls in dem Haus. Wir müssen herausfinden, ob es sich um einen versuchten Doppelmord handelt oder ob einer oder vielleicht sogar beide Eheleute in die Tat verwickelt sind.«

Damit meinte er, ob es sich um eine Kombination aus Selbstmord und Mord, oder – wenn man noch weitergehen wollte – einen Doppel-Selbstmord handelte.

Natürliche Ursachen konnten ausgeschlossen werden, das wussten sie bereits.

Er hob den Blick und sah Maria und Ray-Ray an.

»Wer von euch fängt an?«, fragte er.

»Das kann ich machen«, antwortete Maria und stellte den Kaffeebecher weg.

Ray-Ray nickte zustimmend. Er hing wie immer halb liegend wie ein Teenager da, die Beine etwas breiter auseinander, als der Raum es eigentlich zuließ.

Maria lehnte sich etwas über den Tisch, damit sie Blickkontakt mit mehr Leuten bekam, und erzählte dann, was am Tag zuvor geschehen war. Sie achtete darauf, kein Detail auszulassen, darunter auch, wie seltsam es war, dass sie dabei gewesen war, als Ove und Irma gefunden wurden, und wie ihre Verbindung zu der Familie aussah.

Sie beschrieb, wie der Sohn Magnus sich Sorgen um seine Eltern gemacht und beschlossen hatte, in das Haus zu gehen. Dann erzählte sie, in welchem Zustand die Eheleute gefunden wurden – in getrennten Räumen – und dass beide sich übergeben hatten.

»Es gibt eine Reihe praktischer Umstände, die wir berücksichtigen müssen«, stellte Maria fest. »Das Paar war im Einkaufszentrum gewesen, wo es Mittagessen bei McDonald's gekauft hatte, um es dann mit nach Hause nach Hovenäset zu nehmen. Ab da wissen wir nicht, was schiefgegangen ist. Das jüngste Kind von Magnus, die achtjährige Elina, sollte um 15 Uhr von einem der beiden Großeltern von einem Kindergeburtstag abgeholt werden, und das passierte nicht. Später am Abend sollten Ove und Irma ihre Enkelkinder bei sich haben, während die Eltern ein Krebsfest ausrichteten.«

»Sie rechneten also nicht damit, dass sie im Laufe des Tages verhindert sein würden«, meinte Roland. »Ich denke an das Enkelkind, das sie abholen sollten, und den geplanten Abend mit beiden Enkeln. Das sind Informationen, die dagegensprechen, dass sie selbst etwas mit dem Geschehen zu tun hatten. Wenn sie nicht gefunden werden wollten, dann hätten sie keine Pläne gemacht und dafür gesorgt, dass niemand sie vermissen würde.«

»Wissen wir etwas über den momentanen Zustand von Ove Dahlman?«, fragte ein Kollege aus Göteborg.

»Heute Morgen hatte ich Kontakt zum Krankenhaus in Uddevalla, wo er eingeliefert worden ist«, sagte Ray-Ray. »Man kann ihn nicht vernehmen, denn er ist immer noch bewusstlos, und sie wissen nicht, ob er es schaffen wird.«

»Wissen wir, was rein medizinisch das Problem ist?«, hakte der Kollege aus Göteborg nach.

Roland wandte sich an die Kriminaltechnikerin Vendela, die als Antwort ihren Laptop öffnete. »Die Ärzte haben große Mühe darauf verwandt herauszufinden, was den Zustand von Ove Dahlman verursacht haben könnte«, begann Vendela. »Eine sehr umfassende Blutuntersuchung hat gezeigt, dass er durch eine Mischung aus Betablockern, Schlafmitteln und angstdämpfenden Medikamenten, in diesem Fall Benzodiazepine, vergiftet worden ist. Das sind Medikamente, die viele einnehmen, die aber nicht überdosiert werden dürfen. In Oves Fall wirkte die Vergiftung besonders schwer, da er schon seit längerer Zeit Probleme mit den Nieren hat. Bei einer schnellen Kontrolle hat sich zudem herausgestellt, dass dieselben Substanzen auch im Blut von Irma zu finden waren, und nach unserem ersten Testergebnis auch in beiden Milchshakebechern. Ob die Substanzen sich zudem im Essen befanden, werden wir später erfahren.«

Vendela hielt inne und griff nach ihrem Kaffeebecher.

»Was war denn los mit Oves Nieren?«, fragte Maria.

»Eine generelle Insuffizienz, die mit Zufall und Alter zusammenhängt«, erwiderte Vendela.

»Okay«, sagte Roland. »Hatten die Dahlmans die aktuellen Medikamente denn zu Hause?«

»Bei der Hausdurchsuchung sind sie uns nicht aufgefallen«, erklärte Vendela. »Es wurden nur gewöhnliche Schmerztabletten und Nasentropfen gefunden. Wir werden aber versuchen, eine Aufstellung von Rezepten zu bekommen, dann wissen wir mehr. Der

Sohn sollte auch noch einmal vernommen werden. Die aktuellen Substanzen sind, wie gesagt, in keiner Weise ungewöhnlich, sondern man findet sie in Medikamenten, die von sehr vielen Menschen genommen werden. Ove hatte zudem Tabletten für seine Nieren, doch die scheinen bei der Vergiftung keine Rolle gespielt zu haben.«

»Dann nehme ich mal an, dass die entscheidende Frage nicht ist, wie der Täter an die Tabletten gekommen ist, sondern wer dafür gesorgt hat, dass sie in die Milchshakes kamen«, fasste Roland entschieden zusammen. »Momentan können wir nicht davon ausgehen, dass die beiden ausschließlich mit Irmas Tabletten vergiftet wurden.«

»Das stimmt«, bestätigte Vendela. »Aber laut dem Arzt, mit dem ich gesprochen habe, ist Irma sicherlich nicht an der Vergiftung gestorben, sondern an ihrem Erbrochenen erstickt.«

»Wenn Ove also keine Probleme mit den Nieren gehabt hätte und Irma nicht in einem Moment übel geworden wäre, als sie zu schwach war, um sich auf die Seite zu drehen, dann wäre es bei keinem von beiden zu einer so starken Wirkung gekommen?«, fragte Ray-Ray.

»Korrekt«, erwiderte Vendela. »Aber ich glaube, wir sollten davon ausgehen, dass unser Täter die Umstände, die du hier erwähnst, nicht bedacht hat, sondern sicher glaubte – oder hoffte –, die Tabletten würden allein schon dazu führen, dass die beiden sterben.«

Im Wohnwagen wurde es still.

Maria fasste die Situation für sich zusammen.

Ihrer Meinung nach hatte Vendela recht. Jemand hatte die Milchshakes in der Absicht vergiftet, die beiden zu töten oder sie möglicherweise zumindest schwer zu schädigen. Entweder waren es Ove oder Irma (oder beide in Übereinstimmung) gewesen, die das getan hatten, oder jemand anders.

Eine andere Alternative gab es nicht, das wusste Maria ebenso gut wie ihre Kolleginnen und Kollegen.

Und wenn es nicht Ove oder Irma gewesen waren, die die Milchshakes vergiftet hatten, dann mussten sie herausbekommen, wer sonst noch dazu Gelegenheit gehabt hatte. Laut einer Quittung in der McDonald's-Tüte hatten die beiden ihr Essen um 11.29 Uhr bekommen. Knapp sechs Stunden später wurde Irma tot gefunden. Da sie zu dem Zeitpunkt ungefähr schon eine Stunde lange tot war und die Substanzen außerdem Zeit brauchten, um ins Blut zu kommen und sie bewusstlos zu machen, war das Zeitfenster, das dem Täter zur Verfügung stand, nicht groß gewesen.

»Was wissen wir denn über ihre Lebenssituation?«, erkundigte sich Roland. »Wie lange wohnen die beiden schon auf Hovenäset und wie stand es um ihre Gesundheit, sowohl physisch als auch psychisch?«

»Laut Einwohnermeldeamt wohnen die beiden seit bald fünfzig Jahren auf Hovenäset«, erklärte Ray-Ray. »Beide sind in Göteborg geboren und aufgewachsen und dann gemeinsam auf die Halbinsel umgezogen. Der Sohn Magnus ist auf Hovenäset groß geworden, hat dann einige Jahre in Göteborg gewohnt, ehe er zusammen mit seiner Frau Lovisa zurück nach Hovenäset gezogen ist. Ich habe Magnus und Lovisa gestern vernommen, und keiner von ihnen hatte das Gefühl, dass Ove oder Irma an einer ernsten körperlichen Krankheit gelitten hätten. Hingegen erzählte Magnus, dass seine Mutter mehrere Jahre lang im Internet gespielt und hohe Schulden gemacht habe.«

Roland zog die Augenbrauen hoch.

»Zu spielen ist ja wohl auch schon ein sehr deutliches Zeichen von Krankheit«, warf er ein.

Maria und Ray-Ray waren derselben Ansicht.

»Selbstverständlich«, erwiderte Ray-Ray. »Aber der Sohn schien mehr Angst davor zu haben, dass seine Mutter an die falsche Person geraten sein könnte, um Geld zu leihen, und ihre Schulden dann doch nicht losgeworden ist.«

Roland sah skeptisch aus.

»Denkt er, jemand könnte versucht haben, seine beiden Eltern umzubringen, weil seine Mutter eine Schuld nicht bezahlen konnte?«, fragte er.

»Das muss nicht weit hergeholt sein«, meinte Vendela. »Menschen sind schon aus ganz anderen Gründen umgebracht worden.«

Roland warf ihr einen kurzen Blick zu.

»Durchaus«, sagte er. »Das ist so. Natürlich werden wir die Finanzen und mögliche Schulden der Eheleute kontrollieren. Ist Magnus ihr einziges Kind?«

»Ja«, sagte Ray-Ray. »Laut Einwohnermeldeamt hatte Ove auch eine Tochter, doch die ist vor sieben Jahren mit 44 gestorben. Sie war sechs Jahre älter als Magnus.«

»Das ist hart«, sagte Roland. »Was haben wir sonst noch?«

Ray-Ray gab Maria einen sanften Stoß in die Seite.

»Möchtest du die Aussage unseres Lieblingszeugen ausbreiten?«, fragte er.

Maria musste grinsen.

»Aber natürlich«, erwiderte sie. »Erinnert sich irgendjemand an den Namen Gunnar Wide?«

Im Wohnwagen war vereinzelt Gelächter zu hören.

Ja, an den erinnerten sich viele. Ein Mann, der nicht selten auf Informationen saß, die sich als sehr nützlich erwiesen, der aber dazu neigte, den Informationen, die er vermitteln wollte, im Weg zu stehen.

»Was hat er denn diesmal?«, fragte Roland.

»Gunnar hat vor einigen Tagen einen Mann bei den Dahlmans vor der Tür gesehen, und der ist nicht reingelassen worden, obwohl Ove zu Hause war«, erklärte Maria. »Ich habe auch eine Beschreibung bekommen, die ist aber ziemlich unkonkret.«

Sie berichtete, was erst August und dann auch Gunnar ihr erzählt hatten. Anstatt darauf zu warten, dass er sich selbst melden würde, hatte sie Gunnar am selben Abend noch angerufen. Bei der Gelegenheit erzählte er auch von einem Auto, was zu Hause bei

Maria und August geparkt habe, doch offensichtlich wusste August schon, dass es einer Kundin gehörte, die eigentlich zum Laden wollte.

Roland ließ einen angestrengten Blick über die Versammelten wandern.

»Ich denke, wir erinnern uns an Gunnars Information und dann sehen wir mal, ob wir noch mehr Zeugen finden, die Ähnliches beobachtet haben.«

»Ray-Ray und ich werden heute noch einmal Magnus befragen«, sagte Maria. »Außerdem werden wir mit einigen von Oves und Irmas Freunden sprechen und versuchen, ein besseres Bild von der Familie zu bekommen.«

»Gut«, sagte Roland. »Ich habe ein paar Kollegen gebeten, von Tür zu Tür zu gehen, vielleicht hat jemand außer Gunnar auch noch etwas gesehen oder gehört. Und dann werde ich einen von euch zum McDonald's im Einkaufszentrum schicken. So wie ich das sehe, haben wir im Moment zwei feste Punkte, an denen wir rein ermittlungstechnisch unsere Arbeit beginnen können.«

Er holte Luft, ehe er fortfuhr.

»McDonald's ist der eine feste Punkt. Dort haben die Dahlmans das Essen gekauft, mit dem sie vergiftet wurden. Ich will wissen, wer zu der Zeit da gearbeitet hat. Nicht dass ich glaube, irgendein Angestellter hätte versucht, die beiden umzubringen, doch wir können es nicht einfach ausschließen. Hoffentlich gibt es eine Überwachungskamera. Die andere Sache, der wir umgehend auf den Grund gehen müssen, ist Irmas Spielsucht. Versucht alles darüber rauszukriegen, was ihr könnt.«

Maria wechselte die Stellung auf der Bank.

Ihr Rücken mochte das lange Stillsitzen nicht, und ihr Temperament ebenso wenig. Denn jetzt war der Ermittlungseifer geweckt.

Ove und Irma hatten große Mengen von Tabletten geschluckt.

Die eine war tot, und der andere schwebte immer noch in Lebensgefahr.

Maria wollte wissen, wie es dazu gekommen war, und ihr war klar, dass sie zuerst die noch einmal sehen wollte, die den beiden am nächsten standen.

Und herausfinden, ob wirklich keiner von ihnen auch nur im Geringsten Sorge gehabt hatte, die Eheleute in Dahlman könnten in Gefahr sein.

Früher einmal hatte Magnus' Großmutter versucht, ihm zu erklären, wie sich richtig schwere Trauer anfühlt.

»Das tut so weh, dass man unbedingt davon wegwill, man kann nicht in der Nähe bleiben. Und dann kommt die Panik. Denn es gibt keinen Weg um die Trauer *herum*, man muss hindurch.«

Magnus musste sich eingestehen, dass er über die weisen Worte seiner Großmutter noch nie viel nachgedacht hatte. Bis heute.

Es war, als würde jeder Atemzug in seiner Brust brennen.

Das Schreckliche, dass seine Mutter weg war. Tot. Vielleicht ermordet.

Und vor allem: Dass möglicherweise auch sein Vater es nicht schaffen würde.

Diese Sorge überschattete alles andere und verdrängte zum Teil die Trauer, die sein Körper nicht zulassen konnte, ehe klar war, wie groß der Verlust sein würde. Ebenso wenig wie er auch nicht verarbeiten konnte, dass dies hier kein Unfall war.

Ich verkrafte das nicht, wenn beide tot sind, dachte Magnus. Davon werde ich mich nie wieder erholen.

Mitten in der Nacht hatte er sich ins Auto gesetzt und war nach Uddevalla gefahren, um am Bett seines Vaters zu wachen. Die Ärzte hatten lange und ernst mit ihm über den Zustand seines Vaters gesprochen.

Sie konnten nicht versprechen, dass er wieder aufwachen würde.

»Das Einzige, was ich versprechen kann, ist, dass wir alles tun, was in unserer Macht steht«, hatte der Oberarzt gesagt.

Begriff der nicht, dass das nicht genügte?

Der Zustand seines Vaters war jetzt stabil, blieb aber kritisch, und so würde es vielleicht noch Stunden, Tage oder sogar Wochen gehen.

»Was glaubst du, wer das hier getan hat?«, flüsterte Lovisa.

Sie saßen einander am Küchentisch gegenüber und warteten darauf, dass die Polizei kommen und sie erneut befragen würde.

»Ich weiß es nicht«, erwiderte Magnus. »In meinem Kopf steht alles still.«

Lovisa schluckte.

»Sowie ich versuche, logisch zu denken, kriege ich es mit der Angst«, sagte sie, »denn da ist irgendwie keine Logik. Es gibt nur ein großes, unbegreifliches Durcheinander. Ich meine, so etwas passiert doch nicht, zumindest nicht Menschen wie uns.«

Als sie den letzten Satz sagte, überschlug sich ihre Stimme, und sie wurde rot.

Doch Magnus verstand das, und er dachte genauso.

Menschen in normalen Familien wurden nicht ermordet. Nicht, wenn sie nicht zufällig irgendeinem Bandenkrieg in den Weg kamen, doch das war eine ganz andere Sache. Ein ganz anderer Tod.

»Ich kriege es nicht zusammen«, sagte Magnus mit dünner Stimme. »Ich kriege es einfach nicht zusammen.«

Ihnen beiden war von der Polizei psychologische Beratung angeboten worden, und sie hatten zugestimmt. Anstelle eines Treffens hatte es am Morgen ein Telefongespräch gegeben. Im Nachhinein konnte Magnus sich an kein einziges Wort erinnern, was die Beraterin gesagt hatte. Er konnte nur noch daran denken, was seine Großmutter über Trauer gesagt hatte. Dass man Panik bekam, wenn man begriff, dass man davor nicht fliehen konnte.

Seit dem vergangenen Tag hatte Magnus nicht mehr als eine Stunde geschlafen. Er und Lovisa hatten sich beide krankgemeldet. Mehrere von Magnus' Kunden hatten bereits Blumen geschickt, ebenso einige von Lovisas Kunden im Stoffgeschäft. Auch Freunde und Nachbarn hatten sie aufgesucht. Alle wollten ihr Beileid ausdrücken, alle wollten helfen, und alle waren entsetzt. Das war schön, furchtbar und zu erwarten.

Magnus schaute seine Frau an. Er hatte das Gefühl, als stünden

Lovisa die ganze Zeit die Tränen in den Augen. Er selbst hatte während der Nacht viel geweint, doch nur kurze Zeit. Ein rabenschwarzes Entsetzen hatte seine Klauen in ihn geschlagen: Würde das, was seinen Eltern zugestoßen war, sehr schnell die Grenze dessen, was er selbst vom Leben erwarten konnte, verschieben? Offensichtlich konnte alles Mögliche passieren, und das war ein vernichtender Gedanke.

Alles Mögliche und jederzeit.

Mit einem Mal war die Angst da und zerrte wieder an ihm. Es war so still im Haus.

»Elina!«, rief er. »Wo ist Elina?«

Lovisa riss die Augen auf.

»Sie wird bei den Freundinnen von der Schwimmschule sein.«

Magnus sank wieder in sich zusammen. Natürlich wusste er, wo Elina war. Ihm war nur nicht klar, wie er sich daran erinnern sollte. Sein Gehirn hatte sich in eine schwammige Masse verwandelt, in der keine neue Information gespeichert und keine alte mehr hervorgeholt werden konnte.

»Wann wollten die Polizisten noch kommen?«, fragte er.

»Jetzt jeden Moment, glaube ich«, sagte Lovisa. »Irgendwas nach zwölf haben sie gesagt.«

Irgendwas nach zwölf.

Was war denn das für eine Zeitangabe? Polizisten müssten doch exakter sein können als das, oder?

Magnus wandte den Blick zum Küchenfenster, und die Sonne stach ihm in die Augen. Wahrscheinlich wurde er jetzt verrückt. Der Alltag ging einfach weiter wie gewöhnlich, obwohl überhaupt nichts je wieder so sein würde wie zuvor.

»Ich mache mir Sorgen um Lucas«, sagte Lovisa.

Magnus sah auf. Seit dem Tag, als sein Sohn geboren worden war, machte er sich Sorgen um ihn. Die Nabelschnur war zweimal fest um seinen kleinen Hals geschlungen gewesen, und Magnus hatte gesehen, wie angespannt der Arzt gewesen war, als er an dem Kind herummachte, um seine Atemwege freizubekommen. Der ganze Lucas war blau-lila gewesen, und als er endlich seinen ersten anständigen Atemzug nahm, war sein Schreien so zittrig, dass Magnus sich weit weg gewünscht hatte.

Nach dem Ereignis hatte er mehrere Jahre lang Angst gehabt und sich nicht durchringen können, den Ärzten zu vertrauen, wenn sie sagten, dass es Lucas gut ging und er sich so entwickelte, wie er sollte. Lovisa hatte seinen Stress gespürt, es war ihr aber nicht gelungen, ihn dazu zu bringen, dass er erzählte, was an ihm nagte.

Ich mache mir Sorgen um Lucas.

Er stand auf und ging zur Spüle.

»Willst du noch Kaffee?«, fragte er.

Lovisa nickte und hielt ihm ihren Becher hin.

»Ich mache mir auch Sorgen«, sagte er leise.

In ihm tat es so wahnsinnig weh. Lucas war zu jung für diese Art Verlust. Wie sollten sie ihm das Unerklärliche erklären? Dass die Polizei Mord und Mordversuch nicht ausschloss. Obwohl, vielleicht mussten sie gar nicht so viel sagen. Lucas schien trotzdem alles zu begreifen.

»Ich habe gesagt, dass er zu August gehen und auf die kleine Sofia aufpassen darf«, sagte Lovisa. »Ich hatte den Eindruck, dass er lieber nicht zu Hause sein wollte.«

Magnus lächelte flüchtig.

Dass sein Sohn Babysitter geworden war. Ein wenig unerwartet, aber doch sehr schön.

Noch sind wir nicht zu alt, dachte Magnus. Wir könnten ihm noch ein Geschwister schenken.

Sein Lächeln erstarb.

»Ich glaube, es tut ihm gut, etwas zu tun, was an den Alltag erinnert«, erklärte er. »Das habe ich gestern auch zu August gesagt, als wir uns begegnet sind.«

Lovisa nickte.

»Es geht ihm nicht gut«, sagte sie leise. »Heute Nacht, als du im

Krankenhaus warst, habe ich ihn mehrmals draußen gehört. Er ist wie ein unseliger Geist im Haus herumgelaufen, hat sich aber geweigert, mit mir zu sprechen, als ich zu ihm ging. Einmal dachte ich schon, ich hätte die Eingangstür gehört, aber das war wohl nur Einbildung. Als ich in seinem Zimmer nachschaute, lag Lucas im Bett.«

Wenn du nicht verpasst hast, dass er hinausging, und nur gehört hast, als er zurückkam, dachte Magnus.

»Wir müssen auf ihn achtgeben«, fuhr Lovisa fort. »Damit er sich traut, uns seine Gefühle zu zeigen. Dass er traurig ist und besorgt, und Angst hat, genau wie wir anderen.«

Die Tränen begannen zu laufen, und Magnus legte seine Hände auf ihre Wangen, um sie alle aufzufangen. Um sie daran zu erinnern, dass sie nicht allein war. Sie waren viele, die trauerten. Die ganze Familie, Freunde und Nachbarn, aber Lucas besaß gewisse Erfahrungen, die allen anderen fehlten. Erfahrungen, die ihn verletzt hatten und von denen Magnus fürchtete, dass sie jetzt Probleme schaffen könnten.

»Die Beerdigung«, begann Lovisa. »Wie machen wir es damit?«

»Welche Beerdigung?«, fragte Magnus. Irgendwas stimmte nicht mit seiner Zunge. Es war, als wäre sie zu groß geworden, und er hatte das Gefühl zu lallen, wenn er redete.

»Die von Irma«, erklärte Lovisa leise. »Wir müssen die Polizei fragen, wann das aktuell werden könnte.«

Natürlich.

Magnus nickte. Ein diskretes Signal von seinem Handy unterbrach sie. Er hatte eine SMS bekommen. Magnus griff nach dem Telefon. Das könnte eines der Kinder sein. Oder das Krankenhaus. Es könnte die Polizei sein. Es könnte irgendjemand sein, der etwas erzählen wollte, was die Situation noch schlimmer machte, als sie bereits war.

»Die ist von Lucas«, sagte er und atmete aus.

»Alles okay?«, fragte Lovisa.

Magnus nickte und las die kurzen Zeilen. Der Sohn fragte nach der Sammlung mit Buddelschiffen auf dem Dachboden. Offensichtlich suchte Strindberg so was für seinen Laden. Magnus konnte nicht verstehen, warum. Er hatte die Fähigkeit verloren, die großen Dinge des Lebens von den sehr viel kleineren zu unterscheiden. Alles, bei dem es nicht um Leben und Tod ging, verschwand einfach aus seiner Wahrnehmung.

Doch in gewisser Weise könnten die Buddelschiffe in höchstem Maße etwas mit Leben und Tod zu tun haben. Bei allem, was seine Halbschwester Clara betraf, ging es um dieses Thema. Wenn Strindberg ihre Buddelschiffe haben wollte, dann sollte er sie gerne kriegen. Magnus konnte sowieso nichts damit anfangen.

Gerade wollte er die SMS vorlesen, als ein Klopfen an der Tür Magnus und Lovisa erstarren ließ.

»Die Polizei«, sagte Lovisa. »Das muss die Polizei sein.«

Vendela war nach der morgendlichen Besprechung im Wohnwagen wieder zurück in Uddevalla und donnerte eine Auskunft nach der anderen raus. Ihr Dienst war keine reine Techniktätigkeit, sondern umfasste zu einem gewissen Anteil auch Aufgaben, die ansonsten die Ermittler erledigen mussten.

Sie und ihre Kollegen hatten so viele Fragen und erst so wenige Antworten. Sie wollten Auszüge aus dem Telefonverkehr auf und von Oves und Irmas Handys. Mit wem hatten die Dahlmans in der letzten Zeit Kontakt gehabt? Gab es eine Nummer, die aus der Menge herausstach? Kamen Nummern vor, die der Polizei bekannten Personen gehörten?

Aus demselben Grund wollte Vendela die Mails von Ove und Irma sehen. Waren sie bedroht worden? Befanden sie sich vielleicht mitten in einem Konflikt, von dem die Angehörigen nichts wussten?

Doch es blieb nicht bei den Mails. Vendela wollte, dass die Fingerabdrücke, die in Dahlmans Haus gefunden worden waren, kontrolliert wurden. In der derzeitigen Lage waren alle Spuren von Interesse. Nichts war zu gering, um nicht nachverfolgt zu werden. Allerdings war manches interessanter als anderes. Die Fingerabdrücke von der McDonald's-Tüte zum Beispiel hatten oberste Priorität. Gab es da Spuren von der Person, die ihre Milchshakes mit einer gefährlichen Kombination von Substanzen versehen hatte?

Bisher hatten sie sowohl für Irma als auch für Ove Rezeptauflistungen bekommen. Sämtliche im Blut gefundenen Substanzen waren in den Tabletten enthalten, die Irma verschrieben worden waren. Es handelte sich um Medikamente gegen hohen Blutdruck, Angstzustände und Schlafprobleme. Im Grunde keine ungewöhnliche Kombination, bemerkenswert war jedoch, dass sie im ganzen Haus keine einzige Medikamentenschachtel gefunden hatten, die Irma zuzuschreiben gewesen wäre. Und dabei war es erst eine knappe Woche her, seit Irma in der Apotheke in Kungshamn gewesen war und Rezepte eingelöst hatte. Oves Medizin für die Nieren hingegen wurde in der Nachttischschublade aufbewahrt und lag dort unberührt.

Vendela klickte die Zusammenstellung von Irmas Medikamenten weg, um sich stattdessen auf McDonald's zu konzentrieren. Wenn Ove und Irma jemanden im Restaurant getroffen hatten, dann brauchten sie Informationen darüber. Ebenso wenn ein Angestellter im Restaurant aus guten Gründen verdächtig wäre.

Wenn es überhaupt stimmte, dass Ove und Irma dort gewesen waren und das Essen geholt hatten. Vendela wusste nur, dass der Sohn bei der ersten Vernehmung gesagt hatte, dass sie das Essen immer zu sich genommen hätten, wenn sie zurück auf Hovenäset waren, und dass Irma sehr überzeugend behauptet hätte, dass man sowohl Hamburger als auch Pommes Frites in der Mikrowelle aufwärmen könnte.

Fertigessen in der Mikrowelle aufwärmen.

Wer machte denn so was?

Irma Dahlman, dachte Vendela. Die machte genau das.

Sie loggte sich in den Ermittlungsbereich im Computer ein. Nach dem, was da stand, war es Ahmet, der McDonald's überprüfen sollte, und das hatte er offensichtlich auch getan. Da gab es eine neue Notiz darüber, dass sich im Restaurant offenbar vier Kameras befanden. Er wusste nicht, wann die Filme kommen würden.

Ein Klopfen an der Tür riss sie aus den Gedanken, und sie schaffte es nicht, »Herein!« zu rufen, als die Tür schon aufging und Roland in ihrem Zimmer stand.

»Wie läuft es mit McDonald's?«, fragte er.

»Noch keine Bilder«, erwiderte Vendela. »Aber es gibt Kameras, das hat Ahmet im Logbuch geschrieben.«

Sie betonte Ahmets Vornamen als Erinnerung daran, an wen

Roland die Frage eigentlich richten sollte. Doch der schien sich nicht darum zu scheren, wem er den Auftrag gegeben hatte oder wen er hier fragte.

»Ausgezeichnet«, sagte er.

Dann blieb er schweigend in der Tür stehen.

Eigentlich wollte er also was anderes, stellte Vendela fest.

»Was …«, begann sie.

»Nichts«, erwiderte Roland rasch. »Oder … Bevor ich gehe. Wie … Alles okay mit dir?«

Sie starrte ihn an. So eine Frage hatte der Chef ihr noch nie gestellt.

»Doch, alles gut, denke ich.«

Rolands Miene war nicht einzuschätzen, er brachte nur ein »gut« hervor und dann ein »danke« und ging.

Vendela blieb mit einem komischen Gefühl zurück.

Das war so ungewöhnlich für Roland, dass sie geneigt war, darüber nachzudenken, wie es ihm wohl ging.

Ihr Handy gab einen Laut von sich. Es war Ray-Ray. Er wollte sich nach der Arbeit mit ihr treffen. Heute wieder.

Wenn er sich so oft treffen will, dann muss das bedeuten, dass er gerne mit mir zusammen ist und dass er etwas Richtiges will.

Das schlechte Gefühl verschwand, und die Sehnsucht erwachte. Nähe, Sicherheit, Körper. Alles das wollte sie tanken. Und alles das hatte sie am Abend zuvor bekommen, als die Arbeit bei Dahlmans erledigt war. Doch über Nacht hatte er nicht bleiben wollen, sondern irgendetwas gesagt, dass er früh aufstehen und ins Fitnessstudio gehen würde.

Warum konntest du nicht bei mir schlafen und von dort aus ins Fitnessstudio gehen?, dachte Vendela. Das wäre zudem noch näher am Wohnwagen gewesen.

Aber so sollte man nicht denken. Er konnte gerne zu Hause in Väjern übernachten, wenn er wollte. Solange er nicht bei jemand ganz anderem schlief.

Obwohl sie versuchte, sich zu beherrschen, kamen doch die Bedenken angekrochen.

Sie war nicht sicher, wo sie standen.

Er wollte nicht alles in seinem Leben mit Vendela teilen.

Die Frage war nur, wie viel sie selbst teilen wollte.

Sie richtete ihre Aufmerksamkeit wieder auf den Computer. Öffnete die Datei mit Fotos von den möglichen Tatorten, die ein Kollege gemacht hatte. Das Sofa, auf dem Ove gelegen hatte. Das Gästezimmer, in dem Irma gefunden worden war. Die Küche, in der die McDonald's-Tüte gestanden hatte.

Vendela suchte nach etwas, was sie übersehen haben könnten. Sie klickte weiter. Auch vom Grundstück und der Bootshütte, die ebenfalls durchsucht worden waren, ohne dass man dort etwas von Interesse gefunden hätte, gab es Fotos. Ebenso vom Rest des Hauses, dem oberen Stockwerk und dem Souterrain, das in der Datei etwas schlampig »der Keller« genannt wurde. Eigentlich war das kein Keller, sondern eine Einliegerwohnung im Granitfelsen.

Vendela wusste, dass man so früher gebaut hatte: Eine Erdgeschosswohnung mit einer zusätzlichen Einliegerwohnung im Haus, sodass die Familie im Sommer nach unten ziehen und den Rest des Hauses an Sommergäste vermieten konnte. Heute machte man es umgekehrt, richtete die Kellerwohnung schön ein und vermietete sie an Touristen.

Vendela starrte auf die Bilder, die auf dem Schirm vorbeiflimmerten. In Dahlmans »Keller« gab es tatsächlich eine kleine Wohnung mit einer alten Küche und einem Schlafzimmer. Der Küchenherd sah original aus. Vielleicht konnte man sogar Feuer darin machen. Vendela klickte ein weiteres Foto von dem Herd an. Darauf stand ein großes Tablett, hochkant an die Wand angelehnt. Vendela beugte sich näher über den Bildschirm und zoomte das Bild heran.

Irgendetwas daran, wie das Tablett da lehnte, weckte ihr Interesse.

Es stand irgendwie schief, als ob in der Wand eine Unebenheit war. Das Tablett war aus Plastik und einfarbig. Der orangefarbene Ton erinnerte an die 70er-Jahre. Vendela ließ den Blick widerwillig weiterwandern. Die kleine Kellerküche war so schön und gemütlich. Die Gardinen passten zu den Tapeten an den Wänden, und die Holzmöbel waren in einem feinen rosa Farbton gestrichen, der ebenfalls mit der Tapete harmonierte. Warum stellte man dann ein orangefarbenes Tablett auf den Herd? Das passte doch nicht. Außerdem war es kaputt, in der einen Ecke war das Plastik gesprungen. Und warum stand es so seltsam da?

Sie klickte ein letztes Bild auf dem Schirm an. Das Tablett war auch auf diesem Foto zu sehen, aber schräg von der Seite. Nun sah es aus, als gäbe es in der Wand hinter dem Tablett eine Eisenluke. Oberhalb vom Herd. Buchstäblich in der gemauerten Wand. Eine Eisenluke, die nicht ganz geschlossen zu sein schien.

Vendela runzelte die Stirn.

Sie konnte sich nicht erinnern, dass irgendein Kollege einen Fund im Keller erwähnt hätte. Also öffnete sie noch einmal das Protokoll, das vor Ort erstellt worden war. Der Keller war fotografiert und die Küchenschränke durchsucht worden. Ansonsten war nichts weiter unternommen worden.

Vendela verließ ihr Zimmer und ging zu Roland.

»Wir müssen noch mal in das Haus«, sagte sie. »Ich habe etwas entdeckt, was ich gerne überprüfen würde.«

August hatte noch keinen Tag an seinem Laden gezweifelt. Hingegen hatte es viele Tage gegeben, an denen er darüber nachgedacht hatte, wie er weiter arbeiten und sich gleichzeitig um Sofia kümmern könnte.

»Du willst ja wohl nicht Elternzeit nehmen, oder?«, hatte Gunnar Wide gefragt und dabei ein Gesicht gemacht, als könnte er nicht mal ertragen, das Wort zu hören.

»Nein«, hatte August geantwortet. »Oder je nachdem, wie man es sehen will. Ich glaube, dass meine Arbeit es mir möglich macht, mit Sofia zusammen zu sein, ohne freinehmen zu müssen.«

Und so war es gekommen. Fast.

»Eigentlich sollten doch die Frauen es sein, die mit den Kleinen zu Hause bleiben«, hatte Gunnar gebrummelt.

Aber das hatte er nur ein einziges Mal gewagt, denn daraufhin hatte August ihm mehr als barsch mitgeteilt, was er von solchen Aussagen hielt.

»Ich schätze unsere Zusammenarbeit sehr, aber es geht dich einen Scheißdreck an, wie Maria und ich uns als Eltern verhalten«, hatte er gesagt. »Ist das klar?«

Gunnar war so fassungslos, dass er nur nicken konnte.

Dann hatte er öfter um Entschuldigung gebeten, als August zählen konnte, und schließlich hatten sie sich darauf geeinigt, die Sache zu vergessen.

August saß an seinem Schreibtisch im Laden.

Es war heiß in den Räumen gewesen, als er mit Lucas und Sofia dorthin gekommen war.

Überall war es heiß.

Die Sonne schien, und das war nur gut, denn keiner hatte mehr Lust auf Regen.

August hatte die Klimaanlage eingeschaltet, und jetzt war es kühler. Das war definitiv der beste Kauf seines Lebens gewesen. Man brauchte sie nicht häufig während des Sommers, aber an den besonders heißen und klebrigen Tagen war sie jede Krone wert, die sie gekostet hatte.

Lucas kam mit dem Handy in der Hand zu August. Sofia lag im Wagen und schien damit beschäftigt, ihre Füße zu untersuchen.

»Papa hat vor einer Weile geantwortet«, sagte Lucas.

»Geantwortet?«, fragte August.

»Ja, ich habe gefragt, ob du die Buddelschiffe von meiner Tante verkaufen darfst. Er schreibt, du kriegst sie gratis.«

»Oh«, sagte August. »Das ist sehr großzügig. Darüber muss ich bei Gelegenheit mal mit ihm sprechen.«

Da er wusste, dass Magnus gerade andere Sorgen hatte, würde er damit erst mal warten. Vielleicht griff Magnus die Sache ja auch selbst auf. Richtig schlimm wäre es schließlich, wenn er es bereuen und sie lieber zurückhaben würde.

Sofia wurde ungeduldig und meckerte im Wagen.

Lucas nahm sie hoch und begann, mit ihr durch das Geschäft zu gehen.

»Siehst du all die schönen Sachen?«, fragte er.

Dann zeigte er Sofia die langen Bücherregale mit Büchern für alle Altersklassen, die umfangreiche Sammlung Festbekleidung, die man mieten oder kaufen konnte, die tolle Abteilung für Spielzeug und die großen Tische mit Glas und Porzellan.

Sofia lauschte seiner kratzigen Stimme und schaute aufmerksam alles an, was ihr gezeigt wurde.

August betrachtete Lucas und merkte, wie der Junge nun, da er mit Sofia beschäftigt war, allmählich auftaute. Er hoffte so sehr, dass Maria und ihre Kollegen bald herausfinden würden, was den Großeltern von Lucas zugestoßen war. So ein unbestimmter Zustand tat den Leuten nicht gut, und mit »Leuten« meinte er in diesem Fall sowohl die Angehörigen als auch die Bewohner von

Hovenäset. Alle brauchten ein Ergebnis. Das war nicht schwer zu verstehen.

Er richtete den Blick auf seinen Computer.

Der Posteingang war wie immer voller Mails, sowohl von neuen wie auch von alten Kunden, und bei einigen ging es auch um ganz andere Themen, wie etwa die Interessenvereinigung von Hovenäset und den Lesekreis.

Zuerst konzentrierte er sich auf die Mails, die seinen Secondhandladen betrafen. Dafür hatte er jetzt Zeit, und darauf sollte sein Fokus liegen, und nicht auf seinen Freizeitinteressen und definitiv nicht auf seiner Exfreundin Helene, die ununterbrochen in seinem Kopf herumspukte. Henrik hatte gesagt, August solle sie anrufen, doch der zögerte. Schließlich war sie diejenige gewesen, die ihn aufgesucht hatte, und nicht umgekehrt. August wollte nicht zu neugierig oder ungeduldig wirken, obwohl er in diesem Fall wirklich beides war.

Also arbeitete er die Mails von oben nach unten ab und antwortete auf Fragen über alles Mögliche – von den Öffnungszeiten seines Ladens bis dazu, wie viel die alte Vase einer Großmutter wohl wert sein könnte. Wie er bereits zu Hause angenommen hatte, ging es bei einigen Mails auch um die Computer- und Handysammlung. Ungeheuer viele Menschen schienen einen alten Computer zu besitzen, der zu Hause lag und einstaubte, und alle schrieben ungefähr dasselbe: »Sie können ihn haben, aber ich kann nicht garantieren, dass er funktioniert.«

Eben dieses Detail war nicht schwer herauszufinden, also antwortete August immer schnell, dass er dankbar für alles sei, was er bekommen könnte. Kaputte Computer würden entsorgt werden.

Zwei Kunden, ein Mann und eine Frau, kamen durch die Tür und lenkten ihn ab. Sie wollten ihm eine Schachtel mit Silberbesteck zeigen, von der sie hofften, dass August sie weiterverkaufen könnte.

Im Augenwinkel bewegte sich Lucas mit einer immer ungeduldiger werdenden Sofia.

»Ich lege sie in den Wagen und geh ein bisschen mit ihr raus«, sagte er. »Ist das okay?«

Die Kunden sahen ihn neugierig an. Man konnte richtig erkennen, wie sie sich anstrengten zu begreifen, in welcher Weise Lucas und das Kind mit August zusammenhingen.

»Natürlich«, erwiderte August.

Einen ganzen Tag würde er seine sechs Monate alte Tochter nicht mit einem 14-Jährigen allein lassen, aber er hatte kein Problem damit, wenn Lucas einen Spaziergang mit Sofia machte, ohne dass er selbst dabei war.

Er richtete seine Aufmerksamkeit wieder auf die Kunden mit dem Silberbesteck. Geduldig erklärte er, dass sein Geschäft nicht das richtige für so wertvolle Gegenstände war und dass er keine Möglichkeit hatte, sie über Nacht an einem sicheren Ort aufzubewahren, weshalb er sie lieber nicht zur Begutachtung im Laden liegen lassen würde.

»Wie schade«, sagte die Frau. »Dann werden wir uns wohl an irgendein Auktionshaus wenden müssen.«

»Oder vielleicht an einen Antiquitätenhändler«, ergänzte August.

»Und was nennen Sie sich dann?«, fragte der Mann in vorwurfsvollem Ton.

»Secondhandladen«, erwiderte August. »Das ist nicht ganz dieselbe Sache wie ein Antiquitätenladen.«

Als sein Laden neu eröffnet war, hatte er alles Mögliche aufgenommen, was die Leute loswerden wollten. Doch es hatte sich schnell gezeigt, dass es an einem so kleinen Ort keinen Markt für teure Objekte gab. Die Leute liebten es, Kleider, Bücher, Einrichtungsgegenstände, Porzellan, Glas und kleinere Möbel zu erstehen. Aber alles andere war nur schwer verkäuflich. Deshalb hatte er aus Spaß ein Regal eingerichtet, das mit eben dem Wort SCHWER

VERKÄUFLICH gekennzeichnet war. Doch in das Regal würde er kaum eine Sammlung Silberbesteck legen und hoffen, dass sie sich von selbst verkaufte.

Die Kunden dankten und verließen den Laden.

Kurz darauf ging die Türglocke wieder, und ein älterer Mann kam herein. Er nickte August kurz zu und ging dann zur Bücherecke. Gleichzeitig klingelte Augusts Handy.

Es war Gunnar Wide.

Sein Blick wanderte vom Telefon zum Kunden. Gunnar war nicht gut darin, sich kurz zu fassen, und auch nicht sonderlich gut darin, mit Sätzen umzugehen wie »Kann ich dich später anrufen?«. Aber der Kunde schien sich nur umschauen zu wollen und brauchte August im Moment nicht. Also ging er ans Telefon.

»Hallo, mein Freund.«

So meldete er sich immer, wenn er das Gespräch kurz halten wollte.

»Bist du beschäftigt?«

Gunnars Stimme klang gedämpft.

Normalerweise fragte er nie, ob er störte, wenn er anrief. Das gab es in seiner Welt ganz einfach nicht.

»Ja und nein«, sagte August. »Im Moment bin ich nicht allein im Laden, aber ich könnte trotzdem kurz reden. Gibt es etwas Besonderes?«

»Das kann man wohl sagen«, erwiderte Gunnar. »Ich war ja heute beim Arzt.«

»Ach ja, genau«, sagte August und sah verstohlen zu dem Kunden. »Wie ging es?«

Er versuchte leichthin zu klingen, aber irgendetwas stimmte an dem ganzen Gespräch nicht. Normalerweise war Gunnar schnell dabei, von seinen Beschwerden zu erzählen, aber übers Telefon wollte er sie doch nicht diskutieren.

»Es ging nicht sonderlich gut.«

Gunnars Antwort blieb in der Luft hängen.

Nicht sonderlich gut.

»Okay?«, sagte August.

»Nicht okay.«

»Nein, das merke ich schon. Aber ich meinte …«

»Ich habe Krebs, August. Ich werde nicht mehr länger als bis Weihnachten leben.«

Die Küche war der Ort, an dem viele Menschen sich in ihrem Zuhause am sichersten fühlten. Deshalb landeten Maria und Ray-Ray oft eben in der Küche, wenn sie jemanden in seinem eigenen Heim vernahmen. So war es auch diesmal, als sie für eine zweite Befragung mit Magnus und Lovisa Dahlman zum Mordverdacht und dem Mordversuch an Irma und Ove kamen.

»Wie geht es Ihnen?«, fragte Ray-Ray.

»Furchtbar«, erwiderte Magnus.

»Das verstehen wir«, sagte Maria. »Wir sind dankbar, dass wir noch mal kommen durften.«

»Ist doch klar«, sagte Lovisa. »Wir wollen auch wissen, warum Ove und Irma so etwas Schreckliches passiert ist. Und wer das getan hat.«

Lovisa lehnte mit den Ellenbogen auf dem Tisch, ihre Augen waren rot und sie war blass. Ihre Hände zitterten. Magnus wirkte gefasst, aber offensichtlich störte ihn die ganze Situation. Sicherlich nicht, weil er etwas gegen die polizeiliche Ermittlung hatte, sondern weil es ihm einfach schlecht ging.

Sicher konnte man das aber nicht sagen, ermahnte Maria sich selbst.

Es war viel zu früh, um Magnus und Lovisa als Täter auszuschließen. In den allermeisten Mordfällen wurden Menschen von jemandem umgebracht, den sie kannten.

»Wisst ihr, wie Mama gestorben ist?«, fragte Magnus.

Maria nickte.

»Wir glauben es zu wissen«, erwiderte sie. »Sie ist mit denselben Substanzen vergiftet worden, die deinen Vater auch krank gemacht haben, aber höchstwahrscheinlich war es die Tatsache, dass ihr übel wurde und das Erbrochene ihr in die falsche Kehle geraten ist, was sie getötet hat. Wir werden uns später noch einmal mit weiteren Details melden.«

Magnus sah aus, als würde er verstehen, was sie meinte, erwiderte aber nichts.

Die Rückenlehne des Stuhls knarrte, als er sich anlehnte. Um den Tisch standen sechs Stühle, alle in unlackierter Kiefer. Der Tisch hingegen war rot gestrichen, und an jedem Platz lag ein Tischset in einer eigenen Farbe.

Maria und Ray-Ray hatten schon vorher überlegt, wie sie die Vernehmung anlegen sollten. Normalerweise befragten sie die Personen immer getrennt, damit sie einander nicht beeinflussen konnten, doch das hatte am Tag zuvor schon stattgefunden, und jetzt wollten Maria und Ray-Ray anders vorgehen.

Sie begannen mit der wichtigsten Frage.

»Hatten Ove und Irma irgendwelche Feinde?«, fragte Ray-Ray.

Magnus gab einen gedämpften Laut von sich und schluckte schwer.

Lovisa begann zu weinen.

»Das ist so ein schrecklicher Albtraum«, flüsterte sie.

»Was denn?«, erkundigte sich Maria mit sanfter Stimme.

»Dass ihr fragt, ob sie irgendwelche Feinde gehabt hätten, die sie ermorden wollten«, sagte Magnus, der jetzt auch weinte. »Papa war, als er in Rente ging, Schulrektor und Mama Grundschullehrerin. Da hat man doch keine Feinde, die einen umbringen wollen.«

Sag das nicht, dachte Maria.

»Konflikte gibt es an jedem Arbeitsplatz«, erklärte Ray-Ray. »Haben Irma und Ove denn nie über irgendeinen Streit gesprochen, in den sie verwickelt waren?«

»Doch, natürlich«, sagte Magnus. »Aber jetzt sind es bald zehn Jahre, seit Mama aufgehört hat zu arbeiten, und Papa ist seit sieben Jahren Rentner. Das können also keine Ungerechtigkeiten sein, die sie all die Jahre, die sie nun schon zu Hause sind, verfolgt haben.«

»Haben sie in derselben oder in verschiedenen Schulen gearbeitet?«, erkundigte sich Ray-Ray.

»Tatsächlich immer an verschiedenen«, sagte Magnus. »Sie wollten nicht in derselben Schule sein. Mama liebte es zu unterrichten und war damit zufrieden, ihr ganzes Berufsleben lang Lehrerin zu sein. Aber Papa wollte weiterkommen. Er war auch sehr gerne Lehrer, doch am Ende wurde er Rektor. Da hatte er bereits in ziemlich vielen Schulen, sowohl in dieser als auch in anderen Gemeinden gearbeitet.«

Lovisa legte ihre Hand auf die von Magnus und flocht ihre schmalen Finger zwischen seine groben.

»Mama und Papa haben so viel für mich getan, für *uns*«, sagte Magnus. »Als ich jünger war, haben sie mich Tausende von Malen zum Training gefahren und später dann in die Reha. Sie haben auf unsere Kinder aufgepasst, geholfen, unser Haus neu zu streichen, haben uns ihr Auto ausgeliehen, wenn unseres kaputt war, und sich um unseren Briefkasten gekümmert, als wir acht Wochen lang in Thailand waren. Fragen Sie irgendeinen ihrer Freunde. Alle mochten sie.«

Glaube mir, dachte Maria. Wir werden auch mit ihren Freunden sprechen.

Ray-Rays Handy vibrierte, und sie sah, wie er mit konzentriertem Blick aufs Display schaute.

Er war nicht wirklich er selbst, fand sie.

Er war ernster als sonst, wortkarg. Das störte Maria, denn sie hatten eine Übereinkunft, den anderen immer zu informieren, wenn irgendwas nicht stimmte. Man konnte nicht so eng zusammenarbeiten, wenn man nicht offen über alles sprach.

Da vibrierte ihr eigenes Handy. Maria entschuldigte sich und holte es raus. Und wurde daran erinnert, dass auch sie ihre Geheimnisse hatte: Eine neue Nachricht von der Personalabteilung, und eine sehr gute noch dazu. Schnell legte sie das Telefon beiseite.

Maria bat erneut um Entschuldigung für die Unterbrechung und richtete ihre Aufmerksamkeit auf Magnus und Lovisa.

»Wie waren Irma und Ove denn in der letzten Zeit?«, fragte sie. »Ich weiß, dass wir das gestern schon gefragt haben, aber wir würden es gerne noch einmal ansprechen.«

»So wie immer«, sagte Lovisa. »Irgendwie wach und aktiv. Sie saßen nicht nur rum und drehten Däumchen, sondern hatten immer eine Menge Projekte zu Hause am Laufen. Streichen, Pflanzen und Gemüse züchten und das Haus instand halten.«

Ray-Ray legte das Telefon weg. »Wir haben gesehen, dass Sie eine Schwester hatten«, sagte er zu Magnus.

»Eine Halbschwester. Clara.«

»Hatte sie dieselbe gute Beziehung zu Ove und Irma wie Sie?«

»Nein, wirklich nicht«, erwiderte Magnus und seufzte. »Wir standen uns nicht sonderlich nahe, muss ich dazu sagen. Während wir aufwuchsen, hat sie immer bei ihrer Mutter gelebt, und außerdem war sie sechs Jahre älter als ich. Nicht einmal, als wir beide schließlich ungefähr auf derselben Entwicklungsstufe waren, hatten wir eine engere Beziehung. Warum sollten wir von ihr sprechen?«

Wir versuchen, deine Familie kennenzulernen, dachte Maria. Sei also so gut und lass uns rein.

»Das klingt nicht so, als ob Ove und Claras Mutter geteiltes Sorgerecht gehabt hätten«, sagte Ray-Ray.

»Nein«, antwortete Magnus. »Papa hatte eine schlechte Beziehung zu Claras Mutter. Ich glaube, sie hasste ihn. Papa war sehr traurig darüber, dass er so viel von Claras Kindheit und Jugend verpasst hat.«

»Aber darauf hätte er sich ja eigentlich nicht einlassen müssen«, erwiderte Ray-Ray. »Wissen Sie, ob er die Mutter seiner Tochter jemals wegen des Sorgerechts vor Gericht gebracht hat?«

Magnus sah Lovisa an und dachte nach.

»Ich habe ihn das niemals sagen hören, glaube ich«, erwiderte er. »Ich weiß nur, dass Papa und Claras Mutter sich auf einem Mittsommerfest in Stenungsund kennengelernt haben, wo sie wohnte, und danach wurde sie sehr schnell schwanger. Das war nicht geplant, und sie sind auch niemals zusammengezogen, sondern haben sich immer nur an den Wochenenden gesehen. Papa wohnte in Göteborg und hatte vor, sich so viel wie möglich um das Kind zu kümmern, doch da hatte er bereits Mama kennengelernt, und sie sind nach Hovenäset gezogen, als Clara ein Jahr alt war.«

Er verstummte und trank von seinem Kaffee, dann sprach er weiter.

»Mama hat erzählt, dass Clara bis zur dritten Klasse jedes zweite Wochenende bei uns war. Dann ist Papa an ihrem zehnten Geburtstag nach Stenungsund gefahren und kehrte, wie Mama es ausdrückte, als gebrochener Mensch zurück. Die Mutter von Clara hatte offensichtlich deutlich gemacht, dass nun Schluss sein würde mit dem Hin-und-Her-Fahren zwischen Stenungsund und Hovenäset, und dass Papa Clara nur noch einzelne Tage sehen dürfte. Er war darüber natürlich sehr traurig und hat deswegen sogar eine Zeit lang unbezahlten Urlaub genommen und ist verreist. Aber da war ich erst ein paar Jahre alt, deshalb kann ich mich an die Zeit nicht erinnern.«

Maria versuchte zu verstehen, was Magnus da erzählte. Sie kannte Ove und Irma nicht und wusste nichts über deren private Verhältnisse. Deshalb war alle neue Information willkommen.

»Wenn Ove so traurig war, dass er der ganzen Situation entfliehen musste, dann hätte er doch etwas unternehmen müssen«, sagte sie. »Ist darüber nie gesprochen worden?«

Lovisa runzelte die Stirn.

»Ich erinnere mich, dass ich Ove einmal nach Clara gefragt habe«, sagte sie. »Und da sagte er ganz deutlich, dass er, als Clara klein war, ein Gerichtsverfahren vermieden hat, weil er keinen Konflikt schaffen wollte, der ihr geschadet hätte.«

Zu dem Preis, dass er den alltäglichen Umgang mit seinem Kind verlor, stellte Maria für sich fest. Das klang ziemlich unvernünftig.

»Lebt Claras Mutter denn noch?«, fragte Ray-Ray.

»Nein, sie ist ungefähr ein Jahr vor Clara an Krebs gestorben«, erwiderte Magnus.

»Wie war Claras Beziehung zu Ove, als sie älter wurde?«

»Nicht existent«, antwortete Magnus trocken. »Sie wollte ihm keine Chance geben und ihn eigentlich nicht sehen. Mama hat da versucht zu vermitteln, aber ohne Erfolg. Clara hatte sich irgendwie entschieden, dass sie keinen Vater haben wollte.«

Wahrscheinlich war sie enttäuscht von ihm, dachte Maria, sagte das aber nicht laut.

»Wie ist Clara gestorben?«, fragte sie stattdessen.

Magnus schluckte.

»Sie hat sich in der psychiatrischen Notaufnahme das Leben genommen, hat sich in deren Behindertentoilette aufgehängt. Am Tag vor Silvester.«

Maria sah auf. Davon hatte sie keine Ahnung gehabt. Ihre Gedanken wanderten zu Irmas Spielsucht. In dieser Familie war es offensichtlich noch mehreren schlecht gegangen.

»Das tut mir leid«, erwiderte Maria und suchte nach Worten, die das formulieren würden, was sie wissen wollte. Schließlich sagte sie: »Wie kam es dazu?«

Lärm von der Straße ließ sie alle zum Küchenfenster schauen. Eine große Familie mit Kindern kam schwer beladen mit Badesachen auf der Straße vorbei.

»Sie war sehr deprimiert«, sagte Magnus. »Ich wusste, dass sie traurig und sehr depressiv war, als ihre Mutter starb, aber nach einer Weile schien es ihr wieder besser zu gehen. Doch dann verschlechterte sich ihr Zustand unglaublich schnell wieder. Und was das ausgelöst hat, weiß ich nicht.«

Er verstummte, und Lovisa nickte zustimmend.

»Wovon hat sie gelebt?«, fragte Ray-Ray.

»Sie hat als Gymnasiallehrerin für Schwedisch und Englisch gearbeitet«, erklärte Lovisa. »Sie hatte keine Kinder, aber einen Freund. Wie Magnus schon gesagt hat, wir haben Clara nicht oft gesehen.«

Magnus sah resigniert aus.

»Als Erwachsene haben sie und ich ein paar Versuche unternommen, zueinander zu finden. Aber es war nicht leicht, eine Beziehung aufzubauen. Wir waren sehr verschieden und lebten sehr unterschiedliche Leben. In ihrem letzten Lebensjahr hat sie zusammen mit ihrer besten Freundin Sandra einen Abendkurs in Creative Writing besucht. Ich glaube, sie hat all ihre Zeit auf ihr Buch und den Freund verwendet. Die beiden hatten sich in dem Kurs kennengelernt und waren sehr aufeinander fixiert. Mein Gefühl war, dass der nicht das geringste Interesse an uns hatte. Er wusste wohl, dass Clara ihren Vater nicht traf, und vielleicht meinte er, Partei für sie ergreifen zu müssen.«

»Wie heißt er?«, erkundigte sich Maria.

»Der Freund? Matteo Holm.«

Maria merkte sich den Namen. Man wusste niemals, ob solche Personen in einer Ermittlung vielleicht noch mal auftauchten.

»Was hat sie denn geschrieben?«, fragte Ray-Ray.

»Einen Horror-Roman. Aber ich weiß nicht, ob er fertig geworden ist.«

Magnus verstummte, und Lovisa strich ihm über den Arm.

»Und im Zusammenhang mit Claras Tod gab es keinerlei Verdacht auf ein Verbrechen? Sind Sie, nachdem sie gestorben war, von der Polizei vernommen worden?«

Magnus und Lovisa sahen erschrocken aus.

»Verdacht auf ein Verbrechen?«, fragte Lovisa. »Nein, nicht, dass wir wüssten.«

»Wie haben Ihre Eltern den Tod von Clara aufgenommen?«, fragte Ray-Ray.

»Wie zu erwarten«, sagte Magnus. »Papa war völlig am Boden

zerstört. Kurze Zeit darauf ist er in Pension gegangen, hat aber immer wieder gesagt, dass er hätte weiterarbeiten sollen. Es war eine schlechte Zeit für ihn, um einfach nur zu Hause zu sitzen, also unternahm er auch damals eine größere Reise. Meine Mutter hat nie eine engere Beziehung zu Clara gehabt, aber sie litt mit meinem Vater. Keiner von uns hatte begriffen, wie schlecht es ihr gegangen war. In dem Herbst hatten wir andere Probleme, und Claras Depression kam nur noch obendrauf zu allem anderen. Als sie starb, hatten wir uns mehrere Monate nicht gesehen.«

»Andere Probleme?«, hakte Ray-Ray nach.

»Zu der Zeit gab es Schwierigkeiten in Lucas' Schule.«

Maria wechselte die Stellung auf dem harten Küchenstuhl und schlug die Beine übereinander.

»Das klingt, als hätte sich Ove immer wegbegeben, wenn es zu Hause anstrengend wurde«, sagte sie. »Vorhin hast du erwähnt, dass er verreist ist, als er das Umgangsrecht für Clara verloren hatte, und dann auch, als sie gestorben ist. Ist das auch schon zu anderen Gelegenheiten passiert?«

Magnus schüttelte den Kopf.

»Nicht, soweit ich mich erinnern kann«, sagte er. »Mama und Papa hatten eine Reihe unterschiedlicher Interessen, sie hatten nie das Gefühl, alles gemeinsam unternehmen zu müssen. Mama ist mehrmals mit ihren Freundinnen auf längere Reisen gegangen, zum Beispiel nach Italien. Das war für sie einfach keine große Sache.«

»Wir würden gerne etwas mehr über Irmas und Oves Gesundheit sprechen«, sagte Maria. »Gestern hast du erwähnt, dass Irma im Netz gespielt hat, Magnus. Weißt du, wie lange das schon ging?«

Magnus' Miene erstarrte.

»Mehrere Jahre«, sagte er.

Maria stützte sich mit den Ellenbogen auf den Tisch.

»So viel zu spielen, dass man sich verschuldet, ist eine Form der

Sucht«, erklärte sie. »Weißt du, was Irma ursprünglich dazu gebracht hat, damit anzufangen?«

»Nein, keine Ahnung«, erwiderte Magnus leise.

»Ist in der Familie je offen über Irmas Spielsucht gesprochen worden?«, erkundigte sich Ray-Ray.

»Nein, überhaupt nicht. Ich habe gestern ja schon gesagt, dass ich es erst erfahren habe, als sie mich um Geld gebeten hat. Sie war völlig verzweifelt und hatte offensichtlich mehrere Hunderttausend im Spiel verloren. Das bedeutete, dass all ihr Erspartes weg war, und dann hatte sie SMS-Kredite und irgendwelchen anderen Mist im Wert von über zweihunderttausend Kronen aufgenommen. Ich war total sauer und auch schockiert und hab ihr gesagt, dass sie mit Papa darüber sprechen müsste, sonst würde ich es tun. Aber sie hat mich um Verständnis angefleht und um Zeit gebeten, und natürlich habe ich nachgegeben. Ich meine, sie war schließlich ein erwachsener Mensch.«

Er seufzte und machte eine kleine Pause, ehe er fortfuhr.

»Ein paar Wochen später hat sie die Sache dann mir gegenüber wieder angesprochen«, sagte er. »Da behauptete sie, alles hätte sich gelöst, wollte aber nicht erzählen, wie sie das bewerkstelligt hatte. Ehrlich gesagt, hat mich das ziemlich gestresst, und ich habe sie ungefähr hundertmal gefragt, woher sie plötzlich so viel Geld hätte. Doch sie ließ sich nicht beirren und meinte, wichtig wäre doch nur, dass alles gut gegangen sei und dass sie jetzt aufgehört hätte zu spielen. Aber … Als ich sie dann ansah, wirkte es ehrlich gesagt überhaupt nicht so, als ob ›alles gut‹ wäre.«

In der Küche breitete sich Stille aus. Marias Blick blieb an einer Puppe hängen, die jemand neben einem rosafarbenen Toaster abgelegt hatte. Bestimmt die Tochter Elina. Maria sah wieder Magnus an. Er hatte die Arme vor der Brust verschränkt und biss sich auf die Unterlippe. Lovisa legte ihre Hand auf seinen Rücken. Irgendetwas war hier nicht gesagt worden.

»Magnus, wovor hast du Angst?«

Ihre Frage ließ ihn rascher atmen.

»Jetzt, wo all das Schreckliche passiert ist, frage ich mich, woher Mama das Geld hatte«, sagte er.

Er richtete sich auf, und die Arme sanken herab.

»Wir werden herausfinden, was Irma und Ove geschehen ist«, versprach Ray-Ray und stand auf. »Wir kommen wieder.«

Maria folgte seinem Beispiel, und kurz darauf standen sie vor dem Haus von Lovisa und Magnus. Während sie drinnen gesessen hatten, war ein frischer Wind aufgekommen.

»Mit dieser Familie stimmt irgendwas nicht«, sagte Maria. »Magnus sagt, er hätte die besten Eltern der Welt gehabt, doch seiner Schwester ging es so schlecht, dass sie sich das Leben genommen hat, und seine Mutter war spielsüchtig.«

Ray-Ray setzte sich eine Sonnenbrille auf.

»Es gibt kein perfektes Leben und keine perfekten Menschen«, entgegnete er. »Alle haben ihre Schwächen.«

Maria lachte, denn für Ray-Ray klang das ungewöhnlich schicksalsergeben, doch er blieb ernst.

Maria verstummte.

»Natürlich. Denkst du an was Bestimmtes?«, fragte sie.

Er schüttelte den Kopf.

»Nein«, sagte er und schloss das Auto auf.

Maria zögerte, dann öffnete sie die Tür und setzte sich auf den Beifahrersitz. Das Gefühl kam aus dem Nichts.

Ray-Ray log.

Oder er verbarg etwas. Unklar, was das sein könnte.

Sie holte ihr Telefon heraus, um die Mails zu checken. Schließlich hatte sie eigene Geheimnisse zu bearbeiten – aber nur positive. Ray-Rays Geheimnisse schienen ganz anderer Art zu sein.

»Vendela hat sich gemeldet«, sagte sie, als sie die Mails durchgegangen war. »Im McDonald's gibt es Kameras, die Filme kommen hoffentlich bald.«

Ray-Ray strahlte.

»Perfekt«, sagte er.

Und damit startete er den Wagen und setzte aus dem Parkplatz zurück.

Schweigend betrachtete Maria ihn von der Seite, während er fuhr.

Irgendetwas verbarg er vor ihr.

Sie versuchte, Enttäuschung und Stolz hinunterzuschlucken.

Was versteckst du?, dachte sie. Was verschweigst du mir?

»Du sagst nichts zu niemandem«, erinnerte Gunnar streng. »Nicht zu Maria und auch nicht zu Emmy. Ich erzähle das, wenn ich es selbst will.«

August und Gunnar saßen auf derselben Seite des Schreibtisches im Secondhandladen. Sofia schlief in ihrem Wagen, und Lucas hatte den Bus nach Hause nach Hovenäset genommen. Mit hängendem Kopf war er aus dem Laden geschlichen und hatte, anstatt Tschüss zu sagen, nur kurz die Hand gehoben.

Inzwischen war es halb fünf, und August fand, es wäre auch für ihn Zeit, nach Hause zu fahren. Er war länger geblieben als geplant und wollte nach Hause, um die Krebspasta für den Abend vorzubereiten. Außerdem hatte er vor, eine neue Art gefüllter Rolltorte zum Nachtisch zu backen. Seit seine Mutter ihm in Kindertagen das Keksebacken beigebracht hatte, war das für ihn Meditation und Entspannung, und jetzt musste er sich sowohl aufheitern als auch die Gedanken zerstreuen.

Der Nachmittag war in Moll verlaufen.

Kaum dass Gunnar angerufen hatte, war August ins Auto gesprungen, um ihn abzuholen. Gunnar war allein gewesen, als er den Bescheid entgegennehmen musste, der sein Leben so total verändern würde.

»Sie haben vor dem Arztbesuch angerufen und gesagt, ich sollte einen Angehörigen mitbringen«, hatte er erklärt, als sie losfuhren, »aber das fand ich lächerlich.«

»Oh, Gunnar«, hatte August gesagt. Fast hätte er geweint.

Aber Gunnar war sehr deutlich damit gewesen, wie er die Dinge um seine neue Situation handhaben wollte:

»Du schweigst über das hier«, hatte er gesagt. »Kein Sterbenswörtchen zu irgendeiner anderen Seele.«

Und nun wiederholte er das noch mal.

August reagierte wie letztes Mal auch.

»Natürlich musst du erzählen, dass du krank bist«, entgegnete er. »Umgehend. Sowie du nach Hause kommst.«

»Ich bin nicht nur krank«, erwiderte Gunnar entschieden. »Ich sterbe. Das ist ein großer Unterschied.«

August nickte. Gunnar gehörte zu seinem Leben, seit er neu auf Hovenäset war. Sie waren nicht immer gut miteinander ausgekommen, und es gab auch jetzt noch Tage, an denen August so frustriert über ihn war, dass er ihn am liebsten ins Hafenbecken schubsen würde, damit er endlich mal Ruhe gab. Doch insgesamt gesehen war Gunnar zu einem so wichtigen Verbündeten geworden, dass August sich keinen Alltag ohne ihn vorstellen mochte.

Allerdings hatte er auch schon festgestellt, dass Gunnar sein Krankheitsbild gern mal ein wenig übertrieb. Der war nämlich ein Mann, der Katastrophen liebte und einer differenzierten oder etwas optimistischeren Interpretation der Dinge eher ablehnend gegenüberstand.

»Jetzt erzähl doch noch mal, was der Arzt eigentlich zu dir gesagt hat«, sagte August so behutsam er konnte. »Wie stark hat sich der Krebs denn ausgebreitet?«

Diese Diskussion hatten sie schon mindestens dreimal geführt, doch diesmal wurde Gunnar wütend und antwortete deshalb anders als vorher.

»Was heißt denn schon ausgebreitet, dass du dich aber auch immer an solche Details hängen musst. Der Arzt hat gesagt, dass ich Prostatakrebs habe und dass der Krebs nicht von der Sorte ist, dass man mit einer Behandlung und Operation warten könnte. Da kapiert doch wohl jeder, dass es höllisch schnell gehen wird, bis alles zu Ende ist.«

Da war sie endlich, die Öffnung, die August gesucht hatte. Ein Spalt in der nachtschwarzen Argumentation.

»Dann hast also du und nicht der Arzt den Schluss gezogen, dass du nicht länger als bis Weihnachten leben wirst?«, erkundigte er sich vorsichtig.

Gunnar sah ihn wütend an.

»Die Ärzte sind vernünftigerweise zum selben Schluss gekommen wie ich«, sagte er. »Dass sie dann entscheiden, das nicht laut zu sagen, muss ich ihnen vorwerfen. Ich finde es unlauter, seine Patienten anzulügen. Mehrere meiner Freunde sind jahrelang mit Veränderungen in der Prostata herumgelaufen, ohne etwas in der Sache unternehmen zu müssen. Aber meine müssen sie sofort operieren, da kann also nicht viel Hoffnung sein.«

August holte tief Luft.

»Mir ist schon klar, dass sich das so anfühlen mag«, meinte er, »aber viele Krebskrankheiten haben heutzutage eine sehr gute Prognose. Und wenn er nicht gestreut hat, dann glaube ich, dass du ganz beruhigt sein kannst.«

Gunnar schwieg eine Weile.

»Ich werde wohl impotent werden«, sagte er dann so leise, dass man es kaum hören konnte. Dennoch vernahm August jede Silbe.

Er holte wieder tief Luft.

»Gunnar?«

»Ja?«

»Können wir aufhören, in solchen schwierigen Fragen wie diesen zu raten, und so schnell wie möglich einen neuen Termin bei deinem Arzt ausmachen, damit wir klare Fakten haben, zu denen man sich verhalten kann?«

Gunnar legte den Kopf schief.

»Wir?«, fragte er.

»*Yes*«, erwiderte August. »Ich kann mit zum Arzt kommen, aber eigentlich denke ich, es wäre am besten, wenn du Emmy mitnimmst.«

»Oder euch beide«, erwiderte Gunnar, der jetzt offensichtlich umdachte.

»Oder uns beide«, bestätigte August und versuchte, sich ein solches Treffen vorzustellen.

Das funktionierte nicht so gut.

»Es freut mich sehr, dass dir die Bedeutung der Frage meiner Potenz so klar ist«, sagte Gunnar und strich einen Krümel vom Hosenbein.

August sah seinen Freund verstohlen an. Irgendwie hatte er sich vorgestellt, der Schlaganfall und der Rollstuhl zusammen mit der Tatsache, dass Gunnar über achtzig Jahre alt war, würden bedeuten, dass er nicht länger sexuell aktiv war. Ein lächerlicher Schluss, musste er jetzt einsehen.

»Das ist eine unerhört wichtige Frage«, sagte August und lächelte.

Gunnar erwiderte das Lächeln.

»Wie wäre es denn, wenn ihr beiden heute Abend zu Maria und mir zum Essen kommt?«, schlug August vor und legte Gunnar eine Hand auf die Schulter. »Klingt das gut?«

»Doch«, erwiderte Gunnar. »Aber ich glaube, du hast recht. Ich muss es Emmy erzählen, und da ist es am besten, wenn sie und ich allein sind. Außerdem wird Maria genervt sein, wenn ich eine Menge Fragen über die Ermittlung zum Mord an Irma stelle.«

August lachte gedämpft. An dem, was jüngst auf Hovenäset passiert war, gab es nichts Witziges, aber Gunnars Formulierung war tatsächlich ulkig.

»Stimmt«, sagte er und wurde ernst. »Versprich mir, dass du Emmy alles erzählst. Und dass du so schnell wie möglich einen neuen Termin bei deinem Arzt ausmachst.«

Gunnar nickte.

»Was meinst du«, sagte August, »sollen wir es für heute gut sein lassen?«

»Ja«, sagte Gunnar. »Wir lassen es gut sein. Und an einem anderen Tag essen Emmy und ich gerne einmal bei dir, Maria und dem kleinen Troll zu Abend. Bis dahin kannst du mich aber trotzdem mit Informationen versorgen, wie es mit der Ermittlung läuft. Ich will nicht, dass die Polizei wieder alles verdirbt.«

August biss sich auf die Lippe.

»Welcher Troll?«, fragte er, obwohl er die Antwort erriet.

Gunnar lächelte wieder.

»Deine Tochter«, sagte er. »Die hat so viele Haare. So sehen Babys einfach nicht aus.«

August zog den Wagen näher heran und schaute hinein. Die wilden, kurzen Locken der Tochter breiteten sich auf dem dünnen Kopfkissen aus, und ihr Brustkorb hob und senkte sich im Takt ihrer Atmung.

Jetzt sehnte er sich nach Hause. Zur Familie, zu seinem schönen Haus auf dem Kärleksvägen.

»Wie läuft es eigentlich mit dieser Sammlung?«, erkundigte sich Gunnar, der jetzt offensichtlich lieber über Geschäfte anstatt über Krebs und Kosenamen reden wollte. »Mit den Computern und den Handys, meine ich.«

»Das läuft gut, danke«, sagte August. »Gestern sind noch mal weitere Computer gekommen.«

Und am nächsten Tag würde er eine Menge Buddelschiffe bekommen. Magnus Dahlman hatte sich gemeldet und gefragt, ob August schon am nächsten Tag vorbeikommen und sie holen könnte. Während des kurzen Gesprächs hatte er völlig unsentimental gewirkt.

Gunnar schniefte und schnäuzte sich in ein Papiertaschentuch.

»Ist dieses komische Mädel noch mal gekommen?«, fragte er.

August sah Gunnar verwundert an.

»Von wem sprichst du?«

»Die Frau, die sich einen der Computer ansehen wollte«, sagte Gunnar. »Die war vor ein paar Tagen hier. Ich war selbst im Laden und du warst auf Kundenbesuch.«

»Aber die Computer sind doch nicht zu verkaufen«, erwiderte August.

»Habe ich auch gesagt«, meinte Gunnar. »Aber ich weiß nicht, ob sie mir geglaubt hat. Sie schien nach einem bestimmten Computer zu suchen, es durfte also nicht irgendeiner sein. Und sie wollte nicht dafür bezahlen.«

»Okay?«, erwiderte August erstaunt.

»Sie hat behauptet, ihr Chef hätte Computer eingesammelt, die an uns gespendet werden sollten, und da hätte es einen Irrtum gegeben, weshalb ihr privater Computer versehentlich hier gelandet sei«, erklärte Gunnar.

August wurde nachdenklich.

Dass so etwas passieren könnte, war ihm nicht klar gewesen.

»Hast du die Frau die Sachen ansehen lassen?«, fragte er. »Konnte sie ihren Computer identifizieren?«

»Natürlich durfte sie nichts ansehen«, gab Gunnar bestürzt zurück. »Im Laden waren massenhaft Leute, und ich habe gesagt, dass ich den Raum nicht verlassen wollte.«

»Gut«, sagte August. »Wenn sie noch einmal kommt, wenn ich nicht da bin, dann schreib doch ihren Namen und ihre Telefonnummer auf und frage sie, wo sie arbeitet.«

Gunnar schnaubte.

»Du hältst mich ja wohl für einen Amateur«, schimpfte er. »Eine Telefonnummer habe ich nicht, aber ich habe ihr deine gegeben. Und ich habe ihren Namen.«

August lachte und verfluchte seine Neigung, Gunnar ständig zu unterschätzen.

Ich sollte mich schämen, dachte er.

Gunnar fischte sein Handy aus der Jacke.

»Ich hab den Namen sofort aufgeschrieben«, sagte er mit zufriedener Miene. »Sie hieß …«

Er verstummte und runzelte die Stirn.

Und dann:

»Oh. Oje. Nein. Wie blöd.«

»Hast du den Namen aus Versehen gelöscht?«

»Möglich. Jedenfalls ist er nicht hier.«

August lächelte.

»Es wird sich schon alles lösen«, sagte er.

Er hoffte, die Frau würde zurückkommen, denn er wollte Klarheit darüber, welcher Computer ihr gehören könnte. Sie hatten zwar nicht aufgeschrieben, wer welchen Computer abgegeben hatte, aber eine lange Liste von allen angefertigt, die zur Sammlung beigetragen hatten. August wusste, dass auch ein paar Firmen auf der Liste standen.

»Aber jetzt fällt mir etwas ein«, sagte Gunnar in eifrigem Tonfall. »Erinnerst du dich an die Frau in dem blauen Volvo, von der Emmy und ich erzählt haben? Das könnte doch dieselbe Person sein! Dass ich nicht schon zuvor daran gedacht habe. Wie dumm von mir.«

Für einen Moment war er wieder er selbst. Ein Mann mit einem Auftrag, einem Rätsel, das es zu lösen galt. Aber eben das konnte er vergessen.

Ich weiß bereits, wer die Frau in dem blauen Volvo ist.

August räusperte sich.

»Ich habe vergessen zu erzählen, dass die Frau in dem Volvo sich gemeldet hat«, sagte er. »Da ging es nicht um irgendeinen verschwundenen Computer.«

Gunnar sah enttäuscht aus.

August fiel ein, dass er Maria immer noch nicht von Helene erzählt hatte. Es gab keinen Grund, eine solche Sache für sich zu behalten.

Verstohlen warf er einen Blick auf sein Handy und stellte fest, dass Helene sich nach wie vor nicht gemeldet hatte. Einen Tag gebe ich ihr noch, dachte August, dann rufe ich sie an.

Das Haus war so leer. Ungefähr so wie das Leben. Magnus wusste nicht, wann er sich jemals so erschlagen, so fertig gefühlt hatte. Er dankte seinem glücklichen Stern, weil sie so viele Freunde hatten, die sich jetzt um sie schlossen. Noch nie hatte er mehr Unterstützung gebraucht, um das Leben am Laufen zu halten. Lucas und Elina waren bei Freunden, und der ganze Nachmittag verging in einer Art Dämmer, der Magnus allmählich zum Wahnsinn trieb.

»Ich glaube, ich nehme das Rad und fahre ein bisschen zu Tyra«, sagte Lovisa. »Ich muss mal rauskommen … weg.«

Tyra war Lovisas beste Freundin, mit der zusammen sie auch ihren Stoffladen betrieb. Sie wohnte in Kungshamn und hatte vor einigen Monaten ihr erstes Kind bekommen.

»Mach das«, sagte Magnus. »Aber erst muss ich noch fragen, wie … Wie fandest du, dass die Vernehmung gelaufen ist?«

Lovisa schüttelte den Kopf und sah ihm direkt in die Augen.

»Du warst gut«, sagte sie. »Das habe ich schon ein paarmal gesagt.«

»Aber das mit dem Geld, dass Mama so viel Schulden hatte. Ich weiß nicht, ob ich genügend dazu gesagt habe. Oder vielleicht auch zu viel. Verdammt, alles kann ja in alle Richtungen gedreht werden. Und dann verbringt die Polizei womöglich unnötig Zeit mit falschen Fährten, nur weil ich eine Menge Blödsinn geredet habe.«

Lovisa zog ihn an sich und küsste ihn auf den Mund. Er hatte einen Kloß im Hals, als er reden wollte.

»Es fühlt sich an, als würde ich Mama im Stich lassen«, flüsterte er.

Wieder schüttelte Lovisa den Kopf.

»Nein«, sagte sie. »Das tust du ganz und gar nicht.«

Er wollte protestieren, konnte aber nur schlucken. Das hier war nicht der richtige Moment, anzusprechen, was ihm am meisten Angst machte, mehr noch, als dass er mit seinem Geiz die Mutter vielleicht direkt in die Arme von einem gemeinen Menschen getrieben hatte, der dann aufgetaucht war, um die Schuld einzutreiben.

Es könnte ja auch so sein, dass es eine solche gemeine Person gar nicht gab und sich das Problem für seine Mutter niemals gelöst hatte, und sie am Ende so traurig und in die Enge getrieben war, dass sie keinen anderen Ausweg mehr sah, als …

Nein.

Das konnte natürlich nicht sein. Wirklich nicht.

»Dann fahre ich jetzt mal«, sagte Lovisa und sagte dann mit besorgter Stimme: »Was hast du denn vor?«

Sie sah ihn abwartend an, schien hören zu wollen, dass er sich auch mit jemandem traf oder etwas Konstruktives vorhabe.

Magnus versuchte, sein müdes Gehirn zu sammeln, sodass etwas Vernünftiges herauskommen würde, und dann fiel ihm ein, dass es ja eine selbstverständliche Antwort gab:

»Ich glaube, ich fahre noch mal bei Papa vorbei. Aber erst gehe ich auf den Dachboden und hole die alten Buddelschiffe von Clara herunter. Strindberg will sie haben.«

»Das ist gut, wenn wir die loswerden«, sagte Lovisa und küsste ihn noch einmal, ehe sie zur Eingangstür ging. »Bei uns liegen sie doch nur eingepackt herum. Und du, ich würde gerne mit zu Ove fahren, ruf mich an, bevor du losfährst. Ich liebe dich.«

»Ich liebe dich auch«, sagte Magnus.

Es fühlte sich an, also würde das Herz Glassplitter in seine Adern pumpen. Alles tat weh, und alles war nur Verzweiflung.

Mit zitternden Knien ging er zur Treppe. Nachdem Lovisa gegangen war, wirkte das Haus fast gespenstisch still. Er ging nach oben ins Schlafzimmer, wo sich die Klappe zum Dachboden befand. Das war idiotisch geplant, aber nun war es mal so.

Das Doppelbett stand im Weg, wenn man die Luke öffnen und die Leiter herunterholen wollte, und deshalb musste man es ein Stück beiseiteschieben. Die Leiter knarrte bedenklich, als er schließlich so weit war und sie herunterklappen konnte.

»Dass ihr diesen gefährlichen, alten Mist nicht einmal wegmacht und stattdessen eine tragbare Leiter benutzt«, hatte sein Vater gesagt, als das letzte Mal die Rede darauf kam.

Magnus hatte wie immer geantwortet:

»Doch, das werden wir tun. Wir haben einfach nur noch ein paar andere Sachen vorher zu erledigen.«

Denn so war das, wenn man ein Haus hatte. Es gab immer etwas zu tun, um das man sich kümmern musste, praktische Probleme, die man lösen musste.

Die Leiter würde auch diesmal bleiben, stellte er fest, als er langsam hochkletterte. Jetzt ging es um die Buddelschiffe. Und um Clara.

Dass sie es niemals geschafft hatten, ihre Beziehung hinzukriegen.

Und noch schlimmer: dass sie es nicht geschafft hatte, das *Leben* hinzukriegen. Dass sie sich selbst weggewünscht hatte, bis in den Tod hinein.

Mit einem festen Knopfdruck schaltete er die Dachbodenlampe ein. Die verbreitete nicht gerade ein gemütliches Licht, dort hing nämlich nur eine nackte Glühbirne an einem Kabel von einem Dachbalken.

Er sah sich um. Auf dem Dachboden stand eine große Anzahl Kisten, und alle waren von Lovisa ordentlich beschriftet. Kartons mit den Kinderkleidern der Kinder und mit Spielsachen, für die sie zu alt geworden waren. Porzellan, das sie nicht mehr benutzten, aber auch nicht wegwerfen wollten. Und Bücher und alter Nippeskram und ungefähr tausend andere Sachen.

Die Kiste mit den Buddelschiffen fand er ganz hinten in einer Ecke hinter zwei riesigen, bleischweren Kartons.

Das Testament seiner Halbschwester war kurz und dramatisch

gewesen und gleich nach dem Tod ihrer Mutter verfasst worden. Mit einigen trockenen Sätzen erklärte sie, warum ein Testament notwendig war. Offensichtlich hatte sie zuvor eins gehabt, in dem ihre Mutter alleinige Erbin gewesen war, doch nach deren Tod wollte Clara alles, was sie besaß, Lucas und Elina vermachen. »Als ein möglicher Start in ein neues Leben, wenn sie älter werden.« Zu ihrem Vater hatte sie keinen Kontakt, und sie fand, dass die Kinder ihren Nachlass besser gebrauchen könnten als Magnus. Nur eine einzige Sache war im Testament noch ausdrücklich genannt, nämlich ein ganzer Umzugskarton voller Buddelschiffe. Den wollte Clara stattdessen Magnus vermachen.

Obwohl mehrere Jahre vergangen waren, konnte er sich immer noch daran erinnern, wie es sich angefühlt hatte, in einem Anwaltsbüro zu sitzen und das Testament vorgelesen zu bekommen.

Die Buddelschiffe vermache ich meinem Halbbruder Magnus, der nie die Ruhe besaß, sich dieses Handwerk beizubringen, hatte sie geschrieben.

Magnus wurde immer noch rot, wenn er an diese Formulierung dachte. Man konnte einem Angehörigen auch etwas vererben, nur um ihn daran zu erinnern, was er nie zustande gebracht hatte.

Ihr Vater war es gewesen, der Clara beigebracht hatte, Buddelschiffe zu machen. Einmal hatte er es auch bei Magnus versucht.

»Schau doch mal«, hatte er gesagt. »Das macht wahnsinnig viel Spaß.«

Doch Magnus hatte tatsächlich nicht die Ruhe gehabt, still zu sitzen und mit winzig kleinen Schiffen herumzumachen, deren Segel mithilfe von Fäden aufgerichtet wurden, nachdem sie in die Flasche geschoben worden waren. Nach wenigen müden Versuchen hatte er aufgegeben, doch Clara war völlig begeistert davon gewesen. Sein Vater hatte erzählt, dass Clara, als sie klein war, bis tief in die Nacht sitzen konnte, um ein weiteres Schiff fertig zu bekommen. Wenn er das erzählte, sah er immer traurig aus, sichtlich gequält davon, dass er so viel vom Leben und der Jugend seiner Tochter verpasst hatte.

Sein Rücken protestierte wild, als Magnus die Kiste mit den Buddelschiffen hochhob. Sie war unerwartet schwer, und ihm wurde klar, dass er sie nicht alleine vom Dachboden herunterbekommen würde.

Teufel auch.

Er würde später Lovisa oder Lucas um Hilfe bitten müssen.

Erst einmal stellte er die Kiste auf den Boden und öffnete sie. Er konnte ja schon einmal kontrollieren, ob die Flaschen auch heil waren. Es würde sich doch blöd anfühlen, August hierherzulocken, um ihm etwas zu zeigen, was kaputt war.

Doch da hätte er sich keine Sorgen machen müssen.

Clara hatte alle Flaschen ordentlich eingepackt. Es gab unendlich Luftpolsterfolie und Schutzpapier im Karton. Magnus begnügte sich damit, eines der Schiffe herauszunehmen.

Was hast du dir dabei gedacht?, fragte er sich und merkte, wie sein Blick verschwamm. Hast du all diese Buddelschiffe vor deinem Selbstmord so sorgfältig eingepackt? Vielleicht am Tag davor? Oder mehrere Monate davor?

Plötzlich schämte er sich, weil er sie weggeben wollte.

Ich bin nicht so wie du, Clara, dachte er. Ich glaube nicht, dass ich sie mir hinstellen will.

Verzeih mir.

Magnus war nur einige wenige Male bei seiner Schwester zu Hause gewesen, und da standen alle Schiffe auf einem Regal ausgestellt, das im Wohnzimmer eine halbe Wand bedeckte.

Ein unerwarteter Stolz wallte in ihm auf, als er in die Miniaturwelt der Flaschen schaute. Es war kein Zufall, dass sie gern geschrieben hatte, sie war ungeheuer geschickt darin, ein erfundenes Universum zu konstruieren.

Die Schiffe in den Flaschen waren von ausgesuchtem Detailreichtum. Ihm wurde klar, dass es nicht nur die Geduld gewesen war, in der sich die Geschwister, was die Buddelschiffe anging, unterschieden hatten. Im Gegensatz zu Magnus hatte Clara Talent besessen.

All diese Begabung, dachte er matt. Und dann ging alles zur Hölle.

Wehmütig erinnerte er sich wieder daran, was die Schwester in ihrem Testament geschrieben hatte.

Mache ich jetzt einen Fehler?, dachte Magnus. Sollte ich die Schiffe vielleicht noch ein Weilchen behalten?

Nein. Das sollte er nicht.

Magnus schluckte.

Es zehrte an ihm, dass er seine Schwester niemals wirklich kennengelernt hatte und es ihnen nicht gelungen war, eine funktionierende Geschwisterbeziehung aufzubauen. Um ihn herum gab es massenhaft Freunde, die Geschwister hatten und sie ihre besten Freunde nannten, doch für Magnus war seine einzige Schwester nie mehr als eine vage Bekannte gewesen. Jemand, der ihn auf Abstand halten wollte und ihn gleichzeitig mit tiefster Verzweiflung im Blick anzusehen vermochte.

Sie war auch traurig, weil wir einander nicht nahestanden, dachte Magnus.

Und eines Tages verschwand sie auf immer aus der Familie. Magnus würde nie begreifen, warum sie sich das Leben genommen hatte, und er bedauerte zutiefst, dass er zu der Zeit, als sie krank geworden war, so von seinen eigenen Problemen belagert gewesen war. Von Problemen, die ihn von Grund auf erschüttert hatten und an die er so selten wie möglich dachte.

Wieder merkte Magnus, dass sein Blick verschwamm. Als Clara gestorben war, war der Schock groß gewesen, doch obwohl es schmerzte, das zuzugeben, konnte er nicht behaupten, sonderlich große Trauer empfunden zu haben. Sie kannten einander einfach nicht gut genug.

Und jetzt waren sowohl Clara als auch seine Mutter fort und

vielleicht auch sein Vater. Mit einem Schlag war sein ganzes Leben eine einzige große Leere geworden.

Das Buddelschiff wog schwer in seiner Hand. Magnus warf einen letzten Blick auf den Karton und legte die Flasche dann zurück. Es war an der Zeit, runterzugehen.

»Tut mir leid, Clara«, murmelte er. »Deine Schiffe werden es bei jemand anderem besser haben.«

Mit langsamen Schritten verließ er den Dachboden.

Eine Frage, über die er jahrelang nicht nachgedacht hatte, hielt sich beharrlich in seinem gestressten Körper.

Was war der Grund dafür gewesen, dass seine einzige Schwester ihm oder seinen Eltern niemals nähergekommen war?

Es war schon später Nachmittag, als Vendela von der Arbeit loskam. Am nächsten Tag würde sie noch einmal in das Haus der Dahlmans gehen. Möglicherweise war diese Eisenluke eine falsche Fährte, doch die seltsame Platzierung des Tabletts davor musste man einfach untersuchen. Und bisher hatte das noch niemand getan.

Der Wind zauste in Vendelas Haaren, als sie aus dem Polizeihaus kam und zum Auto ging. Ray-Ray und sie hatten sich eigentlich nach der Arbeit sehen wollen, doch dann war eines seiner Kinder krank geworden, und er musste mit ihm zum Arzt fahren. Obwohl es die Woche war, in der die Kinder bei der jeweiligen Mutter waren, war es doch Ray-Ray, der das übernahm.

»Wenn ich darf, komme ich später«, hatte er am Telefon gesagt.

Sie hatte Ja gesagt und gehofft, dass er dann die ganze Nacht bleiben würde.

Außerdem sagte sie immer Ja.

Und Ray-Ray sagte sehr selten Nein. Es konnte allerdings passieren, dass er etwas zu erledigen hatte, bevor sie sich sahen. So wie zum Beispiel eines seiner Kinder zum Arzt zu bringen.

Und ich?, dachte Vendela. Willst du mit mir auch ein Kind haben?

Diese Sorte Fragen hatte sie bisher nicht einmal im Entferntesten berührt.

Vendela war vor einigen Jahren vierzig geworden, und bevor sie begonnen hatte, sich mit Ray-Ray zu treffen, hatte sie überhaupt nicht daran gedacht, eine Familie zu gründen. Im Grunde war das immer noch so, doch sie fragte sich allmählich, wie sie wohl in seine Schar von Kindern und Exfreundinnen passen würde.

Wie macht er das eigentlich?, dachte sie. Lädt er alle zusammen zu riesigen Abendessen um einen Tisch ein?

Es war unerwartet anstrengend gewesen, bei der morgendlichen Besprechung im selben Wohnwagen mit ihm zu sitzen. Anstrengend, doch in gewisser Weise auch angenehm. Denn was ihre Konzentration störte, war einfach nur, dass sie ihn küssen wollte, und das war eine Sehnsucht, die sie sich gern bewahrte.

Während sie sich ins Auto setzte, um nach Hause zu fahren, versuchte sie, die Gedanken zurück zur Ermittlung zu lenken. Im Moment lag ihr Fokus zunächst darauf, sich ein Bild von Irmas finanzieller Situation zu machen, und außerdem die Filme aus dem McDonald's zu bekommen. Da war das Essen gekauft worden, und deshalb mussten sie ausschließen, dass irgendjemand dort mit der Vergiftung zu tun hatte. Sie hatten Personallisten bekommen und die durchs Polizeiregister laufen lassen, ohne dass es irgendwelche Hinweise ergeben hätte. Keiner der Angestellten, die an dem Tag gearbeitet hatten, kam im Straf- oder Verdächtigenregister vor. Bisher war auch keiner der Namen in einem anderen Teil der Ermittlung aufgetaucht.

Wir brauchen ein bisschen Zeit, dachte Vendela. Früher oder später werden Namen in einem Zusammenhang auftauchen, der Fragen aufwirft – sei es nun bei McDonald's oder anderswo.

Jemand klopfte an ihre Autoscheibe, als sie gerade den Schlüssel herumdrehen wollte. Vendela fuhr vor Schreck zusammen und schrie auf.

Es war Roland, der sie sanft anlächelte, als sie die Tür mit vor Scham brennenden Wangen öffnete. Hinter ihm stand Ray-Ray und sah bekümmert aus.

Vendela spürte ihren Puls steigen, als sie ihn erblickte.

Ich will dich. Ich will dich die ganze Zeit.

»Sorry«, sagte Roland. »Wollte dich nicht zu Tode erschrecken. Hast du noch eben Zeit?«

Vendela nickte.

»Ich habe hier gerade Ray-Ray abgefangen, bevor er zum Arzt verschwindet«, erklärte Roland. »Ich habe viel an das gedacht, was du gesagt hast, dass wir noch mal in das Haus von Ove und Irma zurückkehren sollten, und ich habe beschlossen, dass ich zusammen mit Maria und Ray-Ray mitkommen möchte. Vielleicht sollten wir mehrere sein, die sich alles noch einmal ansehen, wer weiß, was für neue Erkenntnisse das bringen kann. Wir werden versuchen zur gleichen Zeit dort zu sein wie du. Morgen um neun Uhr.«

Vendela war erstaunt. Roland war selten bis nie scharf darauf, irgendwelche Tatorte zu besuchen, so was machten die Leute, die in der Rangordnung niedriger standen.

Ray-Ray suchte ihren Blick. Seine Miene verriet nicht, was er dachte.

»Okay«, sagte sie.

Roland betrachtete sie unter zusammengezogenen Augenbrauen. »Du siehst müde aus«, sagte er. »Unternimm heute Abend was Unterhaltsames, dann sehen wir uns morgen.«

»Hm. Danke. Bis dann!«

Die Autotür schlug wieder zu, und sie sah, wie Roland und Ray-Ray noch ein paar Worte miteinander wechselten. Vendela holte ihr Handy heraus, um für den Fall, dass die beiden sich fragten, warum sie den Wagen nicht startete, beschäftigt auszusehen. Sie wollte, wenn möglich, noch ein wenig mit Ray-Ray allein sein.

Also starrte sie auf das Handy und entdeckte eine neue Mail von einem Maler, der sich mit einem Angebot zu einem neuen Anstrich der Fassade ihres Hauses meldete.

Es war teuer, ein Haus zu besitzen, stellte Vendela fest. Vor allem, wenn das Haus alt war.

Kurz darauf ging die Beifahrertür auf, und Ray-Ray ließ sich geschmeidig auf dem Sitz nieder. Sein Geruch und seine Energie erfüllten den Wagen.

»Jetzt sind wir alleine«, sagte er.

Und dann beugte er sich vor, legte eine warme Hand um ihren Nacken und küsste sie.

Sie ließ das Handy fallen, als sie den Kuss erwiderte.

»Wolltest du nicht zum Arzt?«, flüsterte sie und drückte sich an ihn.

»Ich hatte Sehnsucht nach dir«, erwiderte Ray-Ray leise und fuhr mit den Fingern durch ihr Haar.

Sie liebte diese Hände.

Sie liebte alles an ihm.

Er umarmte sie ganz fest und atmete an ihrer Wange.

»Ich muss jetzt mit meiner Tochter los«, sagte er. »Maria hat drüben im Wohnwagen alle Arbeit allein beenden müssen, weil ich hierherfahren und einer Sache aus einem Fall im Frühjahr nachgehen wollte.«

Sie küsste ihn noch einmal. Vielleicht hatte er es langweilig gefunden, noch einmal nach Uddevalla fahren zu müssen, aber Vendela fand es einfach nur herrlich.

»Weiß Maria von uns, oder …«

»Nein«, erwiderte er. »Absolut nicht.«

Absolut nicht.

Selbstverständlich hatte er seiner engsten Kollegin und Freundin nichts gesagt. Natürlich nicht. Er fand wohl, dass es da nichts zu erzählen gab.

Ich muss aufhören, so verdammt naiv zu sein, dachte Vendela und spürte, wie sie den Tränen nahe war.

Es überraschte sie, dass sie so traurig war. Vielleicht hatte Roland recht, wenn er fragte, wie es ihr ging.

Ich sollte froh aussehen, dachte sie. Und stattdessen habe ich einen Chef, der zweimal am selben Tag meinen Zustand kommentiert.

Ray-Ray legte zwei zärtliche Finger unter ihr Kinn und sah ihr direkt in die Augen.

»Ich habe schon gesagt, dass du wichtig für mich bist«, sagte er. »Aber ich will keinen Stress machen. Nicht jetzt, wo sich alles so gut anfühlt. Das bin ich nicht gewohnt.«

Ein Lächeln breitete sich zaghaft auf ihrem Gesicht aus.

»Ich bin auch nicht gewohnt, dass es sich gut anfühlt«, flüsterte sie.

Ray-Ray legte seine Stirn gegen ihre und ruhte so für ein paar flüchtige Augenblicke. Dann küsste er sie wieder.

Aber etwas war verändert.

Etwas bei ihm, und nicht bei ihr. Irgendetwas blieb ungesagt.

Und das störte sie.

Der Tag war lang gewesen. Maria war erst gegen neunzehn Uhr zu Hause, und dann musste sie, während sie zu Abend aßen, weiterhin ihr Handy im Blick behalten. Sie setzten sich in die Bootshütte, die Türen zum Meer weit geöffnet, um noch alles aus den letzten Sommerwochen herauszuholen. Die Abendsonne schien warm, würde aber bald untergehen. In nur einem Monat kam der Herbst.

Maria horchte auf die Geräusche aus den Hütten nebenan. Sie waren nicht die Einzigen, die sich an der Spätsommerwärme erfreuten. In fast jeder Bootshütte saßen Menschen und aßen oder waren einfach nur zusammen. Maria war vor dem Essen kurz im Wasser gewesen, und die Haare hingen ihr nass über die Schultern. Es war ein herrlicher Abend, und sie hatte ihn auch verdient. Ray-Ray und sie hatten hart daran gearbeitet, Freunde des Ehepaars Dahlman aufzuspüren, um sie zu vernehmen. Das Bild, das sie von dem Paar zeichneten, war eindeutig:

Alle betrachteten Ove und Irma als glückliche Seelenverwandte ohne irgendwelche Feinde. Wenn man sie bat, etwas zu nennen, was für das Paar schwer war, dann antworteten einige, dass der Tod seiner Tochter Ove tief erschüttert habe. Ihr Selbstmord stand als ein sehr dunkles Ereignis im ansonsten lichten Leben des Paares da. Maria fiel allerdings auf, dass mehrere der Freunde des Paares die Tochter überhaupt nicht erwähnten und auch nicht zu wissen schienen, wie sie gestorben war.

»Das hat Ove so schwer mitgenommen«, hatte einer der Freunde, die Bescheid wussten, gesagt. »Es hat eine ganze Zeit gedauert, bis er sich davon erholt hat.«

An der Sache war im Grunde überhaupt nichts seltsam zu finden. Natürlich ging es Eltern, die erleben mussten, dass ihre Kinder sich das Leben nahmen, schlecht. Vielleicht war es auch nicht ungewöhnlich, dass verhältnismäßig wenig darüber gesprochen wurde, wie die Tochter gestorben war. Selbstmord war in vielen Kreisen immer noch ein Tabuthema.

Genau wie Spielsucht. Maria und Ray-Ray hatten bemerkt, dass keiner der Freunde auch nur einen Ton über das Spielen im Internet verloren hatte und ebenso wenig über irgendwelche Schulden. Aber Irma musste sich außer dem Sohn irgendjemandem anvertraut haben, und Maria würde diese Person nur zu gern kennenlernen.

Doch das muss bis morgen warten, dachte sie.

Jetzt war Abend, und sie war mit ihren Lieblingsmenschen zusammen.

Sofia war fröhlich und wach und leuchtete wie eine Sonne aus ihrem Kinderstuhl, während Maria und August aßen. Jedes Mal, wenn Maria in ihre Richtung schaute, strahlte sie. Und jedes Mal, wenn die Tochter lachte, war sie eine Kopie ihres Vaters.

Schließlich hielt Maria es nicht mehr aus.

»Mama hat dich so lieb, dass sie fürchtet, verrückt zu werden!«, sagte sie und nahm die Tochter aus dem Kinderstuhl.

Maria wandte sich zu August, der sie lächelnd beobachtete.

»Glaubst du, dass Sofia und ich uns auch nur ein kleines bisschen ähnlich sehen?«, fragte sie und drückte ihre Wange an die der Kleinen.

»Natürlich tut ihr das«, erwiderte August. »Ihr seid im Grunde Kopien, du und der Troll.«

»Der Troll ...?«

»Gunnar hat sie so genannt.«

Maria schüttelte den Kopf.

»Onkel Gunnar spinnt ein bisschen«, sagte sie zu Sofia. »Aber wir mögen ihn trotzdem.«

August wurde ernst.

»Ich wollte das vorhin nicht erzählen«, begann er, »aber Gunnar ist krank.«

Mit jedem Satz, den August jetzt sagte, wurde es Maria schwerer ums Herz. Gunnar hatte Krebs. Er hatte Todesangst und fürchtete, dass seine Tage gezählt wären. Und dann hatte er August gebeten, darüber zu schweigen.

»Darauf konnte ich natürlich nicht eingehen«, erklärte August. »Wenn Gunnar hält, was er mir versprochen hat, dann spricht er jetzt in diesem Moment mit Emmy.«

Maria bekam einen dicken Kloß im Hals.

Ihre Beziehung zum Tod hatte sich, seit sie Mutter geworden war, von strikt professionell zu etwas verändert, das sie nicht nur fürchtete, sondern woran sie auch viel öfter dachte. Sie verabscheute den Tod, und das war ein neues Gefühl der Angst.

Ich will nicht, dachte sie. Ich werde mich am Ende weigern zu sterben.

August bemerkte, wie sich ihre Stimmung veränderte, und strich ihr übers Haar.

»Maria, er wird es ganz bestimmt schaffen«, sagte er.

»Mit was anderem soll er auch gar nicht erst kommen«, flüsterte sie, doch die Stimme trug nicht.

August lächelte.

»Stell dir mal vor, wenn er wüsste, dass wir hier sitzen und traurig sind, weil er krank geworden ist«, sagte er. »Das würde er einfach großartig finden.«

Damit traf er wirklich ins Schwarze, und Maria musste lachen.

»Deshalb würde er uns niemals erzählen, wenn er wieder gesund ist«, gab sie zu bedenken und wischte sich die Tränen aus den Augenwinkeln.

Sie war so eine Heulsuse geworden. Bei der Arbeit hatte sich das noch nicht gezeigt, aber es war nur eine Frage der Zeit, wann sie dort genauso nah am Wasser gebaut sein würde.

»Wie ging es denn Lucas heute?«, fragte sie.

August sah nachdenklich aus.

»Schwer zu sagen«, meinte er. »Der Junge ist ja nicht gerade eine

Plaudertasche, und was mit seinen Großeltern geschehen ist, hat ihn kaum mitteilsamer gemacht.«

Maria meinte zu verstehen. Lucas war ein guter Junge, aber rein sozial etwas schwierig. Er war sehr sorgfältig und lachte gern, wenn er sich um Sofia kümmerte. So war Maria überhaupt erst darauf gekommen, dass er ein guter Babysitter sein könnte. Lucas war bei ihnen gewesen, um den Rasen zu mähen, und Sofia hatte auf der Terrasse im Schatten auf einer Decke gelegen und in den blauen Himmel gestarrt.

Lucas hatte gestrahlt, als er sie erblickte, und den Rasenmäher stehen lassen, um zu ihr zu gehen und sie zu begrüßen. Als er das nächste Mal kam, hatte er seine kleine Schwester Elina dabei, die auch ganz begeistert von Sofia war. Da hatte Maria begriffen, dass Lucas nicht nur ein verstockter Teenager war, sondern ein etwas anderer Junge, der Kinder sehr gerne mochte.

Marias Gedanken wanderten zurück zu dem Fall und zu der Vernehmung mit Magnus und Lovisa. Sie hatten überhaupt nicht über Lucas gesprochen, sondern über die Spielsucht von Irma und über Magnus' Halbschwester und wie ihre kaputte Beziehung zur Familie Ove beeinträchtigt hatte. Deutliche Risse in der Fassade, schwere Krisen, die eine Familie erschüttert hatten, die nach außen sehr vertraut wirkte. Maria wusste nur allzu gut, wie viel man vor der Umwelt verstecken konnte. Die Staatsanwaltschaft versuchte gerade, Irmas Kontoauszüge und ihre Krankenakten zu bekommen. Sie wollten so schnell wie möglich herausfinden, wann Irma begonnen hatte, Medikamente gegen Angstanfälle und Schlaflosigkeit zu nehmen, und was diese Probleme ausgelöst hatte.

Maria sah verstohlen zu ihrem Handy, dass still auf dem Tisch lag. August hatte in der Bootshütte Kerzen angezündet, deren schmale Flammen sich im blanken Display des Telefons spiegelten. Zu den letzten Ereignissen dieses Arbeitstages hatte gehört, dass Ray-Ray sich mit der Nachricht gemeldet hatte, Roland wolle, dass sie sich am nächsten Morgen im Haus der Dahlmans treffen und gemeinsam noch einmal den Tatort untersuchen sollten. Vendela hatte auf den Fotos vom Haus etwas gesehen, was überprüft werden musste. Es war eine gute Idee, fand Maria, zu mehreren dorthin zu gehen, und sie hatte bereits angefangen, darüber nachzudenken, was sie sich genauer ansehen wollte.

Doch irgendetwas störte sie in ihren Gedanken.

Ray-Ray.

Er war am Telefon sehr kurz angebunden gewesen und hatte im Prinzip nur »gut!« gesagt und dann aufgelegt. Als wolle er vermeiden, länger mit ihr zu sprechen, oder als ob er es sehr eilig hätte.

August hatte offenbar gesehen, dass Maria über irgendetwas nachdachte, denn nach einer Weile fragte er:

»Denkst du an Gunnar? Oder an den Troll?«

Als er Troll sagte, zwinkerte er ihr zu, und höchst widerwillig erkannte Maria, dass sie diesen Kosenamen mochte. Sofias Locken kitzelten sie am Kinn und ließen sie lächeln. Draußen auf dem Meer donnerte ein Motorboot mit einem Wasserskifahrer hinter sich vorbei.

»Nein«, sagte Maria. »Ich denke an Ray-Ray. Er ist irgendwie verändert. Ist dir das auch schon aufgefallen?«

August sah verstohlen zu den Töpfen, die auf dem Tisch standen.

»Tatsächlich finde ich, dass es ziemlich lange her ist, seit er zum Essen hier war«, sagte er. »Allerdings wollten wir ja auch ein Krebsessen machen, und davor war Urlaubszeit und so.«

Maria merkte, wie ihre Laune sank.

»Aber wir waren fast den ganzen Sommer zu Hause«, entgegnete sie. »Und Ray-Ray genauso. Geht er uns aus dem Weg?«

August lachte.

»Du vermisst unseren Schmarotzer, höre ich«, sagte er. »Ja, das tue ich natürlich auch. Aber wieso sollte er uns aus dem Weg gehen? Nein, das glaube ich nicht.«

Seine Antwort machte Maria froh und traurig zugleich. Froh,

weil er Ray-Ray Schmarotzer nannte und weil er nicht eifersüchtig war, sondern ihre Gefühle ganz rational sah. Aber auch traurig, weil ihr Exmann sich niemals so verhalten hätte.

Der hätte mich umgebracht, wenn ich auch nur im Ansatz überlegt hätte, Ray-Ray hierher nach Hause einzuladen, dachte Maria und umfasste Sofia etwas fester.

»Wahrscheinlich hat er einfach nur viel zu tun«, meinte August. »Stell dir vor, er hat fünf Kinder. *Fünf*, Maria. Bevor wir Sofia bekommen haben, war mir überhaupt nicht klar, was das bedeutet.«

»Und dabei sind wir noch zu zweit«, fügte Maria hinzu. »Ich begreife das auch nicht.«

Für einen Moment schwiegen sie. Das Wasser gluckste unter der Hütte, und Maria merkte, wie sie sich noch etwas mehr entspannte.

Bald würde es zu kalt sein, um in der Bootshütte zu essen. Unwillkürlich musste sie an die verdammte Patchworkdecke denken, die sie angefangen hatte. Vielleicht war es doch besser, wenn man sie fütterte? Ihre Mutter hatte das schon vorgeschlagen, doch diese Idee war sowohl von Maria als auch von Gabriella schnell verworfen worden, die beide fanden, dass es auf jeden Fall hübscher wäre, wenn die Decke nicht so dick würde.

Maria griff nach ihrem Weinglas. Sie hatte das Gefühl, als müssten sie und August noch über etwas anderes sprechen. Über den Traum, der sie begleitete, ein vorsichtiger Gedanke, der sich zu einem Plan ausgewachsen hatte.

»Nun«, sagte sie. »Es gibt noch eine Sache, über die ich schon eine Weile nachdenke, eigentlich seit Jahresbeginn und noch mehr, als ich in Elternzeit war.«

August sah sie mit großen Augen an. In seinem Blick lagen so viel Wärme, so viel Aufmerksamkeit und Neugier.

»Okay?«

Maria drehte Sofia herum.

»Ich weiß nicht, ob ich das schon mal erzählt habe, aber als ich jünger war, habe ich immer davon geträumt, Juristin zu werden.

Stattdessen wurde ich Polizistin und habe das wirklich niemals bereut, bis heute nicht.«

Die Worte kamen schneller, als sie sich vorgestellt hatte, und es wurden unnötig viele.

August hörte konzentriert zu.

»Aber ich habe immer noch das Gefühl, etwas verpasst zu haben«, erklärte Maria. »Eine tiefere Perspektive, ein besseres Verständnis für das, was ich tagsüber tue. Also habe ich erwogen, mich in Teilzeit vom Dienst befreien zu lassen, um Kriminologie zu studieren. Vielleicht scheint das etwas sehr spät im Leben, aber ich habe an die Universität gemailt, und ich erfülle die Voraussetzungen, um mich anmelden zu können, und dann habe ich auch mit der Personalabteilung gesprochen und die …«

Auf Augusts Gesicht breitete sich ein Grinsen aus, während er ganz entschlossen den Kopf schüttelte.

»Jetzt hör schon auf«, sagte er. »Das klingt wie eine supergute Idee, und kein bisschen zu spät. Das ist großartig!«

Maria hatte überhaupt nicht erwartet, dass er etwas anderes sagen würde, aber trotzdem wurde sie von so einer verfluchten Erleichterung erfasst, die sie wahnsinnig wütend auf sich selbst machte. Wie hatte sie es geschafft, Pauls Terror so lange für normal zu halten? Wie hatte sie zulassen können, dass er ihre Lebensentscheidungen steuerte und der wurde, der bestimmte, was für sie richtig war?

August wurde ernst.

»Was ist denn?«, fragte er.

»Nichts«, sagte sie. »Ich bin einfach … Verdammt, es gibt so vieles, woraus nie etwas geworden ist. Und jetzt, da ich mit dir zusammen bin, gibt es überhaupt keine Hindernisse mehr. Für gar nichts.«

»Ich glaube nicht, dass wir besonders alt miteinander werden, wenn wir uns bei neuen Ideen nicht gegenseitig unterstützen«, sagte August bedächtig. »Ich glaube, wir brauchen eine Form der

Freiheit, obwohl oder vielleicht gerade, *weil* wir eine Familie sind. Es soll doch nett sein, zusammenzuleben, und nicht erstickend.«

Maria merkte, wie ihr die Tränen in die Augen traten.

»Genau«, sagte sie.

August beugte sich über den Tisch und gab ihr einen raschen Kuss.

»Du bist fantastisch«, flüsterte er. »Es vergeht kein Tag, ohne dass ich das denke.«

Sofia streckte sich und klang weniger zufrieden mit dem Dasein als ihre Eltern.

»Langweilst du dich?«, fragte Maria und kitzelte sie.

Sie standen auf, um nach Hause zu gehen und dort den Nachtisch einzunehmen. August hatte eine Biskuitrolle gebacken, die im Kühlschrank stand. Mit weichem Baiser, Vanillesahne und Himbeeren. Maria hatte bereits einen heimlichen Blick auf sein Meisterwerk werfen können und war wahnsinnig scharf darauf. Ein Windstoß zerzauste sein Haar und ließ die etwas zu langen Locken hüpfen, als er den Tisch abdeckte und das Porzellan in einen Korb stellte, den sie immer benutzten, um Dinge zwischen Bootshütte und Haus hin und her zu tragen.

Schneid die Haare nicht, dachte sie. Du bist verdammt sexy, wenn du so aussiehst.

Sie schaute ein letztes Mal über das glitzernde Meer, ehe sie die Türen hinter sich zumachten. Nun war es gesagt. Wenn alles gut ging, würde sie sich wieder auf die Schulbank setzen, um sich ein besseres Verständnis für die finsteren Seiten ihres Jobs anzueignen. Wenn sie überhaupt einen Platz bekommen würde. Sie war ja wohl kaum die Einzige, die Kriminologie studieren wollte, und außerdem hatte sie noch nicht einmal ihre Bewerbung abgeschickt, denn das konnte man frühestens im September.

Auf den schmalen Straßen von Hovenäset spazierten sie nach Hause. Das dauerte nur ein paar Minuten, genügte aber, um sich die Beine nach einem guten Abendessen etwas zu vertreten. Augusts

Handy klingelte, als sie nach Hause gekommen waren und in der Küche standen. August stand am Kühlschrank und holte das Gebäck heraus. Sein Telefon lag auf dem Tisch, und Maria griff danach, um es ihm zu geben.

Ein rascher Blick auf das Display ließ sie innehalten. Sechs Buchstaben leuchteten ihr entgegen:

Helene.

Maria hatte August bisher nur von einer einzigen Helene sprechen hören, und das war seine Ex in Stockholm. Eine Frau, mit der er über zwanzig Jahre zusammengelebt hatte und die ihn verlassen hatte, kurz bevor seine Eltern gestorben waren. Laut August war er niemals sonderlich verliebt in sie gewesen, ihre Beziehung hatte hauptsächlich mit Gewohnheit und Bequemlichkeit zu tun und war im Prinzip schon vorbei gewesen, als Helene sich trennen wollte. Soweit Maria wusste, hatten August und Helene keinen Kontakt mehr.

Doch jetzt rief sie an.

August starrte auf das Handy, als er es entgegennahm, doch sah er nicht sonderlich erstaunt aus. Für einen Moment stand er still da.

»Das hier … ich … Ich erzähle es dir später«, sagte er.

Dann nahm er das Telefon ans Ohr und sagte:

»Hallo. Lange her.«

Maria konnte kaum auf das reagieren, was da gerade passiert war, da klingelte schon ihr eigenes Telefon.

Zerstreut holte sie es heraus und ging ran.

»Ich bin es, Gabriella. Kannst du reden oder störe ich?«

Maria ging mit Sofia in den Garten hinaus.

»Rede du, ich höre gerne zu.«

Sie blieb mitten auf der kleinen Rasenfläche stehen und wusste nicht so recht, wohin. Im Telefon war es plötzlich ganz still.

»Hallo, bist du noch da?«, fragte Maria.

»Ich bin noch da, ich muss nur Anlauf nehmen.«

Die Sorge kam plötzlich aus dem Nichts.

»Du bist aber doch nicht krank oder so?«

Ihre Schwester lachte.

»Nein, nein, das ist es nicht. Aber …«

Neuerliches Schweigen.

»Als ich bei euch übernachtet habe, ist was passiert. Etwas, von dem ich will, dass du es weißt. Und ich will, dass du es für dich behältst.«

»August?«

Helenes Stimme klang prüfend und unsicher.

»Ja«, antwortete er.

Im Augenwinkel sah er, wie Maria ein Gespräch annahm und mit Sofia aus dem Haus verschwand.

August starrte ihr nach.

Er war ihr eine Erklärung für dieses Gespräch mit Helene schuldig, und die würde sie auch bekommen.

Aber erst, wenn er mit eben der Person gesprochen hatte, die ihm einmal am nächsten gestanden hatte und jetzt eine Fremde war. Das wenige, was August von ihrem heutigen Leben wusste, hatte er von Henrik gehört.

Helene hatte, genau wie er, jemanden kennengelernt.

Sie hatte ein Kind.

Vielleicht war sie glücklich. Er hoffte es.

»Störe ich?«

August schüttelte den Kopf.

»Nein«, sagte er dann. »Gar nicht. Wie geht es dir?«

»Gut, alles gut. Und dir?«

»Wunderbar.«

»Ich habe gehört, dass du Vater geworden bist. Glückwunsch.«

»Danke. Gleichfalls.«

Es wurde still.

Mehr fiel ihm nicht ein, was er fragen könnte, und sie schien auch nichts zu wissen. Doch irgendein Anliegen musste es ja geben, denn sonst hätte sie kaum angerufen.

»Entschuldige, dass ich einfach nur schweige«, bat Helene leise. »Ich hätte nicht gedacht, dass das hier so schwer sein würde.«

August schluckte. Sie am Telefon zu hören, war, als würde man eine Direktleitung zur Vergangenheit öffnen. Die Wirkung war dieselbe wie als er erfuhr, dass die Mutter von Magnus Dahlman tot aufgefunden worden war und sein Vater schwer verletzt war. Die Erinnerungen an eine sehr schmerzliche Zeit überspülten ihn wie eine Gezeitenwelle und erinnerten ihn daran, dass die Vergangenheit überhaupt nicht so lange zurücklag, wie er immer tat.

»Ist was passiert?«, fragte er und wünschte nichts lieber, als dass sie Nein antworten würde.

Ihre Antwort kam sofort.

»Nein«, erwiderte sie. »Es gibt natürlich einen Grund, warum ich mich melde, aber das ist es nicht, was es so schwer macht. Es sind nur all die Erinnerungen. Alles, was wir waren. Ich dachte, es würde leichter sein übers Telefon und dass ich da nicht so feige ausbüxen würde wie vorher. Doch offensichtlich habe ich mich getäuscht.«

Sie lachte ins Telefon. Es war ein zerbrechliches Lachen, von der Art, wie August es nur einige wenige Male von Helene gehört hatte. Augusts Mutter hatte einmal gesagt, Helene sei so gefasst und korrekt, dass man ihr unmöglich nahekommen könnte. In der Analyse lag durchaus etwas.

Doch jetzt wunderte sich August über etwas anderes.

Ich dachte, es würde leichter sein übers Telefon und dass ich da nicht so feige ausbüxen würde wie vorher.

»Entschuldige«, sagte August. »Aber ich habe keine verpassten Anrufe von dir. Oder meintest du etwas anderes?«

Er hörte Helene tief Luft holen.

»Ich … Ich war zu Hause bei dir«, sagte sie.

August lächelte.

»Gestern«, sagte er. »Ich habe dich gesehen.«

»Bitte entschuldige, August. Ich komme mir total idiotisch vor. Aber als ich dich und Henrik plötzlich sah … Da ist es einfach mit mir durchgegangen. Es war so lange her, dass wir uns gesehen haben, und ich habe dich in einem so schlechten Zustand zurückgelassen, und ich weiß, dass du weitergegangen bist und …«

Das hier war einer der seltenen Fälle in seinem Leben, wo August wirklich nahe daran war, aus reinem Erstaunen den Hörer fallen zu lassen. Da hatte Helene, die Sturheit in Person, die so gut wie niemals die Schuld auch nur für die kleinsten Kleinigkeiten übernommen hätte, sich eben bei ihm entschuldigt. Fast hätte er sie gebeten, zu wiederholen, was sie da eben gesagt hatte, schaffte es aber, sich zu beherrschen.

»Du musst dich für gar nichts entschuldigen«, sagte er ruhig und meinte das auch. »Für überhaupt nichts. Wir waren nie richtig füreinander. Aber ich freue mich, dass du dich meldest, um mir zu erzählen, warum du mich erreichen wolltest. Deine James-Bond-Methoden haben mehreren Bewohnern von Hovenäset schon Grillen in den Kopf gesetzt.«

»Jetzt hör auf, ich schäme mich ganz furchtbar!«

August lachte leise.

»Könntest du jetzt meine Neugier stillen und mir erzählen, warum du anrufst?«, fragte er.

Im Telefon wurde es still.

»Das werde ich«, sagte Helene dann langsam. »Aber ich würde mich lieber mit dir treffen, als es am Telefon zu besprechen. Deshalb habe ich angerufen. Um zu fragen, ob du Zeit hast für ein Treffen. Zum Beispiel morgen? Ich wohne im Smögen Hafvsbad und bleibe noch einen Tag.«

August hatte so viele Fragen, doch keine davon fühlte sich sonderlich eilig an. Er sah Maria vorm Fenster vorbeilaufen. Sie blieb mit Sofia auf dem Arm an den Beeten stehen und betrachtete die Pflanzen. Das Telefon hatte sie in der Hand und ein Headset in den Ohren.

»Das geht sehr gut«, sagte er. »Komm in meinen Laden in Kungshamn. Oder wir treffen uns auf Hovenäset, wenn das besser passt.«

»Ich komme in den Laden«, sagte Helene. »Das passt. Als ich jetzt umgezogen bin, habe ich beim Ausräumen des Dachbodens etwas gefunden, was du haben solltest.«

»Was denn?«, fragte August neugierig.

»Darüber reden wir morgen«, sagte Helene. »Einen schönen Abend noch.«

»Aber …«

»Wir reden morgen darüber«, sagte Helene noch einmal. »Das ist nichts, worüber wir einfach reden können, du musst sehen, was es ist.«

Er hörte, wie sie eine Pause machte und dann wieder Anlauf nahm.

»Es ist etwas Wichtiges«, sagte sie. »Was deinen Eltern gehört hat.«

Es war dann Lucas, der Magnus mit den Buddelschiffen half. Magnus trug die halb volle Kiste die Dachbodenleiter herunter – das schaffte er. Lucas nahm den Rest in eine große Papiertüte. Als sie runterkamen, räumte Lucas die Buddelschiffe aus der Tüte zurück in die Kiste.

»War sie immer so sorgfältig?«, fragte Lucas und betrachtete die Verpackung der Flaschen.

Magnus wusste nicht, was er darauf antworten sollte.

»Mit ihren Schiffen war sie sehr vorsichtig«, sagte er schließlich.

»Darf ich eins auspacken und ansehen?«

Magnus zuckte mit den Schultern.

»Von mir aus«, sagte er.

»Heißt das Ja oder Nein?«, hakte Lucas nach.

»Ich hab doch Ja gesagt«, meinte Magnus.

»Nein, du hast gesagt: von mir aus. Das muss nicht unbedingt ein Ja sein.«

Magnus antwortete nicht. Er würde sich niemals an Lucas' Forderung nach direkten Antworten und Bescheiden gewöhnen.

Schweigend betrachtete er Lucas, der nun vorsichtig das schützende Papier von der Flasche entfernte, die ganz oben lag. Der Junge war bleich und hatte dunkle Ringe unter den Augen. Vor einigen Jahren hatte er einen Albtraum erlebt, der für die ganze Familie zum Trauma wurde, doch Magnus wagte nicht zu fragen, ob er heute noch daran dachte. Ob das, was seinen Großeltern passiert war, die Erinnerungen an früher triggerte.

Weil ich nicht weiß, was ich tun soll, wenn er Ja sagt.

Ich bin lächerlich, dachte Magnus. Ich schaffe es nicht, ihn zu trösten, weil ich vollauf damit beschäftigt bin, mich selbst über Wasser zu halten.

Er schluckte und streckte sich.

Trösten und schützen.

Das war, was man als Eltern tat.

Und wenn man nicht beides schaffte, dann war es das Wichtigste, zu schützen.

Lovisa und er waren beide in Sorge darüber, wie Lucas mit den Ereignissen umging.

»Bist du okay?«, fragte Magnus. »Ich meine, wenn man an all das denkt, was passiert ist und so. Wir sind hier, wenn du uns brauchst. Auch wenn es sich im Moment vielleicht so anfühlt, als würden wir nur an Oma und Opa denken.«

Lucas zuckte mit den Schultern.

»Ich denke schon«, sagte er.

Magnus überlegte, was er jetzt als Nächstes sagen sollte. Das Problem hatte sein Vater nie, der wusste immer, was man sagen musste.

Wahnsinn, wie ich dich jetzt schon vermisse, Papa, dachte Magnus und spürte, wie ihm die Tränen kamen.

Lovisa und er waren am Nachmittag im Krankenhaus gewesen, und morgen würde Magnus wieder dorthin fahren. Damit sein Vater das Gefühl hatte, geliebt und vermisst zu sein, und sich beeilte, gesund zu werden. Vor weniger als einer Stunde hatte Magnus beim Krankenhaus angerufen. Die Situation war unverändert, was bedeutete, dass sie immer noch kritisch war.

»Es kann sein, dass es heute Nacht zu Ende geht«, hatte der Arzt gesagt. »Aber dann rufe ich sofort an, schlafen Sie also mit eingeschaltetem Telefon.«

Magnus hatte den Arzt daran erinnert, dass es mindestens vierzig Minuten dauerte, von Hovenäset nach Uddevalla zu fahren, und gefragt, ob es nicht besser wäre, wenn er und Lovisa dorthin fuhren und im Hotel übernachteten. Doch das fand der Arzt unnötig.

»So schnell geht es nicht«, hatte er gesagt.

Das zu hören war eine Erleichterung.

Und jetzt saß er hier mit seinem Sohn und einer verfluchten Menge Buddelschiffe.

Lucas sah die Flasche, die er herausgeholt hatte, sehr gründlich an.

»Hat sie die alle selbst gemacht?«, fragte er.

»Ja.«

»Sie war krass gut«, sagte Lucas.

Magnus nickte.

Mit einem Mal wurde Lucas unruhig.

»Ich will ein bisschen was auf dem iPad gucken«, sagte er. »Aber cool, die Buddelschiffe mal zu sehen. Bringst du sie morgen zu August?«

»Ja«, sagte Magnus. »Was willst du denn sehen?«

»*CSI Miami*«, antwortete Lucas.

»Hätte ich mir ja denken können«, sagte Magnus und lächelte. »Willst du damit nicht auf Mama warten?«

Lovisa war gerade noch mal losgegangen, um ein paar Sachen einzukaufen. Im Sommer waren die Lebensmittelgeschäfte zum Glück bis zehn Uhr abends geöffnet. Von einem Großeinkauf konnte nicht die Rede sein. Keiner von ihnen war im Moment ausreichend konzentriert, um überhaupt eine lange Einkaufsliste schreiben zu können.

»Mama kann sich das später anschauen«, sagte Lucas. »Ich will jetzt.«

Lucas war wie besessen von amerikanischen Krimiserien, und obwohl Lovisa behauptete, dass sie keineswegs ebenso gerne Serien guckte, saß sie erstaunlich oft dabei. Es gab ungefähr ebenso viele Versionen von *CSI*, wie Lucas Jahre alt war, und er liebte sie alle.

Der Sohn legte das Buddelschiff beiseite und stand auf.

»Wie cool, da ist ja auch eine Besatzung drauf«, sagte er. Dann ging er.

Magnus runzelte die Stirn.

Er nahm die Flasche in die Hand, die Lucas eben in den Karton zurückgelegt hatte. Auf dem Schiff, das er selbst angeschaut hatte, saßen keine Passagiere. Aber sein Sohn hatte recht, auf diesem hier hockten zwei kleine Figuren ganz hinten im Schiff, das im Übrigen mehr wie ein relativ modernes Segelboot aussah.

Ein Boot, das er bei näherem Hinsehen wiedererkannte.

Bestand die Besatzung wirklich nur aus zwei Figuren?

Eifrig hielt er sich die Flasche näher ans Gesicht.

So war es besser zu erkennen.

Auf dem Schiff befanden sich drei Passagiere.

Zwei Figuren waren etwas größer als die dritte.

Zwei Erwachsene und ein Kind, dachte er automatisch.

Und stellte dann fest, dass alle drei blaue Hemden trugen. Eine der Figuren hatte dunkles, schulterlanges Haar, während die beiden anderen – ebenfalls dunkelhaarig – eine Kurzhaarfrisur trugen.

Magnus verspürte Druck auf dem Brustkorb.

Wie besessen ließ er den Blick hin und her über die Flasche wandern, versuchte zu sehen, was sie mit der vierten Figur gemacht hatte, die auch an Bord sein musste.

Er fand sie in der Luke auf dem Vorschiff des Segelboots, die offen stand. Eine weitere kleine Person – blond – schaute dort heraus.

Fasziniert starrte Magnus die Flasche an.

Zwei Kinder und zwei Erwachsene auf einem Segelboot.

Drei dunkelhaarige und eine blonde Figur.

Das war doch verrückt.

Das hier war Magnus' Familie. Drei dunkelhaarige: Magnus, Mama und Papa. Und eine blonde: Clara. Gefangen hinter einem Korken, der fest verschlossen schien, um niemals wieder herausgezogen zu werden.

Ein einziges Mal war seine komplette Familie mit einem ähnlichen Schiff unterwegs gewesen, das sie von guten Freunden geliehen hatten. Während der zweiwöchigen Segeltour waren drei in der Familie mit den gleichen blauen Hemden unterwegs gewesen. Nur ein Familienmitglied hatte anders ausgesehen. Clara, die damals zwölf Jahre alt war, hatte das Blau verweigert und sich stattdessen in Rot gekleidet, anstatt die – zugegebenermaßen ziemlich albernen – T-Shirts, die ihr Papa vor dem Urlaub hatte drucken lassen, zu tragen. Das war einer der wenigen Sommer, den sie über mehrere Wochen hinweg mit der Familie verbracht hatte. Ihre Mutter war im Krankenhaus, sodass es keine andere Möglichkeit gab. Magnus war sechs Jahre alt, und seine Schwester kam ihm auf dem Boot wie eine Fremde vor.

Das Geräusch der Eingangstür, die geöffnet und wieder geschlossen wurde, riss ihn aus dem Gedanken.

Das war wahrscheinlich Lovisa.

»Liebling?«

Er ging in die Diele hinaus. Da war niemand. In der Küche auch nicht.

»Lovisa?«

Keine Antwort.

Magnus probierte die Eingangstür. Unverschlossen. Seltsam. Lovisa schloss immer hinter sich ab, wenn sie nach Hause kam.

Er öffnete die Tür und schaute hinaus. Niemand da.

Als er sie gerade wieder zumachen wollte, bemerkte er im Augenwinkel eine Bewegung. Zu seinem Erstaunen entdeckte er einen Fuß, der hinter der Hausecke herausragte. Jemand saß auf ihrer Terrasse. Magnus erkannte sofort die Schuhe seines Sohnes.

Er ging die Treppe hinunter und ums Haus herum zur Terrasse, die Richtung Straße wies, weil sie auf diese Weise Abendsonne hatte.

Lucas saß mit einem iPad auf dem Schoß, doch er schaute nicht hinein, sondern geradewegs auf die Straße. Der Bildschirm war schwarz und das Gesicht des Jungen versteinert.

»Warum sitzt du hier draußen?«

»Weil ich Lust dazu habe.«

Magnus war ratlos.

»Okay, natürlich.«

Lucas brauchte nicht zu rechtfertigen, was er machte, doch irgendetwas an der ganzen Situation fühlte sich falsch an.

»Du willst doch wohl nicht den ganzen Abend hier sitzen, oder?«

Lucas fuhr zusammen.

»Was ist denn das Problem?«, zischte er.

Magnus hielt beide Hände hoch.

»Nichts, gar nichts«, erwiderte er. »Aber sonst sitzt du doch noch nicht hier, deshalb dachte ich … Ach, sitz, wo du willst. Wenn es dir nur gut geht.«

»Ich bin okay. Das habe ich schon gesagt.«

»Natürlich.«

Da entdeckte Magnus noch etwas. Neben dem Stuhl auf dem Boden lag der alte Baseballschläger von Lucas. Als er kleiner war, hatte der Vater eines Freundes den Versuch unternommen, draußen auf Smögen eine Baseballmannschaft zu gründen. Das Projekt war nicht sonderlich erfolgreich gewesen, aber Lucas hatte sich doch einen Baseballschläger gewünscht.

»Sag mal«, meinte Magnus. »Hast du den rausgeholt?«

Er zeigte auf den Baseballschläger.

Lucas nickte schweigend.

»Warum denn das?«

Magnus hörte selbst, wie dumm er klang.

»Weil ich Lust dazu hatte.«

Wieder dieselbe Antwort.

Magnus lachte unsicher.

»Wenn du nur niemanden damit auf den Schädel haust«, sagte er.

»Wenn nur niemand hierherkommt, der hier nichts zu suchen hat«, erwiderte der Sohn.

Magnus fuhr zurück.

»Mein Junge, jetzt übertreibst du ein bisschen. Du weißt, was Großmutter und Großvater passiert ist, das kann hier nicht passieren. Das …«

Er verstummte. Wer zum Teufel war er, dass er hier stand und Sicherheit versprach?

»Hör schon auf.«

»Ich will nur sagen, dass du nicht so denken musst, weil es ja andere gibt, die sich um die Sicherheit kümmern.«

Lucas antwortete nicht, und als Magnus versuchte, ihn zu berühren, entzog er sich.

Magnus wich zurück und versuchte seine Gedanken und seine Argumente zu sammeln. Sein 14-jähriger Sohn hatte sich auf der Terrasse mit Blick auf die Straße und einem Baseballschläger in Reichweite platziert. Zuvor hatte er noch gelogen und behauptet, er würde *CSI* schauen wollen.

Lovisas Worte klingelten in Magnus' Kopf.

Ich mache mir Sorgen um Lucas.

Langsam ging Magnus auf, was der Sohn hier machte.

Er hatte Angst.

Und er hielt Wache.

Schreibtagebuch

APRIL

Ich sammele Kraft für mein Schreiben, versuche herauszufinden, wie ich das, was ich gesagt haben will, am besten erzählen kann. Inzwischen habe ich ein neues Buddelschiff gemacht. Ich liebe dieses Handwerk schon lange, und das wird auch so bleiben. In jeder Flasche erschaffe ich eine weitere Fantasiewelt und schließe sie ein. Das fühlt sich immer unglaublich befreiend an, aber dennoch lebe ich in dem Gefühl, den sicheren Boden unter den Füßen verloren zu haben.

Alles fließt, alles ist neu.

Ich vermisse Mama Tag und Nacht. Auch wenn ich Sandra hier habe, hilft das doch nicht viel, denn sie wird niemals den Vorsprung von Mama einholen können. Niemand kannte mich so wie Mama, und jetzt ist sie nicht mehr da. Ich fühle mich wie ein Stück Treibholz, das einfach nur mit der Strömung fließt. Es ist schrecklich.

Also versuche ich, mich auf mein Buch zu konzentrieren.

Und auf meine Liebe.

Denn es gibt ein Licht in der Dunkelheit.

Er heißt Matteo und ist wunderbar.

Er weiß, dass ich ein Buch schreibe, das sehr wichtig für mich ist, und versucht mich zu unterstützen, damit ich schaffe, es fertig zu schreiben.

Eines Tages wird es das Buch wirklich geben.

Ich kann mir kaum vorstellen, wie großartig sich das erst anfühlen wird.

Wenn nur Mama noch leben würde.

Dann würde ich ihr von dem Buch erzählen, aber auch von Matteo. Der beste Mann, mit dem ich jemals eine Beziehung gehabt habe. Ein Mann, von dem ich wirklich glaube, dass ich mit ihm eine Zukunft aufbauen kann.

Mit jedem Tag schreibe ich schneller und schneller.

Magnus meldet sich manchmal, fragt, ob ich okay bin. Ab und zu schickt er Bilder von seiner Tochter. Sie ist ein vollendetes, wunderbares Baby. Er scheint sich zu wünschen, dass wir uns näherkommen, dass wir uns wirklich kennenlernen. Wir sind schließlich Bruder und Schwester, leben aber trotzdem völlig unterschiedliche Leben.

Er fühlt sich so gefestigt an, so zufrieden, und sicherlich trägt auch er sein Bündel, aber doch nicht mit demselben Gepäck wie ich.

Das hat Matteo so ausgedrückt, und es ist wirklich wahr.

Manchmal denke ich darüber nach, ob ich Magnus überhaupt noch treffen kann. Wenn ich – wie meistens – traurig bin, dann fühlt es sich an, als müsste ich jeden Kontakt zu ihm abbrechen.

Aber ich glaube, das kann ich nicht.

Ich habe nur einen Bruder und nur einen Neffen und eine Nichte.

Es muss doch jemand für sie da sein, wenn sich das Böse nähert.

Jemand muss darauf achten, dass meine Dunkelheit nicht zu ihrer wird.

Und ich fürchte, das kann nur ich sein.

10. August

»Ich versinke«

Keiner von Augusts Freunden hatte je behauptet, die Elternschaft sei nur herrlich. Man schlief weniger als je in seinem ganzen Leben, während man gleichzeitig viel mehr leisten musste. Man konnte um acht Uhr abends auf dem Sofa wegdämmern, und es war nicht mehr daran zu denken, ein zivilisiertes Abendessen mit anderen erwachsenen Menschen einzunehmen, denn alles war einfach nur Chaos. Und doch lohnte es sich so sehr.

August hatte immer nur den letzten Satz in allen Klageliedern gehört, und im ganzen Leib gespürt, dass er Vater werden wollte. Außerdem dachte er, dass man vielleicht auch anders Eltern sein konnte, und dass die Kinder ja ganz eigene Individuen waren und zum Beispiel unterschiedliche Schlafmuster hatten.

Zum Teil hatte er darin recht bekommen.

Er und Maria hatten eine Tochter bekommen, die es liebte zu schlafen. Wenn sie nachts aufwachte, dann meist nur, weil sie den Schnuller verloren hatte, und sie schlief wieder ein, sowie sie den zurückbekommen hatte. Das bedeutete, dass Maria morgens meist als Erste aufstand, während August weiterschlief, bis die Tochter wach wurde.

So war es auch diesen Morgen. Es war schon acht Uhr, als Sofia und er erwachten. Neben ihm auf der anderen Betthälfte herrschte gähnende Leere. Normalerweise störte ihn das nicht, aber gerade heute war er ungewöhnlich müde und gleichzeitig angespannt. Er hatte nicht sonderlich gut geschlafen und fühlte sich beim Aufwachen einsam. Der Anruf von Helene weckte tausend Gedanken in ihm, und nur ganz wenige davon waren positiv.

Sie hatte etwas für ihn.

Etwas, das seinen Eltern gehört hatte und was sie ihm übergeben wollte.

August verspürte einen Stich in der Brust.

Ich vermisse Mama und Papa, dachte er, ich vermisse sie so sehr.

Und dann stand er aus dem Bett auf, um einem neuen Tag entgegenzugehen, denn auch das gehörte zum Leben. Tote Eltern konnte man nicht zurückbekommen, und die Zeit ließ sich nicht anhalten. Sofia brauchte etwas zu essen, und er selbst musste arbeiten.

Maria hatte erstaunt und mit offener Miene zugehört, als er erzählte, warum Helene angerufen hatte. Und ebenso verblüfft war sie gewesen, als er berichtete, dass er Helene am Tag zuvor schon vor ihrem Haus gesehen hatte.

»Ich musste erst mal verarbeiten, dass sie plötzlich hier stand«, hatte August zu Maria gesagt. »Deshalb habe ich dir nicht sofort davon erzählt. Ich wollte kein Drama daraus machen.«

»Es wäre aber doch erfrischend gewesen, zu sehen, wie du versuchst, ein Drama zu machen«, hatte Maria mit einem Lächeln erwidert.

Dann hatten sie nicht viel mehr darüber geredet. Erst als sie einschlafen wollten und Maria mit dem Kopf auf seinem Arm lag, hatte sie gesagt:

»Du, erzähl mir gerne davon sowie du weißt, was Helene gefunden hat. Ich bin auch neugierig.«

»Natürlich«, hatte August gesagt. »Das ist sicher nichts, was ich für mich behalten will.«

An all das dachte er, während er in der Küche mit dem Frühstück beschäftigt war. Und dann dachte er ans Backen. Vielleicht sollte er noch vor dem Abend einen Teig ansetzen, damit sie am nächsten Tag frisches Brot hätten.

Sofia quengelte ein wenig, bis sie ihr Frühstück bekam. Endlich war sie alt genug für das sogenannte Zufüttern. Brei und Fruchtpüree verschwanden in großer Schnelligkeit, dazu auch die Ersatzmilch, und mit jedem Tag konnte August die Portionen ein bisschen größer machen.

Er bot Sofia winzig kleine Stückchen selbst gemachtes Brot mit Butter an und sah, wie sie lächelte, als sie es in den Mund bekam.

»Gut, oder?«, fragte er und bekam ein wortloses Lächeln zur Antwort.

August beendete das Frühstück damit, die Lokalzeitung *Bohusläningen* durchzublättern. Die war so warm wie ein frisch geröstetes Toastbrot gewesen, als er sie aus dem Briefkasten holte. August kontrollierte, ob seine Anzeige ordentlich platziert worden war, und zog sich dann an. Die Sonne schien auch an diesem Tag, aber die Wetterfrösche warnten vor einem Tiefdruckgebiet, das von England her unterwegs war. Entweder würde die Hitzewand über Skandinavien dem herannahenden Unwetter standhalten, oder sie würden in ein paar Tagen unglaublich viel Regen bekommen.

»Und jetzt werden wir mal kurz zu Magnus und Lovisa rübergehen«, sagte August zu Sofia. »Ist das eine gute Idee?«

Sofia schaute konzentriert mit großen Augen, als er redete, und ein neues Lächeln machte sich breit, als er fertig war. Er setzte die Tochter in einen Tragebeutel vor seinem Bauch, nahm eine Plastiktüte, in die er eine Dose mit selbst gebackenen Keksen getan hatte, und ging zur Tür hinaus. Er hatte Magnus versprochen, dass er die Buddelschiffe holen würde, und Lucas hatte sich bereits gemeldet und gefragt, ob August heute vielleicht auch einen Babysitter bräuchte.

Darauf hatte August nicht geantwortet, sondern plante, diese Frage aufzugreifen, wenn er Magnus und Lovisa traf. Er wollte ein Gefühl dafür bekommen, ob sie es immer noch okay fanden, dass Lucas eine Menge Zeit damit verbrachte, sich um Sofia zu kümmern.

Laut dem *Bohusläningen* – in dem diverse Spalten dem Thema gewidmet waren – befand sich Ove immer noch in kritischem Zustand, doch das könnte sich seit Drucklegung der Zeitung auch verändert haben.

Die Kekstüte schwang in seiner Hand, als er die kurze Strecke zu Magnus und Lovisa rüberging. Sofia blinzelte in die Sonne, und August erkannte, dass er vergessen hatte, ihr einen Sonnenhut aufzusetzen.

Zum Glück hatten sie es nicht weit.

Er schwitzte, als er ankam, und klopfte an.

Als die Tür aufflog, hätte er sie fast ins Gesicht bekommen und schaffte es gerade noch, zur Seite zu springen.

Elina schaute heraus und sah ihn mit wütender Miene an.

»Geh bloß nach Hause!«, sagte sie. »Hier sind alle so sauer, dass man nicht mal eine Banane zum Frühstück kriegt.«

August konnte nicht umhin zu lachen.

»Das tut mir leid zu hören«, sagte er. »Sind deine Eltern auch zu Hause?«

Da war Magnus' Stimme zu hören.

»Elina, mit wem sprichst du?«

»Mit mir!«, rief August mit lauter Stimme. »Sie hat mir die Tür geöffnet, weil ich geklopft habe.«

Magnus kam schnell herbei.

Die Haare standen ihm zu Berge, und der Blick war matt und ein wenig verwirrt.

»Entschuldige bitte«, sagte er. »Ich wusste nicht, dass wir Besuch bekommen würden. Komm rein!«

Elina stand mit verschränkten Armen da und sah ihren Vater wütend an.

»Wir sind alle ziemlich fertig hier«, sagte Magnus und sah verstohlen zu seiner Tochter. »Und dann hat es Streit übers Frühstück gegeben und wer welches Stück Obst kriegen sollte.«

»Ich verstehe«, sagte August. »Ich habe eine Dose Schokoladenkekse mitgebracht. Statt Blumen.«

Er reichte Magnus die Tüte mit den Keksen und sagte:

»Mein Beileid. Noch einmal.«

Magnus bedankte sich sehr und wog die Keksdose in der Hand.

»Das ist so viel besser als Blumen«, sagte er. »Oder was meinst du, Elina?«

Die Tochter antwortete, indem sie die ganze Dose an sich riss und die Treppe hinauf ins obere Stockwerk verschwand. Magnus ließ sie. Hinter ihm waren Teile von Küche und Wohnzimmer zu sehen, und überall standen Blumensträuße in Vasen.

»Irgendwelche Neuigkeiten über Ove?«, fragte August behutsam.

Magnus schüttelte den Kopf.

»Ich habe eben mit dem Arzt gesprochen«, erklärte er. »Der Zustand ist unverändert. Ich werde gleich hinfahren.«

»Ich kann mir nicht vorstellen, was ihr jetzt gerade durchmacht«, sagte August. »Meine Eltern sind mit nur einem Tag dazwischen gestorben, aber in dem Fall gab es keinerlei Verdacht auf ein Verbrechen. Wenn das der Fall gewesen wäre, dann ...«

Er unterbrach sich, denn ihm fehlten die Worte für das, was er sagen wollte. Dass er mit dem Wissen, jemand hätte sie ermordet, nicht hätte leben können.

Sie sind zu früh gestorben, dachte August zum millionsten Mal. Sie haben verpasst, wie mir das Allergrößte geschehen ist. Sie wurden nie Großeltern.

Allmählich hatte er gelernt zu akzeptieren, dass die Trauer niemals ganz vorbeigehen würde und ständig neue Situationen entstanden, in denen es sich schwer anfühlte, keine Eltern mehr zu haben.

Magnus riss ihn aus den Gedanken:

»Ich nehme mal an, du bist hier, um mit Lucas zu sprechen. Warte kurz, dann rufe ich ihn.«

August hielt ihn auf. Gleichzeitig begann Sofia Luftblasen zu pusten und zauberte Magnus ein Lächeln aufs Gesicht.

»Eigentlich wollte ich die Buddelschiffe holen«, erklärte August. »Aber zuerst möchte ich sie gerne ansehen.«

Magnus starrte ihn an und schüttelte dann erneut den Kopf.

»Sorry, aber ich hab einfach nur Brei im Hirn«, sagte er.

»Das verstehe ich«, erwiderte August. »Möchtest du, dass ich wann anders wiederkomme?«

»Nein«, sagte Magnus. »Überhaupt nicht. Ich habe gestern ein Weilchen mit den Buddelschiffen dagesessen, und sie sind wirklich schön. Ich hoffe, du findest neue Besitzer dafür, die sie wirklich wertschätzen.«

August dachte an das, was Lucas am Tag zuvor im Auto gesagt hatte, nämlich, dass seine Großmutter nicht übertrieben traurig gewesen sei, als ihre Stieftochter gestorben war.

»Und du hast es dir auch nicht anders überlegt?«, fragte er. »Ich würde es hundertprozentig verstehen, wenn das so wäre.«

Magnus schüttelte entschlossen den Kopf.

»Ich habe es mir nicht anders überlegt«, sagte er. »Warte hier, dann hole ich mal eins.«

Schon bald kehrte er mit einem Buddelschiff in der Hand zurück. Sofia riss die Augen auf, als sie die glatte Oberfläche der Flasche sah.

»Das hier habe ich gestern Lucas gezeigt«, sagte Magnus. »Was meinst du? Funktioniert das? Ich meine rein qualitätsmäßig?«

August schaute das Buddelschiff hingerissen an.

Es stellte ein weißes Segelboot mit massenhaft kleinen, witzigen Details und zwei großen Segeln dar.

»Welch eine Handwerkskunst«, sagte er. »Viel hübscher, als ich es je gesehen habe.«

»Sie war sehr gut«, sagte er. »Papa hat es ihr beigebracht.«

»Sogar ein kleiner Rettungsring liegt da«, sagte August und zeigte aufs Achterdeck des Schiffs.

»Seligenkranz«, sagte Magnus. »Clara hat immer Seligenkranz dazu gesagt. Genau wie unser Vater.«

»Seligenkranz«, wiederholte August leise und stellte fest, dass er gerade ein neues Wort gelernt hatte.

Magnus sah wehmütig aus.

»Soll ich die restlichen Flaschen auch holen?«, fragte er.

»Sehr gern«, sagte August. »Ich werde einfach in ein paar Minuten mit dem Auto vorbeikommen. Ist es in Ordnung, wenn ich auch heute Lucas als Babysitter mitnehme? Er hat sich bei mir gemeldet und gefragt, aber ich wollte das erst mit euch abstimmen, ehe ich ihm antworte.«

»Kein Problem«, sagte Magnus. »Wir finden es schön, wenn die Kinder etwas tun können, was sie froh macht. Jetzt, wo alles so düster ist. Wenn es Papa schlechter geht, dann möchte ich vielleicht, dass Lucas mit nach Uddevalla kommt, aber ansonsten möchte ich ihm gern das Bild von seinem Großvater ersparen. Auf der Intensivstation ist es nicht lustig.«

»Ich weiß«, sagte August gedämpft. »Ich weiß.«

Ein Telefonklingeln ließ sie innehalten.

»Ich gehe einfach schnell ran«, sagte Magnus und verließ die Diele.

August nutzte die Gelegenheit, das Buddelschiff, das er in der Hand hielt, näher anzusehen. So durchgearbeitet und mit so großer Liebe zum Handwerk gebaut.

Und da sah er, dass auf dem rot-weißen Rettungsring etwas stand.

Da, in dem Weiß, das waren doch Buchstaben, oder?

August hielt sich die Flasche näher vor die Augen. Als er sie so nah hatte, dass sie schon von seinem Atem beschlug, sah er, was jemand mit sehr kleinen Buchstaben geschrieben hatte:

Ich versinke

Die Sonne kitzelte Maria im Nacken, als sie die wenigen Meter vom Auto zum Haus der Dahlmans zurücklegte. Am Morgen war sie für ein kurzes Treffen mit Ray-Ray zum Wohnwagen geradelt, und dann hatten sie sich gemeinsam nach Hovenäset begeben, um Vendela und Roland zu treffen. Noch war alles ruhig und friedlich, ja, fast menschenleer auf der Halbinsel, doch binnen nur einer Stunde würden die Menschen anfangen, zum Meer zu pilgern oder herrliche Ausflüge zu unternehmen.

Ray-Ray war während der Autofahrt sehr wortkarg gewesen, und als sie ankamen und das Haus des Paares betraten, sagte er gar nichts mehr.

Maria musterte ihn verstohlen.

Er sah verbittert aus. Irgendwie verbissen. Nicht wütend, aber unter Druck. Vielleicht sogar gestresst?

Ihre Frustration wuchs.

Ich halte es nicht aus, auf zwei Seiten mit so seltsamen Geschehnissen zu tun zu haben, dachte sie.

Auf der anderen Seite stand August. Das Gespräch mit Helene am Abend zuvor hatte etwas mit ihm gemacht. Das machte Maria in keiner Weise eifersüchtig, aber es war doch eine Erinnerung daran, dass es Teile in seiner Vergangenheit gab, die sie immer noch nicht wirklich verstehen konnte. Maria hatte Helene nie getroffen, auch seine Eltern nicht, und so hatte sie nie gesehen, wie August gewesen war, als er es so schwer hatte. Das wusste nur Henrik. Und Helene.

Maria fragte sich, was Helene wohl gefunden haben könnte, das sie jetzt übergeben wollte. Doch nicht nur darüber musste sie nachdenken.

Mindestens ebenso interessant war, was ihre Schwester ihr am Telefon erzählt hatte:

Dass sie in der Nacht, als sie beide bei August und Maria übernachtet hatten, mit Henrik ins Bett gegangen war.

»Das hier muss unter uns bleiben«, hatte Gabriella zu Maria gesagt. »Henrik und ich werden uns sowieso nie wiedersehen.«

»Solange ihr nicht bei mir und August seid«, hatte Maria geantwortet.

»Da werden wir uns sehr erwachsen verhalten, das verspreche ich«, hatte ihre Schwester beteuert.

Maria hatte so viele Fragen gehabt, dass sie nicht wusste, an welchem Ende sie anfangen sollte.

»Was hast du dir dabei gedacht?«, hatte sie schließlich gesagt.

»Dass er gut aussieht«, war die Antwort von Gabriella gewesen. »Und er war verfügbar. Es hat ja sonst überhaupt nichts stattgefunden. Kein Fest, nichts Lustiges. Er schien auch gelangweilt. Aber jetzt mach mal keine große Sache daraus. Wie gesagt, wir werden uns nicht wiedersehen.«

»Dann war also er das und nicht du, die ein Zimmer mit Schlüssel haben wollte.«

Da hatte Gabriella laut lachen müssen.

»Nein, wir brauchten den Schlüssel. Damit ihr nicht kommt und stört.«

»Ihr wart also im Keller?«

»Ja. Henriks Zimmer lag viel zu nah bei eurem.«

Es störte Maria, dass sie August nichts sagen sollte, sie konnte nur hoffen, dass Henrik sich entschied, selbst mit ihm darüber zu reden. Vielleicht würde er weniger restriktiv sein als Gabriella. Auf der anderen Seite gefiel es ihr, dass ihre Schwester sich ihr anvertraute.

»Also, nichts zu August, okay?«, hatte sie zu Maria gesagt. »Ich meine, du bist doch wohl nicht so eine Langweilerin geworden, die immer alles mit ihrem Partner teilen muss.«

»Nein, das hoffe ich wirklich nicht«, hatte Maria gesagt und gedacht – ohne doch darüber hinwegsehen zu können, dass Henrik abgesehen von ihr selbst Augusts engster Freund war.

Die Tür zum Haus der Dahlmans ging auf, und Roland kam und riss sie aus ihren Gedanken.

»Nun«, sagte er. »Sollen wir gleich mal anfangen?«

Maria schaltete sofort ihr professionelles Denken ein.

Yes, jetzt würden sie anfangen.

Und irgendwann würde sie mit Roland über ihre Studienpläne reden müssen. Sie hatte sich beim Personalrat bereits über die generellen Voraussetzungen informiert, doch ihr direkter Chef musste auch mit im Boot sein. Maria unterdrückte ein Lächeln, als sie daran dachte, was ihre Schwester zu der Sache gesagt hatte. Maria hatte sich nicht beherrschen können, sondern ihr am Telefon davon erzählt, woraufhin Gabriella gejubelt hatte.

»Ich habe schon immer gedacht, dass du eigentlich etwas Theoretisches studieren solltest«, hatte sie gesagt und vor Freude gesprüht. »Du wirst eine perfekte Professorin für Kriminologie werden!«

Allein der Gedanke, Professorin zu werden, hatte Maria schon Angst gemacht. Das war zu groß für sie, zu wirklichkeitsfremd. Und dauerte viel zu lange.

Roland hielt in der Diele eine kurze Besprechung, um den Auftrag zu erklären. Er sah ernst aus.

»Wir sind aus zwei Gründen hier«, erklärte er. »Zum einen hat Vendela etwas, das sie im Keller überprüfen will, und zum anderen müssen wir unbedingt verstehen, was für Menschen Ove und Irma waren. Alle, mit denen wir bisher geredet haben, sagen, dass sie so harmonisch wirkten, so ein gutes Zusammenspiel und einen feinen Umgang miteinander hatten. Gleichzeitig wissen wir, dass Irma im Internet gespielt und Schulden angehäuft hat, die sie nicht bezahlen konnte, und dass sie Ove davon nichts erzählen wollte. Und vor sieben Jahren hat Oves Tochter sich das Leben genommen. Das sagt uns etwas über die Dynamik in dieser Familie. Was ist die Ursache für all das Böse?«

Direkt über Rolands Kopf schlug eine Uhr neun, und er duckte sich unter dem plötzlichen Geräusch, als würde jemand versuchen, ihn von hinten zu erschießen. Seine Reaktion brachte alle zum Lachen.

Manchmal müssen wir auch Spaß haben, dachte Maria. Das musste man sich wirklich immer sagen.

Roland streckte sich wieder, etwas peinlich berührt.

»Ich sage nicht, dass die Antwort auf die Frage, was in dieser Familie Dahlman schiefgegangen ist, hier im Haus zu finden ist«, erklärte er. »Wenn ich das richtig verstehe, hat die Tochter Clara, außer wenn sie an einzelnen Tagen zu Besuch war, als Kind nicht einmal hier gewohnt. Aber ich möchte, dass wir gemeinsam versuchen, Irma und Ove kennenzulernen, indem wir schlicht gesagt herumschnüffeln. Die Fotos an den Wänden ansehen, die Rezeptsammlung in der Küche, in herumliegenden Papieren blättern. Was waren das für Menschen, die dieses Zuhause aufgebaut haben?«

Er sah die anderen an.

»Noch Fragen?«

Stille.

»Dann legen wir los«, sagte er.

Mit diesen Worten beendete er seinen Vortrag.

Er hatte sich ungewöhnlich unklar ausgedrückt, aber Maria verstand, worum es ihm ging. Denn selbst wenn sich Irmas Tod und der Angriff auf Ove plötzlich ereignet zu haben schienen, musste es eine Vorgeschichte geben. Vielleicht hier in dem Haus, das mehrere Jahrzehnte lang ihr Heim gewesen war.

Maria sah Vendela im Keller verschwinden und machte sich ins Arbeitszimmer im oberen Stockwerk auf. Das hatte sie an dem Tag, als sie Ove und Irma gefunden hatten, schon einmal angesehen. Es war eines der größten Zimmer des Hauses und gehörte zum Schönsten, was sie je in einem privaten Haus gesehen hatte.

Die Tür knarrte, als sie sie aufschob.

Das Zimmer sah genauso aus, wie sie es in Erinnerung hatte. Mittendrin standen auf einem großen Flickenteppich zwei unterschiedliche Schreibtische gegenüber. Der eine Tisch war etwas kleiner als der andere, aber sehr viel schöner. Das Modell ließ an Rokoko denken, doch der ganze Tisch war in Altrosa gestrichen.

Maria stellte fest, dass beide Schreibtische von einer deutlichen Ordnung geprägt waren. Es machte nicht den Eindruck, als habe jemand seinen Arbeitsplatz mitten in einem Gedanken oder einem Arbeitsprozess verlassen, sah aber auch nicht so aus, als hätte kürzlich jemand aufgeräumt. Nein, diese Schreibtische sahen wohl immer so aus. Mit Stiften und Papier an Orten, die so aussahen, als wären sie keineswegs zufällig ausgewählt, und mit einer sauberen Schreibtischunterlage.

Auf beiden Schreibtischen standen gerahmte Fotos. Lucas und Elina dominierten die Sammlung. Der Rest der Bilder stellte entweder die ganze Familie auf einmal dar oder Paarfotos von Magnus und Lovisa oder von Ove und Irma. Irgendwelche Fotos von einer Frau, die Oves verstorbene Tochter Clara hätte sein können, waren nicht zu sehen.

Warum?, fragte sich Maria.

War das, weil die Trauer sich immer noch zu groß anfühlte, oder hatte er eine so schlechte Beziehung zu seiner Tochter gehabt, dass er sie gar nicht vermisste?

Maria strich mit den Fingern über die saubere Schreibtischplatte. In diesem Zimmer gab es nichts weiter zu sehen oder zu entdecken, was neue Gedanken oder Spuren für die Ermittlung aufwarf.

Sie ging weiter in das Schlafzimmer des Paares. Die Tapeten hatten schmale dunkelblaue Streifen auf weißem Grund. Die Decke war in einer hochglänzenden weißen Farbe gestrichen wie in keinem anderen der Räume. Das Doppelbett wirkte ungewöhnlich breit, und die beiden Nachttische waren von derselben Ordnung geprägt wie die Schreibtische im Arbeitszimmer.

Auch im Schlafzimmer gab es viele gerahmte Familienfotos. Tatsächlich nahmen sie eine halbe Wand ein. Da hingen sicher dreißig Fotos in unterschiedlichen Rahmen und Größen. Die Sammlung machte einen lebendigen Eindruck, und als Maria die Bilder studierte und sah, dass viele von ihnen mehrere Jahrzehnte alt waren, verstärkte sich das Gefühl von Wärme. Das war ein Fotoprojekt mit Geschichte und nichts, was man eben eilig an die Wand genagelt hatte.

Maria ließ den Blick über die Fotos wandern und sah Magnus, Lovisa, Lucas und Elina in unterschiedlichem Alter Revue passieren. Ove und Irma kamen eher selten vor, der Fokus lag klar auf Kindern und Enkelkindern. Ein großer Teil der Bilder stellte Magnus beim Sport da. Maria erinnerte sich, gelesen zu haben, dass Fünfkampf seine Disziplin gewesen war. Auf den Bildern warf er jedenfalls Speer und Diskus und war beim Weitsprung zu sehen.

Zwei der Bilder zeigten ein blondes Mädchen. Clara, dachte Maria. Ihre Gegenwart war zurückhaltend, doch im Unterschied zum Arbeitszimmer gab es sie hier. Eines der Fotos war ein Familienbild aus den 80er-Jahren. Ove und Irma standen mit Magnus und dem Mädchen, von dem Maria riet, dass es sich um die Schwester Clara handelte, auf einem Segelboot. Ove war enorm braun gebrannt, und sein breites Lächeln strahlte weiß. Irma war rot um die Nase und hatte eine Kappe auf dem Kopf, doch auch sie strahlte in die Kamera. Wie Magnus, der hier ungefähr fünf, sechs Jahre alt war. Der Auslöser musste losgegangen sein, als er gerade in Aktion war, es sah aus, als würde er gleichzeitig reden und lachen. Und er zeigte auf etwas, was nicht auf dem Bild zu sehen war.

Neben ihm stand Clara, mit hängenden Armen und größer als ihr Bruder. Sie strahlte nicht dieselbe Energie aus wie der Rest der Familie, und außerdem trug sie auch nicht dieselbe Kleidung. Alle andern hatten blaue T-Shirts an, doch das von Clara war rot. Zudem war sie die einzige Blonde auf dem Foto. Irma hatte eine Hand auf die Schulter der Stieftochter gelegt, und Claras blasses Gesicht war sehr ernst. Die blauen Augen sahen direkt in die Kamera und drückten eine Wehmut aus, die so stark war, dass Maria den Blick am liebsten abgewandt hätte.

Sie konzentrierte sich auf die anderen Fotos, auf denen Clara zu sehen war. Das eine war ein Porträt, das auf einer der zahlreichen Felsklippen an der Westküste aufgenommen worden war. Vielleicht auf Hovenäset. Das Bild zeigte nicht genügend Details, um exakt zu verraten, wo es aufgenommen worden war. Clara schaute den Fotografen an und lächelte, doch in den Augen lag dieselbe Wehmut wie auf dem anderen Bild.

»Findest du etwas?«

Ray-Rays Stimme überraschte sie.

»Shit, ich habe dich überhaupt nicht kommen hören«, sagte sie und lachte.

»Offensichtlich bist du genauso leicht zu erschrecken wie Roland«, sagte Ray-Ray. »Das muss anstrengend sein.«

»Ungeheuer. Und nein, ich finde nichts Revolutionäres.«

Er stellte sich breitbeinig hinter sie und betrachtete die Fotocollage an der Wand.

»Hübsch«, sagte er.

»Finde ich auch«, erwiderte Maria. »Aber siehst du, wie wenig Bilder von Clara hier dabei sind? Wenn sie nun dieses Mädchen da ist.«

Sie zeigte darauf, und Ray-Ray runzelte die Stirn.

»Das stimmt«, sagte er. »Aber muss das denn seltsam sein? Sie scheint ihrem Vater und seiner Familie nicht sonderlich nahegestanden zu haben.«

»Ja, ich weiß«, sagte Maria. »Aber wenn das eigene Kind sich das Leben nimmt, stellt das dann nicht die alten Konflikte in ein anderes Licht? Wird man dann nicht eher geneigt sein zu verzeihen?«

»Möglicherweise«, erwiderte Ray-Ray.

Ein Handy klingelte laut durch den Raum.

»Das ist meins«, sagte Maria und holte das Telefon heraus.

»Schon klar«, gab Ray-Ray zurück. »Ich geh mal kurz runter.«

Maria ging ans Telefon und sah, wie er das Zimmer verließ.

Es war Ahmet, der sie sprechen wollte.

»Ich habe die Nachricht bekommen, dass die Filme von der Überwachungskamera bei McDonald's fertig sind«, sagte er. »Sie werden in ein paar Stunden da sein.«

Marias Puls stieg.

»Perfekt«, sagte sie. »Danke.«

Sie schob das Telefon in die Tasche zurück und schaute ein letztes Mal auf die Fotowand. Clara starrte sie schweigend von dem Porträtbild an. Die Toten sprachen nicht, das wusste Maria.

Aber das hieß nicht, dass sie keine Geheimnisse hatten.

Die Treppe knarrte, als Vendela in den Keller hinunterging. Die Wände waren mit Holzpaneelen verkleidet, an denen Unmengen von gerahmten Fotografien hingen. Das schienen sämtlich alte Klassenfotos zu sein mit ordentlich vor der Kamera aufgereihten Schulkindern.

Vendela ging rasch weiter.

Sie hatte ein ganz konkretes Vorhaben.

Im Keller roch es ein wenig feucht und muffig. Die Tasche mit Arbeitsmaterial hing ihr schwer auf dem Rücken. Vendela spürte, wie ihr Eifer wuchs, als sie die Küche im Keller betrat. Dort sah es genauso aus wie auf den Bildern, das Tablett stand immer noch am selben Platz. Hier vor Ort konnte sie besser verstehen, warum der Kollege, der die Fotos gemacht hatte, nicht auf das orangefarbene Tablett reagiert hatte. Zwar stach es aus der Gestaltung des restlichen Raums heraus, doch kam auch im Glas der Deckenleuchte die Farbe Orange vor – das hatte sie nicht sehen können, als sie die Fotos anschaute.

Dennoch hatte sie das Gefühl, dass es sich lohnen würde, das Tablett näher zu untersuchen. Oder genauer gesagt wollte sie die Eisenluke dahinter untersuchen. Vendela nahm den Rucksack ab und schaute routinemäßig in das nebenan liegende Schlafzimmer. Dort standen ein schmales Bett und drei hohe Regale voller Bücher – genau wie sie es schon im Wohnzimmer gesehen hatte. Das hier war ein Haus, in dem man las, stellte Vendela fest.

Aber wer hatte denn auch das Herz, etwas so Schönes wie Bücher auszusortieren oder wegzuwerfen.

Vendela jedenfalls nicht, die zu Hause mindestens fünfzig Regalmeter besaß, und Ove und Irma offenbar auch nicht. Das ehrte sie, fand Vendela, der nur allzu bewusst war, wie sehr unterschiedlich sie und Ray-Ray in dieser Frage dachten. Bei ihm standen nur in den Kinderzimmern Bücher, und bisher hatte sie ihn nichts Anspruchsvolleres lesen sehen als die Gebrauchsanweisung zu seinem neuen Auto. Aber er hatte auch viele andere gute Seiten. Sein Zuhause, in dem sie sich nur selten trafen, war sauber und hübsch, wenn auch nicht sonderlich charmant. Und auf eine magische Weise war es ihm gelungen, seine Papa-Wochen so zu organisieren, dass er jede zweite Woche alle fünf Kinder bei sich hatte und dazwischen allein war.

»Wir gehen zu dir«, sagte er immer, »da ist es viel gemütlicher.«

Der Meinung war sie natürlich auch, aber sie verstand nicht, warum seine eigene Wohnung so unwichtig für ihn war. So war es gar nicht, behauptete er. Es war für ihn nur nicht leicht gewesen, eine gute Aufteilung der Räume zu finden. Die Kinder waren immer zahlreicher geworden, und mit jedem neuen Kind musste eine Wand hochgezogen werden, um aus einem größeren Raum zwei kleine zu machen, sodass jedes Familienmitglied seine eigene kleine Höhle hatte. Das machte Ray-Rays Zuhause in vieler Hinsicht sehr persönlich, doch konnte man sich nicht des Eindrucks erwehren, eine Jugendherberge zu betreten, wenn man dorthin kam.

Vendela versuchte die Gedanken an Ray-Ray wegzuschieben und sich stattdessen auf die Arbeit zu konzentrieren. Sie kehrte in die Küche zurück, zog sich Gummihandschuhe über und nahm das Tablett weg. Natürlich, sie hatte recht gehabt. Die Eisenluke, die, wie sie jetzt erkannte, zu einem in die Wand gemauerten Ofen gehörte, war zugeschoben, aber nicht ganz verschlossen. Konnte man sie nicht richtig verschließen, oder gab es einen anderen Grund?

Sie legte das Tablett auf den Esstisch und ruckelte vorsichtig an dem eisernen Riegel, mit dem man die Luke verschloss. Der bewegte sich nur langsam und widerwillig, auch als sie fest daran zog.

Sie ließ es und klappte die Luke auf.

Dahinter war es dunkel, und der Herd davor verhinderte, dass sie näher herankam. Aber sah es nicht so aus, als würde da drin was liegen?

Vendela holte eine Taschenlampe aus dem Rucksack und richtete das Licht auf den Ofen.

Sie beugte sich vor und atmete schneller.

»Sieh mal einer an«, flüsterte sie.

In dem alten Ofen lagen massenhaft Medikamentenverpackungen und leere Tablettenblister. Und zusammengeknülltes Zeitungspapier.

Bingo.

Vendela fotografierte ihre Entdeckung und holte Beweismitteltüten aus der Tasche, um die weitere Arbeit vorzubereiten. Dann würde sie die anderen rufen, bevor sie den Ofen ausräumte, sodass sie das alles mit eigenen Augen sehen konnten.

Als sie sich bewegte, stieß sie mit dem Fuß an etwas. Eine Plastikflasche, die neben dem Herd auf dem Boden stand. Brennflüssigkeit.

Vendela hielt inne. Ihr Blick wanderte von der Brennflüssigkeit zu den Medikamentenverpackungen und dem Zeitungspapier, und dann zu dem orangefarbenen Tablett.

»Du wolltest ein Feuer machen«, flüsterte sie. »Aber das hat mit der schwergängigen Luke zu lange gedauert, und du bist unterbrochen worden und hast dann versucht zu verbergen, was du getan hast.«

Resolut kehrte sie zur Treppe zurück, um die anderen zu holen. Die mussten ihre Rundwanderung durchs Haus jetzt unterbrechen, denn Vendela hatte etwas richtig Wichtiges gefunden.

Sorry, Roland.

Auf der Treppe blieb sie stehen und schaute sich die Klassenfotos an der Wand ein wenig näher an. Ihr Blick flog über die vielen Fotografien. Jedes Bild war mit einem kleinen Kleber und einer handgeschriebenen Ziffer darauf markiert. Vendela nahm an, dass die Ziffer bedeutete, um welchen Jahrgang es sich handelte. Ove oder Irma waren auf allen Bildern zu sehen. Natürlich. Sie hatten schließlich beide im Schuldienst gearbeitet, und Ove war Oberstufenlehrer gewesen, bevor er Rektor wurde.

Auf den Bildern, die am ältesten aussahen, konnte man Ove in der hinteren Reihe an den Außenplätzen sehen. In seiner Anfangszeit als Lehrer war er jung gewesen, doch im Laufe der Jahre wuchs der Altersunterschied zu den Schülern.

Im Haus oben hörte sie jemanden husten. Das war wahrscheinlich Roland.

»Vendela? Wie läuft es?«

Doch, das war ihr Chef.

»Gut!«, antwortete sie. »Komm doch mal bitte her, ich habe etwas gefunden. Und bring die anderen mit.«

Diejenige zu sein, die ein wichtiges Puzzleteilchen gefunden hatte, war zwar nur ein kleiner Triumph, aber immerhin.

Oben im Haus waren rasche Schritte zu hören, als Roland ging, um Maria und die anderen zu holen.

Vendela drehte sich herum, um in den Keller zurückzugehen, doch dann blieb ihr Blick an einem der Klassenfotos hängen.

Ihr Kiefer spannte sich hart an, als sie die Augen zusammenkniff und sich näher beugte.

Das war doch nicht möglich.

Oder doch?

Unter den Bildern standen keine Namen, aber Vendela war so sicher, wie sie nur sein konnte. Sie erkannte einen der Schüler. Ganz außen stand er, direkt unterhalb von Ove, in der vorletzten Reihe.

Jetzt waren weitere Schritte zu hören, die in ihre Richtung kamen.

Schnell, sie musste schnell handeln.

Ihre Kehle schnürte sich zusammen, als sie mit zitternden Händen das gerahmte Foto abnahm und dann ein anderes, das am äußeren Rand der Sammlung hing, so verschob, dass das Fehlen eines Fotos weniger offensichtlich war.

Schnell lief sie die Treppe hinunter und schob Bild und Rahmen in den Rucksack.

Ihr Herz pochte, und die Wangen waren heiß.

Niemand durfte sehen, was sie gefunden hatte.

Noch nicht.

»Wir tun alles, was wir können. Rund um die Uhr. Und langsam erkennen wir einen kleinen Erfolg.«

Der Atem des Arztes roch nach Kaffee, als er sprach. Er war ruhig und konzentriert und machte nicht den Eindruck, auf dem Sprung zu sein, auch wenn Magnus klar war, dass es so sein musste. Dass er an mehr Orten sein musste, als ihm möglich war.

Sie standen nebeneinander und schauten Magnus' Vater an, der bewusstlos im Krankenhausbett lag. Unzählige Schläuche führten zu seinem Körper und wieder heraus, und die Beatmungsmaschine presste zischend langsam Luft in seine Lungen.

»Wir werden später im Verlauf des Tages versuchen, Ove zu wecken«, sagte der Arzt. »Ich möchte nichts versprechen, aber wir würden es nicht versuchen, wenn nicht eine gewisse Chance bestünde.«

Magnus strengte sich an, die Worte des Arztes zu verstehen, versuchte den schmalen Streifen Licht in der Dunkelheit, der sich nun öffnete, zu erkennen. So viel würde sich ordnen, wenn sein Vater aufwachen würde. Hoffentlich würde er auch erklären können, was geschehen war, und wer ihm und Irma das angetan hatte.

Zorn flackerte in Magnus auf.

Wenn er nur den Namen eines Mörders hätte. Dann gäbe es kein Maß dafür, welche Strafe er dem Schuldigen wünschte.

Magnus merkte, dass er ebenso schwer und taktfest atmete wie sein Vater unter der Maschine. Die Nacht war schlaflos und unruhig gewesen. Das Bild von seinem Sohn auf der Terrasse mit dem Baseballschläger neben sich hatte sich auf seine Netzhaut gebrannt, er wurde es nicht mehr los.

Er vertraut nicht darauf, dass ich die Familie schütze, dachte Magnus.

Es war ihm gelungen, Lucas zu überreden, wieder reinzukommen, er hatte aber den Eindruck, ihn in der Nacht mehrmals im Haus herumschleichen gehört zu haben, genau wie Lovisa es in der Nacht zuvor auch schon gesagt hatte.

Noch nie hatte Magnus sich so nutzlos gefühlt. Er musste anpacken, was jetzt vor ihm lag. Er musste den Dingen auf den Grund gehen, und zwar so schnell wie möglich.

»Das heißt, meinem Vater geht es ein wenig besser?«, fragte er. »Meinen Sie das?«

Der Arzt nickte.

»Ja«, sagte er. »Aber um nicht unnötig optimistisch zu klingen, würde ich lieber sagen, dass es ihm weniger schlecht geht. Verstehen Sie den Unterschied?«

Jetzt nickte Magnus seinerseits.

Er fühlte sich wie betäubt.

Die Autofahrt von Hovenäset her hatte ungefähr vierzig Minuten gedauert, doch als er am Krankenhaus ankam, konnte er nicht mehr sagen, ob es eine ganze Stunde gewesen war oder nur ein paar elende Minuten.

Ich sollte nicht fahren, wenn ich so müde bin, dachte er.

Das war ein Gedanke, der ihn nicht weiterbrachte. Er hatte nicht gewollt, dass Lovisa oder eines der Kinder mitkam, und er hatte auch nicht Bus fahren wollen. Vielmehr hatte er das Bedürfnis verspürt, mit seinem Vater allein zu sein, dabei aber völlig vergessen, dass so etwas auf einer Intensivstation nicht möglich ist. Krankenschwestern und Pfleger gingen ununterbrochen im Zimmer ein und aus, ständig bereit, seinen Vater anzufassen und an ihm zu ziehen, seinen leblosen Körper herumzudrehen, einen neuen Tropf zu legen, ein Laken zu wechseln.

Jetzt war Magnus seit einer Stunde bei seinem Vater und hatte schon das Gefühl, dass es reichte.

»Wann werden Sie versuchen, ihn zu wecken?«, fragte er.

»In ein paar Stunden«, erwiderte der Arzt. »Irgendwann nach drei Uhr, würde ich sagen. Sind Sie dann noch da?«

Magnus schluckte. Er wagte nicht zu fragen, ob sein Vater jemals wieder gesund werden könnte und was für ein Leben ihn erwartete, wenn er aufwachte.

»Vielleicht«, sagte er.

Er fühlte sich wie ein nichtsnutziger Sohn, Ehemann und Vater. Unzureichend. Trotzdem hatte er vor, sich der Familie und seinem Vater noch ein wenig zu entziehen. Er musste noch etwas erledigen.

»Ich werde jetzt zu einem anderen Patienten gehen«, erklärte der Arzt. »Aber die Schwestern wissen, wie sie mich erreichen können, wenn irgendetwas ist. Fühlt sich das gut an für Sie?«

Er schien auf diese Frage eine aufrichtige Antwort zu erwarten, und Magnus rang sich ein kurzes »Ja, natürlich« ab.

Der Arzt verschwand, und Magnus nahm wieder den Platz ein, den er zuvor innegehabt hatte. Er setzte sich auf die Bettkante seines Vaters und nahm seine Hand.

»Du schaffst das hier, Papa«, flüsterte er. »Und ich werde den finden, der dir und Mama so etwas angetan hat. Das weiß ich.«

Er beugte sich vor und gab seinem Vater einen leichten Kuss auf die Stirn.

Das hatte er noch nie getan, etwas Fremdes.

Ein Dank, dachte Magnus. Falls wir uns nie wiedersehen.

Die Angst steckte wie ein Eiszapfen in seinem Herzen und störte dessen wichtige Arbeit.

Es gab so vieles, für das er danke sagen konnte, so vieles zu erinnern.

Danke für all die Male, an denen du mich zum Training gefahren hast, weil du mich unterstützt hast, als ich mich verletzt hatte, sodass ich es geschafft habe, stattdessen an der Universität zu studieren, weil du so viel für deine Enkelkinder getan hast …

»Ich komme bald wieder«, flüsterte er. »Und du auch.«

Er drückte die Hand seines Vaters und erhob sich.

Eine der Krankenschwester lächelte ihn an, als er die Station verließ.

Wirkte dieses Lächeln nicht ein wenig falsch? Sie musste sich doch fragen, warum er nicht länger blieb.

Die Antwort auf diese Frage lautete, dass es noch anderes gab, das er für seinen Vater tun konnte, als bei ihm zu sitzen und zu wachen, während er bewusstlos war. Und für sich selbst. Etwas, was ihm eingefallen war, als er sich am Tag zuvor mit den Buddelschiffen beschäftigt hatte und sich an die Segeltour erinnerte, die sie damals unternommen hatten. Seine Halbschwester hatte nicht nur eine andere Farbe getragen, sie hatte auch jede Nacht oben auf Deck geschlafen, allein und ungeschützt unter dem offenen Himmel. Als ob kein Abstand zum Rest der Familie groß genug sein könnte.

Sein ganzes Leben lang hatte Magnus gehört, die Ursache dafür sei gewesen, wie Claras Mutter reagiert hatte, als sie erfuhr, dass Ove und Irma sich kennengelernt hatten. Sie hätte alles getan, was sie konnte, um die Beziehung der Tochter zu ihrem Vater und seiner neuen Familie zu vergiften. Doch dann kam der Tag, an dem Magnus – viel zu spät – erkannte, dass seine Schwester schwer depressiv war. Und kurz darauf war sie tot.

Nun, da Magnus allein war, tauchten mit einem Mal zwei Fragen auf.

Stimmte es wirklich, dass Clara sich nur wegen des Streits unter den Eltern gegen den Vater entschieden hatte? Und weshalb war sie so depressiv gewesen?

Kurz darauf saß er wieder in seinem Auto auf dem Parkplatz. Die sterilen Gerüche des Krankenhauses stachen ihm noch in die Nase. Sterillium und Wunddesinfektion und der Gestank von Krankheit.

Pfui Teufel.

Magnus war nicht einmal gerne im Krankenhaus gewesen, als

seine Kinder geboren wurden. Allein das Wort – *Kranken*haus – bereitete ihm schon schlechte Laune.

Mit ruckartigen Bewegungen holte er sein Handy heraus. Niemand hatte ihn angerufen. Normalerweise war für ihn ein leeres Display ein gutes Display, aber jetzt öffnete sich dabei ein Loch groß wie eine Eishalle in seiner Seele.

So verdammt einsam.

Die Finger waren steif, als er die Nummer wählte, die er in der Nacht gesucht hatte. Es war ganz leicht gewesen, die Kontaktinformationen zu der Frau, die er sprechen wollte, zu finden. Sie war auf mehreren Websites zu sehen, doch er wandte sich an die von einer norwegischen Anwaltskanzlei. Dort war sie mit Namen und Bild vertreten, und aus einem kurzen Text unter dem Bild ging hervor, dass sie als Assistentin und Kontaktperson für die Kanzlei arbeitete.

Norwegen.

Dann war sie also umgezogen, denn zuvor hatte sie in Göteborg gewohnt. Genau wie seine Schwester.

Unter dem Bild standen sowohl Mail-Adresse als auch Telefonnummer. Das Handy klingelte ein ums andere Mal. Er wünschte, er hätte sich woanders hinsetzen können als in sein Auto, wagte aber nicht, sich in ein Café oder dergleichen zu begeben, wenn er telefonierte. Das, was er zu sagen hatte, war auf eine ganz neue Weise privat, was an sich schon seltsam war, denn die Person, die er hier anrief, kannte er gar nicht besonders gut.

Sandra.

Claras beste Freundin, mit der sie zusammen im Schreibkurs gewesen war. Eine der wenigen engen Freundinnen, die sie gehabt hatte. Tatsächlich die Einzige, von der Magnus je gehört hatte, mal abgesehen von ihrem Freund Matteo, mit dem er nie richtig klargekommen war.

Magnus versuchte zu zählen, wie oft er Sandra getroffen hatte. Nur dreimal. Sie war auf irgendeinem Geburtstagsfest dabei gewesen, und einmal war sie mit Clara nach Hovenäset gekommen.

Und dann hatte er sie vor sieben Jahren auf der Beerdigung gesehen, aber nur wenige Worte mit ihr gewechselt.

Ich bin ein Idiot, dachte er. Ich packe ein paar alte Flaschen aus und dann rufe ich eine Fremde an. Weil ich eine akute Einsamkeit empfinde, die ich nicht kannte, bevor mir meine Eltern weggenommen worden sind.

»Hallo?« Magnus erkannte sofort ihre Stimme. Er war so erstaunt, dass sie ranging, und lachte erst einmal, verstummte dann aber, als das Lachen in ein unfreiwilliges Schluchzen überging.

»Hallo?«, sagte die Stimme noch einmal.

Jetzt klang sie besorgt.

Magnus räusperte sich. Das Hemd klebte ihm am Rücken, und die Bartstoppeln juckten.

»Hier ist Magnus Dahlman«, sagte er. »Claras Halbbruder. Ich würde mit dir gerne über etwas sprechen.«

»Magnus?«, erwiderte Sandra erstaunt.

Er nickte, obwohl sie ihn nicht sehen konnte.

»Erinnerst du dich an mich?«

»Natürlich tue ich das, ich bin einfach nur überrascht. Was … Rufst du wegen Lovisa an?«

Er verlor völlig den Faden. Lovisa? Warum sollte er ihretwegen anrufen?

»Nein. Oder was meinst du?«

»Nichts, ich bin einfach nur ein bisschen verwirrt.«

Glaub mir, da bist du nicht allein, dachte Magnus müde.

Laut sagte er:

»Ich … Kannst du reden? Papa liegt im Krankenhaus und Mama ist tot und …«

Er unterbrach sich, als er seine zittrige Stimme hörte, und schluckte ein paarmal, um nicht weinen zu müssen.

»Oh mein Gott«, flüsterte Sandra.

Ein paar Sekunden vergingen.

Sie musste sich fassen, und Magnus ebenso.

»Magnus«, sagte sie schließlich mit sanfter Stimme. »Ich bin bei der Arbeit. Kann ich dich später anrufen oder vielleicht heute Abend? Ich muss rausgehen, wenn ich mit dir spreche, und das kann ich im Moment nicht gut.«

Die Gedanken kreisten in Magnus Kopf.

Bei der Arbeit. In Oslo. Das kam ihm vor wie eine ganz andere Galaxie.

Er wusste nicht, was er antworten sollte, konnte sich plötzlich in Zeit und Raum nicht mehr orientieren und vergaß fast, warum er angerufen hatte.

»Oder ich komme nach Hovenäset,« sagte Sandra langsam. »Ich muss sowieso von der Arbeit her morgen dorthin.«

»Von der Arbeit her? Nach Hovenäset?«

Wer hatte einen Beruf, der ihn ans Ende der Welt führte? Da war doch nichts los.

Sie lachte leise.

»Eigentlich nicht nach Hovenäset, sondern nach Smögen«, gestand sie. »Wir haben da ein frühes Kick-off. Und Smögen ist ja nur drei Stunden von Oslo entfernt. Wäre das okay? Oder willst du nicht so lange warten?«

Seine Zerbrechlichkeit ließ sie deutlich sprechen.

»Wenn es akut ist, dann kann ich natürlich versuchen, eine andere Lösung zu finden«, erklärte sie.

Magnus schluckte schwer.

Er musste sich zusammennehmen. Ein Treffen war weitaus mehr, als er zu hoffen gewagt hatte.

»Das ist gut«, sagte er gedämpft. »Ich habe ein paar Fragen über Clara, doch die können warten. Wir sehen uns morgen. Und du sagst mir einfach die exakte Zeit und den Ort.«

Dann legten sie auf.

Und Magnus war wieder allein.

Es wurde ein Vormittag, der blitzschnell verging. Gunnar sprang für August im Laden ein, während er selbst auf Kundenbesuche ging. An diesem Vormittag hatte er drei solcher Termine, und Lucas begleitete ihn als Babysitter. Zwei Kunden konnten sie mit dem Auto erreichen, doch zu dem dritten zog August es vor, mit dem Boot zu fahren. Der Kunde wohnte auf Bohus-Malmön, und dorthin dauerte es mit Auto und Fähre in der Sommersaison viel zu lange. Da war es besser, mit dem eigenen Boot zu kommen.

Die Sonnenstrahlen glitzerten auf dem Meer, während sie sich für die Tour bereit machten. Lucas, der schon öfter mit August im Boot gefahren war, zog Sofia die Schwimmweste an und ließ sich dann auf einem der Sitze nieder. August war durchaus klar, wer von ihnen hier der geschicktere Skipper war. Lucas war mit einer ganz anderen Nähe zum Meer aufgewachsen und ein sehr viel geübterer Rudergänger.

»Mache ich das jetzt richtig?«, fragte August ironisch, als er vom Anlegeplatz zurücksetzte. »Du weißt ja, ich habe dieses Boot hier nur ausgeliehen, es ist nicht mein eigenes.«

»Ist schon okay«, sagte Lucas, und August musste lächeln.

Er vermisste sein Boot und hoffte, dass es bald repariert sein würde. Die Bootsfahrt währte nicht lange, und August sah, dass Lucas, während sie fuhren, in alle möglichen Richtungen Ausschau hielt. Wenn das Boot in die Wellen fiel, wurde er nass gespritzt, weil er in der Plicht ungeschützt saß. Dann lächelte er. Jedes Mal.

»Hast du denn keine Kunden auf Hållö?«, fragte er hoffnungsvoll.

August lachte.

»Nein«, erwiderte er. »Ich glaube, da wohnt niemand.«

»Schade«, meinte Lucas.

»Magst du Hållö?« Lucas nickte. »Aber nur wenn man mit dem eigenen Boot kommt. Das Marmorbecken finde ich ganz toll.«

Das hatte August erst ein einziges Mal gesehen – das grün-blaue Meer war an dieser Stelle wirklich zauberhaft. Aber die Strecke von Hovenäset nach Bohus-Malmön war auch alles andere als hässlich. Überall ragten hohe und niedrige Felsklippen auf, mit wenigen Flecken von Büschen und anderen Pflanzen. Bald würde das Heidekraut in Blüte stehen und die Klippen rosa färben. August liebte die Schären in Bohuslän zu allen Jahreszeiten. Der magere Bewuchs ließ die Landschaft karg wirken und das Wasser sehr viel beeindruckender als im Stockholmer Skärgård. Das Meer an der Westküste machte keine Kompromisse.

Es war überall, und das war ein großes Geschenk für alle, die da wohnten, fand August.

Er zögerte, als sie nach Hovenäset zurückfuhren. Es fühlte sich gar nicht spaßig an, das Boot gegen das Auto auszutauschen, wenn sie weiter nach Kungshamn fuhren. Doch es musste sein, schließlich hatte er die Buddelschiffe im Auto, und etwas so Zerbrechliches wollte er lieber nicht in einem wackeligen Boot herumfahren.

Als sie sich ins Auto gesetzt hatten, rechnete August das Ergebnis der vormittäglichen Kundenbesuche in Gedanken zusammen. Keiner davon hatte etwas so Interessantes wie die Buddelschiffe von Magnus erbracht.

Er konnte die Worte nicht vergessen, die auf dem Rettungsring standen.

Ich versinke.

So etwas schrieb man nicht auf Rettungsringe. Deren ganzer Sinn war doch, dass man eben nicht versinken sollte.

Er parkte und ging, die Kiste mit Buddelschiffen an die Brust gedrückt, in den Laden. Sie war schwer und fühlte sich in seinen Armen etwas instabil an. Wenn nur der Boden nicht aufging und alle Flaschen auf die Erde fielen.

Die Gedanken an den Anruf von Helene ließen ihn nicht los

und lenkten ihn die ganze Zeit ab. Als sie ein Paar gewesen waren, hatte August bei der Arbeit einen Anzug getragen und war mit dem Taxi zu Kundenbesuchen gefahren. Jetzt nahm er das Boot oder das eigene Auto und hatte nur ganz selten ein Jackett an.

»Soll ich dir helfen?«, fragte Lucas.

»Nicht nötig«, erwiderte August. »Kümmere du dich stattdessen um Sofia.«

Er eilte, so schnell er konnte, und als eine Person auf der Straße sah, wie er sich dem Laden näherte, hielt sie ihm die Tür auf.

»Danke«, sagte August.

Die Person lächelte kurz und ging dann weiter.

Auch Lucas glitt mit Sofia auf dem Arm schnell hinein. Das rosafarbene Jäckchen der Kleinen glänzte in der Sonne.

Gunnar saß im Rollstuhl und wartete mitten im Laden auf sie, die Jacke schon zugeknöpft.

»Sorry«, sagte August, als er ihn erblickte. »Ich wusste nicht, dass du es heute eilig hast, nach Hause zu kommen.«

»Hab ich auch nicht«, widersprach Gunnar. »Emmy will, dass ich früher komme. Sie will, dass wir so viel Zeit wie möglich miteinander verbringen, wo jetzt alles so ist, wie es ist.«

Gunnars Stimme brach ein wenig, und Lucas sah den Alten verwirrt an.

Das werde ich ihm nachher erklären müssen, dachte August.

»Hast du einen neuen Arzttermin gemacht?«, fragte er und stellte den Karton ab.

»Nein, für Leute wie mich haben die doch keine Zeit«, entgegnete Gunnar.

»Hol das Telefon raus, dann rufen wir gemeinsam an, bevor du nach Hause fährst«, befahl August.

Seine Stimme klang unwirsch, als würde er mit einem Kind sprechen.

Gunnar kämpfte mit dem Reißverschluss der Jacke und grub dann in der Tasche nach dem Telefon.

August setzte sich so lange an den Schreibtisch und holte sein eigenes Handy raus. Während er auf dem Meer gewesen war, hatte Helene eine Nachricht geschickt. Sie fragte, ob es okay wäre, wenn sie gegen ein Uhr im Laden vorbeikäme. August war sicher, dass Gunnar bis dahin weg sein würde, und antwortete, das wäre gut.

»Was ist in der Kiste?«, fragte Gunnar und sah neugierig auf den Karton.

Buddelschiffe von einer Frau, die behauptet, sie würde versinken, dachte August.

Laut begnügte er sich damit zu sagen:

»Eine Sammlung Buddelschiffe, die jemand loswerden will.«

»Spannend!«, sagte Gunnar.

Er drückte auf seinem Handy herum.

»Ich habe eine Direktnummer von einer sogenannten Kontaktkrankenschwester bekommen«, sagte er. »Aber die funktioniert bestimmt nicht.«

August stöhnte.

»Warum hast du das nicht gleich gesagt?«, fragte er. »Natürlich funktioniert die.«

Binnen weniger Minuten hatte August die Krankenschwester erreicht und einen neuen Termin für Gunnar ausgemacht. Diesmal würden sowohl August als auch Emmy mitkommen. Dann konnte Gunnar gerne den Termin darauf verwenden, seine Potenz zu diskutieren oder was auch immer er nun wichtig fand, aber für August lag der Fokus darauf, einen Bescheid zu bekommen, inwieweit Gunnar wirklich todkrank war.

Kurz darauf saß August allein im Laden und nahm am Schreibtisch ein mitgebrachtes Mittagessen zu sich. Lucas hatte von zu Hause Brote mitbekommen, wollte aber lieber in der Küche essen, damit er irgendeine Serie auf seinem iPad gucken konnte. Sofia schlief in ihrem Kinderwagen.

August schielte auf die Uhr. Helene würde jeden Moment kommen. Die Tür ging auf, und eine Kundin kam herein, eine junge Frau, die lächelnd fragte, ob er geöffnet hätte.

»Das habe ich«, erwiderte August. »Immer herein.«

Er beschloss, sich um die Buddelschiffe zu kümmern und einen guten Platz für sie im Laden zu finden. Je mehr Arbeit, desto mehr Ablenkung.

August packte die obersten Flaschen aus dem Karton aus und warf einen Blick auf seine Kundin. Die war in der Ecke mit den Sommerkleidern hängen geblieben. Offensichtlich kam sie allein klar, also wandte er sich wieder den Buddelschiffen zu. Hätte er Magnus auf den »Seligenkranz« und seine Inschrift aufmerksam machen sollen? Aber vielleicht hatte Magnus bereits gesehen, was da stand, und es war ihm egal.

Ich versinke.

Das konnte kaum ein zufällig ausgewählter Satz sein. Und er diente auch nicht dazu, irgendeine Skärgård-Romantik zu vermitteln. In dem Fall hätte da gestanden *Ein Seemann liebt die Wellen des Meeres* oder irgendetwas anderes Pittoreskes.

Er zog ein Vergrößerungsglas aus der Schreibtischschublade und inspizierte ein anderes Schiff, das er ausgepackt hatte. Mit konzentriertem Blick und angespanntem Griff um das Vergrößerungsglas begann er nun ein Buddelschiff nach dem anderen zu untersuchen. Gab es noch mehr Grüße von Magnus' Halbschwester?

Im Augenwinkel sah er, dass die Kundin die Mode-Ecke verlassen hatte und sich jetzt dem Bücherregal zuwandte. Aus der Küche waren leise Fernsehgeräusche zu hören. August versuchte rauszukriegen, welches Programm Lucas da sah, und vermutete, dass es sich wieder um einen Krimi handelte.

Vorsichtig legte August die Buddelschiffe der Reihe nach auf den Schreibtisch. Die Türglocke läutete, als die Kundin ging, und August suchte weiter. Nirgends ein Gruß, nirgends war ein anderer Ruf um Hilfe zu erkennen.

»Was machst du?«

Lucas' Stimme ließ August zusammenfahren. Er hatte ihn nicht kommen hören.

»Ich bewundere die schönen Buddelschiffe, die deine Tante gemacht hat«, sagte er.

Lucas sah die Flaschensammlung an, ohne etwas zu erwidern.

Heute sah er noch erschöpfter aus.

»Möchtest du nach Hause fahren, Lucas?«, fragte August sanft. »Ich kann wirklich verstehen, wenn du nicht hier sein magst.«

Lucas blinzelte.

»Ich mag schon«, sagte er. »Aber …«

Er verstummte.

»Weiß du was«, sagte August, »du darfst wirklich gerne hier mit mir und Sofia rumhängen. Nicht nur als Babysitter, sondern um einen Ort zu haben, wo du sein kannst, wenn es zu Hause anstrengend ist. Du kommst und gehst einfach, wie du willst. Wenn du das Gefühl hast, nach Hause fahren und dich ein bisschen ausruhen zu wollen, dann kannst du einfach später zurückkommen. Das entscheidest du ganz alleine.«

August sah, wie seine Worte bei Lucas ankamen und ihn ein wenig leichter atmen ließen. Der Junge war völlig fertig, der musste sich mal erholen.

»Dann fahre ich jetzt nach Hause, glaube ich«, sagte Lucas leise. »Gleich geht ein Bus. Dann komme ich vielleicht später noch mal zurück.«

»Mach das«, sagte August. »Sofia und ich werden noch ein paar Stunden hier sein.«

Lucas packte sein iPad in den Rucksack und verschwand. Er winkte August durchs Schaufenster zu, und August winkte zurück. Es fühlte sich gut an, alleine im Laden zu sein, wenn Helene kam.

So lange her, dass wir uns gesehen haben, dachte August. Mehrere Jahre.

Ihre Trennung war gradlinig und klinisch verlaufen. Nachdem

August ausgezogen war, hatten sie eigentlich nur noch per SMS voneinander gehört. Er hatte sie nicht vermisst.

August richtete seine Aufmerksamkeit wieder auf die Buddelschiffe.

War es wirklich möglich, dass Clara nur auf einem der Schiffe einen Gruß untergebracht hatte? So schien es zu sein.

Erstaunt nahm er noch einmal das Schiff zur Hand, dessen Rettungsring mit den Worten *Ich versinke* versehen war. Gab es noch etwas, was dieses Schiff von den anderen unterschied?

Er hielt es vor sich und betrachtete es gründlich.

Dann schaute er die Sammlung an, die inzwischen jeden freien Quadratzentimeter auf dem Schreibtisch einnahm.

Wieder sah er das Schiff mit dem Gruß an.

Und dann erkannte er, was dieses noch besonders machte.

Es war das einzige Buddelschiff mit Besatzung.

Unsicher, welche Bedeutung diese Entdeckung haben könnte, legte er das Schiff weg und begann alles wieder einzupacken. Keineswegs so sorgfältig, wie Clara es getan hatte; er musste die Flaschen einfach nur irgendwo verwahren, während er darüber nachdachte, wo er sie hinstellen würde. Vielleicht auf ein leeres Regal neben den Büchern? Oder bei den Nippesdingen?

Die Tür zum Laden öffnete sich.

Noch eine Kundin.

August richtete sich auf, um seinen Besuch willkommen zu heißen, erstarrte aber mitten in der Bewegung.

Diesmal war es keine Kundin.

Es war Helene.

Als Maria und ihre Kollegen sich auf der u-förmigen Bank niederließen, herrschten im Wohnwagen über dreißig Grad. Roland wollte, dass diejenigen, die das Haus der Dahlmans besucht hatten, sich auch die Filme von McDonald's gemeinsam anschauten, also warteten er und Vendela noch, bis Maria und Ray-Ray fertig waren. Ehe Ahmet endlich die Filme schicken würde, war noch Zeit für ein frühes Mittagessen. Schnell öffneten sie alle Fenster, um frische Luft zu bekommen, während Vendela den Computer für das Video einrichtete.

Maria merkte, wie der Ermittlungseifer sie juckte und von der Hitze ablenkte.

Der Fund aus dem alten Ofen im Keller hatte der Gruppe Energie geschenkt. Die Medikamentenverpackungen, die Tablettenblister, das Zeitungspapier und die Flasche mit der Brennflüssigkeit waren zur Analyse geschickt worden, und hoffentlich konnte man Fingerabdrücke oder andere Spuren von einem Täter darauf sichern. Auch das Tablett war mitgeschickt worden, und Vendela hatte außerdem Fingerabdrücke von der Eisenluke genommen. Sicherlich würden einige davon Ove und Irma zuzuordnen sein, doch hoffentlich würden sie auch andere finden, mit denen sie arbeiten konnten.

Roland betrachtete die kleine Gruppe, die er für heute versammelt hatte.

»Wie beurteilt ihr den Fund im Kellerofen?«, erkundigte er sich.

Maria antwortete zuerst.

»Meiner Meinung nach zeigt das ganz deutlich weg von Ove und Irma«, sagte sie.

»Der Meinung bin ich auch«, sagte Ray-Ray. »Warum sollte einer von den beiden leere Verpackungen verstecken?«

»Stimmt, aber warum überhaupt verstecken?«, meinte Roland.

»Ich glaube auch nicht, dass Ove oder Irma mit der Vergiftung etwas zu tun haben, aber ich begreife nicht ganz, warum der Täter nicht einfach die Verpackungen mitgenommen hat, als er oder sie wegging.«

»Wahrscheinlich wollte der Täter sie ja verbrennen und nicht verstecken, oder?«, gab Vendela zu bedenken. »Es ist nicht selbstverständlich, dass die Person woanders Zugang zu einer Feuerstelle hatte. Ich glaube, was ich da gefunden habe, war das Ergebnis eines unterbrochenen Versuchs, die Spur zu verwischen.«

»Mal sehen, was die Fingerabdrücke aussagen«, sagte Roland. »Hat jemand von euch anderen noch etwas in Oves und Irmas Haus gefunden, was ihr ansprechen wollt, ehe wir die Filme von McDonald's laufen lassen?«

Vendela schüttelte den Kopf, und Ray-Ray rutschte tiefer auf der Bank.

»Maria hat gesagt, Claras Gegenwart sei in diesem Haus doch nur sehr begrenzt sichtbar, und das fällt mir auch auf«, sagte er.

Roland kratzte sich den Nacken.

»Clara war ja nicht Irmas Kind, aber ihr findet, dass ihr Vater sie in der Sammlung von Familienbildern hätte unterbringen sollen?«, fragte er.

»Irgendwie schon«, sagte Maria. »Konkret hat es mich darüber nachdenken lassen, ob der Riss zwischen Ove und seiner Tochter doch tiefer war, als Magnus es beschrieben hat.«

Roland schlug leicht mit den Handflächen auf den Tisch, ein deutliches Zeichen, dass er ungeduldig war.

»Das kann sehr gut so gewesen sein«, sagte er. »Aber Clara ist jetzt seit Jahren tot, und um mehr über diese Beziehung zu erfahren, müssen wir jemanden finden, der sie kannte. Wenn das nun eine Spur ist, die wir priorisieren wollen. Jetzt will ich die Filme von McDonald's sehen.«

Maria und Ray-Ray waren einverstanden, aber Maria merkte sich, dass sie die wenigen Fotos von Clara mit Magnus noch einmal näher anschauen wollte. Vendela drehte den Computer so, dass alle den Bildschirm sehen konnten, und öffnete die Datei mit den Filmen der Überwachungskameras.

Auf dem Bildschirm erschienen ruckelnde Filmabschnitte in Schwarz-Weiß. Ganz hinten im Bild konnte man Personal erkennen, das hinter dem Tresen stand und die Bestellungen ausführte. In der einen Ecke des Lokals waren die Bildschirme zu erkennen, auf denen die Kunden ihre Bestellungen eintippen konnten. Daraufhin wurde eine nummerierte Quittung ausgedruckt, und dann musste der Kunde nur noch abwarten.

Das galt auch für Ove und Irma.

Nach einer knappen Minute erschienen sie im Bild.

»Sieht das so aus, als wären sie in Gesellschaft von anderen?«, fragte Roland.

Maria beugte sich näher hin und sah, wie Irma sich vom Bestellbildschirm abwandte und den Kragen ihrer Bluse zurechtzupfte.

»Nein«, antwortete sie. Ove stand mitten im Raum und schaute auf den Bildschirm, wo alle Bestellungen, die abgeholt werden konnten, angezeigt wurden. Man konnte erkennen, wie Irma eine Hand auf Oves Arm legte und sich vorbeugte, um etwas zu sagen. Dann verschwand sie aus dem Bild. Wollte sie vielleicht noch eine Besorgung erledigen, bevor sie zurück nach Hovenäset fuhren? Ove blieb jedenfalls allein zurück.

Roland schnalzte ungeduldig mit der Zunge.

»Das ist ja der Hammer, wie lange es in diesem Laden dauert, bis man sein Essen bekommt«, sagte er.

»Das ist ja gerade um die Mittagszeit«, erwiderte Ray-Ray. »Sicher lange Schlangen und viele aufwendige Bestellungen von Familien mit Kindern.«

Maria sah verstohlen zu ihm. Aus seinem Munde klangen die Worte »Familien mit Kindern« wie ein Fluch, als wäre es das Schlimmste für ihn. Dabei hatte er doch selbst fünf Kinder. Wie wohl seine Besuche bei McDonald's aussahen?

Eine weitere halbe Minute verging. Dann tauchte neben Ove plötzlich ein Mann auf, der aussah, als wäre er zwischen 35 und 40 Jahre alt. Maria hatte den Eindruck, dass er zu nahe stand, um Ove nicht zu kennen, oder dass er zumindest etwas von ihm wollte. Da drehte Ove den Kopf herum, sah den Mann direkt an und blieb dann so stehen.

»Was zum Teufel passiert hier?«, fragte Ray-Ray.

Es sah aus, als würde der Mann mit Ove sprechen, es fand aber keine Begrüßung statt, kein Händeschütteln, keine Umarmung, keine Hand auf der Schulter oder dem Arm. Dennoch war das Gespräch zu lang, um zum Beispiel eine Entschuldigung dafür zu sein, dass der Mann Ove zufällig angestoßen hätte.

Irgendetwas war komisch daran.

Der Mund des Mannes bewegte sich ununterbrochen. Antwortete Ove denn nicht?

»Ist dieser Mann ein Prediger, oder wovon reden die?«, fragte Roland, dem offensichtlich dasselbe aufgefallen war wie Maria.

Sie runzelte die Stirn. Irgendetwas stimmte nicht mit der Mimik dieses Mannes. Mitten im Gespräch schoss seine Hand oder eher ein Finger in Richtung auf Oves Gesicht. Der Ältere wich einen Schritt zurück, und der Mann folgte ihm. Dann holte Ove rasch sein Essen vom Tresen ab und verließ das Lokal mit schnellen Schritten. Der unbekannte Mann folgte nicht.

Vendela hielt den Film an. Dann spulte sie zurück, drückte auf Pause und zoomte den Mann und Ove heran, sodass sie beide den Bildschirm ausfüllten.

»Er sieht verdammt wütend aus«, sagte sie leise.

»So viel Zorn entsteht nicht aus dem Nichts«, stimmte Roland verbissen hinzu.

Jetzt wurde es spannend, das spürten sie alle.

Das Essen von McDonald's war wichtig, auch wenn sie nach dem Fund der Medikamentenverpackungen ziemlich sicher waren, dass die Vergiftung nicht im Restaurant vorgenommen worden war.

Sie schauten wieder auf den Film. Das Gespräch des Mannes mit Ove dauerte nicht lange, und vermutlich war es auch nicht besonders lautstark. Keine der Personen, die in der Nähe standen, schien auf den Wortwechsel zu reagieren. Nach exakt zwei Minuten und drei Sekunden war das Treffen vorüber.

Roland strich sich übers Kinn.

»Ich will wissen, wer dieser Mann ist«, sagte er. »Fangt damit an, Magnus Dahlman nach ihm zu fragen. Der Mann könnte ein Bekannter der Familie sein. Ich sehe, dass er eine Quittung in der Hand hat, er bleibt also stehen und wartet auf seine Bestellung. Das heißt, man müsste ihn identifizieren können.«

Maria spürte, wie ihr Puls anstieg.

»Falls Magnus den Mann nicht kennt, brauchen wir die Unterstützung der Staatsanwaltschaft, damit wir eine Liste der Bestellungen bekommen, die zu dem aktuellen Zeitpunkt gemacht wurden«, sagte sie. »Und wir müssen dem Personal ein Foto von dem Mann zeigen. Er könnte ein Stammgast sein.«

Roland nickte kurz.

»Gut«, sagte er. »Das sollte sich schnell regeln lassen.«

Maria schaute wieder zu dem Mann auf dem Film.

Seine Erscheinung hatte etwas Unangenehmes. Nicht nur der Zorn im Blick, sondern die ganze Haltung und die Wahl der Kleidung. Ein hellbeiges Tennishemd, das viel zu groß war und nur zum Teil in ein paar ebenso beige Chinos mit Schmutzflecken auf dem Oberschenkel gestopft war. Über dem Tennishemd trug er, obwohl es so heiß war, eine kurz geschnittene weinrote Windjacke. Er fiel auf, und das nicht gerade auf eine angenehme Art.

Wer bist du?, dachte Maria. Und warum bist du so wütend auf Ove?

Alle Menschen hatten Geheimnisse. Alle. Auch Vendela. Doch gewisse Geheimnisse wogen schwerer als andere, und manche waren geradezu unbegreiflich.

Vendela sah verstohlen zu Ray-Ray, als sie da im Wohnwagen saßen. Wie aus der Ferne hörte sie Roland zu Maria und Ray-Ray sagen, dass sie sich nach Hovenäset begeben sollten, um Lovisa und Magnus ein Foto von dem Mann zu zeigen.

»Wir müssen nur abklären, dass sie nicht gerade im Krankenhaus sind«, gab Maria zu bedenken. »Vielleicht sollten wir sie diesmal etwas härter angehen, um sie etwas aus der Reserve zu locken.«

Ray-Ray nickte.

»Jedenfalls muss ich jetzt mal aus dieser verdammten Sauna raus«, sagte er und schlug mit einem Schwung die Tür des Wohnwagens auf.

Vendela wollte auch raus. Und sie wollte auch Ray-Ray gerne mal aus der Reserve locken.

Warum hatte er nicht gesagt, dass Ove im Gymnasium sein Lehrer gewesen war?

Das war es nämlich, was Vendela zu Hause bei Ove und Irma entdeckt hatte. Inzwischen hatte sie das Klassenfoto mindestens zehnmal angeschaut. Es gab keinen Zweifel.

Als Ray-Ray in die achte Klasse ging, war Ove Dahlman sein Klassenlehrer gewesen. Das vergaß man nicht.

Warum hatte er also nichts gesagt?

Ehe Vendela die Antwort auf diese Frage erhielt, würde kein Mensch das Foto zu sehen kriegen. Sie hatte es mitgenommen, um Ray-Ray zu schützen. Denn selbstverständlich hatte er nichts mit der Vergiftung der Dahlmans zu tun. Er musste aus einem ganz anderen Grund geschwiegen haben.

Während Roland redete, sah sie noch einmal verstohlen zu Ray-Rays zerfurchtem Gesicht. Seine Augen glänzten, und der Blick war direkt auf ihren Chef gerichtet.

Er sieht mich nicht, dachte Vendela. Und er weiß nicht, was ich weiß. *Dass* ich etwas weiß.

Sie schloss kurz die Augen und schlug sie dann wieder auf.

Wie oft hatte sie nicht schon gehört, dass Liebe blind machte?

Das war so ziemlich der dämlichste Spruch der Welt.

Mal ehrlich: Wieso sollte Liebe blind machen? Vendela erlebte es eher so, als ob ihr Leben auf eine nachgerade unbarmherzige Weise wie durch einen Blitz erleuchtet wurde. Denn zu lieben, hieß auch, neugierig zu sein. Alles wurde bloßgelegt, alles wurde durchschaut, nichts durfte man auf sich beruhen lassen, wenn eine Frage gestellt wurde.

Ungefähr wie in einer Mordermittlung, dachte Vendela ironisch. Wie lange würde sie die Frage zu dem, was sie da entdeckt hatte, zurückhalten können?

Sie setzte sich ins Auto, um zurück nach Uddevalla zu fahren. Ließ den Motor an und setzte aus der Parkbucht zurück. Im Augenwinkel sah sie Ray-Ray und Maria zusammen vorm Wohnwagen stehen. Ray-Ray hatte eine Hand auf Marias Rücken gelegt, und sie lächelten einander an.

Er entdeckte Vendela, als sie vom Parkplatz fuhr, und hob die Hand zu einem Winken, sah ihr nach und lächelte kurz.

Vendela lächelte auch.

Er war ein guter Mann, davon war sie fest überzeugt.

Es war Ray-Rays Verdienst, dass Marias Exmann schließlich für die Misshandlungen, die er ihr angetan hatte, vor Gericht gestellt werden konnte. Jeder Kollege in ganz Westschweden wusste das. Und allen war klar, dass sich Ray-Ray dabei nicht unbedingt an die Spielregeln gehalten hatte. Wenn jemand einem wirklich etwas bedeutete, dann tat man, was man konnte, um diese Person zu schützen.

Die Tatsache, dass er Ove kannte, war eine Kleinigkeit, völlig undramatisch, unnötig, darüber zu sprechen.

Doch Ray-Rays Schweigen wies auf etwas anderes hin.

Vendela wollte wissen, was das war.

Wie gesagt: Er war ja ein guter Mann. Ein guter Mensch.

Warum wollte er also etwas verschweigen, was so lange Zeit zurücklag?

Im Secondhandladen in Kungshamn Besuch von Helene zu bekommen, fühlte sich für August an, als würde er plötzlich in zwei Welten leben. Die eine spielte in der Zeit, als er mit Helene zusammengelebt hatte, während die andere Hälfte in der Gegenwart bei Maria und Sofia blieb. Ein sehr seltsames Erlebnis, das August ein wenig lähmte. Stocksteif stand er überrumpelt hinter dem Schreibtisch, als ob plötzlich eine Giraffe in den Laden spazierte.

Dabei wusste er doch, dass sie kommen würde.

»Kaffee?«, fragte er heiser.

Helene antwortete nicht. Sie stand mitten im Laden und schaute sich um. Das blonde glatte Haar wurde von einem einfachen, straffen Pferdeschwanz aus dem Gesicht gehalten. Sie trug ein kurzes, helles Jackett mit Goldknöpfen und beigefarbene Hosen.

Sie sah exakt so aus wie früher und gleichzeitig auch nicht.

Das Gesicht war kleiner, ihre ganze Person war dünner, etwas sehniger geworden. Doch Blick und Mund waren unverändert. Füllige Lippen, diskretes Make-up. Tadellos. Niemals zu viel, selten zu wenig. Zumindest in Zusammenhängen, die nicht privat waren.

»Wie schön du es hier hast.«

Sie lächelte steif. Offensichtlich war sie überwältigt, und das amüsierte August und war auch ein Trost im Hinblick auf seine eigene Reaktion, als er sie jetzt nach so langer Zeit wiedersah.

»Danke«, sagte er.

Helene hatte wahrscheinlich niemals mehr als ein Fahrrad secondhand gekauft. Sie war völlig unsentimental, was alte Sachen anging, weshalb Augusts Sammelleidenschaft für seltsame Dinge und Gegenstände sie zeitweilig zum Wahnsinn getrieben hatte.

»Kaffee?«, fragte August noch einmal.

»Nein, danke, ich kann nicht lange bleiben. Nicke und Viola

warten im Hotel. Wir haben diesen Ausflug gemeinsam gemacht, als kleine Familie.«

»Viola?«

»Meine Tochter. Im Mai ist sie ein Jahr alt geworden.«

»Verstehe«, sagte August. »Dann sollten wir vielleicht …«

Es wurde still im Laden.

August machte zwei Schritte um den Schreibtisch und zog den einen Besucherstuhl für sie heraus, während sie die zwei Schritte ging, um sich zu setzen. Mit einem Mal standen sie nur wenige Zentimeter voneinander entfernt, beide ebenso peinlich berührt und erstaunt.

Ein leises Lachen stieg in August auf, und zum ersten Mal, seit sie gekommen war, lächelte Helene richtig. Er hatte ihr Lächeln immer gemocht und bedauert, dass man es nur so selten zu sehen bekam. Es war breit, warmherzig und stark.

»Wenn sie lächelt, sieht sie aus wie eine Kennedy«, hatte Augusts Vater gesagt, sicherlich wegen des markanten Unterkiefers und den großen weißen Zähnen.

Helene machte einen weiteren Schritt auf ihn zu.

»Es fühlt sich komisch an, dich hier zu treffen«, sagte sie leise. »Als würde ich deine neue Welt stören.«

»Du störst nicht«, entgegnete August. »Du bist hier immer willkommen.«

Helene hob langsam ihre Arme und öffnete sie für ihn. Eine Umarmung. Vielleicht genau, was sie jetzt brauchten.

August zog sie an sich. Nicht entschlossen, nicht romantisch, aber doch kraftvoll genug, damit sie spüren sollte, dass er nichts dagegen hatte, sie zu umarmen.

Er bekam einen Kloß im Hals.

Sie roch genauso wie immer, wahrscheinlich würde sie niemals ihr Parfüm wechseln. Sie waren so verdammt lange ein Paar gewesen. Hatten einander durch Studium und Beruf begleitet, waren gemeinsam erwachsen geworden und hatten ein Zuhause aufgebaut, in dem keiner von beiden wirklich glücklich gewesen war. Damals hatte keiner von ihnen Kinder haben wollen, und jetzt im Nachhinein war er auch dankbar dafür.

Wir haben nie richtig zusammengepasst. Aber lange Zeit hatten wir es trotzdem gut.

Sie ließen einander gleichzeitig los.

Helene nahm ein Wasser anstelle von Kaffee an und setzte sich auf den Besucherstuhl, während August ein Glas für sie holte.

»Ich kann immer noch nicht glauben, dass du das hier gemacht hast«, sagte sie mit einer großen Geste in den Raum, als er zurückkam.

»Das hier?«

»Den Laden und das alles. Dass du das Geschäft aufgemacht und das alles hier aufgebaut hast. Dass du Stockholm verlassen hast für … das hier.«

Sie trank einen Schluck Wasser und stellte das Glas weg.

»Entschuldigung«, sagte sie. »Das klang nicht gut.«

»Kein Problem«, erwiderte August. »Du hättest mal hören sollen, was Henrik gesagt hat, als er das erste Mal hier war.«

Helene lachte.

»Henrik!«, rief sie. »Der muss ja völlig durchgedreht sein.«

»Er brauchte durchaus seine Zeit, um diese Veränderung in meinem und damit auch seinem Leben zu akzeptieren.«

»Ihr wart doch unzertrennlich«, sagte Helene, und ihre Augen glänzten.

»Das sind wir immer noch«, erwiderte August.

Für ihn war Henrik der Bruder, den er nie gehabt hatte, und er wusste, dass dieses Gefühl auf Gegenseitigkeit beruhte, auch wenn August auf die andere Seite des Landes gezogen war.

»Darf ich mal annehmen, dass du dich hier der reinen und ruchlosen Kapitalzerstörung widmest?«, hatte Henrik gemurmelt, als ihm klar wurde, das August mit seinen Plänen, an der Westküste ein neues Leben anzufangen, ernst machen würde.

»Irgendwas muss ich ja machen mit all meinem Geld«, hatte August erwidert.

Die Zeit in der Welt der Finanzen hatte ihm Reichtum und Erfolg beschieden, ihn aber niemals glücklich gemacht. Es dauerte Jahrzehnte, bis August den Unterschied zwischen diesen beiden Zuständen verstanden hatte.

Helene griff nach einem Foto, das auf dem Schreibtisch stand.

»Darf ich?«, fragte sie.

»Natürlich«, erwiderte August.

Es war ein gerahmtes Bild von Maria, August und Sofia, das am Mittsommerabend aufgenommen worden war. Maria trug einen Blumenkranz im Haar. Helene betrachtete das Foto lange.

»Ihr seht schön aus«, sagte sie. August lächelte.

»Danke«, sagte er. »Mit etwas Glück kriegst du Sofia auch noch zu sehen. Sie schläft gerade in der Küche, müsste aber eigentlich jeden Moment aufwachen.«

Helene sah erstaunt aus.

»Ist sie hier?«

»Ja, das funktioniert gut.«

»Und ihre Mutter …?«, fragte Helene und unterbrach sich dann aber schnell. »Entschuldigung, das geht mich nichts an.«

»Maria ist Polizistin, und es geht ihr sehr gut mit ihrem Beruf«, sagte August. »Für unsere Familie passt diese Lösung ausgezeichnet.«

Plötzlich wirkte Helenes Blick traurig.

»Ich … Ich fand es auch nicht so spaßig, zu Hause zu sein«, sagte sie. »Aber Nicke hätte niemals … Also, das stand irgendwie nicht zur Debatte, dass er in Elternzeit gehen würde. Nicht einmal die Hälfte der Zeit. Er hat ein paar Monate über den Sommer genommen, und ansonsten hatten wir eine Nanny, die mich entlastet hat.«

Sie richtete sich auf, wohl in dem Bewusstsein, dass sie jetzt etwas sehr Privates erzählte.

Ach, Helene, dachte August. Dass du aber auch nie daran gedacht hast, dass es auch für dich ein anderes Leben geben könnte.

Mit gesenktem Blick und resoluten Bewegungen öffnete sie ihre Handtasche.

»Wie gesagt habe ich etwas gefunden, was dir gehört«, sagte sie. »Etwas von deiner Mutter und deinem Vater.«

August wartete auf die Fortsetzung.

»Du hast mich ja damals, nachdem deine Eltern gerade gestorben waren, darum gebeten, einen Teil meines großen Dachbodens in Anspruch nehmen zu können, und mit allem, was dann folgte, entstand so ein Chaos. Ihr Haus wurde ausgeräumt und du standest mit fünfzig Umzugskartons da, von denen du nicht richtig wusstest, was du damit machen solltest. *Remember?*«

August schauderte es.

»Pfui Teufel«, sagt er leise. »Ich erinnere mich. Es war eine furchtbare Zeit.«

Er fluchte nur, wenn es ihm wirklich an Worten gebrach, und das war immer der Fall, wenn er über die Wochen nach dem plötzlichen Tod seiner Eltern sprach.

Damals hatte sich Henrik um alles Praktische gekümmert. Er hatte bestimmt, dass August ein Lager für all die Sachen mieten sollte, die er nicht wegwerfen wollte. Zu der Zeit hatte August bereits ein paar Sachen auf seinem eigenen und Helenes Dachboden untergebracht.

»Ich bilde mir ein, ich hätte alle Kartons geholt, die ich bei dir abgestellt hatte«, sagte er. »Ich hatte doch ein Lager gemietet.«

»Das stimmt«, sagte Helene. »Aber als ich jetzt zum Umzug den Dachboden ausgeräumt habe …«

»Wo werdet ihr hinziehen?«

»Wir haben uns ein Haus in Södra Ängby gekauft. Du musst uns mal besuchen kommen.«

»Das mache ich gerne.«

Und er hatte das Gefühl, das auch wirklich zu meinen.

»Wie auch immer, da habe ich einen Karton gefunden, den du vergessen haben musst. Es war ein kleiner Karton mit einer Reihe seltsamer Nippesgegenstände, Theatermasken und ein paar Fotoalben.«

August strahlte. Er wusste genau, von welchem Karton sie sprach. Bisher war er davon ausgegangen, Henrik und er hätten diese Alben und die Masken aus Versehen weggeworfen. Damals war alles so ein Durcheinander gewesen, und da konnte schon mal was schiefgehen.

»Da freue ich mich wirklich«, sagte er. »Ich habe ewig nach den Alben gesucht und mich schon damit abgefunden, dass sie wahrscheinlich weg sind.«

Dann schaute er auf ihre Handtasche, die sie immer noch auf dem Schoß hatte, und verstummte.

Helene lächelte.

»Den Karton habe ich draußen im Auto. Aber es lag eine Sache drin, die ich dir sofort geben wollte.«

Sie zog ein vergilbtes Kuvert aus der Handtasche und legte es auf den Schreibtisch.

»Das hier ist aus einem der Fotoalben gefallen, als ich den Karton durchgeschaut habe«, erklärte sie. »Ich wollte nicht, dass der Umschlag zwischen all den anderen Sachen verschwindet.«

»Danke«, sagte August.

Die Handschrift seines Vaters schnörkelte sich über die Rückseite des Umschlags.

Mays Haus.

Andächtig las August wieder und wieder diese zwei Worte.

Ein unvermuteter Gruß von seinem verstorbenen Vater.

Ein *unbegreiflicher* Gruß.

Das hatte er nicht erwartet.

August spürte, wie sich seine Kehle zusammenzog, als er das Kuvert fest umfasste. Es fühlte sich an, als läge ein Schlüssel darin.

Ohne zu zögern, begann er den Umschlag aufzumachen.

Es raschelte.

»Weißt du, wer May war?«, fragte Helene.

»Keine Ahnung«, sagte August. Er hatte ihn niemals von jemandem mit Namen May reden hören.

Im Umschlag lag nichts anderes als tatsächlich ein Schlüssel, und zwar ein ziemlich alter, wie August annahm. Er wog ihn in seiner Hand und drehte und wendete das Kuvert, um einen Hinweis darauf zu finden, warum sein Vater den Schlüssel in einen Umschlag getan, und diesen in ein Fotoalbum gesteckt hatte.

»Hast du das Album durchgeblättert?«, fragte August. »Konnte man sehen, wo der Umschlag gesteckt hat?«

Helene nickte.

»Ja, drinnen im Album ist noch ein großes Stück Klebefilm zu sehen. Wahrscheinlich ist der Kleber alt geworden, und dann hat sich der Umschlag gelöst. Die Bilder drumherum sind sehr schön, aber etwas anonym. Die meisten sind in der Schweiz gemacht.«

August starrte sie an.

»In der Schweiz?«

Er konnte sich nicht erinnern, dass seine Eltern jemals erwähnt hätten, in der Schweiz gewesen zu sein.

»Und es sind auch noch andere Fotos im Album«, sagte Helene. »Von Hovenäset.«

»Das ist nicht verwunderlich«, meinte August. »Meine Großeltern hatten schließlich ein Sommerhaus hier, als ich klein war. Deshalb bin ich überhaupt in diesem Teil des Landes aufgeschlagen.«

»Schon, ich weiß, aber …«

»Aber?«

»Im Album stehen einige Jahreszahlen, und ich habe sie einfach nicht zusammengekriegt, aber was weiß ich schon?«, erklärte Helene. »Vielleicht erinnere ich mich auch nicht richtig.«

Wohl kaum, dachte August.

Helenes Erinnerungsvermögen schlug seines um Längen.

Was war denn das für ein Album, das da in dem Karton lag? Wahrscheinlich hatte Henrik es reingelegt, denn der hatte ihm beim Packen geholfen. August wäre doch aufgefallen, dass er es nicht kannte.

»Sollen wir mal den Karton holen?«, fragte Helene. »Wie gesagt, ich muss bald mal weiter.«

Ein schnaubendes Geräusch, das in einen heiseren kleinen Schrei überging, war aus dem Nachbarraum zu hören. Helene stand auf, ihre Wangen färbten sich plötzlich rosa.

»Geh du und kümmere dich um deine Tochter«, sagte sie. »Ich kann den Karton allein reinbringen.«

Das tat August leid.

»Du hast noch gar nichts von deinem Mädchen erzählt«, sagte er leise.

»Ich habe doch gesagt, dass sie Viola heißt«, entgegnete Helene.

Sie holte ihr Handy heraus und zeigte ein Bild von einem kleinen Mädchen, das sich mit der einen Hand auf einen Couchtisch aufstützte und seine großen braunen Augen fest auf den gerichtet hatte, der das Bild machte.

August lächelte warm.

»Sie ist einzigartig«, sagte er und drückte Helenes Arm.

Dann schob er den Schlüssel in die Tasche und ging rasch zu Sofia und nahm sie hoch.

»Na, ist Papas süßes kleines Ding wach?«, sagte er leise und hielt sie ganz nah bei sich. »Bist du das?«

Ein leichter Kuss auf ihren Kopf. Wie viele von diesen Küssen hatte es nun schon gegeben? Tausend? Eine Million?

Er wartete darauf, die Ladentür zu hören, doch das passierte nicht. Als er den Blick hob, sah er, wie Helene auf der Schwelle zur Küche stand und ihn beobachtete. Da war wieder dieses breite Lächeln, doch in ihren Augen glitzerten Tränen. Sie sah resigniert und warmherzig zugleich aus.

»Sie ist auch einzigartig, August«, sagte sie.

Dann verschwand sie aus der Tür und holte den Karton. August blieb mit seinem Kind auf dem Arm und einem alten Schlüssel in der Tasche zurück. Ein Schlüssel, den sein Papa einmal in ein Kuvert gesteckt und *Mays Haus* draufgeschrieben hatte.

August verspürte Unlust und Neugier.

Der Schlüssel war ein Flüstern der Toten.

August wollte wissen, was er erzählen konnte.

Nachdem Magnus mit Sandra telefoniert hatte, schleppten sich die Stunden dahin. Er blieb in Uddevalla, um den Versuch abzuwarten, seinen Vater aus dem Koma zu wecken. Als das schließlich geschah, war Magnus so angespannt, dass er fast ohnmächtig wurde.

Der Versuch misslang.

»Wir geben nicht auf«, sagte der Arzt. »Vielleicht unternehmen wir gleich morgen einen neuen Versuch.«

»Natürlich«, flüsterte Magnus.

Dann fuhr er nach Hause nach Hovenäset. Die Polizei hatte angerufen und wollte noch einmal bei ihnen vorbeikommen. Ray-Ray hatte am Telefon ernst und etwas gehetzt geklungen, doch Magnus konnte sich nicht weiter stressen lassen.

Ich gehe kaputt, dachte er. Es wird nichts mehr von mir übrig sein, wenn das hier vorbei ist.

Vorbei.

Wenn er wusste, ob sein Vater leben oder sterben würde.

Wenn er wusste, wer seine Mutter ermordet hatte.

Magnus parkte das Auto auf dem Marktplatz von Hovenäset. Ihr Grundstück war zu klein für eine Auffahrt, wo man den Wagen hätte hinstellen können. Er schüttelte den Kopf, um sich wieder zu fassen. Er müsste etwas essen und versuchen, sich auszuruhen.

Es fühlte sich gut an, mit Sandra telefoniert zu haben. Vor allem war es gut, irgendetwas zu tun, zu versuchen zu verstehen, was da mit seiner Familie los war.

Wie ist das passiert, dass ich plötzlich ganz allein bin?, dachte Magnus und vergaß dabei völlig, dass sein Vater ja noch lebte.

Am meisten trieb ihn die Frage um, wie es möglich war, dass seine Ursprungsfamilie ausgelöscht worden war. Und dazu gehörte auch Clara, die einzige Schwester, die er gehabt hatte.

Die Tränen liefen.

Wer würde er ohne Eltern in seinem Leben sein oder vielmehr werden? Würde er genauso verrückt werden wie der scheinbar stille Strindberg und einmal quer durchs Land umziehen, um einen Traum zu leben, der ihm plötzlich eingefallen war? Oder würde er in Trauer versinken und eine andere viel weniger zufriedene Person werden?

Einer, der Schuld und Scham empfand.

Einer, der für den Rest seines Lebens bereuen würde, dass er seinen verdammten Schlüssel nicht benutzt hatte und rechtzeitig zu seinen Eltern gegangen war. Denn natürlich musste es einen Zeitpunkt gegeben haben, wo es auch noch möglich gewesen wäre, seine Mutter zu retten, wenn er sich nur zusammengerissen und erkannt hätte, dass dieses Mal anders war als das letzte.

Magnus setzte sich in Bewegung und verließ das Auto. Ein älteres Paar kam den Hovenäsvägen entlang und näherte sich gemächlich dem Marktplatz. Er war gestresst und schämte sich. Man konnte nicht einfach zwischen den Autos stehen bleiben und wie ein kleines Kind heulen. Er wollte nicht getröstet werden, und er wollte auch keine Gesellschaft.

Ich gehe zur Bootshütte, dachte er. Dann mache ich vielleicht wenigstens einen gefassten Eindruck, wenn ich wieder mit der Polizei sprechen muss.

Das Bootshaus lag in der Nähe des Marktplatzes, nur ungefähr eine Minute entfernt.

Er sah, wie das alte Paar ihm nachschaute, als er davoneilte. Er kannte sie nicht, deshalb waren es vielleicht Sommergäste, die keine Ahnung davon hatten, wer er war oder was seiner Familie zugestoßen war. Vielleicht dachten sie, er sei eine verlorene Seele, die da stand und in ihrer Einsamkeit auf einem Parkplatz weinte.

Sollten sie doch glauben, was sie wollten.

Magnus ging so schnell, dass er fast die kurze Treppe zur Bootshütte hinunterstolperte. Der Schlüssel lag unter einem Stein – sie waren so viele, die diese Bootshütte benutzen, dass es nicht sinnvoll gewesen wäre, den Schlüssel bei einem von ihnen zu Hause aufzubewahren. So hatte der Vater von Magnus argumentiert, und heute fand dieser, dass es eine ausgesprochen vernünftige Idee war.

In dem Moment, als er die Tür hinter sich schloss und vorging, um die andere Tür zu öffnen, die zum Hafen und dem Steg führte, klingelte sein Handy.

Papa!

Doch es war nicht das Krankenhaus, das anrief, sondern Lovisa.

Magnus machte die Türen auf.

»Hallo.« Er schämte sich, als er hörte, wie er klang. Die Stimme war rau und belegt, obwohl er zu verbergen suchte, dass er geweint hatte.

»Kannst du reden? Oder bist du im Krankenhaus?«, Lovisas Stimme klang angespannt.

»Ich kann reden«, sagte Magnus und sank auf die Holzbank, die sein Vater eigenhändig gezimmert hatte. »Und nein, ich bin nicht im Krankenhaus. Ich sitze im Bootshaus, bin gerade zurückgekommen.«

»Du solltest doch anrufen, wenn du aus Uddevalla wegfährst«, mahnte Lovisa. »Die Polizei hat gerade angerufen. Die scheinen nicht warten zu wollen.«

Ich weiß, dachte Magnus. Aber mein Kopf schafft es gerade nicht, mehr als eine Sache gleichzeitig zu machen.

Lovisa klang gestresst, als sie fortfuhr:

»Magnus, da ist noch etwas. Wir müssen über Lucas reden. Oder besser *mit* ihm. Ich weiß nicht, er ist so verändert, total ängstlich und angespannt.«

Wer zum Teufel ist das gerade nicht?, dachte Magnus.

Doch dann riss er sich zusammen. Er verstand, was Lovisa meinte. Ihm standen immer noch die Haare zu Berge, wenn er daran dachte, wie sein Sohn mit einem Baseballschläger auf der Terrasse gesessen und gewacht hatte.

Magnus räusperte sich. Er hatte Lovisa noch nicht erzählt, was er gesehen hatte, denn er wollte ihr keinen Stress machen. Sie hatte bereits so viel anderes, woran sie denken musste. Doch jetzt hatte er keine Wahl.

»Ich habe gestern etwas gesehen«, begann er.

Und dann erzählte er ihr, was passiert war.

Lovisa holte erschrocken Luft.

»Und du hast mir nichts davon gesagt?«, fragte sie schockiert, aber auch zornig.

»Entschuldige! Es war so verdammt seltsam, ihn da Wache halten zu sehen, da habe ich mich nur darauf konzentriert, ihn wieder ins Haus zu bekommen.«

Bevor du vom Einkaufen zurückkamst, fügte er im Stillen für sich selbst hinzu. Ich wollte nicht, dass du dasselbe siehst wie ich.

»Er hat ein Recht darauf, sich sicher zu fühlen«, erwiderte Lovisa hitzig. »Was sind wir nur für Nieten von Eltern, dass wir uns nicht besser um unsere Kinder kümmern?«

Jetzt wurde Magnus zornig. Der Teufel sollte den holen, der ihnen so wehgetan hatte.

»Ich bin derselben Ansicht«, sagte er. »Ich bin derselben Ansicht wie du. In allem. Ich werde noch einmal mit Lucas sprechen.«

»*Wir* werden mit Lucas sprechen«, korrigierte ihn Lovisa. »Wir sind doch ein Team, oder?«

Magnus dachte an das Gespräch, das er mit Claras Freundin Sandra geführt hatte, ohne es Lovisa gegenüber mit einem Wort zu erwähnen.

»Natürlich sind wir ein Team«, erwiderte er selbstverständlich.

»Lucas muss sich trauen, mit beiden von uns zu sprechen«, sagte Lovisa. »Er muss sich sicher fühlen und er muss trauern können.«

Magnus nickte.

Er war schon wieder auf dem Weg aus dem Bootshaus heraus.

»Ich komme jetzt«, sagte er. »Dann reden wir erst mit der Polizei und dann mit Lucas.«

Sie beendeten das Gespräch.

Magnus ging mit entschlossenen Schritten und hart aufeinandergepressten Kieferknochen zu seinem Haus. Sie mussten es schaffen, dass Lucas sich wieder sicher fühlte. Sie mussten ihn dazu bringen zu begreifen, dass er mit seiner Angst nicht allein war, es aber keinen Grund gab zu glauben, dass ihnen etwas passieren würde.

Oder vielleicht doch?

Der Gedanke überfiel Magnus plötzlich, und er musste innehalten.

Bin ich hier dumm im Kopf?

Sein Herz pochte schneller.

Woher will ich wissen, dass derjenige, der über Mama und Papa hergefallen ist, nicht auch den Rest der Familie auslöschen will?, dachte er matt. Woher will ich wissen, was mit uns anderen passieren wird?

Etwas später als geplant fuhren Maria und Ray-Ray nach Hovenäset, um herauszufinden, ob Magnus und Lovisa den Mann von dem Film aus der McDonald's-Filiale kannten. Sie hatten Magnus nach dem Treffen im Wohnwagen angerufen und da erfahren, dass er im Krankenhaus in Uddevalla war. Erst jetzt war er nach Hause gekommen.

Es war gerade nach siebzehn Uhr, und die Sonne brannte von einem klaren blauen Himmel. Der Sommer hielt sich und würde vielleicht noch bis zum Schulbeginn bleiben. Maria und Ray-Ray hatten zuvor noch mit zwei weiteren Freunden von Ove und Irma gesprochen. Noch mehr Menschen aus ihrer Nähe, die überhaupt nicht begreifen konnten, was da passiert war, und nie von irgendwelchen Konflikten gehört hatten.

Maria checkte ihr Telefon.

August hatte sich vor ein paar Stunden gemeldet – da hatte er eben Helene getroffen. Maria hatte keine Möglichkeit gehabt zurückzurufen, würde aber nach dem Lesekreis mit ihm sprechen. Der begann um neunzehn Uhr, und es sah ganz so aus, als ob sie es schaffen würde, daran teilzunehmen. Sie lächelte, als sie an Augusts SMS dachte. Er hatte sogar ein Bild von der schlafenden Sofia geschickt.

Meins!, dachte Maria, als sie das Bild sah. Wie schön, dass ausgerechnet du meins geworden bist!

Eilig schickte sie das Bild an Gabriella weiter, um ihren Stolz mit der Schwester zu teilen. Dann musste sie daran denken, was Gabriella ihr am Abend zuvor erzählt hatte, und da hätte sie am liebsten laut gelacht.

Gabriella und Henrik.

Meine Güte.

Hoffentlich erzählte Henrik bald auch August davon, damit sie beide darüber reden konnten. Gabriella hatte gesagt, dass sie sich nicht wiedersehen würden, und das klang gut, fand Maria. Henrik war wahnsinnig wichtig für August, doch das machte ihn nicht automatisch zu einem guten Liebhaber.

Ray-Ray parkte auf dem Marktplatz, wo er den letzten freien Platz ergattert hatte. Wenn alle Sommergäste auf der Halbinsel waren, dann gestaltete sich die Parkplatzsituation einigermaßen hoffnungslos. Man musste sich über die kleinste Lücke an der Straße freuen oder wenn man es schaffte, einen Platz unterhalb der alten Jugendherberge zu finden.

Maria beobachtete Ray-Ray von der Seite, wie er seine Sonnenbrille abnahm, die Haare im Rückspiegel zurechtkämmte und die Autotür öffnete.

»Sollen wir?«, fragte er.

Sie überlegte, was sie antworten sollte. Ray-Ray war nur wenige kurze Momente so wie immer. Meistens lief er schweigend und nach innen gekehrt herum und wirkte geradezu zerstreut. Das hielt sie zurück, ließ sie über vieles schweigen, das sie ansonsten zuallererst ihm erzählt hätte. Zum Beispiel hatte sie ihm noch nicht gesagt, dass sie gedachte, Kriminologie zu studieren. Sie hatte auch noch nicht erzählt, wie sehr sie sich über den Besuch ihrer Schwester gefreut hatte, obwohl das Krebsfest abgesagt worden war. Weil es sich so anfühlte, als hätte sie ihre Familie zurückgewonnen.

Früher haben wir über alles geredet, dachte sie.

Ray-Ray reagierte auf ihr Schweigen und sank in den Sitz zurück und zog die Tür zu.

»Was ist los?«, fragte er.

Die Sorge schwang in seinen Worten mit und war auch in seinem Blick zu erkennen. Er passte auf sie auf, so war es schon immer gewesen. Doch diesmal hatte er die Situation missverstanden.

»Das wollte ich auch gerade fragen«, sagte Maria. »Was ist los, Ray-Ray?«

Er erstarrte, reagierte aber schneller, als sie erwartet hatte.

»Was meinst du?«

»Du bist nicht du selbst in der letzten Zeit. Ich erkenne dich nicht wieder. Es scheint, als würde dich etwas stören. Und in den letzten Tagen ist es noch schlimmer geworden.«

Im Auto wurde es still.

Viel zu still.

Und außerdem ziemlich heiß.

Verdammt noch mal, das war jetzt gar keine gute Gelegenheit.

»Hauptsächlich will ich sagen, dass ich hier bin, wenn du reden willst«, erklärte Maria.

Er legte die Hand auf den Griff der Autotür und machte sich bereit auszusteigen.

»Es gibt nichts, worüber wir reden müssten«, sagte er, blieb aber sitzen, ohne die Tür zu öffnen.

»Okay«, erwiderte Maria ruhig und wartete.

Hoffte auf eine Fortsetzung.

Ray-Ray starrte geradeaus durch die Windschutzscheibe. Eine Gruppe Kinder zog am Auto vorbei, und hinter ihnen kamen zwei Frauen voll beladen mit Badespielzeug.

Er bewegte sich unruhig auf seinem Sitz. Es war Ray-Ray schon immer schwergefallen, still zu sitzen.

»Ich habe jemanden kennengelernt«, sagte er.

Seine Stimme war ganz neutral und die Miene ebenso. Keine Freude dabei, obwohl das, was er gesagt hatte, durchaus als gute Neuigkeit bezeichnet werden konnte.

»Wie schön!«, antwortete Maria. »Glückwunsch!«

Sie konnte nicht anders, als erleichtert zu sein. Ray-Ray war nicht krank und nicht sauer – der Grund dafür, dass sie ihn den ganzen Sommer über kaum zu Gesicht bekommen hatten, war, dass er eine Beziehung hatte. Wie schön. Und so sehr ungewohnt.

Ray-Ray war auf eine seltsame Weise immer in einer Beziehung, oder in mehreren gleichzeitig, doch sprach er von den Frauen niemals anders als von Dates.

Doch jetzt hatte er geradeheraus gesagt, er habe jemanden kennengelernt, und das war neu.

Maria lächelte und suchte seinen Blick.

»Wie lange geht das denn schon?«

Er grinste und wurde dann wieder ernst.

»Das kommt darauf an, wie man es zählt«, erwiderte er. »Entweder so ungefähr zehn Jahre oder seit Mai.«

Maria brach in Lachen aus.

»Zehn Jahre? Habt ihr zehn Jahre lang rumgemacht?«

»Nein, nein, so nicht.«

Er sah verlegen aus.

Maria drehte sich im Sitz herum, sodass sie ihn direkt ansehen konnte. Sie suchte nach Worten, die am besten beschrieben, was sie wissen wollte.

»Habt ihr … Geht es dir gut? In eurer Beziehung, meine ich?«

Er stöhnte leise und lehnte den Kopf an die Nackenstütze.

»Ob es mir gut geht? Doch, das ist wohl so.«

»Sieht aber nicht so aus.«

Er schluckte und saß eine Weile schweigend da.

»Es ist lange her, dass ich so intensiv für eine Frau empfunden habe«, sagte er dann. »Sehr lange her. Ich bin gerne mit ihr zusammen. Ich bin so gerne mit ihr zusammen, dass ich sie gar nicht leid werde. Ich … Verdammt, ich fühle etwas. Und zwar wirklich.«

Maria betrachtete ihren Kollegen und Freund mit halb geöffnetem Mund.

Wer bist du, und was hast du mit Ray-Ray gemacht?, dachte sie.

Sie konnte sich nicht erinnern, dass er jemals so über eine Frau gesprochen hätte. Aber warum sah er dann so böse aus? War er so verliebt in seine sogenannte Freiheit, dass er wahre Liebe als vernichtend betrachtete?

»Du bist verliebt«, sagte sie fassungslos.

Er nickte still. Ein einziges entschiedenes Nicken. Aber immer noch keine Freude.

»Was ist das Problem?«, fragte Maria.

Er seufzte.

»Das hat nichts mit ihr zu tun«, sagte er. »Es gibt andere Dinge, die kompliziert geworden sind.«

Maria war nahe daran, ebenfalls zu seufzen. Immer musste er in einer Ecke seines Lebens ein Drama haben.

»Mach das klar, was kompliziert ist«, sagte sie. »Damit deine Beziehung nicht darunter leidet.«

Ray-Ray verzog das Gesicht.

»Sie hat nichts damit zu tun«, sagte er wieder. »Da spukt ein anderer Scheiß herum.«

»Was für ein Scheiß?«

Ray-Ray schien zu zögern.

»Ich glaube, da passe ich jetzt mal«, sagte er schließlich.

»Ist okay«, sagte Maria. »Du erzählst nur so viel, wie du willst. Aber du weißt ja, wo ich bin, wenn du noch mehr reden willst.«

Endlich wandte Ray-Ray den Kopf und sah sie an. Er lächelte warm. Das war ein unverstelltes und freundliches Lächeln, das man nur sehr selten zu Gesicht bekam.

»Du bist gut«, sagte er. »Danke.«

Und dann stieß er die Autotür auf und stieg aus.

»Jetzt arbeiten wir mal, was?«

Maria folgte seinem Beispiel und verließ den Wagen. Das Plauderstündchen war offensichtlich für dieses Mal beendet. Wie schade, fand Maria. Sie hatte immer noch nicht herausbekommen, was genau ihn trieb.

Zehn Jahre lang kannte er die Frau schon.

Das war ja eine halbe Ewigkeit.

Wer ist sie?, dachte Maria. Und was belastet ihn so sehr, dass er nicht mehr er selbst ist?

Vendela zögerte, nach Hause zu gehen. Der Triumph, den sie nach ihrem Fund in dem alten Ofen verspürt hatte, war wie weggeblasen. Obwohl sie von Roland mächtig gelobt worden war: Das war Polizeiarbeit *at its best*, hatte er gesagt. Vendela war stolz, freute sich über das Lob und wusste, dass sie gute Arbeit geleistet hatte.

Trotzdem.

Sie hatte ohne zu zögern das gerahmte Klassenfoto von der Wand gepflückt und mitgenommen.

Man konnte für weniger gefeuert werden.

Verdammter Mist.

Ihre Finger bewegten sich rastlos über die Tastatur. Sie fühlte sich gehetzt und war unsicher über ihre und Ray-Rays Beziehung. Wenn nun Beziehung überhaupt das richtige Wort war. Vielleicht war es passender, es schlichtweg nur Sex zu nennen.

»Teufel auch«, flüsterte sie und schlug die Hände vors Gesicht.

Sie erinnerte sich an etwas, was ein Freund vor ein paar Jahren gesagt hatte, als er eine schwere Krise durchmachte:

»Wenn das Leben mir Zitronen gibt, dann mache ich Limonade daraus.«

So bin ich nicht drauf, dachte Vendela, und zwar überhaupt nicht. Ich mag Limonade nicht mal.

Sie richtete den Blick auf den Computer.

Da war das Neueste aus der Ermittlung zu Irmas Todesfall.

Die Bankinformationen waren gekommen, und sie hatten auch die Kontaktadressen ihres Arztes und Zugang zu ihren Krankenakten bekommen. Vendela war alles durchgegangen und hatte eine Zusammenstellung an Maria und Ray-Ray weitergeschickt.

Es war traurig zu lesen, wie Irmas Schulden aus der Spielsucht im Laufe der Zeit gewachsen waren. Sie schien nur einzelne kleine

Gewinne gemacht zu haben, während sie immer mehr Geld verlor. Vor knapp fünf Jahren hatte sie ein Privatkonto bei der Bank eröffnet. Danach schien ihre Spielsucht ein neues Niveau erreicht zu haben. Irma musste viele Stunden und Tage vorm Computer verbracht haben.

Die arme Frau, dachte Vendela. Was für riesengroße Zitronen hatte das Leben ihr wohl mitgegeben, dass sie anfing, im großen Stil zu spielen.

Das war etwas, worauf die Ermittlergruppe noch mehr Zeit verwenden musste, aber eine Sache, die sie wahrscheinlich vernachlässigen konnten, war, wie es Irma gelungen war, das Problem der Mengen von kleinen Anleihen, die sie zum Beispiel per SMS aufgenommen hatte, zu lösen. Drei Monate vor ihrem Tod war sie zu einem weniger bekannten Kreditinstitut gegangen und hatte einen Blanko-Kredit aufgenommen und auf diese Weise die vielen kleinen und unfassbar teuren Kredite durch einen größeren ersetzt, der natürlich auch hohe Zinsen hatte, doch nicht annähernd so hoch wie die Schulden, die sie zuvor geplagt hatten. Außerdem hatte sie einen Posten Aktien verkauft, die sie offensichtlich von ihren Eltern geerbt hatte, und das Geld dazu verwendet, ihre Schulden abzustottern. Danach schien sie nicht weitergespielt zu haben.

Widerwillig wandte Vendela den Blick vom Bildschirm.

Ihre Hände wanderten zur Bürotasche, in die sie das Klassenfoto mit Ray-Ray geschoben hatte. Sie zitterten ein wenig, als sie es vorsichtig und beschämt – als hätte sie Kokain mit zur Arbeit genommen – rausholte.

Schweigend legte sie das Foto vor sich hin und betrachtete Ray-Ray als Teenager. Seine Haare standen in alle Richtungen ab, und sein Blick war so ernst, dass sie fast lachen musste.

Sie trommelte mit den Fingern auf die Schreibtischunterlage und grübelte über die immer gleiche Frage nach.

Warum hatte er nicht gesagt, dass er Ove als Lehrer gehabt

hatte? Das war doch nichts Besonderes, es war Ewigkeiten her, seit er im Gymnasium war.

Sie drehte den Rahmen herum und holte das Foto raus, wollte sich vergewissern, ob dort nicht irgendetwas stand.

Und so war es.

Ängskolan Lysekil.

Vendela drehte sich wieder zum Computer und suchte schnell.

Die Ängskolan gab es immer noch, und ihre Website war ungelenk und nichtssagend.

Vendela klickte auf den Reiter »Kollegium«. Lehrer in allen Altersklassen waren mit Namen und Foto abgebildet, doch es war unmöglich zu sagen, ob einer von ihnen ein Kollege von Ove gewesen sein oder Ray-Ray als Schüler gehabt haben könnte.

Sie unterbrach sich abrupt.

Was mache ich hier eigentlich?

Versuchte sie im Ernst, die Schulkarriere ihres Freundes zu stalken?

Der nächste Gedanke:

Er ist nicht mein Freund.

Und dann:

Er wird es auch nie werden, wenn ich in seiner Vergangenheit herumschnüffele, über die er sich offensichtlich ausschweigen will.

Resolut schloss sie die Website der Schule.

Stattdessen überprüfte sie den Status der Arbeit mit den Fingerabdrücken auf den Dingen, die sie aus dem Haus der Dahlmans mitgenommen hatten. Hoffentlich würden sie am nächsten Tag Ergebnisse bekommen. Was die Fingerabdrücke auf den McDonald's-Bechern anging, gab es dort nur die von Irma und Ove.

Das Handy gab ein Signal von sich.

Das war ihr Vater, der sich da meldete. Er hatte ein unscharfes Selfie von sich und einer Reuse voller frischer Krebse gemacht.

Vendela musste lächeln.

Er war so gut darin, das Leben mit Licht und vernünftigem Inhalt zu füllen. Nur ganz selten grübelte er und fast immer entschied er sich für die Freude.

»Und ich bin so schlecht darin«, flüsterte Vendela dem Bild zu.

Möge ihr Vater mindestens hundert Jahre alt werden. Sonst würde sie es niemals schaffen, alles zu lernen, was er darüber wusste, wie man das Leben von der hellen Seite her betrachtete.

Erneut trommelte sie mit den Fingern auf die Schreibtischunterlage, suchte nach einem Gedanken, der ihr die ganze Zeit entglitt. Den es schon in ihrem Hinterkopf gegeben hatte, seit sie da in dem Keller gestanden und gesehen hatte, was im Ofen lag.

Sie stand auf und packte ihre Tasche.

Für heute würde sie Schluss machen, sie kam jetzt nicht weiter.

Ray-Ray brauchte wahrscheinlich nur ein bisschen Zeit. Früher oder später würde er sicherlich über seine Beziehung zu Ove sprechen, und dann würde Vendela da sein und zuhören.

Und wenn er sein Geheimnis nicht erzählte …

Dann werde ich ihm auch damit helfen, dachte sie.

Es dauerte weniger als eine Minute, vom Parkplatz auf dem Markt zu dem Haus zu gehen, in dem Magnus und Lovisa wohnten. Maria und Ray-Ray bewegten sich rasch durch die ältesten Teile von Hovenäset. Obwohl sie jetzt dort wohnte, war Maria doch immer wieder erstaunt darüber, wie dicht die Häuser beieinanderstanden und dass eines immer noch hübscher war als das andere.

Die Tür war angelehnt, als sie kamen. Im Garten hüpfte Elina auf einem Trampolin. Lucas war nicht zu sehen.

»Hallo?«, fragte Ray-Ray und steckte den Kopf durch die Tür.

Bald tauchte Magnus auf.

»Hallo, hallo«, sagte er. »Wir machen gerade ein bisschen was zum Abendessen.«

Genau wie letztes Mal führte er sie in die Küche.

Sein Hemd war falsch geknöpft und zerknittert, er schien gestresst und resigniert zugleich.

»Es tut uns leid, dass der Versuch, Ove aus dem Koma zu wecken, nicht gelungen ist«, sagte Maria.

Magnus fuhr sich mit einer Hand durchs Haar, sodass es zu Berge stand.

»Vielen Dank«, sagte er.

Lovisa schaltete den Herd aus und zog eine Bratpfanne und einen Topf von den Platten. Dann wandte sie sich an Maria und Ray-Ray.

»Möchten Sie etwas? Wasser vielleicht? Tee?«

»Nein, danke«, erwiderte Ray-Ray. »Wir werden nicht lange bleiben.«

Maria holte ihr Telefon heraus.

»Wir haben ein Foto, das wir euch gerne zeigen möchten«, sagte sie. »Ist das jemand, den ihr kennt?«

Sie reichte das Handy Magnus und Lovisa über den Tisch, und die beiden beugten sich vor, um besser zu sehen.

Lovisas Reaktion war unmittelbar. Sie schlug die Hand vor den Mund und drückte sich an Magnus, suchte seine Nähe. Ihr Gesicht, das vorher schon bleich gewesen war, wurde jetzt kreideweiß. Magnus antwortete, indem er einen Küchenstuhl für Lovisa herauszog und sich dann auf den daneben sinken ließ, ohne das Handy aus den Augen zu lassen.

»Woher kommt das?«, fragte er.

»Das dürfen wir nicht sagen«, erwiderte Maria. »Wer ist das?«

»War er das, der das getan hat?«, fragte Magnus. »War er das, der …?«

»Das wissen wir nicht«, sagte Ray-Ray. »Noch einmal: Wer ist das?«

Magnus und Lovisa sahen einander an. Magnus gab das Telefon zurück.

»Ein Lehrer, der in einer Schule in Kungshamn gearbeitet hat, wo Papa Rektor war«, sagte er.

Maria schaute von dem Foto zu Magnus.

»Erzähl«, forderte sie ihn auf.

»Da gibt es nicht viel zu sagen. Er hat seinen Dienst nicht ordentlich gemacht und musste die Schule verlassen. Daraufhin ist er sehr wütend gewesen.«

»So wütend, dass er Ihrer Meinung nach Ihre Mutter getötet haben könnte?«, hakte Ray-Ray nach.

»Das habe ich überhaupt nicht gesagt.«

Nein, aber du hast gefragt, dachte Maria und wusste, dass dies hier eine Spur war, die sie weiterverfolgen wollte.

»Wie heißt er?«, fragte sie noch einmal.

Magnus schien es schwerzufallen, den Namen auszusprechen.

»Viking Nilsson«, sagte er.

»Weißt du, inwiefern er seinen Dienst nicht ordentlich gemacht hat?«

Magnus schüttelte den Kopf.

»Papa durfte nichts darüber sagen. Aber er hat Viking erwähnt, weil dessen Reaktion auf die Kündigung unverhältnismäßig heftig war. Aber das ist nun auch viele Jahre her, sodass es heute eigentlich keine Rolle mehr spielen sollte.«

Maria fragte sich, wie Magnus »viele Jahre« definierte. Der Mann auf dem Foto war höchstens vierzig.

»Wie viele Jahre ist es her?«, fragte sie.

»Sieben, glaube ich.«

Es hatte etwas Künstliches, wie er »glaube ich« sagte, als wüsste er ganz genau, wann die Sache passiert war. Er sah Lovisa an, die nickte.

»Das stimmt«, sagte sie.

»Also dasselbe Jahr, in dem deine Schwester gestorben ist?«, erkundigte sich Maria. »Vor sieben Jahren?«

Magnus sah sie schweigend an.

»Ja«, sagte er dann. »Könnte sein. Es ist passiert, kurz bevor Papa in Rente ging, und das war im Februar des Jahres nach Claras Tod.«

»Hatte Ove Angst vor ihm?«

»Vielleicht als das alles passiert ist, aber danach nicht mehr. Er hat hinterher niemals wieder über Viking gesprochen.«

Maria versuchte Blickkontakt zu Lovisa zu bekommen. Sie hatte stärker auf das Foto des Mannes reagiert als Magnus.

»Wie kommt es, dass ihr ihn erkennt?«, fragte sie.

Magnus und Lovisa sahen einander an, offensichtlich unsicher, was sie antworten sollten.

»Viking war einmal hier auf Hovenäset«, erklärte Magnus schließlich.

Lovisa nickte eifrig.

»Genau«, sagte sie. »So war es.«

»Was hat er hier gemacht?«, erkundigte sich Ray-Ray.

»Er wollte mit Papa über das reden, was passiert war, nehme ich an«, antwortete Magnus steif.

»Nehmen Sie an?«, fragte Ray-Ray nach. »Sie wissen nicht, worüber die beiden geredet haben, obwohl Sie dabei waren?«

Magnus war allmählich frustriert, das konnte man deutlich sehen.

Sag doch einfach, wie es ist, dachte Maria. Wieso sollte man nach alldem, was jetzt passiert ist, über irgendetwas lügen?

»Es war kein Treffen. Wir waren zufällig zum Abendessen dort, als er auftauchte. Papa hat ihn gebeten zu gehen. Und das ist er dann am Ende auch.«

»Aber ihr erinnert euch trotzdem, wie er aussah? Obwohl ihr ihn nur eine Minute gesehen habt, und das vor sieben Jahren?«

»Das war ein sehr unangenehmes Zusammentreffen«, sagte Lovisa mit erhobener Stimme. »Wir haben gemerkt, dass Ove wütend wurde und sich in seinem eigenen Heim beschuldigt und angegriffen fühlte. Das waren reinste Mafiamethoden.«

»Ich verstehe«, sagte Maria in dem Versuch, die Spannung im Gespräch abzumildern.

Ray-Ray und sie wechselten einen Blick.

»Wir haben noch eine Frage«, sagte sie. »Wir waren noch einmal bei Ove und Irma und haben bemerkt, dass sie nur sehr wenige Bilder von deiner großen Schwester, Magnus, in der Wohnung hatten. Was glaubt ihr, warum das so war?«

Magnus seufzte.

»Haben wir nicht das letzte Mal, als ihr hier wart, schon darüber geredet?«, fragte er. »Clara hatte keine sonderlich gute Beziehung zu Papa, und zu mir oder Mama auch nicht direkt. Meine Mutter war die Fotografin in der Familie, und ich glaube, sie hat einfach nicht so viele Bilder von Clara gemacht.«

Er holte tief Luft, und als er weitersprach, klang seine Stimme gebrochen:

»Aber sie hat niemals versucht, Clara auszuschließen, obwohl sie nicht ihr eigenes Kind war. Für sie war es einfach keine Option, Eltern und Kinder voneinander zu trennen. Das war etwas, was nur Claras Mutter machte.«

Jetzt log er nicht, und Maria empfand Wehmut. In Magnus' Welt war es Irma gewesen, die versucht hatte, Clara einzubeziehen, und ihre richtige Mutter, die versucht hatte, das Mädchen draußen zu halten. Gleichzeitig schien Ove doch sehr früh schon den Gedanken, eine enge Beziehung zu seinem ältesten Kind aufzubauen, aufgegeben zu haben. Das war sicherlich eine andere Zeit gewesen, die Gesellschaft war von einem anderen Geist geprägt gewesen, und man hatte einen anderen Blick auf Väter. Aber warum wollte er keine größeren Anstrengungen unternehmen, um das Kind öfter zu treffen? Offensichtlich zehrte es an ihm, wenn er nicht regelmäßig Kontakt zu ihr hatte. Und ihr schien es auch nicht gerade gut gegangen zu sein.

»Deine Mutter hatte also eine gute Beziehung zu Clara oder wollte gerne eine haben?«, fragte Maria gedehnt.

»Ja, das stimmt«, erwiderte Magnus. »Als Clara klein war, wollte meine Mutter nichts lieber, als sie mit in der Familie zu haben. Es hat sie sehr traurig gemacht, dass es niemals gut wurde.«

Maria nickte stumm, um zu bestätigen, dass sie zugehört hatte.

Neue Gedanken tauchten auf.

Marias entschiedenes Gefühl, nachdem sie die Fotos im Heim des Paares gesehen hatte, war, dass doch irgendetwas mit Clara problematisch gewesen sein musste. Und nur wenige Jahre nach Claras Tod entwickelte Irma eine ernsthafte Spielsucht.

In der Familie Dahlman stimmte irgendetwas überhaupt nicht, und soweit Maria sehen konnte, existierten die Probleme schon jahrelang. Vielleicht hing alles nicht so offensichtlich zusammen, wie Maria sich das einbildete, aber wenn es eine Ursache für all das Böse gab, dann wollte sie die finden, damit sie ausschließen konnte, dass dieses Problem mit der Vergiftung des Paares zu tun hatte.

»Dann sagen wir fürs Erste vielen Dank«, sagte sie und stand auf. »Wir melden uns wieder, sowie wir etwas hören, was für euch von Interesse sein kann.«

Auch Ray-Ray stand auf und legte seine Visitenkarte auf den Tisch. Maria beeilte sich, ihre dazuzulegen.

»Zögern Sie nicht«, sagte Ray-Ray mit ernster Stimme. »Rufen Sie an, wenn Ihnen etwas einfällt, was Sie erzählen möchten.«

Kurz darauf waren Maria und Ray-Ray zurück am Auto.

Jetzt hatten sie den Mann vom McDonald's identifiziert: Viking Nilsson.

Ein Mann, der offenbar mit Ove gestritten hatte und entlassen worden war. Dessen Anblick sowohl Lovisa als auch Magnus vor Angst erblassen ließ.

Maria spürte, wie ihr Herz schneller schlug.

Manche Konflikte wurden niemals gelöst oder heilten niemals. Und am wichtigsten von allem: Irgendwo gab es einen Menschen, der Ove und Irma ans Leben wollte. Der Weg zu dem Menschen erschloss sich ihnen höchstwahrscheinlich, wenn sie mehr über diesen Konflikt erfuhren.

»Ich würde diesen Viking gerne so schnell wie möglich vernehmen«, sagte Ray-Ray.

»Glaub mir«, erwiderte Maria, »das will ich auch.«

Fliedersaft und Bier. Heiße Würstchen mit Brot. Eine neue Baiser-Torte, die man superschnell herstellen konnte und die mit gekauften Erdbeeren verziert war. Und als Bonus: finnische Kekse.

Wie gewöhnlich versammelten sich die Leseratten auf dem Bouleplatz vor der Kapelle von Hovenäset. Im Winter saßen sie im Haus, aber im Sommer zogen sie es vor, wenn das Wetter es zuließ, draußen zu sitzen, wie auch an diesem schönen Abend. Der Himmel war hellblau und das Sonnenlicht gelb.

»Ich habe keine Ahnung, wie ich meinen Nachtschlaf zurückbekommen soll«, sagte eine der anwesenden Frauen.

Sie bezog sich auf das Buch, was sie gelesen hatten: *Rosemarys Baby* von Ira Levin – ein so finsteres Buch, dass die Hälfte der Teilnehmerinnen wünschte, sie hätten es nie gelesen.

»Ich auch nicht«, sagte eine andere. »Zum Glück gibt es gutes Essen.«

Sie zwinkerte August zu.

Als Leiter des Lesezirkels war er für viel Organisatorisches der ungefähr einmal im Monat stattfindenden Treffen verantwortlich. Das bedeutete, dass er zum Beispiel sowohl buk als auch Würstchen und Bier einkaufte.

»Das alles wirst du nicht mehr schaffen, wenn du mit der Kleinen zu Hause bist«, hatte eine der älteren Frauen gesagt, als in der Gruppe bekannt wurde, dass Maria wieder arbeiten würde.

»Doch, doch«, hatte August geantwortet, und natürlich war es sehr gut gegangen. Zum Teil, weil weder er noch Maria sich schämten, einen Babysitter als Entlastung zu beschäftigen, aber auch weil August es liebte, zu backen und zu organisieren, und deshalb ganz einfach dafür sorgte, dafür Zeit zu haben – oft mit Sofia in einem Tragetuch vor dem Bauch.

Diesmal war es besonders geschmeidig gegangen. Sofia schlief, als er die Torte dekorierte, und als er den Teig für die Kekse zubereitete, lag sie auf dem Fußboden unter ihrem Spielbogen. Erst als er den Teig zu Keksen formen wollte, war sie das Spielzeug leid und wollte nach oben.

August biss in einen der Kekse und stellte fest, dass sie von perfekter Konsistenz waren.

Er saß neben Maria. Sie wusste nicht, was Helene dabeigehabt hatte. Sie wusste auch nicht, dass sein Kopf vor Fragen und Frustration überkochte, und dass dies hauptsächlich der Grund dafür gewesen war, warum er sich nicht damit begnügt hatte, eine Torte zu dem Treffen mitzubringen, sondern auch noch finnische Kekse.

Er hatte das Album durchgeblättert, in dem der Umschlag mit dem Schlüssel geklebt hatte. Helene hatte recht gehabt. Es enthielt mehrere Bilder sowohl von einem Ort in der Schweiz, von dem er noch nie gehört hatte, als auch von Hovenäset. Sämtliche Bilder stammten aus dem Jahr 1962. Sein Vater hatte die Jahreszahl auf die Innenseite des festen Umschlags des Albums geschrieben und dann unter den meisten Fotos den Monat und den Ort notiert. Einige Bilder waren aus dem Album rausgenommen worden, an ihrem Platz war das Papier leer. Nur auf wenigen Fotos waren Menschen zu sehen. August erkannte seinen Vater und seinen Großvater, obwohl beide relativ jung waren, als die Fotos gemacht worden waren. Sein Vater war damals 22 Jahre alt gewesen und hatte einen so kindlichen – oder vielleicht naiven – Gesichtsausdruck, dass es August fast peinlich war.

Aber auf einigen Fotografien gab es Personen, einen Mann und eine Frau, die August noch nie zuvor gesehen hatte. Der Mann sah aus, als wäre er ein paar Jahre älter als sein Vater, und wirkte etwas mürrisch. Die Frau war im selben Alter und schien nett. Sie erinnerte an die junge Prinzessin Anne aus England.

War das vielleicht May, die Frau, deren Name auf dem Umschlag mit dem Schlüssel stand? Und was hatte sie dann mit Augusts Vater und Großvater zu tun?

Es störte August, dass er noch nie von May gehört hatte. Dass es Dinge gab, die sein Vater und vielleicht sogar seine Mutter vor ihm verborgen oder über die sie zumindest nicht gesprochen hatten.

Dann gab es noch ein anderes Detail, was ihm aufgefallen war, und auch das frustrierte ihn. Es gab da ein Foto von seinem Vater und Großvater vor dem Haus auf Hovenäset, das Augusts Großeltern väterlicherseits eine Reihe von Jahren als Sommerhaus besessen hatten. Daran war nichts seltsam, wäre da nicht das handgeschriebene Datum bei dem Foto:

September 1962.

Was haben sie da denn schon dort gemacht?

Das war schließlich zehn Jahre, bevor sein Großvater und seine Großmutter das Haus gekauft hatten.

»Alles okay mit dir?«

Maria stellte ihre Frage mit leiser Stimme, um die Person, die gerade sprach, nicht zu stören. August nickte.

»Doch, doch.« Er sah, wie sie den Rest der Wurst aufaß und dann loszog, um sich über die Erdbeertorte herzumachen. Ihrer beider Art zu essen hatte sich verändert, seit sie ein Kind hatten. Sie aßen schneller, als würden sie ständig damit rechnen, dass jemand herbeigeeilt käme, um ihnen den Teller wegzureißen.

Sofia schlief während des Treffens in ihrem Wagen. Sie liebte es zu schlafen, wenn andere um sie herum redeten. Dieses Menschlein war von Geburt an ein Herdentier, und August fand das sehr beruhigend.

Verstohlen sah er zu Maria und fragte sich, wie es wohl heute mit der Ermittlung weitergegangen war. Wahrscheinlich würde sie kein bisschen davon erzählen. Sie hatten untereinander eine ganz klare Ordnung: August versah Maria mit Informationen, die für ihre Arbeit interessant sein konnten, doch so gut wie nie konnte sie sich wegen der Schweigepflicht darüber äußern, ob sie einen Nutzen davon gehabt hatte, höchstens vielleicht hinterher.

Keiner von beiden stellte diese Ordnung infrage, vielmehr schätzte August sehr, dass sich Maria an die Regeln hielt, die ihre Arbeit mit sich brachte.

Obwohl es manchmal ein Ungleichgewicht zwischen ihnen erzeugte. Etwa wenn sie in gefährliche Situationen geriet, ohne davon erzählen zu dürfen. Oder wenn kriminelle Personen in ihrer Nähe auftauchten, ohne dass sie sagen konnte, warum sie denen aus dem Weg gehen wollte.

»Was für eine fantastische Torte, August!«

Der Ausruf riss ihn aus seinen Gedanken. Es war Linnea, eine der wenigen Teilnehmerinnen in seinem Alter, die sein Gebäck pries.

»Danke!«, erwiderte er.

Vor einem Jahr hatte Henrik eine kurze Affäre mit eben dieser Linnea gehabt, und das war nicht sonderlich schön ausgegangen. August und Linnea hatten nicht darüber geredet, aber wenn sie sich sahen, verhielten sie sich immer sehr höflich.

Linnea wandte sich an Maria.

»Wie geht es mit der Ermittlung?«, fragte sie. »Also ich meine, von dem, was Ove und Irma geschehen ist.«

Das Geplauder im Lesekreis verstummte abrupt, und die Stimmung wechselte von hell und fröhlich zu schwermütig. Das hier bekümmerte und berührte sie alle. Unglück und Todesfall gingen in einem so kleinen Ort nicht unbemerkt vorüber. In Stockholm wurden mehrmals im Monat Menschen umgebracht, manchmal jede Woche. August konnte sich nur an einzelne Fälle erinnern, zum Beispiel, wenn Kinder gestorben waren, die irgendwelche Besorgnis hervorgerufen hätten. In Großstädten lebte man ein anderes Leben als an Orten, wo nur eine Handvoll Menschen wohnten.

»Wie üblich darf ich nicht viel über die Ermittlung sagen«, erwiderte Maria. »Aber wenn ihr Informationen habt, die ihr weitergeben wollt, dann seid ihr immer willkommen, euch zu melden. Ich kann gar nicht genug betonen, wie wichtig es ist, dass wir ein richtiges Bild von Oves und Irmas Leben bekommen. Kleine oder große Konflikte oder andere Seltsamkeiten – alles ist von Interesse für uns.«

Eine ältere Frau lehnte sich auf ihrem Stuhl zurück. Sie saß mit einem leeren Teller auf dem Schoß im Schatten.

»Es gibt kein anderes Bild, als dass Ove und Irma sehr glücklich waren«, sagte sie mit erstickter Stimme.

»Genau!«, ergänzte eine andere Frau. »Mein Mann und ich sind schon seit Jahren mit ihnen befreundet. Ich verstehe nicht, wie das passieren konnte. Oder … Wir wissen ja nicht, was passiert ist. Jedenfalls nicht mehr, als dass Irma tot ist, und das kann ich kaum fassen.«

Sie senkte den Kopf und schluchzte.

Trauer und Sorge waren echt.

Außerdem hatte August den Verdacht, dass sich alle fragten, ob sie nicht ebenfalls bedroht waren. Diese Sorge konnte er verstehen. Die Polizei hatte nicht ausgeschlossen, dass es vielleicht ein völlig fremder Mensch gewesen war, der Ove und Irma angegriffen hatte.

Ein weiteres Mitglied des Lesekreises ergriff das Wort, ein Mann um die siebzig, der Valdemar hieß und abgesehen von August das einzige männliche Mitglied des Kreises war.

»Unsere Tochter hat einige Jahre in der Schule gearbeitet, in der Ove Rektor war«, erklärte er. »Sie kannte ihn nicht privat, aber als ich erzählt habe, was hier auf der Halbinsel passiert ist, war sie sehr bestürzt. Offensichtlich war er ein guter Chef, der sich auch nicht scheute, Probleme anzugehen.«

Valdemar war relativ neu auf Hovenäset und zusammen mit seiner Frau (die *nicht* mit im Lesekreis war, was eine gewisse Aufmerksamkeit geweckt hatte) hierhergezogen. Valdemar war vor allem für zwei Dinge bekannt: Er trug in seinen Sandalen immer dicke Wollsocken (was Henrik vor Lachen hatte schreien lassen, als sie sich mal begegnet waren, doch das wusste Valdemar glücklicherweise nicht), und er besaß einen Aufsitzmäher, mit dem er auf seinem knapp fünfzehn Quadratmeter großen Rasenstück herumfuhr, was mindestens ebenso unterhaltsam aussah wie die Strümpfe in den Sandalen.

Einige der Frauen nickten.

»Ove ist immer noch genauso«, erwiderte Linnea. »Der nimmt kein Blatt vor den Mund.«

So ging es eine Weile. Die Luft schien aus der Gruppe raus zu sein, ein neuerliches Gespräch über das Buch kam nicht mehr zustande. Sie begannen gemeinsam aufzuräumen. Die Pappteller mussten weggeworfen und die Stühle in die Kapelle zurückgetragen werden.

Maria und August brachen auf. August schob die Tortenplatte in den Korb unterm Kinderwagen, und Maria trank ihr Bier aus. August hatte es jetzt eilig, nach Hause zu kommen. Er wollte das Album noch einmal durchsehen, diesmal zusammen mit Maria. Sie war aufmerksamer für Details als er, wusste immer, was sich weiter zu verfolgen lohnte. Außerdem musste er diesen Teig, der über Nacht kalt stehen sollte, vorbereiten. Er hatte ein Rezept für Honigbrot in einer Springform, das er ausprobieren wollte.

Eine Frau aus dem Lesekreis blieb zurück, sie schien Marias Aufmerksamkeit suchen zu wollen, ohne dabei alle Blicke der andern auf sich zu ziehen. Als nur noch einige wenige übrig waren und niemand innerhalb Hörweite, schlich sie zu ihnen hin.

»Ja«, sagte sie und schaute sich unruhig um, »ich wollte nichts sagen, als die andern zugehört haben, aber hättest du einen Moment Zeit?«

Maria nickte.

»Natürlich.«

»Gut. Also ich will jetzt nicht jemand sein, der mit Tratsch kommt, aber es ist so schwer zu wissen, was wichtig ist und was nicht. Und nun hast du ja von Konflikten gesprochen, und da habe ich gedacht, dass ich vielleicht was sagen sollte.«

Maria nickte noch einmal.

»Das stimmt«, sagte sie. »Niemand weiß, was relevant ist und was nicht. Jedenfalls nicht zu diesem Zeitpunkt. Erzähl mir gerne, was du denkst.«

Die Frau sah zu Boden, hob dann aber rasch den Blick.

»Nun«, begann sie, »vor einigen Jahren bin ich immer mit Irma zum Sport gegangen. Wir waren Freundinnen, haben miteinander Kaffee getrunken und sind manchmal auch gemeinsam spazieren gegangen. Wir waren vertraut miteinander und haben uns erzählt, was wir mit unseren Familien unternahmen und auch, wenn was im Leben nicht so gut lief.«

August merkte, wie sich Maria neben ihm veränderte. Ihre ganze Haltung wurde anders. Angespannt und vorgelehnt wie ein Raubtier, das Witterung aufgenommen hatte.

»Ich habe es so aufgefasst, dass es einen Konflikt zwischen Ove und seiner Tochter Clara gab«, sagte die Frau. »Irma hat manchmal darüber gesprochen, und dann hat sie erwähnt, dass Claras Mutter ein Problem war, weil sie sich im Laufe der Jahre bemüht hätte, den Konflikt zu verstärken. Das störte Irma, denn sie hatte immer versucht, Clara an die Familie zu binden, doch das lief nicht sonderlich gut. Dann lernte Clara einen Mann kennen, der wohl auch nicht sonderlich nett war. Ove und Irma haben ihn nur ein einziges Mal gesehen, und da hat er sie fast wie Luft behandelt.«

Die Frau schluckte.

Offensichtlich war sie noch nicht fertig.

»Was ist dann passiert?«, fragte Maria ruhig.

Die Frau schüttelte den Kopf.

»Ich weiß es tatsächlich nicht«, sagte sie. »Ich habe es nur so verstanden, dass Irma auch einen Streit mit Clara hatte, und kurz darauf ist das Mädchen ja gestorben. Also Clara. Und danach … ich würde sagen, hat sich etwas verändert. Irma zog sich zurück, war schwer zu erreichen und anzusprechen. Die Spaziergänge fanden ganz abrupt nicht mehr statt. Unsere Freundschaft verlief sich im Sande, ohne dass ich begriff, warum.«

Maria holte Luft.

»Wann hatte Irma einen Streit mit Clara?«, fragte sie.

»Ein paar Monate, bevor Clara starb. Aber ich habe keine Ahnung, worum es dabei ging. Ich weiß nur, dass Irma sehr wütend war.«

August musste an die Sammlung mit Buddelschiffen denken. Er konnte Claras Worte auf dem Rettungsring nicht vergessen.

Ich versinke.

Sie versank.

Auf dem einzigen Buddelschiff mit Besatzung.

Er durfte nicht vergessen, Maria davon zu erzählen.

Maria legte den Kopf schief und sah die Frau an.

»Hast du noch an etwas anderes gedacht?«, fragte sie.

Die Frau nickte kurz.

»Es gibt da tatsächlich noch etwas anderes«, sagte sie. »Das ist ungefähr vor einer Woche geschehen. Ich ... Ich habe einen Mann vor Irmas und Oves Tür stehen sehen und zwar ziemlich lange.«

»Und die beiden waren nicht zu Hause?«, fragte Maria.

Die Frau wurde rot.

»Doch, sie waren zu Hause«, erwiderte sie. »Ich war nämlich bei dem Nachbarn, der direkt hinter ihnen wohnt, und da habe ich Ove auf der Rückseite des Hauses gesehen. Mein Mann hat den vor der Haustür kurz nach mir auch noch gesehen. Er muss also lange da gestanden haben, aber Ove und Irma haben ihn nicht reingelassen.«

»Würdest du den Mann wiedererkennen?«, fragte Maria. »Kannst du ihn beschreiben?«

Die Frau schüttelte den Kopf.

»Ich habe ihn nur von hinten gesehen«, erklärte sie. »Er war groß und hatte dunkles, kurz geschnittenes Haar. Aber das haben ja wirklich viele Männer.«

August sah verstohlen zu Maria und fragte sich, ob sie dasselbe dachte wie er. Als Gunnar am selben Abend, an dem man Ove und Irma gefunden hatte, an Augusts Bootshütte vorbeigekommen war, hatte er nämlich erzählt, dass auch er einen Mann gesehen habe, der ungewöhnlich lange bei den Dahlmans vor der Tür gestanden hatte. Gunnar hatte den Mann nicht gekannt und diese Frau hier auch nicht.

Doch jetzt waren es immerhin zwei, die dasselbe sagten.

Vor knapp einer Woche hatten Ove und Irma Besuch von einem Mann bekommen, der nicht von der Halbinsel stammte. Und eben diesen Besucher hatten sie nicht reinlassen wollen.

Es war gerade neun Uhr vorbei, als Vendelas Telefon klingelte. Sie hörte es aus der Entfernung, als sie auf dem Weg zurück vom Meer war. Als sie kurz zum Schwimmen gegangen war, hatte sie es im Haus liegen lassen, und deshalb verpasste sie nun den Anruf. Sie liebte das Haus ihres Großvaters, vor allem seine Nähe zum Meer. Nicht nur, dass sie es aus dem Fenster im oberen Stock sehen konnte, sondern sie brauchte auch nur wenige Minuten zu einer Felsenklippe mit Badeleiter.

Sie beeilte sich, als sie das Klingeln durch eines der offenen Fenster hörte. Wenn sie das Handy mitnahm, würde sie doch nur dasitzen und darauf starren und warten, dass Ray-Ray anrief. Nicht, weil er gesagt hätte, dass er sich melden würde, aber sie wollte es trotzdem. Wenn das Telefon Stunde um Stunde schweigend dalag, würde sie verrückt werden, vor allem nachdem sie einen Teil ihrer Arbeitszeit darauf verwandt hatte, sein altes Gymnasium zu googeln.

Vendela schämte sich in Grund und Boden dafür.

Schäm dich, schäm dich, schäm dich.

Das Handy klingelte wieder. Sie hatte sich noch nicht ordentlich abgetrocknet, seit sie vom Meer zurückgekommen war, und ihre Haut spannte vom Salz, als sie ins Wohnzimmer ging, wo das Telefon lag.

Sie beugte sich darüber, da klingelte es noch einmal, und sie sah, wie das Wasser von ihren Haaren auf das Display tropfte.

Ihr Herz schlug einen Salto.

Ray-Ray.

»Hallo.«

Sie hörte, wie angespannt ihre Stimme klang, als sie ranging.

»Hallo.«

Es wurde still im Hörer.

So furchtbar still.

Sie setzte sich mit dem Telefon in der Hand aufs Sofa. Das Polster war so weich, dass sie erst zu sinken aufhörte, als sie ungefähr fünf Zentimeter vom Fußboden entfernt war.

Muss ein neues kaufen, dachte sie.

Dieses hier passte nicht in das Haus ihres Großvaters. In ihrer Wohnung in Uddevalla hatte sich der Sofabezug in türkisfarbenem Cord perfekt gemacht, auch wenn das Sofa damals schon zu weich gewesen war, doch hier funktionierte es überhaupt nicht.

»Was machst du?«, fragte er.

»Bin gerade ein bisschen schwimmen gewesen. Und du?«

»Herrlich. Ich bin in meiner Bootshütte und gedachte, hier heute zu übernachten.«

Sie bis sich auf die Lippe. Eine Bootshütte. Die er noch nie erwähnt hatte.

So viele Überraschungen.

Ich kenne ihn noch nicht sonderlich gut, dachte sie. Ich muss Geduld haben.

Und dann:

Ich habe dich auf dem Klassenfoto gesehen. Ich weiß, dass du Ove kanntest.

Laut sagte sie:

»Aha, wie gemütlich. Wo steht denn deine Bootshütte?«

Es wurde wieder still.

»Hallo?«, sagte sie, als sie nicht mehr warten wollte.

»Ich bin noch da, ich muss nur nachdenken, bevor ich antworte.«

»Nachdenken? Du weißt nicht, wo deine Bootshütte steht?«

Ihre Stimme klang bissiger als beabsichtigt. Das passierte, wenn man um klare Antworten in einer Frage bat, wo es eigentlich nur eine einzige geben konnte.

»Das hast du ja nicht gefragt«, sagte Ray-Ray leise.

Vendela hätte am liebsten geheult.

Sie war über vierzig Jahre alt und hatte keine Lust, irgendwelche Spielchen zu spielen. Nicht mit ihm.

Ich will ja nur wissen, was Sache ist.

Aber das war auch nicht ganz wahr. Sie wollte hören, dass er in sie verliebt war. Und zwar richtig.

»Komm.«

Seine Stimme war so leise, dass sie fürchtete, sich bloß eingebildet zu haben, dass er überhaupt etwas gesagt hätte.

Doch dann sagte er es noch einmal.

»Komm.«

Jetzt war die Stimme klarer.

Sie drückte das Telefon ans Ohr und merkte, wie ihr die Tränen in den Augen brannten.

»Ich weiß, dass wir uns mehrere Tage hintereinander gesehen haben, aber ich will, dass du heute Nacht bei mir schläfst. Wenn du das auch willst.«

Die Erleichterung rauschte durch ihren Körper.

Sie erhob sich auf zittrigen Beinen.

»Wie ich mich freue«, sagte sie mit einer Stimme, die nur mehr ein Wispern war. »Und ich will. Sehr gerne.«

Es war ihr egal, ob das jetzt richtig oder falsch war, so etwas zu sagen, ob es lässig oder kühl genug klang oder ob sie dadurch allzu engagiert wirkte.

Denn – noch einmal – sie war zu alt für irgendwelche Spielchen. Und sie war zu jung, um sich selbst den Luxus nicht zu gönnen, begehrt zu werden.

Nur zehn Minuten später saß sie auf dem Fahrrad Richtung Tången, wo Ray-Ray offensichtlich eine Bootshütte besaß. Die Haut war immer noch salzig und die Haare nass. Er hatte gesagt, dass sie so kommen sollte, wie sie war, und sie hatte ihn beim Wort genommen.

Dass er so nah gewesen war, ohne dass sie es wusste.

In ihren Kopfhörern hörte sie beim Fahren laute Musik. *Wake me up* von Avicii und dann *Vår bästa tid är nu* von Jan Malmsjö. In ihren Playlists hatte es noch nie einen roten Faden gegeben, außer dass sie wollte, dass die Musik sie glücklich und gut gelaunt machte.

Sie sah geradeaus. Am Himmel glitten kleine weiße, fluffige Wolken vorbei, die von der Abendsonne golden angestrahlt wurden. Ein romantischer Himmel, wenn man so wollte.

Ich will, dachte sie. Ich will so viel. Aber wie soll das gehen?

Jedes Mal, wenn sie ihn sah, wurde ihr so warm und froh ums Herz, dass sie zu vergehen drohte. Froh, warm – und scharf. So scharf, dass sie ganze Nächte vor Sehnsucht wach gelegen hatte.

Was würde er wohl sagen, wenn sie ihm das erzählte? Würde er dann sagen, dass er auch Sehnsucht hatte, oder würde er die Beziehung beenden, weil es für sie zu wichtig geworden war?

Sie holte tief Luft hinter ihrem Lenker.

Dieses verdammte Grübeln und Nachdenken.

Das musste ein Ende finden.

Gerne bevor sie dort war, damit sie nicht so aussah wie sieben schwere Jahre, wenn sie vom Fahrrad sprang.

Ray-Ray hatte ihr eine genaue Beschreibung gegeben, also bog sie nach rechts hinunter Richtung Tången ab. Und plötzlich öffnete sich das Meer vor ihr, nur zum Teil von einem Hafen und langen Reihen mit Bootshütten verdeckt.

Der Puls sank, während sie das Fahrrad abstellte und die kurze Strecke zur Bootshütte spazierte. In einem Artikel hatte sie gelesen, dass angeblich jedes Mal, wenn man einen freien Horizont sah, ein gewisses Hormon im Gehirn ausgeschüttet wurde. Das konnte stimmen, denn Vendela ging es immer so gut, wenn sie am Meer war.

Sie klopfte vorsichtig an die Tür der Bootshütte, denn sie war nicht ganz sicher, ob sie richtig war.

Der Wind zerrte hartnäckig an ihrem Haar, und sie fuhr mit den Fingern hindurch, damit es still lag.

Niemand öffnete.

Sie schaute sich um, versuchte die Reihe der Bootshütten runterzuzählen. War sie trotz allem an der falschen?

Ihr Handy summte.

Eine Nachricht von Ray-Ray.

Schon da? Geh rein und warte.
Wollte plötzlich zum Supermarkt fahren, um Käse
zu kaufen. Kuss.

Vendela wurde von ihrer eigenen nervösen Teenagerreaktion überwältigt.

Kuss.

Kuss?

Das hatte er noch nie geschrieben.

Das Handy brummte wieder.

PS. Im Fenster der Hütte sitzt ein alter Teddy.

Automatisch wanderte ihr Blick zum Fenster. Und ja, da saß ein müder kleiner Teddy. Richtige Bootshütte.

Ihre Hand schloss sich um die kalte Türklinke, und sie zog langsam die unverschlossene Holztür auf. Wetter und Wind hatten sie verzogen, was das Öffnen erschwerte. Vendela musste ordentlich zerren, um sie so weit aufzubekommen, dass sie hineinkam.

Ray-Ray hatte die Türen zum Meer offen stehen lassen. Die Sonne glitzerte in der unruhigen Wasseroberfläche, und das Boot an Ray-Rays Steg wippte von einer Seite zu andern. Das Bootsmodell war nicht gerade eine Überraschung: ein offenes Motorboot mit zwei starken Außenbordern.

Vendela lächelte und ließ ihren Blick in der Hütte schweifen. Diese sah anders aus als die meisten anderen Bootshütten, in denen sie gewesen war, überhaupt nicht so streng geprägt von dem ansonsten obligatorischen »Am Meer«-Thema. Ray-Rays Bootshütte war mehr wie ein Zuhause in Miniatur. Da standen ein betörendes Küchensofa, ein netter Esstisch und zu ihrem großen Erstaunen handgearbeitete Bücherregale voller Bücher. In der Bootshütte war es sehr viel gemütlicher als in seiner Wohnung. Sie sah verstohlen zu dem Bett, das an der einen Wand stand und ein wenig zu klein für zwei Erwachsene aussah. Aber egal, denn Vendela war sowieso nicht hier, um zu schlafen.

Sie spürte die Lust im Körper aufsteigen und schwang rastlos ihre Arme herum.

Sie hatte es so eilig gehabt loszukommen, dass sie nur schnell eine Tasche gegriffen und völlig vergessen hatte, etwas mitzubringen. Nicht einmal eine Flasche Wein hatte sie dabei.

Sie ging zum Steg und wollte sich in die Abendsonne setzen und warten. Doch mitten im letzten Schritt blieb sie mit dem Fuß in irgendetwas hängen. Mehr erstaunt als ängstlich fiel sie einfach vornüber, streckte instinktiv die Hände aus, um den Fall zu dämpfen, und landete hart auf Bauch und Händen.

»Verdammt«, murmelte sie und sah zu dem Fuß hin, der in seiner Bewegung aufgehalten worden war.

Sie musste lachen.

Da lag Ray-Rays Rucksack direkt an der Tür auf dem Boden. Er war schwarz, und das machte ihn im Schatten der Wand praktisch unsichtbar.

Vendela zog den Fuß ein und stellte den Rucksack auf, damit er nicht im Weg war. Als sie merkte, dass er offen war, streckte sie eine Hand aus, um den Reißverschluss zuzuziehen, hielt aber mitten in der Bewegung inne.

Im Rucksack lag eine Medikamentenpackung. Eine weiße Schachtel, die im Abendlicht glänzte.

Das hier geht mich nichts an, dachte Vendela, doch im nächsten Moment hatte sie natürlich die Verpackung schon rausgeholt. Neugier und Wissbegier waren zwei böse Mächte, die man nur schwer bekämpfen konnte. Und warum sollte sie auch? Ray-Ray gehörte nicht zu den Leuten, die groß von sich erzählten.

Sie las auf der Packung. Die enthielt Betablocker. Laut Aufkleber nahm Ray-Ray sie, um hohen Blutdruck zu behandeln.

Sie starrte auf die Schachtel, die sie in der Hand drehte und wendete.

Das Medikament enthielt dieselbe Substanz wie eines von Irma Dahlman, das in ihrem und Oves Milchshake gefunden worden war. Vendela schob die Schachtel wieder in den Rucksack. Das hier bedeutete gar nichts. Massenhaft Menschen nahmen diese Medizin, um ihren Blutdruck zu senken.

Aber.

Da wurde noch ein anderer Gedanke zum Leben erweckt, der ihr zuvor immer wieder entglitten war.

Irmas Medikamente, die sie im Ofen gefunden hatten.

So unglaublich viele Schachteln.

Die konnten nicht alle im Badezimmerschrank gelegen haben, denn der war zu klein.

Wo also hatte Irma ihre Medikamente aufbewahrt?

Gab es da vielleicht Spuren zu sichern?

Draußen vor der Bootshütte waren schwere Schritte zu hören.

Vendela richtete sich auf, und plötzlich war ihr die ganze Situation unangenehm. Als die Tür aufgezogen wurde, stand sie mitten im Raum. Garantiert sah sie ebenso ertappt aus, wie sie sich fühlte.

»Ja, hallo«, sagte Ray-Ray und lächelte.

»Hallo.«

Er küsste sie, und sie schmolz dahin. Aber der Kopf hielt dagegen, als das Herz schwach wurde.

»Ich bin aus Versehen auf deinen Rucksack getreten«, erklärte sie. »Und ich konnte nicht umhin, deine Medikamente zu sehen, als ich ihn wieder hingestellt habe. Tut mir leid.«

Ray-Ray seufzte leise.

»Fast alle meine Verwandten nehmen Medikamente gegen hohen Blutdruck. Ich wusste, dass es nur eine Frage der Zeit sein würde, bis ich auch Probleme bekomme.«

»Zum Glück gibt es was dagegen«, sagte Vendela.

»Ja, das stimmt. Man kann sterben, wenn man zu lange mit hohem Blutdruck rumläuft.«

Er stellte eine Supermarkttüte auf den Tisch und begann, die Waren auszupacken. Zwei Sorten weißer Delikatesskäse, Cracker und Marmelade. Vendela beobachtete ihn von hinten, unsicher, was sie tun sollte oder müsste.

Als er merkte, wie sie schwieg, drehte er sich um.

»Was denn, stört es dich, dass ich hohen Blutdruck habe?«

Sie schüttelte schnell den Kopf.

»Natürlich nicht. Ich ... Ich will nicht anfangen, über die Arbeit zu reden, aber mir ist eine Sache zu den Medikamenten von Irma Dahlman eingefallen.«

Sie erzählte, was sie störte, dass sie nämlich nicht wusste, wo die Medikamente aufbewahrt worden waren. Ray-Ray hörte aufmerksam zu.

»Ich kann mich nicht erinnern, einen Medikamentenschrank an irgendeiner Wand gesehen zu haben«, sagte er.

»Ich auch nicht«, erwiderte Vendela. »Vielleicht ist das noch eine Frage, die wir ihrem Sohn stellen sollten.«

Ray-Ray begann, einen der Käse auszupacken und schaute konzentriert auf die gut eingeschlagene Spezialität.

Vendela beobachtete ihn, legte ihre Worte auf die Goldwaage. Es hatte sich eine Lücke aufgetan, daraus musste sie etwas Vernünftiges machen.

»Als ich die Medikamente gefunden habe, da ist mir klar geworden, wie wenig ich über dich weiß«, sagte sie bedächtig. »Ich wusste nicht, dass du Probleme mit dem Blutdruck hast. Und ich wusste nicht, dass du eine Bootshütte besitzt. Wo hast du denn früher gewohnt, und wo bist du zur Schule gegangen?«

Sie versuchte die letzte Frage so natürlich wie möglich klingen zu lassen, doch sogar sie selbst hörte, wie konstruiert das wirkte.

Ray-Ray lachte und sah sie erstaunt an.

»Wir sind viel an der Westküste umgezogen, als ich klein war«, erklärte er. »Mein Vater hat in der Baubranche gearbeitet und musste da wohnen, wo die Arbeit war. Das beruhigte sich erst, als ich ins Gymnasium ging. Da sind wir in Lysekil gelandet.«

Sie wagte kaum Luft zu holen.

»Und wo bist du zur Schule gegangen?«, fragte sie.

»Du meinst, in welche Schule? Auf dem Gymnasium war ich auf der Västerskolan in Uddevalla. Und du?«

Es fühlte sich an, als ob ihre Kehle sich mit trockenem Kies füllen würde. Sie versuchte normal zu klingen, als sie antwortete, und vielleicht gelang es ihr auch, denn Ray-Ray blinzelte ihr zu.

»Zufrieden?«

Vendela lächelte und nickte, doch in ihr raste ein Sturm der Unruhe.

»Klingt aber ein bisschen unpraktisch, in Uddevalla zur Schule zu gehen, wenn man in Lysekil wohnt«, murmelte sie.

Ray-Ray zuckte mit den Schultern.

»Da gab es eine bessere Schule«, sagte er. »Und meine Mutter hat in Uddevalla gearbeitet, also bin ich mit ihr hingefahren.«

Ray-Ray wandte sich wieder dem Käse zu.

»Kannst du mal zwei Teller rausholen?«, bat er. »Die stehen auf dem Regal über dem Tisch.«

»Natürlich.«

Es rauschte und klingelte in ihren Ohren, als sie die Teller holte.

Auf dem Gymnasium war ich auf der Västerskolan in Uddevalla. Und du?

Im Ernst?

Aber warum habe ich dich dann auf einem Klassenfoto aus einer achten Klasse der Ängskolan in Lysekil gesehen?, dachte Vendela.

Und mit einem Mal wusste sie genau: Das hier war etwas, was sie nicht loslassen konnte.

Dass die Polizei aber auch in dem alten Mist herumgraben musste.

Die Frustration kochte in Magnus hoch. Wenn bloß dieser Idiot Viking nichts mit dem Unglück seiner Eltern zu tun hatte.

»Ich hab das Gefühl zu ersticken«, sagte Lovisa heiser.

Nachdem Maria und Ray-Ray sie verlassen hatten, war sie auf dem Fußboden im Eingang zusammengesackt und hatte dann sehr lange da gesessen. Jetzt war es kurz nach zehn Uhr abends, und Magnus und Lovisa saßen im Wohnzimmer und tranken Tee.

»Viking Nilsson«, sagte Magnus und spürte den Zorn in sich toben. »Dass von allen verdammten Menschen ausgerechnet der jetzt auftauchen muss.«

Sieben ganze Jahre waren vergangen, seit er in ihr Leben eingebrochen war. Magnus hatte nicht einmal im Entferntesten gedacht, dass er mit der Vergiftung zu tun haben könnte, es war völlig undenkbar, dass Viking in ihr Leben zurückgekehrt sein konnte.

Lovisa atmete stoßweise.

»Glaubst du, dass er es getan haben kann?«, flüsterte sie. »Er war so wahnsinnig wütend auf Ove. Auf *uns.*«

Magnus wusste nicht, was er antworten sollte.

»Es ist so krass lange her, dass Viking ein Problem war«, sagte er leise. »Ich habe irgendwie Ewigkeiten nicht mehr an ihn gedacht.«

»Ich auch nicht«, flüsterte Lovisa.

Sie waren beide gleichermaßen schockiert. Nur wenige Menschen hatten ihnen so großen Schaden zugefügt wie Viking, und jetzt war sein Name wieder aktuell. Das war einfach nur unbegreiflich.

»Ich hoffe zutiefst, dass Viking nichts mit der Sache zu tun hat«, sagte Magnus. »Um Lucas' willen.«

Und um meinetwillen, fügte er in Gedanken hinzu.

Lovisa begann zu weinen, ein anderes Weinen als zuvor. Heftiger und gleichzeitig völlig resigniert. Magnus' Arm fühlte sich kraftlos an, als er sie an sich zog.

»Das wird schon«, sagte er. »Es *muss*.«

»Wie denn?«, fragte Lovisa und schnäuzte sich. »Wie sollen wir es schaffen, Lucas aus dieser Sache rauszuhalten? Das letzte Mal ist es uns gelungen, aber …«

Ihre Stimme steigerte sich, und sie riss sich aus seiner Umarmung los.

Magnus legte eine Hand auf ihren Rücken.

»Wir regeln das, Lovisa. Wir werden die Polizei nicht in Lucas' Nähe lassen.«

»Aber wie sollen wir sie daran hindern?«

Darauf hatte Magnus keine Antwort. Er hoffte bei Gott, dass Lucas sie jetzt gerade nicht hörte. Elina war schlafen gegangen, aber der Sohn war am frühen Abend noch einmal aus dem Haus gegangen und noch nicht zurück. Er wollte zu einem Freund, Magnus konnte sich nicht erinnern, zu welchem. Lucas hatte nur wenige Freunde und schien damit zufrieden zu sein. Elina war viel extrovertierter und genoss große soziale Zusammenhänge wie eigentlich niemand sonst in der Familie.

»Die Leute werden reden«, flüsterte Lovisa. »Die Polizei ist durchlässig wie ein Sieb. Man weiß doch, dass es so ist.«

Magnus merkte, wie sich sein Kiefer verspannte.

»Es gibt nichts, worüber sie reden könnten«, sagte er. »Das wird die Polizei auch begreifen, und deswegen wird nichts herauskommen.«

Allein bei dem Gedanken, dass der Streit mit Viking in der Zeitung landen könnte, brach ihm der kalte Schweiß aus. Dann war alles vorbei. Sie würden umziehen müssen und die Kinder zwingen, die Schule zu wechseln.

Wenn es nur nicht so kam.

Das Blut pumpte in den viel zu engen Gefäßen durch seinen

Körper. Alles, was gut gewesen war, fiel in sich zusammen. Das Gespräch mit Claras bester Freundin Sandra fühlte sich total unwichtig an. Er hatte sie angerufen, weil er seine verstorbene Halbschwester besser verstehen wollte, warum alles so falsch zwischen ihr und den Eltern von Magnus geworden und warum sie so depressiv gewesen war. Doch dieser Art Fragen nachzugehen, schien jetzt, da Viking wiederaufgetaucht war, völlig sinnlos.

Ich dachte, wir hätten ihm klargemacht, dass er sich fernhalten soll, dachte Magnus. Ich dachte, das wäre uns gelungen.

»Hast du Angst?«, fragte Lovisa leise. »Ich kann das verstehen. Du hast alles getan, um freizukommen. Ich habe dich damals unterstützt, und das tue ich jetzt auch wieder, aber das Gesetz sagt etwas anderes.«

Magnus schluckte.

»Wir hätten keine Ruhe bekommen, wenn ich nicht die Grenze überschritten hätte«, sagte er. »Wir müssen einfach davon ausgehen, dass niemand außer Viking solch einen Mist über mich denkt. Dass seine verdammten Lügen als das angesehen werden, was sie sind, nämlich Lügen und nichts anderes.«

Lovisa schnäuzte sich wieder. Dann sah sie ihm in die Augen.

»Ich habe dir immer geglaubt«, sagte sie. »Immer. Wenn ein einziger Mensch jemals an dir zu zweifeln wagt, dann werde ich den Scheißkerl zusammenschlagen. Aber ich glaube, es ist, wie du sagst. Die Polizei wird sich an Fakten halten und begreifen, was für ein Psychofall er ist.«

Magnus merkte, wie ihm warm ums Herz wurde. Das, was passiert war, als Viking anfing, ihnen das Leben schwer zu machen, hatte ihn auf immer geprägt. Er war misstrauischer gegenüber Fremden im Allgemeinen und gegenüber Lehrern und Pädagogen der Kinder im Besonderen geworden. Und er war auf eine Weise selbstzentriert geworden, die seinen Verstand bedroht hatte. Er hatte Angst, wieder in solchen Gedankenschrauben festzusitzen.

Viking hat sich getäuscht, dachte er. Verdammt noch mal, wie er sich getäuscht hat.

Das Bild, das die Polizei ihnen gezeigt hatte, ging ihm nicht aus dem Kopf. Ein etwas körniges Bild, das einen sehr empörten Viking Nilsson zeigte. Warum hatten sie ihnen ausgerechnet dieses Bild gezeigt? Woher könnten sie es haben?

»Was ist denn passiert?«

Lucas' Stimme überraschte sie beide.

Er stand auf der Schwelle zum Wohnzimmer und sah aus, als wüsste er nicht, wohin.

»Ist Opa jetzt auch tot?«, flüsterte er.

Lovisa stellte sich hin und streckte ihre Arme dem Sohn hin. Nach einigen Momenten des Zögerns ging er geradewegs in ihre Umarmung. Magnus stand auf und strich ihm über den Kopf.

»Opa ist überhaupt nicht tot«, sagte er mit heiserer Stimme. »Er würde uns nie in so einem Chaos zurücklassen.«

Lucas atmete aus und legte den Kopf auf Lovisas Schulter, obwohl er schon seit mehr als einem Jahr größer war als sie. Magnus umarmte beide, Lucas und Lovisa.

»Wir sind eine Familie«, sagte er entschieden. »Jetzt müssen wir zusammenhalten.«

Magnus strich Lucas erneut übers Haar, spürte, wie angespannt der Sohn war.

Lucas schniefte.

Dann richtete er sich auf.

»Ich geh noch mal eine Runde raus«, sagte er.

Magnus packte seinen Arm.

»Wohin denn?«, fragte er. »Du bist doch gerade erst nach Hause gekommen.«

Lucas ruckte den Arm aus seinem Griff.

»Jetzt chill mal«, sagte er. »Ich will einfach ein bisschen draußen sitzen.«

»Willst du noch mal baden gehen?«, fragte Lovisa.

»Nein.«

Magnus und Lovisa wechselten einen Blick.

»Lucas, du musst nicht Wache schieben«, sagte Lovisa und versuchte, ihm in die Augen zu sehen.

»Das tue ich auch nicht.«

»Wir haben gestern schon darüber gesprochen«, sagte Magnus, »als ich dich da mit dem Baseballschläger gesehen habe. Was machst du denn?«

Lucas schluckte.

»Irgendjemand muss doch was tun«, flüsterte er.

»Die Polizei tut bereits alles, was sie kann«, erwiderte Magnus, hörte aber selbst, wie mickrig das klang.

Lucas senkte den Blick.

»Was, wenn er zurückkommt?«, sagte er.

Magnus und Lovisa fuhren zusammen.

»Wer denn, Lucas? Wer kann zurückkommen?«

Doch Lucas antwortete nicht. Er marschierte mit langen Schritten zur Eingangstür, öffnete sie und ging hinaus. Die Tür schlug mit einem lauten Knall hinter ihm zu.

»Wen zum Teufel meint er?«, fragte Magnus.

»Ich werde noch verrückt«, erwiderte Lovisa. »So kann es nicht weitergehen. Wir müssen mit ihm reden.«

»Wir geben ihm erst mal ein bisschen Zeit«, meinte Magnus. »Damit er sich beruhigen kann. Er ist ja völlig durch den Wind vor Angst.«

Das Herz hämmerte hart in seinem Brustkorb.

Die Worte des Sohnes klingelten in seinem Kopf.

Was, wenn er zurückkommt?

Das klang, als wüsste er, von wem er da sprach. Viking? Könnte der Idiot auch bei ihm aufgetaucht sein?

Magnus schüttelte den Kopf.

Er selbst musste sich hier beruhigen.

Da war hinter ihnen eine helle Stimme zu hören.

»Ich glaube, Lucas hat Angst vor dem, der so wütend auf Oma war.«

Ohne dass sie es gehört hatten, war Elina die Treppe heruntergekommen. Sie hatte ihr Lieblingskuscheltier, ein rosafarbenes Plüschkaninchen, unter dem Arm und sah sie mit ernsten Augen an.

»Was sagst du da, Liebes?«, fragte Lovisa.

»Lucas und ich haben Oma mit wem streiten hören«, flüsterte Elina.

»Wann denn?«, fragte Magnus und ging vor der Tochter in die Hocke.

Das Mädchen, das sonst immer so forsch war, sah jetzt ganz kleinlaut aus.

»Ich weiß nicht«, sagte Elina leise. »Vorher. An einem anderen Tag.«

Magnus bemühte sich, ruhig zu klingen.

»Warum habt ihr nichts davon gesagt?«

»Weil Oma das nicht wollte«, wisperte Elina. »Oma wollte nicht, dass wir davon reden. Und da haben wir das nicht gemacht.«

Magnus wusste überhaupt nicht mehr, was er denken sollte.

War das hier der Grund dafür, dass Lucas vom Mord und dem Mordversuch an seinen Großeltern so erschüttert war?

»Ich geh raus und rede mit ihm«, sagte er zu Lovisa.

Die war ganz bleich im Gesicht, sah ihn schweigend an und nickte nur kurz.

Die Abendluft war dick vor Feuchtigkeit, als er rauskam. Die Sonne war vor einer knappen halben Stunde untergegangen, doch im Westen war der Himmel immer noch hell. Die Wärme hielt sich, wahrscheinlich würde es die ganze Nacht über zwanzig Grad sein.

»Lucas?«

Er ging ums Haus herum und erwartete, den Sohn am selben Platz wie am vorigen Abend anzutreffen, doch die Gartenstühle waren leer.

Magnus runzelte die Stirn.

Wohin war er jetzt verschwunden?

»Lucas?«

Er wollte nicht zu laut rufen, Lovisa würde sich Sorgen machen, wenn sie hörte, dass Lucas nicht auf der Terrasse war.

Magnus ging die wenigen Meter hinunter zur Straße, schaute nach rechts und nach links. Dann machte er wieder kehrt, um zurückzugehen, und hätte ihn da fast übersehen.

Lucas kauerte zwischen zwei Büschen, die in der Ecke des Grundstücks wuchsen. Er saß auf dem Boden, mit dem Baseballschläger in der einen Hand und seinem Handy in der anderen. Das Display beleuchtete sein Gesicht von unten. Man konnte nicht sehen, ob er einen Film sah oder mit jemandem chattete.

Magnus spürte, wie sich seine Kehle zusammenschnürte.

Hier hielt Lucas wieder Wache, schweigend und ernst. Und mit zwei großen Tränen, die ihm die Wangen herunterrollten.

Magnus hockte sich vor ihn hin.

»Ich weiß«, sagte er leise. »Ich weiß.«

Lucas starrte ihn erschrocken an.

»Elina hat erzählt, was bei Oma und Opa passiert ist«, erklärte Magnus beruhigend. »Was ihr zufällig mitbekommen habt. Erzähl es mir, Lucas. Worüber haben die beiden gestritten?«

Lucas senkte den Blick, ohne zu antworten. Er atmete schwer.

»Lucas?«

Magnus versuchte, seine Hand unter das Kinn des Sohnes zu legen, doch der entzog sich ihm.

»Sag mir, wovor du Angst hast«, bat Magnus. »Sag uns, wer dich erschreckt hat.«

Lucas schüttelte den Kopf und schwieg eine ganze Weile.

Als er schließlich antwortete, gefror Magnus das Blut in den Adern:

»Kapierst du nicht?«, flüsterte sein Sohn. »Es ist zu spät. Alles schon zu spät.«

Dann verschloss er sich wieder.

Mit der Hand um seinen Baseballschläger saß er schweigend da, während Magnus dieselbe Frage wieder und wieder stellte.

»Wer war es, den ihr bei Oma gehört habt? Versteh doch, du musst das erzählen.«

Doch Lucas schwieg nur.

Obwohl Magnus bettelte und lockte, um zu hören, dass es nicht Viking Nilsson war, den Elina und Lucas mit ihrer Oma hatten streiten hören.

Lucas' Worte hallten in seinem Kopf wider und wurden nicht leiser.

Kapierst du nicht? Es ist zu spät. Alles schon zu spät.

Schreibtagebuch

JULI

Hovenäset ist ein betörend schöner Ort, doch wird er niemals meiner werden. Matteo und ich waren Anfang der Woche dort und haben den Geburtstag von Magnus gefeiert. Er und Lovisa sind neugierig auf Matteo geworden, als ich von ihm erzählt habe, und wollten gerne, dass er auch käme. Papa und Irma sollten eigentlich nicht dabei sein, tauchten aber trotzdem auf. Ich bin wie taub geworden, als ich sie sah, war nahe daran, in Ohnmacht zu fallen und habe Matteos Hand so fest umklammert, dass ich sie ihm fast gebrochen habe. Bis die beiden wieder nach Hause gingen, war es eine unglaublich angespannte Atmosphäre.

Ove war sehr zurückhaltend, wäre ja auch noch schöner. Er hat nicht nach meinem Schreiben gefragt, und das war eine Erleichterung. Aber er war nicht der Einzige, der nicht sonderlich ausgelassen wirkte. Mit Magnus stimmte auch irgendetwas nicht. Und mit Lovisa. Ganz und gar nicht, muss man sagen. Ich erkannte es an den Blicken, die sie wechselten, an den dunklen Ringen unter Magnus' Augen. Lucas war in seinem Zimmer und wollte nicht runterkommen und uns begrüßen. Die kleine Elina schlief einfach.

»Wir haben gerade eine anstrengende Zeit«, erklärte Lovisa, als Papa und Irma endlich nach Hause gegangen waren. »Ove und Irma wissen es natürlich schon, aber ihr ... Ich kann nicht alles erzählen, aber Lucas ist etwas Schreckliches zugestoßen.«

Vor Angst war ich nahe daran, zu weinen.

Etwas Schreckliches?

Wie schrecklich?

Ich bete zu den höheren Mächten, dass er es nicht genauso schwer hat wie ich, aber ich denke mal, dass es hier um etwas ganz anderes geht, denn sonst hätte Magnus wohl kaum seinen Geburtstag auf diese Weise gefeiert.

Ohne zu wissen, was Lucas zugestoßen ist, hoffe ich doch von ganzem Herzen, dass Magnus und Lovisa begreifen, dass sie weit weg von Hovenäset ziehen müssen.

Sie sagen, dass es so schön ist mit der Hilfe für die Kinder. Wenn ich das Gefühl hätte, dass sie mir zuhören, dann hätte ich sie schon längst gewarnt. Ich selbst habe keine Kinder und werde mir auch nie welche zulegen. Ich habe schon vollauf damit zu tun, mich um mich selbst zu kümmern. Das war früher schon so und hat sich nicht verändert. Sandra geht es genauso.

Sie weiß besser als so viele andere, warum ich leichter atmen werde, wenn das Buch erst erschienen ist, und warum dann anderen der Sauerstoff knapp wird. Ihre eigene Situation ist ähnlich. Matteo sagt, ein Buch, das aus Rache geschrieben wird, ist ein Schrei, der nie verstummt.

Der Gedanke gefällt mir.

Er gefällt mir richtig gut.

11. August

»Eine Perücke?«

»Ich verstehe ja nicht, was wir hier so früh sollen, wenn wir doch nur im Wartezimmer sitzen und glotzen.«

Gunnar klang ungefähr ebenso schlecht gelaunt, wie August sich fühlte.

»Es ist ja wohl nicht so schlimm, wenn man hier ein Weilchen sitzt«, sagte Emmy und versuchte positiv zu sein. »Es ist doch hell und schön hier.«

Gunnar warf ihr einen ergebenen Blick zu, der August lächeln ließ.

»Jetzt grins mal nicht so«, knurrte Gunnar ihn an.

Aber August war sowohl zu müde als auch zu alt, um sich zurechtweisen zu lassen. Zum ersten Mal seit Ewigkeiten hatte er den Wecker stellen müssen, um rechtzeitig zu Gunnars Arztbesuch nach Uddevalla zu kommen. Da war keine Zeit geblieben, wie geplant ein Brot zu backen, denn August war zu lange im Bett liegen geblieben. Die Form mit dem Teig stand noch im Kühlschrank. Jetzt, da er zwischen Gunnar und Emmy auf einem chamoisfarbenen Plastikstuhl im Wartezimmer des Urologen saß, fragte er sich auch, wie lange das hier wohl dauern würde. Er hatte ein Kind und einen Laden, um die er sich kümmern musste, und ein Fotoalbum, was er noch einmal durchblättern wollte.

August spürte, wie Gunnar sich leicht gegen seinen Arm lehnte. Er war kein naher Angehöriger, weder von Gunnar noch von Emmy, und natürlich auch nicht der Partner von einem der beiden. Dennoch hatte er das Gefühl gehabt, dabei sein zu wollen.

»Ich bin so froh, dass du die Idee hattest, auch mitzukommen«, hatte Gunnar gesagt, als sie am Abend zuvor telefonierten. »Ich brauche jemanden, der einen kühlen Kopf bewahrt, wenn Emmy durchdreht.«

August sah verstohlen zu Emmy. Die sah nicht im Geringsten durchgedreht aus. Ganz im Gegensatz zu Gunnar. Der Blick fuhr nervös hin und her, und die Miene wirkte verschlossen, ja fast schon verärgert.

Vorsichtig holte August das Handy heraus. Niemand hatte angerufen, keine SMS. Maria hatte Sofia bei der Arbeit dabei, aber offensichtlich ging das gut. An diesem Morgen hatte ihre Tochter mit zum Wohnwagen fahren dürfen, während August hier im Krankenhaus war.

August hatte gesehen, wie aufgeregt Maria darüber gewesen war, was die Frau vom Lesekreis nach dem Treffen erzählt hatte. Der Konflikt, den Irma mit Oves Tochter gehabt hatte, war natürlich etwas, worüber die Polizei gerne mehr wissen würde, aber vor allem war die Information, dass ein Mann bei Ove und Irma gestanden und angeklopft hatte, ohne dass man ihn reingelassen hatte, für Maria sehr wichtig gewesen. August wusste, dass sie nichts lieber wollte, als zu erfahren, wer dieser Mann war, aber es war unklar, wie sie das bewerkstelligen sollten. Maria war ein guter Spürhund, aber sie konnte auch keine Wunder vollbringen.

Das hatte sie auch gesagt, als sie gemeinsam das Fotoalbum durchgeschaut hatten, das August von Helene bekommen hatte. Genau wie August war Maria von den alten Fotos fasziniert gewesen, aber wenn er wissen wollte, was passiert war, als die Bilder gemacht wurden, dann musste er eine der beteiligten Personen finden.

»Den Zeugen«, hatte Maria gesagt. »Denk wie ein Polizist. Du brauchst den Zeugen.«

August sah Gunnar und Emmy an. Die hatten beide schon auf Hovenäset gewohnt, als seine Großeltern ihre Sommer dort verbracht hatten, ohne sie allerdings jemals kennengelernt zu haben. Aber vielleicht wussten sie trotz allem etwas über das Haus, was August von Nutzen sein könnte.

»Im Vergleich zu allem anderen hier ist mir schon klar, dass das hier ein wenig weit hergeholt ist, aber ich muss es dennoch fragen«, begann er vorsichtig.

»Wisst ihr irgendetwas über das Haus, das meine Großeltern besessen haben?«

Gunnar und Emmy schauten erst ihn erstaunt an und dann einander.

»Nein«, antwortete Emmy, »das kann ich nicht behaupten. Du, Gunnar?«

Der schüttelte den Kopf.

»Nein, ich auch nicht«, sagte er. »Denkst du an irgendwas Bestimmtes?«

Nun musste August den Kopf schütteln.

»War nur ein Versuch«, sagte er. »Ich habe erfahren, dass mein Großvater mehrere Jahre, bevor er und meine Oma ihr Haus kauften, schon auf Hovenäset war. Und ich weiß nicht so recht, was er da gemacht hat.«

Gunnar legte die Stirn in tiefe Falten.

»Lass mich mal drüber nachdenken«, sagte er. »Ich kann auch ein paar andere auf der Insel fragen.«

August warf ihm einen dankbaren Blick zu, den Gunnar erwiderte, indem er ungeduldig auf die Armlehne des Rollstuhls klopfte.

»Zwei Minuten warten wir noch, dann gehen wir«, verkündete er.

»Das kommt überhaupt nicht infrage«, erwiderte Emmy entschlossen.

»Versuch nur, mich aufzuhalten!«, warnte Gunnar.

»Kinder«, mahnte August, »jetzt wird nicht mehr gestritten.«

Emmy kicherte, aber Gunnar sah wütend aus.

»Du bist der Letzte, mit dem ich auf Kriegsfuß stehen will«, sagte er zu August. »Aber das heißt nicht, dass es unmöglich wäre.«

Da mussten August und Emmy laut lachen, und in diese Stimmung kam ein junger Arzt mit weißen Hosen, grünem T-Shirt und den hässlichsten Krankenhausschlappen, die August jemals gesehen hatte, ins Wartezimmer, um sie reinzurufen.

»Sie sind aber viele!«, sagte er und stellte sich als Pelle Larsson vor. »Wie schön!«

Er begrüßte sie per Handschlag.

»Schön ist was anderes, wir sitzen ja auch schon stundenlang hier«, erwiderte Gunnar schlecht gelaunt. Und dann, bevor noch jemand ihn aufhalten konnte, sagte er:

»Pelle Larsson. Soll das ein Erwachsenenname sein?«

August wäre am liebsten im Boden versunken, doch der Arzt nahm es gleichmütig auf.

»Sie sind nicht der Erste, der das sagt«, erwiderte er. »Aber es gibt Namen, die sind viel seltsamer als meiner.«

»Da bin ich ganz Ihrer Ansicht«, erwiderte Gunnar und sah August an. »Hat er hier schon gesagt, dass er Strindberg mit Nachnamen heißt?«

»Nein«, sagte Pelle und sah aus, als würde er darauf warten, dass jemand sagen würde, das sei ein Witz. Doch das geschah nicht.

»Bitte schön, nehmen Sie Platz«, sagte Pelle, als sie in sein Zimmer kamen.

Emmy parkte Gunnars Rollstuhl zwischen zwei Besucherstühlen und setzte sich dann auf den rechten von beiden. August bekam den anderen.

»Und jetzt erzählen Sie mir mal, wie ich Ihnen heute helfen kann«, forderte Pelle Gunnar auf.

August und Emmy sahen ihren Freund aufmunternd an, sie wollten, dass er alles erzählen würde, worüber er im Auto auf dem Weg hierher gesprochen hatte. Dass er nicht genau begriff, wie ernst seine Krankheit und seine Prognose nun war, und dass er nicht verstand, warum sie umgehend behandelt werden musste. Erst als Emmy seine Hand gestreichelt und gesagt hatte: »Jetzt reg dich mal nicht im Vorhinein auf, Liebling«, hatte Gunnar sich ein wenig beruhigt.

Die Augenblicke vergingen und wurden zu einer Ewigkeit.

»Nun«, begann Gunnar schließlich und räusperte sich. »Die beiden hier haben so viele Fragen, und ich hatte irgendwie das Gefühl, sie nicht alle richtig beantworten zu können.«

So kann man es auch formulieren, dachte August resigniert und war nah dran, die Augen zu verdrehen.

»Ich verstehe«, sagte der Arzt. »Dann nehmen wir mal eine Frage nach der anderen. Wer möchte anfangen?«

Emmy und August sahen erst den Arzt an und dann einander.

Gunnar hustete.

»Na, dann sage ich vielleicht was stattdessen«, sagte er. »August hat sich zum Beispiel gefragt, ob ich an meiner Krankheit sterben werde, und da habe ich gesagt, dass ja wohl jeder begreift, dass das der Fall sein wird, aber dass ich nicht exakt sagen kann, wie viele Tage oder Wochen ich noch habe.«

Hier öffnete der Arzt den Mund, um etwas zu sagen, doch Gunnar war noch nicht fertig.

»Und Emmy hat sich gefragt, ob wir dann noch Sex haben können, aber da konnte ich auch nicht drauf antworten.«

»Aber Gunnar«, sagte Emmy und sog heftig Luft ein. »Das habe ich überhaupt nicht gesagt!«

»Doch, so habe ich es aber in Erinnerung«, entgegnete Gunnar.

Pelle hielt beide Hände hoch, um die Versammelten zur Ruhe zu bringen. Wahrscheinlich hatte er noch nie eine so seltsame Ansammlung von Menschen in seiner Sprechstunde gehabt, dachte August.

»Jetzt machen wir mal eins nach dem andern«, sagte Pelle ruhig. »Zuallererst: Nein. Ich glaube nicht, dass Sie an Ihrer Krankheit sterben werden, Gunnar. Nicht jetzt, da wir so früh dran sind mit einer Therapie. Und ja, ich bin ganz überzeugt davon, dass Sie auch danach noch Sex haben werden.«

Gunnar strahlte auf diese skeptische Weise, die so typisch für ihn war.

»Das sind ja mal gute Neuigkeiten für Emmy«, sagte er und lächelte.

Der Arzt erwiderte das Lächeln.

»Sollen wir jetzt mal der Reihe nach vorgehen?«, fragte er.

»Ja, gerne«, sagte Emmy.

»Ja, danke«, sagte Gunnar.

Exakt in dieser Situation klingelte Augusts Handy.

»Entschuldigung!«, rief er und schaltete auf lautlos.

Es war keine Nummer, die er kannte.

Gunnar sah ihn säuerlich an.

»August, wir haben hier gerade wichtige Sachen zu besprechen.«

»Ich weiß«, sagte der.

Als er gerade das Handy in die Tasche zurücktun wollte, merkte er, wie es brummte. Eine SMS. Schnell checkte er, dass es nicht Maria war, die sich meldete. Aber es war jemand ganz anderes.

Konzentriert las August die kurzen Zeilen:

Ich war kürzlich in Ihrem Laden in Kungshamn.
Mein Computer ist versehentlich in Ihrer Sammlung gelandet.
Kann ich heute vor dem Mittagessen vorbeikommen?
Simona Lundmark

Der Wohnwagen kochte schon vor Adrenalin, als er nur halb voll war. Maria hatte Sofia mit zur Arbeit genommen und auf dem Schoß ihres Patenonkels Ray-Ray geparkt. Alle fanden sie süß und kommentierten ihre Gegenwart. Als wäre sie ein Maskottchen.

So ist das also, wenn August sie mit in den Laden nimmt, dachte Maria. Kein Wunder, wenn die Geschäfte gut gehen.

Da klingelte ihr Handy.

»Gleich wieder da!«, sagte sie und glitt aus dem Wohnwagen, da sie sah, dass es Gabriella war. Die Besprechung hatte noch nicht angefangen, und sie wollte gerne hören, was ihre Schwester wollte. Normalerweise riefen sie einander nicht während der Arbeitszeit an, deswegen hatte Maria den Eindruck, dass es wichtig sein könnte.

»Nehme mal an, du arbeitest«, sagte die Schwester, sowie sie rangegangen war.

»Ja«, sagte Maria. »Und heute Vormittag habe ich Sofia dabei. August ist beschäftigt. Was wolltest du?«

»Ich wollte einfach nur checken, dass wir okay sind mit dem, was ich neulich erzählt habe. Über mich und Henrik.«

Maria lachte, als sie die Frage hörte.

Es sah Gabriella überhaupt nicht ähnlich, dass sie sich darum scherte, was andere fanden oder dachten. Sie machte immer, was sie wollte, und ging mit ungewöhnlich aufrechter Haltung durchs Leben. Maria wünschte oft, sie selbst wäre so unbelastet von den Ansichten anderer.

»Du kannst zusammen sein, mit wem du willst«, sagte sie. »Wenn er nur nett zu dir ist.«

»Und du hast August nichts verraten?«

»Nein. Aber … Ich würde gerne.«

Sie lachte, und ihre Schwester stöhnte.

»Dann musst du dich zusammenreißen. Du darfst nicht so ein langweiliges Frauchen werden, das alles mit ihrem Freund teilen muss.«

Maria lächelte.

»Das hast du das letzte Mal auch schon gesagt«, erinnerte sie die Schwester.

»Weil es so verdammt wichtig ist«, entgegnete Gabriella. »Wir müssen eine enge Beziehung haben können, ohne dass du immer sofort deinen Typen einbeziehst.«

Deinen Freund. Deinen Typen.

Die Begriffe stimmten, störten Maria aber unerwartet. Sie verringerten, was sie und August zusammen hatten. Und waren sie nicht zu alt, um Freund und Freundin genannt zu werden?

»Natürlich behalte ich das für mich«, sagte Maria. »Deine und meine Beziehung ist sehr wichtig für mich.«

Sie erwog, noch hinzuzufügen, dass es tatsächlich Gabriella war und nicht Maria, die August einbezogen hatte, indem sie mit seinem besten Freund ins Bett gegangen war, doch das ließ sie bleiben.

Gabriella klang zufrieden, als sie antwortete:

»Gut. Und gleichfalls. Aber nur, dass du weißt: Henrik hat sich gemeldet.«

Maria sah zum Wohnwagen. Jetzt waren mehr Kollegen vor Ort. Die Besprechung würde jeden Moment beginnen.

»Okay, was wollte er?«

»Die Situation checken. Ich glaube, er ist trotz allem ein wenig interessiert.«

Maria kratzte sich ratlos die Stirn. In dieser Sorte Schwesterngespräche hatte sie so gar keine Übung.

»Henrik ist sehr nett«, sagte sie. »Ungeheuer loyal als Freund und charmant. Aber … Ich weiß tatsächlich nicht, ob er so gutes Beziehungsmaterial ist. Und was ist eigentlich mit dem Typen in Lund?«

»Der war so unfassbar langweilig. Und muss es immer gleich eine Beziehung sein? Kann man nicht einfach ein bisschen Spaß haben?«

»Doch, bestimmt kann man das. Aber pass auf dich auf. Denn die Gefahr besteht, dass es das am Ende nicht ist.«

Sie schämte sich fast, weil sie so schlecht über Henrik sprach, aber sie hatte einfach recht. Henrik war als Partner ein Elefant im Porzellanladen. Er merkte nicht, wenn er versehentlich etwas kaputtschlug.

»Ich passe immer auf mich auf«, sagte Gabriella entschieden. »Aber im Moment bin ich etwas rastlos.«

Maria lächelte.

»Dann musst du dir wohl mal ein Abenteuer suchen«, sagte sie.

»Ja, ich finde, das hab ich verdient. Und du selbst? Hast du mit deinem Chef über deine Ausbildung geredet?«

»Noch nicht«, antwortete Maria. »Damit warte ich, bis die Ermittlung vorbei ist. Ich habe mich ja noch nicht einmal an der Uni beworben.«

Dann beeilte sie sich, das Gespräch zu beenden, und ging zurück in den Wohnwagen. Sie merkte, dass sie nicht zu viel über das Studium reden wollte, von dem sie träumte. Die Worte ihrer Schwester klangen ihr dennoch im Kopf. *Ich finde, das habe ich verdient.* Sie hatte das mit solch einer Leichtigkeit gesagt – das erfüllte Maria sowohl mit Bewunderung als auch Trauer, denn sie selbst besaß nicht so ein Selbstbewusstsein.

Sie bestieg den Wohnwagen. Da herrschte eine Stimmung so voller angespannter Erwartung, dass Maria sie fast mit Händen greifen konnte.

»Dann legen wir mal los«, sagte Roland. »Ich wollte, dass wir uns hier treffen, denn es sind im Fall Dahlman einige neue Umstände aufgetaucht, um die wir uns kümmern müssen.«

Als er gerade ausgesprochen hatte, gab Sofia ein kleines »Ohhhh« von sich, was alle zum Lachen brachte.

»Sorry für die Show«, sagte Maria und strich Sofia über die Wange. »August kommt und holt sie, sobald er kann.«

»Das ist überhaupt kein Problem«, antwortete Roland munter. »Es ist eine große Freude, dass unsere Gruppe durch neue, junge Kräfte bereichert wird.«

Sofia sah ihn mit einer Miene an, als fände sie es erstaunlich, dass nur er reden durfte. Ihr ging es wunderbar bei Ray-Ray. Marias Plan war gewesen, sie vor der Besprechung im Wagen zum Einschlafen zu bringen, doch daraus war nichts geworden. Stattdessen war sie hellwach und ungeheuer angeregt.

Ray-Ray sah etwas fertig aus, doch er lächelte sein Patenkind warmherzig an. Er hatte eine Art, mit kleinen Kindern umzugehen, um die Maria ihn beneidete. Er schien gar nicht drüber nachzudenken, was er tat, das ging immer wie von selbst. Und es funktionierte. Sofia war zufrieden und der Rest der Gruppe ebenso. Zumindest, was Sofias Gegenwart anging. Im Fall Dahlman war die Stimmung hingegen mehr als ungeduldig.

»Wir haben jetzt einen Namen, der aus der Ermittlung heraussticht«, begann Roland, »und zwar Viking Nilsson, der vor sieben Jahren als Lehrer in der Schule, in der Ove im letzten Jahr vor seiner Pensionierung als Rektor tätig war, einen Konflikt mit Ove hatte, in dessen Folge ihm gekündigt wurde. Viking hat Ove bei McDonald's angesprochen und ihn möglicherweise auch zu Hause aufgesucht.«

Maria hatte umgehend dafür gesorgt, dass der Rest der Gruppe erfuhr, was sie beim Lesekreis-Treffen gehört hatte, und jetzt war es an der Zeit, die neuen Informationen mit einzubeziehen. Handelte es sich bei dem Mann, der bei Dahlmans vor der Tür gesehen worden war, möglicherweise um Viking?

»Wie passt Viking mit den Medikamentenverpackungen in Dahlmans Haus zusammen?«, fragte ein Kollege.

»Das wissen wir noch nicht«, erwiderte Maria. »Vielleicht passt er überhaupt nicht dazu. Das werden wir erst erfahren, wenn wir insgesamt weitergekommen sind.«

Sie durften sich nicht zu sehr auf die Medikamentenverpackungen konzentrieren. Viking könnte Ove und Irma von McDonald's aus gefolgt sein, oder er hatte bereits geplant, sie zu attackieren und wollte sie deshalb beobachten. In dem Fall könnte das, was wie eine Konfrontation bei McDonald's ausgesehen hatte, Teil einer längeren Handlungskette gewesen sein.

Roland nahm einen Schluck von seinem Kaffee und stellte dann den Becher ab.

»Hat Viking Nilsson jemals gegen Ove oder Irma wegen irgendetwas Anzeige erstattet? Oder andersherum: Haben Ove oder Irma ihn je angezeigt? Wegen Belästigungen oder was auch immer? Die Menschen kommen auf so viele Ideen, wenn sie wütend sind.«

»Nein«, erwiderte Ray-Ray. »Keinerlei Anzeigen in irgendeine Richtung. Alles, was wir wissen, ist, dass Viking ziemlich wütend war, als er seinen Job verlor. Anders als sein Arbeitgeber war er der Meinung, er hätte sich nichts zuschulden kommen lassen.«

Sofia wedelte mit dem einen Arm in der Luft, als würde sie um das Wort bitten, nahm ihn aber bald wieder herunter und lehnte sich mit einem kleinen Seufzer an Ray-Ray.

Du süßes kleines Ding, dachte Maria und legte eine Hand auf das Bein ihrer Tochter. Ihre Berührung wurde mit einem Lächeln belohnt. Sofia war wie ihr Vater, meistens sanft gesonnen und immer gut gelaunt.

»Ich möchte, dass wir ihn zur Vernehmung holen«, sagte Roland. Er trank einen neuerlichen Schluck vom Kaffee und blieb dann mit der Tasse in der Hand sitzen.

Ray-Ray meldete sich zu Wort.

»Ich glaube, ich habe einen Ansatz gefunden, wie wir vor einer Vernehmung noch mehr erfahren können«, sagte er.

»Du liegst heute ja krass vorne mit allem«, bemerkte Maria und zog eine Augenbraue hoch.

Ray-Ray strahlte und sah für einen Moment ganz wie er selbst aus.

»Ich weiß«, gab er zurück. »Man muss sich anstrengen, wenn man oben bleiben will.«

Roland klopfte auffordernd auf den Tisch.

»Weihe doch uns andere, die wir so langsam sind, gerne in deine Pläne ein«, schlug er vor. »Was willst du unternehmen?«

Ray-Ray warf Maria einen Blick zu.

»Ich habe einen pensionierten Oberschulrat aufgetrieben, der sowohl mit Viking als auch mit Ove gearbeitet hat«, sagte er. »Ich kann mir vorstellen, dass er wichtige Informationen über ihren Konflikt besitzt.«

»Ausgezeichnet«, sagte Roland. »Fang da an.«

Er sah rasch auf die Uhr. Keiner der Ermittler wollte eine lange Besprechung.

»Gibt es sonst noch etwas, was das Privatleben der Dahlmans angeht?«, fragte er.

»Ja«, sagte Maria und holte ihr Handy heraus. »Es gibt noch eine Sache über Oves Tochter Clara. August hat eine Sammlung mit Buddelschiffen in den Laden bekommen, die sie gefertigt hat. Und er hat etwas Seltsames darauf gesehen.«

Sie zeigte den anderen ein Foto von dem Buddelschiff mit Besatzung und den Worten *Ich versinke* auf dem Rettungsring. Das war nichts, was ihnen im Moment etwas nutzte, doch Maria fand, es war ein weiteres Zeichen dafür, dass es Clara in ihrer Familie nicht gut gegangen war.

Roland schüttelte bedächtig den Kopf.

»Diese Familie hat nicht so funktioniert, wie sie sollte«, sagte er. »Darüber müssen wir mehr erfahren. Viel mehr.«

»Wir haben Irmas Krankenakten bekommen«, berichtete Maria. »Sie bestätigen unser Bild davon, dass irgendetwas nicht stimmte.«

Sie hatte vor der Besprechung die Akten überfliegen können. Irma war an die zwanzig Jahre wegen hohen Blutdrucks behandelt worden, und in den letzten sieben Jahren hatte sie auch immer wieder Medikamente gegen ihre Ängste bekommen. Das hatte kurz nach Claras Tod begonnen, einem Ereignis, das zu einem großen Chaos in Irmas Familie geführt hatte, wie sich der Arzt in einer Notiz in der Krankenakte ausdrückte. »Großes Chaos« war eine etwas seltsame, aber sicherlich zutreffende Bezeichnung.

Maria hatte das Datum des letzten Arztbesuchs, bei dem es um Irmas seelische Gesundheit gegangen war, notiert und festgestellt, dass der ungefähr einen Monat, bevor sie Magnus um Geld für ihre Spielschulden bat, stattgefunden hatte. Es war Irma schon lange schlecht gegangen, und damals schien das eskaliert zu sein. Vor fünf Jahren, als sie ein neues Privatkonto für ihre Spielsucht eröffnet hatte, waren ihr zum ersten Mal Schlaftabletten verschrieben worden.

Maria ging weiter in der Zeit zurück.

Schuld, dachte sie und erinnerte sich an den Konflikt, den Irma mit Clara gehabt haben sollte. Hast du bei Claras Tod wegen eures Streits Schuld empfunden?

Claras Tod oder etwas anderes, was genau gleichzeitig passiert war, kennzeichnete offensichtlich den Beginn für Irmas schlechten Zustand. Spielte vielleicht auch der Konflikt in Oves Berufsleben eine gewisse Rolle? Oder war es insgesamt einfach zu viel innerhalb kurzer Zeit gewesen?

»Es ist offensichtlich, dass es Irma jahrelang nicht gut ging«, sagte Ray-Ray. »Eine entsprechende Information über Oves seelische Gesundheit haben wir nicht. Das bedeutet nicht, dass es ihm prima ging, aber es gibt da ein Ungleichgewicht zwischen den beiden, über das ich mehr erfahren will.«

»Ich auch«, sagte Maria. »Aber mit wem sollen wir darüber sprechen? Keiner von denen, die wir bisher gesprochen haben, konnte etwas Plausibles über die Wurzeln des Übels sagen. Über Oves Zustand wissen wir nur, dass er zumindest zu zwei Gelegenheiten beschloss zu verreisen, um seine Trauer über die schlechte Beziehung zur Tochter zu bearbeiten. Das ist eine recht drastische Maßnahme. Es ist wirklich schade, dass sowohl Clara als auch ihre Mutter tot sind, denn ich wüsste gerne mehr über Oves Zustand, aber auch über den Konflikt zwischen Clara und Irma.«

Ray-Ray zog die Augenbrauen zusammen, während er nachdachte.

»Magnus hat doch erwähnt, dass seine Halbschwester zu der Zeit, als sie starb, einen Freund hatte.«

Maria nickte.

»Das stimmt«, sagte sie. »Matteo Holm. Er ist gestern auch von der Frau im Lesekreis erwähnt worden, sie meinte, dass er nicht gerade einen herzlichen Eindruck auf die Familie gemacht habe. Der könnte auf jeden Fall eine Möglichkeit sein. Vielleicht fühlt er sich Ove oder Irma nicht verpflichtet und kann deshalb frei mit uns reden.«

»Dann holen wir uns den auch«, sagte Roland entschieden. »Glaubst du, dass er außer als Zeuge auch sonst interessant sein kann? Hat er denn nach Claras Tod noch mit den Dahlmans zu tun gehabt?«

»Das machte nicht den Eindruck«, sagte Maria. »Im Moment würde ich also sagen, dass er ein Zeuge ist und kein Verdächtiger.«

Vendela bat mit einer diskreten Handbewegung um Aufmerksamkeit.

»Apropos Irmas Gesundheit«, sagte sie. »Ich habe mich gefragt, wo sie wohl ihre Medikamente aufbewahrt hat. Der Schrank, den man auf den Fotos von ihrem und Oves Badezimmer erkennen kann, ist einer der kleinsten, die ich je gesehen habe, da drin hatten sie also keinen Platz. Haben wir irgendwo einen Medikamentenschrank übersehen? Das würde ich gerne noch untersuchen.«

»Ruf Magnus an und befrage ihn dazu«, schlug Roland vor. »Und wenn er das nicht weiß, dann musst du noch mal ins Haus zurück und danach suchen. Aber eine gute Idee!«

Vendela nickte kurz.

»Nun gut«, sagte Roland. »Wie sieht es auf der IT-Seite aus? Haben wir die Einzelverbindungsnachweise von Oves und Irmas

Mobilfunkanbieter bekommen, damit wir kontrollieren können, mit wem sie Kontakt hatten?«

»Die kommen irgendwann heute«, erklärte Vendela. »Es ist immer noch Urlaubszeit, niemand arbeitet so schnell, wie der Staatsanwalt und wir das gerne hätten.«

Roland saß schweigend da und dachte einen Moment nach.

»Okay«, sagte er dann. »Wir müssen anfangen, ein paar von unseren roten Fäden nachzugehen. Maria und Ray-Ray, ihr sucht den Oberschulrat auf. Holt alles aus ihm raus, was er weiß. Dann möchte ich, dass wir uns bereits heute Viking vorknöpfen. Außerdem sollten wir den ehemaligen Schwiegersohn so schnell wie möglich aufsuchen. Vielleicht kann er etwas erzählen, was uns weiter aus diesem Labyrinth rausbringt.«

Mit jeder Minute, die im Wohnwagen verging, fiel es Vendela schwerer zu atmen. Sie lachte, wenn die anderen lachten, sie schwieg, wenn die anderen schweigend dasaßen, sie antwortete, wenn sie angesprochen wurde oder etwas Wichtiges mitzuteilen hatte, doch alles darüber hinaus fühlte sich wie eine übermenschliche Anstrengung an. Als die Besprechung vorbei war, ging sie sofort zum Auto und fuhr weg. Wartete nicht auf Ray-Ray und auch auf niemanden sonst. Sie war im eigenen Auto zum Wohnwagen gekommen, und würde auch allein wieder wegfahren. Denn Vendela wollte nicht zum Polizeirevier in Uddevalla fahren, aber das wusste außer ihr niemand.

Die Nacht in Ray-Rays Bootshütte war lang und im Prinzip schlaflos gewesen. Was eine der romantischsten Nächte ihres Lebens hätte werden können, hatte sich stattdessen in etwas Finsteres verwandelt.

Warum beharrte Ray-Ray darauf, nichts von seiner Verbindung zu Ove Dahlman zu erzählen?

Und warum hatte er gelogen, was seine Zeit im Gymnasium anging?

Diese Fragen trieben Vendela um, egal ob sie schlief oder wach war.

Sie hielt das Lenkrad fest umklammert, musste für sich entscheiden, was die wahre Ursache für Ray-Rays Schweigen sein könnte.

Glaubte sie wirklich – *also, wirklich* –, dass Ray-Ray Ove und Irma vergiftet hatte?

Nein.

Auf keinen Fall.

Selbstverständlich nicht.

Dieses alte Klassenfoto und Ray-Rays Lügen stressten sie einfach furchtbar.

Es würde nicht lange dauern, ehe er begriff, dass irgendwas überhaupt nicht stimmte. Bis weit nach Mitternacht hatten sie Sex gehabt. Er war voll darauf konzentriert gewesen, sie nahe bei sich zu haben, zu sehen, wie sie es genoss, und alles andere war sekundär gewesen.

Für ihn.

Aber nicht für sie.

Ray-Rays Lüge über seine Gymnasialzeit hielt sie bis in die frühen Morgenstunden wach, weigerte sich, ihren Griff zu lockern.

Und jetzt war ein neuer Tag.

Resolut hielt sie auf dem erstbesten Parkplatz am Straßenrand an und holte ihr Handy heraus. Sie suchte die Website der Ängskolan und fand eine Telefonnummer, die sie anrief.

Während es klingelte, kribbelte es in ihrem Körper.

Was machte sie da eigentlich?

Ich habe vor, zu Ray-Rays altem Gymnasium zu fahren, um herauszufinden, ob es eine zwielichtige Geschichte gibt. Wenn ich es wage.

Sie wollte gerade auflegen, als eine Frau mit heller Stimme ranging und sie informierte, dass sie mit der Ängskolan verbunden sei.

Die Panik wuchs, sie wand sich auf dem Sitz. Eine gute Lügnerin war sie noch nie gewesen, aber jetzt musste sie sich zusammenreißen. Wenn Ray-Ray etwas davon erfuhr, würde er ihr das nie verzeihen.

»Hallo?«, fragte die Stimme im Telefon.

Vendela räusperte sich.

Sie rief von ihrem privaten Handy an, mit einer Nummer, die man nicht mit der Polizei in Verbindung bringen konnte. Also zögerte sie noch einen Moment, dann sagte sie:

»Mein Name ist Vendela Hansson, und ich arbeite als Ermittlerin bei der Polizei. Ich habe ein paar Fragen über einen früheren Schüler von Ihnen. Wissen Sie, mit wem ich da sprechen könnte?«

Die Leute waren immer sofort gestresst, wenn man sagte, dass man von der Polizei kam. Das führte nicht zwangsläufig zu etwas Positivem, aber ab und zu öffnete es Türen, die ansonsten geschlossen geblieben wären.

So war es auch diesmal.

Vendela wurde mit der Rektorin der Schule verbunden, und nur wenige Minuten später hatte sie ihr Anliegen vorgetragen.

»Ich kann nicht genug betonen, wie heikel dieser Fall ist«, hörte sie sich selbst mit erstaunlich kraftvoller Stimme sagen.

»Das verstehe ich«, sagte die Direktorin. »Aber die Informationen, nach denen Sie fragen, sind alt. Sie müssen mir etwas Zeit geben, Kontakt mit älteren Kollegen aufzunehmen.«

»Natürlich«, sagte Vendela. »Wie viel Zeit benötigen Sie?«

»Eine Stunde vielleicht. Oder zwei. Kann ich anrufen, wenn ich so weit bin?«

Eine Stunde. Oder zwei.

Das war sehr viel weniger, als sie erwartet hatte. In der Zeit konnte sie vom Auto aus arbeiten.

Sie dankte und legte auf. Vendela war alles andere als sicher, ob das Projekt, das sie heimlich angestoßen hatte, sie glücklicher machen würde. Eher im Gegenteil. Ganz gleich, was sie über Ray-Ray erfuhr, konnte es genauso gut dazu führen, dass sie ihren Job verlor.

Polizisten durften einander nämlich nicht hinterherspionieren. Es gab bestimmte Routinen für diese Sorte Anliegen, und nichts war heikler, als wenn Personen aus der Truppe verwickelt waren. Deshalb hatte sie keinem Menschen von ihrer privaten Ermittlungsarbeit erzählt.

Ich leiste ihm einen Dienst, dachte Vendela. Ich will, dass er heil aus dieser Sache rauskommt. Warum Alarm schlagen, wenn es nichts gibt, worüber man sich Sorgen machen müsste?

Die Sonne schien, und sie kniff die Augen vor Helligkeit zusammen. Die Aussicht vom Parkplatz aus war märchenhaft. Die Landschaft um sie herum mit den kargen Klippen und tiefen Fjorden war unvergleichlich, aber sie hätte genauso gut auf einem Müllplatz parken können. Sie registrierte, wenn Autos an ihr vorbeifuhren, doch alles andere war nur Nebel.

Die Ermittlung hatte sich binnen weniger Tage zu einem Ameisenhaufen aus falschen Fährten und blinden Spuren ausgewachsen. Sie hatte massenhaft Informationen, um die sie sich kümmern musste – unter anderem war sie darauf angesetzt worden, Claras Freund Matteo zu identifizieren und zu finden, doch sie konnte sich nicht konzentrieren. Ihre geheime Ermittlung beanspruchte alle Energie und Aufmerksamkeit.

Sie brauchte Ruhe.

Das redete sie sich selbst ein.

Dass sie ihre private Ermittlung weiter betrieb, um Ruhe zu finden.

Um den Freiraum genießen zu können, den Ray-Ray und sie sich so behutsam geschaffen und für sich behalten hatten.

Irgendwas stimmt nicht mit mir, dachte sie. Dieser Job hat mich total paranoid gemacht.

Das war etwas, worauf ihre Mutter gern hingewiesen hatte, als sie noch lebte. Dass es sich so anfühlte, als würde Vendelas Arbeit auf der Ermittlerseite der Polizei sie misstrauisch gegenüber anderen Menschen machen.

»Die allermeisten sind anständig, vergiss das nicht«, pflegte ihre Mutter immer zu sagen.

Rein statistisch hatte sie recht, doch die Aufgabe war, die sehr kleine Minderheit, die sich auf der falschen Seite des Gesetzes bewegte, im Griff zu behalten.

Vendela öffnete ihre Mails, antwortete auf ein paar Nachrichten und las einen Bericht vom Kollegen Ahmet. Dann fiel ihr ein, dass sie Magnus Dahlman anrufen und fragen sollte, wo seine Mutter ihre Medikamente verwahrt hatte.

Er ging beim dritten Klingeln ran. Die Stimme klang brüchig

und vielleicht auch misstrauisch. Vendela stellte sich und ihr Anliegen vor und wartete auf seine Antwort.

»Also«, sagte er, »das klingt vielleicht etwas komisch, aber sie hat ihre Medikamente im Kleiderschrank des Gästezimmers im Keller aufbewahrt. Mama hatte einige Probleme in Sachen Gesundheit, und sie hatte furchtbare Angst, dass die Kinder aus Versehen etwas von den Medikamenten essen könnten. Deshalb hat Papa einen Metallschrank gekauft und den im Kleiderschrank an die Wand geschraubt. Sieht mehr aus wie ein großer Schlüsselkasten, aber das ist es nicht.«

Er lachte, als er geendet hatte. Ein kleines Lachen.

»Ein Metallschrank in einem Kleiderschrank?«, fragte Vendela und überlegte, ob sie den wohl gesehen hatten. »Das klingt ziemlich ehrgeizig.«

»Das ist eher wie so ein zusätzlicher Schrank«, erklärte Magnus. »Und woanders hätte der gar nicht hingepasst. Mama ist nicht jeden Tag an den Schrank gegangen, sie hatte eine Wochenbox, die sie jeden Montag befüllt hat.«

Mit einem Mal wusste Vendela, von welchem Schrank er sprach. Es war ihr nicht in den Sinn gekommen, dass der für Medikamente sein könnte.

»Tausend Dank«, sagte sie und beendete das Gespräch.

Dann rief sie Roland an, der sofort versprach, einen Kollegen zu schicken, der den Schrank nach Uddevalla zur Untersuchung bringen würde.

Danach schien sie für einen Moment keine Aufgaben zu haben. Um nach Matteo zu suchen, musste sie im Polizeirevier sitzen und Zugang zu den unterschiedlichen Verwaltungsregistern haben.

Vendela ging noch einmal auf die Website der Ängskolan und versuchte, sich vorzustellen, wie Ray-Ray als Schuljunge gewesen war. Sie hatte nicht gewagt, Anfragen über ihn in dem Register zu stellen, zu dem sie bei der Polizei Zugang hatte, und deswegen wusste sie nicht, wie oft Ray-Ray als Kind umgezogen war. Denn jede Anfrage wurde gespeichert, und alle Listen wurden mit dem jeweiligen Abteilungsleiter abgestimmt. Sie würde niemals erklären können, warum sie einen Kollegen überprüft hatte, wenn der Auftrag nicht von höherer Stelle kam.

Das will ich auch nicht, dachte sie. Eigentlich will ich gar nichts wissen.

Aber jetzt war es zu spät, es sich anders zu überlegen, zu spät, um den Schaden ungeschehen zu machen. Bald würde sie den Wagen starten und nach Lysekil fahren.

Ihr wurde etwas Wichtiges klar: Sie hatte ebenso viel Angst, wie sie verliebt war.

Und das war ein zutiefst unbehagliches Gefühl.

Auf dem Marktplatz von Hovenäset stand die Zeit still. Magnus und Lovisa saßen im Auto, gerade aus Uddevalla zurückgekommen, und warteten darauf, dass das Leben wieder beginnen würde. Es war immer noch Vormittag, und Magnus fragte sich schon, wie er den Rest des Tages überstehen sollte.

Die Nacht war schlimm gewesen. Es hatte lange Zeit gedauert, Lucas dazu zu bewegen, seinen Platz hinter den Büschen aufzugeben. Zuerst hatte er gemeckert und gesagt, dass er überhaupt nicht Wache halten würde, und dann war er dazu übergegangen, schweigend auf sein Telefon zu starren. Er reagierte erst, als Magnus schimpfte, dass er August Strindberg anrufen und ihm sagen würde, dass Lucas leider nicht als Babysitter weitermachen könnte, weil er zu große Schlafprobleme hätte. Da ging er rein und legte sich ohne weitere Proteste schlafen.

Als er seinen Sohn zum Haus schlendern sah, war Magnus am Boden zerstört angesichts seines Scheiterns. Er hatte nichts von dem Streit, über den Elina gesprochen hatte, aus Lucas herausbekommen. *Kein einziges Wort.* Nur, dass es zu spät sei. Dann schwieg er. Alles, was Magnus und später auch Lovisa zur Antwort bekamen, waren ein gesenkter Blick und ein Kopfschütteln, so federleicht, dass es kaum bemerkbar war. Als ob er sie völlig blöd fand.

Widerwillig hatten sie ihre Versuche aufgegeben zu erfahren, ob das, was Elina erzählt hatte, die Wahrheit gewesen war. Und als die Nacht kam, lagen sie beide wach und starrten an die Decke. Gegen drei Uhr hatte Magnus die Eingangstür quietschen hören und war sofort zum Schlafzimmerfenster gestürzt. Dort, vom oberen Stockwerk aus, konnte er sowohl die Straße als auch die Treppe zum Haus hinauf sehen.

Und Lucas.

Wieder war es das Display des Handys, das ihn verriet. Er hatte seinen Platz hinter den Büschen wieder eingenommen. Und da blieb er auch.

Als sie sich am Morgen ins Auto begaben, um Ove zu besuchen, musste Lovisa fahren, denn Magnus war so erschöpft, dass er sich nur unglücklich machen würde, wenn er sich hinters Steuer setzte.

Auf dem Weg hatten sie nichts Vernünftiges geredet und ebenso wenig, als sie nach Hause fuhren. Sie hatten mit den Eltern der Freundin, mit der Elina spielte, während sie in Uddevalla waren, gesprochen, doch mit niemandem sonst. Nicht einmal miteinander. Sie hielten es nicht mehr aus, über Lucas zu sprechen und auf gar keinen Fall über Viking. Und sie wagten kaum zu kommentieren, was die Ärzte über Ove gesagt hatten:

Dass es tatsächlich ein wenig besser aussah. Dass man hoffte, später im Laufe des Tages einen neuen Versuch unternehmen zu können, ihn zu wecken.

Neue Hoffnung wurde entfacht.

So viele Fragen würden Antworten bekommen, wenn Ove nur aufwachte.

Wenn, wenn, wenn.

Dieses widerliche kleine Wort, das so viel anrichtete.

Magnus war völlig verspannt.

Es gab zu viele Probleme, mit denen sie gleichzeitig umgehen mussten. Doch für eines gab es vielleicht eine Lösung, und den Gedanken wollte Magnus gerne mit Lovisa teilen.

»Das hier, dass Lucas Wache hält«, sagte er nachdenklich. »Das fühlt sich so furchtbar … falsch an.«

»Entsetzlich falsch«, stimmte Lovisa zu.

Magnus hustete.

Seine Lungen waren ebenso beeinträchtigt wie alles andere von ihm.

»Und ich habe ein wenig nachgedacht«, sagte er. »Wir haben doch mit einer Beraterin gesprochen, du und ich.«

Lovisa sah ihn an.

»Aber die war doch nicht sonderlich gut«, sagte sie. »Oder fandest du das?«

»Ich weiß nicht recht, was ich fand«, sagte Magnus. »Immerhin hat sie gesagt, wir könnten immer anrufen, wenn wir wollten. Vielleicht sollten wir das tun, habe ich gedacht.«

»Und sie um Rat bitten?«, fragte Lovisa.

Sie wirkte immer noch skeptisch.

»Ja«, sagte Magnus. »Wäre das nicht eine gute Idee?«

Oder hast du eine bessere?, wollte er schon fragen, doch das tat er nicht.

Lovisa nickte.

»Das stimmt«, sagte sie. »Wir sind ja alleine nicht so erfolgreich, deswegen wäre es vielleicht klug, eine Außenstehende dazuzunehmen.«

Magnus holte sein Handy aus der Tasche.

»Dann machen wir das«, sagte er.

Lovisa starrte ihn an.

»Aber Magnus, hier können wir doch wohl nicht telefonieren, oder?«, sagte sie.

Magnus schaute sich um.

»Wo denn sonst?«, fragte er. »Sollen wir telefonieren, wenn wir nach Hause kommen? Was, wenn Lucas dort ist?«

Sie antwortete nicht, sondern setzte sich widerwillig im Sitz zurecht.

Magnus rief sofort die Beraterin an. Dann stellte er das Telefon auf Lautsprecher und legte es zwischen die Sitze. Zwei Blätter lösten sich von der gigantischen Ulme, unter der er geparkt hatte, und landeten auf seiner Windschutzscheibe. Die Ulme war schön, verklebte aber jedes Auto, was in ihrer Nähe stand.

»Brigitta Frej«, erfüllte eine helle Stimme das ganze Auto.

Magnus wandte den Blick von dem Blatt ab und räusperte sich.

»Hier sind Magnus und Lovisa Dahlman«, sagte er. »Wir haben

vor einer Weile mal miteinander gesprochen. Sie haben gesagt, wir könnten uns noch einmal melden.«

»Ja, ich erinnere mich«, sagte Brigitta Frej ohne das geringste Zögern. »Wie geht es Ihnen?«

Magnus und Lovisa sahen einander an.

Schrecklich, dachte Magnus.

Er räusperte sich noch einmal.

»Nicht so gut«, sagte er. »Es hat sich gezeigt, dass unsere Kinder kürzlich einen großen Streit zu Hause bei ihren Großeltern mitgehört haben. Wir kennen keine Details, und unser Sohn will überhaupt nicht über das reden, was passiert ist, aber er geht nachts aus dem Haus und hält Wache im Garten.«

Dann erzählte er detaillierter über das Verhalten von Lucas. Wie von außen hörte er seine eigene Stimme, nur manchmal von Lovisa unterbrochen, die etwas hinzufügte.

Wir sind alle so krank, alle miteinander, dachte er, als er sich selbst zuhörte.

Die Beraterin reagierte vehement auf seinen Bericht.

»Haben Sie mit der Polizei gesprochen?«, fragte sie.

»Noch nicht«, antwortete Magnus. »Wir wollten gerne mehr erfahren, ehe wir mit denen sprechen.«

»Die Polizei muss alles erfahren«, sagte die Beraterin entschieden.

Magnus schüttelte den Kopf. Sie begriff nicht, was sie da verlangte, was sie als Familie dabei riskierten. Wenn sich herausstellte, dass die Kinder ihre Großmutter mit Viking Nilsson hatten streiten hören. Selbstverständlich brauchte die Polizei trotzdem Informationen, doch in dem Fall wollte Magnus die Sache vorher sorgfältig durchdenken.

»Hat Ihr Sohn denn etwas über den Streit gesagt, den seine kleine Schwester erwähnt hat?«, fragte die Beraterin.

»Nein«, erwiderte Magnus. »Wie ich schon sagte, weigert er sich, darüber zu sprechen, was Elina und er gehört haben.«

»Versuchen Sie noch einmal mit Ihrer Tochter zu sprechen«, empfahl die Beraterin. »Machen Sie ihr begreiflich, dass sie nichts falsch gemacht hat, sondern dass Sie nur wissen wollen, was sie gesehen oder gehört hat. Und dann müssen Sie Kontakt zur Polizei aufnehmen und dafür sorgen, dass Ihr Sohn professionelle Hilfe von einem Psychologen bekommt. Das ist das Allerwichtigste.«

»Okay«, sagte Magnus. »Vielen Dank, dass Sie sich die Zeit genommen haben.«

Sie legten auf.

Magnus fragte sich, warum er sich bedankt hatte. Es fühlte sich nicht so an, als hätten sie etwas Wertvolles erfahren.

Lovisa sah bedrängt aus, fast gehetzt.

»Ich will nicht, dass wir mit der Polizei reden«, sagte sie. »Alles mit Viking richtet so viel Schaden an.«

»Ich will auch nicht mit der Polizei reden«, sagte Magnus. »Aber vielleicht sprechen wir noch mal mit Elina. Wenn es nichts mit Viking zu tun hat, dann können wir völlig problemlos Kontakt zur Polizei aufnehmen.«

Lovisa schaute durch die Windschutzscheibe.

»Wenn Elina das kann«, sagte sie. »Wenn sie will.«

Magnus nickte.

»Natürlich«, sagte er. »Nur, wenn sie es schafft und will.«

Er griff nach Lovisas Hand und umklammerte sie fest. Sie erwiderte den Druck.

»Lucas müssen wir auch helfen«, flüsterte sie. »Wir wissen beide, was er durchgemacht hat, und …«

Magnus beugte sich vor und küsste sie auf den Kopf.

»Wir werden unseren beiden Kindern helfen«, sagte er. »Mit allen Kräften.«

Ein Eis. Das könnte er sich doch wohl gönnen, ehe er den Laden aufmachte, fand August. Immerhin hatte er bereits eine Stunde gesessen und einem Arzt zugehört, der den Unterschied zwischen palliativer und kurativer Pflege erklärte und was getan werden könnte, um Gunnars Potenz zu retten.

Gunnar würde die Sache mit allergrößter Wahrscheinlichkeit überleben. Und mit ebenso großer Wahrscheinlichkeit würde er seine so sehr geliebte Potenz behalten.

Das war das Einzige, was August aus diesem Treffen mitnehmen wollte.

Gunnar und Emmy würden sicherlich noch wesentlich mehr Zeit darauf verwenden herauszufinden, ob es noch mehr offene Fragen gab, doch was August betraf, genügte es.

Er beschloss, sich in der Hafenbäckerei ein Eis zu kaufen. Er hatte Sofia aus dem Wohnwagen abgeholt, und jetzt musste er nach dem Treffen mit Gunnars Arzt seine Gedanken ordnen. Bald würde Simona Lundmark auftauchen, die Frau, die meinte, er hätte ihren Computer, aber wenn sie schon früher kam, dann hatte sie ja noch seine Handynummer und konnte ihn anrufen.

August setzte sich draußen an den äußeren Tischen des Cafés in die Sonne. Sofia schlief im Schatten des hochgeklappten Verdecks. August holte das Album und den Schlüssel heraus, die er von Helene bekommen hatte. Den ganzen Vormittag hatte er sich auf diesen Moment gefreut. Die anderen Dinge, die im Umzugskarton gelegen hatten, konnte er einordnen, aber den Schlüssel und das Album so gar nicht.

Das Fotoalbum öffnete sich wie von selbst.

Jetzt komm schon, schien es August zuzuflüstern. *Löse mein Rätsel.*

So dachte er inzwischen über das Album und den Schlüssel: Als wäre es ein Rätsel, das zu lösen versehentlich ihm zugefallen war. Er konnte sich nicht im Entferntesten vorstellen, dass es der Plan seines Vaters gewesen sein könnte, ihn ins Grübeln zu bringen. Vielmehr fühlte es sich so an, als hätte er gemeint, dieser Teil ihres Lebens ginge August nichts an. Oder vielleicht handelte es sich auch um eine so alte Geschichte, dass sein Vater die beiden Sachen völlig vergessen hatte. Viele ältere Leute machten sich beizeiten zu Hause sterbeklar, doch Augusts Eltern hatten das nicht getan. Der Tod hatte sie viel zu früh weggerissen, als sie noch nicht bereit dafür gewesen waren.

August hielt das Eis in der einen Hand und blätterte mit der anderen durch das Album. Die Fotos waren klein, einige schwarzweiß, aber die meisten in Farbe. Das gesamte Album war den Reisen seines Vaters und Großvaters in die Schweiz und nach Hovenäset im Jahr 1962 gewidmet. Das war zehn Jahre, bevor seine Großeltern das Haus auf der Halbinsel gekauft und auf jeden Fall bevor Augusts Eltern sich kennengelernt hatten.

Es war eine seltsame Sammlung von Fotos. Vor allem die aus der Schweiz waren in ihrer Anonymität bemerkenswert. Einige von ihnen zeigten eine Reihe von Wohnhäusern, ein paar schienen Krankenhäuser und öffentliche Einrichtungen zu sein, wie ein Gericht oder ein Rathaus. Augusts Großmutter war auf keinem der Fotos zu sehen.

Was habt ihr da denn gemacht?, dachte August. Was für eine komische Reise war das? Und wo ist das Haus von May, für das ich jetzt einen Schlüssel besitze?

Sein Großvater war Pfarrer gewesen und sein Vater Ingenieur. Beide hätten sicherlich einen Job im Ausland haben können, hatten aber niemals den Wunsch oder die Sehnsucht danach geäußert.

Und dann die Fotos vom Haus der Großeltern auf Hovenäset. Mit Vater und Großvater im Vordergrund, Jahre bevor das Haus gekauft wurde. Hatte August möglicherweise die Verbindungen seiner Großeltern mit der Halbinsel falsch verstanden? Waren die womöglich viel älter gewesen, als er wusste?

Maria hatte ihm gesagt, wenn er Antworten auf alle Fragen finden wollte, dann müsste er mit jemandem sprechen, der dabei gewesen war. August starrte die Fotos an. Sein Vater und sein Großvater waren beide tot, und von den anderen Personen wusste er nicht, wie sie hießen.

Aber das Haus der Großeltern auf Hovenäset gab es noch. Vielleicht könnten ihm die früheren Besitzer von seinen Großeltern erzählen und wie es dazu gekommen war, als sie ihr Häuschen kauften. Wenn die Vorbesitzer noch am Leben waren. Während seiner Zeit auf Hovenäset hatte August bisher nur einen einzigen Menschen von seinen Großeltern reden hören, und zwar hatte eine Frau in seinem Alter einmal erwähnt, dass sie immer Äpfel in ihrem Garten geklaut hatte, als sie klein war, und das hatte ihn nicht gerade weitergebracht. Seine Großeltern bewohnten das Haus jedes Jahr nur wenige Sommerwochen und hatten keine Anstrengungen unternommen, auf Hovenäset Freundschaften oder Bekanntschaften zu pflegen. Nicht einmal der neugierige Gunnar wusste von ihnen.

Das Klingeln des Handys riss ihn aus den Gedanken.

Er musste lächeln, als er Henriks Nummer erkannte.

»Du kannst dir nicht vorstellen, was hier gestern passiert ist«, sagte August anstelle eines Hallos, als er ranging.

Henrik lachte heiser.

»Okay, schockiere mich«, erwiderte er. »Ich habe nur angerufen, um zu hören, ob alles in Ordnung ist, und das war dann ja wohl genau richtig.«

»Einen Moment.«

August warf den Rest vom Eis in den Papierkorb, steckte das Album in seine Tasche und verließ das Lokal mit dem Kinderwagen, während er gleichzeitig erzählte.

»Ich habe Helene getroffen«, sagte er.

Im Hörer wurde es mucksmäuschenstill.

»Sie hat etwas von meinen Eltern gefunden. Hör dir das mal an.«

Und dann berichtete er in ein paar schnellen Sätzen, was er von ihr bekommen hatte. Als er fertig war, herrschte immer noch Stille in der Leitung.

»Bist du noch da?«, fragte August besorgt.

»Äh, ja. Und wie hat sich das angefühlt, Helene zu sehen?«

August lächelte.

»Total okay. Es war richtig nett, sie zu sehen.«

»Aha. Ist sie immer noch so steif?«

August unterdrückte ein Lachen.

»Jetzt hör schon auf«, sagte er.

Jetzt war Henrik an der Reihe zu lachen, doch wurde er bald ernst.

»Bist du sicher, dass du noch nie etwas von dieser May mit dem Schlüssel oder einer Reise in die Schweiz gehört hast?«

»Hundert Prozent.«

August hörte, wie es im Telefon lärmte. Offensichtlich war auch Henrik unterwegs.

»Als deine Eltern gestorben sind, da ist doch ein Jurist in ihrem Testament erwähnt worden«, sagte Henrik. »Du weißt schon, dieser uralte Typ, der immer noch gearbeitet hat, der alles über deine Eltern zu wissen schien und dann zu einer Art inoffiziellem Testamentsvollstrecker wurde. Hast du mit dem mal geredet?«

August merkte, wie sein Herz schneller schlug.

»Du bist echt ein Genie«, sagte er. »An den habe ich überhaupt nicht gedacht.«

»Ich habe es damals nicht sagen mögen, aber ich habe mich immer gefragt, warum deine Eltern eine so enge Beziehung zu einem Anwalt hatten«, meinte Henrik. »Ich meine, nimm es mir nicht übel, aber die beiden waren doch zwei völlig normale Menschen. Und Schweden ist schließlich nicht Amerika oder England. Bei uns haben normale Menschen keine superengen Beziehungen zu einem Juristen, der hinter ihnen aufräumt, wenn sie tot sind. Und außerdem hattest du von diesem Anwalt, bevor sie starben, doch noch nie gehört.«

August dachte nach.

»Ja«, sagte er gedehnt, »das hatte ich nicht. Damals habe ich gar nicht groß darüber nachgedacht, es war einfach so eine Erleichterung, dass es jemanden gab, der offensichtlich wusste, was Mama und Papa wollten.«

Henrik schnalzte mit der Zunge.

»Verstehe«, sagte er. »Dann check doch einfach mal, ob der Alte noch lebt, und ruf ihn an.«

»Sehr gute Idee«, erwiderte August. »Danke. Ich kann mich zwar nicht mehr an seinen Namen erinnern, aber den finde ich ja in ihrem Testament.«

»Das war irgendwas ziemlich Ungewöhnliches«, meinte Henrik. »Raphael oder so.«

August nickte.

»Stimmt. Irgend so was war es. Du, danke für die Hilfe.«

»Da nicht für«, erwiderte Henrik.

Dann räusperte er sich und fuhr fort:

»Müssen wir sonst noch über was reden?«

August lächelte. »Nein«, sagte er. »Nicht, dass ich wüsste. Oder hast du etwas?«

Er legte eine Hand auf die Brusttasche des Hemds. Da lag der Ring und wartete auf einen Antrag, der ständig verschoben wurde.

»Ach, nichts Besonderes«, sagte Henrik.

»Sicher?«

»Ja. Ich war nur neugierig, ob … nein, egal. Ich muss eh gerade los. Bis später.«

August schüttelte den Kopf und legte auf.

Henrik beschäftigte irgendwas, aber es war höchst unklar, was.

Doch August hatte nun zumindest getan, was Maria gesagt hatte, er hatte jemanden gefunden, mit dem er reden konnte. Einen Anwalt, der möglicherweise auch ein Zeuge war.

Alle diese Spuren, denen sie nachgehen mussten. Ray-Ray und Maria saßen im Auto auf dem Weg zu einem nunmehr pensionierten Oberschulamtsleiter namens Greger Mattson, der Ove Dahlmans Chef gewesen war, als dieser Rektor gewesen und in einen Konflikt mit Viking Nilsson geraten war. Im Anschluss daran würden sie Viking vernehmen, und außerdem wollten sie mit Claras damaligem Freund Matteo sprechen.

Maria beobachtete Ray-Ray, der am Steuer saß. Sie wollte ihn so viel fragen, doch nichts wurde ausgesprochen. Das war eigentlich nicht ihre Art, und nun fraß die Ungewissheit sie von innen auf.

Ray-Ray hatte eine Frau kennengelernt, in die er verliebt war. Eine, die im Gegensatz etwa zu Carola aus Lysekil keinen Namen bekommen hatte.

Zehn Jahre, dachte Maria. Er hatte gesagt, dass er sie zehn Jahre kennen würde.

Das konnte nur heißen, dass es jemand von der Arbeit war, oder eventuell irgendeine alleinerziehende Mutter, deren Kinder mit seinen spielten. Oder eine Nachbarin, aber das glaubte sie eher nicht.

»Oberschulamtsleiter«, murmelte Ray-Ray, als sie sich ihrem Ziel näherten. »Was zum Teufel heißt das eigentlich? Wie viele Chefs sind denn nötig, damit die Schule ihre Arbeit macht und die Kinder dazu bringt, lesen, schreiben und rechnen zu wollen?«

»Es sind doch wohl auch wir Eltern, die das Interesse am Lernen in den Kindern wecken sollen, oder?«, meinte Maria.

Ray-Ray verdrehte die Augen.

»Schon, danke«, erwiderte er, »ich weiß. Aber das wollte ich damit nicht sagen.«

Maria sah ihn verstohlen an.

Als die Besprechung beendet war und sie allein blieben, war er schlecht gelaunt gewesen, und jetzt hielt er das Steuer viel zu fest umklammert.

Für einen Moment wurde es still im Wagen.

Greger Mattsson wohnte in Hunnebostrand, und dorthin brauchten sie mindestens eine Viertelstunde. Draußen war es stickig vor Hitze und Luftfeuchtigkeit.

»Muss es eigentlich die ganze Zeit so verdammt heiß sein?«, fragte Ray-Ray.

»Das bestimmt die Sonne«, entgegnete Maria. »Die kann man nicht abstellen. Hast du in der Schule eigentlich irgendwas gelernt?«

Er lachte leise und schüttelte den Kopf.

»Es ist echt schwer, dich nicht zu mögen, Maria«, sagte er.

Dann rede mit mir, dachte sie. Erzähl mir, was dich belastet.

Auch sie hatte im Laufe der Jahre Geheimnisse gehabt, zum Beispiel hatte sie sich über Pauls Terror ausgeschwiegen. Doch das hatte keine Rolle gespielt. Ebenso wie Maria jetzt spüren konnte, dass mit Ray-Ray irgendwas nicht stimmte, hatte er gemerkt, dass sie unter Druck stand. Und schließlich war er es gewesen – und nicht sie –, der den entscheidenden Schritt unternommen und Paul angezeigt hatte. Und dafür gesorgt, dass er verurteilt worden war.

Das war ein so großes Verdienst gewesen, dass man nicht mal einfach Danke sagen konnte.

Der Wagen hielt vor einem großen weißen Holzhaus.

»Hier wohnt er, glaube ich«, sagte Ray-Ray und überprüfte die Adresse noch mal am Handy.

Sie sahen einen älteren Mann, der durch eines der Fenster nach ihnen Ausschau hielt. Das war garantiert Greger. Er wusste, dass sie kommen würden, und hatte ein wenig gestresst geklungen, als sie das Treffen übers Telefon vereinbarten. Da er kürzlich erst an der Hüfte operiert worden war, hatte er gebeten, dass sie nach Hunnebostrand kämen.

»Ich weiß ja nicht, was ich zu der Sache beitragen kann«, hatte er am Telefon gesagt.

Das wird sich zeigen, hatte Maria gedacht.

Ray-Ray parkte den Wagen, und sie stiegen aus und gingen zur Haustür, die sich schon öffnete, noch ehe sie geklingelt hatten.

»Immer herein, nur herein«, sagte der Mann, den sie schon im Fenster gesehen hatten. »Ich bin Greger Mattsson.«

Maria und Ray-Ray traten ein, stellten sich vor und machten die Tür hinter sich zu.

Greger ging an Krücken. Er führte sie ins Wohnzimmer.

»Meine Kinder sagen, ich würde mich jetzt im Reparatur-Alter befinden«, sagte er. »Ganz unrecht haben sie wohl nicht.«

Maria hatte nachgeschaut: Greger war kürzlich siebzig geworden. Er lebte allein in seinem Haus und war vor bald fünf Jahren in Rente gegangen.

Er verzog das Gesicht, als er sich auf einen Stuhl, ein Stück vom Sofatisch entfernt, niederließ.

»Setzen Sie sich gern aufs Sofa«, sagte er, »ich kann im Moment nicht so weich sitzen.«

Maria und Ray-Ray setzten sich an die Seiten des Sofas, das mit einem glänzenden rosafarbenen Stoff bezogen war.

Ein Barbie-Sofa, dachte Maria und musste fast lachen.

Neben ihr begann Ray-Ray zu sprechen.

»Wie wir schon am Telefon gesagt haben, sind wir hier, weil Sie offensichtlich der Chef von Ove Dahlman während seiner letzten Jahre als Schulrektor waren. Wie lange haben Sie mit ihm zusammengearbeitet?«

Greger legte den Kopf schief.

»So sieben, acht Jahre«, antwortete er.

Er wirkte nervös.

»Ist irgendwas mit Ove?«, fragte er.

Die Presse hatte die Namen von Ove und Irma noch nicht preisgegeben, und Maria hatte bei ihrem Telefongespräch mit Greger das Thema vermieden.

»Dazu kommen wir noch«, sagte Ray-Ray. »Doch erst möchten

wir Sie nach einem anderen Namen fragen. Erinnern Sie sich an einen Viking Nilsson?«

Greger nickte entschieden.

»Ja, natürlich«, sagte er. »Den Namen vergisst man nicht so schnell.«

Maria beugte sich vor.

»Erzählen Sie«, bat sie. »Erzählen Sie uns alles, was Sie von ihm wissen.«

Es dauerte lange, bis Greger sprach, und die Stille begann schon unangenehm zu werden. Zu Marias Erstaunen begann er mit einer Gegenfrage.

»Was soll ich denn über Viking sagen?«

»Wie er als Mitarbeiter war«, erwiderte Maria. »Wie lange hat er an Oves Schule gearbeitet?«

»Er hat dort frisch nach dem Lehrerexamen angefangen und ist dann ungefähr fünf Jahre dort geblieben«, erklärte Greger. »Er war Unterstufenlehrer und hatte Klassen, die er die ganze Unterstufe über begleitete.«

»War er beliebt?«, fragte Ray-Ray.

»In gewisser Weise schon«, sagte Greger. »Er war ein sehr engagierter Lehrer. Aber er wollte zu viel. Viel zu viel. Es war gut, dass er gekündigt hat.«

»Dann ist ihm also nicht gekündigt worden?«, fragte Maria.

»Nein«, sagte Greger. »Er hat die Schule aus freien Stücken verlassen, ehe es so weit kommen konnte. Mit dem kleinsten möglichen Spielraum. Aber darüber sollten Sie mit Ove reden. Er war damals Rektor und hat demnach viel enger mit Viking zusammengearbeitet als ich.«

Maria und Ray-Ray sahen einander rasch an.

»Das ist leider nicht möglich«, erklärte Maria. »Ove liegt seit ein paar Tagen im Krankenhaus in Uddevalla. Wir haben Grund zu der Annahme, dass man versucht hat, ihn zu ermorden.«

Greger holte rasch Luft und schlug die Hand vor den Mund.

»Was sagen Sie da?«, flüsterte er. »Sind es … Bitte sagen Sie, dass es nicht Ove und Irma sind, von denen die Zeitungen schreiben.«

»Es tut mir leid«, sagte Ray-Ray leise.

Greger rang noch einmal heiser nach Atem.

»Haben Sie sich auch außerhalb der Arbeit getroffen?«, fragte Maria. »Waren Sie Freunde?«

»Nein, nein, überhaupt nicht. Aber natürlich macht mich das betroffen.«

»Das ist verständlich«, sagte Maria. »Die Geschichte ist ein Albtraum.«

Sie gaben Greger etwas Zeit, sich wieder zu fassen. Ray-Ray bot an, ihm ein Glas Wasser zu holen, was er dankbar annahm.

»Nun erzählen Sie mal«, sagte Maria, »warum hat Viking Nilsson gekündigt?«

Greger nahm einen Schluck Wasser.

»Ich hätte gedacht, dass Sie das alles schon wissen«, sagte er, »und dass Sie mit den betroffenen Eltern gesprochen haben.«

Ray-Ray schüttelte den Kopf.

Greger räusperte sich.

»Wie gesagt, zeigte Viking eine große Hingabe an die Kinder in seinen Klassen«, begann er. »Doch er kannte die Grenzen für sein eigenes Engagement nicht.«

Maria stützte sich mit dem Arm auf und spürte den glatten Sofabezug an ihrem nackten Unterarm kitzeln.

»Das klingt nicht nach einer guten Eigenschaft, wenn man die Grenzen nicht kennt«, sagte sie.

»Nein«, stimmte Greger zu. »Während seiner ersten zwei Jahre als Lehrer gab er nicht weniger als vier Meldungen an das Jugendamt wegen besorgniserregender familiärer Zustände ab, und im dritten Jahr tatsächlich drei. Das war eine Art Rekord, wie es ihn noch nie gegeben hatte, und deshalb reagierte Ove. Er rief Viking zu sich und bekam die verschiedenen Fälle vorgelegt. Dabei stellte sich schnell heraus, dass es lauter Kleinigkeiten waren, deretwegen Viking Anzeige erstattet hatte. In einem Fall schlug er Alarm, weil eines der Kinder nicht geimpft werden wollte. Dabei hat er nicht einmal mit seinen Kollegen gesprochen und zum Beispiel gefragt, ob auch sie einen Verdacht hätten. Er erstattete einfach eine Anzeige nach der anderen, und nicht selten sogar wegen Kindern aus anderen Klassen. Am Ende waren alle Eltern in Panik.«

»Niemand wusste, wer als Nächstes angezeigt werden würde?«, fragte Ray-Ray.

»Genau.«

»Wann schaltete sich die Schulleitung ein?«, fragte Maria.

»Bereits im Laufe des ersten Jahres«, sagte Greger. »Die beim Jugendamt waren auch verärgert. Sie mussten schließlich die Anzeigen einordnen, entscheiden, ob eine weitere Verfolgung notwendig war, und das kostet Zeit und Geld. Doch die Kritik führte in dem Fall höchstens zu einem Gespräch, in dem Viking versprach, mehr mit seinen Kolleginnen und Kollegen zusammenzuarbeiten und die Meldungen genauer zu überprüfen und nicht so leichthin zu verfassen. Das führte zu einer gewissen Verbesserung, doch am Ende kam es immer wieder zu Anzeigen, welche aber in keinem Fall zu konkreten Maßnahmen des Jugendamtes führten.«

Als Greger schwieg, war ein schwaches Pfeifen von der Lüftungsklappe hinter dem Sofa zu hören.

»Wie ist die Sache dann ausgegangen?«, fragte Ray-Ray schließlich.

»Ove hat schweres Geschütz aufgefahren und wollte ihn loswerden. Mitten in einem Herbsthalbjahr, als Viking durchblicken ließ, dass er dabei wäre, seine ungefähr hundertste Anzeige zu erstatten, eskalierte die Sache ziemlich rasch. Ove hatte genug und berichtete mir davon, um grünes Licht für härtere Maßnahmen zu erhalten. Doch als ich Viking zu einem Gespräch bat, erklärte der mir nur kurz, dass er gekündigt habe und seinen Dienst so schnell wie möglich quittieren wolle. Das war eine große Erleichterung, und nachdem er gekündigt hatte, verbesserte sich das Arbeitsklima an der Schule bedeutend. Wo er heute arbeitet, weiß ich nicht.«

Maria zog die Augenbrauen zusammen und dachte nach.

»Was ist denn aus der letzten Anzeige geworden, die sozusagen das Fass zum Überlaufen brachte?«

»Gar nichts, soweit ich weiß, hat er sie nie eingereicht. Wahrscheinlich hatte er seine Versuche eingestellt, allen Eltern auf den Zahn zu fühlen.«

»Hat er gesagt, warum er kündigen wollte?«, fragte Maria. »Bisher klang das doch nicht so, als wäre er ein Mensch, der einen Rückzieher macht.«

»Nein, wirklich nicht«, stimmte Greger zu. »Er hat gesagt, er würde weder mit den Kollegen noch mit seinem Chef klarkommen und wolle die Schule deshalb verlassen. Außerdem fand er es vollkommen verrückt, dass Ove Rektor in einer Schule sein dürfe, wo doch etwas bestünde, was Viking eine Befangenheitssituation nannte.«

»Befangenheit?«, fragte Ray-Ray und verschränkte die Arme vor der Brust.

»Ja, wegen seines Enkelsohns Lucas«, erklärte Greger.

Maria und Ray-Ray richteten sich ein wenig auf.

»Jetzt kann ich nicht mehr folgen«, sagte Maria leise.

»Ich hatte angenommen, dass Sie bereits mit Oves Sohn gesprochen haben«, sagte Greger mit erstaunter Miene. »Sind Sie nicht deswegen hier?«

»Erzählen Sie uns gern, was Sie meinen«, sagte Maria, die nicht kommentieren wollte, wen sie weswegen vernommen hatten.

»Lucas war damals in jener Schule in der ersten Klasse«, sagte Greger. »Viking war sein Klassenlehrer, als er kündigte.«

Die Zeit verschwand einfach. Aufgefressen von Gedanken und Aktivitäten, an die Magnus sich hinterher nur noch fragmentarisch erinnerte, was ihm das Gefühl gab, von der Wirklichkeit abgeschirmt zu sein.

Die Sonne brannte. Magnus stand in der Küche und kochte neuen Kaffee. Um den Körper mit Energie zu versorgen, hätte er eine Jahresration an Koffein gebraucht. Hoffentlich würde er auch noch ein Brot zum Mittag runterkriegen, doch wichtiger war, dass die Kinder etwas zu essen bekamen. Er selbst war nicht sonderlich hungrig.

Kaum dass er die Kaffeemaschine in Gang gebracht hatte, kam Elina von Freunden nach Hause. Er war froh, sie so unbeschwert zu sehen. Sie schien am wenigsten beeinträchtigt von alldem, was geschehen war, und zu jung, um voll und ganz zu begreifen, was man ihren Großeltern angetan hatte.

»Ich will heute baden gehen!«, rief sie.

Ihre gellende Stimme ließ Magnus zusammenfahren. Er hielt eine Tüte gemahlenen Kaffee in der Hand und versuchte, seine Gedanken zu sammeln, was nicht sonderlich gut funktionierte. Vor allem dauerte es sehr lang.

»Baden!«

Elina stampfte mit einem Fuß auf den Holzfußboden in der Küche. Sie hatte sich einen Badeanzug angezogen und trug den Schwimmring bereits um den Bauch. Magnus war in seinem Tagesplan noch nicht weitergekommen und hatte das schöne Wetter offenbar nicht bemerkt. Lovisa war unten in der Bootshütte, um irgendwas zu erledigen. Was, das hatte er bereits vergessen. Alles, was nicht direkt Leben und Tod betraf, war sofort weg. Das Gespräch mit der Beraterin hatte auch nicht gerade geholfen. Sie hatte nur bestätigt, was Magnus bereits wusste, nämlich, dass sie den sparsamen Auskünften der Kinder nachgehen und erfahren mussten, was sie erlebt hatten. Jedes Detail.

»Ich glaube nicht, dass wir es heute schaffen werden, baden zu gehen«, sagte Magnus. »Ich muss gleich wieder zu Opa fahren und ihn besuchen.«

Und vorher musste er noch besagtes Mittagessen auf den Tisch bringen, und außerdem war er mit Sandra verabredet, aber das wollte er keiner Menschenseele verraten. Vielleicht würde er sogar absagen. Im Moment gab es andere Dinge, über die er nachdenken musste. *Wichtigere* Dinge, wie zum Beispiel die Sache mit Viking und dass Lucas Wache hielt.

Elinas kleine Finger gruben sich in den Schwimmring. Sie war schon immer sehr temperamentvoll und nicht gut darin, ein Nein oder auch nur ein Vielleicht zu akzeptieren.

»Ich habe keinen Hunger, ich habe schon gegessen«, sagte sie. »Und ihr wart doch gerade erst bei Opa. Wie lange will er eigentlich noch da rumliegen und sterben? Es dauert ganz schön lange, finde ich.«

»Das finde ich auch«, sagte Magnus.

Elina sah ihn entsetzt an.

»Willst du denn, dass er stirbt?«, fragte sie.

Magnus zuckte zusammen.

»Verdammt, was sagst du denn da?«, fragte er. »Natürlich will ich das nicht.«

Der Fluch kam ihm einfach so über die Lippen. Es war hässlich, gegenüber den Kindern zu fluchen, aber er sah sich nicht imstande, es zurückzunehmen oder sich Vorwürfe zu machen.

Elina sackte ein wenig in sich zusammen, als sie merkte, wie wütend sie ihn gemacht hatte.

»Irgendwie dauert es einfach so lange«, flüsterte sie. »Ich dachte, dass man schnell stirbt.«

Mein Herz.

Magnus wurde von Zärtlichkeit für seine Tochter überwältigt.

»Manchmal ist das so«, erklärte er. »Und manchmal ist es nicht sicher, dass man stirbt, auch wenn man so krank ist, dass man nicht aufwachen kann.«

»Ist der Opa jetzt grade so krank?«

»Ja.«

»Und die Oma?«

Magnus fühlte einen Kloß, dick wie ein Meteorit, im Hals.

Er schüttelte den Kopf.

»Nein, Oma ist tot. Sie kommt nicht zurück.«

Elina senkte den Blick, und Magnus ging schnell zu ihr, zog sie an sich und umarmte sie ganz fest.

»Es tut mir leid, dass ich vorhin so wütend war«, sagte er.

Elina entzog sich seiner Umarmung und grinste raffiniert.

»Gehen wir dann jetzt baden, wenn du wieder fröhlich bist?«

Magnus wusste nicht, ob er lachen oder weinen sollte. Wann kam denn Lovisa zurück? Und wo war Lucas?

Dann musste er daran denken, was die Beraterin gesagt hatte. Sie mussten versuchen, noch einmal mit Elina zu sprechen. Auch wenn das sinnlos klang, konnte er die Gelegenheit doch nutzen.

»Du«, begann er.

»Hm.«

»Was du da gestern Abend erzählt hast, davon, dass Oma mit jemandem gestritten hat.«

Elina kniff den Mund zusammen.

»Ich will nicht darüber reden«, sagte sie.

»Ich weiß«, sagte Magnus. »Ich weiß, Oma hat gesagt, ihr sollt es nicht erzählen. Aber … Nun ist sie nicht mehr da, und ich bin einfach so neugierig. Was hat dieser Mann, mit dem Oma gestritten hat, gesagt? Kannst du dich daran erinnern?«

Elina schüttelte den Kopf.

»Nope«, sagte sie. »Und jetzt sollten wir baden gehen.«

Das hier lief nicht in die richtige Richtung.

»Weißt du was«, sagte Magnus und gab seinen Versuch auf, mehr zu erfahren, »heute muss ich mich auf Opa konzentrieren. Und das wird auch so bleiben, bis er wieder gesund ist. Aber wir können doch versuchen, Lucas zu finden, und ihn fragen, ob er mit dir baden geht.«

Elina zupfte an ihrem Schwimmring.

»Muss der heute nicht auf das Baby aufpassen?«

»Das glaube ich nicht«, sagte Magnus. »Zumindest habe ich nichts davon gehört. Komm, wir suchen ihn mal!«

Er nahm Elina an der Hand, und dann starteten sie eine Suchaktion durchs ganze Haus.

»Lucas!«, rief Elina.

»Lucas!«, rief Magnus.

Elina kicherte und rief noch einmal.

Sie schoben sich nebeneinander die Treppe zum oberen Stockwerk hoch. Die Tür zu Lucas' Zimmer war angelehnt.

Elina trat ungeduldig dagegen, sodass sie an die Wand knallte.

»Lucas!«, brüllte sie.

Magnus schnaubte vor Lachen.

»Ruhig!«, ermahnte er sie.

»Das *muss* man so machen, wenn man jemanden sucht«, erwiderte Elina. »Das haben Lucas und ich im Fernsehen gesehen.«

Magnus sah sie misstrauisch an.

»Ach ja?«, fragte er. »Was für ein Kinderprogramm war das denn?«

Elina kicherte und hüpfte aufgeregt auf der Stelle.

»Gar kein Kinderprogramm. Das war auf Englisch, und da war es die ganze Zeit dunkel. Und massenhaft Polizisten, die Türen eingetreten haben.«

»Also *CSI*«, seufzte Magnus.

Das Interesse seines Sohnes für Kriminalfilme war faszinierend und schlimm zugleich.

»Dann müssen wir ihn wohl anrufen und checken, wo er ist«, sagte Magnus und holte sein Handy heraus.

Elina setzte sich auf den Fußboden.

»Vielleicht ist er ja schon am Badeplatz«, sagte sie.

»Das bezweifle ich«, antwortete Magnus mit einem Lächeln.

Lucas war kein großer Freund von Sonne und Baden.

Elina knibbelte an einem alten Mückenstich auf dem Knie. Dann kratzte sie sich den Bauch. Sie sah zu Magnus hin, als der Lucas anrief.

»Geht er ran?«

»Nein«, sagte Magnus. »Aber ich probiere es noch einmal.«

»Der Badeanzug kratzt«, sagte Elina und zog an dem Stoff.

Der Badeanzug war rosa und zwei Sommer lang ihr Lieblingsteil gewesen. Jetzt war er zu klein geworden und schnitt ihr in die Haut. Leider konnte man denselben nicht mehr kaufen, und Magnus und Lovisa hatten mehrmals versucht, mit Elina zu diskutieren. Hatten ihr erklärt, dass man sich manchmal leider von einem Lieblingsstück verabschieden muss, ohne es ersetzen zu können. Das zu akzeptieren, war Elina sehr schwergefallen.

»Mein Herz, das liegt daran, dass er zu klein ist«, sagte Magnus, der nachgerade froh war, dass sie sich endlich über den Badeanzug beklagte. »Ich glaube, wir gehen mal in dein Zimmer und suchen einen anderen heraus.«

Elina sah ihm nach, als er in ihr Zimmer ging, dann folgte sie ihm bedächtig.

Magnus öffnete die oberste Schublade der Kommode, in der Unterwäsche und Badekleidung der Tochter lagen.

»Schau mal«, sagte er, »wie wäre es denn mit diesem?«

Er hielt einen Badeanzug mit einer Comicfigur auf dem Bauch hoch.

Elina zuckte mit den Schultern.

»Vielleicht.«

»Ich finde den sehr hübsch«, sagte Magnus und versuchte, jede Silbe zu betonen, um enthusiastisch zu wirken. »Jetzt ziehst du den an, und ich rufe derweil noch mal bei Lucas an.«

Er reichte Elina den Badeanzug, und sie nahm ihn zögerlich. Dann bewegte sie sich nicht vom Fleck, sondern stand ganz still auf der Schwelle zu ihrem Zimmer.

Magnus drückte das Telefon ans Ohr, während es klingelte. Dass Lucas aber auch nicht ranging!

»Ich habe ihn gesehen«, sagte Elina leise.

Magnus sah sie an.

Ihr Blick war auf den Boden gerichtet, und sie schob mit dem großen Zeh die Fransen vom Flickenteppich herum.

Magnus runzelte die Stirn.

»Wen?«, fragte er. »Wen hast du gesehen?«

Elina griff nach der Tür, um sie zuzuziehen. Ein Poster, das auf der Innenseite mit zwei kleinen Heftzwecken befestigt war, flatterte.

Sie hielt mitten in der Bewegung inne, und ihr Blick flackerte. Offensichtlich wusste sie plötzlich nicht mehr weiter.

»Ich hab den gesehen, der mit Oma geschimpft hat«, sagte sie mit dünner Stimme.

Magnus ging in die Hocke und unterbrach den Versuch, Lucas zu erreichen.

Sein Herz raste.

Jetzt ganz ruhig, ermahnte er sich selbst. Du darfst sie nicht verschrecken.

»Kanntest du ihn?«, fragte er.

Elina schüttelte den Kopf.

»War er alt? Oder jung?«

Eine nutzlose Frage. Elinas Verständnis davon, wer alt war und wer jung, war so anders.

»Irgendwie war er ein bisschen alt, aber nicht so arg.«

Magnus schluckte und versuchte zu lächeln.

»So wie ich?«, fragte er.

Elina zuckte mit den Schultern.

»Vielleicht. Oder, ich weiß nicht. Er hatte dunkle Haare. Die waren ganz zerzaust.«

Sie hängte sich an die Türklinke, spielte damit.

»Hat er etwas zu dir gesagt?«, fragte Magnus. »Hat er gesehen, dass du ihn gesehen hast?«

»Nein, glaube ich nicht.«

Magnus versuchte, einen kühlen Kopf zu bewahren. Dunkles, zerzaustes Haar könnte auf Viking zutreffen, aber sie wussten ja nicht, wie seine Frisur inzwischen aussah.

»Hast du ihn lange gesehen?«, fragte er.

Elina schüttelte den Kopf.

»Nein. Ganz kurz bloß.«

»Und Lucas auch?«

»Glaub nicht.«

Übelkeit stieg in Magnus auf.

»Das ist gut«, sagte er angespannt. »Es ist gut, Elina.«

Elina richtete ihren scharfen Blick auf Magnus, der sein Handy einschaltete. Er wollte ein Bild aufrufen. Vikings Name war ungewöhnlich, den müsste er googeln können.

Doch als er die Treffer ansah, sank ihm der Mut.

Jemand mit Namen Viking Nilsson kam in drei Artikeln einer Lokalzeitung vor, doch ohne Bild. Und auf Facebook war er auch nicht. *Verdammter Mist.*

Ich muss mit Lucas reden, dachte er. So schnell wie möglich. Muss rauskriegen, ob er diesen Mann auch gesehen hat.

In ihm hallten Lucas' Worte vom Abend zuvor wider:

Vielleicht kommt er zurück.

»Bist du böse, Papa?«

Elinas Stimme klang ganz dünn.

»Nein, überhaupt nicht.«

Wie im Nebel ging er zu ihr und umarmte sie.

Er schloss die Augen. Sofort begann sich alles zu drehen.

Es soll aufhören, dachte er. Ich will einfach nur, dass alles aufhört.

Die Tür ging auf, noch ehe Vendela klopfen konnte.

Eine Frau mit Kurzhaarfrisur schaute heraus.

»Vendela?«, fragte sie.

»Ja.«

»Ich hatte doch so ein Gefühl, dass Sie jetzt kommen. Ich bin Karolin Truedsson. Kommen Sie rein!«

Sie schüttelten sich die Hand, und Vendela schämte sich, dass ihre so verschwitzt war.

»Vielen Dank, dass Sie so kurzfristig Zeit haben«, sagte sie zu der Rektorin.

»Kein Problem. Ich hatte den Eindruck, das hier sollte man priorisieren. Tut mir leid, dass ich nicht schneller sein konnte.«

»Alles gut«, versicherte Vendela.

Sie war gerade im Begriff gewesen, ihre Warteposition im Auto aufzugeben, als die Rektorin endlich angerufen und gesagt hatte, dass sie kommen könne.

Daraufhin hatte Vendela eiligst bei Roland angerufen und behauptet, ihre Nachbarn hätten sie angerufen, weil in ihrem Haus etwas dringend repariert werden müsste. Ein Wasserleck. Nicht so groß, aber der Klempner müsse kommen, und sie selbst würde so lange zu Hause bleiben und von dort aus arbeiten. Roland hatte natürlich zugestimmt, und Vendela fühlte sich ganz schrecklich, als sie auflegte.

Sie gingen ins Schulgebäude, wo es erstaunlich kühl, aber vor allem ruhig war. In den großen Räumen fühlte sich die Stille fremd an.

Die Direktorin bat Vendela in ihr Zimmer und bot ihr Kaffee und Wasser an. Vendela entschied sich für beides. Am liebsten hätte sie sich etwas Stärkeres gegönnt, so nervös war sie.

Karolin setzte sich auf ihren Schreibtischstuhl. Der Schreibtisch selbst war groß wie ein ganzer Kontinent, und auf der anderen Seite standen nicht weniger als drei Besucherstühle.

»Wenn hier etwas passiert ist, kommen nicht selten beide Eltern mit ihrem Kind«, sagte Karolin als Antwort auf die Frage, die Vendela gar nicht gestellt hatte.

»Ich verstehe«, erwiderte diese und setzte sich nach einem kleinen Zögern auf den Stuhl ganz links außen.

Sie hatte nur sehr eingeschränkte Erfahrungen mit Vernehmungen, wusste nicht, wie man so ein Gespräch eigentlich aufbaute. Eine solche Fähigkeit konnte man nicht eben schnell mal herbeizaubern, sie gründete sich auf Routine und Selbstsicherheit. In diesem Fall fehlte es Vendela an beidem.

Karolin rückte ihre Brille zurecht.

»Sie wollten also über Ray-Ray Edman und Ove Dahlman sprechen, nicht wahr?«

Vendela nickte.

»Ja. Die Namen sind in einer Mordermittlung aufgetaucht, auf die ich leider nicht näher eingehen kann.«

Karolin wurde blass.

»Eine Mordermittlung? Mein Gott.«

Offensichtlich brauchte sie Zeit, um sich zu fassen, denn sie saß eine Weile da, ehe sie weitersprach.

»Es ist über dreißig Jahre her, seit Ray-Ray Edman Schüler auf dieser Schule war, und damals war ich nicht Rektorin«, erklärte sie schließlich. »Alle Informationen, die ich über Ray-Ray und Ove habe, stammen aus Gesprächen mit zwei älteren Kolleginnen, die ich glücklicherweise erreichen konnte, nachdem das hier so dringend auftauchte.«

Vendela schluckte. *So dringend.* War es das wirklich? Dringend. Es fühlte sich nicht gut an, dass Karolin mehrere Menschen angerufen und Fragen über Ray-Ray gestellt hatte. Da war die Gefahr viel zu groß, dass sie zufällig an jemanden geraten war, der ihn heute noch kannte und er erfuhr, dass eine seiner Kolleginnen Fragen über ihn stellte. Eine Kollegin, mit der er außerdem in den letzten Monaten häufiger im Bett gewesen war.

»Ich bitte um Entschuldigung, wenn mein Besuch Ihnen eine Menge zusätzlicher Arbeit bereitet hat«, sagte sie. »Das war nicht meine Absicht.«

»Das macht wirklich nichts, es fühlt sich gut an, helfen zu können. Vor allen Dingen jetzt, da Sie sagen, dass es um eine Mordermittlung geht. Es ist so furchtbar traurig, dass es auf diese Weise für Ray-Ray enden musste.«

Vendela wurde wachsam.

»Was meinen Sie damit?«, fragte sie.

»Ich nehme doch an, Sie sind hier, weil Ray-Ray Edman verdächtigt wird, jemanden getötet zu haben, nicht wahr? Sie sagten doch, es handelt sich um eine Mordermittlung.«

Vendela merkte, dass sie rot wurde.

»Wie gesagt kann ich keine Details preisgeben«, erwiderte sie mit leiser Stimme. »Aber …«

Ihr Blick wanderte zum Fenster, wo sie zwei Jungs sah, die hinter einem Fußball herrannten. Die Schule war für Schüler noch geschlossen, doch für die Vorbereitungen des Schuljahres geöffnet.

»Bitte erzählen Sie mir von Ray-Ray und Ove«, sagte Vendela und hoffte, dass sie nicht so ungeduldig klang, wie sie war.

»Natürlich«, sagte Karolin. »Die Geschichte ist sehr kurz. Eines Tages hat Ray-Ray ein Messer mit in die Schule gebracht und Ove bedroht, als er die Pausenaufsicht hatte. Ein Schüler wurde Zeuge des Ereignisses.«

Vendela starrte Karolin an.

Eines Tages hat Ray-Ray ein Messer mit in die Schule gebracht und Ove bedroht.

Was zum Teufel war hier passiert?

»Wissen Sie, warum er Ove bedroht hat?«, erkundigte sich Vendela.

Karolin lehnte sich auf ihrem Stuhl zurück, der zu groß für ihren schmalen Körper war und sie fast kindlich aussehen ließ.

»Nein«, sagte sie. »Das weiß ich nicht, und das ist wirklich seltsam. Die beiden Kolleginnen, die eng mit Ove zusammenarbeiteten und mit denen ich heute gesprochen habe, konnten auch nicht erklären, wie dieser Konflikt entstanden war. Eine von ihnen hatte Ray-Ray im Unterricht und war sehr schockiert, als sie erfuhr, dass er ein Messer gezogen haben sollte. Natürlich war er nicht der fleißigste aller Oberstufenschüler, doch sie kannte ihn und war sehr erstaunt, dass er sich gewalttätig gezeigt hatte.«

Die Gedanken bewegten sich träge in Vendelas Kopf. *Sehr erstaunt* hätte sie wohl auch auf diese Nachricht reagiert.

Karolin fuhr fort:

»Ove hat offensichtlich einen Teil der Schuld dafür übernommen, dass Ray-Ray so wütend war. Er sagte, er sei erschöpft gewesen und hätte sich mehrmals sehr plump gegenüber Ray-Ray verhalten, ohne zu begreifen, wie falsch seine Worte bei diesem ankamen. Er fand den Konflikt an sich uninteressant, war aber auch der Meinung, dass das Ereignis Konsequenzen haben müsste. Ray-Rays Eltern wurden aktiv und meinten, er solle die Schule wechseln, und nur eine Woche später ging er nach Uddevalla. Damit wurde die Sache als erledigt betrachtet.«

Vendela starrte Karolin verständnislos an.

»Aber«, sagte sie lahm, »hat man denn nicht das Jugendamt oder eine andere Behörde eingeschaltet? Ich meine, es ist doch eine ziemlich große Sache, wenn ein Schüler ein Messer mit in die Schule bringt und seinen Lehrer bedroht.«

»Glauben Sie mir«, sagte Karolin, »da bin ich ganz Ihrer Meinung. Aber diese Geschichte hat nun schon ein paar Jahre auf dem Buckel, und es gab gewissermaßen keine Vorgeschichte, die darauf hindeuten würde, dass Ray-Ray grundsätzlich gewalttätig gewesen wäre. Ich glaube, das hat den Ausschlag gegeben. Das, und die Tatsache, dass Ove aus dieser Bedrohung keine große Sache machen wollte.«

Warum wolltest du das nicht?, dachte Vendela. Du bist verdammt noch mal mit einem Messer bedroht worden.

Laut sagte sie:

»Und Ray-Ray? Hatte er kein Interesse daran, seine Version der Sache bekannt zu machen?«

»Offensichtlich nicht«, erwiderte Karolin.

»Das heißt, niemand weiß, worüber die beiden gestritten haben?«

Karolin sah bekümmert aus, und als sie dann schließlich sprach, senkte sie die Stimme, als ob sie Angst hätte, jemand könnte hören, was sie sagte.

»Eine der Kolleginnen, mit denen ich gesprochen habe, sagte, dass sie genau das an der Geschichte niemals verstanden hätte. Warum weder Ray-Ray noch Ove das Bedürfnis verspürt hätten, später noch einmal über die Sache an sich zu reden. Es war, als hätte die Bedrohung mit dem Messer zu einer Art Vereinbarung geführt. Das hat auch der Schüler, der das Ganze zufällig beobachtete, so bezeugt.«

»Hat der Zeuge gehört, was sie zueinander gesagt haben?«, fragte Vendela erstaunt.

»Nur zum Teil«, sagte Karolin. »Meine Kollegin hat erzählt, der Schüler habe gehört, wie Ove etwas im Stil von ›Ich höre auf, wenn du das Messer wegsteckst. Steck das Messer ein, dann passiert es nie wieder‹ gesagt hätte. Doch niemand auf der Schule hat je erfahren, worüber die beiden da redeten und was niemals wieder passieren sollte. Es hieß lediglich, dass Ray-Ray eine Freundin in einer Parallelklasse gehabt hätte, und dass der Konflikt mit Ove in irgendeiner Weise mit ihr zu tun haben könnte, doch das ist nie bestätigt worden.«

Sie zog die oberste Schublade ihres Schreibtisches auf und holte ein Jahrbuch mit Fotos von allen Oberstufenschülern des besagten Schuljahres heraus. Sie blätterte darin, bis sie zu demselben Bild kam, das Vendela eingerahmt zu Hause bei den Dahlmans entdeckt hatte.

»Das hier habe ich heute aus unserem Archiv geholt, bevor Sie kamen«, sagte sie. »Vielleicht kann es Ihnen weiterhelfen.«

Vendela spürte, wie ihr Herz im Brustkorb pochte. Im Kopf flimmerte es, und sie suchte nach Zusammenhängen.

»Darf ich dieses Buch ausleihen?«, fragte sie heiser. Das hier war etwas, was sie wirklich mitnehmen wollte. In dem Buch gab es mehr Fotos, aber vor allen Dingen Namen unter jedem Klassenfoto.

»Ja, natürlich«, sagte Karolin. »Deshalb habe ich es geholt. Bringen Sie es nur bitte zurück, wenn Sie es nicht mehr benötigen.«

»Danke.«

Vendela erhob sich mit zittrigen Knien. Sie war in diese Schule gekommen, um sich zu versichern, dass Ray-Rays Schweigen über seine Verbindung zu Ove nicht bedeutete, dass er selbst in irgendeiner Weise in die Sache verwickelt wäre. Und sie ging jetzt mit einer weitaus schlimmeren Geschichte, als sie sich hätte vorstellen können.

Ray-Ray hatte den Mann, den man jetzt zu töten versucht hatte, mit einem Messer bedroht.

Einen Mann, der einmal sein Lehrer gewesen war und der dann zum Teil die Schuld für den Vorfall auf sich genommen hatte.

Ein Versprechen, etwas werde nie wieder passieren, war gegeben worden.

Wie lange hielt ein solches Versprechen?, fragte sich Vendela. Und was würde passieren, wenn Ove seinen Teil der Vereinbarung brach?

Wenn August nicht so in Gedanken versunken gewesen wäre, dann hätte er sie sofort gesehen: die Frau, die auf dem Bürgersteig vor der Ladentür stand und von der er zunächst annahm, sie sei eine Kundin.

Sie trug eine Sonnenbrille und klopfte an der verschlossenen Tür.

August hörte, wie sie vor sich hin fluchte.

»Verdammt noch mal, sollte hier jetzt nicht geöffnet sein?«

»Ja, durchaus«, sagte August mit lauter Stimme.

Die Frau fuhr herum und wirkte ertappt. Sie schien zwischen 45 und 50 Jahre alt zu sein und war für eine Frau ungewöhnlich groß.

»Entschuldigung«, sagte sie. »Ich hatte einfach Angst, dass wir uns falsch verstanden hätten.«

August stellte den Kinderwagen ab und holte den Schlüssel heraus.

»Sie sind Simona Lundmark, nehme ich an?«, fragte er.

»Stimmt«, antwortete sie. »Entschuldigung, wenn ich zu früh bin.«

»Das ist überhaupt kein Problem«, sagte August, der sich nicht an eine exakte Uhrzeit erinnerte und deswegen nicht das Gefühl hatte, dass sie zu früh oder zu spät sei.

Sie gaben sich die Hand. August bemerkte, dass sie nicht das geringste Interesse für Sofia zeigte, die ihrerseits ihren Blick nicht von der Frau wenden konnte. Es war wirklich nicht notwendig, dass die Kunden mit Sofia sprachen, doch die meisten reagierten darauf, wenn sie mit im Laden dabei war, und meist auch positiv – auch wenn manche Ewiggestrige genau wie Gunnar den Fehler machten zu bemerken, dass kleine Kinder doch am besten in Ruhe zu Hause bei ihrer Mutter blieben.

Simona durfte vor ihm durch die Tür gehen, und dann kam August mit dem Kinderwagen nach.

Sie nahm die Sonnenbrille ab und ließ den Blick über die vielen Regale des Ladens wandern, ohne irgendwo zu verharren. Es war ein lediglich kontrollierender Blick.

»Wo sind sie denn?«, fragte sie. »Der alte Mann, den ich hier das letzte Mal gesprochen habe, hatte keine Ahnung.«

Das hoffe ich, dachte August und gab Gunnar insgeheim Punkte dafür, dass es ihm gelungen war, verwirrt zu erscheinen, um die Frau loszuwerden.

»Sie meinen, wo die Computer sind?«, fragte August.

»Ja.«

August war nicht darauf vorbereitet gewesen, dass sie so zielgerichtet versuchen würde, ihren Computer zu bekommen, doch hatte er sich schon überlegt, was er brauchte, um ihn ihr zu überlassen. Das hatte er ihr ja auch schon in seiner Mail geschrieben.

»Sie stehen in einem bestimmten Raum«, sagte er. »Es wäre gut, wenn Sie mir den Computer beschreiben könnten, damit ich weiß, dass er wirklich Ihnen gehört.«

Simona sah ihn ernst an. Sie merkte, dass er zögerte.

»Ich bin den ganzen Weg von Göteborg hierhergefahren«, sagte sie ruhig. »Der Computer ist acht Jahre alt. Ich benutze ihn schon eine Ewigkeit, aus dem einfachen Grund, weil ich nur darauf schreibe. Es war extrem dumm von mir, ihn ausgerechnet an dem Tag, als die Computer für die Sammlung ausgewählt wurden, mit zur Arbeit zu nehmen, denn ein so alter Computer sah ja natürlich wie einer aus, den man weggeben will. Ich kann Ihnen garantieren, dass ich keine kriminelle Person bin, die versucht, Ihnen einen Ihrer eingesammelten Computer zu entlocken. Ich will einfach nur Ihre Sammlung sehen, um herauszufinden, ob mein Computer dabei ist.«

Sie sah ihn mit aufrichtigem Blick an. Dabei wirkte sie nicht ungeduldig oder verärgert, sondern eher traurig oder resigniert.

August holte Luft, ehe er antwortete. Sie hatte gesagt, dass sie auf dem Computer »nur schreiben« würde. Was schrieb sie denn?, fragte er sich. War sie Schriftstellerin?

»Ich verstehe Ihr Problem«, sagte er. »Aber ich möchte Sie nicht einfach so in den Raum mit den Computern lassen und Sie da – entschuldigen Sie, wenn das plump klingt – herumfuhrwerken lassen. Bitte sagen Sie mir, welche Marke der Computer hat und ob er irgendwelche besonderen Kennzeichen hat, und dann gehe ich und suche sofort danach. Machen wir es so?«

Simona nickte widerwillig und schenkte ihm ein kühles Lächeln.

»Ausgezeichnet«, sagte sie. »Danke, dass Sie sich die Zeit nehmen.«

Dann beschrieb sie den Computer, ein silbergraues MacBook Air mit deutlichen Kratzern auf der Unterseite. Wenn er ihn öffnete, würde er sehen, dass der Bildschirm in der einen Ecke einen Riss hatte – ein ästhetischer, aber kein funktioneller Defekt. Möglicherweise befand sich auch auf der Oberseite ein kleiner roter Aufkleber, auf dem stand: »All work and no play.«

Eine Andeutung einer Rötung breitete sich auf ihrem Gesicht aus, als sie das Zitat aus dem ikonischen Horrorfilm *The Shining* aussprach: »All work and no play makes Jack a dull boy.«

»Ich komme gleich wieder«, sagte er zu Simona und machte Anstalten, Sofia auf den Arm zu nehmen.

»Ich kann so lange auf sie aufpassen«, sagte seine Besucherin rasch. »Dann haben Sie beide Hände frei.«

August hielt inne. Bis zu dem Moment hatte sich Simona überhaupt nicht um Sofia geschert, und das schien sie immer noch nicht zu tun. Irgendwie störte August das, ohne dass er sagen konnte, warum. Mit Simona stimmte etwas nicht, was er nur schwer greifen konnte.

»Danke, aber das geht gut so«, sagte er. »Ich nehme sie mit.«

Und dann hob er seine Tochter auf den Arm, nahm noch eine

Decke mit und ging zu dem Raum, in dem sich die Computer befanden.

Kurz nachdem August in das Zimmer gekommen war, das vorübergehend Computerraum genannt wurde, hörte er die Ladentür klingeln. Der Computerraum lag direkt neben der Küche, und August erstarrte. Entweder war ein Kunde gekommen oder Simona war rausgegangen. Er eilte zurück und schaute aus der Küchentür, um sich zu vergewissern, ob alles in Ordnung war. Das war es. Ein Junge, wahrscheinlich in Lucas' Alter, stand an einer Kiste mit alten Comics. Simona wartete mitten im Raum und sah ihn an.

Erst da bemerkte August etwas, was ihm bisher nicht aufgefallen war: Ihre Haare, in einer unauffälligen Farbe und zum Seitenscheitel gekämmt, saßen schief. Er kniff die Augen zusammen, täuschte er sich? Nein. Nicht die Frisur war falsch gekämmt, sondern das Haar insgesamt saß schief. Besser konnte er es nicht beschreiben.

»Stimmt irgendetwas nicht?«

Simona sah beunruhigt aus.

»Nein, nein, ganz und gar nicht«, sagte August peinlich berührt.

Da klingelte sein Handy laut und wütend und ließ ihn davoneilen. Er wollte nicht riskieren, dass sie noch einmal anbot, sich um Sofia zu kümmern. Sowie er wieder im Computerraum war, breitete er die Decke auf dem Boden aus und legte Sofia auf den Bauch. Hoffentlich akzeptierte sie, da alleine zu liegen, während er telefonierte.

Er lächelte, als er sah, dass es Henrik war.

»August«, sagte er zur Antwort.

»Und ich heiße Henrik. Du, sag mal, mir ist eingefallen, wie er hieß. Der Jurist.«

August schob die Tür zum Computerraum mit dem Fuß zu.

»Und?«

»Ismael Thelin.«

»Na klar, verdammt.«

Es war, als würde ein Damm geöffnet. Mit einem Mal erinnerte sich August an jedes einzelne Detail von seinem einzigen Treffen mit dem Anwalt, der im Testament seiner Eltern erwähnt gewesen war. Der dichte Schnurrbart, die eingesunkenen Wangen, die Augen wie schmale Schlitze. Er war nicht sonderlich freundlich gewesen, doch auch nicht unsympathisch. Er hatte seine Arbeit gemacht und nicht viel mehr als das. Doch vor allem war er alt gewesen, und das hatte man auch gemerkt. So alt, dass August nicht damit zu rechnen wagte, dass er immer noch lebte.

»Und noch etwas«, sagte Henrik. »Ich habe mehrere Klienten, die entweder in der Schweiz wohnen oder eine Verbindung dorthin haben. Sag Bescheid, wenn ich einen von denen fragen soll, falls du Hilfe brauchst. Im Hinblick auf die Fotos im Album, meine ich.«

Die Gedanken kreisten in Augusts Kopf.

»Danke, tausend Dank. Für alles. Ich werde deine Klienten im Hinterkopf behalten. Aber jetzt kann ich leider nicht weiterreden, denn ich muss mich auf eine Kundin mit seltsamem Haar konzentrieren.«

Henrik lachte.

»Wie nett von dir, so etwas zu kommentieren, während sie oder er noch im Laden steht.«

»Sie«, erklärte August. »Und sie hört nicht, was ich sage, denn ich befinde mich im Computerraum, wo ich checke, ob ihr privater Computer versehentlich bei meiner Sammlung abgegeben worden ist.«

Henrik stöhnte ins Handy.

»Wie blöd bist du denn? Begreifst du nicht, dass sie den Laden ausräumt, während du nach ihrem angeblich verschwundenen Computer suchst?«

»Das glaube ich nicht«, erwiderte August. »Sie hat einfach nur schiefe Haare. Als ob die auf dem Schädel herumrutschen würden.«

Seiner Überzeugung zum Trotz ging er doch und schlich zur anderen Tür, die in den Laden führte.

Er kam sich wirklich töricht vor, als er um den Türrahmen herum spähte, ob Simona noch im Laden war und nichts gestohlen hatte.

Sie war da.

Sie stand exakt am selben Platz wie zuvor und starrte ihn geradewegs an. August erschrak so, als er ihrem Blick begegnete, dass er zusammenzuckte.

»Entschuldigung«, sagte er. »Es hat sich angehört, als wäre noch ein Kunde gekommen.«

»Das ist nicht der Fall«, erwiderte Simona.

August eilte zurück in den Computerraum.

Henrik stöhnte erneut ins Telefon.

»Und jetzt bist du Clown hingerannt und hast nachgeguckt, ob sie was gestohlen hat? Ist denn Gunnar nicht da?«

»Nein«, erwiderte August.

Er begann rasch die Regale mit den Computern zu durchsuchen. Auf jeden Fall gab es genug alte Macs, so viel war sicher. Doch fast keiner von ihnen war ein Air, also superdünn.

»Wie kannst du nur immer so naiv sein?«, sagte Henrik. »Manchmal hoffe ich direkt, dass dir mal was gestohlen wird. Das wäre gut für dich.«

»Im Grunde bin ich ganz sicher, dass sie keine Diebin ist«, erwiderte August.

Für sich fügte er hinzu:

Es ist etwas ganz anderes, was ich im Moment aber nicht begreife.

»Natürlich ist sie eine Banditin«, entgegnete Henrik. »Sonst würde sie ja wohl keine Perücke aufsetzen.«

August hielt inne.

»Was sagst du da?«, fragte er gedehnt.

»Ich habe gesagt, dass Menschen, die nichts zu verbergen haben, auch keine Perücke aufsetzen, wenn sie einkaufen gehen. Falls sie nicht Krebs haben oder diese Krankheit, durch die man alle Haare verliert, Alopecia oder so.«

August suchte weiter bei den Computern.

Eine Perücke?

Natürlich war es eine Perücke, und zwar eine, die noch nicht mal besonders gut saß.

Sein Puls stieg.

Warum glaube ich nicht, dass sie eine Perücke trägt, weil sie krank ist?, dachte August. Und warum glaube ich auch nicht, dass sie eine Diebin ist, obwohl sie doch ganz offensichtlich bemüht ist, sich zu maskieren?

Er wollte gerade kommentieren, was Henrik gesagt hatte, als sein Blick auf einen Mac-Computer ganz rechts auf dem untersten Regalbrett fiel, der dünner aussah als die anderen.

August zog ihn raus. Sofia gab einen kleinen Laut von sich und streckte sich nach einer Ecke der Decke. Das Erste, was er sah, waren Reste eines zum Teil abgerissenen Klebers. In dem Stück, das noch übrig war, konnte man rote Flecken erkennen und halbe Worte: »wo« und »pl«.

»*All work, and no play*«, murmelte August.

»Was hast du gesagt?«, fragte Henrik.

»Nichts.«

Er drehte den Computer herum und sah die deutlichen Kratzer.

August blieb mit dem Computer in den Händen stehen.

Ich will nicht, dachte er. Ich will ihr den Computer nicht geben.

Dafür gab es mehrere Gründe, aber vor allem eine Sache störte ihn: Er war überzeugt, dass Simona log.

Vielleicht darüber, inwieweit der Computer wirklich ihr gehörte, vielleicht darüber, wie er bei August gelandet war.

Wenn sie nur eine Liste gemacht hätten, welcher Computer von welchem Spender abgegeben worden war.

Dann wüsste er zumindest, von wem der Computer stammte. Doch sie hatten nur eine Liste über die Spender, denen später in einer Anzeige gedankt werden sollte, die er in ein paar Lokalzeitungen publizieren wollte.

Aber vielleicht genügte das ja auch, dachte er.

»Henrik, ich rufe dich später noch mal an«, sagte er und beendete das Gespräch.

Dann versteckte er den Computer auf dem Fußboden unter dem untersten Regalbrett, nahm Sofia auf den Arm und kehrte in den Laden zurück.

»Es tut mir leid«, sagte er, »ich habe keinen Computer gefunden, der so aussieht wie Ihrer. Aber ich habe ja Ihre Telefonnummer und verspreche Ihnen, dass ich Sie anrufe, wenn er auftaucht.«

Simona sah enttäuscht aus. Enttäuscht und verärgert.

»Sind Sie sicher?«, fragte sie mit finsterem Blick.

»Ganz sicher«, erwiderte August.

Du weißt, dass ich lüge, dachte er fasziniert und vielleicht auch ein wenig nervös. Der Teufel weiß, woher, aber du weißt, dass ich lüge.

Simona senkte den Blick. Sie schien zu begreifen, dass sie die Sache nicht weitertreiben konnte, wenn sie ihre Glaubwürdigkeit behalten wollte.

»Okay«, sagte sie. »Danke, dass Sie nachgesehen haben. Rufen Sie mich an, wenn Sie ihn finden.«

»Selbstverständlich«, erwiderte August entschieden.

Als sie gerade durch die Tür gehen wollte, fügte er hinzu:

»Eine letzte Kontrollfrage noch – für welches Unternehmen arbeiten Sie denn?«

Sie sah ihn an, ohne zu antworten, und schien darüber nachzudenken, was sie sagen sollte.

»Ich frage nicht, weil ich Ihnen misstraue«, beeilte sich August zu sagen. »Es könnte doch so sein, dass Ihr Arbeitgeber die Computer noch nicht abgegeben hat. In dem Fall möchte ich besonders darauf achten, wenn sie hierherkommen.«

Er setzte ein Lächeln auf, von dem er hoffte, dass es entwaffnend wirkte.

»Verstehe«, sagte Simona, und sie sah ein wenig erleichtert aus.

»Aber wissen Sie, darüber kann ich ja selbst mit meinem Chef reden. Sie haben meine Nummer, wenn der Computer auftaucht.«

Augusts Herz schlug schneller.

Sie will nicht sagen, wo sie arbeitet.

Das würde doch mit dem Teufel zugehen, wenn an ihrem Arbeitsplatz irgendwelche Computer eingesammelt worden waren.

»Dann machen wir es so«, sagte August. »Und ich rufe an, wenn der Computer hier ankommt.«

August sah sie den Laden verlassen und auf der Straße verschwinden. Das Haar, oder die Perücke, wehte im Wind.

Er wartete ein Weilchen, dann setzte er sich mit Sofia auf dem Schoß an den Schreibtisch. Fast hätte er losgelacht.

Warum gibst du dir nicht mehr Mühe, besser zu lügen?, dachte er und beschloss aber sofort, dass er darauf gar nicht mehr Energie verwenden wollte.

Stattdessen musste er Ismael Thelin erreichen. Mit raschen Fingern suchte er nach der Adresse des Anwalts im Netz. Keine guten Nachrichten: Thelin hatte seine Firma aufgegeben, die Kanzlei geschlossen und dankte allen alten Klienten für die gute Zusammenarbeit.

August las den Text dreimal.

Dann fand er, wonach er suchte.

Ein Hinweis.

Für Klienten mit Fragen, die abgeschlossene Fälle betrafen, gab es eine Mail-Adresse und eine Telefonnummer.

August wählte die Nummer und drückte das Telefon ans Ohr.

Dann wartete er.

Salzige, kalte Tropfen vom Meer trafen Magnus, als Elina aus dem Wasser an ihm vorbeilief. Sie machte es wie immer, wenn sie schwimmen gewesen war: rannte sich trocken.

Magnus saß steif und stumm auf seinem Handtuch. Sowie Lovisa von der Bootshütte zurückgekommen war, hatten sie ein paar Brote geschmiert, Kaffee in eine Thermoskanne geschüttet und Elina ihren Willen gelassen. Vielleicht war ein Besuch am Badeplatz genau, was sie brauchten. Die Sommerferien waren bald zu Ende, und dann würde es vielleicht nicht mehr so viele spontane Besuche am Meer geben. Lucas war unterwegs, und als sie ihn schließlich erwischten, sagte er, er wolle allein sein. Er würde heute nicht arbeiten, sondern den Tag »anderen Sachen« widmen. Auf die Frage, was das war, wiederholte er nur, dass er seine Ruhe haben und niemanden treffen wollte.

Magnus spürte, wie die Sorge in seinem Kopf pochte.

Es war so falsch, dass der Sohn allein war. Er sollte hier sein, am Badeplatz, zusammen mit seiner Familie. Und dann sollte er erzählen, was er und seine Schwester zu Hause bei den Großeltern beobachtet hatten.

Lovisa kam nach Elina. Sie hatten keinen Platz direkt am Ufer bekommen, sondern nur oben auf der Wiese. Dort konnte man allerdings nicht sitzen und gleichzeitig Elina im Blick haben, wenn sie im Wasser war, und deshalb hatten sie sich aufgeteilt. Lovisa badete mit Elina, und Magnus passte auf die Sachen auf.

»Magnus, was ist denn los?«

Lovisas Stimme klang besorgt.

Sie kannte ihn gut genug, um zu wissen, dass ihn irgendetwas umtrieb. Er hatte ihr noch nicht erzählen können, was Elina gesagt hatte.

»Geht es um Viking?«

Magnus schob die Sonnenbrille auf die Stirn.

Die ganze Zeit sah er Elina im Augenwinkel. Sie rannte jetzt nicht mehr herum, sondern stand in der Schlange, um sich ein Eis zu kaufen. Die Sonne glänzte in ihrem nassen Haar, und sie schaute konzentriert auf den Kiosk, als hätte sie Angst, dass er verschwinden könnte, ehe sie dran war.

»Ich habe ihr erlaubt, sich ein Eis zu kaufen«, sagte Lovisa.

Während sie auf eine Erklärung für sein seltsames Verhalten wartete, sah sie ihn ängstlich an. Die Grenze für das, was sie vom Leben erwartete, hatte sich verschoben. Offensichtlich rechnete sie mit richtig schlechten Nachrichten, obwohl sie sich nicht vorstellen konnte, welcher Art sie wohl diesmal sein würden.

»Ich habe getan, was uns die Beraterin gesagt hat«, erklärte er. »Ich habe mit Elina gesprochen.«

Lovisas Blick verfinsterte sich.

»Du hast mit Elina gesprochen? Ohne mich?«

»Die Gelegenheit war so günstig, und …«

»Verdammt, Magnus, wir müssen das gemeinsam tun!«

»Entschuldige. Entschuldige. Aber wenn ich das jetzt mal erzählen darf …«

Während er erzählte, was er von Elina gehört hatte, gefror Lovisas Gesicht zu einer erschrockenen Grimasse.

»Oh Gott«, flüsterte sie. »Sie hat ihn gesehen. Und Lucas vielleicht auch.«

Sie starrte zu Elina, ließ sie nicht aus dem Blick.

Magnus legte eine Hand auf ihr Bein.

»Wir wissen nicht, was zu Hause bei Mama und Papa an dem Tag passiert ist«, sagte er leise. »Wir wissen nicht, was die Kinder gehört oder gesehen haben, aber irgendetwas war da.«

Lovisa keuchte.

»Was geht hier eigentlich vor, Magnus?«, flüsterte sie. »Was passiert mit unserer Familie?«

Der Druck auf seiner Brust nahm zu.

»Ich weiß es nicht«, sagte er.

»Stell dir vor, wenn die Kinder den Mörder von Irma gesehen haben?«

»Liebling, ich …«

»Und was, wenn es Viking war? Ich meine, erinnerst du dich an irgendjemanden sonst, mit dem sie im Streit lagen?«

Magnus schüttelte den Kopf.

»Nein«, sagte er. »Ich habe Elina gefragt, ob sie den Mann wiedererkennen würde, den sie gesehen hat, doch so klang es eigentlich nicht. Und ich habe kein Bild von Viking gefunden, was ich ihr hätte zeigen können.«

»Ich glaube, dass es Viking war, den sie mit Irma hat streiten hören«, sagte Lovisa.

»Das habe ich auch schon gedacht«, meinte Magnus. »Aber hätte Lucas nicht seine Stimme wiedererkannt?«

»Möglich«, antwortete Lovisa. »Aber es sind so viele Jahre vergangen, und Lucas hat vergessen, wie dieser Mensch klang, er war damals ja noch so klein.«

Magnus schauderte es.

Vielleicht hatte Lucas das alles vergessen, aber seine Eltern nicht.

Er zog Lovisa an sich, und sie sank an seine Schulter.

»Wie sollen wir das nur schaffen?«, fragte sie leise. »Vielleicht ist unsere ganze Familie in Gefahr.«

Magnus holte tief Luft. Ihm war etwas eingefallen.

»Die Polizei wird nach Viking suchen«, sagte er leise. »Das ist uns beiden ja wohl klar. Also habe ich nachgedacht. Was hältst du davon, wenn wir tun, was die Beraterin gesagt hat, und die Polizei aufsuchen und erzählen, was Viking getan hat? Die haben ja ein Bild von ihm und wissen, wie er aussieht. Vielleicht könnte Elina sich das ansehen.«

Lovisa richtete sich auf.

»Aber das geht doch nicht«, sagte sie. »Dann wird die Polizei fragen, warum wir das nicht erzählt haben, als sie das letzte Mal bei uns waren.«

»Da bin ich nicht so sicher«, sagte Magnus. »Wir legen einfach alle Karten auf den Tisch. Ich meine, schließlich sind wir von Viking fast vernichtet worden. Bei der Polizei arbeiten doch auch Menschen, die das verstehen.«

Zumindest hoffte er das. Zutiefst.

»Ja, vielleicht«, sagte Lovisa. »Aber das müssen wir erst durchdenken. So richtig.«

Obwohl sie ebenso viel Angst um die Kinder und die ganze Familie hatte wie er, redete sie doch so, als hätten sie alle Zeit der Welt, während Magnus an nichts anderes denken konnte, als dass sie sich in hohem Tempo auf eine Katastrophe zubewegten.

»Natürlich«, sagte er. »Wir durchdenken das. Aber ich glaube, wir sollten es sehr schnell tun. Damit nicht Viking die Oberhand gewinnt. Und außerdem … Was, wenn es Viking war, der Mama und Papa vergiftet hat? Was, wenn es so ist, wie du sagst? Dass wir die Nächsten in der Reihe sind. Lucas hat etwas erlebt, was ihn zutiefst erschreckt hat. Was machen wir, wenn er recht hat?«

In dem Moment klingelte sein Handy.

Widerwillig ließ er Lovisa los, damit er es rausholen konnte.

Es kribbelte ihn am ganzen Leib. So vieles, was sie tun mussten.

Er musste nach Uddevalla fahren, um seinen Vater zu unterstützen.

Er musste auf Hovenäset bleiben, um seine Familie zu schützen.

Aber musste er wirklich Sandra treffen, um noch mehr über seine Schwester zu erfahren und darüber zu reden, was passierte, ehe sie gestorben war?

Diese Frage hatte er im Kopf, als er sah, dass eben diese Sandra ihn anrief.

Widerwillig ging er ran.

Sandras Stimme am Handy klang forciert. Der Wind störte die Übertragung, es knisterte.

»Wann bist du zu Hause?«, fragte sie. »Ich kann in ungefähr einer Stunde da sein.«

Magnus sah von Lovisa zu Elina, versuchte eine Entscheidung zu treffen. Lovisa erwiderte seinen Blick mit besorgter Miene.

»Klingt gut«, sagte Magnus schließlich.

Sie beendeten das Gespräch, und er steckte das Telefon wieder weg. Er sah Lovisa tief in die Augen und spürte, wie ihm ganz warm ums Herz wurde und er sich stark fühlte. Er liebte sie schon so lange, dass er sich schon nicht mehr an die Zeit erinnern konnte, als sie nicht der wichtigste Mensch in seinem Leben gewesen war, ohne den nichts möglich war.

»Ich muss gleich mal nach Hause gehen«, sagte er. »Aber bleib du mit Elina hier.«

»War das die Polizei?«, fragte Lovisa.

»Nein«, sagte er zögernd. »Ich … Neulich hatte ich eine Idee, habe aber nichts gesagt, weil sich das so … impulsiv anfühlte.«

»Und was war das?«, fragte Lovisa.

»Ich werde mich mit Sandra treffen«, erklärte Magnus.

»Sandra? Claras Freundin aus dem Schreibkurs?«

»Ja.«

»Hat sie dich einfach so angerufen?«

»Nein, ganz und gar nicht. Ich habe mich bei ihr gemeldet.«

Lovisa sah aus, als würde sie wieder ärgerlich werden, deshalb beeilte sich Magnus, es ihr zu erklären.

»Es gibt ein paar Sachen, die ich gern wüsste«, sagte er. »Altes Zeug, wegen Mama und Papa, und wie angespannt die Situation mit Clara war. Ist mir schon klar, dass es komisch wirkt, wenn ich ausgerechnet jetzt darin rumgraben will, aber … So ist es einfach.«

Lovisa dachte über seine Antwort nach und sagte:

»Es war also nicht sie, die dich angerufen hat?«

»Nein, habe ich doch gesagt«, erwiderte Magnus und fragte sich, warum ausgerechnet dieses Detail so wichtig war.

»Okay.«

Mehr nicht.

Elina kam mit einem Eis zu ihnen und setzte sich auf ihr Badetuch. Sie schien nicht zu bemerken, dass ihre Eltern einander schweigend ansahen.

In Magnus hallten Lovisas Worte wider:

Was geht hier eigentlich vor, Magnus? Was passiert mit unserer Familie?

Was durfte nie wieder passieren?

Diese Frage ließ Vendela nicht los, nachdem sie die Ängskolan in Lysekil besucht hatte, sondern biss sich in Herz und Kopf fest. Etwas hatte Ray-Ray so weit gebracht, dass er die Besinnung verloren und seinen Klassenlehrer Ove mit einem Messer bedroht hatte.

Aber was?

Ray-Ray war offenbar kein Schüler gewesen, der sich mit einem Messer bewaffnete, wenn er einen unangekündigten Test vorgesetzt bekam oder einen Vertretungslehrer, mit dem er nicht klarkam. Was also war damals passiert?

Vendela war zurück in Uddevalla. Sie hatte rasch Dahlmans Schwiegersohn Matteo identifiziert und festgestellt, dass er in Göteborg gemeldet war. Seine Telefonnummer hatte sie an ihre Kollegen weitergegeben. Vendelas Aufgabe war es nicht, den Kontakt zu Matteo herzustellen, sondern anderen zu ermöglichen, das zu tun. Im Computer warteten neue Mails vom NFZ, dem Nationalen Forensischen Zentrum, ebenso wie die begehrten Einzelverbindungsnachweise sowie der Zugang zu den Mailkonten des Paares.

Vendela scrollte durch alles, was reingekommen war. Ahmet hatte bereits angefangen, die Einzelverbindungsnachweise und Mails durchzugehen, also setzte sich Vendela hin, um die Berichte über die Substanzen, die im Milchshake der Dahlmans gefunden worden waren, noch mal genauer anzusehen. Die bestätigten allerdings nur, was sie bereits wussten, und beantworteten leider nicht die Schlüsselfrage:

Wie war die Vergiftung bewerkstelligt worden?

Wem war es gelungen, die Milchshake-Becher der Dahlmans mit haushohen Dosen der verschiedenen Präparate zu versehen?

Jemandem, der eine Zeit lang mit den Milchshakes allein gelassen worden war.

Jemandem, der wusste, wo sich Irmas Medikamente befanden.

Jemandem, der logischerweise mit den Eheleuten bekannt war, sonst konnte man ihnen nicht nahe genug kommen.

Vendela lehnte sich auf ihrem Stuhl zurück. Wen, dachte sie, wen würde ich, wenn ich im Begriff bin zu essen, so nahe kommen lassen, dass er Gelegenheit hätte, mich mit meinen eigenen Medikamenten zu vergiften?

Lediglich Personen, die sie kannte.

Oder jemand, der unerwartet zu Besuch kam und dem sie den Zutritt nicht verweigern konnte.

Zum Beispiel ein Polizist.

Wie Ray-Ray.

Sie stöhnte auf und presste die Hände an die Stirn.

Hör auf. Lass es jetzt. Lass es sein. Er hat niemanden ermordet.

Schließlich hat er ein Alibi, dachte sie. Er war erst mit seinen Kindern zusammen und dann bei mir.

Sie richtete sich auf und zwang sich, ruhiger zu atmen.

Dass er mit seinen Kindern zusammen gewesen war, taugte nicht sonderlich gut als Alibi, denn da hätte er sich leicht davonschleichen und nach Hovenäset fahren können, wenn er eines der älteren Kinder auf die jüngeren hätte aufpassen lassen. Oder wenn er sie mitgenommen hätte. Außerdem war er bei ihr ziemlich spät angekommen. Tatsächlich eine ganze Stunde zu spät.

Ich werde verrückt, dachte Vendela. Und zwar so richtig. Ich werde klinisch wahnsinnig, weil ich nicht weiß, was er tut.

Es fühlte sich an, als würde der Sauerstoff in ihrem Arbeitszimmer knapp. Die Klimaanlage funktionierte nicht, wie sie sollte, und der Raum war viel zu heiß. Vendela riss das Fenster auf und atmete gierig den ersten Stoß frischer Luft ein, der sie erreichte.

Allmählich fuhr ihr Gehirn runter und ließ sie vernünftige Gedanken formulieren, nach denen sie vorgehen konnte.

Die Direktorin der Ängskolan hatte erwähnt, dass Ray-Ray damals eine Freundin gehabt hätte, und dass der Konflikt mit ihr zu tun haben könnte, doch sie hatte den Namen des Mädchens nicht gewusst. Das war ungünstig, denn Vendela hatte das Gefühl, als könnte man da noch mehr finden. Etwas, was sowohl erklären könnte, warum Ray-Ray Ove bedroht hatte, als auch, warum er entschieden hatte, gegenüber der Ermittlergruppe über die ganze Sache zu schweigen.

Warum vertraust du uns nicht?, dachte Vendela. Es wird doch immer nur noch größer, wenn du nichts sagst. Schließlich hat doch jeder in seinen frühen Teenagerjahren mal Unfug gemacht.

Sie schluckte.

Unfug.

Als ob.

Ihr war nur allzu bewusst, dass es bei »Unfug« doch meist nur um heimliches Rauchen oder Sex, obwohl man eigentlich zu jung war, ging, und dass eine Bedrohung mit dem Messer nicht darunter fiel.

Die Frustration kehrte zurück, und am liebsten hätte sie laut aufgeschrien. Warum konnte nicht alles mal einfach und spaßig sein?

Das hier würde nicht mehr lange funktionieren. Sie konnte nicht sowohl ihren Chef als auch die Kollegen außen vor halten. Und was würde sie denn tun, wenn sie das Gefühl hatte, es wäre an der Zeit zu handeln? Mit Roland würde sie natürlich reden müssen, aber auch mit Maria. Oder war das dann Rolands Aufgabe?

Aber noch war sie nicht so weit.

Noch war sie nicht bereit, das, was sie erfahren hatte, weiterzutragen. Denn sie hatte immer noch das Gefühl, zu wenig zu wissen, und es würde so unerhört große Konsequenzen haben, wenn sie auch nur im Entferntesten durchblicken ließ, dass Ray-Ray etwas mit dem Mord und dem Mordversuch an Irma und Ove zu tun haben könnte.

Sie holte das Klassenfoto heraus, dass sie inzwischen immer bei sich trug.

Er sah so jung aus auf dem Foto, so unverbraucht.

Es war schwer vorstellbar, dass er ein halbes Jahr, nachdem dieses Foto gemacht worden war, ein Messer gezogen hatte, aber wer wusste schon, welche finsteren Geheimnisse Menschen mit sich trugen und wozu sie fähig waren, wenn sie unter Druck standen?

Wieder öffnete sie ihre Tasche und holte das Jahrbuch heraus, das sie von der Schule mitbekommen hatte. Sie fand die obligatorischen Lehrerfotos, und von einem sah Ove sie an. Er wirkte harmonisch, gesammelt und stark.

Zerstreut blätterte Vendela weiter, bis sie die Klasse von Ray-Ray fand. Auch auf die Bilder der anderen achten Klassen warf sie einen Blick. Die Direktorin hatte gesagt, Ray-Rays Freundin wäre in einer Parallelklasse gewesen, und davon gab es drei.

Vendela seufzte.

Jede von ihnen konnte die Freundin sein.

Planlos blätterte sie das Jahrbuch durch.

Und hielt inne, als ihr etwas auffiel.

Erst meinte sie, sich zu täuschen, doch nachdem sie eine Weile auf dasselbe Bild gestarrt hatte, konnte sie feststellen, dass es stimmte.

Ray-Rays eigene Klasse hieß 8C, aber er war auch auf dem Klassenfoto der 8A zu sehen.

Auf dem Bild sah er wild aus, aufmüpfig und ausgelassen.

Da stand er ganz draußen am Rand einer Reihe zwischen einem Jungen und einem Mädchen eingeklemmt, doch als Vendela die Namen unter dem Bild sah, war der von Ray-Ray nicht dabei.

Du hast ein Gastspiel gegeben, als eine andere Klasse fotografiert wurde, du Gangster, dachte sie und lächelte.

Dann betrachtete sie das Foto näher.

Es sah tatsächlich so aus, als ob das Mädchen neben Ray-Ray diskret ihre Hand um einen seiner Finger geschlossen hätte.

Mit pochendem Herzen las sie noch einmal die Namen unter dem Bild und fand, was sie suchte. Vielleicht würde sie ganz leicht rauskriegen, warum Ray-Ray seinen Lehrer Ove bedroht hatte.

Das Mädchen, das Ray-Rays Finger umklammert hielt, hatte einen Namen.

Sie hieß Simona Lundmark.

»Warum haben Magnus und Lovisa uns nicht gesagt, dass Viking der Klassenlehrer von Lucas war?«

Ray-Rays Frage war rhetorisch, verlangte aber dennoch nach einer Antwort.

»Ich begreife das nicht«, sagte Maria. »Wollten sie sich vielleicht von Vikings Konflikt mit Ove distanzieren?«

»Oder sie waren Teil des Konflikts«, gab Ray-Ray zu bedenken. »Wir müssen sie noch einmal vernehmen, denn das hier geht gar nicht.«

Sie saßen im Wohnwagen und fassten zusammen, was sie bei Greger erfahren hatten. Das Ganze war nicht wie erwartet verlaufen. Sie waren beide angesichts der Reaktion von Magnus und Lovisa auf das Foto von Viking nachdenklich geworden, und keiner von beiden hatte die Erklärung von Magnus gekauft, warum sie Viking kannten. Jetzt wussten sie, dass Lucas in der Klasse von Viking gewesen war, und es ging über Marias Verstand, dass sie entschieden hatten, der Polizei diese Information vorzuenthalten, zumal doch klar war, wie leicht sie das herausfinden würden.

Ray-Ray hustete und riss sie aus ihren Gedanken.

Viking war zur Vernehmung im Polizeihaus in Uddevalla gerufen worden, und da würde er sich bald einfinden. Vielleicht konnte er ihnen das Verhalten von Magnus und Lovisa erklären.

»Wir müssen langsam losgehen«, sagte Ray-Ray. »Oder willst du mit dem Rad fahren?«

Er zwinkerte ihr zu.

»Nach Uddevalla?«, fragte Maria. »Nein, heute nicht. Und auch an keinem anderen Tag.«

Sie lächelte ihm eilig zu.

Gerade nach Uddevalla würde sie niemals mit dem Fahrrad fahren. Das war zu weit und außerdem gefährlich, da die schmalen Straßen keine Fahrradwege hatten.

Sie war gespannt auf die Vernehmung mit Viking Nilsson. Das interne Register der Polizei hatte ergeben, dass er bisher wegen keinerlei Gewaltverbrechen verurteilt worden und auch in keiner derartigen Ermittlung vorgekommen war. Das hieß keineswegs, dass er nicht zu Gewalt neigen könnte, machte es aber weniger wahrscheinlich.

»Wir müssen versuchen, vor der Vernehmung alles noch mal genau zu durchdenken«, sagte Ray-Ray. »Sorry, wenn ich wie eine Schallplatte mit Sprung klinge, aber warum haben Magnus und Lovisa uns nicht gesagt, dass Viking der Klassenlehrer ihres Sohnes war?«

»Vielleicht haben sie es nicht für relevant gehalten«, meinte Maria. »Für mich wäre es selbstverständlich, es zu erwähnen, aber möglicherweise spielte der Konflikt, den Ove mit Viking über seine vielen Anzeigen beim Jugendamt hatte, keine Rolle in seiner Funktion als Klassenlehrer bei Lucas.«

»Oder es war genau umgekehrt«, entgegnete Ray-Ray. »Woher wollen wir wissen, ob nicht Magnus und Lovisa auch von Viking beim Jugendamt angezeigt worden sind, und nun wollen sie nicht, dass wir in der Sache herumwühlen, weil sie sich so schämen?«

»Aber hat Greger nicht gesagt, dass diese letzte Anzeige nie erfolgt ist?«, wandte Maria ein.

Ray-Ray dachte nach.

»Doch«, sagte er dann. »Und in dem Fall wissen Magnus und Lovisa das natürlich. Wenn ihnen mit einer Anzeige gedroht wurde, die dann nicht erfolgt ist, konnten sie sich ganz sicher fühlen, wenn sie uns dieses Detail verschweigen. Denn wir würden nicht selbst darauf kommen.«

»Wenn wir das nach der Vernehmung für notwendig halten, werde ich eine Anfrage ans Jugendamt stellen«, sagte Maria. »Vielleicht haben die ja irgendetwas über die Eltern.«

Im Wohnwagen war es heiß, und der Kopf arbeitete langsamer als sonst. Ray-Ray schüttete literweise Wasser in sich hinein, doch Maria konnte das nicht. Sie schaute auf ihr Handy, das schweigend auf dem Tisch lag. August hatte sich mehrmals gemeldet. Er war aufgewühlt und gleichzeitig niedergeschlagen wegen des Schlüssels, den ihm seine Ex vorbeigebracht hatte. Ein Schlüssel, den sein Vater einmal in einen Umschlag gelegt und in ein Fotoalbum eingeklebt hatte.

Ein privater Cold Case, dachte Maria.

Sie selbst wusste zu wenig über Augusts Hintergrund, um ihm helfen zu können, und das Ulkige war, dass es ihm ebenso zu gehen schien.

Er muss jemanden finden, der die Geschichte seiner Eltern kennt, dachte Maria. Jemanden, der offen mit ihm reden will.

Das war auch ungefähr, was sie und Ray-Ray im Dahlman-Fall brauchten. Einen Zeugen oder eine andere wichtige Person, die bereit war, etwas zu erzählen, das wenigstens einige der vielen Knoten auflösen konnte.

»Wenn Ove dafür gesorgt hat, dass Viking kündigt, weil er Magnus anzeigen wollte, dann haben wir es wirklich mit verdammter Befangenheit zu tun«, sagte Ray-Ray. »Und so verrückt wie Viking anscheinend nach Anzeigen war, würde es mich wundern, wenn er eine solche Sache einfach durchgehen ließ, ohne sich dagegen aufzulehnen.«

»Das stimmt«, sagte Maria. »Greger hat ja auch gesagt, dass Viking es nicht in Ordnung fand, dass Ove Rektor einer Schule sein durfte, die sein eigenes Enkelkind besucht. Vielleicht wollte er es also nicht unbedingt durchgehen lassen. Außerdem hätte Greger doch gewusst, wenn Magnus derjenige gewesen wäre, den Viking anzeigen wollte, oder?«

Ray-Ray nickte.

»Wenn nicht jemand Viking zum Schweigen gebracht hat«, entgegnete er.

Er trommelte mit den Fingern auf den Tisch und schielte auf die Uhr.

Maria lächelte.

»Spät dran, zu deiner Freundin?«, neckte sie ihn.

»Ach was!«, erwiderte Ray-Ray und senkte den Blick.

Maria lachte laut.

»Ach was? Hast du gerade ach was gesagt? Das ist ja wirklich das Süßeste, was ich je gehört habe.«

Ray-Ray war plötzlich so gestresst, dass er fast seinen Kaffeebecher umgeworfen hätte.

»Jetzt hör schon auf!«, sagte er. »Wir müssen gleich nach Uddevalla fahren, deshalb habe ich auf die Uhr geschaut.«

Erstaunt hörte Maria seine halb dahingemurmelte Verteidigung.

»Es ist eine ernste Sache, oder?«, fragte sie.

Er schüttelte den Kopf.

»Sie ist sehr nett«, sagte er leise. »Das hab ich doch schon erzählt.«

In Marias Kopf wirbelten die Gedanken herum.

»Und du willst immer noch nicht verraten, wie sie heißt?«, fragte sie.

Ray-Ray lachte.

»Das kann warten«, erwiderte er.

Maria erwog, etwas beizusteuern, was sie selbst verschwiegen hatte – zum Beispiel, dass sie Lust verspürte zu studieren –, doch das würde keinen großen Unterschied machen. Offensichtlich wollte er den Namen der Frau weiterhin für sich behalten, und das inspirierte Maria nicht gerade dazu, ihre eigenen Geheimnisse mit ihm zu teilen.

Stattdessen beugte sie sich über den Tisch und sah Ray-Ray direkt an. Sein Blick änderte sich, plötzlich wirkte er abwartend und belustigt zugleich.

»Sag es mir«, flüsterte Maria mit dramatischer Stimme. »Was für ein Geheimnis verbirgst du vor mir?«

Ray-Rays Miene verfinsterte sich.

»Ich verberge überhaupt nichts«, erwiderte er heiser.

Maria richtete sich auf.

»War nur ein Witz«, sagte sie. »Über die Frau, die du geheim halten willst.«

Ray-Rays Adamsapfel bewegte sich auf und ab, als er schluckte.

Dann lachte er übertrieben laut.

»Aha«, sagte er. »Ich sitze nur hier und denke über den Fall nach.«

Das glaube ich nicht, dachte Maria.

Im Wohnwagen entstand eine angespannte Stille.

Worauf habe ich denn da gerade meinen Finger gelegt?, fragte sich Maria.

Ray-Ray war einer ihrer allerbesten Freunde, und es wäre doch traurig, wenn seine neue Beziehung einen Keil zwischen sie treiben würde. Er durfte so viele Geheimnisse haben, wie er wollte, aber trotzdem störte es sie, dass er sie auf Abstand hielt.

»Sollen wir mal los?«, fragte Ray-Ray.

Maria erhob sich widerwillig.

»Na klar.«

Sie verließen den Wohnwagen und fuhren nach Uddevalla.

Es fühlte sich seltsam an, eine Person zu treffen, die ihm im Grunde fremd war, bei der er aber trotzdem das Gefühl von Verbundenheit hatte. Magnus hatte Sandra sieben Jahre lang nicht gesehen, doch in den letzten zwei Tagen hatten sie zweimal miteinander telefoniert.

Während er die kurze Strecke vom Badeplatz zu seinem Haus ging, versuchte Magnus, sich zu sammeln. Sandra hatte sich wieder gemeldet und war offensichtlich bereits dort. Einige Einwohner von Hovenäset grüßten ihn verhalten, als er vorbeieilte. Viele konnten mit dem Tod nicht umgehen und wussten nicht, wie sie einem Menschen in Trauer begegnen sollten, doch Magnus hatte keine Kraft, ihnen zu helfen. Er spürte, wie ihm der Schweiß auf die Stirn trat, während er sich durch die eng beieinanderstehenden kleinen weißen Holzhäuser bewegte. In diesen schlimmen Zeiten gab es hier so viel Schönes zu sehen.

Wir müssen diese Sache klären, dachte er.

Und dann:

Ich werde den Teufel umbringen, der sich meinen Kindern nähert. Und zwar richtig. Ich zerstöre jeden, der sich mir in den Weg stellt.

Unter seinen Füßen knirschte es, als er die letzten Meter zum Haus ging. Er hatte die Fäuste geballt und den Kopf gesenkt, deshalb bemerkte er Sandra, die sich zum Warten auf die Treppe gesetzt hatte, erst, als sie ihn grüßte.

»Hallo.«

Schnell hob er den Blick.

Sie sah aus wie immer. Das Kinn ebenso entschlossen, das Gesicht diskret geschminkt und der Blick wach. Sie sah ihn abwartend, doch freundlich an.

»Du warst schneller«, stellte er fest.

»Ja.«

Sie umarmten sich. Es war eine linkische, unsichere Umarmung, schließlich kannten sie sich kaum, aber ein Handschlag hätte sich doch falsch angefühlt.

»Wie geht es dir?«, fragte Sandra.

Sie trug eine dünne weiße Bluse mit roten Streifen an Kragen und Ärmeln. Dazu hellrosa Lippenstift, der ihn an die 80er-Jahre und Kaugummi mit Himbeergeschmack denken ließ. Sie war flott, und wer sie nicht kannte, würde kaum sagen können, wie alt sie war. Doch Magnus erinnerte sich, was seine Schwester gesagt hatte. Sandra war vier Jahre älter als er, also 49 Jahre.

»Naja, es ist ziemlich hart gerade«, erwiderte Magnus. »Ist es okay, wenn wir trotz des schönen Wetters drinnen sitzen? Die Häuser stehen hier so eng.«

Sandra sah aus, als würde sie verstehen, was er meinte, und folgte ihm hinein.

Bevor Magnus die Tür hinter ihnen zumachte, spähte er noch mal in den Garten und dann zu den Nachbarhäusern und -grundstücken hinüber. Nirgends waren Menschen zu sehen. Trotzdem schloss er die Tür ab.

Sicherheitshalber rief er laut: »Hallo! Jemand zu Hause?«

Keine Antwort.

»Kaffee?«, fragte er Sandra und geleitete sie ins Wohnzimmer.

»Ja, gern.«

Er eilte in die Küche, suchte Kaffee und Filter für die Maschine heraus, goss Wasser in die Glaskanne. Seine ungelenken Bewegungen erinnerten an jemanden, der entweder sehr nervös war oder der ganz einfach noch nie eine Kaffeemaschine benutzt hatte.

Sandra folgte ihm in die Küche und beobachtete ihn.

»Eure Kinder sind groß geworden«, stellte sie fest und nickte zu einem Foto an der Kühlschranktür.

»Ja, stimmt«, sagte Magnus.

Nach ihrer Familiensituation fragte er nicht. Er konnte sich nicht mit Nebenschauplätzen oder persönlichen Details aufhalten. Nicht jetzt, nicht heute.

»Ich habe das Gefühl, als hätten wir uns ewig nicht gesehen«, sagte er in dem Versuch, seine Gedanken mitzuteilen.

Sandra lächelte vorsichtig.

»Bald sieben Jahre«, sagte sie. »Oder sechseinhalb, wenn man genau sein will.«

»Ja, seit der Beerdigung«, antwortete Magnus. »Aber die zählt irgendwie nicht, ich kann mich nicht erinnern, dass wir da mehr als Hallo gesagt hätten.«

»Ich glaube, ich hatte nicht so viel zu sagen«, erwiderte Sandra. »Es war eine schreckliche Zeit.«

Magnus schluckte.

Die Trauer hatte damals so viele verstummen lassen. Sein Vater konnte immer noch nicht über Claras Selbstmord reden.

»Ich vermisse sie«, sagte er mit heiserer Stimme. »Und das ist so verdammt seltsam, denn ich habe sie nicht vermisst, bevor Mama und Papa vergiftet worden sind und bevor ich begriffen habe, dass jetzt nur noch ich da bin.«

Seine Stimme brach.

Sandra kam näher. Ein schwacher Duft von Blumenparfüm und Seife drang ihm in die Nase.

Sie atmete schwer.

»Magnus, was ist passiert?«, fragte sie. »Du hast am Telefon gesagt, du wolltest über Clara sprechen.«

Wo sollte er anfangen? Er musste mehrmals tief Luft holen, ehe er sich durchringen konnte, ihr zu erzählen, was er in seinem Elternhaus gesehen und was all die Gedanken an die Schwester in Gang gebracht hatte.

Dass er seine Mutter tot aufgefunden hatte.

Dass sein Vater bewusstlos im Krankenhaus in Uddevalla lag.

Dass er die Buddelschiffe seiner Schwester auf eine neue Weise angeschaut hatte.

Sandra schlug die Hand vor den Mund.

»Mein Gott«, flüsterte sie. »Mir war nicht klar, dass du sie gefunden hast.«

Magnus schüttelte den Kopf.

»Das begreife ich ja selbst kaum«, erwiderte er.

Der Kaffee war fertig, und er schenkte zwei Tassen ein.

Sie setzten sich aufs Sofa.

»Gestern haben sie versucht, Papa zu wecken, aber es hat nicht funktioniert«, erzählte Magnus. »Heute unternehmen sie einen neuen Versuch, und ich weiß nicht, was ich tun soll, wenn er misslingt.«

»So darfst du nicht denken«, sagte Sandra. »Denk, dass es gehen muss, wenn es das ist, was du willst.«

Magnus verzog das Gesicht.

»Ich glaube leider nicht an die Kraft der Gedanken«, sagte er.

Dann wurde ihm klar, was sie eben gesagt hatte.

Denk, dass es gehen muss, wenn es das ist, was du willst.

Was zum Teufel meinte sie damit?

»Nichts«, erwiderte sie rasch, als er fragte. »Ich habe mich undeutlich ausgedrückt, und ich glaube eigentlich auch nicht an die Kraft der Gedanken. Aber ich glaube, dass wir beeinflussen können, wie es uns geht. Zum Beispiel, indem wir uns entscheiden, uns keinen Stress wegen etwas zu machen, was noch nicht passiert ist.«

Sie umklammerte ihren Kaffeebecher fester, und Magnus tat es ihr sofort nach. Er hatte vergessen zu fragen, ob sie Milch wollte. Sie tranken trotzdem.

»Wie gesagt, musste ich an Clara denken«, sagte Magnus und stellte, immer noch unsicher, wie er anfangen sollte, den Becher weg.

»Oder, eigentlich habe ich oft an Clara gedacht, aber jetzt mehr.

Viel mehr. Und ich frage mich, was eigentlich ihre Depression ausgelöst hat. Ich fühle mich so dämlich, dass ich das fragen muss, aber ich weiß es wirklich nicht.«

Sandra saß eine Weile schweigend da und schaute in ihren Kaffeebecher.

Schließlich sagte sie:

»Bist du denn nie auf die Idee gekommen, Clara danach zu fragen, als sie noch lebte?«

Ihre Stimme klang vorwurfsvoll, und das ließ ihn in Verteidigungshaltung gehen.

»Wir hatten zu der Zeit andere Probleme in der Familie«, erwiderte er barsch.

Probleme, die Viking Nilsson hießen.

»Und dann war Clara tot«, sagte Sandra.

»Ja«, antwortete Magnus.

»Aber du musst doch gewusst haben, dass Clara schon als Teenager und dann ihr ganzes Erwachsenenleben lang mit verschiedenen Graden der Depression gekämpft hat, oder?«

»Nein, ich hatte keine Ahnung«, erwiderte er schwach. »War das wirklich so?«

Sandra nickte.

Er senkte den Blick.

»Ich habe nie richtig verstanden, warum sie nicht zu unserer Familie gehören wollte«, sagte er. »Ich weiß, dass mein Vater die Schuld hauptsächlich bei Claras Mutter gesehen hat, aber Clara war 44 Jahre alt, als sie starb. Sie hätte gut Zeit gehabt, sich eine eigene Meinung über Papa und uns andere zu bilden. Mein Gefühl war, dass sie nicht einmal neugierig auf uns war.«

Sandra trank schweigend von ihrem Kaffee, sie schien darauf zu warten, dass er weitersprach.

»Du warst so viele Jahre in ihrer Nähe«, sagte Magnus. »Deshalb habe ich dich angerufen. Vielleicht weißt du, warum es ihr schlechter ging oder was ihre seelische Gesundheit während der letzten

Monate am meisten beeinträchtigt hat. War es vielleicht was mit ihrem Schreiben, oder mit dem Typen, oder irgendetwas anderes?«

»Mit ihrem *Schreiben?*«

Sandra sah ihn an, als hätte sie noch nie etwas so Dummes gehört.

Magnus machte eine ergebene Geste mit den Händen.

»Ich sage doch, ich habe keine Ahnung!«, rief er. »Und ich habe niemals ein Buch geschrieben. Vielleicht wird man superdeprimiert davon, Gruselromane zu schreiben.«

Er hörte selbst, wie kindisch er klang, konnte es aber nicht ändern.

Sandra schüttelte den Kopf und schnaubte.

»Gruselromane«, sagte sie. »Glaubst du, dass Clara an so etwas schrieb?«

Magnus war erstaunt.

»Wir haben niemals was anderes gehört, als dass es etwas Gruseliges wäre«, meinte er.

Sandra fixierte den Blick auf einen diffusen Punkt hinter Magnus.

»Man könnte es vielleicht gruselig nennen«, sagte sie leise. »Es war ein sehr unbehaglicher Text.«

Magnus schluckte.

»Erzähl mir«, bat er. »Erzähl mir, was ihr größtes Problem war.«

»Es waren mehrere. Aber der Streit mit Irma war entscheidend.«

Magnus hätte sich fast an seinem Kaffee verschluckt.

»Welcher Streit?«, fragte er.

Sandra sah ihn erstaunt an.

»Hat Irma niemals davon erzählt?«

Magnus schüttelte den Kopf.

»Wann haben die beiden sich gestritten?«, fragte er. »Und worüber?«

»Das war drei, vier Monate vor Claras Tod.«

Magnus versuchte, rational zu denken. Drei, vier Monate vor

ihrem Tod. Das hieß, es war mehr oder weniger zur gleichen Zeit, als Viking seinen Shitstorm losgetreten hatte. Der hatte alle in der Familie betroffen, auch seine Mutter. Ganz zu schweigen davon, wie deprimiert es sie gemacht hatte, was im Sommer davor geschehen war. Was *Lucas* im Sommer davor geschehen war.

»Worüber haben sie gestritten?«, fragte Magnus noch einmal.

»Darüber kann ich nicht sprechen«, sagte Sandra. »Ich habe auf Ehre und Gewissen versprochen, nicht weiterzutragen, was Clara mir anvertraut hat. So ein Versprechen kann man nicht einfach brechen, das geht nicht.«

Magnus ließ den Kopf hängen und fragte sich, wie er sich wohl hätte verhalten müssen, um einer derjenigen zu sein, dem seine Schwester sich anvertraut hätte.

Es schmerzte ihn, dass er erst jetzt, sieben Jahre nach ihrem Tod, erkannte, wie einsam er war, und dass er über den Tod seiner Schwester nur wusste, was er jetzt gehört hatte: Es hatte mehrere Gründe dafür gegeben, dass sie krank geworden war, doch am schwersten hatte der Streit mit seiner Mutter gewogen.

Weswegen habt ihr euch gezankt?

Und was hatte eigentlich sein Vater gemacht? Magnus musste an das denken, was Ray-Ray bei ihrem ersten Treffen gesagt hatte, nämlich, dass sein Vater durchaus gegen Claras Mutter vor Gericht ein umfangreicheres Umgangsrecht hätte erstreiten können. Später hatte Ove immer gesagt, er habe sich dagegen entschieden, weil er Clara keinem Streit vor Gericht aussetzen wollte, und Magnus hatte diese Argumentation niemals infrage gestellt. Bis heute. Warum hatten sowohl sein Vater als auch seine Mutter die Beziehung zu Clara aufgegeben? Ganz offensichtlich war sein Vater traurig gewesen, als der Wochenendumgang mit Clara aufhörte, und erst recht, als sie starb. Er war sogar so deprimiert darüber gewesen, dass er verreisen musste.

Magnus unternahm einen letzten Versuch.

»Ich verstehe schon, dass man seine Freunde nicht im Stich

lässt«, sagte er. »Das tue ich auch nicht. Aber sowohl meine Mutter als auch Clara sind tot. Und ich lebe noch. Wenn ich nur erfahren könnte …«

»Das tut man nicht«, unterbrach ihn Sandra. »Auch tote Freunde lässt man nicht im Stich.«

Sie schaute auf ihre Hände, die auf dem Schoß lagen. Ganz offensichtlich wollte sie nicht erzählen, was sie wusste. Dann blieb ihr Blick an etwas ganz anderem hängen.

»Was ist das denn hier?«, fragte sie.

Sie hielt die Visitenkarte hoch, die Ray-Ray zurückgelassen hatte, als er und Maria das erste Mal bei ihnen gewesen waren.

»Die Karte von einem der Polizisten, die an dem Fall von Mama und Papa arbeiten.«

Sandra schaute noch einmal darauf.

»Verstehe«, sagte sie.

Dann legte sie die Karte weg und sagte:

»Es war schön, dich zu sehen, Magnus. Jetzt muss ich mal gehen.«

Sie stand auf und er ebenfalls. Eines seiner Beine war im Sitzen eingeschlafen, und er musste es mehrere Male strecken, ehe er in Bewegung kam.

»Danke, dass du dir die Zeit genommen hast«, sagte er, als sie an der Tür stand und gehen wollte.

»Keine Ursache«, sagte Sandra. »Ruf mich an, wenn ich noch etwas für dich tun kann.«

Warum sollte ich das tun?, dachte Magnus. Du willst mir ja doch nicht helfen.

»Danke«, erwiderte er kurz. »Vielleicht mache ich das. Und du? Du kannst mich auch gerne anrufen.«

Sie sah unsicher aus.

»Falls du es dir anders überlegst«, erklärte Magnus. »Wenn du erzählen willst, worüber Clara und Mama gestritten haben.«

Sandra hielt inne.

»Sieh dich vor, Magnus«, sagte sie gedehnt. »Denk genau darüber nach, was es wirklich wert ist, herausgefunden zu werden. Bist du sicher, dass du dic Wahrheit erfahren willst?«

Dann, noch ehe er gegen ihre unlogische Weise, sich auszudrücken, protestieren konnte, nickte sie kurz und verschwand durch die Tür hinaus.

Es wurde wieder still im Haus.

Magnus hatte das Gefühl, rasant und willenlos die Kontrolle über sein Leben zu verlieren.

Ein diskretes Signal durchschnitt die Stille. Er schaute sich um. Das Handy. Wo hatte er es hingelegt?

Da. Auf der Arbeitsfläche.

Lovisa hatte eine SMS geschickt.

Ich habe nachgedacht, und du hast recht.
Wir müssen der Polizei von Lucas und Viking erzählen.
Wir müssen alles erzählen. Morgen.

Wenn man Eltern wurde, passierte irgendetwas mit der Erinnerung. Man vergaß, wie der Alltag früher ausgesehen hatte. So ging es zumindest August. Er konnte sich nicht erinnern, wie es gewesen war, im Laden zu arbeiten, ehe er anfing, Sofia dorthin mitzunehmen. Nun war er nicht so dumm, nicht zu begreifen, dass er hier einen Honeymoon erlebte und der Tag kommen würde, an dem Sofia entweder zu mobil und neugierig sein würde und man sie nicht mehr mit in dem Laden behalten konnte (und dann war es wohl Zeit für eine Kindertagesstätte), oder an dem sie noch älter war und sich weigerte mitzukommen, weil sie was anderes vorhatte. Doch im Moment gönnte er sich den Genuss, dass sie ein so großer Teil seines Alltags war.

»Du kommst mir verdammt zerstreut vor«, sagte Gunnar, der entgegen seiner früheren Ankündigung aufgetaucht war, um ein paar Stunden zu arbeiten.

»Das bin ich überhaupt nicht«, entgegnete August.

»Doch, das finde ich aber«, beharrte Gunnar. »Worüber grübelst du eigentlich die ganze Zeit nach? Ich bin es schließlich, der das Todesurteil bekommen hat und nicht du.«

Ein Kunde, der in der Nähe stand, begab sich erschrocken in einen anderen Teil des Ladens.

August warf Gunnar einen warnenden Blick zu.

»Ich will nicht unempathisch klingen, aber ich finde, dass der Arzt, den wir heute getroffen haben, sehr deutlich gemacht hat, dass du *nicht* im Sterben liegst.«

»Ja, ja«, gab Gunnar zu. »Erzähl mir lieber, worüber du nachgrübelst.«

Nie im Leben, dachte August.

Gunnar würde vor Begeisterung platzen, wenn er erfuhr, was

der Besuch von Simona bei August ausgelöst hatte. Wie Sherlock Holmes persönlich war er sich vorgekommen, als er sie um den Namen der Firma, für die sie arbeitete, gebeten und sie damit als Lügnerin entlarvt hatte.

Irgendwas stimmte überhaupt nicht mit Simona und ihrer Jagd auf einen Computer, den sie offensichtlich detailliert beschreiben konnte, der aber wahrscheinlich doch nicht ihr gehörte. Und dann diese Geschichte mit der Perücke. Das war doch verrückt, eigentlich sogar lächerlich. Sofern sie nicht krank war, denn dann war es natürlich überhaupt nicht lächerlich.

Aber ich weiß, dass sie kerngesund ist.

August spürte die Unruhe in seinem Körper. Simona und der Computer waren kaum das wichtigste Rätsel, das es zu lösen galt. Der Schlüssel, der seinem Vater gehört hatte, war ungefähr tausendmal wichtiger. Und auch dort war er festgefahren. Der Rechtsanwalt Ismael Thelin ging nicht ans Telefon, deswegen hatte August eine Nachricht auf seinem Anrufbeantworter hinterlassen und auch eine Mail an die Adresse geschickt, die er ganz unten auf der Website der Kanzlei entdeckt hatte. Noch hatte der Anwalt sich nicht gemeldet.

Ich glaube, ich muss mir mal etwas Vergnügen gönnen, dachte August. Etwas wirklich Schönes. Diskret fuhr seine Hand zur Brusttasche, in der der Ring lag.

Die Frustration motivierte ihn. Ein Plan für etwas Abwechslung nahm in Rekordtempo Fahrt auf. Und dazu noch ein ganz anderer Gedanke.

»Hältst du mal die Stellung hier, während ich in den Computerraum gehe?«, fragte August.

»Natürlich«, erwiderte Gunnar ein bisschen beleidigt und enttäuscht. Offensichtlich hatte er sich darauf gefreut zu hören, worüber August nachdachte.

»Was willst du denn da«, fragte er.

»Nur ein wenig Inventur machen«, erwiderte August.

»Willst du, dass ich auf den Troll aufpasse?«

Er lächelte Sofia an, die im Wagen saß und auf einer Gummigiraffe kaute. Sie sah aus, als wäre sie mit der Gesamtsituation sehr zufrieden.

»Ja, gerne«, erwiderte August. »Ruf mich, wenn irgendwas ist.«

Dann ging er in den Computerraum.

Seit Simona da gewesen war, hatte er drei weitere Computer bekommen. Einer davon war in sehr guter Verfassung, aber zwei waren so schrottig, dass sie vermutlich nicht mehr länger als eine Viertelstunde funktionierten, ohne dass man sie wieder aufladen musste. Bei so alten Computern machte es keinen Sinn, den Akku auszutauschen, die mussten laufen, bis nichts mehr ging.

August beugte sich herunter und holte Simonas Computer aus seinem Versteck. Er fuhr mit den Fingern über die Kratzer und den Kleber, mit denen er den Computer identifizieren konnte. Was befand sich auf dem Computer, weshalb Simona ihn unbedingt haben wollte? Gab es vielleicht etwas, was sie lesen wollte oder schützen oder löschen?

August zögerte nur ganz kurz, dann klappte er den Computer auf.

Er war völlig tot.

Er schloss ihn wieder.

Dann schaute er seine inzwischen recht umfangreiche Sammlung von alten Ladekabeln durch und stellte fest, dass eines passte. Ein Lämpchen an der Seite des Computers ging zaghaft an, als er den Kontakt einsteckte. Offensichtlich funktionierte das Laden gut. Musste man nur noch sehen, wie es dem Rest des Computers ging.

August klappte ihn wieder auf.

Der Ventilator summte leise, und ein kurzes Signal hallte im Raum wider, als der Laptop zum Leben erwachte.

August schaute gespannt auf den Bildschirm, der nun langsam startete. Das Bild ging von Schwarz zu Blau, und dann war ein Hintergrund mit einem gut sortierten Bücherregal darauf zu sehen. Das schien kein Standard-Bildschirmschoner zu sein, sondern offensichtlich hatte jemand ein Foto von seinem Bücherregal gemacht.

Ein Icon nach dem anderen tauchte auf dem Bildschirm auf. August spürte, wie sein Puls stieg. Wenn der Besitzer das Programm nicht gelöscht hatte, dann war vielleicht der Rest noch da. Fotos, Texte, Rechnungen in Excel – was die Leute heutzutage so auf ihren Computern hatten.

August öffnete den Dateireiter und zog die Augenbrauen hoch.

Es gab nur einen einzigen Ordner.

Der hieß »Das Buch«.

Das Buch?

Sorry, wenn ich hier herumschnüffele, dachte August.

Etwas verstohlen klickte er auf den Ordner, zunehmend unsicher, was er hier eigentlich machte.

Im Ordner befand sich ein Dokument.

Ein Dokument mit dem wenig inspirierenden Namen »Mein Manuskript«.

Ohne zu wissen, was er erwartete, klickte August zweimal auf das Dokument.

Erstaunt sah er, wie sich der Bildschirm mit Mengen von Text füllte.

483 Seiten.

»August! Der Troll ist traurig!«

Gunnars Kommandostimme ließ ihn schnell handeln.

»Komme!«, rief er.

Fasziniert fragte sich August, ob das hier ein geheimer Schatz sein könnte.

Mein Manuskript.

Schnell klappte er den Computer wieder zu und schob ihn unter das Regal.

War das Manuskript der Grund, warum Simona so interessiert an dem Computer war?

Für August war nun wichtig zu erfahren, wer der rechtmäßige Besitzer des Computers war. Aber vor allem wollte er wissen, wie er in seinem Laden gelandet war und warum alle Dateien bis auf das Manuskript zu einem Buch gelöscht worden waren.

In den modernen Zeiten war es nicht leicht, Geheimnisse zu haben. Vor allen Dingen war es schwer, sich für andere unsichtbar zu machen. Noch nie war es einfacher gewesen, Menschen zu finden, die nicht gefunden werden wollten, und diejenigen, die sich nicht versteckten, fand man noch schneller.

Vendela brauchte weniger als eine Viertelstunde, um Informationen über Simona Lundmark auszugraben. Ihr Facebook-Account war offen, und Vendela erkannte sie direkt über ihr Profilbild. Obwohl an die dreißig Jahre vergangen sein mussten, seit sie für das Jahrbuch fotografiert worden war, sah sie sich immer noch ähnlich. Auf Facebook gab es ungefähr zwanzig Fotos, die ihr Leben in schönen, warmen Farben und mit wunderbaren Aussichten schilderten. Auf Vendelas eigener Facebookseite waren hauptsächlich Kleidungsstücke zu sehen, die sie strickte und Fotos von der Hausrenovierung. Eben Beschäftigungen, denen sie mit ihrem Vater nachging.

Simonas Postings waren eher spärlich und erhielten höchstens einmal pro Monat ein Update.

Im öffentlichen Einwohnermelderegister im Netz war Simona hingegen nicht so leicht zu finden. Vendela wagte immer noch nicht, die internen Register der Polizei zu benutzen, weil sie fürchtete, dann ihre Suche erklären zu müssen, und das machte ihr jetzt Schwierigkeiten. Sie hatte keine Kontaktinformationen zu Simona finden können.

Vendela schaute zu ihrem Telefon.

Wenn Simona Facebook auf dem Handy hatte, dann könnte sie sehen, falls Vendela sie über Messenger anrief, obwohl sie gar nicht befreundet waren.

Allerdings war sie mehr als unsicher, ob das eine gute Idee war.

Schließlich konnte Simona immer noch mit Ray-Ray befreundet sein und sich sofort bei ihm melden, falls sie von einer seiner Kolleginnen angerufen wurde. Das war zwar nicht sonderlich wahrscheinlich, doch das spielte keine Rolle.

Die Frage war nur, wie lange sie die Geschichte für sich behalten konnte. Sowie sie daran dachte, begann der Raum um sie herum Karussell zu fahren. Was sollte sie tun, wenn sie wegen ihrer konspirativen Nachforschungen gefeuert würde und kein Geld mehr verdiente?

Sie würde das Haus ihres Großvaters verkaufen und in eine Wohnung ziehen müssen.

Ich will das hier nicht weitermachen.

Und trotzdem tat sie es. Es war zu spät umzukehren, sie musste erfahren, worin Ray-Ray damals verwickelt gewesen war.

Ohne die Sache länger zu durchdenken und obwohl sie skeptisch war, rief sie Simona über Messenger an.

Niemand ging ran.

Dann schickte sie stattdessen eine Nachricht, die so diffus formuliert war, dass sie rot wurde, als sie sie noch einmal durchlas.

Übelste Lügnerin ever.

Der Teufel wusste, was sie jetzt in Gang setzte und was für eine Antwort sie von Simona bekommen würde.

Es war wichtig, dass sie Ray-Ray nicht zu negativ darstellte. Am Tatort gab es keine Spuren von ihm, die nicht damit erklärt werden konnten, dass er in seiner Eigenschaft als Polizist da gewesen war. Ebenso wenig gab es Zeugen, die ihn dort gesehen hatten. Es war ganz allein Vendelas Fantasie, die ihn an diesem Tag auf Hovenäset sah.

Wenn der Täter oder die Täterin nun überhaupt nach Hovenäset kommen musste.

Vendela wollte alle Szenarien offenhalten, bis sie es sicher wussten. Auch wenn das meiste darauf hinwies, mussten die Milchshakes nicht zwangsläufig bei Ove und Irma zu Hause vergiftet worden sein. Die Medikamente hätten auch unterwegs verabreicht werden können, vorausgesetzt, dass sich in dem Moment mehrere Personen im Auto befanden und dass der Täter die Medikamente bei sich hatte. Natürlich war es schwierig, Medikamente in einen Milchshake zu schütten, ohne dass die anderen im Auto es merkten, aber deshalb war es noch nicht unmöglich. Vor allem nicht für jemanden, der die Dahlmans gut kannte oder dem sie aus anderen Gründen vertrauten.

Vendela dachte nach und achtete darauf, nichts auszuschließen, egal wie unwahrscheinlich es klang.

Unter welchen Voraussetzungen hätte Ray-Ray oder eine andere Person ins Auto des Paares kommen können und Gelegenheit gehabt, ihre Getränke zu vergiften?

Sie mussten das in jedem Fall überprüfen. Gab es Spuren von Personen außerhalb der Familie in Oves und Irmas Auto, mit denen sie weiterarbeiten könnten?

Nach einer kurzen Bedenkzeit rief sie ihre Kollegen in der Werkstatt an, um sich danach zu erkundigen. Sie wusste, dass sie das Auto beschlagnahmt hatten, um es zu untersuchen, hatte aber noch nichts gehört.

In ihrem Handy brannte eine SMS, die vor einer Weile von Ray-Ray gekommen war.

Er fragte, ob sie sich später mit ihm treffen wollte.

Schon wieder.

Obwohl sie sich mehrere Tage hintereinander gesehen hatten. Wahrscheinlich fand er, sie sollten seine kinderfreie Woche ausnutzen.

Doch an diesem Abend hatte Vendela keine Lust. Nicht, nachdem sie den Tag damit begonnen hatte, die Rektorin seiner alten Schule zu treffen. Sie fühlte sich wie eine Mischung aus Verräterin und Geheimagentin, und keine der beiden Identitäten gefiel ihr sonderlich. Sie schrieb kurz, dass sie keine Zeit hätte.

Schließlich ging einer der Werkstatttechniker ans Telefon. Ein

Mann mit besonders langsamer Sprache, der insgeheim von allen Schlapp-Johan genannt wurde.

Vendela begrüßte ihn und trug ihr Anliegen vor.

Man konnte fast hören, wie die Kugellager in Schlapp-Johans Gehirn schnurrten.

»Uns ist ein anderer, dringender Fall dazwischengekommen«, sagte er schließlich. »Deswegen sind wir mit dem Auto von den Dahlmans noch nicht fertig. Ich will einfach nichts sagen, ehe wir das durchhaben.«

»Soll ich das so deuten, dass ihr etwas gefunden habt, was ihr euch näher ansehen wollt, oder habt ihr überhaupt noch nicht richtig angefangen?«, fragte Vendela.

Sie hörte ein lautes, kratzendes Geräusch im Telefon.

Schlapp-Johan schien gleichzeitig mit jemand anders zu reden.

»Doch, angefangen haben wir«, sagte er dann. »Im Auto gibt es Fingerabdrücke von der ganzen Familie, also auch vom Sohn und der Schwiegertochter und den Enkelkindern, und dann haben wir einige Haarsträhnen gefunden. Aber die DNA-Proben sind noch nicht zurück, und ansonsten gibt es eigentlich nur eine Sache, die mich stört.«

»Okay«, bat Vendela, »erzähl. Ich weiß, dass du gesagt hast, ihr seid noch nicht fertig, aber …«

»Wir haben ziemlich viel Pisse auf dem Rücksitz gefunden.«

Sie streckte sich.

Das hier war nicht unbedingt etwas, was sie erwartet hatte.

»Urin?«

»Ja, Pisse.«

»Okay, *fine*, Pisse. Aber von wem?«

»Das fragen wir uns auch. Auf der Rückbank lag ein Autositz. Also so einer, wo Kinder draufgesetzt werden, die zu groß sind für einen richtigen Sitz, aber zu klein, um direkt auf dem Polster zu sitzen. Wir haben angenommen und das auch bestätigt bekommen, dass dieser Autositz für die Enkelkinder war, und als wir das Auto beschlagnahmt haben, da fiel uns auf, dass er feucht war. Dasselbe gilt für Teile der Rückbank. Und auf dem Bezug der Rückbank sind Fettflecken. Wir glauben, dass die möglicherweise von der McDonald's-Tüte kommen, denn die hatte auch Fettflecken.«

In Vendelas Kopf rasten die Gedanken.

Einer blieb hängen.

Zu irgendeinem Zeitpunkt an dem Tag, als sie vergiftet wurden, hatten Ove und Irma also Gesellschaft im Auto gehabt.

Jemand hatte auf ihrem Rücksitz gesessen.

Jemand, der sich versehentlich eingepinkelt hatte.

Und dort, auf dem Rücksitz, hatte auch das Essen von McDonald's gestanden.

Vendela schluckte hart.

Mit einem Mal gab es eine neue Spur, die sie verfolgen konnte.

Die Spur von jemandem, der vielleicht mehr über ihren Täter erzählen konnte.

Sein Blick war es, der die Wut verriet. Er sah genauso hart und kompromisslos aus wie auf dem Film der Überwachungskamera. Viking Nilsson saß allein auf seiner Seite des Tisches und Maria und Ray-Ray auf der anderen. Der Vernehmungsraum war einer der freundlicheren auf dem Polizeirevier. Es fiel großzügig Licht hinein, und die Stuhlsitze waren gepolstert.

Als sie Viking ansah, verspürte Maria die Aufregung vor einem Durchbruch. Wenn das hier nicht ihr Täter war, dann war er zumindest ein Mann, der auf wichtigen Antworten saß.

»Können wir anfangen?«, fragte Ray-Ray.

Viking nickte.

»Wo befanden Sie sich um die Mittagszeit des 18. August?«

Die Frage schien Viking zu erstaunen.

»Daran erinnere ich mich nicht«, sagte er. »Darf ich in meinem Kalender nachsehen?«

»Bitte sehr.«

Viking holte einen abgenutzten Taschenkalender aus der Hosentasche. Er leckte sich den Zeigefinger und blätterte dann bis zur richtigen Seite. Diese Bewegung, das Lecken, verursachte Maria Übelkeit. Machte er das jedes Mal, wenn er den Kalender öffnete? In dem Fall würde er sicherlich bald von der ganzen Spucke auseinanderfallen.

»Jetzt wollen wir mal sehen.«

Viking kniff die Augen zusammen, als er konzentriert im Kalender las.

»Der 18. war es, oder?«, fragte er.

Ray-Ray nickte.

Viking schlug den Kalender zu.

»Am Vormittag war ich im Einkaufszentrum in Torp«, begann

er. »Dann bin ich da nicht weggekommen, weil mein Auto nicht ansprang, also musste ich den Abschleppwagen rufen und mit dem Taxi nach Hause fahren.«

Maria machte sich eine Notiz. Ohne dass er darum gebeten worden wäre, hatte Viking ihnen ein Alibi für die Zeit geliefert, während der Ove und Irma wahrscheinlich vergiftet worden waren.

»Wo haben Sie gegessen?«, fragte sie.

»Im McDonald's«, sagte er. »Ich konnte mir ja nichts zu Hause kochen. Ich bin geschieden und habe die Kinder nur jede zweite Woche, und die sollten an dem Nachmittag zu mir kommen. Da wollte ich vorher schon was gegessen haben, wenn sie auftauchen.«

»Verstehe«, sagte Maria.

Ihre interne Ermittlung hatte ergeben, dass Viking seit vier Jahren geschieden war, die Kinder waren sieben und zwölf Jahre alt. Er selbst war gerade vierzig geworden, zog sich aber an, als wäre er siebzig. Das Hemd war weiß und blau großkariert, und er trug Hochwasserhosen ohne jeglichen modischen Anspruch, dazu Schuhe mit Klettverschluss. Auf den Tisch hatte er eine weiße Kappe ohne irgendein Logo gelegt.

»Ist irgendwas Besonderes passiert, als Sie im McDonald's waren?«, fragte Ray-Ray.

Vikings Gesichtsausdruck veränderte sich. Die etwas aufgedunsenen Wangen wurden bleich und der Mund ein gerader Strich.

»Sie machen Witze«, sagte er kurz.

»Worüber?«

»Okay, Sie machen keine Witze. Hat mich dieser alte Widerling also angezeigt? Der gibt einfach nicht auf, dieser Ove. Also, dann machen wir es mal so: Ich gebe den begossenen Pudel und entschuldige mich, dann lassen wir das alles hier und leben unser Leben weiter. Ich habe ihn nicht bedroht und nicht geschlagen, sondern ihn nur daran erinnert, dass ich nicht vergessen habe, wie er mein Leben ruiniert hat. Das kann ja wohl kaum ein Verbrechen sein. Oder was meinen Sie?«

Viking breitete in einer resignierten Geste die Arme aus.

Er weiß es nicht, dachte Maria. Er weiß nicht, dass Ove im Koma liegt und Irma tot ist.

Diese Erkenntnis überrumpelte und verunsicherte sie.

»Jetzt fangen wir mal ganz von vorne an«, sagte sie gedehnt in dem Versuch, Vikings Zorn zu dämpfen. »Sie sagen also, es war ein reiner Zufall, dass Sie bei McDonald's auf Ove und Irma getroffen sind?«

»Zweifelsohne. Um ehrlich zu sein, hätte ich nicht gedacht, dass so alte Leute diese Art von Essen mögen.«

»Was ist passiert, als Sie und Ove sich erkannten?«, fragte Ray-Ray.

»Ich habe sie zuerst gesehen und dann die Gelegenheit ergriffen, als Irma gegangen war. Ove war nicht gerade froh, als ich ihn ansprach, das kann ich sagen. Und natürlich, ich kann ihn verstehen. Er muss ein sehr schlechtes Gewissen haben.«

»Weshalb?«

»Wegen dem, was er mir angetan hat. Aber noch hundertmal mehr wegen allem, was er seinem Enkelkind angetan hat.«

Viking hatte offenbar die Angewohnheit, ununterbrochen zu gestikulieren, während er sprach. Die Bewegungen waren ausladend und energisch, fast aufgewühlt. Wie bei einem Erweckungsprediger.

»Wir beginnen mal mit Ihnen«, sagte Maria. »Was hat Ove Ihnen angetan?«

»Er hat mich rausgeschmissen, weil ich meine Arbeit gemacht habe.«

Vikings Hand wedelte wütend in der Luft.

»Das heißt?«

»Ich bin Lehrer. Das war Ove auch, aber irgendwo auf der Strecke hat er eine unserer vornehmlichen Aufgaben vergessen, nämlich die Schüler zu schützen und dafür zu sorgen, dass sie in der Schule *und* zu Hause sicher sind.«

»Eine Aufgabe, die Sie mit dem größten Ernst betrieben haben?«, erkundigte sich Ray-Ray, und in seiner Stimme schwang Ironie mit.

»Natürlich! Kinder sind so unglaublich verletzlich, man kann nie vorsichtig genug sein. Da schlage ich lieber einmal zu viel Alarm als einmal zu wenig.«

Seine Augen leuchteten, während er sprach. Er musste seine Überzeugung nicht spielen, sie war echt und brannte tief in ihm.

»Wenn wir Ihre Art, die Kinder zu schützen, einmal betrachten, dann muss ich doch sagen, dass Ihre Strategie etwas außergewöhnlich ist«, formulierte Maria. »Ich meine, Sie scheinen den Rekord an Anzeigen beim Jugendamt zu halten. Wie ist das möglich?«

»Weil meine Kollegen zu feige und zu faul waren.«

»So kann man das natürlich sehen, aber …«

»Kein Aber. So war es.«

Maria nickte bedächtig.

»Dann formuliere ich die Frage anders«, sagte sie. »Was qualifizierte Sie so viel besser als Ihre Kollegen zu erkennen, welches Kind Hilfe brauchte?«

Das Schmeicheln funktionierte.

Viking nahm sich viel Zeit, ehe er die Frage beantwortete.

»Ich hatte in meiner Kindheit selbst Probleme«, sagte er jetzt mit leiserer Stimme. »Und niemand hat mich gesehen. Keinen einzigen Tag, kein einziges Mal. Das hat mich auf eine Weise einsam gemacht, die ich niemand anderem wünsche.«

Für einen Moment meinte Maria, eine andere Version des Mannes zu erkennen, der hier vor ihr saß. Das war ein Mensch, dem es übel ergangen war.

»Das tut mir leid«, sagte sie und hoffte, dass sie so aufrichtig klang, wie sie es meinte.

»Danke«, erwiderte Viking.

Ray-Ray strich sich über den Bart.

»Erzählen Sie uns mal genau, was dazu geführt hat, dass Ove Sie rauswerfen wollte«, bat er.

Viking sah ihm direkt in die Augen, als er antwortete.

»Ich wollte eine Anzeige beim Jugendamt erstatten, die sein Enkelkind betraf«, erklärte er.

Maria hielt an sich, um sich ihre Reaktion nicht anmerken zu lassen.

Das war ja genau, was sie schon vermutet hatten, doch trotzdem war sie überrascht.

Ihr habt uns unglaublich viel zu erklären, Lovisa und Magnus, dachte Maria.

»Warum wollten Sie Anzeige erstatten?«, fragte Ray-Ray.

Viking holte tief Luft.

»Es gab mehrere Anzeichen dafür, dass es Lucas schlecht ging«, sagte er. »Nach meiner Erfahrung war er in gewisser Weise ein Lehrbuchbeispiel für ein Kind, an dem sich jemand vergriffen hatte. Mal war er ängstlich, dann wieder verhielt er sich ausagierend. Wenn wir ins Schullandheim fuhren, wollte er nicht dabei sein, weil er Angst hatte, woanders zu schlafen, und manchmal weinte er, wenn er in der Schule abgegeben wurde.«

Maria störte sich an den Worten »nach meiner Erfahrung«. Das war kaum ausreichend, um ihn als Experten auszuweisen.

»Viele Kinder sind unsicher, wenn sie so jung sind«, gab sie zu bedenken. »Ich wollte auch nicht auf Klassenfahrt gehen und woanders schlafen. Und eine meiner Klassenkameradinnen hat sich das ganze erste Halbjahr der ersten Klasse durch jeden Vormittag geweint.«

»Da waren auch noch andere Sachen«, sagte Viking. »Wenn wir ins Schwimmbad gegangen sind, weigerte er sich, die Badehose anzuziehen, wenn er sich nicht in einer abgeschlossenen Toilette umziehen durfte. Haben Sie das auch gemacht?«

Er sah Maria herausfordernd an, die auf eine Antwort verzichtete.

Nein, das war kein Verhalten, an das sie sich erinnern könnte. Aber gleichzeitig wusste sie, dass Kinder genau wie Erwachsene waren, nämlich verschieden. Menschen reagierten unterschiedlich auf diverse Situationen. Es mussten nicht immer die Alarmglocken läuten, wenn ein Verhalten abwich.

»Für mich war ganz klar, dass ihm zu Hause etwas angetan wurde«, sagte Viking mit belegter Stimme. »Also bin ich zu Ove gegangen und habe gesagt, dass ich Anzeige beim Jugendamt erstatten will. Nicht, weil ich seine Zustimmung suchte, sondern weil ich wollte, dass er sich als befangen aus der Sache raushalten würde. Dass er dafür sorgen würde, entweder zeitweilig oder auf Dauer als Rektor auf eine andere Stelle versetzt zu werden. Es fühlte sich nicht gut an, dass er der Chef war, während ich die Familie seines Sohnes untersuchen ließ. Aber das ist völlig schiefgegangen. Man könnte sagen, dass die Hölle losbrach.«

Ray-Rays Blick veränderte sich, jetzt beobachtete er nicht mehr nur, sondern reagierte messerscharf.

»Erzählen Sie«, forderte er Viking auf. »Erzählen Sie von der Hölle.«

Maria sah verstohlen zu Ray-Ray. Fasziniert hatte er zugehört, was Viking erzählte.

Der begann erneut zu gestikulieren.

»Ove ist völlig durchgedreht, hat gesagt, ich würde Grenzen überschreiten. Ich habe entgegnet, es wäre unpassend, dass er als Lucas' Großvater sich überhaupt in die Sache einmischt, aber er hat nicht zugehört. Er hat gesagt, wenn ich Anzeige erstatten würde, dann würde er mich auf ewig unglücklich machen. Erst habe ich nicht darauf gehört, aber Ove hatte offenbar auch mit seinem Sohn gesprochen, denn Lucas kam erst wieder in die Schule, als ich weg war.«

Ray-Ray glitt weiter auf dem Stuhl herunter.

»Nur dass wir uns nicht missverstehen«, sagte er. »Was genau war Ihr Verdacht?«

»Dass Lucas von einem seiner Eltern missbraucht wurde. Statistisch gesehen müsste das der Vater gewesen sein, aber klar, natürlich könnte es auch die Mutter sein. Das konnte ich unmöglich wissen. Und, ganz krass, auch Ove konnte das unmöglich wissen, auch wenn ich verstehen kann, dass er die Wahrheit verdrängte.«

»Und warum haben Sie dann letztendlich keine Anzeige erstattet?«, fragte Maria, für die diese Geschichte nicht stimmig war.

Viking sah traurig aus und schüttelte den Kopf.

»Ich hatte mir nicht vorstellen können, was passieren würde«, sagte er. »Eines Morgens sollte meine damalige Lebensgefährtin, die Mutter meiner Kinder, mit unserem kleinen Mädchen zum Kinderarzt fahren. Eine halbe Minute, nachdem sie gegangen war, kam sie zu Tode erschreckt ins Haus zurückgerannt. Jemand hatte in der Nacht die Reifen von unserem Auto aufgeschnitten, und in einem der Hinterreifen steckte ein Messer. Und über die ganze Seite des Wagens hatte jemand direkt auf den Lack ›Verdammter Pädophiler‹ geschrieben. Das war so *unterirdisch*.«

Den letzten Satz zischte Viking nur noch.

»Jetzt Moment mal«, sagte Ray-Ray. »Jemand hatte ›Verdammter Pädophiler‹ auf *Ihr* Auto geschrieben? Warum das denn?«

Viking senkte den Blick.

»Zuerst habe ich mal gar nichts verstanden«, sagte er. »Ich war ebenso paralysiert vor Angst wie meine Lebensgefährtin. Die Gewalt und das Messer und diese grässlichen Worte. Und als ich da im Schlafanzug auf der Auffahrt stand, klingelte mein Handy. Es war Magnus, der Vater von Lucas. Er hat mich einen verdammten Psychofall genannt und gesagt, jetzt könnte ich mal meine eigene Medizin probieren. Wenn ich nicht an der Schule kündigen und aufhören würde, Anzeigen zu erstatten, dann würden er und Ove mir das Leben zur Hölle machen. Und kaum war ich zurück im Haus, machte meine Lebensgefährtin mir deutlich klar, dass sie mich verlassen würde, wenn ich nicht alles tat, um meine eigene Familie in Sicherheit zu bringen.«

Vikings Stimme brach, und er verschränkte die Hände ganz fest ineinander.

»Also gab es keine Anzeige«, sagte er. »Ich bin zum Oberschulrat gegangen und habe gekündigt. Ich glaube, der hat nicht einmal erfahren, dass es um Oves Enkelkind ging. Und ich bin auch nie richtig darüber hinweggekommen, dass ich Lucas damals im Stich gelassen habe. Denn ich weiß, dass ich recht hatte. Und das habe ich bei McDonald's zu Ove gesagt. Dass ich mich fragen würde, ob er nicht bereuen und sich schämen würde. Er hätte sein Enkelkind retten können, und stattdessen hat er sich dafür entschieden, seinen Sohn zu retten.«

Maria spürte, wie etwas in ihr klickte. Sie sah Lucas. Den netten, ernsten Lucas, der sich so gut um Sofia kümmerte. Der immer loyal war und immer nur wohlwollend.

Und dann seinen Vater Magnus.

Den Sportler, der seine Leichtathletikkarriere zu früh an den Nagel hängen musste und sich entschieden hatte, mit seiner Familie zurück nach Hovenäset zu ziehen.

Ihr drehte sich der Magen um, wenn sie daran dachte, was Viking hier behauptete. Dass Magnus seinen Sohn missbraucht haben sollte und Ove ihn vor einer Anzeige beim Jugendamt gerettet hatte.

Ray-Ray sagte mit finsterem Blick:

»Viking, sind Sie ganz sicher, dass Sie recht hatten?«

Viking sah erstaunt aus.

»Ich bin so sicher, wie man sein kann, ohne es zu hundert Prozent zu wissen«, erwiderte er. »Lucas ist es zu Hause schlecht ergangen und Ove hielt der Person, die ihm schadete, den Rücken frei.«

»Aber das scheinen Sie doch in ziemlich vielen Fällen gedacht zu haben«, warf Maria ein.

Viking senkte den Blick.

»Durchaus«, gab er zu. »Aber das ist vielleicht nur, weil ich einen besseren Blick für diese Sorte Ereignisse habe als andere.«

Maria beobachtete ihn schweigend.

Es musste ihm klar sein, dass er Probleme mit seiner Glaubwürdigkeit hatte, wenn er eine Familie nach der anderen als dysfunktional und gefährlich bezeichnete. Dennoch behauptete er, recht zu haben.

Ich bin so sicher, wie man sein kann, ohne es zu hundert Prozent zu wissen.

Und ich?, dachte sie. Ich sehe Lucas sehr oft. Hätte ich nicht auch etwas gemerkt? Das war der gefährlichste aller Einwände, und dennoch sauste der Gedanke durch ihren Kopf und vernichtete alles, was ihm in den Weg kam.

»Was war das Letzte, was Sie zu Ove bei McDonald's gesagt haben?«, fragte sie.

»Ich habe ihn gefragt, wie er nachts schläft.«

»Und was hat er geantwortet?«

»Dass sein Schlaf mich nichts anginge.«

»Was haben Sie gemacht, nachdem Sie sich bei McDonald's begegnet waren?«

»Ich bekam mein Essen, habe es aber weggeworfen. Ich hatte keinen Appetit mehr. Und dann sprang wie gesagt mein Auto nicht an. Es war ein grässlicher Tag.«

Ray-Ray saß mit gesenktem Blick schweigend da. Er notierte etwas auf dem Block, der vor ihm lag.

Sie würden Vikings Alibi mit dem kaputten Auto überprüfen, aber schon jetzt war Maria überzeugt, dass er nicht log. Die Frage war nur, wie stabil der Rest seiner Zeugenaussage war. Könnte er recht haben, dass Magnus seinen Sohn missbrauchte? Und könnte es für den Fall erklären, was zu Hause bei Ove und Irma geschehen war? Das kriegte sie nicht zusammen.

Ihr Handy vibrierte diskret.

Roland hatte eine Nachricht geschickt. Offensichtlich gab es einen neuen technischen Fund. Im Auto der Dahlmans war Urin entdeckt worden.

Maria las die kurzen Zeilen auf dem Display und spürte, wie ihre Aufregung zunahm, als da stand:

Außerdem Neuigkeiten aus dem Krankenhaus.
Ove ist aufgewacht. Rechnet mal mit einer Vernehmung morgen.

Die Abendsonne war mild und der Wind lau. Es sollte ein Unwetter geben, doch noch merkte man nichts davon. August und Maria saßen auf Klåvholmen und schauten übers Meer. Als August ganz neu an die Westküste gekommen war, hatte er bei der Suche nach einer Frau, die von Fisketången bei Kungshamn verschwunden war, geholfen. Da war er unter denen gewesen, die eben diese Halbinsel abgesucht hatten, eine große Felsklippe, die über eine Pontonbrücke mit dem Tången-Bad verbunden war. Fast zwei Jahre war das jetzt her, aber in Augusts Welt war es wie ein anderes Leben.

Wie entwurzelt er sich gefühlt hatte.

So verloren.

Und fest davon überzeugt, dass es die richtige Entscheidung gewesen war, ausgerechnet nach Hovenäset und Kungshamn zu ziehen, um seinen Traum zu verwirklichen.

Sie saßen auf der äußersten Felsklippe und schauten über das ruhige Wasser. Aufgedonnerte Boote rasten oder flogen fast vorbei, und in der Entfernung konnte man sogar Segelboote erkennen, die sich so langsam bewegten, dass sie fast stillstanden.

Es war eine schöne Umgebung, so romantisch wie aus einem Film.

Mein Film, dachte August.

Der Ring lag in der Brusttasche seines Hemds und wartete darauf, herausgeholt zu werden.

Er zögerte nicht, weil er fürchtete, er könnte einen Korb bekommen und Maria könnte ihn verlassen, sondern aus demselben Grund, weshalb er schon all die anderen Male gezögert hatte. Wollte Maria wirklich wieder heiraten? Das war die große Frage, und bevor er nicht die Antwort darauf kannte, würde ihm kein Antrag über die Lippen kommen. Doch anstatt zu fragen, wollte er lieber gar keine Antwort.

Maria strich August über das Bein. Sie hatten eine Flasche Wein getrunken und betrachteten die Welt mit leicht vernebeltem Blick. Maria hatte ihren Kopf auf seinen Schoß gelegt, und seine Hand ruhte auf ihrer Stirn.

Die Idee hierzu war seiner Sehnsucht nach etwas Schönem entsprungen und gehörte zu den besten seit Langem. Er hatte einen Picknickkorb vorbereitet und einen Babysitter für Sofia organisiert. Marias Mutter war von Kungshamn, wo die Eltern wohnten, nach Hovenäset gefahren, um mit ihrem Enkelkind zu schmusen und dann über Nacht zu bleiben. August hatte den kalten Hefeteig gebacken, der sich zu seiner Freude genauso verhalten hatte, wie er sollte, als er in den Ofen kam. Dann hatte er knusprige Haferkekse gemacht, die er auf einer Seite mit geschmolzener dunkler Schokolade aus Belgien bestrichen hatte. Jetzt war außer einer Handvoll Erdbeeren alles aufgegessen, und keiner von ihnen bekam noch einen Bissen runter.

»Es ist so lange her, seit wir so etwas gemacht haben«, sagte Maria.

»Ich weiß«, erwiderte August, »das fand ich auch.«

»Ich kenne niemanden, bei dem der Abstand zwischen Gedanke und Tat so kurz ist wie bei dir«, sagte Maria.

»Aber ich«, erwiderte August und spielte mit einer ihrer Locken.

Er sah, wie sich ihr Mund zu einem Lächeln verzog.

»Du meinst Henrik?«, fragte sie.

Beide lachten.

Ihr Bedürfnis nach Zweisamkeit war groß gewesen, August hatte es im Laufe des Nachmittags am ganzen Leib gespürt. Also hatte er Maria angerufen, als sie auf dem Weg nach Hause war.

»Ich habe eine Überraschung«, hatte er gesagt. »Und ich hole dich am Wohnwagen ab.«

Als der Picknickkorb gepackt und Sofia betreut war, war er mit dem Fahrrad losgefahren.

»Hast du was von Henrik gehört?«, fragte Maria.

»Andauernd.«

Sie lachte wieder.

»Ich meine, hat er angerufen? Speziell wegen irgendwas?«

August begriff nicht, was sie meinte.

»Nein«, erwiderte er. »Nur wegen der Sachen, die Helene dabeigehabt hatte. Oder woran dachtest du?«

»Nichts, vergiss es, ich lalle nur«, erwiderte Maria rasch. »Wie ist es denn mit dem Anwalt gelaufen, von dem du erzählt hast?«

August wurde ernst.

»Der hat nicht geantwortet, weder per Mail noch per Telefon.«

»Ruf ihn noch mal an. Jage ihn. Schick Henrik zu seiner Kanzlei.«

»Die ist in der Schweiz.«

Das war etwas, was er am späten Nachmittag entdeckt hatte, als er versucht hatte, alternative Wege zu finden, den Anwalt zu erreichen. Der Typ war nicht einmal im Land, er wohnte in Bern. Im selben Land, in dem eines der Fotos aus dem Album gemacht worden war.

»Wir müssen anders an ihn rankommen«, sagte Maria. »Oder jemanden finden, der etwas über die Fotos wissen könnte.«

August verzog das Gesicht.

»Ich glaube nicht, dass es jemand anderen gibt«, erwiderte er. »Wenn wir nicht diese May finden.«

May.

Es störte ihn wirklich, dass er nicht wusste, wer sie war.

Sie schwiegen eine Weile.

»Wie geht es Lucas denn heute?«, fragte Maria dann. »Ove ist aufgewacht.«

»Das sind ja wunderbare Neuigkeiten!«, rief August und empfand eine tiefe Erleichterung für die Familie. »Lucas war heute nicht dabei, aber insgesamt finde ich, er wirkt recht stabil. Habt ihr denn schon mit Ove gesprochen?«

»Nein, davon sind wir weit entfernt. Er ist immer noch viel zu mitgenommen. Sie wissen noch nicht einmal, ob er nach der Intubation reden kann.«

»Wie läuft denn die Ermittlung?«, fragte August.

Er erwartete keine detaillierte Antwort, sondern wollte nur wissen, ob alles stillstand oder die Arbeit vorwärts ging.

Maria setzte sich auf und griff nach ihrem Weinglas, in dem sich immer noch ein kleiner Rest befand.

»Ja, ich sage dir«, antwortete sie, »heute haben wir eine Menge interessanter Sachen erfahren, aber frag mich nicht, in welche Richtung das geht, denn das weiß ich tatsächlich nicht. Kurz bevor ich los bin, hat Roland eine SMS mit potenziell bahnbrechenden Informationen geschickt, aber wir müssen erst mal sehen, was das bedeutet.«

Sie leerte das Weinglas und schloss die Augen gegen die Abendsonne.

August beugte sich vor und küsste sie auf die Wange. Einmal, zweimal.

Sie wandte sich zu ihm und küsste ihn auf den Mund.

Ein paar Jugendliche, die ein Stück entfernt lagerten, johlten:

»*Get a room!*«

August und Maria lachten.

Es war schwer, vor Publikum die romantischen Gefühle aufrechtzuerhalten.

»Sollen wir mal los?«, fragte Maria. »Ich würde Sofia auch noch gern ein Küsschen geben, bevor sie einschläft. Und meine Mutter begrüßen.«

August meinte, es könnte schon zu spät sein, um das Kind zu küssen, war aber auch der Meinung, dass sie langsam nach Hause gehen sollten. Ein kühler Wind ließ ihn schaudern.

»Hast du nicht bald mal deine Patchworkdecke fertig?«, fragte er und lachte laut. »In ein paar Wochen ist es Herbst.«

Maria lächelte und schüttelte den Kopf.

»Diese Patchworkdecke wird mein Lebenswerk sein«, verkündete sie. »Ich habe keinerlei Absicht, sie fertig zu machen, ehe ich in Rente gehe.«

August rollte die Decke zusammen, die er mitgenommen hatte.

»Du«, sagte Maria sanft, während sie die letzten Sachen in die Tasche stopften.

»Ja?«

»Ich liebe dich.«

Das Glück blubberte in seiner Brust hoch.

»Ich liebe dich auch«, erwiderte er mit heiserer Stimme.

»Und ich liebe es, dass du Kekse backst. Das ist unfassbar sexy.«

Sie kicherte und steckte ihn sofort damit an.

»Du solltest mich sehen, wenn ich Mürbeteigstangen backe«, flüsterte er.

Maria lachte laut.

Rasch ergatterte er sich noch einen Kuss, ließ ihn aber nicht länger währen, als die Jugendlichen es ertrugen.

Den ganzen Weg zurück zu den Fahrrädern hielten sie sich an den Händen. Über Klåvholmen, über die Pontonbrücke zwischen der Felseninsel und dem Land. Am Strand des Tången-Bads war jetzt keine Menschenseele mehr.

August spannte den Korb auf dem Gepäckträger fest und schloss das Fahrrad auf.

»Sollen wir nicht an der Bootshütte noch baden, wenn wir nach Hause kommen?«, schlug Maria vor. »Wenn ich zu Sofia reingeschaut habe?«

»Klar, das können wir machen«, antwortete August.

Maria setzte sich aufs Rad.

»Irgendwann werde ich dir mal zeigen, wo man nach Austern tauchen kann«, sagte sie.

»Hier?«, fragte August erstaunt.

»Tatsächlich gibt es überall welche«, sagte Maria. »Sogar zu Hause auf Hovenäset. Aber jetzt nicht, da muss man bis September warten.«

August schüttelte den Kopf.

»Der beste Ort der Welt«, sagte er, »einfach immer für eine Überraschung gut.«

Sie fuhren auf dem schmalen Fahrrad- und Fußweg, der sie an den Reihen mit Bootshütten vorbei und weiter zur Straße an den Werften und der Marina führte.

»Sollen wir an deiner alten Wohnung vorbeifahren?«

Maria hatte kurze Zeit auf Tången gewohnt. Das war, als sie aus ihrem und Pauls Haus in Hasselösund ausgezogen und bevor sie bei August eingezogen war.

»Ja, warum nicht?«

Sie drehten um und radelten zu dem Teil von Tången, der aus einem Gewimmel von alten Häusern bestand. Überall waren Menschen in den kleinen Gärtchen. Genau wie auf Hovenäset lebte dieser Ort während der kurzen, lebhaften Sommermonate auf.

August wollte eben etwas dazu sagen, als ein dunkles Auto über die vor ihnen liegende Kreuzung fuhr.

Er dachte gerade noch, dass er den Wagen doch kannte, als er schon Maria sagen hörte:

»Aber das war doch Ray-Ray.«

»Sieh mal einer an«, sagte August. »Unser verlorener Freund.«

»Bestimmt will er zu seiner Bootshütte«, meinte Maria.

August war niemals in Ray-Rays Bootshütte gewesen, aber er wusste, dass Maria sie schon sehen durfte. Sie war völlig hingerissen gewesen, als sie nach Hause kam, und hatte davon gesprochen, als sei es ein kleiner Tempel.

»Komm«, sagte sie, »wir fahren hinterher.«

Eilig bog sie mit dem Fahrrad in die nächste Nebenstraße ein, die parallel zu der verlief, auf der Ray-Ray unterwegs war.

August sah sie überrascht an. Hatte der Wein sie übermütig gemacht, oder was war hier los?

»Spinnst du?«, meinte er. »Sollen wir deinem besten Freund hinterherspionieren?«

»Ich erkläre es nachher«, meinte Maria kurz und trat schneller.

August folgte ihr.

Marias Orientierungssinn war weitaus besser als seiner.

Sie musste einen Ort nur ein einziges Mal besucht haben, um zehn alternative Wege zu kennen, dorthin zu kommen. Sie rollten an einer Reihe schöner Bootshütten vorbei, die August noch nie zuvor gesehen hatte, und hielten dann an. Ray-Rays Auto stand ein Stück entfernt geparkt, und sie sahen ihn gerade noch aussteigen und in eine der Hütten gehen.

»Teufel auch«, sagte Maria. »Er ist allein.«

Sie sah enttäuscht aus.

August musste lachen.

»Liebling, was geht hier vor?«, fragte er.

Maria sah ihn peinlich berührt an.

»Ach nichts«, sagte sie. »Er hat eine neue Freundin, und ich bin neugierig, wer das ist.«

August grinste.

»Vielleicht ist sie ja schon in der Hütte«, schlug er vor. »Wenn du willst, können wir durch eines der Fenster spähen.«

Maria versetzte ihm einen Schlag auf den Arm.

»Jetzt hör aber auf«, sagte sie. »Jetzt fahren wir nach Hause zu Sofia.«

In dem Moment näherte sich ein ganz anderes Auto.

Ein roter Ford Focus.

August hielt inne.

Auch Maria blieb stehen. Gemeinsam sahen sie zu, wie sich die Fahrertür öffnete und eine hochgewachsene blonde Frau aus dem Auto ausstieg. Es gab kein Zögern in ihren Bewegungen, sie ging geradewegs zu Ray-Rays Bootshütte und hob die Hand, um anzuklopfen.

Maria sah der Frau mit erstauntem Gesichtsausdruck nach.

»Siehe da«, sagte sie leise. »Jetzt wissen wir, wie sie aussieht.«

August blendete die Sonne, und er hielt sich die Hand über die

Augen. Er sah die Frau von oben bis unten an. Sah ihr Gesicht im Profil und bemerkte die gerade Nase und das entschlossene Kinn, die blaue Bluse und die hellen Jeans. Alles stimmte. Alles außer den Haaren.

Die Tür zur Hütte ging auf, und die Frau verschwand.

»Na«, sagte Maria. »Dann gibt es erst mal nichts mehr für uns zu sehen. Ich hoffe, wir werden sie bald mal kennenlernen.«

»Das habe ich bereits«, erwiderte August mit angespannter Stimme.

Maria sah ihn überrascht an.

»Und wo?«, fragte sie.

»In meinem Laden«, antwortete er.

Er war ganz sicher. Die Frau, die Ray-Ray in seiner Bootshütte besuchte, war dieselbe Frau, die mit Perücke in seinen Laden gekommen war.

Als Vendela gerade nach Hause gekommen war, klingelte das Telefon. Sie hatte ihren Vater unterwegs abgeholt, und der war bereits in der Küche, um mit der Zubereitung des Abendessens anzufangen. Dorschrücken mit geschmolzener Butter und Meerrettich, Kartoffeln und gedämpftem Spargel.

»Ich habe mein Strickzeug mitgebracht«, sagte er. »Das schaffen wir doch noch, oder?«

»Na klar«, sagte Vendela, während sie das Telefon suchte.

Ein Vater, der Essen kochte und Pullover nach Mustern aus dem Internet strickte. Den hatte sie als Kind nicht gehabt, aber bekommen, nachdem ihre Mutter gestorben war. Als wäre er dann erst auf die Idee gekommen, etwas von den Hausfrauenkünsten, die seine eigene Mutter ihm beigebracht hatte, machen zu wollen.

Das war herrlich und gleichzeitig traurig.

Das Handy war warm, als sie es in die Hand nahm.

Es war Ahmed, der sie anrief.

»Störe ich?«

Immer so höflich.

»Nein, gar nicht.«

»Ich habe mal mit den Einzelverbindungsnachweisen der Handys von Ove und Irma angefangen, von dem Tag, als sie gefunden wurden, und in den Wochen davor«, sagte er. »Und mir sind ein paar Dinge in den Listen aufgefallen, die ich gern mit dir besprechen würde.«

Vendela sah den Rücken ihres Vaters durch die geöffnete Küchentür. Diskret bewegte sie sich etwas weiter weg.

»Erzähl«, sagte sie kurz.

»Die Telefonverbindungen sind eigentlich unauffällig«, sagte Ahmed. »Die meisten Anrufe finden tagsüber statt oder am frühen

Abend, und nachts telefonieren sie gar nicht. Sämtliche Nummern waren sehr leicht zu identifizieren. Sie haben einen festen Freundes- und Bekanntenkreis, mit dem sie regelmäßig kommunizieren, und sie haben Kontakt zum Sohn und seiner Familie. Doch dann gibt es eine Nummer, die in den letzten zwei Wochen ein wenig abrupt auftaucht, und bei der war es schwieriger, den Besitzer zu ermitteln.«

Vendela hörte, wie er auf dem Computer tippte, während er sprach.

»Zuerst hat die Nummer bei Irma angerufen und dann auch bei Ove, und zwar vor knapp zwei Wochen. Insgesamt handelt es sich um ungefähr zehn, zwanzig Anrufe, und keiner davon scheint zu einem tatsächlichen Gespräch geführt zu haben. Stattdessen landete die Person anscheinend in allen Fällen auf einer Mobilbox. Der letzte Anruf war vor zehn Tagen.«

»Dann sind sie vielleicht nicht rangegangen, weil sie die Nummer nicht kannten?«, meinte Vendela.

»Oder es war genau umgekehrt«, gab Ahmed zu bedenken. »Sie wussten, wer da anrief, und wollten mit der Person nicht sprechen.«

»Haben wir einen Namen des Anrufers?«, fragte Vendela.

»Den haben wir«, sagte Ahmed. »Matteo Holm.«

Vendela gab einen leisen Pfiff von sich.

»Im Ernst?«

»Ja«, sagte Ahmed und klang ziemlich stolz. »Oves Schwiegersohn hat plötzlich Kontakt zu ihnen aufgenommen. Und mein Gedanke ist nun: Wir haben zwei Zeugen, die sagen, dass die Dahlmans eine Woche vor der Vergiftung Besuch von einem Mann hatten, den sie nicht ins Haus lassen wollten. Ungefähr zum selben Zeitpunkt kam der letzte Anruf von Matteo. Ich kann mir vorstellen, dass dieselbe Person, die angerufen hat, auch vor der Tür stand.«

Vendela schluckte.

Das klang nicht unwahrscheinlich.

»Foto«, sagte sie, »wir brauchen ein Foto. Für die Zeugen, die den Mann bei Ove und Irma klingeln sahen. Ich habe nur das Passbild von ihm gesehen, und das ist nicht gerade super, so wie Passbilder halt sind …«

»Ich schicke dir den Facebook-Link«, sagte Ahmed.

»Haben wir irgendwas gegen Matteo?«, fragte Vendela, die den Mann selbst nicht überprüft hatte.

»Nein, er ist überhaupt nicht vorbestraft.«

Vendela versuchte zu sortieren, was sie da gehört hatte.

»Wie sieht denn die SMS-Geschichte der Dahlmans aus? Ist da einer der beiden von Claras Freund kontaktiert worden?«

»Nein, die SMS sind vollkommen clean, keinerlei Anfeindungen oder unangenehme Dinge.«

»Und Viking Nilsson«, sagte Vendela, »kommt der irgendwo in den Listen vor?«

»Nein«, sagte Ahmed. »Aber noch etwas ganz anderes. Man sieht in den Listen ganz deutlich, wie Magnus anfängt, seine Eltern zu vermissen. Ein Anruf nach dem anderen, ohne dass sie rangehen.«

Vendela wünschte, sie hätte die Listen vor sich.

»Und dann fängt auch sein Sohn Lucas an, die Großeltern anzurufen«, sagte Ahmed. »Er probiert es fast ebenso oft wie sein Vater.«

»Er hat bei der Suche geholfen«, meinte Vendela.

»Genau«, sagte Ahmed. »Und angeblich hat ja auch die Schwiegertochter Lovisa mitgeholfen. Aber nun kommt etwas Seltsames: Soweit ich sehen kann, hat sie die beiden nicht ein einziges Mal angerufen.«

Vendela hörte ihren Vater in der Küche eine unbekannte Melodie summen.

»Erzähl weiter«, bat sie Ahmed.

»Lovisa ruft ihre Schwiegereltern mehrmals in der Woche an, manchmal sogar mehrmals täglich, aber am Mordtag passiert etwas. Sie ruft Irma einmal am Vormittag an, und dann gibt es keine weiteren Anrufe mehr. Keinen einzigen. Warum wohl?«

Vendelas Herz schlug schneller.

Jetzt hieß es, sich eiskalt an die Informationen zu halten und die Fantasie im Zaum zu halten.

»Vielleicht war ihr Akku leer«, sagte sie.

»Hm, kommt natürlich vor«, meinte Ahmed. »Oder es gibt einen ganz anderen Grund, warum sie nicht angerufen hat.«

»Weil sie wusste, was passiert war«, sagte Vendela leise. »Weil sie wusste, dass die beiden nicht rangehen konnten.«

»Was glaubst du?«, fragte Ahmed.

»Dass jemand noch mal mit Lovisa reden sollte«, meinte Vendela. »Ich meine, natürlich kann es logische Gründe geben, warum sie ihr Handy nicht benutzt hat, aber ich hätte gern eine Erklärung. Hast du das Roland erzählt?«

»Ich habe ihn angerufen, aber er ging nicht ran, deshalb melde ich mich bei dir«, erklärte Ahmed.

»Versuch ihn noch mal zu erreichen«, sagte Vendela. »Und dann sehen wir uns morgen.«

Sie beendeten das Gespräch.

Vendela war total aufgedreht.

Ein ehemaliger Schwiegersohn hatte Ove und Irma per Telefon gejagt, ohne sie doch zu erreichen. Und die Schwiegertochter hatte ihre Schwiegereltern kein einziges Mal angerufen, während nach ihnen gesucht worden war.

Kannst du es wirklich gewesen sein, Lovisa?, dachte Vendela. Wolltest du, dass so etwas Schreckliches passiert? Und wenn ja, warum?

Da gab ihr Handy ein weiteres Signal von sich.

Sie hatte eine Nachricht von Ray-Rays Freundin aus dem Gymnasium bekommen. Simona Lundmark.

Vendela sank auf den Fußboden, während sie las.

Wir können uns morgen treffen. Dann werde ich
ein für alle Mal die Wahrheit über das erzählen, was
damals im Gymnasium passiert ist.

Es wurde Abend und dann Nacht. Die Stunden des Tages flossen ineinander, ein Ereignis löste das nächste ab. Aber nichts war größer, als dass Magnus' Vater jetzt aufgewacht war.

Er lebte.

Magnus war nach Uddevalla gefahren, um ihn zu besuchen, hatte aber einsehen müssen, dass er von den ganzen Medikamenten viel zu beeinträchtigt war, um zu begreifen, dass er da war. Am Ende war Magnus wieder nach Hovenäset zurückgefahren. Da war der Himmel dunkel und sternenklar gewesen und die Stille über der Halbinsel so kompakt, dass ihm fast die Ohren zugingen.

Als Magnus vom Parkplatz kam, saß Lucas hinter den Büschen. Er erschrak, als er seinen Sohn sah.

So konnte es nicht weitergehen.

Kein einziger verdammter Abend mehr mit Nachtwache.

Wenn auch ihr Leben und ihre Welt zusammenbrach – so konnte es nicht weitergehen. Wie würde es erst sein, wenn die Ferien zu Ende waren? In nur wenigen Wochen begann die Schule, trotz der hochsommerlichen Temperaturen. Ohne ein Wort zu sagen, ging Magnus sofort zu Lucas und setzte sich neben ihn. Das Gras war feucht und kalt, aber die Luft sommerlich lau.

Lucas starrte ihn an.

Magnus starrte zurück.

»Was machst du?«, fragte Lucas schließlich.

»Dasselbe wie du«, erwiderte Magnus. »Und diesmal gehe ich nicht weg, ehe du mir nicht erzählst, was zu Hause bei Oma passiert ist und warum du solche Angst hast. Denn so kann es nicht weitergehen. Außerdem weißt du vielleicht etwas, was wir der Polizei erzählen sollten, verstehst du?«

Lucas ließ den Kopf hängen. Die Wangen wurden rot, aber ansonsten war sein Gesicht genauso blass, wie es die letzten Tage gewesen war. Magnus erwähnte nicht, dass er und Lovisa sich bereits entschieden hatten, am nächsten Tag Kontakt zur Polizei aufzunehmen.

»Wir haben nichts gesehen«, beharrte Lucas. »Keiner von uns.«

Magnus holte tief Luft.

Endlich.

»Elina sagt etwas anderes«, sagte Magnus. »Sie meint, sie hätte den Mann gesehen.«

»Nur zwei Sekunden oder so«, sagte Lucas. »Ich glaube nicht, dass sie ihn wiedererkennen würde.«

»Aber ihr habt was gehört.«

»Oma hat mit jemandem gestritten.«

Genau, was Elina gesagt hatte. *Oma hat mit jemandem gestritten.*

»Mit wem?«

»Einem Mann.«

»Wo?«

»Zu Hause bei Oma und Opa. Ich sollte Opa helfen, den Rasen zu mähen, und Elina ist mit, weil sie sich gelangweilt hat. Ich hatte keinen Schlüssel zum Schuppen, also sind wir rein, um den aus dem Schlüsselkasten zu holen. Und da habe ich gehört, wie Oma mit einem in der Küche gestritten hat.«

Magnus wurde eiskalt ums Herz. Lucas hatte solche Angst. Angst, einen Mörder gesehen oder gehört zu haben.

»Hast du ihn erkannt?«, fragte Magnus. »Ich meine, die Stimme?«

»Nein.«

»Okay, wie alt war er denn ungefähr?«

»Weiß nicht. Nicht so alt wie Oma.«

»Bist du ganz sicher, dass du die Stimme nicht kanntest?«

»Ja.«

Aber wenn es nun dein alter Klassenlehrer war?, wollte Magnus fragen. Hättest du dessen Stimme erkannt?

Er wappnete sich innerlich, ehe er jetzt die Frage stellte, die wichtiger zu sein schien als alle anderen.

»Worüber haben sie gestritten?«, fragte er mit belegter Stimme.

Guter Gott, sag mir, dass sie nicht um Geld gestritten haben. Lass es nicht irgendeinen gemeinen Typen sein, der Mama Geld geliehen hat und dann …

»Facebook.«

Magnus blinzelte.

»Was?«

»Sie haben über Facebook gestritten.«

Facebook?

Magnus fuhr sich mit der Hand über die Augen. Die Erschöpfung fraß ihn allmählich auf.

»Hör mal, mein Lieber, hast du das vielleicht falsch verstanden? Ich meine, warum sollte Oma mit jemandem über Facebook reden?«

»Sie haben über etwas gestritten, was sie geschrieben hatte.«

»Auf Facebook?«

»Ja.«

Bedächtig schüttelte Magnus den Kopf. Seine Mutter gehörte zu den Leuten, die ungefähr einmal im Monat etwas auf Facebook posteten, und da ging es im Prinzip immer um irgendwelche Blumen, die sie gepflanzt hatte, oder besonders witzige Sachen, die ihren Enkelkindern eingefallen waren.

Aber natürlich kann ich ihre Mitteilungen über Messenger nicht sehen, dachte er.

Wenn die Erklärung zu dem, was Lucas gehört hatte, sich dort verbarg, dann war es schwierig für ihn, daranzukommen.

»Es war also nicht so, dass sie eine Nachricht über Facebook verschickt hatte?«, fragte er. »Oder bekommen?«

»Klang nicht so. Oma war ziemlich gestresst. Sie hat gesagt, dass sie ja nicht auf Facebook wäre, damit Leute ihr hinterherspionieren können.«

»Klingt plausibel«, sagte Magnus. »Du hast also nicht genauer gehört, von welchem Post sie gesprochen haben?«

»Nein. Ich habe nur gemerkt, dass der Typ fand, Oma hätte sich irgendwie falsch verhalten. Oder was *falsch* gemacht.«

Falsch gemacht?

Es war völlig unklar, was Lucas da zufällig gehört hatte. Magnus holte sein Handy heraus und loggte sich bei Facebook ein. Er konnte sich nicht erinnern, was seine Mutter zuletzt gepostet hatte. Irgendetwas, was Elina gesagt oder gemacht hatte, als sie mit dem Boot draußen waren? Er wusste nur, dass seine Mutter nur eine sehr kleine Schar Freunde auf Facebook hatte.

Magnus suchte ihr Facebook-Profil heraus.

Sie lächelte ihn freundlich von ihrem Profilbild an. Es war vor ein paar Sommern draußen auf dem Meer gemacht worden.

Trauer überkam ihn, und er musste tief Luft holen.

Mama.

Die letzte Nachricht war vor über fünf Wochen gepostet worden. Da ging es um die Schwimmschule der Kinder. Elina hatte ein neues Abzeichen ergattert. Der Post davor handelte von den Rosenbüschen seiner Mutter und der davor von Rhabarber.

Hatte sie etwas gepostet, was sie dann später entfernt hatte?

Er öffnete die Liste der Facebook-Freunde seiner Mutter und versuchte zu erkennen, wer mit ihr gestritten haben könnte und über was. Es waren nicht mehr als 43, und das waren doch zu viele, um raten zu können, mit wem sie einen Konflikt gehabt hatte.

Lucas schniefte.

»Später an dem Tag hat Oma mich wegen einer Sache um Hilfe gebeten.«

Magnus hielt die Luft an.

»Was war das?«, fragte er angestrengt.

»Ich sollte die Einstellungen so ändern, dass ihre Posts nur von Freunden gesehen werden können. Vorher konnte jeder alles sehen.«

Magnus ließ das Telefon langsam sinken.

Vorher konnte jeder alles sehen.

Das bedeutete, dass Millionen Menschen ihre Posts hatten ansehen können.

»Wie gut, dass du Oma geholfen hast«, sagte Magnus mit dünner Stimme.

»Schon«, erwiderte Lucas. »Aber sie sah nicht sonderlich froh aus.«

»Nicht?«

Lucas schwieg ein Weilchen. Dann sagte er:

»Nein. Sie sah eher traurig aus. Und irgendwie als hätte sie Angst. Sie hat gesagt, dass wir das keinem Menschen erzählen dürften.«

»Hat sie gesagt, warum?«

Lucas nickte schweigend.

»Sie hat gesagt, es könnte gefährlich sein«, flüsterte er. »Aber ich glaube, da hat sie übertrieben.«

Er verstummte.

Magnus legte einen Arm um Lucas' schmale Schultern.

In dem Moment ging die Haustür auf. Lovisa sah heraus. Sowie sie die beiden sah, zog sie Schuhe an und lief zu ihnen.

»Was ist los?«, fragte sie und sank auf die Knie. Sie streckte die Hände nach Lucas aus, aber der wollte nicht umarmt werden.

»Lovisa«, sagte Magnus, »kannst du dich erinnern, was Mama zuletzt auf Facebook gepostet hat?«

Sie sah ebenso erstaunt aus wie er wahrscheinlich vorhin.

»Nein«, sagte sie. »So auf die Schnelle fällt mir nichts ein. Aber du bist doch auch mit ihr auf Facebook befreundet, oder?«

»Ja, aber ich glaube, sie könnte einen Post gelöscht haben, der jemanden verärgert hat.«

Lovisa schüttelte verständnislos den Kopf.

»Wo kommt das denn jetzt her?«, fragte sie.

»Lass uns später darüber reden«, sagte Magnus, der Lucas ansah, dass er keine Lust hatte, die ganze Geschichte noch einmal zu erzählen.

Trauer und ein infernalisch schlechtes Gewissen rissen und zerrten an ihm.

Erst jetzt begriff er, warum Lucas sich so seltsam verhielt.

Alles ist gut, wollte er seinem Sohn sagen. Es ist nicht deine Schuld, dass Oma gestorben ist.

Inzwischen war er nicht mehr so sicher, dass es Viking war, der bei seinen Eltern vor der Tür gestanden hatte. Denn was hätte Viking auf dem Facebook-Account seiner Mutter sehen können, was ihn wütend machen würde?

Lovisa holte ihr Handy aus der Hosentasche. Dabei schaute sie Magnus wütend an, schien wissen zu wollen, warum er wieder mit einem ihrer Kinder über das, was sie bei ihren Großeltern erlebt hatten, geredet hatte, und warum er sie immer außen vor hielt.

Das tue ich nicht, dachte Magnus. Es hat sich einfach so ergeben.

»Warte kurz.«

Lovisas Stimme ließ ihn erstarren.

»Was ist?«, fragte er. »Jetzt, da ich in Irmas Facebook-Account schaue, erinnere ich mich«, sagte sie. »Sie hatte was über Augusts Computer- und Handysammlung gepostet. Aber das ist jetzt gelöscht.«

Magnus runzelte die Stirn.

Eine Sammlung von elektronischen Geräten für Kinder in benachteiligten Familien. Sollte ein Post darüber so viel Wut erzeugt haben, dass jemand sie deshalb aufsuchte und mit ihr stritt?

»Hast du irgendwelche seltsamen Kommentare unter dem Post gesehen?«, fragte er.

Lovisa schüttelte den Kopf.

»Nein, sie hat nur eine Menge Herzen bekommen«, sagte sie. »Von mir auch eins. Sie hat nämlich so schön über den Computer geschrieben, den sie weggeben wollte. Der hatte Clara gehört, und Irma hoffte, dass jemand anders ihn jetzt gut gebrauchen könnte.«

Magnus hatte das Gefühl, unter ihm würde sich der Boden auftun.

»Claras Computer«, flüsterte er.

Lovisa nickte.

»Der ist jetzt bei August Strindberg.«

Lucas sah auf.

»Ich … Ich habe Oma damit geholfen«, sagte er. »So ungefähr am Tag, nachdem wir den Mann gehört hatten. Aber ich hab nicht kapiert, dass es der Computer war, über den sie gestritten haben.«

Magnus erstarrte.

»Womit hast du Oma denn geholfen?«, fragte er.

Lucas zuckte mit den Schultern.

»Sie hat mir einen Computer gezeigt, auf dem alles gelöscht werden sollte«, sagte er. »Also hab ich das gemacht. War das falsch?«

Lovisa schüttelte den Kopf.

Lucas sah nervös von einem zum andern, schien nicht zu verstehen, welchen Weg die Diskussion genommen hatte.

Aber Magnus verstand jetzt.

Natürlich, seine Mutter hatte den Computer nicht weggeben wollen, ohne alles zu löschen. Immer gründlich.

Allmählich ging ihm auf, wen Lucas und Elina gehört haben mussten, wer seine Eltern aufgesucht hatte. Noch eine Person, die er sehr lange nicht gesehen hatte. Und die schon einmal um den Computer gebeten hatte.

Magnus' Blick wanderte zum Baseballschläger, den Lucas mit rausgenommen hatte.

Er strich dem Jungen über den Rücken und merkte, wie er sich wand.

»Heute gehst du bitte rein und legst dich schlafen«, sagte Magnus und schaute seinem Sohn geradewegs in die Augen. »Denn jetzt werde ich mich darum kümmern, was ich schon von Anfang an hätte tun sollen. Ich bin es und nicht du, der die Verantwortung für unsere Sicherheit hat. Heute Abend halte ich hier Wache.«

Und dann umfasste er fest den Baseballschläger.

Lucas musste aus dem Garten raus, er musste sich ausruhen, und er sollte nicht gehen, ohne das Gefühl zu haben, dass er sowohl ernst genommen als auch wirklich abgelöst wurde. Zudem war Magnus in diesem Moment so empört, dass er gerne noch ein Weilchen im Garten blieb.

Der Teufel hole den, der seine Familie bedrohte.

Schreibtagebuch

OKTOBER

Wie läuft es mit deinem Schreiben? Wird es ein Gruselschocker?

Das hätte wie eine freundliche Frage nach meinem neuen Lebensinteresse klingen können, aber ich bin alt genug, um zu wissen, wie sich Zweifel anhören. Die Stimme von Magnus im Telefon troff vor Verachtung, und als er um Entschuldigung bat, war es schon zu spät.

Ich habe schon angefangen zu bereuen, dass ich das Buch einen Gruselroman genannt habe, denn das klingt so lächerlich.

Und wenn ich eins durch das Gespräch mit Magnus begriffen habe, dann dass dieses Buch alles andere als lächerlich ist.

Im Gegenteil.

Es hat sich niemals wichtiger angefühlt.

Und noch nie war es wichtiger, meinen Bruder zu unterstützen. Damit er ein guter und beschützender Vater sein kann.

Im Moment geschehen schreckliche Dinge. Ich bin nicht ausgeglichen. Im Gegenteil. Es fühlt sich an, als wäre ich hundert Stufen auf dieser verdammten Glücksleiter runtergesaust.

Es fühlt sich an, als wären meine Ohren taub. Ein Viking hat sich in ihr Leben gedrängt. Magnus ist am Boden zerstört und ich ebenso. Das Schlimmste ist passiert. Das Allerschlimmste. Und jetzt bete ich zu höheren Mächten, dass dieser Viking siegen wird, denn das hier ist ein Krieg, den Magnus nicht verlieren darf.

Um ihm zu helfen, bin ich nach Hovenäset gefahren, um Irma zu treffen. Und ich habe ihr alles erzählt. *Alles.* Und jetzt hasst sie mich. Zutiefst.

Ich gehörte nicht mehr zu ihrer Familie.

Das hat sie gesagt.

Dass ich ein widerwärtiger Mensch sei, den sie nie wieder sehen will.

Obwohl ich Irma und Papa kaum treffe, kann ich doch nicht anders, als Trauer zu empfinden. Es hat so wehgetan. So schrecklich wehgetan.

Also schreibe ich Tag und Nacht. Ich habe mich krankgemeldet, und es ist mir egal, wenn sie rauskriegen, dass ich lüge, und mich feuern. Das Schreiben ist jetzt das Wichtigste; ich stecke meine ganze Energie da hinein. Anders geht es nicht. Ich brauche mein Buch, damit es mir gut geht.

Matteo und Sandra unterstützen mich zu hundert Prozent.

Die wissen alles darüber, was ich schreibe, und sie wissen ganz genau, wie wichtig es ist, dass das Buch fertig wird.

Dann muss der Text raus in die Welt.

Um meinetwillen.

Aber hauptsächlich um Magnus' willen und für seine Kinder.

Denn ich glaube, Viking hat recht, obwohl er sich täuscht.

Und das erfüllt mich mit Entsetzen.

12. August

»Ein verdammter Albtraum«

Eine weitere morgendliche Versammlung im Wohnwagen. Diesmal war Maria als Erste angekommen. Die Hitze war drückend und der Himmel blau, doch das sollte sich anscheinend binnen weniger Stunden ändern. Das britische Tiefdruckgebiet hatte gesiegt, und die Kollision mit der schwedischen Spätsommerhitze sollte grandios ausfallen. Die Wetterbehörde warnte vor starken Winden, heftigem Regen und schweren Gewittern.

Lass es nur kommen, dachte Maria und strich sich den Schweiß aus der Stirn. Wir brauchen eine Entladung.

Sie kochte Kaffee und holte eine Dose mit kleinen Keksen heraus, die August als Stimmungsaufheller für ihre Besprechung mitgeschickt hatte. Ihre Mutter hatte August geradezu verliebt angesehen, als er Maria die Kekse gab, und murmelte etwas von so romantisch wäre Marias Vater nie gewesen.

Sofia war ausnahmsweise auch wach gewesen, als Maria das Haus verließ, und sie hatte übers ganze Gesicht gelacht, als Maria ihr einen Abschiedskuss gab.

Vielleicht hatte sie sogar ganz selbstständig gewinkt. Zumindest hatte es so ausgesehen.

Mein kleines Wunderwerk.

Maria tat Augusts Kekse in eine Schale. Im Moment passierten einfach zu viele Dinge gleichzeitig. Zum Beispiel wusste sie nicht, was sie damit anfangen sollte, was August ihr über die Frau erzählt hatte, die sie in Ray-Rays Bootshütte hatten gehen sehen. Laut August war sie zuvor mit einer Perücke auf dem Kopf in seinem Laden aufgetaucht und wollte ihn dazu bringen, ihr einen der eingesammelten Computer zu überlassen. Ein altes MacBook Air, das zu starten August gelungen war und auf dem er ein Dokument gefunden hatte.

Ein komplettes Buchmanuskript.

Maria wusste nicht, wer die Frau sein könnte, und auch nicht, warum der Computer so wichtig für sie war, ging aber davon aus, dass es etwas mit diesem Buchmanuskript zu tun hatte. Wenn der Computer nicht der Frau gehörte, dann hatte der richtige Besitzer den Verlust vielleicht schon angezeigt. Maria hatte August gebeten, den Computer bei sich zu behalten, vielleicht konnten sie den Besitzer bei der Polizei intern ausfindig machen.

Doch der Computer war nicht die große Sache für Maria, sondern dass die Frau Ray-Ray kannte, vielleicht sogar seine neue heimliche Geliebte war. Sollte eine Frau, die sich mit Perücke maskierte, wirklich seine große Liebe sein?

Sie nahm einen Schluck Kaffee. Jetzt hatte sie jedenfalls keine Zeit, hier rumzustehen und über alte Computer oder Ray-Rays Liebesleben nachzudenken, auch wenn es sie störte, dass die Frau in irgendeinen Kram verwickelt zu sein schien, der mit Augusts Sammlung zu tun hatte.

Der Kaffee brannte auf der Zunge, und im selben Moment gab ihr Telefon ein Signal von sich. Ein wenig zerstreut las sie eine Nachricht von der Frau, die Sofias Babyschwimmen leitete. Eines der anderen Kinder hatte sich offensichtlich mit Windpocken angesteckt, und jetzt bestand die Gefahr, dass sich die Sache weiter in der Gruppe ausbreitete. Die Inkubationszeit lag zwischen zehn und 21 Tagen.

Maria versuchte, sich zu merken, dass sie mit August darüber sprechen musste, und legte das Handy weg. Sie hatten erwogen, Sofia gegen Windpocken zu impfen, doch da musste man noch ein paar Monate warten.

Doch jetzt wollte sie arbeiten und all die Dinge erledigen, denen sie nachgehen musste. Sie klappte ihren Computer auf. Ove war seit gestern wach, und sie würden ihn wahrscheinlich im Laufe des Tages vernehmen. Vermutlich würden sie dann eine Reihe von Fragezeichen streichen können. Ray-Ray und sie hatten Vikings Geschichte von dem liegen gebliebenen Auto im Einkaufszentrum, und dass er den Abschleppwagen hatte rufen müssen, überprüft, und sie stimmte. Viking galt deshalb nicht länger als verdächtig. Hingegen waren die Spuren von Urin im Auto besonders interessant. Außerdem hatte sich am Abend zuvor noch einiges geklärt. Der Freund von Tochter Clara hatte in den Wochen, bevor Ove und Irma vergiftet wurden, angefangen, die beiden offensichtlich häufiger anzurufen. Und die Schwiegertochter Lovisa hatte kein einziges Mal versucht, ihre Schwiegereltern anzurufen, während die verschwunden waren.

Die Tür zum Wohnwagen wurde aufgerissen, und Ray-Ray und Vendela kamen herein.

»Guten Morgen«, sagte Vendela.

Sie lächelte kurz und setzte sich dann auf die Bank.

Ray-Ray bekam auch ein »Guten Morgen« heraus und griff dann zu einem Kaffeebecher. Die Laune schien nicht gerade topp zu sein.

»Guten Morgen«, erwiderte Maria. »Gut geschlafen?«

Ray-Ray starrte sie an, als hätte sie den Verstand verloren. In gewisser Weise konnte sie ihn verstehen. Normalerweise fragten sie einander nicht, wie sie geschlafen hatten.

Wieder ging die Wohnwagentür auf, und Roland kam zusammen mit zwei Ermittlern rein. Diesmal musste die Tür offen bleiben, denn immer mehr Kollegen fanden sich ein, und der Wohnwagen war bald voll besetzt. Der Kaffeeduft hing wie eine kleine Wolke über dem Raum, und Augusts Kekse waren im Nu alle.

»Nun gut«, begann Roland. »Gestern gab es eine rasche Entwicklung in der Ermittlung. Maria, fängst du mal an?«

Sie gab kurz wieder, was passiert war. Es wurde mucksmäuschenstill, als sie berichtete, dass die Liste der Verdächtigen nun um Claras Freund Matteo erweitert worden war, als derjenige, der die Dahlmans zu Hause aufgesucht hatte, ohne reingelassen zu werden. Schließlich erwähnte sie noch, dass Lovisa ihre Schwiegereltern während der Suchaktion nicht anzurufen versucht hatte.

»Sie breitet sich aus«, stellte ein Kollege fest. »Die ganze Ermittlung, meine ich. Auf der einen Seite ist es sehr interessant, dass Matteo, über den wir ja gestern als einen potenziell wichtigen Zeugen gesprochen haben, jetzt eher als verdächtig betrachtet werden muss, doch auf der anderen Seite deuten die Beweise auch darauf hin, dass Lovisa in die Sache verwickelt sein könnte.«

»Ich bin deiner Ansicht«, sagte Roland. »Und es gibt noch mehr lose Fäden, die wir verfolgen müssen. Zum Beispiel sind die Urinspuren auf dem Rücksitz des Autos sehr interessant. Maria und Ray-Ray, habt ihr irgendwelche Ideen dazu?«

Die beiden sahen einander verstohlen an, sie hatten es nicht geschafft, sich abzusprechen.

Das Erste, was Maria dachte, als Roland erzählte, was die Techniker gefunden hatten, war, dass die Einzige, die so klein war, dass sie noch auf einem Autositz dieser Art saß, Lucas' kleine Schwester Elina war. Doch Maria konnte sich nicht erinnern, gehört zu haben, dass sie vor dem Fest mit ihren Großeltern im Einkaufszentrum gewesen war.

Dann war es grundsätzlich schwer, aus Urin DNA zu gewinnen, und die Menge, die im Auto gefunden worden war, würde wahrscheinlich nicht reichen.

Wer also hatte an dem Tag, als Ove und Irma vergiftet wurden, auf dem Rücksitz des Dahlmanschen Autos gesessen? In welchen Situationen nässten sich Menschen ein? Es musste ja kein Kind gewesen sein, sondern möglicherweise ein Erwachsener, der an Inkontinenz litt. Irma vielleicht? Maria hatte in ihrem Haus Inkontinenzeinlagen gesehen.

Doch es gab noch einen Umstand, der Menschen dazu brachte, sich einzunässen:

Zum Beispiel der Tod.

Doch deutete nichts darauf hin, dass Irma nach ihrem Tod woanders hingebracht worden war.

»Ich würde sagen, es muss kein Kind sein, das sich auf dem

Rücksitz eingenässt hat, auch wenn der Gedanke am logischsten zu sein scheint«, meinte Maria und erklärte den anderen, was sie dachte.

Die nickten zustimmend.

»Wir haben uns die ganze Zeit gefragt, wie der Täter die Tabletten in den Milchshake bekommen hat«, sagte Roland. »Inzwischen wissen wir, dass die McDonald's-Tüte auf dem Rücksitz des Autos stand und dass wahrscheinlich eine dritte Person dort gesessen hat. Das könnte die Antwort auf die Frage sein, wie das alles eigentlich vor sich gegangen ist.«

»Sorry, aber glauben wir allen Ernstes, dass die Person, die sich eingepinkelt hat, dieselbe ist, die Ove und Irma vergiftet hat?«, fragte Ray-Ray. »Ich habe angenommen, dass der Urin von einem Kind kommt, das auf dem Kindersitz gesessen hat, und das ist dann später auf den Sitz gelaufen.«

Die meisten anderen nickten auch hier zustimmend.

»Wir wissen nicht, wie viele Leute auf dem Rücksitz saßen«, gab Vendela zu bedenken. »Es könnten also ein Kind *und* ein Erwachsener gewesen sein.«

»Ein Erwachsener, der zufällig krank war und viele rezeptpflichtige Medikamente dabeihatte und einen Mörser, um sie zu zerdrücken?«, fragte Ray-Ray. »Würde mich wundern.«

»Stimmt«, sagte Roland. »Außerdem gibt es ein Ungleichgewicht in dem, was wir über das Ehepaar Dahlman wissen, das mich stört. Ehrlich gesagt ist Ove doch immer noch ein völliges Rätsel. Von Irma wissen wir, dass sie Probleme mit Angst hatte und spielsüchtig war. Aber gab es irgendwelche Probleme in der Ehe mit Ove? Etwas, was ein Motiv für einen dritten Part sein könnte, die beiden zu vergiften?«

»Ove ist ja jetzt wach«, warf Maria ein. »Hoffentlich kann er etwas darüber erzählen. Wenn nicht heute, dann doch bald.«

Ray-Ray, der bisher nicht so viel gesagt hatte, richtete sich auf.

»Wir dürfen nicht vergessen, was wir gestern bei der Vernehmung mit Viking Nilsson gehört haben«, sagte er. »Dass er Anzeige beim Jugendamt erstatten wollte, weil er glaubte, dass Lucas von einem seiner Eltern missbraucht würde. Lovisa und Magnus haben das mit keiner Silbe erwähnt, als wir mit ihnen gesprochen haben. Und sie haben weder erzählt, dass Viking der Klassenlehrer von Lucas war, noch dass Ove damals Rektor an derselben Schule war. Und das hat uns beide ja wohl sehr gestört, oder?«

Maria nickte.

Das störte ungeheuer.

Vor allen Dingen jetzt, da sie gesehen hatten, dass Lovisa ihre Schwiegereltern nicht angerufen hatte, als man nach ihnen suchte.

»Ich verwende höchst unwillig Zeit auf falsche Fährten«, sagte Roland, »aber ich möchte trotzdem, dass wir der ganzen Viking-Geschichte mal auf den Grund gehen. Maria und Ray-Ray, sprecht ihr noch mal mit Magnus und Lovisa und setzt die ordentlich unter Druck. Sie müssen begreifen, dass die Sache hier ernst ist. Und sprecht auch Lovisas fehlende Telefonanrufe während der Suche an und die Beziehung zwischen Ove und Irma. Ich will all das geklärt haben, ehe wir weitermachen. Und dann finde ich, dass es an der Zeit ist, Claras Freund Matteo zu vernehmen.«

»Gut«, erwiderte Ray-Ray.

Aber Maria war nicht zufrieden.

Sie mussten Ove und Irma näherkommen. Herausfinden, was in dieser Familie schiefgegangen war. Denn die Lösung lag in der Familie oder in ihrer Nähe. Diese Überzeugung wurde immer stärker.

»Wir müssen noch weitere Zeugen finden«, wandte Maria ein. »Jemanden, der die Familie oder zumindest Teile davon kennt. Möglicherweise genügt es nicht, nur Matteo zu vernehmen. Und die Freunde des Paares, mit denen wir gesprochen haben, wussten ohnehin zu wenig.«

Es wurde wieder still im Wohnwagen.

»Haben wir irgendwelche Namen, die wir gleich mal rausziehen können?«, fragte Roland schließlich.

Ray-Ray hob den Blick vom Computer, den er auf dem Schoß hielt.

»Magnus Dahlman hat erwähnt, dass Clara mit ihrer besten Freundin namens Sandra einen Schreibkurs besucht hat. Vielleicht kann die uns etwas erzählen.«

»Das ist doch gut«, sagte Maria. »Dann müssen wir nur Magnus nach dem Nachnamen fragen.«

Ein Kollege aus Göteborg, der ein Stück entfernt saß, räusperte sich.

»Ich habe soeben von den Ermittlern in Göteborg bestätigt bekommen, dass sie Kontakt zu Matteo aufgenommen haben. Er setzt sich in ungefähr einer Stunde ins Auto und fährt nach Uddevalla.«

»Dirigiere ihn um«, bat Roland. »Ich will Matteo stattdessen hier im Wohnwagen haben. Maria und Ray-Ray übernehmen das Verhör.«

Er sah gespannt in die Gruppe.

»Jetzt räumen wir das hier mal auf«, sagte er.

Da vibrierte Marias Handy in der Tasche. Sie holte es schnell heraus und checkte, wer da anrief.

»Das ist Magnus Dahlman«, erklärte sie.

»Geh ran«, forderte Roland sie auf.

Stille legte sich über den Wohnwagen, als Maria ranging. Die Hitze war während der Besprechung sukzessive gestiegen, und das Adrenalin floss.

»Entschuldige, wenn ich störe«, sagte Magnus. »Aber Lovisa und ich … Wir haben etwas, das wir erzählen möchten. Was das letzte Mal, als wir uns gesehen haben, falsch gelaufen ist. Und etwas Neues, was wir jetzt erfahren haben.«

Maria runzelte die Stirn.

Sie kommen uns zuvor, dachte sie.

»Mein Kollege und ich kommen sofort zu euch«, sagte sie.

»Jetzt gleich oder später?«

Seine Stimme klang so angespannt und gleichzeitig so erschöpft.

Maria fing Ray-Rays Blick ein.

»Wir fahren gleich los«, sagte sie.

Als sie auflegte, warf sie einen Blick aus dem Fenster.

Am Horizont sammelten sich langsam Wolken, bald würde die Sonne verfinstert sein.

Das Unwetter kam offensichtlich früher als erwartet.

Frühstück in der Hafenbäckerei. Das gönnte sich August sonst eigentlich nicht, aber gerade heute war ihm besonders daran gelegen, den Tag auf deren Terrasse zu beginnen. Außerdem war er ungewöhnlich früh in Kungshamn. Ein paar Kunden hatten sich gemeldet und wollten in den Laden kommen und ihm vor den normalen Öffnungszeiten ihre Sachen zeigen, und August war darauf eingegangen. Seine Schwiegermutter war zurück nach Hause gefahren, und etwas später würde Gunnar kommen.

»Was meinst du«, sagte er zu Lucas. »Sollen wir uns hier ein Weilchen in die Sonne setzen?«

August hatte sowohl Sofia als auch Lucas mit zur Arbeit genommen. Eigentlich brauchte er heute keinen Babysitter, aber als Lucas fragte, hatte er trotzdem Ja gesagt. Es war so deutlich, dass der Junge Ablenkung brauchte.

Lucas nickte schweigend. Er hatte Sofia auf dem Arm und rückte ihren Sonnenhut zurecht. Sie war heute ein wenig unleidlich und nicht so gelassen wie sonst.

August sah zum Himmel hinauf.

Sie würden es noch schaffen, etwas zu essen, ehe das Unwetter kam, aber das Mittagessen würde sicherlich im Haus stattfinden müssen.

»Ich geh schnell rein und bestelle«, sagte er. »Willst du ein großes oder ein kleines Frühstück?«

»Ein Saft reicht«, meinte Lucas.

»Hast du schon zu Hause gegessen?«

»Jetzt klingst du wie Oma.«

Augusts Herz sank.

Oma.

»Ich bin gerne wie eine Oma«, sagte er.

Dann ging er rein, um zu bestellen.

August hatte gute Laune. Der Abend zuvor war exakt so romantisch geworden, wie er gehofft hatte, aber einen Antrag hatte er dennoch nicht über die Lippen gebracht. Die »Get a room!« brüllenden Jugendlichen hatten ihn gestört. Aber das machte nichts, fand er. Sie hatten ja alle Zeit der Welt.

Das Einzige, was seine Stimmung etwas verfinsterte, war die Tatsache, dass der Anwalt Ismael Thelin seine Vorstöße immer noch mit Schweigen beantwortete. Vielleicht, weil er krank war, vielleicht, weil er August nicht sonderlich wichtig fand. Eigentlich war August der Grund egal, er wollte nur eine Antwort auf seine Fragen über das Fotoalbum und den Schlüssel.

Während er in der Schlange stand, klingelte sein Handy.

Es war Magnus.

»Tut mir leid, wenn ich bisschen chaotisch klinge, aber ist Lucas heute bei dir?«

»Ja«, sagte August ein wenig erstaunt über die Frage. »Hat er das nicht erzählt?«

»Doch, er hat gestern davon gesprochen, aber ich wusste nicht, ob das nur ein loser Plan war oder bereits entschieden. Eigentlich passt es nicht so supergut. Papa ist aufgewacht, und ich würde Lucas gern später mit dorthin nehmen.«

»Ich kann ihn sofort nach Hause schicken«, sagte August mit fester Stimme. »Es tut mir wirklich leid, wenn ich eure Pläne durcheinandergebracht habe.«

»Nein, nein, alles gut«, sagte Magnus, doch sein Tonfall verriet, dass in seinem Leben das meiste momentan alles andere als gut war. »Es genügt, wenn er kurz vor dem Mittagessen zu Hause ist, wenn das zu deiner Planung passt.«

»Das passt alles«, versicherte August. »Ich fahre ihn entweder nach Hause, oder ich sorge dafür, dass er mit dem Bus kommt.«

»Tausend Dank, das hilft mir wirklich.«

Jetzt war nur noch eine Gruppe vor August in der Schlange, und er machte sich bereit, seine Bestellung aufzugeben und das Gespräch mit Magnus zu beenden. Doch als er Magnus am anderen Ende schwer atmen hörte, da wurde ihm klar, dass das Gespräch noch nicht vorbei war.

»Ja«, sagte Magnus. »Da ist noch etwas.«

»Ja?«

Eine Dame hinter August glotzte ihn irritiert an, obwohl er weder im Weg stand, noch sich langsamer bewegte als die Schlange insgesamt.

Störe dich so viel du willst, dachte er. Ich habe es nicht eilig.

»Das hier klingt vielleicht etwas weit hergeholt«, begann Magnus. »Aber meine Mutter hat wohl etwas zu deiner Sammlung von Computern und Handys beigetragen.«

August erstarrte.

Es war doch verrückt, wie seine Sammelaktion mit einem Mal so viele Fragen aufwarf.

»Das stimmt«, sagte er. »Ich erinnere mich, dass Irmas Name auf der Liste der Spender steht.«

»Gut«, sagte Magnus und klang jetzt ein bisschen erleichtert. »Es ist nur ein Problem aufgetaucht, was wir hoffentlich lösen können.«

Jetzt war August an der Reihe zu bestellen, doch das fühlte sich nicht passend an, und deshalb ließ er die Frau, die so verärgert ausgesehen hatte, vorbei.

Magnus räusperte sich.

»Ich habe erfahren, dass der Computer, den meine Mutter weggegeben hat, meiner Halbschwester Clara gehörte«, sagte er. »Die ist ja vor einigen Jahren schon gestorben, und ich glaube, meine Mutter hat nicht begriffen, was sie da weggegeben hat, und deswegen würde ich den gerne zurückbekommen. Natürlich nur, wenn du ihn nicht schon jemand anderem überlassen hast.«

August strich sich übers Nasenbein, als er darüber nachdachte, was er nun antworten sollte. Durch das Fenster konnte er Sofia mit den Armen wedeln und ihren Babysitter angrinsen sehen.

»Ich habe noch gar nichts von den Computern oder Handys weggegeben«, erklärte er. »Du kannst also natürlich den Computer deiner Schwester zurückbekommen. Aber der schönen Ordnung halber fände ich es gut, wenn du den Computer in irgendeiner Weise beschreibst.«

»Natürlich. Es war ein MacBook Air, das weiß ich sicher. Und dann klebte da zumindest früher ein roter Kleber auf der Unterseite des Computers. Ein Zitat aus *The Shining*, du weißt schon, der Horrorfilm. ›All work and no play.‹ Den Aufkleber habe ich ihr mal geschenkt, als sie von dem Schreibkurs erzählt hat. Wir hatten uns mal zum Kaffee getroffen, als sie gerade damit angefangen hatte.«

In Augusts Kopf begann es leise zu rauschen, als er hörte, was Magnus da beschrieb.

Ein MacBook Air.

Und ein roter Aufkleber.

Offensichtlich derselbe Computer, den die Frau, die sich Simona nannte, ihm zu entlocken versucht hatte. Doch jetzt war es Magnus, der ihn suchte, und der behauptete, er hätte seiner toten Schwester gehört.

August holte tief Luft.

»Ich versuche, den Computer im Laufe des Tages rauszusuchen«, versicherte er. »Wenn ich ihn gefunden habe, melde ich mich.«

Dann legte er auf und rief Maria an.

Eine letzte Unternehmung. Das hatte Vendela sich vorgenommen. Danach musste sie eine Entscheidung treffen, was sie mit ihren Privatermittlungen anfangen wollte. Verzweifelt wünschte sie sich, dass es eine Möglichkeit gäbe, über die Sache mit Roland zu sprechen, ohne dass sie Ray-Ray dabei nennen musste. Das hier war zu groß geworden, um noch geheim gehalten zu werden, es ging nicht länger. Vor allen Dingen nicht, wenn das Treffen, zu dem sie unterwegs war, noch mehr wichtige Informationen ergab.

Sie hatte gründlich erwogen, nicht auf Simonas Nachricht zu antworten, so zu tun, als ob die sich zuerst gemeldet hätte. Sie schämte sich so sehr, und die Schuldgefühle waren überwältigend. Was jetzt in der Ermittlung rausgekommen war, über Lovisas Telefon und den Schwiegersohn Matteo, wies ganz klar in eine andere Richtung. Weg von Ray-Ray. Aber da war etwas mit der Formulierung in Simonas Nachricht, das Vendela nicht losließ.

Dann werde ich ein für alle Mal die Wahrheit über das erzählen, was damals im Gymnasium passiert ist.

Die Wahrheit.

Vielleicht war es genau das, was Vendela brauchte, um loszulassen und weiterzugehen. Alles, was sie sich wünschte, war die Bestätigung, dass Ray-Ray nicht in den Mord und den Mordversuch an den Dahlmans verwickelt war, und die hoffte sie jetzt zu bekommen.

Sie würden sich auf den Felsenklippen vor der Makrillvikens Jugendherberge treffen. Ein verborgener Platz, den Simona vorgeschlagen hatte.

Das würde Vendelas letzte geheime Unternehmung werden.

Sie parkte so nahe an der Jugendherberge, wie sie konnte, und blieb dann stumm und regungslos hinter dem Steuerrad sitzen.

Draußen nahm der Wind allmählich zu, er sollte so stark werden, dass er Gegenstände auf dem Boden herumwirbelte. Die Wolken sammelten sich immer schneller und verdeckten die Sonne schon ganz.

Ich kann das hier immer noch abbrechen, dachte Vendela. Noch ist Zeit, alles zu vergessen, was ich mir eingebildet habe, und die anderen Ermittler ihre Arbeit machen zu lassen. Aber das war ebenso unmöglich, wie man nicht mitten aus einem Albtraum aussteigen konnte. Ein Albtraum, bei dem es darum ging, was sie verlieren würde, wenn rauskam, dass sie Ray-Ray hinterherspioniert hatte, oder wenn er – das möge Gott verhindern – sich als schuldig an dem Mord und dem Mordversuch erweisen würde.

Die Beziehung zu Ray-Ray.

Ohne die wollte und konnte sie nicht sein.

Das war im Grunde auch ein wahnsinniger Gedanke.

Ray-Ray war bekanntermaßen schlecht in Beziehungen. Nicht, weil er kriminell gewesen wäre, sondern weil er rastlos war und vielleicht systematisch die falschen Frauen aussuchte.

War sie auch die Falsche?

Darauf konnte sie unmöglich antworten. Sie wusste nur, was sie fühlte, und da lautete die Antwort nach Tagen des Grübelns glasklar:

Sie war in Ray-Ray verliebt.

Ehe sie aus dem Auto stieg, warf Vendela einen eiligen Blick in den Rückspiegel, um zu sehen, ob sie respektabel aussah. Das schien der Fall zu sein.

Vor der Jugendherberge stand eine kleinere Gruppe Menschen, die sie nicht zu bemerken schienen, als sie in Richtung Klippen vorbeieilte.

Sie entdeckte Simona sofort.

Sie stand nur wenige Meter draußen auf den Klippen, und Vendela erkannte sie von Facebook und aus dem alten Schuljahrbuch wieder.

Sicherheitshalber fragte sie trotzdem: »Simona?«

Die Frau nickte, und sie gaben sich die Hand. Vendela stellte sich vor, und noch nie hatte es ihr mehr widerstrebt, ihren Vor- und Nachnamen zu nennen.

Sie setzten sich auf eine der auf den Klippen festgeschraubten Bänke, mit Blick über das Meer. Es war graublau, und die Wasseroberfläche wurde ununterbrochen vom Wind gekräuselt, der allmählich Reihen von Wellen aufbaute.

Simona saß aufrecht und mit übergeschlagenen Beinen da, das glatte Haar fuhr im Wind umher, spielte fast mit ihrem schmalen, glatten Gesicht. Sie wirkte kühl und hübsch, und Vendela schämte sich dafür, wie sehr sie das störte.

Was ist eigentlich los mit mir?, dachte sie. Das hier war Ray-Rays Freundin, als er in die achte Klasse ging. Zum Teufel, jetzt reiß dich zusammen.

Sie nahm Anlauf, um das Gespräch zu eröffnen.

»Wie ich schon geschrieben habe, möchte ich Sie im Rahmen einer Ermittlung treffen, die wir gerade betreiben.«

»Okay.«

Simona wandte den Blick vom Meer und sah Vendela geradeheraus an. Obwohl sie eine Sonnenbrille trug, konnte man ihre Augen doch durch das hellbraune Glas sehen. Sie sah aufmerksam und ernst aus.

Vendela wählte ihre Worte mit großer Umsicht, als sie versuchte, ihr Anliegen zu formulieren.

»Ihr Name ist aufgetaucht, als wir ein Ereignis überprüft haben, das vor langer Zeit geschehen ist«, sagte sie. »Es geht um einen Überfall auf einen Lehrer der Ängskolan in Lysekil, der geschah, als Sie in die achte Klasse gingen.«

Simona sah sie an.

»Ich habe mir schon gedacht, dass es um diese Sache geht«, erwiderte sie. »Deswegen habe ich diese Nachricht so geschrieben.«

»Stimmt es, dass Sie damals mit einem Jungen zusammen waren, der Ray-Ray Edman heißt?«

Vendela merkte, wie ihre Wangen vor Scham rot wurden, und hoffte, dass es nicht zu sehen war.

Simona nickte.

»Ja«, sagte sie. »Das stimmt. Aber es ist extrem lange her.«

Vendela nickte.

»Das stimmt«, sagte sie. »Ich kann nicht exakt berichten, wie das, was damals passiert ist, mit unserer aktuellen Ermittlung zusammenhängt, aber ich wollte fragen, ob Sie mir sagen können, warum Ray-Ray die Schule wechseln musste.«

Simonas Augen hinter der Sonnenbrille wurden zu schmalen Schlitzen.

»Das kann ich«, sagte sie. »Aber nur, weil ich für Ray-Ray das Beste will. Das, was damals passiert ist, dürfte längst verjährt sein. Sowohl juristisch als auch moralisch.«

Plötzlich sah sie wütend aus.

»Ich verstehe schon, warum Sie hier sitzen und so geheim tun«, sagte sie. »Ich weiß, dass Ray-Ray heute Polizist ist, und jetzt sind Sie in der Truppe darauf gekommen, dass er vielleicht nicht passend ist, weil er damals im Gymnasium eine Dummheit begangen hat. Mein Gott, gibt es wirklich so viele Polizisten in Schweden, dass Sie sich leisten können, einen der Kollegen wegen solch einer Lächerlichkeit loszuwerden? Habt ihr nichts Wichtigeres zu tun?«

»Doch«, erwiderte Vendela schnell. »Glauben Sie mir, das haben wir. Und trotzdem, ich wünschte, ich könnte Ihnen sagen, warum diese Fragen so wichtig für uns sind, aber das darf ich leider nicht. Also bitte erzählen Sie mir, was damals passierte.«

Simona wandte den Blick ab und schaute wieder über das Meer.

»Ich habe das alles hinter mir gelassen«, sagte sie. »Aber mein schlechtes Gewissen, weil ich Ray-Ray in meinen kindischen Konflikt reingezogen habe, bin ich nie losgeworden.«

Vendela hörte aufmerksam zu.

Ich habe das alles hinter mir gelassen.

Du Glückliche, dachte sie. Ich nicht.

»Ray-Ray und ich sind auf einer Schuldisco Anfang der achten Klasse zusammengekommen. Er hat in einer Ecke gestanden und heimlich geraucht, und das fand ich ein bisschen cool. Ich selbst habe mich unter einer der Discokugeln im Takt geschwungen, und das wiederum fand er cool.«

Ihr Mund verzog sich zu einem schmalen Lächeln.

»Das war eine herrliche Zeit. Er war ziemlich wild, aber auf eine nette Weise, schlich sich auf mein Klassenfoto, obwohl er da nichts zu suchen hatte, und solche Sachen. Wir hatten Spaß zusammen. Aber es gab eigentlich nicht so viel Liebe, sondern mehr Freundschaft. Eine richtig starke Freundschaft. So eine, wie man sie nur selten im Leben erlebt.«

Das war etwas, worin Vendela sich wiederfinden konnte.

Beziehungen zu Männern, die schnell zu Freundschaftsbeziehungen wurden.

Doch mit Ray-Ray fühlte es sich nicht so an. Sie waren verdammt noch mal keine Kumpel. Sie waren nicht einmal Fickkumpel. Es hatte sich zu etwas anderem entwickelt, etwas Wichtigerem. Etwas, was man fühlte.

»In dem Herbst war erst alles wunderbar, und dann wurde alles ganz schlimm«, erzählte Simona und streckte sich. »Es gibt keine gute Art, das zu erzählen, und deswegen sage ich es einfach geradeheraus. Ich hatte einen Konflikt mit einem Lehrer. Einen *echten* Konflikt. Ich fand, dass er mich völlig ungerecht benotet hatte, und war superwütend. Meiner Meinung nach hatte er das ganze Schuljahr über meine Klassenarbeiten unnötig hart beurteilt, und … Da habe ich ihm direkt ins Gesicht gespuckt.«

Sie holte tief Luft.

»Und so was macht man einfach nicht«, sagte sie. »Es gab einen wahnsinnigen Aufstand, der Lehrer drohte, meine Eltern in die Schule zu rufen, und wollte zum Rektor und mich anzeigen. Er wusste nicht, wie es bei mir zu Hause war. Er begriff nicht, dass ich richtig Ärger kriegen würde, wenn er erzählte, was ich getan hatte.«

Vendela schluckte.

»Ihre Eltern wären wütend geworden, oder?«, fragte sie.

»Noch schlimmer«, erklärte Simona. »Papa war sehr … Er hatte eine harte Hand. Er wäre total ausgeflippt, wenn ein Lehrer erzählt hätte, dass ich ihn angespuckt hatte. Also brach ich zu Hause bei Ray-Ray total zusammen und habe eine Menge Lügen über diesen Lehrer erfunden. Aber ich wollte mich rächen.«

»Was für Lügen?«, fragte Vendela.

Simona schaute weg.

»Ich habe behauptet, der Lehrer hätte mich angetatscht, als ich auf eine andere Schule ging. Als ich klein war.«

Vendela räusperte sich.

Klein?

»Und wie hieß der Lehrer?«

»Ove Dahlman.«

»Hatte er Sie denn angerührt?«

»Nein. Aber Ray-Ray hat mir geglaubt und war superwütend. Ich erinnere mich noch, wie er aussah, als er die Zigarette ausdrückte. Ich hatte Angst, dass er jemanden töten würde, dass er Ove töten würde. Doch das tat er nicht. Nur fast. Denn am nächsten Tag hatte er in der Schule ein Messer dabei.«

»Es war also nicht wahr, dass der Lehrer Sie unsittlich berührt hat?«

»Nein, das habe ich doch gesagt. Wie auch immer, dieses Messer-Drama endete damit, dass Ray-Ray die Schule wechseln musste. Das alles passierte, als das Frühjahrshalbjahr gerade mal eine Woche alt war, und im Februar schon war Ray-Ray weg. Und ich bekam im nächsten Halbjahr dieselben schlechten Zensuren.«

Vendela dachte nach.

Irgendetwas stimmte nicht mit Simonas Geschichte.

Denn die Direktorin der Ängskolan hatte gesagt, ein Zeuge hätte gehört, wie Ove Ray-Ray versprach, dass so etwas niemals wieder passieren würde. Könnte er solche Angst gehabt haben, dass er Übergriffe zugab, die niemals stattgefunden hatten, nur um dem Messer zu entkommen? Oder log Simona?

Vendela schluckte.

»Stimmt es hundertprozentig, dass Ove Sie nicht angerührt hat?«, fragte sie.

Simona sah ihr in die Augen.

»Ich war gekränkt, und ich habe gelogen«, sagte sie.

»Der Einzige, der mir wehgetan hat, waren mein Vater und einer seiner Kumpel. Und Ray-Ray hat nichts falsch gemacht. Er war mein Held.«

Simona schaute übers Meer und fügte mit dünner Stimme hinzu:

»Das ist er immer noch.«

»Wie bitte?«, fragte Vendela.

»Ray-Ray«, flüsterte Simona. »Er ist immer noch mein Held.«

Ein drittes Mal saßen sie mit den Polizisten zusammen in der Küche. Doch diesmal hatten er und Lovisa um ein Treffen gebeten.

Magnus' Kopf schmerzte vor Schlafmangel und Sorge. Sorge um Elina, Sorge um Lucas, Sorge, weil sein Vater gerade aufgewacht war. Der wusste immer noch nicht, dass seine Frau tot war. Nach Einschätzung der Ärzte sollte man mit dieser Information besser warten, bis er etwas klarer im Kopf war.

Natürlich.

Er musste klar im Kopf sein, wenn er erfuhr, dass er Witwer geworden war.

Wir kommen bald, Papa, dachte Magnus. Wir kommen, sobald wir der Polizei die wahre Geschichte erzählt haben.

Ray-Ray und Maria saßen mit ernsten Mienen auf ihrer Seite des Tisches. Sahen sie nicht ein bisschen strenger aus als die Male davor? Härter?

Die Sorge kroch ihm über das Rückgrat.

Lucas war mit August im Laden, und Elina war rüber zu einer Freundin gegangen. Lovisa hatte zweimal angerufen, um sich zu vergewissern, dass sie auch angekommen war. Nicht, weil sie so besorgt war, sondern weil ihr Kurzzeitgedächtnis sie im Stich ließ – eine Konsequenz aus der Tatsache, dass sie auch nachts nicht mehr schlief.

Wir werden uns niemals erholen, dachte Magnus und spürte, wie Panik in ihm aufstieg. Nach dem hier werden wir auf immer gezeichnet sein.

»Ihr wolltet uns treffen«, begann Maria ruhig. »Und das finden wir gut, denn wir haben auch Informationen, über die wir mit euch reden wollen.«

»Was für Informationen?«, fragte Magnus und klang barscher als beabsichtigt.

Er vermochte seine Angst nicht länger zu verbergen.

»Fangen Sie einfach an«, forderte Ray-Ray ihn auf.

Lovisa legte ihre Hand auf Magnus' Oberschenkel. Die fühlte sich kalt an durch den Jeansstoff, doch er wusste, was sie wollte. Er sollte sich beruhigen und zusammenreißen.

Das war leichter gesagt als getan. Das Wetter spielte plötzlich so verrückt. Der Schweiß rann nur so in der seltsamen Hitze, die beim Warten auf das Gewitter entstanden war. Das Hemd klebte am Rücken.

»Wir haben vorgestern gelogen«, sagte er mit heiserer Stimme. »Wir haben Viking erkannt, weil er Klassenlehrer von Lucas war. Aber das wisst ihr bestimmt schon.«

Keiner von beiden antwortete.

»Sprich weiter«, sagte Maria stattdessen.

»Ich habe das für Lucas getan«, flüsterte Magnus.

Marias Miene wurde sanfter.

»Was meinst du damit?«, fragte sie.

»Lovisa und ich haben wegen Lucas gelogen. Wir wollten ihn um jeden Preis aus diesem Zirkus raushalten, genau wie damals, als das alles passiert ist. Vikings wilde Fantasien dürfen nie wieder zum Leben erwachen, und sein Konflikt mit Papa liegt so viele Jahre zurück. Mein Vater ist ja kurz darauf in Rente gegangen und aus der Welt der Schule verschwunden. Wir dachten, der Streit mit Viking würde keine so große Rolle spielen.«

Lovisa nickte, um zu zeigen, dass sie auch so dachte.

»Ihr habt doch selbst Familien«, sagte sie. »Und wisst, dass man alles für seine Kinder tut.«

»Es wäre besser gewesen, wenn wir diese Information von Anfang an gehabt hätten«, entgegnete Ray-Ray. »Und dann frage ich mich, ob es wirklich richtig ist zu sagen, dass Vikings Konflikt hauptsächlich mit Ove zu tun hatte. Im Grunde waren es doch Sie, Magnus, und er, die uneinig waren, nicht wahr? Oder Viking und Lovisa?«

Magnus stand auf und holte sich ein Glas Wasser.

Seine Beine trugen ihn kaum, und ihm kam nicht der Gedanke zu fragen, ob jemand anders vielleicht auch etwas wollte.

Er trank in so großen Schlucken, dass es im Hals schmerzte.

»Ich würde nicht sagen, dass wir uneins waren«, erwiderte er und wischte sich mit dem Handrücken den Mund ab. »Ich würde sagen, dass er total durchgeknallt ist, und das bin ich nicht.«

Ray-Ray sah ihn mit einem strengen und kompromisslosen Blick an, der Magnus erschreckte.

»Man könnte auch sagen, dass Viking seinen Job ernst genommen hat«, entgegnete er. »Es ist seine Schuldigkeit, Alarm zu schlagen, wenn er glaubt, dass es einem Kind nicht gut geht.«

Magnus stellte sein Glas mit einem Knall auf den Tisch.

»Machen Sie Witze, verdammt noch mal?«, sagte er mit erhobener Stimme. »Viking hielt schließlich eine Art Weltrekord in Sachen Anzeigen ans Jugendamt. Er sah wirklich überall vernachlässigte Kinder. Das konnte man doch nicht ernst nehmen. Und das ist sehr traurig, denn unter Umständen gab es Fälle, in denen er recht hatte.«

Eine neue Sorge überfiel ihn. War es ein Fehler gewesen, dass er damals die Fassung verloren hatte und Viking so hart angegangen war? Hatten es Kinder, denen es nicht gut ging, womöglich schwerer gehabt, weil Magnus so wild mit Viking gestritten hatte? Er hoffte zutiefst, dass dies nicht der Fall war.

Ray-Ray lehnte sich zurück.

»Ja«, sagte er ruhig, »unter Umständen gab es die.«

Für einen Moment stand die Zeit still.

Magnus vermochte sich nicht vom Fleck zu rühren.

»Sie glauben, dass er die Wahrheit gesagt hat«, flüsterte er. »Sie glauben … dass Lucas … dass ich …«

Die Stimme versagte. Die Beine auch. Er sackte in sich zusammen und blieb auf dem Fußboden sitzen. Das hier war einfach zu viel, er schaffte es nicht mehr.

Lovisa stand schnell auf und setzte sich zu ihm.

»Jetzt erzählen wir auch den Rest, Liebling«, sagte sie.

Maria und Ray-Ray saßen noch am Küchentisch und sahen sie an.

»Kommt her und setzt euch«, sagte Maria. »Wir wollen gerne wissen, was euch damals passiert ist.«

Das Herz von Magnus pumpte in einer wahnsinnigen Schnelligkeit, er konnte nur noch an Lucas denken.

Langsam erhob er sich und kehrte an den Küchentisch zurück.

Lovisa sank neben ihm auf den Stuhl.

»Das hier ist sehr belastend für uns«, sagte sie.

»Das verstehen wir«, antwortete Ray-Ray. »Um Sie herum passiert gerade sehr viel.«

Magnus konnte nur noch nicken.

»Die Frage muss dennoch gestellt werden«, sagte Ray-Ray. »War Vikings Verdacht in irgendeiner Weise begründet?«

»Natürlich nicht«, erwiderte Magnus matt. »Kein verdammtes bisschen.«

»Und die Schlüsse, die Viking aus Lucas' Verhalten ziehen wollte«, sagte Maria, »war das etwas, worüber ihr auch schon zu Hause nachgedacht hattet?«

Magnus und Lovisa sahen einander an.

»Natürlich haben wir das«, sagte Lovisa. »Aber wir kannten doch den Grund dafür. Und das hätte Viking auch wissen können, wenn er nicht so verrückt gewesen wäre.«

Magnus holte tief Luft.

»In dem Sommer, bevor Lucas in die erste Klasse kam, ist etwas Schreckliches passiert«, sagte er. »Er hat bei einem Freund in Kungshamn übernachtet, und mitten in der Nacht wachten beide Jungs davon auf, dass ein Einbrecher durch das Schlafzimmerfenster kam.«

Maria und Ray-Ray rissen die Augen auf. Davon hatten sie noch nie gehört, und das gab Magnus neues Selbstvertrauen. Endlich war er mal einen Schritt voraus.

»Der Dieb muss davon ausgegangen sein, dass das Zimmer leer war, denn er ist völlig in Panik ausgebrochen. Er war bewaffnet und bedrohte beide Jungen. Wenn sie um Hilfe schreien würden, dann wären sie tot. Wenn sie weinen würden, wären sie tot. Wenn sie erzählen würden, was da passiert ist, dann wären sie tot. Er hat den Freund von Lucas direkt vor den Augen des Jungen zum Schein hingerichtet, nur um zu zeigen, was passieren könnte.«

Maria beugte sich langsam über den Tisch.

»Wie furchtbar«, sagte sie leise.

»Es war schrecklich«, bestätigte Lovisa. »Der Vater der Familie wachte rein zufällig auf und hörte Gemurmel aus dem Raum der Kinder. Er dachte, sie würden einen Film angucken, obwohl sie doch schlafen sollten, und kam ins Zimmer. Da schoss der Dieb auf ihn und verpasste ihn nur um wenige Zentimeter. Dann verschwand er durchs Fenster.«

»Lucas ist hinterher im Gerichtsverfahren als Zeuge aufgetreten«, sagte Magnus. »Seine Aussage ist im Vorhinein aufgenommen worden, er musste also nicht während der Verhandlung dabei sein. Aber es hat ewig gedauert, bis er wieder er selbst war. Unser starker, kleiner Junge war mit einem Mal drei Jahre jünger. Er begann ins Bett zu machen, träumte schreckliche Albträume, und jetzt, da seine Großeltern vergiftet worden sind, haben wir das Gefühl, als wäre all diese Angst zurückgekehrt.«

Ray-Ray schüttelte langsam den Kopf.

»Einfach schrecklich«, sagte er. »Was für ein Albtraum. Aber darüber haben Sie die Schule doch sicher informiert, oder?«

»Also, die Polizei hat recht deutlich gemacht, dass in dieser Sache vieles geheim gehalten werden sollte«, sagte Magnus. »Die Ermittlungen liefen ja noch. Wir haben falsch verstanden, was man sagen durfte, was wir in der Schule erzählen konnten und worüber wir schweigen mussten. Aber wir haben Viking gesagt, dass es Lucas nicht gut geht und dass er etwas mehr Zeit braucht, um anzukommen. Außerdem war mein Vater ja Rektor an der Schule und konnte ein Auge auf ihn haben. Aber Viking hat überhaupt nichts begriffen. Zum Beispiel hat er Theater gemacht wegen einer Klassenreise, an der Lucas nicht teilnehmen wollte. Da würde Papa auch dabei sein, aber Lucas wollte trotzdem nicht mit. Also haben wir ihn natürlich zu Hause gelassen.«

Allein die Erinnerung an jene Zeit machte Magnus schon wütend.

»Warum sollte Ove auf eine Klassenreise mitfahren?«, fragte Ray-Ray.

»Er wollte als Chef einfach nicht nur irgendein Satellit sein, sondern dafür sorgen, dass alles rund lief. Und das war bei Viking nicht der Fall.«

»Als Viking Anzeige erstatten wollte, haben Sie ihn bedroht«, sagte Ray-Ray.

»Also, damals ging es niemandem in unserer Familie gut«, sagte Lovisa. »Sie können sich nicht vorstellen, was für eine Panik wir kriegten, als wir hörten, dass Viking meinte, Magnus hätte Lucas etwas angetan, und deswegen eine Anzeige beim Jugendamt erstatten wollte. Als ob Lucas nicht schon genügend Probleme hätte.«

Maria legte den Kopf schief und sah sehr anteilnehmend aus. Doch Ray-Ray wirkte nicht völlig überzeugt.

»Waren Sie es, der sämtliche Autoreifen von Viking aufgeschnitten hat?«, fragte er.

Dass sie solch armselige Fragen stellen und sich an so unwesentlichen Details aufhalten konnten, wo er doch gerade alles erzählt hatte.

»Auf diese Sorte beschissene Fragen antworte ich nicht«, entgegnete Magnus und verschränkte die Arme vor der Brust.

Lovisa und er sahen sich an. Es war, als müssten sie aus halbhohem Wasser hochspringen. Zu schwer, zu zäh, zu anstrengend. Und jetzt würde es noch schwerer werden. Er zögerte. Was hatte er nicht für eine Angst gehabt, mit der Polizei über Viking zu sprechen, aber jetzt war diese Aufgabe erledigt, und da lag schon die nächste vor ihm. Jetzt musste er ihnen sagen, wer seiner Meinung nach mit seiner Mutter gestritten hatte.

»Kannst du den Rest übernehmen?«, fragte Magnus leise.

Er konnte einfach nicht mehr erzählen. Aber Lovisa konnte es.

»Lucas und Elina haben vor ungefähr einer Woche bei ihren Großeltern etwas erlebt«, sagte sie mit angestrengter Stimme. »Sie … Sie hörten einen Streit zwischen Irma und einem Mann.«

Ray-Rays Augen blitzten auf.

»Worum ging es bei dem Streit?«, fragte er.

Lovisa senkte die Stimme.

»Um einen alten Computer«, sagte sie. »Und wir glauben zu wissen, wer da mit Irma gestritten hat.«

Dieser verdammte Anwalt. Warum meldete der sich nicht?

August wurde nicht schlau daraus. Der Vormittag im Laden floss dahin. Ab und zu kamen Kunden vorbei, und dazwischen kümmerte sich August entweder um die Buchhaltung oder um Sofia und Lucas. Die Tochter war immer noch unleidlich. Das sah ihr gar nicht ähnlich – vielleicht wurde sie krank.

August merkte, dass er abgelenkt war. Die Kunden waren gekommen und gegangen und hatten eine uninteressante Sache nach der anderen gezeigt. Aber vielleicht mangelte es ihm auch an Aufmerksamkeit für mögliche Schnäppchen. Seine Gedanken bewegten sich zwischen dem Anwalt, der nicht auf Fragen antworten wollte, und dem Anruf von Magnus hin und her. Der hatte keine Probleme gehabt, sich von den Buddelschiffen seiner Schwester zu trennen, aber ihren Computer wollte er offensichtlich zurück.

August setzte sich an den Schreibtisch, um ein paar Mails zu beantworten. Das ging auch nur so einigermaßen. Jedes Mal, wenn er die Hand hob, um zu schreiben, dachte er an etwas anderes, wie das herannahende Unwetter oder die Frau mit Perücke, die behauptet hatte, der Computer würde ihr gehören. Natürlich war das nicht so, denn man konnte ja wohl ganz sicher ausschließen, dass es sich bei der Besitzerin um die verstorbene Clara handelte. Er fürchtete sich vor vielem, aber nicht vor Gespenstern. Außerdem hoffte er, den Computer bald los zu sein. Maria war nicht rangegangen, als er anrief, aber er hatte ihr eine Nachricht aufgesprochen, die sie bestimmt abhören würde, sowie sie Zeit hatte.

Nach einigem Hin und Her kehrte August auf die Website des Anwalts zurück. Hatte er dort irgendeine Information übersehen, die dessen Schweigen erklärte? Er suchte und suchte, fand aber nichts, was darauf hingewiesen hätte, dass Mail-Adresse und Telefonnummer nicht mehr funktionierten.

Also beschloss er, Ismael Thelin noch einmal zu googeln. Hunderte Treffer drängten sich auf seinem Bildschirm. August unterdrückte einen Seufzer und scrollte durch die Liste. Der Anwalt hatte in unzähligen Gerichtsverfahren Klienten vertreten, doch war kein Fall dabei, von dem August meinte Nutzen haben zu können.

Ein Bild nach dem anderen von dem Anwalt wanderte über den Schirm und erinnerte August an das einzige Mal, als er ihn getroffen hatte.

Ismael Thelin war ein kleiner Mann mit festem Blick, der die Person, mit der er sprach, nicht losließ. Mit etwas Anstrengung meinte August sich auch daran zu erinnern, wie seine Stimme klang. Ein wenig nasal, aber sehr tief.

Aber da war noch etwas anderes.

Etwas, was jedes Mal aufflackerte, wenn August auf ein neues Bild klickte.

Ich erkenne ihn, dachte er, und nicht nur von unserem Treffen, sondern noch von woandersher.

Aber woher?

Als er noch weitere zehn Bilder angeschaut hatte, fiel der Groschen schließlich. Mit nervösen Händen holte er das Fotoalbum heraus und blätterte es durch, bis er zu einem Bild kam, wo ein Mann, den er bisher nicht kannte, wieder zu sehen war.

Da bist du ja, dachte August und sah ihn an. Natürlich war das Ismail Thelin. Mit dickerem, dunklerem Haar, ohne Bart und viele Jahre jünger.

August wusste nicht, was er mit dieser Entdeckung anfangen sollte, entschied aber, dass sie wichtig war. Jetzt wollte er diesen Ismael noch dringender erreichen. Sollte er einfach noch eine Mail schicken?

Ein leises Husten ließ ihn aufsehen.

Das war Lucas. August betrachtete ihn.

Der Junge saß in einem Sessel, den August kürzlich reinbekommen hatte, und las. Sofia war in ihrem Wagen eingeschlafen, und August sah, wie Lucas in regelmäßigen Abständen den Blick aus dem Buch hob, um zu sehen, ob sie etwa aufgewacht war.

Er schien nicht zu merken, dass August ihn ansah. Lucas war blass. Und nicht nur blass, dachte August, sondern grau. In den ersten Tagen, nachdem die Großeltern des Jungen vergiftet worden waren, hatte er ganz rote Augen gehabt, aber jetzt waren sie verschleiert, fast leer.

»Ist das Buch gut?«, fragte August und legte das Album zurück in seinen Rucksack.

Lucas schaute hoch.

»Hmm«, brummte er.

Dann räusperte er sich.

»Ich lese ja ganz gerne, aber … Ich kann mein iPad nicht finden. Dabei habe ich überall gesucht.«

August runzelte die Stirn.

»Bist du sicher, dass du das iPad dabeihattest?«

Lucas nickte und las weiter.

Wenn ich nur wüsste, wie ich dir helfen kann, dachte August.

Er konnte das Gefühl nicht abschütteln, dass noch irgendetwas anderes mit Lucas nicht stimmte. Etwas, das nicht nur damit zu tun hatte, dass Irma kürzlich gestorben war und Ove im Krankenhaus lag. Er musste an das denken, was Clara in ihrem Buddelschiff auf den Schwimmring geschrieben hatte.

Ich versinke.

Da war sie nicht die Einzige, dachte August, als er Lucas so anschaute.

Sein Babysitter war alles andere als okay, das konnte jeder sehen. Genauso wie man erkannte, dass es seinen Eltern nicht gut ging. August sah verstohlen auf die Uhr und dann zum Telefon. Er hatte Magnus versprochen, ihn zurückzurufen, wenn er rausgekriegt hatte, wo der Computer war, aber natürlich wollte er ihn nicht weggeben, ehe er mit Maria gesprochen hatte.

Eine SMS von Henrik riss ihn aus den Gedanken.

Den Anwalt schon erreicht?

August antwortete: Nein.

Henrik schrieb wieder:

Hast du mit dem Finanzamt gesprochen?
Er ist ja schwedischer Bürger, auch wenn er in der Schweiz wohnt. Möglicherweise schon tot?

August hätte sich fast vor den Kopf geschlagen.

Seit wann bin ich denn so träge im Kopf?, dachte er.

An Henrik schrieb er:

Danke, checke das sofort.

Sein Freund antwortete direkt:

Noch etwas ganz anderes. Das klingt wahrscheinlich komisch, mir schon klar, aber hat Marias Schwester was über mich gesagt? Nach dem abgesagten Krebsfest?

August starrte aufs Telefon. Was war das denn? Er antwortete:

Nein, sollte sie?

Das Telefon schwieg ein paar Augenblicke, und dann kam ein fröhliches Emoji und ein kurzes:

Nein, gar nicht, wollte nur checken.

Als ob, dachte August und spürte, dass er darüber bei Gelegenheit mehr erfahren wollte.

Er warf wieder einen Blick zu Lucas. Wenn er das Finanzamt anrief, wollte er seine Ruhe haben und beschloss daher, in den Computerraum zu gehen.

In dem Moment, als er sich vom Stuhl erhob, hielt ein großes Taxi vor dem Laden.

Er lächelte, als er das sah.

Gunnar und sein Rollstuhl natürlich.

August ging raus, um ihn zu begrüßen. Gunnar konnte nicht allein über die Schwelle zum Laden rollen.

»Hallo, hallo«, sagte August und half seinem Freund in den Laden.

»Hallo. Ich wusste nicht mehr genau, wann ich heute anfangen sollte, und ich hatte sowieso nichts vor, also bin ich einfach mal hergefahren, als ich Lust dazu hatte.«

»Das war ganz richtig«, sagte August. »Es passt perfekt, dass du kommst und die Stellung im Laden hältst.«

In dem Moment, als er die Ladentür hinter ihnen zumachte, fielen die ersten Regentropfen. Still, fast schüchtern fielen sie zu Boden. August sah ihnen schweigend zu und ging dann zum Computerraum. Wenn die Wetterprognose stimmte, dann würde der Regen im Laufe der nächsten Stunden alles andere als schüchtern sein.

»Was machst du da drinnen?«, fragte Lucas.

»Ich muss was checken«, antwortete August ausweichend.

Gunnar suchte seine Aufmerksamkeit.

»Möchtest du nichts über mein hässliches Hemd sagen?«

August lachte. Gunnar trug ein kleinkariertes Hemd, in Weiß und Grün. Es war nicht im Geringsten hässlich, sondern sah im Gegenteil sommerlich und frisch aus.

»Das steht dir viel zu gut, um hässlich zu sein«, erwiderte August.

Gunnar sah ihn mit zusammengekniffenen Augen an.

»Bestimmt ist das eine Verschwörung«, sagte er. »Emmy hat das Hemd gekauft, aber das weißt du natürlich schon. Ich finde, ich sehe aus wie ein Schlagersänger, und das ist sehr würdelos.«

»Ich kann dir garantieren, dass Emmy und ich nicht darüber konspiriert haben, was du anziehen sollst«, versicherte August. »Und du siehst nicht im Geringsten aus wie ein Schlagersänger.«

Gunnar murmelte etwas kaum Hörbares und zupfte an den Hemdärmeln, um zu zeigen, wie unangenehm ihm seine neue Ausstattung war.

»Lass uns noch über was anderes reden«, sagte er. »Emmy hat einen echten Fund im Netz gemacht. Eine Website über Potenz. Offensichtlich gibt es etwas, das man ›Erektionstreppe‹ nennt, und das klingt wie reine Zauberei, sage ich dir.«

August sah Lucas an, dem bei Gunnars ungenierten Ausführungen der Mund offen stehen blieb, und er biss sich auf die Lippen, um nicht wieder zu lachen.

»Weißt du was«, sagte August, »ich würde schrecklich gerne mehr über deine Gesundheit sprechen, aber zuerst muss ich …«

»Die Gesundheit ist das eine«, unterbrach ihn Gunnar. »Die Potenz ist etwas anderes.«

»Naja«, meinte August, »ich weiß nicht, ob ich da derselben Meinung bin, aber …«

»Doch, das ist so. Gesundheit ist ein sehr langweilig klingendes Wort, ich kann damit gar nichts anfangen. Aber bei Potenz, da geht es um Lebensfreude. Ungefähr so wie in Liseberg.«

Gunnar schaute vielsagend zu Lucas, als er den Vergnügungspark in Göteborg erwähnte. Und der Teenager sah aus, als würde er am liebsten augenblicklich im Erdboden versinken.

»Gunnar«, sagte August entschieden. »Ich muss jetzt wirklich ein Weilchen im Computerraum sitzen, aber lass uns weiter über deine Gesundheit – oder entschuldige, dein Vergnügungsfeld – sprechen, wenn wir nachher zusammen zu Mittag essen. Ist das ein Plan?«

Gunnar nickte widerwillig.

Lucas legte das Buch aus der Hand.

»Was willst du machen?«, fragte er wieder.

Wahrscheinlich will er nicht mit Gunnar allein bleiben, erkannte August. Aber in den Computerraum durfte er nicht mit hinein.

»Ich will nur kurz etwas nachprüfen«, sagte er. »Bin gleich wieder zurück. Es wäre gut, wenn du so lange auf Sofia aufpassen könntest.«

Gunnar bewegte sich in seinem Rollstuhl.

»Ich habe ein paar Ideen, wie wir Platz für diese schönen Buddelschiffe schaffen können«, sagte er. »Da kannst du mir helfen, ein paar Sachen hin und her zu räumen.«

Er sah Lucas an, ohne einen Gedanken daran zu verschwenden, August zu fragen, ehe er zu Werke schritt.

August entschied, dass dies eine gute Initiative war. Zumindest wären die beiden jetzt eine Weile beschäftigt.

»Ausgezeichnet«, sagte er und nahm seinen Rucksack mit. »Ich bin gleich zurück und helfe euch.«

Mit diesen Worten ließ er seine zwei Freunde im Laden. Er spürte Lucas' Blick auf seinem Rücken brennen, als er in die Küche hinter dem Verkaufsraum ging und dann weiter zum Computerraum. Sorry, dass ich dich im Stich lasse, dachte August, aber ich muss jetzt mal alleine sein.

Gunnars laute Stimme echote ihm nach.

»Jetzt machen wir das mal so. Ich dachte, wir schieben diesen alten Steintroll beiseite, und dann …«

August machte die Tür zum Computerraum hinter sich zu.

Dann war er allein.

Marias Puls stieg mit jeder Sekunde, als sie hörte, wie Lovisa berichtete, was ihr Sohn Lucas den Eltern erzählt hatte. Dass er seine Großmutter mit einem Mann über einen Post auf Facebook hatte streiten hören. Einem Mann, von dem Lucas glaubte, es sei der Täter. Einem Mann, den Elina gesehen, aber nicht wiedererkannt hatte. Und dass Lucas seiner Oma geholfen hatte, die Festplatte auf dem Computer zu löschen, ehe sie ihn an Strindberg gab.

Sie hatte kaum fertig gesprochen, da explodierte Ray-Ray schon.

»Warum zur Hölle haben Sie uns das vorenthalten?«, fragte er. »Begreifen Sie nicht, dass Sie unsere Ermittlung behindert haben und unsere Bemühungen, einer potenziell gefährlichen Person das Handwerk zu legen.«

Maria war ganz auf seiner Seite.

Sie hätte nicht gedacht, dass die beiden außer der Geschichte um Viking und Lucas noch mehr Geheimnisse hatten. Magnus und Lovisa protestierten unisono gegen Ray-Rays Zorn.

»Wir haben das doch erst gestern erfahren!«, sagte Lovisa.

»Aber ja, natürlich«, sagte Maria mit erhobener Stimme. »Nur gerade eben hast du gesagt, dass Elina euch schon vor mehreren Tagen von dem Streit erzählt hat und dass Lucas, seit seine Großeltern attackiert worden sind, in eurem Garten Wache gehalten hat. Was habt ihr euch dabei gedacht?«

Magnus senkte den Blick, er sah aus, als würde er sich weit weg wünschen.

»Wir haben gedacht, dass es doch nicht verwunderlich ist, dass die Kinder von alldem beeinträchtigt sind, was passiert ist«, sagte er leise. »Als wir erfuhren, was sie gehört haben, wollten wir euch diese Informationen geben. Und letzte Nacht hat Lucas nicht Wache gehalten, weil ich das getan habe. Hauptsächlich, damit Lucas reingeht, aber als ich dann dasaß, fühlte es sich auch irgendwie sinnvoll an. Wenn der Rest der Familie auch in Gefahr ist, meine ich.«

Lovisa schob ihre Hand in seine.

»Sind Sie sicher, dass die Kinder die Stimme des Mannes nicht erkannt haben?«, fragte Ray-Ray. »Oder dass Elina den Mann nicht wiedererkannt hat?«

»Ja«, sagte Magnus. »Da waren beide ganz sicher. Aber …«

»Aber was?«, fragte Maria barsch.

Magnus wechselte einen Blick mit Lovisa, die kurz nickte. Sie sah aus, als wüsste sie, was er sagen wollte, und wenn er es nicht herausbekäme, würde sie ihm helfen.

»Wir Erwachsenen glauben zu wissen, wer das gewesen sein könnte«, sagte Magnus. »Denn mal ganz krass gesagt: Es kann nicht viele Leute geben, die sich für Claras alten Computer interessieren.«

»Und wer?«, fragte Ray-Ray gespannt. »Was glauben Sie, wer es war?«

»Claras Freund Matteo.«

In der Küche wurde es still. Magnus beobachtete sie, wollte ihre Reaktion sehen.

Maria biss sich auf die Lippe.

Claras Freund Matteo.

Zu dem die Polizei gerade Kontakt aufgenommen hatte und der bald im Wohnwagen vernommen werden sollte. Von dem sie glaubten, dass er ohne Erfolg bei Ove und Irma geklingelt hatte. Wenn das, was Magnus sagte, stimmte, dann würde es bedeuten, dass er mehrere Versuche unternommen hatte und bei einem davon tatsächlich bei Dahlmans reingelassen worden war.

»Wann haben die Kinder den Streit mit angehört?«, fragte Maria.

»Vor einer knappen Woche, denke ich«, sagte Magnus.

Allmählich lichtete sich das Dunkel.

»Hat er sich jemals bedrohlich verhalten?«, hakte Maria nach.

»Nicht, soweit wir wissen«, erwiderte Magnus. »Ich habe ihn nur einige wenige Male getroffen, aber da hatte ich immer das Gefühl, dass er uns nicht mochte oder uns nicht mögen *wollte*. Und das einzige Mal, als ich ihn zusammen mit Mama und Papa getroffen habe, da war er geradezu unfreundlich. Nicht bedrohlich, ganz und gar nicht, aber verdammt unentspannt. Ich nahm an, dass es damit zu tun hätte, dass unsere Schwester uns anderen nicht so nahestand.«

»Haben Irma oder Ove jemals erwähnt, dass sie in der letzten Zeit Kontakt zu Matteo hatten?«

»Nein, wirklich nicht. Ich kann mich nicht entsinnen, wann wir das letzte Mal in der Familie über ihn gesprochen haben.«

»Habt ihr irgendeine Idee, warum der Computer für Matteo von Wert sein könnte?«, erkundigte sich Maria.

»Keine Ahnung«, sagte Magnus. »Ich habe August angerufen, und er hat mir versprochen, den Computer rauszusuchen. Ich habe ihm gesagt, dass er ihn nicht weggeben soll, weil wir selbst ihn haben wollen. Aber wenn ihr ihn für die Ermittlung braucht, dann …«

»Danke«, erwiderte Ray-Ray streng. »Dann nehmen wir uns des Computers an und versuchen herauszubekommen, warum der interessant sein könnte.«

»Und, nur zur Sicherheit, der einzige Grund, den ihr euch denken könnt, warum Irma nach dem Streit ihre Facebook-Einstellungen geändert hat, ist, dass sie den Post über den Computer löschen wollte, oder?«, fragte Maria.

Magnus nickte.

»Okay«, sagte Maria. »Dann machen wir damit weiter. Und ihr sagt uns Bescheid, wenn ihr mehr erfahrt, was mit Ove und Irma zu tun hat.«

Magnus und Lovisa nickten.

Wie Schulkinder. Maria und Ray-Ray standen auf, um zu gehen.

Lovisa bewegte sich unruhig an Magnus' Seite.

»Kriegen wir jetzt Schutz?«, fragte sie. »Ich meine, wir wissen ja nicht sicher, wer mit Irma gestritten hat, auch wenn wir jemanden im Verdacht haben. Wir haben alle Angst, dass wir vielleicht als Nächste an der Reihe sind.«

Ray-Ray richtete den Blick aus seinen grünen Augen auf sie. Es war unmöglich abzulesen, ob er sie ernst nahm. Maria tat das nur zum Teil. Es war ziemlich unwahrscheinlich, dass sie in Gefahr schwebten.

»Wir denken über diese Frage nach und melden uns«, sagte sie.

Weder Lovisa noch Magnus schienen mit der Antwort zufrieden.

»Ich hoffe, ihr entscheidet das schnell«, sagte Lovisa leise.

Alles, was sie als Antwort bekam, war ein Nicken. Das genügte nicht.

Mit geröteten Wangen versuchte sie es erneut:

»Ich … Ich weiß, dass man doch ein Polizeiauto haben kann, das vor der Haustür parkt.«

Magnus war das unangenehm.

»Aber Liebling, das gibt es doch nur bei *CSI* …«, meinte er.

»Jetzt mach mich nicht lächerlich«, erwiderte Lovisa heftig.

Maria sah von einem zum anderen. Lovisa war nicht die Einzige, die glaubte, dass amerikanische Fernsehkrimis etwas mit der wirklichen Polizeiarbeit zu tun hatten.

»Wie gesagt, wir werden dafür sorgen, dass eure Situation gründlich überprüft wird«, sagte sie. »Und dann melden wir uns, wenn wir wissen, welche Maßnahmen angebracht sind.«

Das war nicht die Antwort, die Lovisa sich gewünscht hatte, aber damit musste sie sich zufriedengeben.

»Eins noch«, sagte Ray-Ray. »In einer früheren Vernehmung haben Sie gesagt, dass Clara eine Freundin namens Sandra hatte. Wissen Sie, wie die mit Nachnamen heißt und wie wir sie erreichen können?«

»Was hat die mit der Sache zu tun?«, fragte Magnus erstaunt.

»Wir sprechen mit vielen, um das Bild so komplett wie möglich zu machen«, erwiderte Maria ruhig. »Wie heißt Sandra mit Nachnamen?«

Magnus schien ihre Frage zu irritieren und Lovisa ebenso.

»Westin«, sagte Magnus schließlich. »Sie heißt Sandra Westin. Aber ich kann mir nicht vorstellen, dass sie irgendwas beitragen könnte.«

»Warum?«, fragte Maria.

Magnus zuckte mit den Schultern.

»Sie kannte nur Clara, sie weiß nichts über uns andere.«

Maria beschloss, hier jetzt nicht weiter nach den Gründen für Magnus' Reaktion zu suchen, sondern wandte sich stattdessen an Lovisa.

»Nun«, sagte sie. »Wir müssen dich noch eine letzte Sache fragen. Was hast du gemacht, als ihr festgestellt habt, dass Ove und Irma nicht aufzufinden sind? Wie hast du nach ihnen gesucht?«

Lovisa sah unsicher aus.

»Aber das haben wir doch schon erzählt«, sagte sie. »Wir haben diverse Male angerufen und sind rausgegangen und haben nach ihnen gesucht. Niemand hatte sie gesehen, niemand hatte etwas gehört.«

»Sag mal ungefähr, wie oft hast du angerufen?«

Maria sah, wie Lovisa ihre Jacke fester um sich zog.

»Das weiß ich tatsächlich nicht«, sagte sie.

»Fünf, zehn, fünfzehn Mal?«, fragte Maria.

»Was spielt das für eine Rolle?«, fragte Magnus erbost.

»Ist schon okay«, erwiderte Lovisa rasch. »Aber ich erinnere mich nicht. Vielleicht viermal?«

Maria lächelte kurz.

»Danke, dann wissen wir Bescheid.«

Ray-Ray und Maria gingen zur Tür. Dicke Regentropfen trommelten gegen das Fenster in der Diele.

»Versprecht mir, dass ihr euch noch mal meldet wegen Schutz«, bat Magnus.

»Auf jeden Fall«, sagte Maria.

Sie verließen das Haus.

Gebückt rannten sie durch den Regen zum Parkplatz.

Als sie sich ins Auto gesetzt hatten, klingelte Marias Handy. Diesmal war es Gabriella, die sie sprechen wollte. Maria drückte das Gespräch weg und legte das Telefon beiseite.

Sorry, kleine Schwester, wir müssen ein andermal über dein Abenteuer sprechen.

Sie fuhr sich mit der Hand durchs nasse Haar.

»Scheißwetter«, sagte Ray-Ray und startete den Wagen.

Marias Handy gab ein Signal von sich.

»Das ist ja ein hartnäckiger Teufel, der dich da jagt«, meinte Ray-Ray.

Doch hier meldete sich jemand anders, stellte Maria fest. Es war die Personalabteilung, die wissen wollte, ab welchem Datum sie gerne aus dem Dienst gehen wollte, falls sie zum Studium angenommen würde.

Maria spürte, wie das Glück in ihr hochblubberte und sich die Nervosität im Bauch ausbreitete. Ray-Ray schaltete die Scheibenwischer ein.

Wenn ich nicht in die Kriminologie komme, dann studiere ich was anderes, dachte Maria. Irgendwas! Denn das will ich schon so lange.

»Alles gut?«, fragte Ray-Ray und betrachtete sie von der Seite.

»Yes«, erwiderte Maria und legte das Telefon ein weiteres Mal weg.

»Und jetzt fahren wir und vernehmen Matteo.«

Ray-Ray nickte.

»Ich hoffe, er ist besser darin, Klartext zu reden als diese zähen Leute da«, sagte er mit einer ausladenden Geste.

Maria teilte seine Ansicht.

Jetzt brauchten sie jemanden, der kein Blatt vor den Mund nahm, einen, der die Ermittlung wirklich voranbrachte. Obwohl nicht so viele Tage vergangen waren, seit Ove und Irma vergiftet wurden, hatte Maria doch das unbehagliche Gefühl, dass ihnen die Zeit davonlief. Instinktiv wusste sie, dass sie alles tun mussten, um ein böses Ende zu vermeiden.

Der Computerraum war wirklich eine elende Höhle, um sich von der Umwelt zu isolieren. Kein Fenster und schlechte Lüftung.

Unwürdig, hätte Henrik gesagt.

August setzte sich auf einen Hocker, der in der einen Ecke stand, und holte das Handy raus. Schnell fand er die Nummer des Finanzamtes und rief direkt an. Ein Telefonist nahm sein Anliegen entgegen und verband ihn mit dem Einwohnermeldeamt.

Eine Frau antwortete, und August stellte seine Frage.

»Ismail Thelin lebt immer noch«, erwiderte sie.

»Können Sie sehen, ob er verheiratet ist?«, fragte August. Wenn Thelin immer noch in Schweden gemeldet wäre, hätte er das im Netz nachschauen können, aber das ging ja nicht.

»Doch, natürlich«, sagte die Frau. »Er ist mit Margit Tenner Thelin verheiratet.«

»Tenner?«

»Das war ihr Nachname, ehe sie Ismael Thelin geheiratet hat.«

August holte das Album aus dem Rucksack, das seit kurzer Zeit zu einem seiner liebsten Besitztümer geworden war. Er starrte auf die Bilder von dem Mann, den er zuerst nicht wiedererkannt hatte. Jetzt wusste er, dass es sich um Ismael Thelin handelte, aber war die Frau neben ihm Margit?

»Sie heißt nicht zufällig mit zweitem Vornamen May?«, erkundigte sich August.

»Nein, nicht soweit ich sehen kann.«

August starrte auf das Bild von seinem Vater und Großvater vor dem Haus auf Hovenäset. Das Haus, das seine Großeltern zehn Jahre später gekauft hatten.

»Und Ismail Thelin hat nicht zufällig auf Hovenäset in Bohuslän gewohnt?«, fragte er.

Jetzt riet er wild in der Gegend herum, er hätte so gerne einen Erfolg in dieser Sache.

»Nein«, erwiderte die Frau am Telefon nach einiger Bedenkzeit und klang jetzt schon weniger hilfsbereit. Wahrscheinlich wurde sie Augusts Fragen langsam leid.

»Okay, vielen Dank für Ihre Hilfe«, sagte er, legte auf und sprach ein stilles Dankgebet für das schwedische Öffentlichkeitsprinzip, das es so leicht machte, Fakten über Fremde herauszufinden.

Er strich mit dem Finger über eines der Fotos, das seinen Vater und seinen Großvater zeigte. In diesem Bild war eine Geschichte verborgen, das spürte er mit ganzer Seele.

Schnell rief er das Liegenschaftsamt an, wo er mit einem Angestellten verbunden wurde.

»Ich habe ein paar Fragen zu einer Immobilie auf Hovenäset«, sagte er.

Mit fester Stimme las er die Adresse des alten Hauses seiner Großeltern vor.

»Ich weiß, dass meine Großeltern das Haus 1972 gekauft haben«, erklärte er. »Wem hat es denn vorher gehört?«

Er hörte den Angestellten auf einer Computertastatur tippen.

»Das war ein Ehepaar namens Samuel und Agda Hermansson.«

August notierte die Namen und erfragte gleichzeitig mehr Informationen, um die beiden leichter identifizieren zu können. Er hatte nie von diesen Personen gehört, aber das sollte ihn nicht daran hindern zu versuchen, sie zu finden. Wenn sie noch lebten. Auf jeden Fall müssten beide mindestens neunzig Jahre alt sein.

»Wie lange hatte das Haus denn den beiden gehört, ehe sie es verkauften?«, fragte er.

»Seit 1962.«

August biss sich auf die Lippe. Dasselbe Jahr, in dem sein Vater und sein Großvater vor dem Haus posiert hatten. Vielleicht war das reiner Zufall, aber vielleicht auch nicht.

»Okay«, sagte er. »Und wer hat das Haus 1962 verkauft? Können Sie so weit zurücksehen?«

»Einen Moment. Ich bin nicht sicher, ob die Grundbuchdokumente aus der Zeit digitalisiert sind.«

Der Angestellte hämmerte infernalisch auf seiner Tastatur. Hier war offensichtlich eine weitergehende Suche nötig.

Schließlich war ein triumphierender Ausruf im Telefon zu hören.

»Ha!«, rief er. »Jetzt habe ich es gefunden.«

August umklammerte fest das Telefon.

»Es ist wirklich etwas seltsam«, erwiderte der Angestellte. »So wie es aussieht, war das Haus 1962 Eigentum einer Stiftung.«

August runzelte die Stirn.

»Was für eine Stiftung?«, fragte er.

»Die Stiftung Aurora Melin«, erwiderte der Angestellte.

August notierte sich auch diesen Namen.

»Steht da irgendwas, warum das Haus dieser Stiftung gehörte?«, erkundigte er sich. »Ich meine, wurde da irgendein wohltätiges Unternehmen betrieben, oder vielleicht ein Pensionat?«

Jetzt war er wirklich verwirrt. Warum sollte eine Stiftung ein Haus auf dem kleinen Hovenäset besitzen?

»Das Haus war über dreißig Jahre lang im Besitz der Stiftung«, sagte der Mann vom Liegenschaftsamt. »Mehr kann ich hier nicht sehen. Aber wenn Sie wissen wollen, was für ein Unternehmen das war, dann müssen Sie sich an jemand anders wenden oder im Netz suchen, denn hier stehen keine weiteren Informationen darüber.«

August dankte für die Hilfe und legte auf. Er beherzigte den Rat des Angestellten des Liegenschaftsamts und googelte die Stiftung Aurora Melin. Wenn das allwissende Internet nicht auf seine Frage antworten konnte, dann musste er einen anderen Weg finden.

Nur eine Minute später saß er da und starrte auf sein Handy.

Die Stiftung Aurora Melin kam nur in zwei digitalen Dokumenten vor.

Eines davon fand sich auf der Website eines Wissenschaftlers und war überschrieben: »Kinderfürsorge in Schweden im 20. Jahrhundert.«

Kinderfürsorge?

August las verblüfft die kurzen Zeilen, die beschrieben, was die Stiftung Aurora Melin auf Hovenäset gemacht hatte.

Sie hatte ein Heim für Waisenkinder betrieben.

Ein Kinderheim.

Das Haus, vor dem Augusts Vater und sein Großvater auf dem Foto standen, war ein Kinderheim gewesen.

Sie hatten schnell eine Streife gebeten, den Computer, den Irma zu Augusts Sammlung gegeben hatte, zu holen. Er würde direkt zu Vendela nach Uddevalla gebracht werden, damit sie ihn überprüfen konnte.

Doch Maria war nicht sicher, ob das ausreichte.

Es musste einen Grund dafür geben, dass Irma mit jemandem – möglicherweise Matteo – darüber in Streit geraten war, dass sie ihn weggegeben hatte. Doch damit war die Geschichte nicht zu Ende. Auch die Frau mit der Perücke wollte ausgerechnet diesen Computer haben. August wurde vor Ort von den Kollegen, die den Computer abholten, befragt, doch über das Detail, dass Maria und er die Frau bei Ray-Rays Bootshütte gesehen hatten, verriet keiner von beiden etwas.

Es störte Maria wahnsinnig, dass sie und August zu Ray-Rays Gunsten etwas verschwiegen, ohne zu wissen, was er da eigentlich machte.

Warum erzählte er nicht, was los war?

Ich werde nicht zögern, die Wahrheit zu sagen, dachte Maria und sah verstohlen zu ihrem Freund und Kollegen, der da im Wohnwagen saß und Kaffee trank. Aber am liebsten wäre mir, wenn du die Sache selbst regelst.

Die Situation machte sie wehmütig. So konnte es nicht weitergehen. Nicht, wenn es ihrer Arbeit schadete.

»Was hältst du von den Aussagen der Kinder?«, fragte Ray-Ray. »Ich meine, dass Lucas und Elina ihre Großmutter mit jemandem über einen Facebook-Post haben streiten hören? Wir können schließlich nicht davon ausgehen, dass es bei der Diskussion ausschließlich um den Computer ging, aber auf der anderen Seite haben wir keine andere Spur, der wir nachgehen könnten.«

»Und selbst wenn der Streit um den Computer ging, ist doch nicht sicher, dass es auch mit dem Mord zu tun hat«, erwiderte Maria. »Aber im Hinblick darauf, was wir über Matteo erfahren haben, ist das etwas, dem wir auf den Grund gehen müssen.«

»Da bin ich ganz deiner Meinung«, sagte Ray-Ray. »Mein Gott, Lucas scheint vor Angst wirklich außer sich zu sein. Er weiß wahrscheinlich nicht, was er glauben soll, der arme Junge.«

»Das ist ja auch kein Wunder, wenn man bedenkt, was er als kleiner Junge erlebt hat«, meinte Maria.

Kaum dass sie im Wohnwagen angekommen waren, hatten sie schon den Fall rausgesucht, von dem Magnus und Lovisa gesprochen hatten. Das Register der Polizei bestätigte alles, was sie erzählt hatten. Lucas war Zeuge und Opfer in einem ungewöhnlich gewaltsamen Einbruchsdelikt gewesen. Maria und Ray-Ray saßen schweigend nebeneinander und lasen auf ihren Laptops.

»Als das hier passiert ist, war ich gerade in Elternzeit«, sagte Ray-Ray. »Sonst wäre ich garantiert bei der Ermittlung dabei gewesen.«

Maria hatte sich zur damaligen Zeit auf einer Spezialausbildung in Kopenhagen befunden. Sie erinnerte sich daran als eine helle Zeit im Leben. Das Ganze hatte acht Wochen gedauert, sie war wochenweise nach Dänemark gependelt und hatte nur die Wochenenden zu Hause bei Paul verbracht. Das hatte unerwartet gut funktioniert, doch danach gab es keine längeren Fortbildungen mehr. Paul wollte nicht, dass sie so viel von zu Hause weg war, und Maria hatte sich gefügt.

Sie sah zu Ray-Ray, der sich streckte. Bald würde Matteo auftauchen und von ihnen vernommen werden.

Ray-Ray sah aus dem Fenster des Wohnwagens.

»Glauben wir, dass es die ganze Wahrheit ist?«, fragte er.

»Was denn?«, erkundigte sich Maria.

»Ich bezweifle kein bisschen, dass Lucas von dem Einbruch traumatisiert war, aber ist es die einzige Erklärung für Vikings Reaktion?«

Maria sah ihn erstaunt an.

»Du glaubst, er ist bei einem Freund überfallen *und* zu Hause missbraucht worden?«

Ray-Ray biss sich auf die Lippe.

»Verdammt, ich weiß nicht, was ich denke«, sagte er. »Aber irgendetwas stört in dieser Geschichte. Was hältst du denn von ihrer Sorge? Brauchen sie Schutz?«

»Ich denke, wir überlassen diese Entscheidung der Einheit für Personenschutz, denn ich weiß es tatsächlich nicht«, meinte Maria. Nach dem, was sie bisher über den Fall wussten, war Maria ziemlich sicher, dass die Einheit zu dem Schluss kommen würde, dass es keinen Bedarf an Schutz für Magnus und Lovisa gab. Man wusste nicht einmal mit Sicherheit, ob es eine Verbindung zwischen dem Streit, den die Kinder gehört hatten, und dem Mord gab.

Ray-Ray strich sich übers Kinn.

Er hatte seinen Bart länger wachsen lassen, das stand ihm gut.

Du veränderst dich mit jedem Tag, dachte Maria. Und du triffst dich heimlich mit einer Frau, von der du sagst, dass du in sie verliebt bist, aber von der ich glaube, dass sie sich in unsere Mordermittlung eingeschlichen hat.

Simona Lundmark.

So hieß sie laut August oder nannte sich so.

Ahmed hatte den Auftrag bekommen, sie im Einwohnermelderegister zu suchen, obwohl Maria nach dem, was August erzählt hatte, den Verdacht hegte, dass sie eigentlich einen anderen Namen hatte. Einen, den Ray-Ray vielleicht kannte und in dem Fall schützte, obwohl er keinen Mucks gemacht hatte, als sie vorhin über den Computer und August sprachen und Maria den Namen genannt hatte.

Sie fasste einen Entschluss.

Ich gebe dir den Tag noch, um alles über Simona Lundmark zu erzählen, dachte sie. Und das nur, weil du mich gerettet hast, als ich nicht wagte, Paul zu verlassen.

»Lass uns stattdessen über Lovisa sprechen«, meinte sie. »Sie hat gelogen, als es darum ging, wie oft sie Irma und Ove angerufen hat.«

»Ja, und das noch ziemlich schlecht«, bestätigte Ray-Ray.

»Sie war richtig unter Druck, als wir die Frage aufgegriffen haben. Sie hätte doch sagen können, dass sie ihr Handy verloren hatte oder irgend so was.«

»Könnte sie von einem anderen Telefon als ihrem eigenen angerufen haben?«, gab Maria zu bedenken.

»Das hätte sie doch gesagt, oder? Wenn sie zum Beispiel das Telefon von Lucas geliehen hätte.«

»Ich glaube nicht, dass normale Menschen so denken«, widersprach Maria. »Wir haben gefragt, wie oft sie angerufen hat, und sie hat geantwortet.«

Ray-Ray murmelte etwas Undeutliches zur Antwort. Diese Theorie kaufte er nicht.

»Was sollen wir also von Matteo halten?«, fragte er stattdessen. »Da haben wir ein bisschen mehr Fleisch am Knochen.«

Das fand Maria auch, meinte aber, dass es auch da nicht sonderlich gut aussah.

»Wir wissen, dass er Irma und Ove vor nicht allzu langer Zeit angerufen hat«, sagte sie. »Und wir wissen, dass er von der Familie als schwierig angesehen wurde. Es könnte also er gewesen sein, der mit Irma gestritten hat, aber das wissen wir nicht. Wir haben null Information darüber, warum er den Computer haben wollte, und noch weniger, was für ein Motiv er hätte, die beiden zu ermorden.«

»Stimmt«, gab Ray-Ray zu. »Wo landen wir dann also?«

Maria schluckte.

»Dass Lovisa bisher noch die Einzige ist, die uns direkt ins Gesicht gelogen hat«, sagte sie. »Aber ein Motiv für den Mord sehe ich auch nicht.«

Ray-Ray presste die Lippen zusammen und sah aus, als wäre er im Begriff, etwas zu sagen, schwieg dann aber.

Da rief August an.

»Ich gehe kurz ran und sage, dass wir gleich eine Vernehmung haben«, erklärte Maria.

Ray-Ray grinste.

»Du musst dich doch nicht rechtfertigen, wie du mit deinem Typen redest«, sagte er.

»Mein Typ?«, echote Maria und zog eine Augenbraue hoch.

»Hallo, Liebling.«

»Hallo, kannst du reden?«

Augusts dunkle Stimme, in die sie sich sofort verliebt hatte, als sie sich kennenlernten, tönte ein wenig zu laut aus dem Telefon. Sogar Ray-Ray hörte in dem stillen Wohnwagen, was er sagte. Er lächelte, schwieg aber.

»Warte kurz, ich stelle dich ein bisschen leiser, man hört dich wahnsinnig laut, und …«

Hier wurde sie von August unterbrochen.

»Ich habe etwas über das Haus meiner Großeltern herausbekommen. Es war ein Kinderheim.«

Maria sah, wie Ray-Ray die Stirn runzelte und sie ansah. Obwohl er noch nicht wusste, worum es hier ging, klang das schon spannend.

»August, kann ich dich später zurückrufen? Wir stecken mitten in einer anderen Sache.«

»Natürlich.«

Niemals sauer, niemals beleidigt, wenn sie ihn mal abwürgte.

Du bist das Beste, was mir passiert ist, dachte Maria.

»Es gibt nur noch eines, woran ich gedacht habe«, sagte August. »Ich frage mich, was ich zu der Frau sagen soll, die sich Simona genannt hat. Ich fürchte ein bisschen, dass sie wieder auftaucht. Als ich gesagt habe, ich hätte den Computer nicht, hat sie mir nicht geglaubt. Hast du mit Ray-Ray über das gesprochen, was wir gestern bei seiner Bootshütte gesehen haben? Es fühlt sich nicht gut an, der Polizei nicht alles zu erzählen.«

Verdammt.

Jetzt war es raus, und das nur, weil sie die Lautstärke des Telefons nicht runtergestellt hatte.

Ray-Ray setzte sich schräg auf die Bank und verschränkte die Arme. Er sah mehr entsetzt als wütend aus.

»Ich habe noch nicht mit Ray-Ray gesprochen«, sagte Maria gedämpft. »Ich rufe dich später an, Kuss.«

»Kuss.«

Als sie aufgelegt hatte, wurde es still im Wohnwagen. So verdammt still.

»Gibt es etwas, was du mir erzählen willst?«, fragte Maria schließlich.

Eine neue Stille breitete sich im Wohnwagen aus.

Eine, die noch länger und noch gewichtiger war.

»Nein«, sagte Ray-Ray.

Sie war ebenso erstaunt wie verletzt.

»Aber …«

Er legte eine Hand auf ihren Arm.

»Nicht jetzt, Maria. Nicht jetzt. Aber …«

Sein »Aber« war ein Echo von ihrem, und das beruhigte sie fürs Erste. Er wusste auch, dass er sich falsch verhielt.

»Ich weiß nicht genau, was ihr beiden glaubt, gesehen oder erkannt zu haben«, sagte er und sah sie an. »Ich weiß nur, dass es nicht hierhergehört. Okay?«

»Es ist schwer, okay zu sagen, wenn ich nicht weiß, worum es geht«, meinte Maria. »Du hast August doch gehört. Niemand von uns gefällt es, irgendwelche Details von der Ermittlung zurückzuhalten.«

»Das verstehe ich zu hundert Prozent.«

»Wirklich? Du bist nicht du selbst, Ray-Ray. Nimm mal das mit deiner neuen Freundin zum Beispiel. Ich …«

»Vendela.«

Maria blinzelte.

»Wovon redest du jetzt?«

»Die Frau, die ich treffe, ist Vendela.«

Maria lachte.

»Machst du Witze?«

»Nein.«

Sie wurde ernst.

»Trotzdem müssen wir über Simona Lundmark, die August da erwähnt hat, sprechen«, sagte sie. »Wir haben euch gestern gesehen. Wir haben gesehen, dass …«

In dem Moment klopfte es fest an die Tür des Wohnwagens.

Maria und Ray-Ray erschraken beide.

Sie stand auf und schaute durch den Türspion.

»Das ist er«, sagte sie leise. »Es ist Matteo.«

Die Loyalität zur Truppe durfte nie stärker sein als die Loyalität zum Auftrag. Das hatte Vendela schon unzählige Male gehört, und sie war sehr froh darüber, dass sie noch nie gegen dieses Prinzip hatte verstoßen müssen.

Ein Held.

So hatte Ray-Rays Exfreundin aus dem Gymnasium ihn genannt, und jetzt hatte Vendela beschlossen, dass ihre eigenen Nachforschungen beendet waren. Es gab keine große, dunkle Wahrheit zu entdecken, sondern lediglich eine schwierige Episode im Leben eines Teenagers, die hinter sich zu lassen jeder das Recht hatte.

Vendela konnte sich nicht erinnern, wann sie zuletzt eine derart große Erleichterung verspürt hatte. Plötzlich war das Leben sowohl einfacher als auch fröhlicher. Als Ray-Ray sich mit einer SMS meldete, verspürte sie nichts anderes als reine Freude, obwohl er nur schrieb, dass er sich gerne bald wieder mit ihr treffen würde.

Das hier wird so gut werden.

Doch nicht nur Ray-Ray schickte eine Nachricht, sondern auch ihr Vater. Er war mit allen Teilen seines Strickpullovers fertig, außer dem linken Ärmel. Ein Foto zeigte das Ergebnis: Die Pulloverteile waren ordentlich auf dem Sofa aufgereiht.

Vendela wurde ganz warm ums Herz bei dem Anblick und der Nachricht, und sie schickte drei Herzen zur Antwort. Vielleicht würde sie ja bald wagen, Ray-Ray ihrem Vater vorzustellen.

Vendela spürte im ganzen Leib die Verliebtheit wie Kohlensäure blubbern.

Und sie schämte sich so sehr für ihr Misstrauen, dass sie vor Scham zu brennen drohte.

Wie unglaublich mies.

Zum Glück hatte sie es noch nicht geschafft, ihre Beobachtungen Roland mitzuteilen. Das hätte die Sache noch schlimmer gemacht, als sie schon war. Denn Vendela war überzeugt davon, dass Simona nicht log. Ray-Ray hatte keinen richtigen Konflikt mit Ove gehabt. Warum er nichts darüber gesagt hatte, dass Ove sein Lehrer gewesen war, hatte wahrscheinlich ausschließlich mit der Messer-Geschichte zu tun, und das konnte Vendela schon besser verstehen.

Sie versuchte, sich auf ihre Arbeit zu konzentrieren und nicht auf Ray-Ray.

Die richtige Arbeit.

Ein Computer, der angeblich Ove Dahlmans Tochter gehört hatte, war auf ihrem Schreibtisch gelandet. Zusammen mit einem anderen Techniker hatte sie Fingerabdrücke von Menschen gesichert, die den Computer angefasst hatten, aber die würden wahrscheinlich nicht gerade zu einem Durchbruch verhelfen. Zu viele Leute hatten den Computer in der Hand gehabt, und deshalb würde es schwer werden zu beurteilen, wessen Fingerabdrücke nicht hierhin gehören.

Dagegen würde es leichter sein, Abweichungen *im* Computer zu entdecken. Es musste einen Grund geben, dass er so begehrt war. Sie öffnete ihn mit geübten Bewegungen. Sie hatte dasselbe Modell zu Hause, und obwohl dieser hier viel älter war, hatte sich an den Äußerlichkeiten doch nur ziemlich wenig verändert. August hatte Maria gesagt, er hätte nur ein einziges Dokument gefunden, und das sei ein Buchmanuskript. Das schien zu stimmen. Später würde sich ein IT-Techniker das Ding genauer ansehen und herausfinden, was man noch retten konnte. Auch wenn man alles auf einem Computer löschte, gab es in vielen Fällen noch sogenannte Spiegelungen von Files auf der Harddisk.

Doch jetzt war Vendela hauptsächlich am Manuskript interessiert, denn das war zugänglich.

Mit raschen Bewegungen öffnete sie die Datei im Wordprogramm des Computers. Ein älterer Ermittler hatte ihr einmal gesagt, der größte Fehler, den man als Polizist machen könnte, sei, eine außergewöhnliche Erklärung dafür zu suchen, warum ein Verbrechen begangen worden war, anstatt sich auf das zu konzentrieren, was die Beweise nahelegten. Man solle sich nicht dazu verleiten lassen zu glauben, dass die Wirklichkeit komplizierter sei, als sie es schließlich war.

»Es ist nicht wie im Fernsehen«, hatte der Ermittler gesagt. »Die Verbrecher sind selten bis nie außergewöhnlich intelligent.«

Langsam scrollte Vendela durch das Buchmanuskript, das mehrere hundert Seiten lang war. Wenn sie keine ausdrückliche Anweisung erhielt, es im Detail durchzusehen, dann würde sie sich damit begnügen, kurze Stichproben im Text zu nehmen.

Es war nicht klar, wer das Buch geschrieben hatte, doch da der Computer Clara gehört und sie einen Schreibkurs gemacht hatte, meinte Vendela ziemlich sicher sein zu können, dass es sich um ihr Manuskript handelte.

Es waren keine übertrieben beeindruckenden Sätze, die sie niedergeschrieben hatte. Nicht einmal der Anfang war irgendwie mitreißend. Selbst wenn sie dem Leser einfache Sachen erklären wollte, benutzte Clara zu viele Wörter. Wie jemand aussah, wie jemand roch, wie jemand sich anfühlte.

Sie hat ihren Lesern nicht vertraut, dachte Vendela. Oder vielleicht wollte sie nur auf gar keinen Fall falsch verstanden werden.

Der Text war in der Ich-Form geschrieben und schien von einer jungen Frau zu handeln, der es längere Zeit schlecht ging. Sie suchte einen Therapeuten auf, um zu begreifen, warum sie so viele Jahre schon an einer Depression litt, und landete bei einem Mann, dessen großes Lebensidol Freud war. Wie es einem ging, hing davon ab, was für eine Kindheit man gehabt hatte, meinte der Therapeut. Für den, der eine unsichere Kindheit gehabt hatte, schien es keinen Weg zurück zu geben, ehe nicht jede Sache, die jemals anstrengend gewesen war, runtergebrochen und ad absurdum analysiert worden war.

»Verdammter Psychofall«, murmelte Vendela vor sich hin und meinte damit den Therapeuten. »Zu leben tut einfach weh, reiß dich zusammen.«

Nicht, dass das unbedingt eine großartige Strategie gewesen wäre, aber die fühlte sich auf jeden Fall barmherziger an als die des Therapeuten.

Warst du das, der es so schlecht ging, Clara?, dachte Vendela.

Es lag nahe, so zu denken.

Seite um Seite wurde über missglückte Beziehungen, Probleme im Beruf und Essstörungen gesprochen.

Vendela überflog den Text, sie wollte zu etwas kommen, was für die Ermittlung von Wert war. Doch stattdessen ging das Erzähl-Ich des Buches dazu über, von einer weiteren gescheiterten Beziehung zu erzählen.

Liebe ist für jemand anders. Denn ich kann nicht geliebt werden. Und ich kann auch nicht lieben.

Vendela schüttelte sich, sie fand, diese Sätze rückten ein wenig zu nah. Früher einmal hatte sie auch so gedacht, dass Liebe für jemand anders wäre. Das war jetzt lange her, seither hatte sie mehrere Beziehungen gehabt. Aus denen leider nichts geworden war. So pflegte ihr Vater das immer zu nennen. Dass aus Vendelas Verhältnissen nichts werden würde. Als ob es eine selbstverständliche Richtung für alle Beziehungen gäbe, eine vorausgesetzte Bewegungsenergie.

Wie ein gemeinsames Heim.

Gemeinsame Kinder.

Ray-Ray hatte all dies mit vier verschiedenen Frauen gehabt und dann alles ebenso oft zusammenfallen sehen. Das konnte bedeuten, dass er völlig außerordentlich war, wenn es darum ging, etwas aus seinen Beziehungen zu machen. Oder war er das weltgrößte Fiasko auf Erden?

Vendela scrollte weiter in dem Dokument, die ganze Zeit mit einem Auge auf Mail und Handy, damit sie keine wichtigen Mitteilungen über Fakten wie Fingerabdrücke oder DNA-Treffer verpasste. Richtige Fakten statt einer erfundenen Geschichte.

Doch dann blieb ihr Blick mitten auf einer der Manuskriptseiten hängen, die auf dem Bildschirm vorbeihuschten. Sie hielt inne und scrollte zurück, vergrößerte den Text ein wenig.

Es gibt eine Stiefmutter. Die gibt es schon lange. Sie ist warmherzig, hat immer versucht, mich mit hineinzunehmen, zu zeigen, dass ich einen selbstverständlichen Platz in der Familie habe, die sie und Papa aufgebaut haben. Die neue Familie mit dem neuen Kind, meinem kleinen Bruder. Ich habe nichts gegen meine Stiefmutter, auch nichts gegen meinen Bruder. Ich will ihr Bestes. Vielleicht verstehe ich deshalb nicht, warum vor allem meine Stiefmutter nicht aufwacht. Begreift sie nicht, was falsch ist? Spürt sie nicht, dass Papas Gedanken und seine Aufmerksamkeit die ganze Zeit woandershin wandern?

Vendela las den Text noch einmal.

Schrieb Clara hier über Ove und Irma? Hatte sie gespürt, dass Ove – ein Vater, den sie während ihrer Kindheit kaum gesehen hatte – untreu war? Oder riet sie bloß? Vielleicht war ihre Mutter völlig durchgedreht, als mit Ove Schluss war. Vielleicht hatte sie sich ganz schlimme Geschichten über ihn ausgedacht. Aber das erklärte nur wenig. Als Clara starb, war sie 44 Jahre alt gewesen. Ihre Kindheit und Jugend lagen lange zurück, mögliche Geschichten über Untreue hätten viel später stattfinden müssen, um noch irgendwelche stärkeren Gefühle hervorrufen zu können.

Oder dachte sie hier falsch?

Vendela las weiter, doch die Autorin verwickelte sich in eine Nebengeschichte, die keine Rolle im Rest der Erzählung spielte. Bis sie wieder auf dasselbe Thema kam:

Ich warte und warte.

Eines Tages werde ich es erzählen.

Eines Tages wird sie erfahren, dass sie nicht die Einzige ist, dass sie nicht einmal die ist, die er am liebsten haben will. Ich frage mich, was dann passiert. Ich frage mich, was mit einem Menschen passiert, der erfährt, dass sein ganzes erwachsenes Leben eine Lüge war.

Vendela starrte auf den Bildschirm.

Dachte daran, dass eine Zeugin gesagt hatte, Irma habe im selben Jahr, als die Stieftochter sich das Leben nahm, einen Konflikt mit Clara gehabt. Sie dachte an den Urin auf dem Rücksitz des Autos und daran, dass der Mörder Zugang zum Essen gehabt haben oder auf eine einfache Weise nahe an die beiden und an Irmas Medikamente rangekommen sein musste. Sie holte Irmas Krankenakte heraus, suchte nach einem Puzzleteil, das das Bild ganz machen würde.

Maria hatte erwähnt, dass sie auf der Toilette bei den Dahlmans Inkontinenz-Binden gesehen habe. In der Krankenakte gab es eine Notiz dazu. Irma hatte mehrmals die Gesundheitszentrale aufgesucht, schien aber keine richtige Hilfe bekommen zu haben.

Vendela trommelte mit den Fingern auf die Schreibtischunterlage, schaute sich noch einmal die kurzen Passagen im Buch an, die ihre Aufmerksamkeit erregt hatten, und wusste nun, dass sie weiterlesen und scrollen wollte.

Hast du erfahren, dass Ove untreu war, Irma?, dachte sie. Und wolltest du dich rächen?

Irma war zweifellos diejenige, die am leichtesten die Vergiftung hätte bewerkstelligen können. Sie hatte Kontakt sowohl zum Essen als auch zu den Medikamenten.

Vendela warf einen Blick auf die Uhr, und ihr wurde klar, dass Maria und Ray-Ray wahrscheinlich in diesem Moment Matteo vernahmen. Sie nahm ihr Handy und schickte eine SMS.

Fragt Matteo, was er über die Beziehung zwischen Ove und Irma weiß. Fragt, ob er Clara hat sagen hören, dass ihr Vater untreu war.

Von den Toten errettet. So dachte Magnus an seinen Vater. Lovisa sah ihm nach, als er seinen Autoschlüssel nahm und zur Haustür ging.

»Sollen wir jetzt losfahren?«, fragte sie.

»Ja, zuerst nach Kungshamn, da holen wir Lucas. Dann zu Papa. Ich möchte, dass wir sofort dorthin fahren. Jetzt, wo das mit der Vernehmung geklärt ist, gibt es keinen Grund, bis nach dem Essen zu warten. Ich habe Lucas schon eine SMS geschrieben und ihn gebeten, sich bereitzuhalten.«

Die Polizei hatte sich nicht wieder wegen des Personenschutzes bei ihnen gemeldet, obwohl sie versprochen hatten, sich um die Frage zu kümmern, sowie sie zurück in ihrem Wohnwagen wären. In Magnus' Welt hieß das, dass man bald eine Rückmeldung bekam, doch so schien die Polizei nicht gestrickt zu sein.

Auch egal.

Dann musste sich Magnus eben um die Sache kümmern. Genau wie er sich damals darum gekümmert hatte, die Familie vor Vikings Übergriff zu schützen. Nicht auszudenken, wie Lucas' Traumabearbeitung nach dem Einbruchserlebnis hätte funktionieren sollen, wenn er zu allem Überfluss auch noch von seinen Eltern getrennt worden wäre. Magnus und Lovisa waren sich einig, dass der Sohn relativ gut klargekommen war, doch gleichzeitig fanden sie beide auch, dass es ein deutliches Vorher und ein Nachher gab, dass es einen Lucas vorher gab, und dass der nach dem besagten Abend ein anderer geworden war.

Die Albträume kamen immer noch, und bis vor Kurzem hatte er sich nicht getraut, woanders zu übernachten. Außerdem war er lange Zeit Bettnässer gewesen. Sowohl Magnus als auch Lovisa hatten daraus geschlossen, dass die Nächte nach dem Trauma anstrengend gewesen waren und dass er vielleicht auch als Erwachsener mit seiner Nachtangst kämpfen müsste. Das Trauma hatte ihn also wirklich verletzlich gemacht.

»Was machen wir mit Elina?«, fragte Lovisa. »Sollen wir sie mit nach Uddevalla nehmen?«

Magnus zögerte.

»Im Grunde kann sie doch bei ihren Freundinnen bleiben«, sagte er.

»Im Moment ist sie bei den Larssons«, sagte Lovisa. »Ich rufe da mal eben an und frage, ob sie noch ein paar Stunden länger bleiben kann.«

Anrufen und fragen.

Mit ihrem Handy, wie man annehmen durfte. Das, wonach die Polizei indirekt gefragt hatte.

»Warum hat die Polizei gefragt, wie oft du Mama und Papa angerufen hast, als wir nach ihnen gesucht haben?«, meinte Magnus, als er sah, wie sie das Telefon ans Ohr drückte.

Lovisa sah erstaunt aus.

»Keine Ahnung.«

Magnus legte den Kopf schief. Das war klar gelogen, glaubte sie, er würde das nicht sehen? Genauso wie er selbst die Polizei angelogen hatte oder ihnen zumindest etwas vorenthalten hatte, als sie nach Sandra fragten. Er hatte ihnen nicht erzählt, dass er Kontakt zu ihr aufgenommen hatte, denn irgendetwas an dem Treffen mit Sandra hatte einen schlechten Nachgeschmack hinterlassen. Solange sie Magnus nicht erzählen wollte, was sie wusste, wollte er auch nicht unbedingt, dass sie mit der Polizei redete. Wer wusste schon, was Clara sich in ihrem kranken Zustand ausgedacht hatte. Die Polizei durfte auf keinen Fall auf irgendwelche falschen Fährten gelockt werden.

Mit Lovisa war es anders. Sie sollte keine Geheimnisse vor Magnus haben. Nicht jetzt.

»Ach, hör schon auf«, sagte er.

»Was heißt das denn? Ich kann doch wohl nicht wissen, warum die Polizei so gestörte Fragen über meine Telefonanrufe stellt. Die sollen ihre Arbeit machen und dafür sorgen, dass sie den finden, der unsere Familie angegriffen hat.«

Ihre Stimme zitterte, als sie sprach.

Sie waren beide so erschöpft, konnten nicht mehr vernünftig miteinander reden. Die Instinkte hatten übernommen, und das machte sie grob. Trotzdem wusste Magnus ganz sicher, dass Lovisa log.

Sie wusste, warum die Polizei gefragt hatte, wie oft sie angerufen hätte.

Sie wollte es ihm einfach nicht erzählen.

Die Zeit stand still, bis Lovisa plötzlich jemanden am Telefon hatte. Sie fing sich und brachte die Frage heraus. Konnte Elina den Rest des Tages noch bleiben?

»Das ist wirklich schön«, hörte Magnus sie sagen. »Wir sind so dankbar.«

Sie legte auf und wandte sich dann an Magnus:

»Sollen wir fahren?«

Er warf ihr einen langen Blick zu.

Das Telefon. Die Fragen der Polizei.

Warum wollte sie nicht erzählen, was das war mit den Anrufen bei seinen Eltern an dem Tag, als die beiden vergiftet wurden?

»Magnus?«

Widerwillig gab er nach.

»Jetzt gehen wir«, sagte er.

Auf der Fahrt nach Kungshamn sprach keiner ein Wort. Der Regen peitschte an die Windschutzscheibe. Die Auffahrt vor dem Laden war besetzt, da konnte man also nicht anhalten. Magnus stellte sich stattdessen auf den Parkplatz vom Supermarkt und verließ zusammen mit Lovisa das Auto. Normalerweise war im Hafen jede Menge los, doch nicht heute. In der Entfernung erkannte man die

Smögen-Brücke, hoch und steinern. Der Wetterwechsel war genau während der letzten intensiven Ferienwoche gekommen, und das fühlte sich bedrückend und trist an. Noch ein paar lebhafte Wochenenden, dann würde bald wieder alles sehr ruhig und still sein. Warum konnte der Sommer nicht noch ein Weilchen bleiben?

Sie gingen zum Laden. Magnus sah Lovisa von der Seite an und bemerkte ihren gejagten Blick. Seit dieser Zirkus begonnen hatte, waren sie beide so menschenscheu geworden.

Die Glocke läutete, als Magnus die Tür öffnete.

»Ja, hallo«, sagte eine knarzende Stimme von der anderen Seite des Ladens.

Natürlich. Gunnar Wide. Den hatte Magnus schon ganz vergessen.

»Hallo, hallo« sagte er.

»Hallo, hallo«, sagte auch Lovisa.

Sie schafften es nicht einmal mehr, darüber zu grinsen oder sich zu schämen, weil sie auf gleiche Weise grüßten.

Gunnar rollte mit dem Rollstuhl zurück.

»Wie geht es euch?«, fragte er ernst.

»Auf und ab, könnte man sagen«, erwiderte Magnus und fragte dann rasch: »Sind August und Lucas hier?«

In dem Moment tauchte August in der anderen Tür des Ladens auf.

»Aber ja«, sagte er. »Ich bin hier.«

Er lächelte sein stilles Lächeln, das Magnus normalerweise sympathisch fand, ja nachgerade beneidenswert, doch jetzt ärgerte es ihn bloß. Das war nichts Persönliches, er wollte nur einfach so schnell wie möglich hier wegkommen.

»Wir wollen Lucas abholen«, erklärte Lovisa. »Wir werden nämlich weiter zu Ove fahren.«

»Ich habe es gehört«, sagte Gunnar. »In den Nachrichten. Wie schön für euch, dass er aufgewacht ist.«

Magnus nickte kurz. Der Name seiner Eltern war noch nicht

in den Medien veröffentlicht worden, doch wer sie kannte, wusste natürlich, von wem die Rede war.

Magnus hatte keine Lust, mit August oder gar mit Gunnar über seinen Vater zu diskutieren. Und definitiv nicht mit den Zeitungen, wenn das nun je der Fall sein sollte. Er wollte seinen Sohn, und dann wollten sie losfahren.

Weg.

Abhauen.

Das Gaspedal runterdrücken bis zu einem Ort in der Welt, wo alles wie immer war und das Leben glücklich und alle fröhlich.

Fröhlich, verdammt noch mal. War das denn zu viel verlangt?

»Wo ist Lucas denn?«, fragte Lovisa.

Sie lächelte kurz. Natürlich tat sie das. Sie war schon immer die sozial Kompetentere von ihnen beiden gewesen.

August kam näher. Sein Kopf war ein wenig gesenkt, doch der Blick fest.

»Lucas ist draußen auf einem kurzen Spaziergang mit Sofia, denn sie war heute Vormittag ein wenig unruhig. In dem Wetter wird er nicht lange wegbleiben. Wenn ich gewusst hätte, dass ihr kommt, dann hätte ich ihn natürlich aufgehalten.«

Er holte sein Handy aus der Tasche.

»Ich rufe ihn gleich an und bitte ihn, zurückzukommen.«

Magnus schüttelte den Kopf.

»Kein Problem, das mache ich schon«, sagte er und holte sein Telefon heraus und rief Lucas an.

Ein Klingeln nach dem andern verging, dann landete er auf der Mailbox. Magnus unterbrach das Gespräch und rief erneut an. Lucas ging wieder nicht ran.

Jetzt komm schon, dachte Magnus, dem nur allzu bewusst war, wie still es im Laden geworden war und dass alle Blicke auf ihn gerichtet waren.

Er schickte noch eine SMS an den Sohn:

Lucas, geh ran, wenn ich anrufe, und komm sofort zum Laden zurück. Mama und ich warten hier.

»Er kommt gleich«, sagte Magnus steif.

»Das hoffe ich«, sagte Lovisa. »Ich bin neuerdings so furchtbar ängstlich.«

»Das verstehen wir«, sagte Gunnar und sah dabei richtig mitfühlend aus.

August machte eine hilflose Geste mit den Armen.

»Kann ich irgendetwas anbieten?«, fragte er. »Kaffee?«

»Nein, nein«, sagte Magnus. »Das ist total nett, aber wir müssen so schnell wie möglich los.«

Er schaute durchs Schaufenster auf die Straße. Da bewegten sich Menschen eilig hin und her durch den Regen, erledigten Dinge und lebten gewöhnliche Leben. Zumindest hatte Magnus das Gefühl, dass alle anderen im Gegensatz zu ihm ganz normal lebten. Vor nur einer Woche war er einer von ihnen gewesen. Und jetzt war alles auf den Kopf gestellt.

August stellte eine zaghafte Frage nach Ove, und Magnus ließ Lovisa antworten. Die beiden sprachen ein paar Minuten, dann wurde es wieder still.

»Aber warum kommt er denn nicht?«, fragte Lovisa leise und sah Magnus an.

Ihr Blick war so voller Sorge, dass es schmerzte, sie anzusehen.

»Da ist er ja.«

August entdeckte ihn. Magnus seufzte erleichtert, als er den Sohn ankommen sah. Lucas sah sehr viel älter aus, wenn er den Kinderwagen bei sich hatte, irgendwie bewusst und von seiner Aufgabe erfüllt.

Doch als er näher kam, sah Magnus auch noch etwas anderes.

Er sah bekümmert aus und besorgt. Nicht auf dieselbe Weise wie in den letzten Tagen zu Hause, sondern eher akut.

August hielt ihm die Tür auf und lächelte.

»Ich glaube, sie ist krank«, sagte Lucas und schaute in den Wagen. »Das hab ich gerade gesehen.«

August wurde ernst und beugte sich sofort herunter und zog den nassen Regenschutz ab.

»Guck dir mal ihr Gesicht an«, meinte Lucas. »Sie hat so drei komische Punkte auf den Wangen. Könnte sie gebissen worden sein?«

August nahm Sofia aus dem Wagen und sah sie verwundert an.

Aber Magnus war ganz und gar nicht erstaunt. Er wusste, was mit ihr los war.

»Das sieht aus wie Windpocken«, sagte er. »Die haben sich bloß noch nicht richtig mit Flüssigkeit gefüllt. Da kriegt sie sicher bald noch mehr.«

August sah entsetzt aus.

»Windpocken?«, fragte er.

»Sie wird sehr viele Punkte bekommen«, sagte auch Gunnar. »Das weiß sogar ich.«

»Es ist gut, wenn sie das jetzt kriegt, wo sie so klein ist«, fügte Lovisa hinzu. »Dann ist es viel weniger schlimm, als wenn sie es später kriegen.«

»Sieh mal einer an«, sagte August zu Sofia. »Windpocken. Du bist ja wohl mit allem ganz früh, mein Sternchen.«

Magnus kratzte sich die Stirn. Wenn er Sofia so sah, hatte er das Gefühl, als würde es ihn überall jucken.

»Verdammt«, sagte er leise.

»Was ist denn?«, fragte Lovisa.

»Papa darf nicht mit Windpocken angesteckt werden, jetzt, wo sein Zustand so kritisch ist.«

»Aber er hat doch wohl schon Windpocken gehabt, oder?«, fragte Lucas. »Er ist doch total alt.«

»Ja, aber wenn man das Virus noch einmal kriegt, kann man auch andere Infektionen bekommen«, erklärte Magnus. »Und es ist sehr ansteckend. Außerdem hast du immer noch keine Windpocken gehabt, Lucas. Elina auch nicht.«

»Die Frage ist natürlich, wie viele von euch bereits angesteckt sein können«, sagte August bedächtig.

»Genau«, erwiderte Magnus.

Lovisa seufzte schwer.

»Du hast recht, Magnus«, sagte sie. »Aber Lucas war in der Nähe von Sofia. Und wir beide haben schon Windpocken gehabt und fühlen uns außerdem gesund. Ich glaube also nicht, dass wir die Ansteckung weitertragen können.«

Magnus machte einen Ansatz, sich nach seinem Sohn zu strecken, um ihn zu umarmen, merkte aber rechtzeitig, dass er das besser bleiben ließ. Zuerst wollte er seinen Vater treffen und mit dem Arzt sprechen. Dann mussten sie überlegen, wie sie sich verhielten. Vielleicht war es überhaupt kein Problem, solange es Lucas gut ging, aber es wäre dumm, es drauf ankommen zu lassen.

»Dann machen wir es so, dass Mama und ich zu Opa nach Uddevalla fahren«, sagte Magnus. »Dann kannst du mit dem Bus nach Hause fahren.«

»Stecke ich da nicht andere an?«, meinte Lucas.

»So musst du nicht denken«, sagte Magnus, der jetzt weder die Kraft noch die Geduld hatte zu erklären, warum es okay war, Bus zu fahren, aber nicht den Großvater zu besuchen.

»Ich fahre ihn nach Hause«, versprach August. »Wenn das für euch okay ist.«

»Danke«, sagte Magnus. »Vielen Dank.«

Von Gunnar war ein leises Husten zu hören. Oder räusperte er sich?

Magnus sah zu ihm.

Lehnte der alte Mann nicht seltsam im Rollstuhl? Oder hatte er die ganze Zeit so dagesessen?

»Gunnar, alles klar?«, fragte August.

Gunnar hustete noch einmal und begann dann vor und zurück zu schwanken.

August legte Sofia in den Wagen, eilte schnell hin und umfasste ihn.

»Gunnar?«

Es rasselte um Gunnar, der sich mit seinem gesunden Arm an den Kopf fasste.

Die Augen bewegten sich ruckartig, der Blick ging ins Nichts.

»Das hier geht schief«, flüsterte er. »Hilf mir … hilf mir.«

Als der Kaffee gekocht war, begannen sie unverzüglich mit der Vernehmung. Matteo setzte sich allein an die eine Seite des Tisches und Maria und Ray-Ray an die andere. Der Wohnwagen schaukelte sanft, als sie sich bewegten.

Matteos Blick war wach und schnell. Seine ganze Erscheinung schrie: »Ich bin hier, und ich bin bereit!« Angst hatte er nicht. Das war ebenso faszinierend wie erstaunlich.

Vendela hatte eben eine SMS geschickt. Sie sollten Matteo fragen, ob Irma betrogen worden sei, denn danach klang es offensichtlich in dem Buch auf dem Computer. Maria spürte, wie sich ihr Magen zusammenzog – eine weitere Spur, und diese wies in Irmas Richtung. Die Ermittlung bewegte sich. Sie mussten aufpassen, dass sie sich nicht zu früh auf eine bestimmte Theorie und einen Verdächtigen festlegten.

Ray-Ray begann die Vernehmung, indem er die notwendigen Formalitäten klärte.

»Zu Beginn möchte ich sagen, dass Sie im Moment nicht formell eines Verbrechens verdächtigt werden«, sagte er zu Matteo.

»Was mache ich dann hier?«

Er war sonnengebräunt und seine Haare verwuschelt. Das Hemd hing lässig aus der Hose, und die hochgekrempelten Ärmel entblößten große Tätowierungen.

Nette Tätowierungen, dachte Maria.

Blumen mit langen Stielen und mitten in allem flatterte eine Textzeile, die man nicht lesen konnte, weil er verkehrtherum saß.

»Sie sind hier, weil wir gehört haben, dass Sie Ove und Irma Dahlman kennen«, sagte Ray-Ray. »Sie waren mit Oves Tochter zusammen. Ist das korrekt?«

Matteo nickte.

»Korrekt.«

»Wie unsere Kollegen in Göteborg Ihnen bereits mitgeteilt haben, sind Ove und Irma Dahlman vergiftet worden«, erklärte Ray-Ray. »Irma ist verstorben, und Ove befindet sich immer noch im Krankenhaus.«

»Und jetzt hat jemand Ihnen erzählt, dass ich mit den beiden kurz bevor sie vergiftet wurden, einen Konflikt hatte, und deshalb muss ich der Schuldige sein«, entgegnete Matteo und verdrehte die Augen. »Mein Gott, was die Leute sich so ausdenken. Lassen Sie mich raten – ist es Magnus, der mit dem Finger auf mich gezeigt hat?«

Maria lehnte sich auf der Bank zurück. Der Wohnwagen fühlte sich immer ein wenig unwürdig an, doch erst angesichts Matteos frecher Art wurde er richtig zu einem Witz.

»Schildern Sie mir den Konflikt«, sagte sie, ohne darauf zu antworten, welcher Zeuge ihn genannt hatte.

»Den neuen oder den alten?«

Es gab also zwei.

»Fangen Sie mit dem jüngsten an.«

»Gerne. Irma hatte auf Facebook gepostet, dass sie Claras Computer an eine Sammlung geben würde. Supernett, natürlich. Aber das Problem ist, dass sie zu mir gesagt hatte, sie hätte den Computer weggeworfen, und das war ja nun offensichtlich nicht die Wahrheit. Also habe ich sie sofort angerufen und ihr auf die Mailbox gesprochen, dass ich den Computer haben will, um Claras Manuskript zu retten. Das war natürlich idiotisch, hab ich aber erst später begriffen. Offensichtlich wusste Irma da nämlich noch nichts von Claras Manuskript.«

»Wann haben Sie das erste Mal nach dem Computer gefragt?«, erkundigte sich Ray-Ray.

»Nachdem Clara gestorben war, aber da habe ich das Manuskript nicht erwähnt. Die Kinder von Magnus haben alles von ihrer Tante geerbt, aber der Computer landete offenbar trotzdem bei

Ove und Irma. Magnus fand anscheinend, dass die ihn eher gebrauchen könnten als seine Kinder.«

»Warum war und ist der Computer so wichtig für Sie?«

»Weil ich weiß, dass Claras Manuskript da drin ist, das hab ich doch gesagt. Sie hat an einem Buch geschrieben, das nie publiziert worden ist, und als sie starb, befand sich das auf der Harddisk. Ich weiß, dass sie nicht gewollt hätte, dass jemand anders es liest. Und ich weiß auch, dass Clara gewollt hätte, dass ich mich um den Computer kümmere. Ich habe sowohl Irma als auch Ove angerufen, aber die haben sich nie gemeldet. Deshalb habe ich sie stattdessen auf Hovenäset aufgesucht, aber die ersten Male, als ich bei ihnen geklingelt habe, haben sie mich nicht reingelassen. Schließlich machte Irma die Tür auf, und da habe ich versucht, sie dazu zu bringen, den Computer zurückzuholen, aber sie weigerte sich. Der Computer sei bereits weggegeben, behauptete sie. Es ist unklar, ob sie meinte, von ihr selbst oder von August Strindberg.«

»Warum hat Clara ein Buch geschrieben, das niemand lesen durfte?«, fragte Ray-Ray.

»Zu Anfang hatte sie das nicht vor, aber es hat sich so entwickelt.«

»Okay«, sagte Maria. »Soweit wir wissen, hat sich Clara nach einer Zeit der Depression das Leben genommen. Davor scheint sie keine direkte Energie darauf verwendet zu haben, sich zu vergewissern, dass Sie den Computer bekommen. Und sie hat auch ihr Manuskript nicht gelöscht.«

Matteo sah sie an, als hätte sie nicht alle Tassen im Schrank.

»Glauben Sie, dass Clara ihren Selbstmord vorbereitet hat? Das hat sie nicht getan. Ich weiß es, denn ich war da. Sie hat aufgegeben, als ich sie in die psychiatrische Notaufnahme gefahren habe, damit sie behandelt wird. Sie war mitten in einem Panikanfall … So etwas habe ich überhaupt noch nie erlebt. Es hat unglaublich wehgetan, sie in so schlechtem Zustand zu sehen. Nichts, was ich gesagt oder getan habe, spielte noch irgendeine Rolle.«

»Was hat denn Claras Depressionen ausgelöst?«, fragte Ray-Ray. Seine Stimme klang sanfter als gewöhnlich, einfühlsamer.

Matteo setzte sich anders hin. Mit einem Mal sah er verletzlich aus.

Ray-Ray bot ihm noch einen Kaffee an, und er nickte. Ray-Ray stand auf und nahm Matteos Tasse mit. Eine rosafarbene, die unter dem Namen »Die Besuchertasse« lief.

Matteo griff mit beiden Händen danach.

»Als wir uns kennenlernten, war Clara bereits sehr labil«, erzählte er und nahm einen großen Schluck Kaffee. »Ihre Mutter war kurz zuvor gestorben, und das hatte ihre ganze Welt erschüttert. Damals war mir klar, dass sie etwas Schweres erlebt hatte, etwas, was sie von innen auffraß. Das war ein sehr wichtiger Grund dafür, dass sie sich auf den Schreibkurs beworben hat. Sie dachte, sie würde frei werden, wenn sie nur einmal ihre Geschichte erzählen könnte.«

»Und war es so?«, fragte Maria.

Matteo trank wieder von seinem Kaffee. Es war unbegreiflich, wie er den in sich hineinbekam. Es war viel zu warm, um etwas Heißes zu trinken. Das herannahende Gewitter hatte den Wohnwagen in einen stickigen Backofen verwandelt. Vorsichtig öffnete Maria eines der Fenster. Der Regen trommelte auf die Scheibe.

»Sie hat nie darüber nachgedacht, wie frei sie das wirklich machen könnte«, sagte Matteo. »Als das Buch fertig war, wurde ihr klar, dass sie nicht wollte, dass jemand es las. Zusammen mit Sandra hatte sie schon mal versucht, in einer Selbsthilfegruppe ihre Kindheit zu bearbeiten, aber das hatte auch nicht so funktioniert wie gedacht. Ich glaube, sie hatte das Gefühl, nie wieder gesund werden zu können.«

»Was für eine Selbsthilfegruppe war das?«

»Die Überlebenden heißt sie.«

Die Überlebenden?, dachte Maria. Eine Selbsthilfegruppe für wen?

»Das Buch war also autobiografisch?«, fragte sie.

»Ja.«

»Aber ihrer Familie hat sie gesagt, sie würde einen Gruselroman schreiben.«

»Das war im Grunde nicht ganz verkehrt«, sagte Matteo. »Es ist ein sehr unbehagliches Buch.«

Er hustete.

»Entschuldigen Sie«, sagte er und nahm von seinem Kaffee.

Ray-Ray reichte ihm diskret ein Glas Wasser, doch das blieb unberührt auf dem Tisch stehen. Er sah verstohlen zu Maria, die seinem Blick begegnete. Die Frage, die Vendela geschickt hatte, fühlte sich wichtig an.

»Wie war Claras Beziehung zu der Familie ihres Vaters?«, fragte Ray-Ray.

»Nicht existent«, erwiderte Matteo. »Aber das wissen Sie wahrscheinlich schon.«

»Naja«, entgegnete Maria, »wir haben es so verstanden, dass Magnus und Clara als Erwachsene durchaus einige Versuche unternommen haben, eine Geschwisterbeziehung aufzubauen. Stimmt das nicht?«

»Ja, doch, sie haben es versucht. Aber es hat nicht funktioniert. Magnus liebte seinen Vater, und Clara konnte den nicht ausstehen. Sie hatten so unglaublich unterschiedliche Zugänge in der Beziehung zu Ove, und die zu überbrücken, war völlig unmöglich.«

»War Ove kein guter Vater?«, fragte Maria.

»Der ist total krank im Kopf«, erwiderte Matteo.

»Wie meinen Sie das?«, fragte Ray-Ray.

Seine Frage wurde mit Schweigen beantwortet.

»Wissen Sie, ob er übergriffig gegenüber Irma war?«, fragte Maria. »Oder ob er eine andere hatte?«

»Ja, das hatte er, das kann man schon sagen«, erwiderte Matteo mit dumpfer Stimme.

»Und wen?«

Keine Antwort. Es war mucksmäuschenstill im Wohnwagen.

Maria spürte, wie ein eiskaltes Unbehagen angekrochen kam. Ihre Gedanken wanderten zu den Buddelschiffen, die August bekommen hatte. Das einzige Schiff mit einer Besatzung und das Einzige mit einem Gruß auf dem Schwimmring.

Ich versinke.

Irgendwas entgeht uns hier, dachte sie. Etwas Fundamentales und verdammt Wichtiges.

»Kennen Sie die Geschichte, wie Lucas' Klassenlehrer vorhatte, Magnus anzuzeigen?«, fragte Matteo.

»Ja«, sagte Ray-Ray. »Erzählen Sie, was Sie darüber wissen.«

Matteo nickte bedächtig.

»Durch reinen Zufall haben wir erfahren, dass Magnus angezeigt werden sollte«, begann er. »Clara und Magnus waren verabredet, um in der Stadt einen Kaffee zu trinken, und da hat Magnus angerufen und das Treffen abgesagt. Das war im Herbst. Magnus ging es nicht gut. Er weinte am Telefon und benahm sich seltsam. Schließlich erzählte er, was passiert war, oder besser gesagt nicht passiert war. Das war der Startschuss für Claras Talfahrt in den vollständigen Untergang. Sie wurde einfach nicht damit fertig, dass sich die Geschichte wiederholte.«

Maria wechselte einen Blick mit Ray-Ray und spürte, wie ihr Puls langsam stieg.

»Was meinen Sie damit, dass sich die Geschichte wiederholte?«, fragte sie nachdenklich.

In ihrem Inneren klang das Echo von dem nach, was Viking in der Vernehmung gesagt hatte. Dass Magnus sich an seinem eigenen Sohn vergriffen haben sollte. Dass alle Anzeichen dafür da gewesen waren.

Aber sich wiederholen?

»Ich will sagen, Clara hatte erkannt, dass Lucas denselben Übergriffen ausgesetzt war, die sie selbst als Kind erleiden musste. Das Böse hatte sich also von einer Generation in die nächste weitergearbeitet. Ich habe ihr gesagt, dass sie sich unbedingt mit Magnus treffen und ihm erklären müsse, was das eigentliche Problem war. Aber Magnus war völlig von einem anderen Ereignis absorbiert, irgendein Einbruch, glaube ich. Er hat behauptet, Lucas würde es deshalb so schlecht gehen. Also hat Clara nichts zu ihm gesagt, denn ihr war klar, dass sie nicht zu ihm durchdringen würde. Stattdessen wandte sie sich an Irma. Und das war ein großer Fehler. Die … Die ist völlig ausgeflippt.«

Maria beugte sich engagiert vor, denn jetzt klang es so, als würden sie endlich erfahren, worin der Konflikt zwischen Clara und Irma bestanden hatte.

»Was genau hat Clara zu Irma gesagt?«, fragte Maria.

»Sie hat ihr erzählt, was passiert ist, als sie klein war. Warum Clara niemals bei ihrem Vater wohnen wollte und warum ihre Mutter sie in der Frage unterstützt hat. Aber Irma weigerte sich, das zu glauben. Und dann irgendwann erfuhr Clara, dass es Ove gelungen war, die ganze Geschichte im Sande verlaufen zu lassen, indem er Viking losgeworden war. Da hat sie endgültig mit ihrer Familie gebrochen. Das war ungeheuer traumatisch für sie, denn sie litt darunter, dass sie ihren Neffen im Stich ließ. Und ihr Buch … Damit hat sie einfach aufgehört. Sie glaubte nicht mehr, dass dieses Buch Lucas helfen könnte. Im Gegenteil. Womöglich würde es für ihn nur alles schlimmer machen.«

Maria suchte nach einem Gedanken, der rutschig wie eine Seife war, ihr immer wieder entglitt, wenn sie sich ihm näherte. Matteo hatte so viel in so kurzer Zeit erzählt, und sie konnte die ganzen Informationen nicht mehr ordnen.

»Sie sprechen von Ove und Irma«, sagte sie nachdenklich. »Aber der Lehrer von Lucas wollte doch Magnus anzeigen. Oder möglicherweise Lovisa.«

Matteo gab ein Schnauben von sich und schüttelte den Kopf.

»Sie haben wirklich gar nichts kapiert«, sagte er.

»Ja, dann helfen Sie uns doch«, entgegnete Ray-Ray.

Matteo sah sie mit ernster Miene an.

»Das war wahrscheinlich das, was Viking dachte«, begann er. »Dass Magnus der Täter war. Aber Clara wusste es besser. Nicht Magnus war es, der Lucas missbrauchte, und auch nicht Lovisa. Es war Ove. Und das Buch handelte von Ove.«

Maria bemühte sich, ihr Erstaunen zu verbergen, doch das gelang ihr nicht.

Matteo sah sie mit einem triumphierenden, aber auch traurigen Blick an.

»Sie wussten es also nicht«, sagte er leise. »Clara hat sich niemals getraut, das anzuzeigen, denn sie war sicher, dass ihr niemand glauben würde. Ich habe versucht, sie vom Gegenteil zu überzeugen, doch ihre Mutter war tot, und einen anderen Zeugen hatte sie nicht. Keine Tagebuchaufzeichnungen, keine älteren Anzeigen. *Nada.* Aber ich glaube, dass sie vor allem deswegen keine Anzeige erstattet hat, weil sie so krank wurde. Sie dachte nicht mehr rational, und es ging wahnsinnig schnell bergab mit ihr.«

Er schluckte, musste sich ein paar Augenblicke sammeln, ehe er weitersprach.

»Bevor Sie fragen, sage ich mal gleich, wie die Dinge liegen: Ich war es nicht, der Irma getötet hat. Und ich habe auch nicht versucht, Ove zu ermorden. Als die beiden vergiftet wurden, war ich in Spanien.«

»Sie hätten gute Gründe, sie verdammt noch mal nicht ausstehen zu können«, erwiderte Ray-Ray trocken.

»Ja, aber jetzt sind sieben Jahre vergangen, seit Clara gestorben ist, und glauben Sie mir, seither ist eine Menge passiert. Wenn ich Sie wäre, würde ich nach jemandem suchen, der weiß, was Ove so macht, und der ihn aufhalten wollte. Denn hier geht es nicht eigentlich um Irma, sondern um ihren ekelhaften Mann. Finden Sie jemanden, der Oves beschissenes Geheimnis kennt. Finden Sie jemanden, der ihn so gehasst hat, dass er oder sie wollte, dass er tot ist, und dem es egal war, wenn Irma gleichzeitig stirbt.«

»Wie läuft es mit dem Computer?«

Vendela fuhr zusammen. Sie hatte nicht gehört, wie Roland in ihr Büro gekommen war, und nun beobachtete er sie belustigt.

»Es geht voran«, sagte sie und erzählte, was sie im Text gefunden hatte.

Roland setzte sich auf den Besucherstuhl ihr gegenüber.

»Interessant«, sagte er. »Man wüsste ja gerne, ob das, was sie schreibt, selbst erlebt ist.«

»Ich glaube, dass es so ist«, erwiderte Vendela. »Sie schreibt in so einem gewissen Ton. Aber ich werde noch weiter scrollen, vielleicht kann man da noch mehr rausholen. Und Maria und Ray-Ray müssten ja bald mal berichten, wie die Vernehmung mit Matteo gelaufen ist.«

Roland lehnte sich zurück.

»Gut«, sagte er. »Aber apropos Ton und was man so aus unterschiedlichen Zusammenhängen lesen kann. Ich bin wegen einer ganz anderen Sache hier.«

Er machte eine Kunstpause und gab ihr Gelegenheit, schon mal darüber nachzudenken, was er wohl wollte.

»Ich arbeite seit über dreißig Jahren als Polizist«, sagte Roland gedehnt. »Von denen bin ich seit knapp fünfzehn Jahren Chef, und dich kenne ich ungefähr genauso lange. Während der Zeit habe ich eine große Anzahl Paare hier erlebt, sowohl unter Angestellten als auch unter Chefkollegen. Das hat mich nie gestört, kein einziges Mal. Und glaube mir, es stört mich auch diesmal nicht. Aber …«

Er verstummte, und Vendela merkte, wie ihr Herz mit jeder Sekunde lauter pochte. Ihre Wangen wurden heiß, und sie stand kurz vorm Tunnelblick.

Er wusste es.

»Aber private Beziehungen dürfen die Arbeit nicht beeinträchtigen. Niemals. Verstehst du, was ich meine?«

Sie nickte stumm. Fand er, sie hätte ihren Job nicht richtig erledigt? Oder noch schlimmer: Wusste er von ihrer Privatermittlung?

Roland lächelte.

»Ich sehe, wie erstaunt du bist«, sagte er. »Aber ich wäre kein sonderlich guter Kommissar und Chef, wenn ich nicht sehen würde, wie es meinen engsten Teammitgliedern geht. Und um dich und Ray-Ray hat es in den letzten Wochen wirklich gestrahlt. Zumindest bis kürzlich.«

Rolands Lächeln verschwand, und Vendelas Mut sank.

Ihr war unangenehm, dass sie noch nicht geantwortet hatte. Dass sie weder versucht hatte, ihre Beziehung zu verneinen, noch dass es in den letzten Tagen zwischen ihnen etwas angespannt war.

Wenn es wirklich angespannt gewesen war.

Sie hatten nicht gestritten und nicht einmal eine heftige Diskussion geführt.

Aus Vendelas Perspektive waren die vergangenen Tage eine einzige lange, quälende und stumme Prüfung gewesen. Aber jetzt war es endlich vorbei, und alles wäre wieder gut.

»Das soll heißen, ich möchte, dass du und Ray-Ray einmal ordentlich darüber nachdenkt, ob ihr weiter in derselben Gruppe arbeiten könnt«, sagt Roland. »Keiner von euch ist Chef des anderen, aus der Perspektive gibt es also kein Problem. Aber ich möchte, dass es euch gut geht, wenn ihr bei der Arbeit seid, und dass ihr auf Topniveau funktioniert. Und nach dem, was ich in den letzten Tagen gesehen habe, bin ich nicht davon überzeugt, dass ihr zwei das schafft.«

Vendela räusperte sich diskret.

»Okay«, sagte sie.

Rolands Augenbrauen schossen in die Höhe.

»Okay? Nur das, nicht mehr? Du musst natürlich keinesfalls

dein Privatleben mit mir diskutieren. Aber überdenke mal, was ich gesagt habe, und sprich mit Ray-Ray darüber. Überlegt euch, ob ihr eine Lösung findet. Ich persönlich möchte nichts lieber, als euch beide hierzubehalten.«

Er stand auf.

»Natürlich werde ich auch mit Ray-Ray sprechen.«

Er nickte Vendela kurz zu und ging zur Tür, hielt dann aber mitten im Schritt noch einmal inne.

»Für den Fall, dass ich mich nicht klar ausgedrückt habe: Ich freue mich sehr für dich und Ray-Ray«, sagte er.

Vendela merkte, wie sie einen Kloß im Hals bekam.

Ich mich auch.

»Danke.«

Roland nickte noch einmal.

»Gut«, sagte er. »Übrigens, Maria hat ja heute bei der Besprechung Claras Freundin Sandra erwähnt. Wir haben jetzt einen Nachnamen: Westin. Könntest du Informationen über sie einholen? Wir haben kein Geburtsdatum, aber wir wissen, dass sie im selben Alter war wie Oves Tochter. Versuch doch mal bitte, ihre Daten zu finden.«

»Kein Problem«, sagte Vendela. »Ich checke das sofort.«

»Gut, dann hören wir wieder voneinander.«

Und mit den Worten verließ Roland ihr Zimmer.

Eine einsame Träne rollte ihre Wange hinunter, und sie beeilte sich, sie wegzuwischen. Sie konnte sich kaum erklären, woher das Weinen kam, aber Rolands Ausführungen über sie und Ray-Ray hatten sie seltsam berührt. Sie hatte gedacht oder gewünscht, dass jetzt alles ruhig sein würde.

Mit leerem Blick schaute sie auf den Bildschirm und versuchte, ihre Sinne zu schärfen für die Jagd auf Sandra Westin.

Und das gelang ihr.

Es gab nämlich nicht so viele mit diesem Namen, die rein altersmäßig infrage kamen. Vendela rief die entsprechenden Seiten auf und zauberte die Passbilder von vier Frauen mit dem Namen Sandra Westin hervor.

Ein Foto nach dem anderen flatterte auf dem Bildschirm vorbei, als Vendela auf *Print* drückte. Es war doch am besten, gleich Kopien von allen Bildern zu machen. Magnus und Lovisa mussten dann entscheiden, welche die richtige Sandra war.

Doch dann erschien das letzte Foto auf dem Bildschirm und das blieb da hängen.

Vendela starrte darauf.

Blinzelte und schloss die Augen.

Schaute noch einmal.

Der Stress nahm zu.

Sie kannte die Frau vom Foto. Simona Lundmark. Die Ray-Ray einen Helden genannt hatte.

Sandra Westin und Simona Lundmark waren dieselbe Person.

Vendela hielt die Luft an und spürte, wie das Zimmer sich um sie zu drehen begann.

Da hatte sie nun gedacht, ihre Privatermittlung hinter sich lassen zu können, ohne dass jemand davon erfahren müsste. Aber das war naiv gewesen, so viel begriff sie jetzt. Denn nichts in einer Ermittlung geschah je aus Zufall, und so war es auch dieses Mal.

Ihr Handy klingelte, und sie schrak zusammen.

Ahmed.

»Es geht um den Medikamentenschrank bei Dahlmans«, sagte er, als sie ranging.

Sie richtete sich sofort auf, hörte an seiner Stimme, dass er auf etwas Wichtiges gestoßen war.

»Weil der abgeschlossen war, haben wir ja das ganze Ding mitgenommen«, sagte er, »und jetzt haben wir etwas sehr Seltsames entdeckt.«

»Nämlich?«

»Nämlich, dass er abgewischt ist. Leer war er auch, aber das ist weniger verwunderlich.«

»Was meinst du mit abgewischt?«

»Das, was ich sage. Der Schrank ist gründlich abgewischt worden. Es gibt keinen einzigen Fingerabdruck.«

Vendela dachte nach.

Da stimmte was nicht. Und zwar gar nicht.

»Was denkst du?«, fragte sie Ahmed.

Er zögerte nicht lange.

»Ich denke, dass unser Täter versucht hat, sowohl schlau als auch gründlich vorzugehen. Dass er oder sie aber unter Zeitdruck stand und nicht nachgedacht hat, als der Schrank aufgemacht wurde. Da sind Fingerabdrücke darauf gelandet, die später sehr schwer zu erklären gewesen wären.«

»Das heißt, als der Schrank mal offen war, hat der Täter ein paar Handschuhe angezogen?«, meinte Vendela. »Und um die Fingerabdrücke wegzuwischen, die bereits darauf waren, hat er ihn abgewischt?«

»Das würde ich so vermuten«, sagte Ahmed. »Aber hör mal, ich habe etwas erfahren, was alles noch seltsamer macht. Auf sämtlichen Medikamentenverpackungen und Tablettenblistern haben wir Irmas Fingerabdrücke gefunden.«

»Das ist nicht verwunderlich, es waren ja schließlich ihre Medikamente.«

»Ja, das stimmt. Sie hat also sämtliche Blister angefasst, als hätte sie eine Tablette nach der anderen rausgedrückt.«

»Mein Gott«, flüsterte Vendela. »Sollte es trotz allem Irma gewesen sein, die …«

Ihre Gedanken flatterten jetzt wie Schmetterlinge herum, suchten ein Licht, das sie ahnte, aber noch nicht richtig sehen konnte.

Ahmed unterbrach sie.

»Aber warum sollte Irma sich die Mühe machen, den Medikamentenschrank abzuwischen, wenn es ihr doch nichts ausgemacht hat, Fingerabdrücke auf allen Verpackungen zu hinterlassen?«, fragte er. »Das passt nicht zusammen.«

Vendelas Gedanken wanderten zurück zu Dahlmans Kellerküche, zu dem Ofen in der Wand, in dem die Medikamente zusammen mit altem Zeitungspapier gelegen hatten. Der Brandbeschleuniger hatte auf dem Boden gestanden, und Vendela hatte überlegt, dass der Täter in seinem Versuch, alles zusammen anzuzünden, gestört worden war.

Aber was, wenn das nur arrangiert war, damit sie und ihre Kollegen genau das dachten? Wenn es nie der Plan gewesen war, diese Verpackungen anzuzünden, sondern der Fund nur dazu dienen sollte, ihnen zu demonstrieren, dass die Einzige, von der es Spuren gab, Irma war? Damit die Polizei glaubte, dass sie die Täterin war.

Ihre Nackenhaare stellten sich auf.

Das wäre wirklich verschlagen, aber gleichzeitig auch ein wenig linkisch. Denn der Medikamentenschrank hatte den ganzen Plan ruiniert.

»*Anyway*«, sagte Ahmed. »Ich wollte es nur sagen. Jetzt werde ich versuchen, die Daten von einer Simona Lundmark zu finden, die laut August Strindberg versucht hat, sich den Computer, an dem du da gerade sitzt, zu erschleichen.«

Vendelas Mund wurde trocken.

»Entschuldige, was hast du gesagt?«

»Marias Lebensgefährte hat uns den Namen von einer Frau genannt, die auch Claras Computer haben wollte.«

Vendela wunderte sich, dass sie überhaupt noch ein weiteres Mal erstaunt sein konnte. Und auch, wie es ihr gelang, enttäuscht zu sein.

Sorry, Ray-Ray, dachte sie matt. Jetzt gebe ich auf.

Sie hatte ihr Äußerstes getan, um ihn zu schützen, aber jetzt war sie am Ende ihrer Möglichkeiten. Die anderen aus der Ermittlergruppe mussten auch erfahren, dass Simona und Sandra dieselbe Person waren. Es spielte keine Rolle, dass sie früher oder später auch selbst darauf kommen würden. Wenn Vendela auch nur die kleinste Chance haben wollte, sich aus dieser Sache mit einer guten Haltungsnote rauszuziehen, dann musste sie augenblicklich handeln. Sie würde nur noch das restliche Manuskript durchsehen und dann sofort zu Roland gehen und alles erzählen.

»Danke«, sagte sie zu Ahmed. »Viel Glück.«

Sie legten auf, und sie kehrte zum Computer und dem Manuskript zurück. Doch ihr Gehirn war wie aus Watte. Sie konnte kaum begreifen, was sie las. Es war vorbei. Alles war vorbei.

Ihre Hand streckte sich nach dem Handy aus.

Eine Warnung. Sie könnte eine Vorwarnung an Ray-Ray schicken, damit er nicht aus allen Wolken fiel, wenn Roland sich bei ihm meldete.

Da klingelte wieder ihr Jobhandy.

Diesmal war es Schlapp-Johan aus der Werkstatt.

»Du«, sagte er. »Wir haben einen verdammt seltsamen Fund gemacht.«

»Erzähl!«, bat sie.

»Baby.«

Er spuckte das Wort wie einen Hockey-Puck aus, dachte wahrscheinlich, dass es selbsterklärend wäre.

Aber Vendela begriff überhaupt nichts.

»Wie bitte?«

Schlapp-Johan räusperte sich.

»Wir haben Spuren von einem Baby gefunden.«

Der Krankenwagen kam knapp zehn Minuten, nachdem August um Hilfe gerufen hatte. Zu dem Zeitpunkt war Gunnar völlig desorientiert und wahnsinnig erschöpft. Er sprach nur undeutlich, und obwohl August sich über ihn beugte, konnte er fast nicht hören, was er sagte. August hatte die Anweisungen der Notdienstzentrale befolgt, und er und Lucas hatten Gunnar gemeinsam in die stabile Seitenlage gedreht, um die Atemwege frei zu halten. Magnus und Lovisa hatten dafür gesorgt, den Laden abzuschließen, damit kein Kunde reinkam.

Gunnar umklammerte seine Hand mit erstaunlicher Kraft und murmelte immer wieder dasselbe Wort.

»Dreht sich. Dreht sich.«

August strich ihm über den Arm.

»Das wird sich bald beruhigen, Gunnar. Alles wird gut.«

Die Worte blieben ihm fast im Hals stecken. Er spürte dieselbe lähmende Sorge, wie als Gunnar zum ersten Mal von seinem Krebs berichtete. So durfte das hier nicht enden.

Auf keinen Fall.

Es sah aus, als wolle Gunnar den Kopf schütteln, doch die Bewegung war offensichtlich zu quälend, denn er hörte sofort damit auf.

Ein neuer Schlaganfall, dachte August. Er hatte einen weiteren Schlaganfall.

Die Sanitäterin setzte Gunnar eine Sauerstoffmaske aufs Gesicht.

»Jetzt fahren wir«, sagte sie.

Da hob Gunnar die Maske und übergab sich.

Laut und heftig.

Dann schloss er die Augen, und sein ganzer Körper wurde schlapp.

»Nein!« August konnte sich nicht beherrschen, sondern rief laut.

Hinter ihm keuchte Lucas, und im nächsten Moment weinte Sofia in ihrem Wagen.

»Er lebt«, sagte die Sanitäterin kurz. »Aber jetzt ist es eilig.«

August strich Gunnar über die Wange.

»Du musst kämpfen«, sagte er. »Hier gibt es viele, die wollen, dass du lebst. Hörst du mich?«

Und dann, kurz bevor die Trage aus der Tür gerollt wurde, fügte August mit lauter Stimme hinzu:

»Ich rufe sofort Emmy an.«

Die Sanitäter hielten kurz inne.

»Sie wollen nicht mit in die Notaufnahme?«

August sah den erschrockenen Lucas an und hörte, wie sich Sofias Schreien steigerte. Er ging zum Wagen, nahm sie auf den Arm und spürte, wie sie in seinen Armen ganz schlapp wurde.

»Das geht nicht«, erklärte er. »Aber ich werde anrufen und mich erkundigen, wie es im Krankenhaus geht, und dann komme ich, so schnell ich kann, dorthin.«

Die Sanitäter nickten und dann verschwanden sie mit Gunnar aus der Tür.

Magnus und Lovisa machten sich bereit zu gehen, doch man konnte erkennen, dass sie zögerten.

»Willst du vielleicht auch hier zu Hause bleiben?«, fragte Magnus seine Frau. »Ich kann auch allein nach Uddevalla fahren.«

»Fahr du«, sagte Lucas entschieden. »Wirklich. Fahr, Mama. Grüß Opa.«

Lovisa sah Lucas an und schien zu denken, dass er, obwohl er doch so erschüttert war, sehr gefasst aussah.

»Okay, das machen wir so«, sagte sie. »Und danach komme ich ganz schnell nach Hause, und dann ist es uns völlig egal, ob ich mich vielleicht mit diesen Windpocken anstecke. Du brauchst mich mehr als der Opa.«

Sie lächelte Lucas warmherzig, aber wehmütig an, und der Junge erwiderte das Lächeln.

Dann gingen Magnus und Lovisa.

Sofia lag auf Augusts Brust.

In ihm tobte das Chaos.

Was da jetzt passierte, war nicht fair. Überhaupt nicht. Nicht jetzt, da Gunnar endlich mit Emmy glücklich war und ein Leben führte, das er nicht nur einfach ertragen, sondern tatsächlich auch genießen konnte.

Ich akzeptiere nicht, dass er stirbt, dachte er.

Er drückte Sofia fester an sich.

»Glaubst du, dass Gunnar überlebt?«, fragte Lucas leise.

»Er muss«, erwiderte August. »Gunnar ist wahnsinnig zäh. Er hat es schon einmal geschafft, und jetzt wird er es wieder schaffen. Er ist ein Kämpfer.«

»Das haben auch immer alle über Oma gesagt«, flüsterte Lucas. »Aber anscheinend können alle sterben. Außer Opa.«

August holte tief Luft. Er musste sich um einiges kümmern. Das Wichtigste war, dass er Emmy anrief. Die andere Sache war, Lucas nach Hause zu bringen, wie er es Magnus und Lovisa versprochen hatte.

»Wir machen das jetzt mal so«, sagte er bedächtig, während er seinen Plan formulierte. »Kannst du ein paar Minuten Sofia unterhalten, während ich Gunnars Emmy anrufe? Außerdem muss ich hier putzen. Und dann fahre ich dich sofort nach Hause. Okay?«

Lucas nickte langsam.

»Es ist nicht so eilig«, sagte er. »Ich kann Sofia auch noch was zu essen geben.«

»Fein«, sagte August.

»Ist es okay, wenn wir draußen sitzen? Hier riecht es so schlecht.«

August schaute aus dem Fenster. Das Dach ragte ein Stück über die Fassade hinaus, und der Wind schien den Regen weg vom Haus zu wehen. Wenn Lucas also nah bei der Wand blieb, würden sie sich trocken halten können.

»Ja klar, kein Problem.«

Im Gegenteil, dachte er, froh, sie aus dem Weg zu haben, wenn er sein Gespräch führte und putzte.

Lucas setzte Sofia in den Wagen und rollte sie aus dem Laden. Durchs Schaufenster sah August, wie er sich auf eine Bank setzte, die neben der Tür stand, und ein Gläschen aus der Tasche holte, die vom Handgriff des Wagens hing. Essen im Gläschen, ein Geschenk des Himmels für alle, die eine Familie sattkriegen mussten. August setzte sich an den Küchentisch. Da war er nahe genug am Laden, um zu hören, wenn Lucas wieder mit Sofia reinkam.

Das Handy lag dunkel und abweisend in seiner Hand, als er es herausholte. Eine ganze Minute musste er laden, bis er schließlich Emmy anrufen und erzählen konnte, was passiert war.

Sie reagierte relativ gefasst und brach erst in Tränen aus, als sie auflegen wollten.

»Ich will ihn nicht verlieren, August. Das will ich nicht. Wir haben ja noch so viel vor.«

Da weinte August auch.

»Wir müssen uns sagen, dass es nicht so kommt«, sagte er.

Doch wenn er an Gunnars aschgraues Gesicht dachte und daran, was er in hohem Bogen ausgespuckt hatte und wie die Sanitäter gewirkt hatten, verließ ihn der Mut.

Als das Gespräch vorüber war, stützte August die Ellenbogen auf den Tisch. Die Gedanken überschlugen sich in seinem Kopf und schossen gleichzeitig in alle Richtungen.

Leben und Tod, ständig zugegen, unmöglich abzuschütteln.

Ungefähr so wie der Gestank von Gunnars Erbrochenem.

August stöhnte leise, er wusste, dass er sich sofort um das Putzen kümmern musste. Also holte er mit mechanischen Bewegungen einen Eimer und einen Feudel und wischte alles auf. Solange er konnte, hielt er dabei die Luft an.

Sein Magen drehte sich um, als er den Eimer zur Toilette trug und den Inhalt wegspülte. Er stellte den Eimer auf den Boden und schloss die Tür zum Badezimmer. Dann eilte er schnell weg, wollte nichts mehr mit dem Putzkram zu tun haben.

Sein Handy gab einen Ton von sich.

August nahm es sofort auf und fragte sich verwirrt, ob es vielleicht bereits neue Nachrichten von Gunnar gab.

Aber es war eine unbekannte Nummer, die sich da meldete.

Er las die kurzen Zeilen und hatte das Gefühl, die Welt würde sich noch schneller um ihn herum drehen.

Lieber August,
ich sehe, dass du versucht hast, mich zu erreichen, doch leider kann ich dir nicht helfen. Meine Loyalität zu deinem Vater und deinem Großvater ist immer noch groß. Du bittest mich, Familiengeheimnisse zu enthüllen, über die ich geschworen habe, niemals je ein Wort zu verlieren.
Solche Versprechen müssen gehalten werden.
Ich hoffe, du kannst das respektieren.
Mit freundlichen Grüßen,
Ismail Thelin

August starrte auf das Telefon.

Du bittest mich, Familiengeheimnisse zu enthüllen, über die ich geschworen habe, niemals je ein Wort zu verlieren.

Tue ich das?, dachte August.

Er schloss die Augen für einen Moment.

Er war so naiv gewesen zu denken, dass es nur in anderen Familien Geheimnisse gab.

Und nun gab es sie sogar in der von August.

Gut versteckt von einem Anwalt, der sich in der Schweiz niedergelassen hatte.

August dachte an den altertümlichen Schlüssel, den sein Vater in einen Umschlag gelegt und in einem Album versteckt hatte.

»Ich will es auch wissen«, murmelte er vor sich hin.

Weil es sein Recht war.

Und weil er vielleicht akzeptieren konnte, ein Mann ohne Eltern zu sein, aber nicht, ein Mann zu sein, der seine eigene Geschichte nicht kannte.

Matteo Holm war also nicht der Mörder, den sie suchten. Es hatte nicht lange gedauert, sein Alibi – dass er in Spanien gewesen sei, als Ove und Irma vergiftet wurden – zu überprüfen. Maria musste an das denken, was Matteo über den Täter gesagt hatte. Dass es bei dem Verbrechen nicht um Irma gegangen war, sondern um Ove.

Finden Sie jemanden, der ihn so gehasst hat, dass er wollte, dass er tot ist, und dem es egal war, wenn Irma gleichzeitig stirbt.

»Was machen wir, wenn er recht hat?«, fragte Maria. »Was bedeutet es für die Ermittlung, wenn Ove ein aktiver Pädophiler ist?«

Das war eine rhetorische Frage, deshalb bekam sie auch keine Antwort darauf. Nach der Vernehmung mit Matteo waren Ray-Ray und sie im Wohnwagen zurückgeblieben. Die Fenster waren geschlossen, und heftiger Regen pladderte an die Scheiben. Die Hitze im Wohnwagen war drückend – aus der Entfernung konnte man Gewitter grummeln hören.

Maria fühlte sich wie gelähmt von dem, was bei der Vernehmung von Matteo ans Tageslicht gekommen war. Dass Ove sich an seiner eigenen Tochter vergriffen haben sollte. Eine Tochter, die sich das Leben genommen und sich die ganze Zeit über wie ein Gespenst durch die Ermittlung bewegt hatte. Und dass er sich angeblich auch an seinem Enkel vergriffen haben sollte, Sofias Babysitter Lucas.

Das konnte nicht stimmen.

Das *durfte* nicht stimmen.

Ray-Ray saß in seine Gedanken versunken da. Seine Kiefer waren angespannt, und die eine Hand umklammerte fest die andere.

»Warum ist das Buchmanuskript auf Claras Computer erhalten geblieben?«, fragte er.

Maria sah auf.

»Wahrscheinlich wollte Clara es aufheben«, antwortete sie.

»Aber Clara war doch nicht diejenige, die den Computer aufgeräumt hat«, gab Ray-Ray zu bedenken. »Und Irma auch nicht.«

»Hat Magnus nicht gesagt, Lucas hätte den Computer aufgeräumt?«, meinte Maria.

Ray-Ray bewegte sich langsam, sodass die Sitzbank des Wohnwagens knarrte.

»Doch«, sagte er. »Aber dann ist doch die Frage, wie Lucas darauf gekommen ist, das Manuskript auf dem Computer zu lassen. Hat ihm jemand gesagt, dass er es aufheben soll?«

»Wahrscheinlich war es eher so, dass jemand zu ihm gesagt hat, dass er es unbedingt löschen soll«, erwiderte Maria nachdenklich.

Sie sahen einander schweigend an.

»Irma hat Lucas gebeten, alles zu löschen«, sagte Maria, »und aus irgendeinem Grund muss sie ihm vermittelt haben, dass es besonders wichtig sei, dieses Manuskript seiner Tante zu löschen, was aber gerade das Gegenteil bei ihm bewirkt hat.«

»Möglich«, meinte Ray-Ray. »Aber hast du das Neueste von Ahmed gelesen?«

Er nickte zum Laptop, und Maria öffnete ihre Mails, wo sie eine kurze Nachricht von Ahmed über den Medikamentenschrank fand, in dem Irma ihre Tabletten aufbewahrt hatte, und eine Antwort auf eine sehnsüchtig erwartete Fingerabdruck-Analyse.

Maria las und schüttelte den Kopf.

»Was zum Teufel hat das jetzt zu bedeuten?«, fragte sie. »Warum sollte Irma die Verpackungen ihrer Tabletten, voll mit Fingerabdrücken von ihr, in den Ofen werfen?«

»Ich weiß auch nicht«, meinte Ray-Ray. »Wenn Irma die Verpackungen in den Ofen gelegt hat, dann hätte sie doch auch ohne Schwierigkeiten ein Feuer dort machen können. Selbst wenn sie dabei unterbrochen worden wäre, hätte sie doch noch einmal hingehen und sich darum kümmern können. So schnell ging das nicht mit der Vergiftung. Nein, ich verwette mein Hemd, dass jemand anders der Täter ist. Aber das ganze Arrangement wirkt so verdammt banal.«

»Banal, aber durchdacht«, entgegnete Maria. »Als würden wir einen Hobbymörder jagen. Jemanden, der das perfekte Verbrechen spielt. Wer macht denn so etwas?«

Ray-Ray erstarrte mitten in einer Bewegung.

»Sag das noch mal«, forderte er sie auf.

»Dass es sich anfühlt, als würden wir einen Möchtegernmörder suchen?«, meinte Maria.

»Das hast du nicht gesagt. Du hast ›Hobbymörder‹ gesagt, dass jemand das perfekte Verbrechen spielen würde. Und wir haben durchaus zwei Personen in der Ermittlung, die verdammt viele Krimis im Fernsehen schauen.«

Maria wurde eiskalt.

»Du machst Witze«, sagte sie mit heiserer Stimme. »Du glaubst, dass Lucas …?«

»Nein, aber Lovisa. Die auch *CSI* schaut. Die über ihre Telefonanrufe lügt. Die Lucas' Mutter ist. Die ihre Schwiegereltern über die Maßen geliebt und dann vielleicht erfahren hat, dass Ove pädophil ist und sich an ihrem Sohn vergangen hat. Stell dir doch mal die Wut vor, Maria, die rasende Wut.«

Maria schluckte und versuchte, sich das Szenario vorzustellen.

Lovisa wusste, wo ihre Schwiegermutter ihre Medikamente aufbewahrte, und sie konnte leicht in die Nähe ihres Essens kommen, um es zu vergiften.

»Das muss ich jetzt erst mal verarbeiten«, sagte Maria.

Ray-Ray setzte sich anders hin.

»Mach du mal eine Pause«, sagte er. »Denn ich muss dir was erzählen.«

Er richtete sich auf und legte beide Hände auf den Tisch. Starke, große Hände mit Haaren auf den Handrücken, bis auf die Finger.

Maria sah, wie er tief Luft holte. Einmal, dann noch einmal.

Was würde er jetzt erzählen?

»Geht es um die Frau, die zu dir in die Bootshütte gekommen ist?«, fragte Maria.

Ray-Ray nickte.

»Simona Lundmark«, sagte er.

»Die auch bei August war und so getan hat, als würde ihr Claras Laptop gehören?«, fragte Maria.

»Exakt. Aber das ist mir erst klar geworden, als ich hörte, was August am Telefon zu dir gesagt hat. Wie auch immer, Simona und ich kennen uns schon seit unserer Teenagerzeit.«

Maria war überrascht.

Ray-Ray lächelte kurz.

Und dann begann er, seine Geschichte zu erzählen. Die Geschichte, die sein Leben damals tief beeinträchtigt hatte und dann zu einer der vielen Lebenserfahrungen wurde, die ihn begleiteten.

Maria war entsetzt, als sie hörte, wie er vor Ove ein Messer gezogen hatte, um seine Freundin Simona zu schützen, und dann die Schule wechseln musste.

»Sie sagte, Ove hätte an ihrer Grundschule gearbeitet«, erklärte er. »Und damals hätte er sie missbraucht, obwohl er der Lehrer der viel älteren Kinder gewesen sei. Frag mich nicht wie, aber irgendwie sei es ihm gelungen, den kleineren Kindern nahezukommen. Als sie ihn dann in der Oberstufe als Lehrer bekam, da hatte sie schreckliche Angst, dass wieder dasselbe passieren würde. Als sie mir das erzählte, war sie total verzweifelt, also habe ich ein Messer mit in die Schule genommen, um ihm mal so richtig einen Schrecken einzujagen.«

Ray-Ray hustete und fuhr fort.

»Dann verging nur eine Woche, da war sie wieder völlig verzweifelt, und diesmal fast noch mehr als vorher. Jetzt sagte sie, sie hätte gelogen, und Ove hätte sie damals überhaupt nicht missbraucht, sondern sie wäre mit der Story nur gekommen, weil er ihr schlechte Noten gegeben hatte. Da bin ich verdammt wütend geworden, denn ich hatte ihretwegen ja sogar die Schule wechseln müssen.«

Er schüttelte den Kopf.

Maria saß fassungslos auf der anderen Seite des Tisches.

»Und was hat Ove zu alldem gesagt, als es passierte?«, brachte sie schließlich heraus.

»Und das ist nun das Seltsamste an dem ganzen Mist. Denn als ich ihn bedroht habe, da hat er zu mir gesagt, wenn ich nur das Messer wegstecken würde, dann würde es nie wieder passieren.«

»Was würde nie wieder passieren?«, fragte Maria verwirrt. »Du hast doch eben gesagt, dass nichts passiert wäre?«

»Genau«, erwiderte Ray-Ray. »Damals hab ich es so interpretiert, dass er Panik kriegte und alles Mögliche gestanden hätte, um mich aufzuhalten.«

Ray-Ray machte eine kleine Pause, ehe er fortfuhr.

»Die Sache mit Simona war, dass sie nicht nur in der Schule Probleme hatte. Ihr Vater hat sie misshandelt, und einer seiner Kumpel hat sie mal im Suff vergewaltigt. Da gab es eine Anzeige, aber das Verfahren ist eingestellt worden. Ich weiß, dass sie in der Oberstufe ziemlich auf die schiefe Bahn geraten ist, aber nach dem Gymnasium ist sie nach Göteborg gezogen, hat sich Hilfe gesucht und ist in Kontakt mit einer Selbsthilfegruppe gekommen. Bei der Gelegenheit hat sie auch ihren Namen gewechselt, aber damit ihre Familie nicht anfangen würde, nach ihr zu suchen, hat sie einen Facebook-Account mit ihrem alten Namen behalten. Die haben also nie erfahren, dass sie einen anderen Namen angenommen hat.«

»Klingt nicht sonderlich praktisch«, meinte Maria.

»Ich denke mal, für sie war das am einfachsten so. Sie wollte nicht erzählen, was sie getan hatte, und sie wollte nicht, dass man nach ihr suchte. Also hat sie einen Rest von ihrem alten Ich zurückgelassen – dafür würden sich ohnehin nur sehr wenige Leute interessieren.«

Er räusperte sich.

»Errätst du, wie sie heute heißt?«, fragte er.

Maria schüttelte den Kopf.

»Sandra Westin.«

Maria erstarrte.

Was sagte er da?

»Clara Dahlmans beste Freundin?«

»Exakt. Dieselbe Person. Aber das habe ich erst erfahren, als mir Vendela vorhin eine SMS geschickt hat.«

Sie starrte ihn an.

»Bist du völlig von allen guten Geistern verlassen, dass du das hier der Ermittlung vorenthalten hast?«, fragte sie mit so angespannter Stimme, dass sie jedes Wort rauspressen musste. »Und was für eine SMS ist das, die du von Vendela bekommen hast?«

»Die ist nur an mich gegangen«, erklärte er. »Ich habe auch gerade erst erfahren, dass die beiden dieselbe Person sind. Und Vendela hat sich auch ziemlich danebenbenommen, aber scheißegal, das entschuldigt mich nicht. Ich weiß, dass ich die Verantwortung für mein Verhalten trage.«

Maria kämpfte um Beherrschung.

»Und dass Sandra, oder Simona, Claras Computer haben wollte«, sagte sie, »wusstest du das auch nicht?«

Ray-Ray sah aufrichtig unglücklich aus.

»Nicht bis heute. Und ich wusste wie gesagt nicht, dass Simona – oder Sandra – Clara kannte. Dann hätte ich natürlich niemals die Klappe gehalten.«

»Aber warum in aller Welt war sie in deiner Bootshütte?«, fragte Maria.

Ray-Ray senkte den Blick.

»Simona hat sich vorgestern bei mir gemeldet«, sagte er. »Sie wollte von etwas erzählen, das passiert war und was mit mir zu tun hat.«

Ray-Ray trank von seinem Kaffee und saß eine Weile schweigend da, ehe er weitersprach.

»Der Teufel weiß, wie das zuging, aber Vendela hat herausbekommen, dass ich Ove mit dem Messer bedroht habe, und bei der Gelegenheit hat sie auch von Simona gehört und Kontakt zu ihr aufgenommen. Und da hat Simona ihrerseits dann aus Dank für das, was ich damals für sie getan habe, mich aufgesucht. Sie meinte, ich sei Gegenstand einer internen Ermittlung bei der Polizei geworden.«

Maria fuhr zurück.

»Hat Vendela Simona vernommen?«

Ray-Ray nickte.

»Ein verdammter Übergriff«, sagte er.

Neues Gewittergrummeln unterbrach ihn. Der Wind brachte das Unwetter in allzu großer Geschwindigkeit immer näher.

Maria versuchte ihre Gedanken zu ordnen.

»Ray-Ray, warum hast du nicht gleich von Anfang an was gesagt?«

»Was hätte ich denn sagen sollen? Dass ich schon mal einen Mann mit dem Messer bedroht habe, den jetzt jemand zu ermorden versucht hat?«

»Zum Beispiel?«

Ray-Ray schüttelte den Kopf.

»Ich wusste nicht, dass Simona Teil der Ermittlung war«, sagte er. »Aber jetzt, da wir Matteo vernommen haben, frage ich mich, ob sie mich damals in der Oberstufe wirklich belogen hat. Ich glaube, dass sie als Kind durchaus von Ove missbraucht oder betatscht worden sein könnte, und das macht mich unglaublich wütend. Was, wenn ich das von Anfang an gewusst hätte?«

Jetzt wurde Maria wütend.

»Entschuldige mal, aber was soll das denn heißen? Wenn du das gewusst hättest?«, fragte Maria. »Du hast doch nichts gesagt, Ray-Ray.«

Ihr Gegenüber senkte verschämt den Blick.

»Nichts von alldem ist vernünftig«, sagte er. »Es tut mir so leid, Maria. Wirklich. Aber ich würde verdammt gerne glauben, dass ich mich anders verhalten hätte, wenn ich gewusst hätte, was für ein Schwein Ove damals war.«

Maria schluckte.

»Dann müssen wir mal sehen, ob es möglich ist, Roland aus dieser Sache rauszuhalten«, sagte sie.

Ray-Ray nickte angestrengt.

»Das ist mir auch klar«, sagte er.

Wenn die Ermittlungsleitung erfahren würde, dass zwei der Ermittler – Ray-Ray und Vendela – hier ihr eigenes Rennen gefahren waren, dann würde das heftige Folgen haben. Und nicht mehr lange, dann würden Maria und Ray-Ray ins Krankenhaus von Uddevalla fahren müssen, um Ove zu vernehmen, der gerade erfahren hatte, dass Irma tot war.

Lovisa, dachte Maria, wir müssen auch Lovisa vernehmen.

Sie könnten sie diesmal mit aufs Polizeirevier in Uddevalla nehmen. Jetzt war Schluss mit lauschigem Kaffeetrinken in ihrer Küche, und höchste Zeit, mal dem Ernst der Sache Rechnung zu tragen.

Wenn es nun wirklich Lovisa war.

Maria schob den Gedanken an eine Konfrontation weg und konzentrierte sich kurz noch mal auf etwas Privates.

»Vendela ist wahrscheinlich ziemlich verliebt«, sagte sie.

Ray-Ray nickte wieder.

»Und ich bin es auch«, gestand er.

Es gab Maria einen Stich. Ray-Ray war verliebt. Hatte es das schon mal gegeben?

»Sprich mit ihr«, sagte Maria. »Mach das jetzt hier nicht noch schlimmer.«

»Glaub mir, ich werde alles tun, um das in Ordnung zu bringen. Aber verdammt, es stört mich schon.«

»Was denn?«

»Dass sie ihre eigene Ermittlung betrieben hat, weil sie fürchtete, ich hätte was mit der Sache zu tun. Wie konnte sie so etwas von mir glauben?«

»Aber das hat sie doch gar nicht«, sagte Maria. »Sie hat es doch für sich behalten.«

»Schon«, erwiderte Ray-Ray zögernd.

Da klingelte Marias Handy.

»Es ist Vendela«, sagte sie.

Ray-Ray erstarrte, und Maria ging ran.

Vendela klang wie immer, sprach aber schnell und forciert.

»Ich wollte nur berichten, dass die Techniker, die das Auto der Dahlmans durchgegangen sind, etwas entdeckt haben«, sagte sie. »Etwas, was möglicherweise den Urin erklären kann.«

»Okay«, sagte Maria und stellte das Telefon auf Lautsprecher.

»Weißt du, ob die Dahlmans in der Verwandtschaft oder Bekanntschaft ein Baby haben?«

»Ein Baby?«, fragte Maria. »Nein, das weiß ich nicht. Aber bestimmt haben sie Bekannte mit kleinen Enkeln. Ihre eigenen sind ja auch noch nicht sonderlich alt.«

»Nein, ich weiß«, sagte Vendela. »Die Kollegen haben nämlich einen Schnuller im Auto gefunden. Der lag unter dem Beifahrersitz, die Theorie ist also, dass das Kind auf dem Rücksitz war, seinen Schnuller verloren hat, und der dann unter den Beifahrersitz gerollt ist.«

»Verstehe«, meinte Maria. »Aber andererseits wissen wir auch nicht, wie lange der Schnuller schon da gelegen hat.«

»Stimmt«, gab Vendela zu. »Sie versuchen, so schnell wie möglich die Fingerabdrücke zu analysieren. Ich nehme mal an, dass wir es mit Leuten mit Geld zu tun haben, denn der Schnuller wirkt ziemlich posh.«

»Wie bitte?«, fragte Maria und hätte fast gelächelt. »Wie sieht das denn aus, wenn ein Schnuller posh ist?«

»Naja, weißer Grund und in schwarzen Buchstaben steht *Wall Street Forever* drauf.«

Der Raum schien sich zu drehen.

Übelkeit überkam Maria, und sie begann zu zittern.

»Hast du ein Foto von dem Schnuller?«

»Klar, ich schicke es grade.«

Ein paar Sekunden vergingen.
Marias Handy gab ein Signal, als das Foto kam.
Wieder geriet der Raum in Schieflage. Es herrschte nicht der geringste Zweifel.
Die Worte *Wall Street Forever* leuchteten ihr entgegen.
Der Schnuller gehörte Sofia. Sofia musste in Oves und Irmas Auto gewesen sein.

Als August bei Maria anrief, die als Nächste auf seiner Liste stand, grollte der Donner, und die Wolken am Himmel waren blauschwarz.

Er wartete darauf, dass sie abnahm. Sie musste erfahren, was mit Gunnar passiert war und dass Sofia Windpocken hatte. Aber vor allen Dingen rief er an, um ihre Stimme zu hören. Er kriegte immer noch Schmetterlinge im Bauch, wenn er an das erste Mal dachte, als sie miteinander telefoniert hatten. Damals waren sie sich persönlich noch nicht begegnet, aber er war trotzdem sofort interessiert, denn eine Frau mit einer derart einfühlsamen Stimme konnte nur attraktiv sein.

Beim dritten Klingeln war sie dran.

»August, ich wollte dich eben anrufen. Aber bevor wir über irgendetwas anderes reden: Ist Sofia okay?«

Er zögerte etwas mit der Antwort. Was fragte sie da eigentlich?

»Ich glaube, sie hat die Windpocken. Aber …«

»Wirklich?«, fragte Maria. »Die vom Babyschwimmen haben mir eine Mail dazu geschrieben.«

August erzählte, wie er das entdeckt hatte.

»Ich fand sie vorher schon ein bisschen missgelaunt, aber dass es Windpocken sein könnten, ist mir nicht in den Sinn gekommen«, erklärte er.

»Wir sind schließlich Anfänger«, meinte Maria. »Das lernen wir schon alles noch. Die arme Sofia. Ich hatte gehofft, dass wir sie noch rechtzeitig impfen lassen könnten.«

»Ich auch.«

Maria verstummte kurz, dann sagte sie:

»Ist sie gerade mit Lucas unterwegs?«

»Ja, die beiden sitzen draußen auf der Bank, und sie kriegt eine

Zwischenmahlzeit, während ich hier drinnen putze. Danach fahre ich Lucas nach Hause.«

»Du putzt?«

August fiel es schwer, die Stimme im Griff zu behalten, als er antwortete.

»Hier ist ziemlich viel passiert. Gunnar hat den Laden eben im Krankenwagen verlassen.«

Er hörte, wie Maria schneller atmete.

»Was ist passiert?«

»Wir können später darüber reden, ich merke, dass du anderes zu tun hast. Ich …«

»August, ich habe nicht so viel anderes zu tun, dass ich mich nicht um meine Familie kümmern könnte. Lebt Gunnar?«

August musste grinsen.

»Meine Güte, wie herrlich Gunnar das fände, dass du ihn Familie nennst.«

»Er lebt also?«

August wurde wieder ernst.

»Ja, aber viel mehr auch nicht.«

Und dann berichtete er so kurz wie möglich, weshalb er eine Ambulanz nach Kungshamn hatte rufen müssen.

»Mein Gott«, flüsterte Maria. »Noch ein Schlaganfall.«

August verzog das Gesicht.

»Das habe ich zumindest angenommen. Aber ich hatte den Eindruck, dass die Sanitäter meinten, irgendetwas anderes würde mit ihm nicht stimmen. Er hat sich heftig erbrochen, und … Nein, ich sage dir, pfui Teufel.«

Er ging zum Küchenbecken, goss sich ein Glas Wasser ein und trank in gierigen Schlucken. Es war kalt und kitzelte ihn im Hals.

Maria räusperte sich am Telefon.

»August, hier ist auch einiges passiert. Im Moment kann ich nicht so viel erzählen, aber es freut mich, dass Lucas nicht mit nach Uddevalla gefahren ist. Und noch mehr freut es mich, wenn du dafür sorgst, dass er nach Hause kommt. Dann soll er mal eine Pause im Babysitten einlegen. Okay?«

August erstarrte.

Der Ernst in ihrer Stimme erschreckte ihn.

Er hörte sie mit jemand reden, wahrscheinlich Ray-Ray.

Matt wandte er sich um und entdeckte etwas, das auf einem der Küchenstühle lag.

Das verschwundene iPad von Lucas.

Wie das da gelandet war, wusste August nicht, aber er konnte schon verstehen, dass ein gestresster Teenager, der nach seinem wichtigsten Besitz suchte, es an der Stelle übersehen konnte. »Maria«, sagte August. »Was ist mit Lucas? Warum willst du, dass er eine Pause im Babysitting macht?«

Mit einem Mal war Maria wieder am Handy.

»Darauf kann ich nicht näher eingehen«, erwiderte sie angespannt. »Aber wir haben eine neue Situation hier in der Ermittlung, und deshalb möchte ich vorsichtig sein. Sorg du einfach dafür, dass ihr alle nach Hause kommt. Und halt fürs Erste etwas Abstand zu Magnus und Lovisa. Ich erkläre dir alles später.«

August nahm das iPad in die Hand und kam dabei versehentlich an den Startknopf.

Verdammt, wie schaltete man das nun aus?

Das Display ging an. Lucas schien mitten in einer Google-Suche gewesen zu sein.

August zögerte, aber nur kurz.

Wieso erzählte Maria nicht, warum sie Abstand zur Familie Dahlman halten sollten?

Sein Blick blieb an einem der Suchtreffer hängen.

Was zum Teufel hatte der Junge da gegoogelt?

»Entschuldige, dass ich so kryptisch klinge«, sagte Maria. »Ich rufe dich später an, zumindest werde ich versuchen, nach Hause zu kommen und nach euch zu sehen, jetzt, wo Sofia krank ist. Ich … August, bist du noch da?«

Das war er, aber nicht wirklich.

August scrollte mit dem Finger über die Liste der Suchbegriffe. Ein Link nach dem anderen zu verschiedenen Websites mit unterschiedlicher juristischer Kompetenz. Und bei allen ging es um das Strafmaß für Mord und Mordversuch.

Er konnte kaum schlucken.

»August?«

Jetzt klang Maria besorgt.

Er strich mit dem Finger herunter, sodass er an den Anfang der Liste kam und das Suchfeld lesen konnte.

Die Wörter brannten wie in Feuerschrift im iPad.

Mord + Mordversuch + unter 15 Jahre

Ein Keuchen, das mehr wie ein Jammern klang, entfuhr August.

Lucas, was zum Teufel hast du getan?

»Liebling! Antworte mir!«, rief Maria. »Du machst mir Angst.«

August machte sich auf den kurzen Weg von der Küche zur Ladentür.

»Maria, ich glaube, dass er es ist«, flüsterte er mit vor Entsetzen heiserer Stimme. »Ich glaube, dass Lucas seine Großeltern vergiftet hat.«

Er machte immer größere Schritte, sah aber schon durchs Schaufenster, was passiert war. Der Regen war jetzt so heftig, dass er nicht von der Straße ablaufen konnte, ehe wieder neues Wasser von einem Himmel herunterprasselte, der so finster war, dass August sich unwillkürlich duckte, obwohl er im Haus war.

Das Gläschen mit Birnenpüree stand noch auf der Bank.

Aber Sofia und Lucas waren verschwunden.

Als Magnus und Lovisa in Uddevalla ankamen, hatte August insgesamt siebenmal angerufen, aber Magnus hatte es nicht gemerkt. Er hatte versehentlich das Handy leise gestellt. Außerdem hatten sie den ganzen Weg zum Krankenhaus gestritten. Über die Kinder und über alles, was in den letzten Tagen geschehen war. Lovisa war es gewesen, die das Feuer entfacht hatte. Sie war wütend und schien etwas Druck rauslassen zu müssen.

Weil Magnus Kontakt zu Sandra aufgenommen hatte, ohne es Lovisa zu erzählen.

Weil er mit Elina darüber gesprochen hatte, was bei den Großeltern passiert war, ohne dass Lovisa dabei war.

Weil sie keine gemeinsame Strategie hatten, um Lucas davon abzubringen, nachts Wache zu halten.

»Es fühlt sich an, als wären wir nicht mehr im selben Team«, sagte Lovisa, als sie aus dem Auto ausstiegen. »Du machst einfach drauflos.«

Magnus konnte jetzt kaum noch etwas hören.

Es schüttete, man konnte kaum etwas sehen. Magnus nahm mit langen Schritten Kurs auf den Eingang des Krankenhauses, und Lovisa eilte hinterher. Einen Regenschirm konnte man nicht aufspannen, der würde sofort kaputtgehen. Der Wind zerrte an Lovisas Haar, das sie zu einem einfachen Pferdeschwanz gebunden hatte.

Magnus hielt inne und versuchte ihre Hand zu nehmen.

Sie antwortete, indem sie sich entzog.

»Ich will einfach nur Papa sehen und das Gefühl dabei haben, dass ich wenigstens etwas festen Boden unter den Füßen habe«, sagte er. »Dann fahren wir nach Hause zu den Kindern.«

Er sah zu Lovisa. Sie schien gestresst, und er ahnte, dass es nicht nur mit der Krankheit seines Vaters und mit dem seltsamen Verhalten von Lucas zu tun hatte.

In dem dringenden Gefühl, eine Antwort auf eine wichtige Frage haben zu müssen, ehe sie zur Station hochgingen, hielt er mitten im Gehen inne.

»Jetzt erzähl«, sagte er. »Erzähl mir, warum die Polizei gefragt hat, wie oft du Mama und Papa angerufen hast, als wir nach ihnen gesucht haben.«

Lovisa wandte sich von ihm ab.

»Ich warte im Auto«, sagte sie. »In dem Unwetter hier kann ich nicht denken.«

Doch das konnte er nicht akzeptieren.

Jetzt musste Schluss sein mit den Familiengeheimnissen. Und mit dem Regen, aber gegen das Wetter konnte man nicht so viel ausrichten. Seine Jacke und Teile seines Hemds waren bereits klatschnass.

»Du setzt dich nicht ins Auto, verdammt noch mal«, sagte er und packte ihren Arm. »Was ist eigentlich los? Ich sehe dir doch an, dass du lügst.«

»Das tue ich gar nicht.«

»Bist du fünf Jahre alt, oder was? Jetzt sag es schon, verdammt noch mal!«

Jetzt brüllte er, sodass ein älteres Paar, das an ihnen vorbeiging, stehen blieb.

»Alles in Ordnung?«, fragte der Mann Lovisa. »Ist er grob zu Ihnen?«

Ist er grob zu Ihnen?

Bei der Frage des Mannes wäre Magnus am liebsten im Boden versunken.

Er ließ Lovisa los und wich einen Schritt zurück. Es spritzte um ihre Schuhe, als sie sich auf dem nassen Asphalt bewegte. Magnus spürte, wie ihm der kalte Regen vom Nacken den Rücken herunterrann.

»Dann hau doch ab«, sagte er leise. »Ich kann auch alleine zu Papa gehen.«

Lovisa schniefte und winkte das Paar weg, das widerwillig weiterging.

»Mein Gott, Magnus«, flüsterte sie. »Was ist nur aus uns geworden?«

Menschen, nach denen sich die anderen auf der Straße umdrehen.

Sie stemmte die Hände in die Seiten und senkte den Kopf.

»Komm«, sagte sie, »wir gehen rein. Hier können wir nicht länger stehen bleiben.«

Im Laufschritt kamen sie zum Eingang, mit jedem Schritt wurde der Boden glatter. Magnus bekam erst wieder Luft, als sie ein Dach über dem Kopf hatten.

Lovisa fuhr sich mit beiden Händen über die Haare in dem vergeblichen Versuch, den schlimmsten Regen abzustreichen.

»Ich habe mich auch mit Sandra getroffen«, sagte sie.

Magnus starrte sie an.

»Claras Freundin?«, fragte er.

»Ja.«

»Aber …«

»Sie hat sich bei mir gemeldet. Und sagte, sie hätte etwas Schlimmes über deine Eltern zu erzählen. Etwas, was sie schon seit sieben Jahren sagen will, aber sich nicht getraut hat. Bis sich jetzt Matteo bei ihr gemeldet und ihr erzählt hat, dass Irma den Computer von Clara weggeben wollte, der offensichtlich sehr wichtig war. Aber ich dürfe dir auf keinen Fall erzählen, dass wir uns treffen, denn du wärest zu loyal gegenüber deinen Eltern.«

Lovisa räusperte sich. Sie redete zu schnell, hatte es so eilig.

Noch ehe Magnus etwas einwenden konnte, fuhr sie fort:

»Also haben wir uns in Kungshamn getroffen, als ich vor dem Krebsfest dorthin bin, um einzukaufen. Sie hat gesagt, Ove habe sich an Clara vergangen, und sie fände, dass er auch eine Gefahr für unsere Kinder darstellt.«

In Magnus' Kopf kam alles Denken zum Erliegen.

Was zum Teufel sagte sie da?

Lovisa fuhr fort:

»Sandra hat gesagt, Clara hätte in dieser Selbsthilfegruppe, in der sie sich kennengelernt haben, so viel davon erzählt. Aber ich habe ihr nicht geglaubt. Oder besser gesagt, habe ich Clara nicht geglaubt. Sie war doch krank im Kopf. Und dann bin ich nach Hause gekommen, und da konntest du Ove und Irma nicht erreichen. Ich ... Ich hatte das Gefühl, dass es nicht die richtige Situation war, um zu berichten, was ich gehört hatte. Aber deshalb musste ich noch mal mit dem Fahrrad los und einkaufen. Im Laden konnte ich das nicht zu Ende denken. Und außerdem hatte ich das Handy in der Hafenbäckerei liegen lassen, und deshalb habe ich also nicht angerufen, als wir nach Ove und Irma gesucht haben.«

Magnus merkte, wie seine Fragen dringender wurden.

Warum hatte Sandra ihm mit keinem Sterbenswörtchen von irgendwelchen Übergriffen erzählt, als er nach Claras Depression gefragt hatte?

Weil sie wusste, dass er nicht zuhören würde.

Und weil Lovisa das auch nicht getan hatte.

Natürlich.

Dann fiel ihm ein, was Sandra gesagt hatte, als er sie anrief.

Rufst du wegen Lovisa an?

Und später, bei ihrem persönlichen Gespräch:

Bist du sicher, dass du die Wahrheit hören willst?

Seine Knie fühlten sich wie Pudding an.

Nein, ich will nichts wissen, weil es nichts zu enthüllen gibt.

Mitten in einem Gedanken hielt er inne. Wenn Sandra sich bereits am selben Tag, als seine Eltern verschwunden waren, mit Lovisa getroffen hatte, dann war sie sehr viel früher in Kungshamn gewesen, als sie am Telefon behauptet hatte. Das mit Oslo hatte sie offenbar nur erfunden.

Was für ein Wahnsinn war das hier eigentlich?

Und wie konnte Lovisa mit ihm darüber streiten, dass es ihm an »Teamfähigkeit« mangeln würde, wo sie doch selbst solche Geheimnisse hatte?

Er fuhr sich mit einer Hand durchs Haar. Das fühlte sich dick und fettig an, aber vor allem nass.

»Hat sie noch mehr gesagt?«, fragte er. »Ich meine, Sandra?«

Lovisa sah stur in eine andere Richtung zur Rezeption, wo eine junge Frau sie neugierig beobachtete.

»Sie hat behauptet, dass Clara versucht hätte, Irma alles zu erzählen«, sagte Lovisa leise. »Dass Oves Missbrauch der Grund dafür war, dass sie nichts von ihm und euch wissen wollte. Ihre Mutter hätte alles getan, um sie zu schützen. Und Clara wäre überzeugt gewesen, dass Ove sich auch an Lucas vergangen hätte, damals, als Viking uns anzeigen wollte.«

»Verdammter Bullshit«, entgegnete Magnus. »Mein Gott – wir wissen doch beide, warum es Lucas damals so schlecht ging.«

Endlich begriff er, warum seine Mutter im Streit mit Clara gelegen hatte. Kein Wunder, seine Schwester war ja offensichtlich total verrückt gewesen.

Sein Handy klingelte.

Wieder August.

»Er muss warten«, sagte Magnus.

Sicherheitshalber rief er Lucas an, um zu checken, ob alles okay war. Der Sohn ging nicht ran. Magnus schickte stattdessen eine SMS.

»Lovisa?«

»Hm.«

Er nahm Anlauf.

»Ich … Ich meine nur, jetzt ist es so, wie es ist. Was hältst du von dem, was Sandra gesagt hat? Über Papa?«

Lovisa sah weiterhin in eine andere Richtung. Draußen knallte der Donner.

»Lovisa? Was meinst du? Wir sind doch einer Meinung, dass das alles Blödsinn ist, oder?«

Sie atmete rasselnd vor unterdrücktem Weinen.

Er drückte ihre Hand.

»Liebling?«

Endlich sah sie ihn an. Ihr Gesicht war so zerfurcht und traurig, aber gleichzeitig entschlossen.

»Ich denke, dass Ove natürlich nicht etwas so Böses in sich hat«, sagte sie. »Deshalb habe ich der Polizei nichts gesagt, als sie nach Sandra gefragt haben.«

Magnus atmete aus, nur um im nächsten Moment erschrocken zu sehen, wie sich ihre Miene verhärtete.

»Aber«, fuhr sie fort, »wenn es doch stimmt, dass er das getan hat. Wenn er sich an Clara vergangen hat. Wenn er Lucas und Elina auch nur im Entferntesten berührt hat. Wenn Viking falschlag, aber trotzdem richtig, als er seine Anzeige beim Jugendamt einreichen wollte. Wenn etwas oder alles von dem wahr ist, dann hoffe ich, dass Ove einen richtig verdammt schrecklichen Tod stirbt.«

Kinder verschwinden nicht – sie werden verloren.

Das gehörte zu den ersten Dingen, die Maria als Polizistin lernen musste, und sie hatte es nie wieder vergessen.

»Weit kann er nicht gekommen sein«, sagte Ray-Ray und strich ihr über den Rücken. »Wir finden sie bald. Denk bloß nichts anderes.«

Sie standen in Augusts Laden, und Maria vermochte keinen einzigen klaren Gedanken zu fassen. Nichts mehr als das Offensichtliche: Sie mussten Sofia finden.

Die Panik machte ihren Körper zum Feind, zu einem Ort, von dem sie fliehen wollte.

Im Augenwinkel sah sie, wie ein Kollege den leichenblassen August noch einmal über das Geschehene vernahm. Er hatte bereits alles erzählt, aber jetzt wollte man ihn noch einmal befragen. Jedes noch so kleine Detail könnte wichtig sein.

Die Uhr an ihrem Arm tickte unbarmherzig weiter. Siebenundfünfzig Minuten waren bereits vergangen, seit August entdeckt hatte, dass Lucas abgehauen war. Und draußen tobte das schlimmste Unwetter seit Wochen.

»Ich war nur ein paar Minuten weg«, hörte sie August sagen. »Ich konnte ja nicht ahnen, dass so etwas passiert.«

Seine Stimme klang so matt, so sachlich und gleichzeitig dünn. Sie war ihrer charakteristischen Stärke beraubt worden.

»Ich bin gerannt«, sagte er. »Ich bin sofort auf die Straße gerannt und bin gelaufen und gelaufen und gelaufen, habe überall gesucht, habe jeden gefragt, an dem ich vorbeikam, aber niemand hatte die beiden gesehen. Ist das nicht seltsam? Wer vergisst denn, dass er einen Jungen mit einem gelben Kinderwagen gesehen hat? Und warum geht er nicht ran, wenn ich anrufe?«

Eine Antwort auf seine Fragen bekam er nicht, sondern nur die schwache Versicherung, dass sie Sofia finden würden. Dass alles gut werden würde.

Das glaube ich erst, wenn ich es sehe, dachte Maria nahe daran, in Tränen auszubrechen.

Ray-Ray legte seine Hand auf ihre Wange.

»Wir suchen überall, und wir suchen geschickt«, sagte er.

Das wusste sie bereits. Aus allen umliegenden Polizeirevieren waren Streifen angefordert worden, und Västtrafik, das lokale Busunternehmen, hatte eine Nachricht an alle seine Fahrer rausgegeben und sie gebeten, nach einem Jungen mit einem Baby Ausschau zu halten. Eine Streife war ins Krankenhaus von Uddevalla geschickt worden, um Magnus und Lovisa zu holen, weil Magnus nicht ans Telefon ging. Lovisas Nummer hatten sie von ihrer Kollegin im Stoffgeschäft bekommen, doch damit schien irgendetwas nicht zu stimmen, denn da antwortete nur eine blecherne Stimme, dass die Nummer derzeit nicht erreichbar wäre.

Verdammte Idioten.

»Ich kann nicht einfach nur hier rumstehen«, sagte Maria zu Ray-Ray. »Ich muss mit draußen sein und suchen.«

Was sie mit »suchen« meinte, wusste sie selbst kaum. Wo sollten sie anfangen? Auf Hovenäset? Smögen? Oder in einem entfernteren Ort, wohin man mit dem Bus fahren konnte?

Die Vernehmung war beendet, und August schloss sich ihnen an. Maria kroch in seine Umarmung und merkte, wie sie den Kampf gegen das Weinen verlor. Nicht einmal als sie völlig verzweifelt gewesen war, weil sie es nicht schaffte, sich von Paul loszumachen, hatte sie so geweint. Sowie sie auch nur blinzelte, sah sie Sofias rundes, fröhliches Gesicht. Mit einem Mal gab es keinen Zweifel: Sofia hatte Maria zugewinkt, als sie ihr am Morgen einen Abschiedskuss gegeben hatte.

Was mache ich bloß, wenn ich sie da zum letzten Mal gesehen habe?, dachte Maria. Was ist dann noch von mir übrig?

August drückte sie so fest an sich, dass sie meinte, in seinem Brustkorb zu verschwinden. Etwas Nasses tropfte auf ihr Haar.

Dieser Mann, ihr fester Anker im Dasein, war eben auch nur ein Mensch.

Das war eine erschütternde Erkenntnis.

»Was machen wir bloß?«, flüsterte er auf ihren Kopf.

»Wir müssen sie finden.«

August flocht seine Finger in ihr Haar.

»Ich versuche, mir einzureden, dass er ihr nie etwas antun würde«, sagte er.

Maria wischte sich die Wange an seinem Hemd ab.

»Das genügt mir nicht«, flüsterte sie.

Lucas war jung. Er musste nicht mal die Absicht haben, Sofia zu schaden, und könnte es doch versehentlich tun. Es genügte, wenn er unaufmerksam war oder es eilig hatte, wenn er Panik bekam oder falsche Entscheidungen traf.

Ihr Handy klingelte.

Maria machte sich mit eiligen Bewegungen los und holte das Telefon hervor.

Roland.

Guter Gott, lass jemand sie gefunden haben.

»Wo ist sie?«

»Sie ist immer noch verschwunden.«

Ihre Beine fühlten sich seltsam schwach an, während ihr Herz sie ermahnte, wie ein Wildtier zu jagen, bis ihre Tochter wieder in Sicherheit war.

»Ich wollte hören, wie es dir geht und dir noch mal versichern, dass dieser Fall im Moment unsere höchste Priorität hat.«

Im Moment.

Wenn Sofia länger verschwunden blieb, würden sie immer weniger suchen. Allein der Gedanke ließ sie schwindeln. Sie würde keine einzige Nacht aushalten, ohne zu wissen, dass Sofia in Sicherheit war.

»Okay?«

»Im Moment ist nichts okay.«

»Das verstehe ich.«

Maria machte einen weiteren Versuch, klar zu denken.

»Haben wir schon Magnus und Lovisa?«

»Die Streife ist gerade am Krankenhaus angekommen. Sie werden in wenigen Minuten oben auf der Station sein.«

»Sie sollen auch Ove vernehmen«, sagte Maria. »Ihn fragen, ob er seinen Enkel so zerstört hat, dass er zu solch unbegreiflichem Verhalten fähig ist.«

»Ich melde mich, sowie ich mehr weiß«, sagte Roland. »Im Moment ist die Hauptthese, dass Lucas seine Großeltern vergiftet hat und sich versteckt, weil Ove jetzt imstande ist, die Wahrheit zu offenbaren.«

Das war ein schwindelerregender, aber vollkommen logischer Schluss.

»Das glaube ich auch«, sagte Maria. »Ich will, dass Ray-Ray und ich Ove vernehmen. Niemand weiß mehr als wir über diesen Fall. Keiner wird bessere Antworten bekommen.«

»Maria, das ist ein unangemessener Vorschlag, und das weißt du auch.«

»Aber ihr tut ja nichts!«

Ihre Stimme wurde laut, und August zog sie wieder an sich.

Maria legte auf.

In ihr schoben sich die Gedanken träge aneinander vorbei.

Lucas war weder gemein noch irrational.

Warum tat er das dann? Sie glaubte keine Sekunde, dass er nur einen Spaziergang gemacht und versehentlich das Handy ausgeschaltet hatte, und das glaubte hier auch niemand sonst.

Sie sah aus dem Schaufenster, ließ den Blick über die Menschen wandern, die draußen vorübergingen. Jemand musste wissen, wohin Lucas verschwunden war. Er war vierzehn Jahre alt, und es fehlten ihm die Mittel, weit zu reisen.

Was willst du, Lucas?, dachte sie. Und wo versteckst du dich?

Der Krankenhausgeruch wirkte erstickend auf Magnus. Mit jeder Faser seines Körpers wollte er weg, und das war anstrengend, wenn der Kopf wusste, dass es nur vernünftig war, hierzubleiben.

Magnus und Lovisa saßen jeder auf seiner Seite von Oves Bett. Er lag auf dem Rücken, hatte die Augen geschlossen, und manchmal reagierte er auf das, was um ihn herum geschah, dann wieder schlief er ein. Die Medikamente hatten seinen Körper noch nicht ganz verlassen. Und außerdem bekam er schwere Schmerzmittel. Der Arzt hatte gesagt, er sei nachgerade high, und das klang in Magnus' Ohren ziemlich barmherzig.

Denn sein Vater wusste, was passiert war.

Er wusste, dass er vergiftet worden war und fast gestorben wäre.

Er wusste, dass er jetzt allein war.

»Wir sind auch hier«, hatte Magnus gesagt, als Ove in seinem Krankenhausbett weinte. »Wir lassen dich nicht allein.«

Noch nie zuvor hatte er seinen Vater weinen sehen. Seine Mutter war immer ziemlich nahe am Wasser gebaut gewesen, vor allem, wenn sie sich freute oder gerührt war, aber sein Vater war aus anderem Holz. Nicht kühl und gefühllos, aber doch mehr bedacht darauf, sein Gefühlsleben für sich zu behalten.

Außer wenn er wütend wurde.

Dann konnte auch sein Vater sehr deutlich zeigen, was er fühlte.

Lovisa stand auf.

»Ich werde mir einen Kaffee holen«, sagte sie. »Willst du auch einen?«

Er nickte.

Sein Vater schien eingeschlafen zu sein, und Magnus legte die Hand auf seine.

Mama war fort, und Papa war noch da.

So musste er jetzt denken.

Und keine Sekunde auf das blöde Gerede verschwenden, das Sandra offensichtlich über Lovisa verbreitet hatte. Dass sein Vater Clara missbraucht haben sollte, als sie ein Kind war, und dass sie glaubte, er würde auch Lucas missbrauchen. Denn das würde Magnus doch wissen, wenn sein Vater so ein grässlicher Mensch wäre. War ihr nicht klar, dass es sich dabei um kompletten Wahnsinn handelte?

Wahnsinn.

Anders konnte man es nicht nennen. In jeder Hinsicht. Clara hatte sich schließlich das Leben genommen, und das taten gesunde Menschen nicht, so viel wusste Magnus.

Er wand sich und drückte Oves Hand.

Das Handy gab ein Geräusch von sich. Eine SMS.

Nicht von Lucas, aber von August Strindberg.

Erstaunt las Magnus, was August schrieb.

Magnus, wir haben eine Notsituation. Bitte ruf mich sofort an. Es geht um Lucas.

Magnus wollte eben August zurückrufen, als die Tür hinter ihm aufglitt.

Lovisa war zurück.

»Magnus.«

Noch ehe er sich umgedreht hatte, wusste er, dass etwas passiert war. Etwas Schreckliches, was mit der SMS von August zu tun hatte. Denn so schnell konnte ihre Stimme ihn in Alarm versetzen, dass jetzt etwas wirklich richtig schiefgegangen war.

Sie kam in Begleitung von zwei uniformierten Polizisten ins Zimmer. Ein Mann und eine Frau.

Lovisas Gesicht war weißer als das Laken in Oves Bett und ihr Blick zu Tode erschrocken.

Er ließ die Hand seines Vaters los und flog vom Stuhl hoch.

Nein.

Jetzt keine weiteren Unglücke.

»Sie sagen, Lucas hätte Sofia entführt.«

Magnus starrte sie an, verstand nicht, was sie sagte.

»Sie sagen, Lucas hätte Sofia entführt!«

Die Polizisten betraten das Zimmer. Begrüßten Magnus und bestätigten, was Lovisa gesagt hatte, aber Magnus verstand immer noch nicht.

Entführt?

»Wir sind hier, weil keiner von Ihnen beiden an sein Handy geht«, erklärte die Polizistin und stellte sich mit einem Namen vor, von dem Magnus wusste, dass er ihn sich sowieso nicht würde merken können.

»Lucas ist jung, weshalb wir annehmen, dass er nicht sonderlich weit gekommen sein kann«, sagte ihr Kollege. »Wir denken eher, dass er einen Ort aufgesucht haben könnte, an dem er sich sicher fühlt und glaubt, dass man ihn da nicht finden wird. Wissen Sie, ob es einen solchen Ort für ihn gibt?«

Lovisa und Magnus sahen sich an.

So einen Ort?

Wohin man Kinder brachte, auf die man erst aufpasste, um sie dann zu kidnappen?

»Ich glaube nicht«, meinte Magnus.

»Wir suchen überall«, sagte die Polizistin und schob die Daumen unter ihren Gürtel.

Da war ein Röcheln von Ove zu hören, und dann ein Flüstern.

»Das Boot, Magnus. Das Boot.«

Magnus' Blick wanderte von seinem Vater zu Lovisa.

Wovon zum Teufel redete er?

»Was meinen Sie?«, fragte die Polizistin.

Ein neues Röcheln, dann keuchte sein Vater:

»Ich habe ihm selbst beigebracht, wie man das fährt. Er liebt das Meer. Sieh nach, ob das Boot noch da ist, Magnus.«

Oves Brustkorb hob und senkte sich ruckartig, während er redete. Die Stimme trug kaum. Die Wunde im Hals, wo der Beatmungsschlauch gesessen hatte, war noch nicht verheilt, und das Pflaster, das darüber saß, färbte sich jetzt rot.

Magnus hörte, wie die Polizistin den Hinweis an ihre Kollegen weiterleitete.

Natürlich.

Das Boot und das Meer.

Wohin sollte er sonst?

Lovisa schluchzte und hielt sich die Hand vor den Mund.

»Soll er bei dem Wetter auf dem Meer sein?«, fragte sie.

Magnus streckte sich nach ihr, aber sie entzog sich und trat ans Fenster.

Da war wieder Oves Stimme zu hören:

»Es ist meine Schuld. Alles ist meine Schuld.«

Als Vendela endlich in Kungshamn angekommen war, regnete es so stark, dass sie nur Schritttempo fahren konnte. Sie hatte Uddevalla sofort verlassen, als der Alarm rausging, dass jetzt Lucas verdächtig war, Mord und Mordversuch begangen zu haben, und dass er zusammen mit Marias Tochter geflohen war. Da hatte Vendela keine Ruhe mehr, um in Uddevalla zu bleiben. Sie wollte in der Nähe ihrer Gruppe am Ort des Geschehens sein.

Doch mindestens ebenso dringend wollte sie Ray-Ray treffen. Scham und Schuld lasteten schwer auf ihr, aber wie sie die Sache auch drehte und wendete, musste sie sich doch eingestehen, dass sie vor allem erleichtert war.

Wenn Lucas der Schuldige war, dann war Ray-Ray definitiv unschuldig.

Als sie auf den Parkplatz hinter dem Supermarkt einbog, klingelte ihr Handy. Von den Kollegen hatte sie gehört, dass man in Augusts Laden eine vorübergehende Einsatzzentrale eingerichtet hatte, und da standen nun so viele Fahrzeuge, dass sie keinen Platz mehr bekam.

»Ja?«, sagte sie und parkte den Wagen.

Einer ihrer älteren Kollegen aus Uddevalla war am Apparat.

»Wir haben eine Streife nach Hovenäset geschickt, um zu sehen, ob Lucas vielleicht nach Hause gelaufen ist. Dort war er nicht, aber ein Nachbar hat ihn mit dem Kinderwagen vorbeigehen sehen.«

Vendela spürte, wie die Hoffnung stieg. Dann lebten die beiden und waren gesund und lagen nicht überfahren in irgendeinem Straßengraben.

»Hovenäset ist mikroskopisch klein«, sagte sie. »Es dürfte nicht so schwer sein, sie dort zu finden.«

»Da bin ich nicht sicher«, erwiderte der Kollege, »ich bin noch nicht fertig.«

Er machte eine Kunstpause, die Vendela in all ihren Bewegungen erstarren ließ.

»Sie haben den Kinderwagen gefunden. Leer.«

»Wo?«

»Unten im Hafen auf Hovenäset, bei der Bootswerkstatt. Kannst du mal checken, ob die Familie von Lucas da ein Boot hat? Sein Großvater hat uns den Tipp gegeben, dass er möglicherweise aufs Meer raus ist.«

Vendela öffnete die Autotür und packte das Telefon fester.

Aufs Meer raus? In diesem verdammten Scheißwetter?

»*Yes*, mache ich sofort«, erwiderte sie.

Die Jacke über den Schultern eilte sie durch den Regen schnell zu Augusts Laden. In der Tür hing ein Schild, auf dem GESCHLOSSEN stand, doch hinter den leicht beschlagenen Schaufenstern waren viele Menschen zu erkennen. Ein Kollege, der auf dem Weg aus dem Laden hinaus war, hielt ihr die Tür auf, und sie trat ein.

Ray-Ray war der Erste, der sie sah. Er nickte kurz und konzentrierte sich dann wieder auf den Computerbildschirm, den er vor sich hatte.

Wies er sie ab?

Möglich.

Die Sorge kam angekrochen, ließ sie den Fokus verlieren.

Doch dann erblickte sie Maria und danach Roland.

Beim Anblick ihres Chefs richtete sich Vendela auf. Sie war Polizistin im Dienst und hatte wichtige Informationen mitzuteilen. Alles andere konnte warten.

Sie begrüßte Roland und umarmte Maria. Dann kam sie sofort zur Sache.

»Ich habe eben erfahren, dass man den Kinderwagen gefunden hat.«

Das Blut wich aus Marias Gesicht, und im Laden wurde es ganz still.

»Was sagst du da?«, fragte August, der plötzlich in dem Meer von Menschen auftauchte.

Vendela beeilte sich, genauer zu erklären, was sie erfahren hatte. Dass ein Zeuge Lucas mit dem Kinderwagen auf Hovenäset gesehen hatte und der Wagen dann verlassen im Hafen bei der Bootswerkstatt gefunden worden war.

»Haben die Dahlmans dort ein Boot?«, fragte sie.

»Nein«, erwiderte August. »Soweit ich weiß, haben weder Magnus noch seine Eltern ein Boot dort. Aber wir.«

»Ihr?«, fragte Roland erstaunt.

»Der Steg bei unserer Bootshütte wird repariert«, erklärte Maria. »Und unser Boot auch, also haben wir so lange von Bekannten ein Boot geliehen.«

»Und davon weiß Lucas?«, fragte Roland.

»Ja«, sagte August. »Er war schon mehrere Male dabei, wenn ich damit zu einem Kundenbesuch oder zur Arbeit gefahren bin.«

»Hat er denn einen eigenen Schlüssel dafür?«, fragte Roland.

August schüttelte den Kopf.

»Nein«, erwiderte er. »Aber er weiß, wo der liegt. Er hängt in der Bootshütte in einem Schlüsselschränkchen mit Codeschloss. Lucas kann durchaus mal gesehen haben, wie ich den Code eingetippt habe.«

Wahrscheinlich war Lucas deshalb mit dem Kinderwagen auf Hovenäset unterwegs gewesen. Er musste den Schlüssel holen, ehe er zum Boot ging.

Ein Handy klingelte. Diesmal das von Roland.

Er hörte konzentriert zu.

»Ein Zeuge hat Lucas mit eurem Boot wegfahren sehen«, sagte er und legte auf.

Vendela holte tief Luft. *Noch ein Zeuge.* Das Beste, was jetzt gerade passieren konnte.

»In welche Richtung ist er gefahren?«, fragte August. »Hat der Zeuge das gesehen?«

Roland nickte.

»Offenbar kennt ihr den Zeugen. Er heißt Valdemar Norlén.«

August und Maria sahen einander erstaunt an. Jetzt, da die Suche eine Richtung bekommen hatte, sprühten sie vor Energie.

»Valdemar aus dem Lesekreis«, sagte Maria.

»Lucas kam ihm extrem gestresst vor, und außerdem war der Junge alleine mit Sofia«, berichtete Roland. »Deshalb hat er versucht, dich anzurufen, August, aber du warst nicht zu erreichen. Also hat er sich bei der Polizei gemeldet, aber als er gemerkt hat, dass die so schnell nicht da sein würden, ist er in sein Boot gesprungen und hat Lucas ein Stück raus verfolgt, um zu sehen, wohin er will. Valdemar glaubt nicht, dass Lucas ihn bei dem scheußlichen Wetter bemerkt hat. Offensichtlich ist der Junge Richtung Hållö gefahren.«

Ein Seufzer entrang sich August.

»Ah«, sagte er. »Hållö. Natürlich.«

Vendela sah ihn fragend an.

»Hat Lucas eine Beziehung dazu?«, fragte sie.

»Nein, aber er liebt diese Insel. Das hat er erst vor ein paar Tagen gesagt, als wir auf dem Weg zu einem Kunden waren.«

August holte sein Handy heraus.

»Ich habe keine verpassten Anrufe von Valdemar«, sagte er.

Ein Streifenpolizist, der hinter ihm stand, sagte:

»Ich glaube, das Gewitter hat die Mobilfunkmasten beeinträchtigt. Im Moment funktionieren die Handys von vielen nicht.«

August stöhnte leise.

»Genau, jetzt sehe ich, dass mehrere meiner SMS an Magnus nicht durchgegangen sind«, sagte er. »Nur die letzte.«

»Wie gut fährt Lucas denn mit dem Motorboot?«, fragte Roland vorsichtig.

»Er ist geschickt«, erwiderte August kurz. »Ich glaube, er hat bereits mit ungefähr sieben Jahren gelernt, Motorboot zu fahren. Ich habe ihn mehrmals fahren lassen und dabei ziemlich viel von ihm gelernt.«

Ray-Ray stand auf und kam so nah, dass Vendela seinen Geruch wahrnahm.

»Dann sorgen wir mal dafür, dass wir so schnell wie möglich loskommen«, sagte er. »Wenn er mit deinem Boot von Hovenäset losgefahren ist, dann sollten wir ungefähr gleichzeitig auf Hållö ankommen.«

»Ich fahre mit«, erwiderte Maria barsch.

»Ich auch«, sagte August.

»Vergesst das«, sagte Roland. »Alle beide. Das Wetter ist so schlecht, das ist schon schlimm genug. Wir müssen uns auf das Wesentliche konzentrieren.«

Draußen pfiff der Wind um die Hausecken, und ein Donner folgte auf den anderen.

Das Unwetter hing direkt über ihnen.

Maria warf Roland einen finsteren Blick zu.

»Es geht hier um *unser* Kind«, sagte sie. »Und um *unseren* Babysitter. Ich glaube, es wäre eine gute Idee, ihn nicht auf dem Meer mit tausend Blaulichtern und Einsatzpolizisten zu konfrontieren.«

»Natürlich bringen wir ihn nicht in eine Situation, die gefährlich werden kann«, entgegnete Roland. »Aber …«

»Kein Aber«, widersprach Maria. »August und ich fahren mit. Wir können auch in unserem eigenen Boot fahren.«

»Das glaube ich nicht«, gab Roland zurück. »Euer Boot ist ja bereits besetzt.«

Es war, als würde man dem Kräftemessen zwischen zwei Mafiachefs beiwohnen. Vendela sah erstaunt von einem zum anderen und stellte fest, dass Roland sanfter wurde, wenn seine Mitarbeiter von einem Fall privat betroffen waren.

»Aber vielleicht habt ihr recht«, sagte er. »Ihr dürft mitfahren. Ich verstehe nur einfach nicht, warum Lucas sich die Mühe gemacht hat, euer Boot zu nehmen und nicht das von seiner Familie. Warum diesen Tag noch mit einem Diebstahl toppen?«

»Weil er weiß, dass in der Kajüte unseres Bootes eine Schwimmweste für Sofia ist«, erklärte August mit belegter Stimme. »Er passt auf sie auf.«

Marias Augen füllten sich mit Tränen, und irgendwas passierte auch mit dem Gesicht von Ray-Ray.

Vendela spürte, wie sie einen dicken Kloß im Hals bekam, den zu schlucken unmöglich war.

»Also, wer fährt?«, fragte Roland. »Wer außer August und Maria?«

»Ich«, sagte Ray-Ray.

»Nein«, entgegnete Roland. »Dich brauchen wir hier.«

Dann zeigte er auf ein paar andere Kollegen, und wenige Augenblicke später waren sie aus dem Laden raus und auf dem Weg zum Hafen, wo schon ein Boot wartete.

Roland blieb mit nur zwei Kollegen im Laden zurück.

Ray-Ray und Vendela.

Ohne etwas zu sagen, sah Roland einen nach dem anderen an.

Dann ging er und setzte sich in die Küche, um zu telefonieren. Vendela bewegte sich langsam auf Ray-Ray zu. In ihr war es plötzlich starr und stumm geworden.

Er sah sie schweigend an.

Und dann, als sie dennoch näher kam, sagte er:

»Wenn das hier alles vorbei ist. Wenn wir heute mit der Arbeit fertig sind. Wollen wir uns dann treffen? Ich glaube, wir müssen reden.«

Vendela nickte langsam.

So gerne.

Und gleichzeitig: Warum denn? Gab es wirklich eine Chance für sie, weiterzugehen?

In diesem Moment fühlte es sich nicht so an.

Trotzdem hörte sie sich flüstern:

»Unbedingt.«

Die Zeit stand still, doch der Puls stieg.

Magnus sah seinen Vater an.

Es ist meine Schuld.

Das Morphium musste ihn verwirrt haben. Aber *alles* war ja so verwirrend. Zum Beispiel, dass Lucas Sofia entführt haben sollte.

So viele offensichtliche Missverständnisse.

»Alles gut, Papa«, sagte Magnus. »Es wird sich alles lösen.«

Und bekam ein Kopfschütteln zur Antwort.

»Nein.«

Die Polizistin trat einen Schritt näher.

»Wovon sprechen Sie, Ove?«, fragte sie.

Eine Träne rann über die Wange seines Vaters.

Magnus verspürte, wie der Druck auf seinem Brustkorb zunahm.

»Es ist meine Schuld, dass Lucas verschwunden ist.«

Magnus war kurz davor loszubrüllen. Konnte nicht jemand den Alten zum Schweigen bringen? Um seiner selbst willen? Sie konnten sein Morphium-Gerede jetzt nicht gebrauchen.

»Es war auch meine Schuld, dass Clara gestorben ist«, flüsterte Ove. »Sie ist nie hinweggekommen über das … was passiert ist.«

»Jetzt sprechen wir nicht von einer Clara«, sagte die Polizistin ruhig. »Wir sprechen von Ihrem Enkel Lucas.«

Sein Vater schien um die Kraft zu einer Antwort zu kämpfen.

»Dieselbe Geschichte. Ich … bin schuld. So viele Male.«

Ein heiserer, erstickter Schrei von Lovisa.

Wortlos und gespenstisch.

Magnus fuhr zusammen.

Was fiel ihr ein?

Sie hatten doch unten am Eingang darüber geredet. Keiner von ihnen beiden glaubte das Unaussprechliche.

Ich bin schuld.

So viele Male.

Schweig jetzt, dachte Magnus. Du weißt nicht, was du sagst.

Sein Vater blinzelte.

»Ich habe es nur gut gemeint«, flüsterte er. »Aber ich habe nicht zugehört … wenn sie Nein gesagt haben. Erst als es zu spät war.«

Jetzt war es zu viel für Lovisa. Zu viel für alle.

»Nein!«, brüllte sie. »Nein, zum Teufel, Ove! Sag, dass du das nicht getan hast!«

Magnus erkannte, dass sie ihm so weit voraus war. Sie hatte in den letzten Tagen schon so viel öfter darüber nachgedacht.

Aber niemand hat mir etwas gesagt.

Magnus jammerte leise und verbarg das Gesicht in den Händen.

Es *musste* das Morphium sein, das aus ihm sprach.

Es musste die Lüge der Drogen sein.

Es musste ein uraltes schlechtes Papa-Gewissen sein, das hier Blödsinn redete.

Natürlich hatte sein Vater weder sein Kind noch sein Enkelkind verletzt.

Aber er hat doch gesagt, dass es genau so war.

»Was hast du getan, Papa?«, flüsterte er, obwohl er es im Moment weder wissen noch hören wollte.

Die Stille, die dann folgte, war so brutal, und es fühlte sich an, als würde sie kein Ende nehmen. Aber schließlich bekam er dennoch eine Antwort:

»Das Schlimmste, Magnus. Ich habe das Schlimmste getan. Mit beiden.«

Die Welt brach zusammen.

Es gab keinen Sauerstoff mehr.

Der ganze Raum war voller Nebel.

Nein, nein, nein.

Nein!

»Dein eigenes Fleisch und Blut«, sagte Magnus langsam mit

einer Stimme, die er selbst nicht mehr wiedererkannte. »Dein eigenes Kind und dein eigenes Enkelkind. Du hast Clara in den Tod getrieben und Lucas …«

Er stöhnte laut.

»Wie lange?«, fragte Lovisa.

Sie stand jetzt näher am Bett. Magnus merkte, wie der Polizist hinter ihnen sich diskret in ihre Richtung bewegte, damit sie seinen Vater nicht angriff. Damit sie sich nicht selbst Schaden zufügte.

Sein Vater sah aus, als würde er schlafen.

Völlig weg.

Dann war er wieder da.

»Mit der ersten Angeltour hat es angefangen«, flüsterte er. »Im Sommer, bevor er in die erste Klasse kam. Und dann eine Zeit danach … bis Clara gestorben ist. Da habe ich wieder Hilfe gesucht.«

Und das war es.

Das Geständnis und das Ausmaß in ein und derselben Antwort.

Lucas' eigener Großvater hatte …

Magnus war nahe, *so nahe daran*, sich zu übergeben.

Lucas, verzeih. Verzeih, verzeih, verzeih mir.

Lovisa schrie wieder.

Die erste Angeltour.

Und dann als Clara ein halbes Jahr später starb. Da hatte er offensichtlich Hilfe gesucht.

Hilfe?

Was für verdammte Hilfe?

Die Reise, die sein Vater nach Claras Tod unternommen hatte. Wo war die eigentlich hingegangen? Er, Magnus, erinnerte sich nicht. Er erinnerte sich an gar nichts.

Aber er erinnerte sich an Lucas' erste Angeltour.

Wusste noch, wie verängstigt Lucas hinterher gewesen war und dass sein Vater von einem anderen, viel größeren Boot erzählt hatte, das ihnen zu nahe gekommen war und Wellen produziert hätte, die Lucas verschreckt hätten.

Und ich habe ihm geglaubt, dachte Magnus. Mein Gott, verzeih mir, aber ich habe ihm geglaubt.

Die erste Angeltour war zu einem Ritual geworden, das sein Vater mit seinen Enkelkindern ausführen wollte. Zuerst mit Lucas und dann sollte er auch mit Elina rausfahren. Am selben Tag, als er vergiftet wurde.

Oh, mein Gott. Elina.

Magnus wich so weit zurück, dass er an die Wand schlug, er musste von diesem Bett weg.

»Und Elina?«

Ein neuerlicher Schmerzlaut von Lovisa, als Magnus die Frage stellte.

Er wollte es nicht wissen, aber ohne Antwort konnte er auch nicht bleiben.

Die kleine, lebendige Elina.

Wir haben unsere Kinder nicht verdient.

Einfach nicht verdient.

»Elina nicht«, flüsterte sein Vater.

Magnus sank auf dem Boden zusammen, versuchte nicht einmal, den Stuhl zu erwischen.

Danke, guter Gott. Danke, danke, danke.

»Das habe ich nicht geschafft. Aber ich hatte vor … Ich wollte wieder anfangen.«

Ich wollte wieder anfangen.

Sieben Jahre nach Claras Tod war er also bereit gewesen, wieder einen neuen kleinen Menschen zu zerstören.

Diesmal reagierte sogar der Streifenbeamte.

»Nicht *geschafft?*«, echote der Polizist.

»Lucas hat uns aufgehalten«, flüsterte sein Vater. »Er ist zu uns nach Hause gekommen. Ich … glaube, er hat uns krank gemacht. Etwas mit dem Essen.«

Die Zeit stand still.

Magnus' eigener Vater. Mit Lucas. Und Clara. Die entschieden hatte, ihr Leben zu beenden.

Und ich habe nichts gesehen.

Oder doch? Hatte er tatsächlich etwas gesehen, was die Alarmglocken hätte schrillen lassen müssen?

Mit einem Mal erinnerte sich Magnus an die vollkommen unverhältnismäßige Wut, als er in sein Elternhaus gekommen war und sie beim Sex überrascht hatte.

Magnus spürte, wie die Übelkeit wieder angerauscht kam.

»Damals, als ich den Ersatzschlüssel benutzt habe«, flüsterte er. »Sag mir, dass du da mit Mama zusammen warst.«

Sein Vater stöhnte und blinzelte mehrere Male, konnte den Blick nicht fokussieren.

»Ja … Aber das spielte keine Rolle. Irma war entsetzt. Weil ich so wütend wurde.«

Er schluckte, schien sich sammeln zu müssen, ehe er fortfuhr:

»Aber ich musste dir doch klarmachen, dass du das … nie wieder tun durftest. Falls ich … wenn es … Falls ich was anderes machte.«

Magnus konnte nicht denken, nicht reden, nicht atmen. Er wollte am liebsten gar nicht mehr existieren. Er hatte alles und jeden im Stich gelassen. Auf die widerlichste Weise.

Im Augenwinkel sah er, wie die Polizistin ihren Arm um Lovisa legte.

»Ich denke, Sie sollten sich ein Weilchen hinsetzen«, sagte die Beamtin. »Sie sind sehr blass.«

Aber Lovisa hielt dagegen.

»Ich stehe hier gut«, sagte sie.

Ihr Gesicht war entsetzlich ruhig. Und finster. Verdammt finster.

Die Polizisten wechselten einen Blick.

Magnus schluckte fest, er wusste, dass es noch eine Frage gab, die er stellen musste.

»Warum nicht ich?«, flüsterte er. »Wieso bin ich davongekommen?«

Seine Stimme war dünn, und es dauerte, ehe die Worte das Krankenbett erreichten. Als sein Vater schließlich antwortete, weinte er.

»Claras Mutter. Sie wusste es. Sie wollte nur schweigen, solange ich mich von Clara fernhielt … und niemals dasselbe mit dir machte. Da habe ich auch Hilfe gesucht. Wir hatten einen Pakt.«

»Was war das für ein Pakt und welche Hilfe meinen Sie, Ove?«, fragte die Polizistin leise.

»Ins Ausland. Weit weg. Es gab eine Klinik …«

Seine Stimme brach.

Da setzte sich Lovisa hin. Wie Magnus. Direkt auf den Boden. Lautlos.

»Magnus«, flüsterte sie.

Er kroch zu ihr. Die Erinnerung an das, was er über die Reisen seines Vaters erfahren hatte, blitzte auf. Das erste Mal, als er das Besuchsrecht für Clara verloren hatte. Dann, als sie gestorben war.

Ins Ausland. Weit weg.

Da hatte er Hilfe gesucht. Zweimal.

Mit zitternden Händen nahm Magnus sein Handy heraus.

»Ich rufe Lucas an«, flüsterte er.

Nicht, dass er gewusst hätte, was er sagen sollte.

Oder tun.

Wie baute man ein Leben wieder auf, das in Stücke gesprengt worden war?

Lovisas Gesicht verwandelte sich wieder in bodenlose Trauer und Angst. Stumm beobachtete sie Magnus, während die Klingeltöne im Telefon zu hören waren.

Aber Lucas ging nicht ran.

Natürlich nicht, dachte Magnus matt. Was zum Teufel soll er denn schon mit uns?

Sein Vater röchelte.

»Es tut mir so leid«, flüsterte er.

Magnus starrte auf den Mann im Bett. Der Ove hieß und der sein Vater war.

Niemals würde er ihm verzeihen.

Und niemals würde er neue Eltern bekommen.

Trotzdem würde er es schaffen. Wenn er nur Lucas behalten durfte. Das wusste er jetzt.

Denn alles konnte man überleben, aber nicht den Verlust eines Kindes.

»Gib uns eine Chance«, flüsterte Magnus ins Telefon, wo ein Klingelton nach dem anderen verklang. »Gib uns noch eine Chance, dann werden wir dich niemals wieder im Stich lassen.«

Es hatte noch nie länger gedauert, nach Hållö zu fahren. Die Wellen waren hoch wie in einem Gruselfilm und der Himmel dunkel, als ob er sich auf den Weltuntergang vorbereiten würde.

Einer von Marias Kollegen von der Küstenwache fuhr. Sie hatten gerade eine Übung in der Nähe durchgeführt und befanden sich rein zufällig in Kungshamn. Manchmal brauchte man einfach etwas Glück.

August und Maria saßen ganz hinten im Boot.

Die Wellen brachen sich und der Wind brüllte. Das salzige Meerwasser spülte immer wieder über sie hinweg. Es scherte sie nicht.

Alles, was sie wollten, war, anzukommen und zu sehen, ob es Sofia gut ging.

August starrte auf das ungastliche Meer. Eltern zu sein war der höchste Sinn des Lebens. Zumindest für ihn. Ihm war vollkommen bewusst, dass zum Beispiel Henrik keine Sehnsucht nach Kindern hatte, und das durfte er natürlich auch, aber für August gab es keinen Zweifel: Nichts, was er jemals im Leben gemacht hatte, war größer, als Vater zu werden. Diese Erkenntnis machte ihn verletzlich, denn die Rolle als Eltern verlangte, dass er Kinder in seinem Leben hatte.

Ich möchte noch viel mehr, dachte er.

Das war ein animalischer Reflex, doch in diesem Moment fühlte sich das deswegen kein bisschen weniger wahr an. Ich möchte mehr als nur ein Kind haben, ich möchte ein ganzes Haus voll Kinder haben.

Aber erst: Sofia nach Hause bekommen.

Maria lehnte sich näher an ihn, atmete nur einen Zentimeter von seinem Ohr entfernt.

»Ich verstehe nicht, warum Lucas das tut.«

Der Motor war laut und der Wind hart, aber er verstand trotzdem, was sie sagte.

»Vielleicht weiß er das selbst nicht«, sagte er.

Maria strich sich das nasse Haar aus dem Gesicht.

»Lucas ist rational«, sagte sie. »Es würde mich wirklich erstaunen, wenn er sich nicht einen Plan ausgedacht hätte. Aber warum wollte er unbedingt Sofia mitnehmen? Hätte er sie nicht einfach bei dir im Laden lassen können?«

Gerade dieser Teil des Dramas stresste August mehr, als er zugeben wollte, denn es sah tatsächlich so aus, als ob Lucas eine Art Geiselsituation arrangiert hätte.

Wann würden sie also erfahren, was er verlangte, um Sofia herzugeben?

Ich gebe alles, was ich habe. Wenn ich nur unsere Tochter nach Hause bekomme.

Jetzt näherten sie sich der Insel. Das Boot war nirgends zu sehen. Nicht im Naturhafen und auch nicht da, wo der Hållö-Express immer anlegte.

»Fahr um die Insel herum!«, rief August laut, um den Wind zu übertönen. »Fahr zum Marmorbecken.«

»Warum das denn?«, fragte Maria.

»Weil er den Teil der Insel am meisten mag.«

Niemand widersprach.

Das Boot fuhr weiter.

Der Polizist am Steuer hielt das Steuerrad ganz fest.

In seinem Gürtel hingen Handschellen, ein Schlagstock und die Waffe. Bei seinem Kollegen ebenso.

Wenn sie schießen, gehe ich kaputt, dachte August und schloss die Augen.

Dann riss er sie schnell wieder auf.

Jetzt, da sie langsamer fuhren, fühlte sich das Meer etwas weniger aggressiv an. Die spektakuläre, flache Steinlandschaft von Hållö mit dem rot-weißen Leuchtturm konnte man durch den Regen nur erahnen. Normalerweise trampelten Horden von Menschen auf dem Granit herum, doch jetzt war niemand zu sehen.

Augusts Magen zog sich vor Stress zusammen.

Ich will mein Leben zurück, dachte er. Meinen ganz gewöhnlichen Alltag.

Sie umrundeten die Insel und nahmen Kurs auf das Marmorbecken.

Das Boot hielt einen gleichmäßigen Takt, und nun hatten sie den Wind von schräg hinten, was die Wellen noch weniger spürbar machte.

August sah angestrengt über das Wasser, hin zum Marmorbecken, wo es normalerweise wie in einem tropischen Meer grün schimmerte. Heute war das nicht so, das Unwetter zerstörte diesen Effekt. Die anderen an Bord hielten auch Ausschau. Es lagen keine Boote mehr da, alle Touristen waren vor dem Unwetter geflohen. Je näher sie kamen, desto überwältigender fühlte sich die Situation an.

»Könnte er an Land gegangen sein?«, fragte der Steuermann.

»Nein«, sagte August, »das glaube ich nicht. Ich würde annehmen, dass er weiter vorn, wo es flacher ist und die Wellen nicht so hoch sind, vor Anker gegangen ist. Er wird sicher die Situation ordentlich abschätzen.«

»Da!«, rief Maria und zeigte auf etwas. »Liegt es nicht da?«

August schluckte und nickte.

Ja, doch, das war ihr Boot.

Es schaukelte im Wasser, und soweit August sehen konnte, war niemand an Bord.

Er wird sich doch nicht ins Meer gestürzt haben?

Sie kamen näher.

Ein Babyschrei durchschnitt den quälenden Lärm des Windes.

Kein verzweifelter Schrei, aber doch ein Schrei.

»Herzchen«, flüsterte Maria. »Jetzt kommen wir.«

Sie drückte Augusts Hand, und als man den Schrei wieder hörte, wollte August auch schreien.

Wir sind jetzt hier! Mama und Papa kommen!

Doch kein Laut kam über seine Lippen. Er starrte nur wie verhext auf das Boot und wartete darauf, Lucas zu sehen. Vielleicht saß er in der Kajüte, aber dann hatte er die Luken nicht geschlossen, denn der Schrei war überhaupt nicht gedämpft.

Jetzt waren sie nur noch wenige Meter von dem Boot entfernt, und da verstummte der Schrei.

Weil sie Essen bekam oder weil sie tot war?

Einer der Polizisten gab ihnen ein Zeichen, dass sie still sein sollten, und spähte zum Boot rüber, um ein besseres Bild davon zu bekommen, wo Lucas sich befand. Hier waren die Wellen flacher, einige der Klippen bildeten einen Windschatten. Maria holte ihr Handy heraus und las etwas auf dem Display, über das sie die Hand gelegt hatte, um es gegen den Regen zu schützen. Für einen Moment riss sie die Augen auf, dann legte sie das Telefon beiseite. August konnte nicht fragen, was sie auf dem Display gesehen hatte. Sein Herz pumpte so fest, dass es wehtat, und in seinen Ohren rauschte es.

Schrei noch einmal, Sofia, dachte er. Schrei noch mal.

Aber das tat sie nicht. Stattdessen hörte man ein gurgelndes Lachen. Nicht so lang, aber doch ausreichend, dass man es trotz des Regens, der auf Meer und Boote peitschte, vernehmen konnte.

Sie lebte. Und sie lachte.

»Wer von euch steht Lucas am nächsten?«, fragte der Polizist am Ruder.

»Das bin ich«, sagte August.

»Dann probier mal, ihn zu rufen. Aber nur wenn du das Gefühl hast, ganz normal klingen zu können.«

August spürte wieder, wie das Schiff schaukelte, als er sich erhob. Maria stellte sich neben ihn und hielt ihn fest am Arm.

»Lucas?«

Augusts Bass hallte übers Wasser und wurde von den Klippen an Land zurückgetragen.

Er rief noch einmal.

»Lucas!«

Da bemerkte er eine Bewegung im Boot, und dann war Lucas zu sehen. Mit roten Augen und blass erhob er sich. Er hatte Sofia auf dem Arm, und als August sie sah, dachte er, dass alles andere nicht zählte.

Ich verzeihe alles.

Sogar das, was ich nicht verstehe.

Wenn wir nur Sofia zurückbekommen.

Lucas schwankte, als das Boot wackelte, fing sich aber sofort wieder. August sah, wie er Sofias Schwimmweste zurechtrückte und sie auf den anderen Arm nahm. Er beugte sich über sie, um sie möglichst vor Regen und Wind zu schützen.

»Wie schön, euch zu sehen«, sagte August mit belegter Stimme.

Da begann Lucas zu weinen.

Er weinte, wie man es sonst nur bei kleinen Kindern sah. Laut und ungeniert.

»Verzeihung!«, rief er. »Verzeihung!«

Maria begann auch zu weinen.

»Wir verzeihen alles!«, rief August, ohne ganz sicher zu sein, ob er das wirklich so meinte. »Aber wir müssen Sofia zurückbekommen.«

Lucas wischte sich den Rotz unter der Nase weg.

»Ihr bekommt sie, sowie ich weiß, dass Elina in Sicherheit ist«, sagte er. »Und dass wir nie wieder Opa treffen müssen.«

Man soll sich ja davor hüten, Geiselnehmern zu geben, was sie haben wollen, und eben diese Forderung brachte August ein wenig durcheinander. Doch offensichtlich nicht Maria, denn sie antwortete an seiner Stelle:

»Lucas, wir wissen, was passiert ist. Dass dein Opa dir sehr wehgetan hat. Er hat es gestanden. Ich habe das eben von meinem Chef gehört. Du und Elina, ihr werdet ihn nicht wieder treffen müssen. Das verspreche ich dir.«

Lucas weinte noch mehr.

»Sieben Jahre«, sagte er. »Ich war nur sieben Jahre alt. Und seit er aufgehört hat, hatte ich Angst, dass er wieder anfangen würde.«

Was zur Hölle …?

August wollte schreien. Vielleicht war Maria flinker als er, aber er hatte noch nicht einmal im Entferntesten daran gedacht, was nun vor ihm passierte.

Eine Welle ließ ihre Boote schaukeln, und für einen Moment schwankte Lucas. Sofort ging er in die Hocke und legte Sofia ab.

Du kümmerst dich, dachte August. Ihr zu schaden, das gibt es einfach nicht in dir.

»Lucas?«, fragte Maria.

Langsam erhob er sich wieder, doch diesmal hielt er sich am Rand der Kuchenbude fest, die den Ruderplatz überdeckte, aber nicht ganz bis ins Heck reichte. Er hievte sich auf eine Holzkiste, die er hinter den Ruderplatz gestellt hatte.

Damit er höher hinauf kam.

Damit sie sehen konnten, was er vorbereitet hatte, was er zu tun gedachte.

Erst begriff August nicht, was er da sah.

Dann klarte das Bild auf und erfüllte ihn mit pechschwarzem Entsetzen.

»Nein!«, rief er heiser. »Lucas, verdammt noch mal, nein!«

Um Lucas' Beine ringelte sich eine Kette. Als er mit Sofia auf dem Arm in der Plicht gestanden hatte, war sie nicht zu sehen gewesen, aber jetzt erkannte man sie deutlich. Er hielt das eine Ende der Kette in der Hand.

Der Plan war nicht, jemand anderem zu schaden.

Der Plan war, sich das Leben zu nehmen.

In dem schrecklichen Unwetter zu sterben und nie wieder nach Hause zu kommen.

Neben August atmete Maria heftig ein.

»So nicht, Lucas«, sagte sie mit zitternder Stimme. »Das ist ganz furchtbar falsch! Alle wollen, dass du bleibst!«

Doch Lucas hörte nicht.

»Er hat gesagt, er würde mit Elina auf eine Angeltour gehen, und da … Da hat es sich einfach angefühlt, als würde ich sterben. Denn genau so hat alles für mich angefangen. Er hat mich angesehen, als er das gesagt hat, als ob er es entweder bereut hat oder einfach nur sehen wollte, wie ich reagiere. Aber Oma hat überhaupt nichts kapiert, sie hat nur gesagt: ›Was hältst du davon, Lucas? Erinnerst du dich, wie nett das war in dem Sommer, als Opa dir beigebracht hat, Motorboot zu fahren?‹ Und das war alles so verdammt ekelhaft.«

Lucas' Gesicht verzog sich, und etwas in August zerbrach, denn er meinte zu kapieren, was mit »nett« gemeint gewesen war, und das war eine Wirklichkeit, die er weder begreifen noch akzeptieren konnte.

Die anderen Polizisten auf dem Boot begannen sich zu positionieren, und August hörte, wie einer von ihnen leise in sein Handy sprach.

Maria versuchte, Zeit zu gewinnen.

»Wann hat er das gesagt?«, fragte sie.

»Am Tag, bevor wir das Krebsfest feiern sollten«, sagte Lucas. »Er hat es so erzählt, als wäre es ein Riesending, und das war es ja auch … aber nicht so, wie Mama und Papa glauben. In der Nacht habe ich überhaupt nicht geschlafen. Kein bisschen. Ich lag die ganze Zeit nur da und habe überlegt, was mit Elina passieren würde und was ich tun kann, um das zu verhindern.«

August versuchte vergeblich, sich die Panik in Lucas vorzustellen.

»Lass ihn weiterreden, Maria«, flüsterte einer der Polizisten im Hintergrund. »Er muss sich beruhigen, ehe wir an Bord gehen. Hier ist es tief und wir haben keine Taucher vor Ort.«

August schlug die Hand vor den Mund. Er wollte nicht verstehen, was er da hörte.

Es ist tief hier.

Wir haben keine Taucher vor Ort.

»Erzähl«, sagte Maria. »Erzähl mir, was passiert ist und was du gemacht hast.«

»Ich dachte, mir glaubt sowieso keiner und dass es keinen Sinn macht, mit jemandem zu reden«, sagte Lucas. »Das hat Opa immer gesagt, wenn er ... wenn es passiert ist. Dass es unter uns bleiben muss. Und dann am nächsten Tag war ich draußen und bin mit Sofia gegangen. Aber sie ist irgendwie nicht zur Ruhe gekommen. Ich dachte, ihr ist so heiß und habe gewedelt und gewedelt, aber sie hat nur geschrien und wollte den Schnuller nicht und auch nichts essen und kein Wasser ... Und da sind Oma und Opa vorbeigefahren. Mit dem Auto. Es war an der Bushaltestelle bei der Brücke. Sie haben angehalten, um mir zu helfen. Oma hat Sofia genommen und sich mit ihr auf den Rücksitz gesetzt und festgestellt, dass sie total viel gepinkelt hatte. Die Hose war nass und ich glaube, Oma hat ihr eine andere Windel angezogen, denn hinterher war sie fröhlich.«

Lucas schluckte, bevor er weitersprach.

»Und da habe ich die Tüte von McDonald's gesehen«, sagte er mit bebender Stimme. »Und da wusste ich, dass ich die Gelegenheit ergreifen musste.«

Langsam trieb das Polizeiboot näher an Lucas heran. Sofia war nicht mehr zu sehen, aber sie gab kleine Geräusche von sich, und es schien ihr da zu gefallen, wo sie lag. Noch war ihre Geduld nicht zu Ende.

Lucas sah erschöpft aus. Unglaublich erschöpft für jemanden, der so jung war.

»Wie bist du darauf gekommen?«, fragte Maria.

»Ich weiß, dass man von zu viel Tabletten krank werden kann«, sagte Lucas mit gesenktem Blick. »Ich bin mit Oma schon dabei gewesen, wenn sie ihre Medikamente geholt hat, und außerdem hab ich ziemlich viele Filme gesehen.«

Er holte Luft.

»Nachdem Oma Sofia mit der Windel geholfen hat, sind sie und Opa direkt nach Hause gefahren. Ich habe Sofia mitgenommen und bin hinter ihnen her. Als ich ankam, hatten sie gerade das Auto ausgeräumt. Opa ging zur Bootshütte, um nach irgendwas zu suchen, und Oma wollte was auspacken, was sie gekauft hatten. Sie war nur ein paar Minuten im oberen Stockwerk, aber ... Das hat gereicht. Ich wusste, wo der Medikamentenschrank ist, und habe die Tabletten klein gemacht und in die Becher getan.«

August hätte sich fast hinsetzen müssen, es gelang ihm aber, stehen zu bleiben.

Die Trauer lähmte seinen Brustkorb. So viel Schmerzen und Dunkelheit.

Lucas atmete abgehackt, er weinte und schluchzte.

»Ich ... Ich hab kapiert, dass ich Mama und Papa und die Polizei dazu bringen muss, nach jemand anderem zu suchen, der Oma und Opa vergiftet haben könnte«, erklärte er. »Also hab ich so getan, als hätte ich vor dem Mann Angst, den Elina und ich mit Oma haben streiten hören. Habe Wache gehalten und so. Ich dachte, ich würde davonkommen.«

»Du hast Wache gehalten?«, fragte Maria.

Lucas nickte.

»Ich musste ja so tun, als hätte ich Angst«, sagte er wieder. »Ich musste auf jemand anderen zeigen. Und Oma hatte ja wirklich mit einem Mann gestritten.«

»Deine Oma ist an der Vergiftung gestorben«, sagte Maria leise. »Wie denkst du darüber?«

»Dass sie gewusst haben muss, was Opa da machte. Das hat jedenfalls der Mann gesagt, den Elina und ich gehört haben. Dass Oma es wusste, aber sich geweigert hat, was zu tun. Also hat sie es nicht besser verdient.«

August spürte, wie sich dunkle Wolken vor ihm auftürmten.

Sie hat es nicht besser verdient.

Wenn sie gewusst hatte, was da passiert war, dann konnte man fast nicht anders, als Lucas recht zu geben.

Neben sich sah er, wie Maria neu ansetzte.

»Es ist so, Lucas«, sagte sie. »Dein Opa hat, wie gesagt, gestanden. Er wird ins Gefängnis kommen. Sehr, sehr lange. Und Elina und du, ihr werdet geschützt sein.«

Ihre Boote waren jetzt so nah beieinander.

Das Gesicht von Lucas leuchtete gespenstisch weiß und nass von Regen und Tränen.

»Wirklich?«, flüsterte er.

Maria nickte und weinte lautlos. Sie richtete sich auf.

»Ich würde dich niemals in einer solchen Sache anlügen«, beteuerte sie. »Glaub mir, Lucas, du musst dich nicht ins Meer stürzen. Tu das nicht. Bitte, mein Lieber, tu es nicht.«

Da verlor Lucas ganz die Fassung.

»Aber ich habe alles zerstört«, heulte er. »Ich habe nichts mehr. Gar nichts.«

Mit einem vorsichtigen Schubser berührten die Boote einander. Sekunden später teilte ein greller Blitz den dunklen Himmel, und mit einem einzigen langen Schritt sprang einer der Polizisten hinüber in das andere Boot. Das ging so schnell und gleichzeitig so ruhig, dass niemand richtig reagieren konnte. Lucas schaute nur noch erstaunt zum Meer, als Marias Kollege zugriff und ihn auf den Sitz zurückzog. Für ein anderes Manöver war das Boot zu klein. Ein Donnerschlag, lauter als alle anderen, hallte übers Meer.

»Mach das nicht, Lucas«, sagte Marias Kollege mit sanfter Stimme. »Wir helfen dir mit dem hier. Wir helfen dir mit allem.«

Lucas schrie laut und herzzerreißend, während der Polizist ihn festhielt.

Einen Moment später hatten auch Maria und August das Boot gewechselt.

Sofia lag auf einer Decke in der Plicht. Regennass, aber nicht verzweifelt oder verletzt.

»Ja, hallo«, flüsterte August und begann zu weinen.

Hinter sich hörte er Lucas mehrere Male »Verzeihung« sagen, doch weder August noch Maria vermochten ihm zu antworten.

August nahm Sofia hoch, spürte ihr Gewicht und wie Maria ihre Arme um ihn schlang, sodass ihr Kind in der Mitte landete und seine Eltern wie eine schützende Höhle um sich hatte.

Das war in dem Moment alles, was zählte.

Das war das einzig Wichtige.

Alles andere konnte warten.

Schreibtagebuch

DEZEMBER

Alles ist vorbei. Papa ist es gelungen, den Wikinger zu zerstören, der es gewagt hat, für Lucas in den Kampf zu ziehen, und die Geschichte ist damit begraben. Viking und nicht Papa ist als Monster abgelöst worden. Das ist mehr, als ich ertragen kann.

Es fühlt sich an, als würde mein Herz in Stücke gerissen.

Jetzt kann ich nicht mehr.

Nicht noch mehr Angst, nicht noch mehr Verzweiflung.

Magnus will der Wahrheit nicht ins Auge sehen, er will nicht begreifen, dass es seinem Sohn schrecklich schlecht geht. Und ich sehe nicht, was ich noch tun könnte. Ich fantasiere darüber, Papa zu töten oder zu versuchen, ihn mit Drohungen wegzukriegen, aber ich weiß nicht, wie mir das gelingen sollte.

Irma war sehr deutlich, als ich mit ihr gesprochen habe: Niemand wird mir glauben.

Und ich weiß natürlich, dass sie recht hat.

Weder Magnus noch Irma begreifen oder glauben, dass Papa sich wie ein Untier benehmen kann.

Und dann kann ich diesen Kampf nicht gewinnen. Keine Chance.

Das Buch ist jetzt fertig, aber es bleibt bei mir. Niemand darf es lesen und niemand darf es herausgeben, denn ich kann ja nichts beweisen. Alle werden glauben, dass ich es bin, die verrückt ist, nicht Papa. Die Polizei hinzuzuziehen, macht keinen Sinn, denn Mama, die meine einzige Zeugin war, ist schließlich tot. So schließt sich die Dunkelheit um mich, denn wer bin ich schon ohne mein Schreiben, ohne mein Ziel?

Matteo will, dass wir ins Ausland ziehen, aber was würde das ändern? Überhaupt nichts. Also sitze ich nur Tag um Tag, Nacht um Nacht zu Hause. Ich bin jetzt richtig krankgeschrieben, und mein Arbeitgeber versucht, mich zum Betriebsarzt zu locken. Aber der kann mir auch nicht helfen.

Die Zeit vergeht so langsam. Und immer erlebe ich es so, als würde ich mich in Kälte und Dunkelheit befinden.

Das Einzige, was mir gelungen ist, seit Ove den Versuch des Wikingers, etwas zu verändern, dem Erdboden gleichgemacht hat, ist ein neues Buddelschiff. Eines, was sich von den anderen unterscheidet und ein Stück meiner Geschichte erzählt.

Es ist eine Erinnerung aus dem schrecklichsten Sommer meiner Kindheit.

Ich habe Irma daran erinnert, doch sie hat das nur weggeschoben, hat gesagt, ich würde mich falsch erinnern, falsch interpretieren, falsch *denken.*

Aber ich erinnere mich immer noch ganz genau, was passiert ist.

Dass Mama plötzlich krank wurde und ich zu Papa gehen musste, um mit ihm und dem Rest der Familie auf eine Segeltour zu gehen. Dass ich auf dem Deck des Schiffes schlief, um in Ruhe gelassen zu werden. Wie ich jede Nacht starr vor Angst und Schrecken wach lag.

Und wie er, trotz allem, was er mit meiner Mutter vereinbart hatte, sehr geneigt zu sein schien, sein Versprechen zu brechen.

In der letzten Nacht kam er zu mir herauf. Vielleicht dachte er, dass ich aus reiner Erschöpfung am Ende wäre. Vielleicht war es ihm auch egal. Oder es ist so, wie Irma sagt, dass er nur ein wenig Luft schöpfen wollte. Aber das glaube ich wirklich nicht.

Ich habe gehört, wie er kam.

Mein ganzes Ich erstarrte, und obwohl ich vorhatte, so zu tun, als würde ich schlafen, musste ich doch den Kopf wenden und die Augen öffnen, sodass ich ihn sehen konnte. Ein reiner Überlebensinstinkt. Ich musste wissen, wo der Feind war.

Drei Meter entfernt.

Mit geradem Rücken und hartem Blick. Die Kiefer mahlten, und er wandte den Blick keine Sekunde von mir. Ein Raubtier, das sein Opfer betrachtete und erwog, wie hungrig es war. Wie scharf.

Und dann Irmas gedämpfte Stimme, die die fünf Wörter sagte, von denen ich sicher bin, dass sie das Biest vertrieben haben:

»Ove, wo bist du denn?«

Ich schrie so laut, wie ich konnte.

Hier! Er ist hier!

Ich schrie für all die Male, die ich geschwiegen hatte, ehe Mama entdeckt hatte, was passiert war, und dafür sorgte, dass Papa keinen Umgang mehr mit mir hatte. Mehrere Jahre hatte ich in Frieden leben können, und jetzt fürchtete ich, dass es wieder losgehen würde.

Papa drehte sich herum und ging direkt in die Arme von Irma. Schlaftrunken stand sie da, aber ansonsten klar. Sie sah durchaus, was Papa erwogen hatte, vielleicht erkannte sogar sie das Monster?

Damals haben wir nicht darüber gesprochen, aber als ich Irma traf, nachdem der Wikinger seinen Kreuzzug begonnen hatte, da sprach ich es an. Sie nannte mich geisteskrank. Sie sagte sogar, ich sei furchtbar krank und bräuchte Hilfe, um meine Fantasien loszuwerden. Da hätte sie mir genauso gut ein Messer in die Brust rammen können. Da und dort starb alles, was ich gewesen war.

Ich ging mit einem noch größeren Rucksack davon, als ich gekommen war.

Denn jetzt trage ich auch das Entsetzen von Lucas und vielleicht auch das von Elina mit mir herum. Das ist mehr, als ich ertragen kann, damit kann ich nicht leben. Ich schlafe nicht, esse nicht, und mit jedem Tag läuft ein weiterer Tropfen Vernunft aus mir heraus.

Als ich an dem Tag, als ich mit Irma gesprochen hatte, Papas Haus verlassen habe, drehte ich mich ein einziges Mal um. Ich wollte die alte Bude, zu der ich nie wieder zurückkehren würde, noch mal ordentlich ansehen. Und da entdeckte ich, dass das Küchenfenster angelehnt war.

Vielleicht bilde ich mir das nur ein, aber ich könnte schwören, dass ich jemanden hörte, der traurig war.

Ich bin sicher, dass ich Irma weinen hörte.

Und ich verstehe nicht, wie sie jemals würde aufhören können.

September

»Ich will nichts lieber«

»Mir war ja klar, dass es nicht ewig gehen würde. Es war nie was andres als ein cooles Sexding, und als der Sommer vorbei war ... Ja, da war es dann auch okay, nicht mehr auf Dates zu gehen.«

Vendela saß auf dem Badeplatz von Tången und telefonierte mit ihrem Freund Adam. Sie war eben von der Arbeit nach Hause gekommen und geradewegs wieder gegangen, um kurz in dem vierzehn Grad kühlen Wasser unterzutauchen. Jetzt saß sie in zwei Handtücher eingewickelt und schaute übers Meer, während sie über all das plauderte, was schmerzte. Dort, am Wasser, war alles wie immer, und das ließ sie ruhig werden. Dasselbe galt für das Haus ihres Großvaters, das sich mit jedem Tag mehr wie ihr eigenes anfühlte. Zusammen mit ihrem Vater hatte sie mehrere Zimmer tapeziert, eines davon sogar ganz alleine.

»Das ist also alles gut so«, sagte sie ins Telefon. »Denn wie gesagt, es war nur ein Sexding.«

Sie zog die Handtücher enger um sich, versuchte nicht all das zu spüren, warum es ihr nicht sonderlich gut ging.

Zwischen ihr und Ray-Ray war es still geworden, nachdem sie Sofia gefunden hatten. Nach Dienstschluss waren sie zu seiner Bootshütte gefahren, wo er auf seine etwas raue Art ausgedrückt hatte, dass er »wusste, dass sie wusste«, und wenn sie irgendwelche Fragen hätte, dann dürfte sie die gerne stellen.

Sie hatte zwei, stellte aber nur eine.

Sie hatte gefragt, warum er nichts über sein Geheimnis gesagt hatte, warum er einfach davon ausgegangen war, niemand würde rauskriegen, dass er Ove als Lehrer gehabt hatte. Er hatte sich damit verteidigt, das sei doch eine belanglose Geschichte, die viel zu lange zurücklag, um für die Ermittlung interessant zu sein, doch da war Vendela etwas anderer Meinung.

Vor allem, weil sich das anfühlte, als würde er ihr nicht vertrauen.

Also hatte sie ihre zweite Frage nicht gestellt. Sie hatte nicht über sich gebracht, das zu fragen, was sie am meisten interessierte: ob er gelogen hatte, als er sagte, dass er sie sehr gern mochte.

Sie wollte hören, dass er von ihr träumte und sich nach ihr sehnte, wenn sie nicht da war. Sie wollte hören, dass sie sich zusammen warm und lebendig angefühlt hatten und dass er ihr noch näherkommen wollte, dass er sich eine ernsthafte Beziehung wünschte. Am liebsten wollte sie seine Hand nehmen und ihn zu all ihren Freundinnen und Freunden schleifen und rufen: »Guckt euch an, was für einen krassen Fang ich gemacht habe! Seht ihr, wie glücklich ich bin?«

Doch nichts von alldem würde passieren, denn sie hatte das Bootshaus nach nur einer halben Stunde verlassen, und am Tag danach hatte sie Roland angerufen und gesagt, dass sie die Arbeitsgruppe wechseln wolle.

»Vielleicht nicht für immer«, hatte sie gesagt, »aber eine Zeit lang.«

So hundert Jahre ungefähr.

Er war ihrem Wunsch ohne eine Gegenfrage nachgekommen.

Und jetzt waren einige Wochen vergangen, und sie saß auf dem Badeplatz von Tången und telefonierte mit einem ihrer ältesten Freunde und tat so, also würde sie sich auf den Herbst freuen. Adam und sein Mann hatten sie übers Wochenende eingeladen, und am Wochenende danach würde sie ein paar Cousinen treffen, die sie seit Ewigkeiten nicht gesehen hatte. Alles, um die Zeit rumzubringen, bis es aufhörte, wehzutun.

»Weißt du was«, sagte Adam nachdenklich, »wie wäre es denn, wenn du Ray-Ray anrufen und ihm sagen würdest, was du fühlst?«

Sie schüttelte den Kopf, obwohl er sie nicht sehen konnte.

»Bist du verrückt? Hast du überhaupt nicht zugehört, was ich grade gesagt habe?«

»Doch, ich habe jedes einzelne Wort gehört. Und ich nehme

dir das einfach nicht ab, dass ihr nur Sex haben wolltet, und ich nehme es dir auch nicht ab, dass Schluss ist. Denn ihr habt das ja nicht gesagt.«

»Wir haben seit mehreren Wochen nichts voneinander gehört.«

Fünf Wochen, zwei Tage, 16 Stunden.

»Ihr habt also nicht Schluss gemacht.«

Vendela spürte die Tränen kommen und schloss die Augen.

»Du«, sagte sie, »ich ruf später noch mal an. Es klopft grade an der Tür.«

»Lüge. Du hast mir schon erzählt, dass du am Meer sitzt. Aber klar, ruf später an, bis dann!«

Sie legte das Telefon weg und weinte.

Wieder einmal.

Wie oft hatte sie nicht schon deswegen geheult? So gerne würde sie es so machen, wie Adam vorschlug. Einfach Ray-Ray anrufen und fragen, was er so machte und ob er nicht kapierte, dass das, was sie hatten, viel zu schön war, um weggeworfen zu werden, und dass er alt und einsam sterben würde, wenn er sich gegen sie entschied.

Aber das würde er wahrscheinlich nicht, denn Ray-Ray war nicht der Typ für feste Beziehungen. Fünf Kinder mit vier Frauen – deutlicher konnte man es ja nicht sagen. Wenn er es nicht selbst wollte, würde er nicht einsam sterben.

Sie wischte sich die Tränen ab.

Immerhin war sie noch glimpflich davongekommen. Hätte ja auch sein können, dass sie mit einem Kind im Arm dasaß, dessen Vater Ray-Ray war, aber ohne dass er mit ihr zusammenleben wollte. Für ihn würde es immer neue Frauen geben, neue Abenteuer, neue Körper.

Nein, sie würde Ray-Ray nicht anrufen. Sie würde nach Hause gehen und die Küche fertig tapezieren. Ihr Vater wollte später auf einen Abendkaffee kommen, und da wollte Vendela alles fertig haben.

Sie zog sich um und fuhr mit dem Fahrrad nach Hause. Die Luft war frisch und kühl, und am noch halbwegs hellen Himmel waren nur einzelne Wolken zu sehen.

Sie trat mit aller Kraft in die Pedale.

Das ewige Schluchzen und Trauern musste jetzt mal ein Ende haben.

Denn ich habe so viel mehr Spaß verdient.

Zu Hause ging sie direkt ins Badezimmer und hängte Handtücher und Badeanzug auf. Vielleicht würde sie jemand werden, der das ganze Jahr über ins Meer ging. Ein ebenso verlockender wie schauerlicher Gedanke.

Entschlossen marschierte sie zur Abstellkammer, wo sie die Tapeten und alles Werkzeug aufbewahrte. Von all der neu gewonnenen Tatkraft aufgekratzt, hörte sie zunächst nicht, dass es an der Tür klopfte. Erst als es noch einmal klopfte, reagierte sie und ging, um zu öffnen.

Ihr Vater, der früher als geplant gekommen war?

Quietschend ging die Tür auf.

»Hallo.«

Es war nicht ihr Vater, der da stand und grüßte.

Es war Ray-Ray.

Er lachte verlegen, als er ihr erstauntes Gesicht sah, wurde aber schnell wieder ernst.

Vendela ebenso.

Die grauen Schläfen, die ihn so zu stören schienen, glänzten. Er hatte den Bart noch länger wachsen lassen, und das verstärkte sein etwas ungehobeltes Aussehen.

Verbraucht.

Er sah verbraucht aus, und zwar so, als hätte er die kurze Zeit, die er auf der Erde bekommen hatte, maximal ausgenutzt.

Teufel aber auch, musste er so attraktiv sein?

Gut aussehend und ein wenig eckig, aber vor allen Dingen attraktiv. Zumindest für sie.

Und es war ja ihre verdammte Eingangstür, vor der er stand.

Sie schluckte, hielt die Klinke ganz fest.

Wagte nicht, Freude oder Hoffnung zu empfinden.

Ich werde tapezieren, und dann werde ich mit Papa Kaffee trinken und Handschuhe stricken.

Etwas anderes kommt nicht infrage.

»Was willst du? Ich hab hier einiges zu tun.«

Er schaute auf die Tapetenrolle, die sie in der Hand hielt. Und dann blickte er sie direkt an.

»Verstehe«, sagte er. »Ich ... Ich wollte nur etwas sagen. Und etwas fragen.«

Ihr Puls stieg.

»Ja?«

Er räusperte sich und stellte sich etwas breitbeiniger hin, als würde er versuchen, das Gleichgewicht zu halten.

»Ich wollte sagen, dass ich Sehnsucht nach dir habe«, sagte er heiser. »Und dass ich dich mehr vermisse, als ich jemals jemanden vermisst habe. Also frage ich mich, ob du mich auch vermisst hast. Ich verstehe, wenn du das nicht getan hast, denn ich war verdammt mies darin, von mir hören zu lassen. Aber das war vor allem, weil es mich gekränkt hat, dass du nicht gesagt hast, was du für einen Verdacht hattest, aber ...«

»Du hättest auch was sagen können!«

»Ja, was denn? Dass ich kein Mörder bin, nur weil ich in der Oberstufe eine Dummheit begangen habe?«

Sie schluckte.

»Ganz so habe ich nicht gedacht.«

Die Wut flammte auf, aber auch die Sehnsucht, die Hitze, die Wärme, ja diese ganze verdammte Liebe setzte sie in Brand und ließ sie verstummen.

Er hat mich vermisst.

»Ich weiß«, sagte Ray-Ray. »Ich weiß, dass ich einen Fehler gemacht habe. Ich sage ja auch, dass es mir leidtut. Und ich sage, dass ich dich vermisst habe. Und dann sage ich lieber gleich, dass ich nicht so gut in Beziehungen bin, aber das weißt du ja schon.«

Sie ließ die Klinke los, ließ alles los, was sich langweilig anfühlte. Flüsterte die Worte, die bis dahin ihr eigenes kleines Geheimnis gewesen waren:

»Ich bin auch nicht so gut in Beziehungen. Und ich habe dich auch vermisst. Wahnsinnig.«

Der Wohnwagen sah wie neu aus. Endlich hatten sie neue Kissenbezüge, neue Polster und neue Gardinen bekommen. Jetzt sah er mehr oder weniger wie eine Behörde in Miniatur aus, was er im Grunde ja auch war.

Maria und Roland saßen zusammen und fassten die letzten Details in dem Mordfall und dem Mordversuch am Ehepaar Dahlman zusammen. Lucas fiel mit seinen vierzehn Jahren unter das Jugendstrafrecht, und seine Schuld würde in Form von Beweisen ermittelt werden. Im Moment befand er sich in Gewahrsam des Jugendamtes. Ove, der inzwischen aus dem Krankenhaus entlassen war und in Untersuchungshaft saß, würde für Verbrechen angeklagt werden, die so widerlich waren, dass kein gesunder Mensch mehr als notwendig darüber nachdenken wollte.

Magnus und Lovisa hatten Hovenäset mit Elina verlassen, und niemand wusste, ob oder wann sie zurückkommen würden. Maria nahm an, dass sie wahrscheinlich auf immer wegbleiben würden. Sie mussten an einem anderen Ort heilen, an einem Ort wieder stark werden, der frei von schrecklichen Erinnerungen war.

Verdammtes Schwein, dachte Maria, wenn die Rede auf Ove kam, sagte das aber zumindest im Wohnwagen nicht laut.

Zu Hause allerdings nahmen sie und August sich die Freiheit, Ove genau so zu nennen, wie er es ihrer Meinung nach verdient hatte. Er war mehrere Male vernommen worden und hatte sich entschieden, so viel wie möglich zu erzählen. Zweimal im Leben war er verreist und hatte Hilfe wegen seiner pädophilen Veranlagung gesucht. Das eine Mal, nachdem Claras Mutter ihn unter Druck gesetzt hatte, und das andere Mal aus eigenem Antrieb, nachdem Clara sich das Leben genommen hatte. Doch keine der Reisen hatte ihn von permanenten Rückfällen abhalten können, und selbst während der Jahre, in denen er keine Kinder berührt hatte, hatte er doch eine große Menge Kinderpornografie konsumiert.

Ein derart widerliches und finsteres Geheimnis war Maria noch nie begegnet.

Und mit Ove hörte es ja nicht auf.

Lucas hatte ebenso wie sein Großvater in der Vernehmung frei und sachlich gesprochen, hatte noch einmal erzählt, was er getan hatte und wie er während der Stunden, in denen er dabei war und so tat, als würde er nach ihnen suchen, in das Haus seiner Großeltern zurückgeschlichen war. Das alles, um die Spuren hinter sich zu verwischen und stattdessen den Verdacht auf seine Großmutter zu lenken. Der Medikamentenschrank war ein dummer Fehler gewesen, aber das war ihm erst hinterher klar geworden.

Sein Interesse für amerikanische Krimiserien hatte ihn zu einem perfekten Mörder gemacht, ihn so tun lassen, als würde er auf seine Familie aufpassen, damit niemand glauben würde, dass er etwas mit der Sache zu tun hatte. Aber es war keine Kälte, die ihn angetrieben hatte, sondern Angst und Fürsorge für seine kleine Schwester.

Doch als er begriff, dass sein Großvater im Krankenhaus aufgewacht war und man verlangte, dass er mitfuhr, um ihn zu besuchen, war er unvorsichtig geworden. Die Panik hatte ihn über die Grenze getrieben, hatte ihn Sofia als Geisel nehmen lassen, weil seine Eltern wollten, dass er mit nach Uddevalla fuhr. Mit einem Baby als Lockvogel wollte er verhandeln.

Verhandeln, erklären und sterben.

So hatte er es in der Vernehmung gesagt, und das waren Worte, die sich allen, die sie hörten, ins Herz gegraben hatten. Er hatte niemals die Absicht gehabt, Sofia ein Leid anzutun, im Gegenteil hatte er alles für ihre Sicherheit getan. Ihre Windpocken hätten seine Pläne fast über den Haufen geworfen. Das erste Mal hatte er Augusts Laden verlassen, um sie angeblich zu beruhigen, aber das war ja nur, was August dachte. Lucas hingegen hatte keine andere Absicht gehabt, als Sofia bereits da als Geisel zu nehmen, doch dann hatte er die Punkte in ihrem Gesicht entdeckt und zu zweifeln begonnen.

Er hätte sich niemals verziehen, wenn es sich herausstellte, dass der Ausschlag eine ernste allergische Reaktion war und sie keine richtige Behandlung bekam, weil er sie mitgenommen hatte. Deshalb war er zurück zum Laden gegangen, um die Punkte zu zeigen, und da waren seine Eltern bereits dort angekommen.

»Ich war so wahnsinnig erleichtert, als sie ohne mich weggefahren sind«, hatte Lucas in der Vernehmung gesagt. »Da war ich wieder mit Sofia alleine, und dazu hatte ich noch erfahren, dass sie nicht so krank war, um nicht noch ein bisschen mit mir unterwegs zu sein.«

Noch ein bisschen.

Gekidnappt.

Maria konnte verstehen, wie er dachte, musste aber trotzdem kämpfen, um ihm den Schrecken zu verzeihen, den er ihnen eingejagt hatte. Sie hatte sich überlegt, dass es Zeit brauchen würde. Es musste nicht immer alles umgehend verziehen werden.

»Nun gut«, sagte Roland. »Dann denke ich, wir können für heute Schluss machen.«

Er klappte seinen Computer zu und schob ihn in den Rucksack.

Als die Entführungsgeschichte begonnen hatte, hatte er Maria umgehend von dem Fall suspendiert. Er wollte sie nicht in der Ermittlung haben, und das war natürlich vollkommen verständlich. Genauso selbstverständlich wollte er sie aber jetzt dabeihaben, da sie die ganze Sache abschließen konnten. Er brauchte ihren Blick auf einzelne Aspekte der Ereignisse, die den Hintergrund zu der Vergiftung betrafen.

Zum Beispiel wusste sie mehr über alles, was mit Claras Computer geschehen war, weil der in Augusts Laden gewesen war. Lucas hatte erzählt, er hätte das Manuskript deshalb auf der Festplatte gelassen, weil seine Großmutter zu ihm gesagt hatte, alles auf dem Computer müsse weg und wenn er etwas finden würde, was einem ganzen Roman ähnelte, dann solle das vor allen Dingen gelöscht werden. Als Konsequenz daraus war der Roman das Einzige, was auf dem Computer erhalten blieb. Wenn Irma etwas anderes gedacht hatte, dann war das nachgerade naiv.

Vielleicht hatte sie einfach aufgegeben, dachte Maria.

Das würden sie nie erfahren.

Die Polizei war das ganze Manuskript durchgegangen, und am Ende des Textes hatten sie etwas gefunden, was Clara ihr »Schreibtagebuch« nannte. Das ließ sie den Text ganz neu verstehen, und auch, warum er geschrieben worden war. Eine von Marias Kolleginnen hatte erzählt, sie habe weinen müssen, als sie die kurzen Aufzeichnungen las.

Roland lehnte sich auf der Bank zurück.

»Hast du noch ein paar Minuten Zeit?«, fragte er zögerlich. »Ich weiß, dass du heute ein Krebsfest feierst, aber …«

Maria lächelte.

»Darum kümmern sich August und Henrik«, sagte sie.

Roland erwiderte ihr Lächeln.

»Es wäre ja wirklich nett, diesen Henrik mal zu treffen«, sagte er.

»Er ist etwas ganz Besonderes, das ist mir schon klar«, erwiderte Maria lachend.

Roland wurde ernst.

»Ray-Ray«, sagte er. »Können wir über Ray-Ray reden?«

Maria war sofort auf der Hut. Ray-Ray war ihr Kamerad und ihr selbst gewählter Bruder. Wenn Roland aus einer negativen Perspektive heraus über ihn diskutieren wollte, dann musste er sich jemand anderen dafür suchen. Gewiss, Ray-Ray hatte sich übergriffig verhalten, als er nicht direkt von seiner Geschichte mit Ove Dahlman erzählt hatte, doch hatte er in dem Glauben geschwiegen, dass es keine Rolle spielte, und das Argument konnte Maria durchaus zum Teil verstehen.

Roland beruhigte sie rasch.

»Ich wollte einfach nur wissen, ob ihr darüber geredet habt, was passiert ist«, sagte er. »Ich bin nicht richtig schlau daraus geworden, was er sich gedacht hat. Wenn er sich überhaupt etwas gedacht hat. Es hat echt viel zu lange gedauert, ehe er uns anderen mitgeteilt hat, was er über gewisse Personen in der Ermittlung wusste.«

Da war Maria seiner Ansicht.

»Ich hatte mir schon Sorgen gemacht«, sagte sie. »Und das habe ich auch zu ihm gesagt. Ich konnte so deutlich sehen, dass irgendetwas mit ihm nicht stimmte, habe aber geglaubt, es ginge um sein Privatleben.«

Und in gewisser Weise war das auch so gewesen.

Ray-Rays Geschichte mit Simona, die später ihren Namen in Sandra geändert hatte, war in höchstem Maße privat. Aber die Verbrechen, die Ove an ihr begangen hatte, als sie Kind war, und von denen sie dann behauptet hatte, sie hätte sie nur erfunden, die hatten wirklich stattgefunden. Er hatte in derselben Schule gearbeitet, in der sie in der Unterstufe Schülerin gewesen war, und hatte sich ihr während der Pausenaufsicht genähert. Dieses Verbrechen war inzwischen verjährt, und sie würde deshalb in der kommenden Gerichtsverhandlung nicht auftreten. Sie hatte ihn niemals angezeigt, weil sie Angst hatte, dass man ihr nicht glauben würde, und dazu kam das, was Ove zu ihr gesagt hatte, als sie in die achte Klasse ging und er gemerkt hatte, dass sie mit Ray-Ray sprach.

»Jeder erkennt einen Betrüger«, hatte er gesagt. »Ich werde nicht gegen Ray-Ray vorgehen, weil er ein Messer gezogen hat, aber im Gegenzug dazu verlange ich, dass du stillhältst. Für immer. Denn das hier werde ich nicht vergessen. Niemals.«

Anscheinend war sie, kurz bevor Ove zum ersten Mal für sein wahnsinniges Verhalten gegenüber Kindern Hilfe suchte, sein Opfer geworden. Die Polizei hatte Sandra dennoch vernommen, um ihre Geschichte zu hören und zu erfahren, was sie mit Claras altem Computer wollte. Die Antwort war, dass sie fürchtete, Claras

Buch würde von jemandem gefunden werden, der den Computer von August bekam.

»Sie wollte nicht, dass ihre Geschichte verbreitet wird«, hatte Sandra gesagt. »Deshalb musste ich etwas tun, als ich erfuhr, dass Irma den Computer weggegeben hatte.«

Matteo hatte sich empört und wütend bei ihr gemeldet. Er, dem zuvor gesagt worden war, man hätte den Computer weggeworfen, konnte nicht akzeptieren, dass er jetzt für einen wohltätigen Zweck verschenkt wurde. Woraufhin Simona sich, um nicht erkannt zu werden, mit einer Perücke ausgestattet und den Versuch unternommen hatte, den Computer aus Augusts Sammlung zu bekommen.

Maria war zwar froh, dass nun das Rätsel mit dem Computer gelöst war, betrachtete es aber als einen eher unwichtigen Teil der ganzen Geschichte. Hauptsächlich machten sie und ihre Kolleginnen und Kollegen sich Sorgen, dass es andere Menschen geben könnte, die Ove verletzt hatte, die nicht wagten, sich zu melden, und die deshalb nie Gerechtigkeit erfahren würden.

Sie hatten versucht, all die Anzeigen durchzusehen, die Viking Nilsson, während er in derselben Schule wie Ove arbeitete, beim Jugendamt erstattet hatte. War der Direktor vielleicht gegenüber weiteren Kindern übergriffig geworden? Doch die betroffenen Kinder sagten sehr entschieden, dass dies nicht der Fall gewesen sei. Außerdem konnte die Polizei erkennen, dass Viking weiterhin auch in anderen Schulen, in deren Nähe Ove niemals gekommen war, Eltern angezeigt hatte. Man konnte also davon ausgehen, dass die Zahl der Anzeigen nicht der Anzahl der tatsächlichen Fälle entsprach.

»Wie geht es Ray-Ray denn sonst so, was ist dein Gefühl?«, fragte Roland etwas vage.

Maria zögerte wieder, bevor sie antwortete.

»Ich glaube, er ist traurig, weil es mit Vendela nichts geworden ist«, sagte sie.

»Das glaube ich auch«, erwiderte Roland. »Und Vendela ist das auch. Ich sehe sie ja manchmal auf dem Polizeirevier in Uddevalla, und sie sieht verdammt noch mal nicht fröhlich aus.«

Es grämte Maria, dass sie Vendela nicht mehr in ihrer Gruppe hatten, und noch dazu ohne dass irgendwas Gutes daraus entstanden wäre. Was immer es auch war, was die beiden am Laufen gehabt hatten, so war es offensichtlich zu Ende, ehe es richtig gut werden konnte. Trotzdem war ganz deutlich, dass Ray-Ray immer noch nicht wieder er selbst und seine ganze Person auf Pause gestellt war.

Maria schielte auf die Uhr.

Am Abend würde auf jeden Fall – endlich! – das Krebsfest stattfinden, und dort sollte Ray-Ray als Gast auftauchen. Maria hatte Henrik vorbereitet, sodass er alle notwendigen Fragen zu Ray-Rays Liebesleben stellen und ihn vielleicht auch dazu bringen konnte, sich wieder bei Vendela zu melden.

Mich legst du nämlich nicht rein, dachte Maria. Ich sehe genau, dass du immer noch an sie denkst.

Weniger sicher war sie sich darüber, was Henrik dachte. Soweit sie wusste, hatte er kein Wort zu August darüber verloren, was auf dem abgesagten Krebsfest passiert war, nämlich, dass er die Nacht mit Gabriella verbracht hatte. Vielleicht, weil er inzwischen jemand anderen kennengelernt hatte, vielleicht aber auch, weil er sich schämte. Wer wusste schon, was sich in den Köpfen anderer Menschen so tat? Wenn sie die Sache richtig verstanden hatte, so hatten er und Gabriella auf jeden Fall entschieden, sich nicht wiederzusehen, und das fand Maria ziemlich gut.

Roland berührte ihren Arm.

»Die letzte Frage«, sagte er. »Wie geht es dir?«

Maria holte Luft und spürte nach.

»Ganz gut«, sagte sie. »Sofia geht es super, und mit der Zeit werden August und ich uns auch wieder besser fühlen, auch wenn ich zugeben muss, dass die Sache uns beide doch sehr erschüttert hat.

Aber wir sind uns ganz einig, dass es keinen größeren Verlierer in der ganzen Sache gibt als Lucas.«

Roland lächelte warmherzig.

»Und die Windpocken sind weg?«

Maria grinste.

»Jede einzelne«, erwiderte sie.

Es war ein richtig mieser Monat gewesen. Die erste Woche nach der Entführung hatte Maria nachts nur einzelne Stunden geschlafen. Die übrige Zeit hatte sie damit verbracht, über Sofia zu wachen und die Patchworkdecke fertig zu nähen, die jetzt auf ihrem Doppelbett lag.

August schlief immer noch in einigen Nächten schlecht, und er war noch ein bisschen mehr zu einem Gluckenpapa geworden. Ganz im Gleichgewicht war er nicht. Und das wurde auch kein bisschen besser durch diesen Schlüssel, den er von Helene bekommen hatte. Der seinem Vater oder möglicherweise seinem Großvater gehört haben sollte. Da gab es ein großes Rätsel, und die einzige Person, die mehr darüber erzählen könnte – ein alter Anwalt –, schwieg wie ein Grab. Sicherlich professionell, aber es war ungeheuer frustrierend.

Roland stand auf.

»Melde dich, wenn du weißt, wie es mit deinem Studium wird«, sagte er. »Ich unterstütze dich voll und ganz.«

»Danke«, sagte Maria. »Gestern habe ich meine Bewerbung hingeschickt und hoffe, dass ich genommen werde.«

»Natürlich wirst du das«, sagte Roland. »Aber jetzt erst mal einen schönen Abend!«

»Danke!«, erwiderte Maria. »Und dir ein schönes Wochenende.«

Roland verließ den Wohnwagen.

Maria stand schnell auf und begann, ihre Sachen zusammenzupacken. Sie sehnte sich nach Sofia, nach August, nach ihrem Fest. Und sie sehnte sich danach, Ray-Ray hoffentlich mal wieder bei guter Laune zu sehen.

In dem Moment piepte ihr Telefon.

»Wenn man vom Teufel spricht«, murmelte sie, als sie sah, wer ihr eine Nachricht geschickt hatte.

Ray-Ray.

Sie las die kurzen Zeilen.

Ist es okay, wenn ich heute Abend ein Date mitbringe?

Maria starrte auf die SMS. War der völlig bekloppt?

»Ich hoffe, du bist nicht traurig, Vendela«, sagte sie leise. Er verdient dich nicht.

Nach kurzer Bedenkzeit antwortete sie:

Natürlich.

Sie schaffte es bis raus zum Fahrrad, da schickte Ray-Ray wieder eine Nachricht.

Es ist doch Vendela, die mitkommt. Was denkst du eigentlich von mir?

Maria lachte laut. Heute war ein guter Tag. Die Zeit des Wunderns war offensichtlich vorbei.

Da klingelte das Telefon erneut.

Gabriella.

»Na, bist du bald da?«, fragte Maria und lächelte.

Ihre Schwester war natürlich auch zum Fest eingeladen.

»Nein, ich komme nicht.«

Maria wurde ernst.

»Ist was passiert?«

»Ich weiß echt nicht, was ich darauf antworten soll.«

Maria seufzte.

»Ist es Henrik?«, fragte sie.

»Ja und nein«, erwiderte Gabriella. »Obwohl … Verdammt, ich muss ihn anrufen, denn ich will dich nicht in irgendeine komische Situation bringen, wenn ihr euch jetzt seht.«

Komische Situation?

»Was ist passiert?«

Einen Moment lang war es still.

Dann sagte ihre Schwester:

»Ich bin schwanger.«

Maria erstarrte.

Schwanger?

Aber das war ja wohl nicht möglich, oder?

»Was sagst du?«, rief Maria ins Telefon.

»Ich bin schwanger«, sagte Gabriella wieder. »Das Kind ist von Henrik. Und ich weiß, dass es sehr früh ist und dass noch alles Mögliche passieren kann. Aber ich weiß auch, was ich will. Dieses Kind werde ich behalten. Mit oder ohne Unterstützung des Vaters.«

Er wog nur wenige Gramm, aber August bewegte sich, als würde eine ganze Tonne wiegen, was er in der Brusttasche hatte. Henrik und er waren in der Küche und bereiteten das Krebsfest vor. Von außen betrachtet versuchte August wie gewöhnlich zu funktionieren und auf alle Fragen seines Freundes zu Essen, Alkohol und Gästen zu antworten, doch man sah ihm die totale Anspannung an.

Jetzt sollte es passieren.

Jetzt würde er Maria den Antrag machen, und er hoffte und glaubte, dass sie Ja sagte. Wenn sie entgegen allen Erwartungen Nein sagen würde, war das auch kein Problem. Dann musste es genügen, Vater, Lebensgefährte, Secondhand-Händler und Hobbykonditor zu sein. Ganz zu schweigen davon, dass die Kommune Sotenäs erwog, ihm einen Preis für die Sammlung der alten Computer zu verleihen. Sie hatten schon angefangen, die Apparate an bedürftige Familien mit Kindern zu schicken, und das Projekt wurde als durch und durch gelungen bezeichnet.

Sofia erwachte in ihrem Wagen zum Leben. Es war ein ungewöhnlich herrlicher Septembertag, und sie hatte sich ein spätnachmittägliches Nickerchen gegönnt.

»Ich kann sie nehmen«, sagte Henrik. »Nein«, sagte August, »ich mache das.«

Er merkte, wie Henrik ihm nachsah, als er ins Wohnzimmer ging, wo der Wagen stand, und Sofia hochnahm.

»Soll ich sie gar nicht mehr halten dürfen?«, fragte Henrik.

August antwortete nicht, sondern konzentrierte sich auf Sofia. Dass es ihr gut ging und dass sie seine Nähe spürte. Sie grummelte und rieb sich ein Auge mit der Faust.

»Etwas verschlafen«, sagte August und gab ihr einen Kuss. »Noch nicht richtig wach.«

Sofia antwortete, in dem sie sich an seine Schulter lehnte, und August wurde ganz warm ums Herz.

Das Vertrauen, so überwältigend.

Er sah Henrik an.

»Du *hast* sie schon halten dürfen«, sagte er.

»Heute Vormittag hat sie eine halbe Minute bei mir gesessen«, sagte Henrik. »Dann hast du sie weggerissen. Früher hast du das nicht gemacht.«

August schluckte.

Normalerweise stritten sie nicht. Und sie hatten auch keine unterschiedlichen Ansichten, aber diesmal mussten beide akzeptieren, dass sie nicht zusammenkamen. Denn August konnte nichts dafür, dass er nach der Entführung von Sofia verändert war.

Aber Henrik blieb stur.

»Und das mit dem Kinderwagen im Wohnzimmer«, fuhr er fort und schien überhaupt nicht so wie August zu denken. »Warum steht der plötzlich hier? Stell ihn auf die Terrasse, damit sie frische Luft kriegt, wenn sie schläft.«

Teufel auch, dachte August. Dann kommt vielleicht jemand und klaut sie.

Henrik kam näher.

»Du kannst so viel schweigen, wie du willst«, sagt er. »Denn ich kenne dich, August. Du schweigst nur, wenn du glaubst, dass ich recht habe. Und das habe ich diesmal.«

August schüttelte den Kopf.

»Du musst Geduld mit Maria und mir haben«, sagte er. »Wir haben ein echtes Trauma erlebt.«

»Ich verstehe mehr, als du glaubst«, erwiderte Henrik leise. »Ich fürchte nur, dass ihr überbeschützend werdet. Und das ist so ziemlich die schlimmste Taktik, wenn man sein Kind für einen Krieg rüsten will.«

August wandte sich ab.

Sein Kind für einen Krieg rüsten, das war das Letzte, was er wollte.

Henrik versuchte das Thema zu wechseln.

»Wann sammeln wir Austern?«

August schmolz vor den Augen seines Freundes.

»Morgen glaube ich«, sagte er. »Da hat Maria zumindest Zeit, und sie ist diejenige, die weiß, wie man das macht.«

August freute sich selbst auf dieses Abenteuer. Er hatte ein paar Dosen Guinness gekauft, denn das war das beste Getränk zu Austern – das wusste sogar ein alter Stockholmer.

»Nächste Frage: der Anwalt in der Schweiz«, fuhr Henrik fort. »Was möchtest du, wie wir mit ihm verfahren?«

Immer *wir*.

August lächelte.

»Da gibt es nicht so viel zu machen«, sagte er. »Er hat ja gesagt, dass er nichts über die Geheimnisse meiner Familie erzählen kann.«

Henrik verschränkte die Arme.

»Und akzeptieren wir das?«, fragte er und zog eine Augenbraue hoch.

August holte tief Luft.

»Nein«, sagte er.

»Gut«, erwiderte Henrik. »Und wann hauen wir nach Bern ab und geben dem alten Teufel die Klammer?«

August lachte.

»Das muss ich mit Maria besprechen. Aber vielleicht pitche ich die Idee auf eine etwas andere Weise.«

Sein Puls stieg langsam.

Die Worte des Anwalts in seiner kurzen Antwort hingen ihm nach, und er konnte sie nicht abschütteln.

Du bittest mich, Familiengeheimnisse zu enthüllen, über die ich geschworen habe, niemals je ein Wort zu verlieren.

Und ich?, dachte August. Ich bin doch alleine übrig. Wie kann es also noch Geheimnisse geben, auf die ich kein Anrecht habe?

Die Eingangstür ging auf und wieder zu.

»Hallo, Entschuldigung, ich bin ein bisschen zu spät!«

Maria wirbelte ins Wohnzimmer und küsste sowohl Sofia als auch August. Henrik reagierte wie ein Teenager und zog eine gespielt angeekelte Miene.

»Alles gut bei allen?«

Sie lächelte sie nacheinander an.

August beobachtete sie.

Was für ein angestrengtes Lächeln, war sie nervös? Oder gestresst?

»Ist was passiert?«, fragte er.

»Was? Nein, nein, ich … Rate mal, wer ein Date mitbringt?«, fragte Maria und zwinkerte mit einem Auge.

August blieb der Mund offen stehen.

»Du machst Witze«, sagte er. »Jetzt schon? Nun gut, dann sollten wir ja froh sein, dass wir endlich mal eines von Ray-Rays ganzen Dates treffen.«

»Es ist kein einfaches Date!«, entgegnete Maria. »Ich glaube, es ist was Ernstes. Es ist Vendela.«

August lächelte.

Es hatte ihn abgehärtet, so viele Jahre lang Henriks bester Freund gewesen zu sein. Er sah viel zu viel von seinem Stockholmer Kumpel in Ray-Ray, um glauben zu können, dass es wirklich »was Ernstes« war. Für Vendela hoffte er, dass er sich täuschte, aber sein Bauchgefühl sagte ihm, die Sache könnte jederzeit zu Ende sein.

»Wovon redet ihr?«, fragte Henrik und schaute vom einen zum andern. »Wer bringt ein Date mit?«

»Ray-Ray, hab ich doch gerade gesagt«, sagte Maria.

Jetzt sah sie wieder angespannt aus. Und dann besorgt.

»Hast du was von Emmy gehört?«, fragte sie.

Neues Thema, neuer Mann.

Gunnar hatte endlich einen OP-Termin im Krankenhaus bekommen und war heute operiert worden.

»Nein«, sagte August. »Aber bestimmt ruft sie bald an.«

Es wurde still, während Maria den Haufen Post untersuchte, den August auf den Küchentisch gelegt hatte. Keiner von ihnen wollte das Unaussprechliche in den Mund nehmen und über die Angst sprechen, die sie beide im Zusammenhang mit dieser Operation hatten. Gunnar war nicht jung, und auch wenn sich gezeigt hatte, dass er gar keinen neuen Schlaganfall hatte, sondern eine schwere Form von Kristallkrankheit, die ihm Schwindel und ungeheure Übelkeit verursacht hatte, so war er doch von allem, was in der letzten Zeit passiert war, sehr geschwächt.

Henrik streckte sich.

»Ich muss mich ein bisschen bewegen«, sagte er. »Soll ich irgendwas runter zur Bootshütte bringen?«

»Gerne«, erwiderte August. »Ich habe eine Kiste mit Tellern, Gläsern und Besteck gepackt. Wenn du willst, kannst du gerne runtergehen und schon aufdecken.«

»Nimm auch eine Kiste Bier mit«, sagte Maria. »Wenn du so viel tragen kannst.«

Henrik betrachtete die Kiste mit Porzellan und dann die Bierkiste, die in der einen Ecke der Küche standen.

»Macht ihr euch lustig über mich?«, fragte er. »Ich muss zweimal gehen oder den ganzen Kram in den Kinderwagen stapeln.«

Maria lächelte.

»Gute Idee«, sagte sie. »Nimm den Wagen.«

August räusperte sich.

»Ja, nimm den Wagen«, sagte er. »Und nimm gerne auch Sofia mit, auch wenn das bedeuten würde, dass du mehrmals gehen musst.«

Henrik sah ihn mit einem veränderten Blick voller Wärme und Rührung an.

August verstummte.

Seit sie erwachsen waren, hatte er Henrik noch nie mit Tränen in den Augen gesehen.

»Danke«, sagte der mit belegter Stimme und übernahm Sofia.

Und dann, wie im Vorbeigehen: »Dir ist schon klar, dass ich für sie sterben würde, oder?«

»Ich weiß«, erwiderte August mit rauer Stimme. »Ich weiß.«

Maria sah die beiden erstaunt an, ohne etwas zu sagen.

»Was ist denn mit euch los?«, fragte sie, als Henrik sowohl Kind als auch Bier in den Wagen geladen hatte.

Es war ja wohl kaum eine Überraschung, dass er das Getränk wichtiger fand als die Kiste mit Porzellan.

»Nichts«, sagte August. »Übrigens, Henrik und ich würden gerne im Herbst in die Schweiz fahren. Willst du mitkommen?«

Maria sah erstaunt aus.

»In die Schweiz?«

»Der Anwalt«, erklärte Henrik. »Wir müssen ihn zum Reden bringen.«

Maria hielt sich die Hände über die Ohren.

»Ich bin Polizistin«, sagte sie. »Ich glaube nicht, dass ich das hier hören will.«

»Natürlich willst du die Schweiz sehen«, erwiderte Henrik.

Dann packte er den Kinderwagen und verließ das Haus, um die Bootshütte vorzubereiten.

August wartete, bis sich die Tür hinter ihm geschlossen hatte.

Das Blut rauschte in seinen Adern, und er merkte, dass er unwillkürlich die Luft anhielt.

Nun war die Bahn frei. Jetzt oder nie. Er wollte keine Sekunde länger warten.

»Maria«, sagte er sanft.

»Ja?«

Er tastete nach dem Ring in der Brusttasche.

Der war weg.

Was zum Teufel …

»Was machst du denn?«

»Warte hier!«

Er stürzte die Treppe zum Schlafzimmer hinauf und zog die Kommodenschublade mit Unterwäsche auf, in der er das Schmuckkästchen versteckt hatte. Das Kästchen war noch dort, aber der Ring nicht. Natürlich nicht, er hatte ihn ja in die Hemdtasche getan, als er von der Arbeit nach Hause kam.

Hatte er ihn noch mal rausgeholt?

Woanders hingelegt?

Nicht, dass er sich erinnern konnte.

Da klingelte sein Handy.

Gunnar!

»Hallo?«

»Haben dir deine Eltern nicht beigebracht, wie man ordentlich ans Telefon geht?«

Gunnars Stimme klang so herrlich miesepeterig, dass August binnen kürzester Zeit erneut den Tränen nahe war.

»Wie ich höre, geht es dir gut«, sagte er mit belegter Stimme. »Rufst selbst an und so.«

»Hier ist es schrecklich. Aber es geht mir tatsächlich richtig gut, und ich sehne mich schon nach Hause.«

»Morgen komme ich und besuche dich«, versprach August.

»Bring gerne ein paar Marzipanröllchen mit«, sagte Gunnar. »Also selbst gemachte, keine gekauften.«

»So viele du willst«, erwiderte August.

»Gut«, sagte Gunnar. »Jetzt muss ich mal Emmy anrufen!«

»Ist die nicht schon im Krankenhaus?«

»Wahrscheinlich schon, aber ich bin im Aufwachraum, und hier darf sie nicht rein.«

»Hallo? Rufst du mich zuerst an?«, fragte August und lachte.

»Ja, natürlich. Ich weiß doch, dass ihr zwei euch viel mehr Sorgen macht als sie.«

Und dann legte er auf.

August merkte, wie etwas Feuchtes seine Wange herunterlief, und wischte darüber.

Immer so viel Drama.

Aber diesmal klang es, als würde wirklich alles gut werden.

Das Telefon klingelte wieder.

Henrik.

August erschrak und ging schnell ran.

»Ja?«

»Kein Grund zur Sorge. Sofia lebt und ich auch.«

August unterdrückte einen Seufzer.

»Manchmal bist du ein schrecklicher Freund«, sagte er.

»Und trotzdem liebst du mich so sehr«, gab Henrik zurück. »Du, mein Chaosmonster, im Kinderwagen liegt ein Goldring. War das etwas, was du Sofia zum Abendessen geben wolltest?«

August schlug sich vor die Stirn.

Der musste aus seiner Brusttasche gefallen sein, als er sich runtergebeugt und Sofia hochgenommen hatte.

»Halt den Ring fest«, sagte er. »Ich hole ihn jetzt sofort.«

Dann rannte er runter und steckte kurz den Kopf in die Küche und sagte zu Maria:

»Gunnar hat angerufen. Er scheint okay zu sein.«

»Oh, wie schön!«

»Ja, finde ich auch.«

Sie runzelte die Stirn.

»Liebling, hast du geweint?«

»Nein.«

Er schluckte fest.

»Warte hier«, sagte er. »Ich bin gleich zurück.«

Er stürzte aus dem Haus. Raste im Rekordtempo quer durch das kleine Hovenäset und kam nach nur einer Minute in der Bootshütte an. Da riss er dem Freund den Ring aus der Hand und bekam ein »Viel Glück!« nachgerufen.

»Danke!«

Dann klingelte Henriks Telefon. August sah, wie er es herauszog und strahlte.

Eilig machte August kehrt und rannte mit ebenso riesigen Schritten wieder nach Hause.

In dieser Lage konnte der Antrag gern slapstickhaft wirken, das war immer noch besser als gar nichts. Denn er konnte keine Sekunde länger warten.

Ich muss erfahren, ob sie Ja sagt.

Doch als er ins Haus kam, war die Küche leer.

»Maria?«

»Auf dem Balkon!«

Er stürmte die Treppe hinauf. Keuchte und schwitzte und schämte sich so, dass er erst mal warten musste, als er oben ankam.

Slapstick ja – aber verschwitzt?

Mit langsamen Schritten näherte er sich dem Balkon.

Maria brach in Lachen aus, als sie ihn erblickte.

»Eigentlich wollte ich den Blumen ein bisschen Wasser geben«, sagte sie, »aber vielleicht brauchst du es ja viel mehr.«

Sie hielt sich eine Hand über die Augen.

In der anderen hielt sie eine Kupferkanne, die sie im Frühsommer bei einer Auktion in Gränna ersteigert hatte.

Sie sah ihn ernst an.

»Was ist los?«, fragte sie. »Ist was mit Henrik?«

August starrte zurück.

»Henrik? Was sollte mit dem sein?«

»Ich habe was von Gabriella gehört, worüber wir reden müssen, aber … Ich dachte, wir warten damit, weil ich wirklich nicht weiß, was ich sagen soll.«

»Gabriella?«, echote August und erinnerte sich kurz, dass Henrik vor ein paar Wochen in einer SMS nach ihr gefragt, die Sache dann aber nicht wieder aufgegriffen hatte.

»Das machen wir später«, sagte Maria und schüttelte den Kopf. »Alles gut. Und alles kann warten.«

Sie lächelte. Die Haare fielen in großen Locken um ihr Gesicht, und der Blick war so voll Leben, dass ihm die Knie weich wurden.

So weich, dass er ganz anders als geplant zu Boden sank und den Ring rausholte.

»Nein«, entgegnete er. »Nicht alles kann warten. Maria, willst du mich heiraten?«

Hinter ihr war der Himmel blau und die Wolken fluffig. In den Bäumen zwitscherten die Vögel, und er konnte noch denken, dass, wenn sie Nein sagen würde, er wenigstens den schönsten Hintergrund für seinen Antrag gewählt hatte.

Maria stellte die Gießkanne weg und ging vor ihm auf die Knie.

Sie nahm den hingestreckten Ring und flüsterte mit einem Lächeln:

»Ich will nichts lieber, August.«

Nachwort und Dank der Autorin

Es gibt noch so viel, was ich über August und Maria erzählen will, und was sie vor sich haben, doch all das muss warten, denn jetzt möchte ich etwas über das Buch sagen, das du gerade gelesen oder gehört hast:

Ich habe mir gewisse Freiheiten erlaubt.

Das mache ich bekanntermaßen immer, wenn ich schreibe, aber es kann doch nicht schaden, kurz daran zu erinnern. Zum Beispiel habe ich die Schule in Lysekil erfunden, und auch wenn ich so weit wie möglich versuche, die Polizeiarbeit so darzustellen, wie sie tatsächlich betrieben wird, muss ich in den Fällen, wo ich der Meinung bin, dass es am besten für die Geschichte ist, doch der Fiktion vor der Wirklichkeit den Vortritt lassen.

Und genau wie ich schon bei den früheren Büchern über August immer betont habe, sind alle eventuellen Ähnlichkeiten mit wirklichen Umständen – so zum Beispiel Namen von Personen, Häusern oder Ereignissen – völlig unabsichtlich. Dies ist ein erfundenes Märchen für Erwachsene und kein Sachbuch über Bohuslän.

Zu schreiben ist einsam, aber nicht unbedingt auf schlechte Weise – oft sogar ganz im Gegenteil. Ich liebe es, Geschichten zu erfinden und die Gedanken sich frei durch Zeit und Raum bewegen zu lassen. Während ich schreibe, bin ich so gerne mit August und den anderen erfundenen Charakteren zusammen. Doch es ist nicht damit getan, dass ich ein Manuskript abgebe, um später ein fertiges Buch zu haben. Nach dem Schreiben kommen endlose Stunden des Redigierens und danach die Arbeit, das Buch in die Welt zu bringen. Und da habe ich ein unfassbar starkes Team, das sowohl mich als auch meine Bücher unterstützt und dem ich sehr gerne danken will.

Vor allem danke ich meiner fantastischen Verlegerin Susanna Romanus und allen wunderbaren Menschen im Bokförlaget Forum und bei Älska Pocket, mit denen ich das Glück habe, zusammenarbeiten zu dürfen. Ihr macht mich zu einer besseren Autorin und ruht niemals in der Jagd auf neue Strategien, um meine Bücher zu noch mehr Leserinnen und Hörerinnen zu bringen. Dafür bin ich euch so ungeheuer dankbar!

Danke auch an die Salomonsson Agency für eure harte Arbeit, damit August noch mehr internationale Märkte erobern kann. Ein besonderer Dank geht hier an meine geschickte und energische Agentin Julia Angeli!

Dank an Maria Sundberg für einen weiteren wunderschönen Umschlag.

Dank an Ludvig Josephson für gründliches Lesen.

Und ein ganz herzlicher Dank an die Einwohner des wirklichen Hovenäset, die alles lesen, was ich schreibe, und niemals müde werden, auf meine Fragen zu antworten, wenn mir irgendein besonderes Wissen über die Halbinsel fehlt.

Und zum Abschluss: Ein immerwährender großer Dank an alle meine Freunde und meine herrliche Familie! Ich fühle mich ungeheuer glücklich, dass ich so viele wunderbare Menschen um mich habe. Danke!